纵横

君天 著

世纪文睿
Century Literature

世纪出版集团 上海人民出版社

上海世纪文睿文化传播公司 出品

"本为贵公子，平生实爱才。感时思报国，拔剑起蒿莱。西驰丁零塞，北上单于台。登山见千里，怀古心悠哉。谁言未忘祸，磨灭成尘埃。"

少年时读书，读演义，读武侠，读评传，在黄易先生的《大唐双龙传》里有这首陈子昂的诗，非常喜欢。头上两句，我用作论坛签名很多年。

更少年的时候，我读温瑞安先生的《神州奇侠传》，开篇有这么一段话。

"诸葛亮未出隆中前，曾在襄阳城西二十里地方的卧龙岗筑庐隐居，后世的人为了要景仰他，于是在隆中坊以杜甫诗的二句'三顾频烦天下计，两朝开济老臣心'高悬其上。浣花剑派掌门人萧西楼有三个儿子，三儿子萧秋水，在江湖，未成名，在武林，无权势，但为了看两句诗而奔驰数百里者，萧家却只有他一人。"

"神州奇侠系列"，是我个人收藏的第一套书，时间大约是在1995年。

喜爱古诗词和人文风物，是我小时候看书受影响最大的两件事。虽然最终我没有成为那种为了两句诗就会奔走千里的人。但我的确成了为一个脑海中场景就会彻夜不眠的人。若干年后，我写书，我论侠，我谈历史，亦以此两点为基础。而《纵横》

则是将此两点发挥到极致的一部书，方才我提到的两段经典，亦出现在书中。

这几年也有不少新人作者跟我说，正是读了《纵横》，才开始走上创作的道路。我仿佛也从中看到了当年自己的影子，只是不知道会否真的有朋友受此书的影响，成为会为了两句诗就奔走千里的人。我相信好作品是能够影响读者的，我也相信文学之火是可以薪尽火传的。

《纵横》这本书，是写给这样一代人的。我们小时候玩骑马打仗，每每拿起木头的大锤、青龙刀总是爱不释手；每天晚饭的时候，坐在露天一面吃饭，一面听评书《三国演义》《隋唐演义》和《说岳全传》；我们收集香烟牌，去赌各种各样的"李元霸"；大人为培养我们的记忆力，逼着我们去背唐诗宋词，从"离离原上草"背到"春风又绿江南岸"；从"怒发冲冠凭栏处"到"醉里挑灯看剑，梦回吹角连营"。

那时候的天空很蓝，那时候的交通还不拥挤，上班不用在地铁里挤成沙丁鱼，下班也不需赶上一小时的路才能到家。那时候我们还在学雷锋，还在梦想着长大成为科学家。日子单纯而美好。

再后来，电脑时代到来了，网络时代到来了……金融时代到来了，一切都和从前不一样了。

2005 年我在写这本书之前，只是想对前几年接触到的东西作一个总结，比如说网游，比如说人工智能。在开始写之后，我发现这本书或许可以完成一个梦想。让水泊梁山的英雄，让三国演义的群雄，让隋唐之中的好汉，让横扫六合的大秦兵马出现在同一个舞台上———起出现在"纵横五千年"的世界。

熟悉的朋友应该知道，我创作过"三国兵器谱"和"华夏神器"两个系列，秉承一贯的风格，"纵横"依然说的是英雄的故事，是更多英雄的故事。

2006 年时《纵横》出版了第一版，这次则是修订重做，是为重装珍藏版。当有人问我是什么时候开始准备再版的，我笑称其实从刚刚出版开始，我就等待再版。正因如此，网上从来没有这本书的电子版全文；正因如此，当版权一到期，我就积极努力地运作起来；正因如此，我一直没有对外宣布这个消息，因为我怕说出口就不灵了。

这里没有说第一版不好的意思，《纵横》在花山做的第一版，是我正式出版的第一部长篇小说，是我创作履历上坚实的一步。亦是很多朋友口口相传，誉为经典的作品。我是个懂得感恩的人。

今年在2012这个传说中的世界终结之年，《纵横》再次拿到一个第一，就是我的第一部再版的作品，想来颇为欣慰。当年我创作这部书时还在"榕树下"驻站，而今网络文学早已物是人非，但漂泊的江湖路上，依旧有许多朋友携手相伴。

这几年我一直在埋头写《异现场调查科》，但回首来时路，《纵横》一直是我钟爱的作品。尽管第一次出版的时候，留下了种种遗憾，比如作为一本近三十万字的长篇，最后没有收录"后记"。比如说，并不讨喜的封面等等。所以，在再版的时候，我们不仅加上了几年前写的"后记"，还添上了这篇"序"。

创作小说的过程，就是一个和笔下人物拔河的过程。在《纵横》之前，我只是个写历史演义的作者，在《纵横》之后，我已经是能独立构架一个世界的人。在这本书之后，我很少写传统的历史小说，若干年中大约只创作了两个重要的中篇，分别是《项羽的乌骓》和《赤壁之战》。这次可能的话，会作为资料篇收入到书中。

无论是新老读者，相信你拿起的这本书会很厚，更相信这次的再版会很精致。不管怎么说，让我们再一次开始刀光剑影的纵横之旅，让我们再一次在诗魂词魄的世界里守望神州。华夏五千年，看我为你数遍英雄。

君天

2012年4月10日

目录

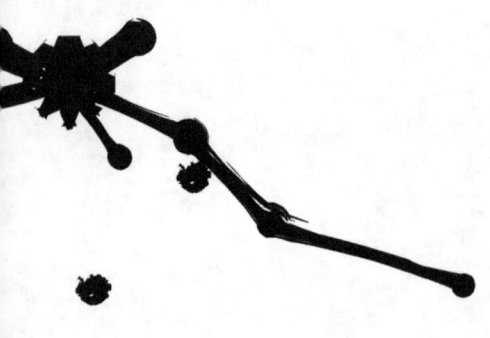

上帝操纵棋手，棋手摆布棋子；上帝背后，又有哪位

神祇设下，尘埃、时光、梦境和苦痛的羁绊……

—— **博尔赫斯**

楔子

（一）

　　阳光明媚的天空忽然阴沉，怪风掠过街上飞沙走石。汽车川流不息的都市有一种遭遇劫难的凄凉。

　　一声长嘶划破苍穹，街上的汽车仿佛受惊的小鸟四散而走。一匹雪白的战马停在街心，马上战将长发披肩、玉颜如花、风姿卓越，尤其是一双眼眸美艳入骨，那一身银白的铠甲衬托起曼妙的体态，让人目光流连忘返！她眉目间露出思索的神色，一带缰绳向空中而去。

　　与此同时，一手提方天画戟的金甲红袍大将，骑着火红战马出现在不远处的商场楼顶，那张扬的双目傲视四方，画戟一抬，前方的巨大霓虹灯立时碎裂……四面八方仿佛响起震天的鼓声。

　　新元 2005 年的某一天，原本阳光普照的上海街头突然乌云密布，厚重的云层如同密布的战旗遮盖整个天空，隆隆而来的雷声响彻天际，明亮的闪电如绝世剑光从天划下。

有目击者称，当日曾在街头看到鲜血从云层中落下，并且看到无数天兵金戈铁马地汹涌而过。另有目击者称，当日亲眼看到披挂整齐的古代武将出现在闹市中心，并造成多处店家损毁。

据事后很多人回忆，以上情况为时很短，当天并无其他特殊之处，所以那天空中的奇特景象很快就被人淡忘了。

唯有东天软件公司的技术人员牢牢记住了这天，因为当日正是"纵横五千年"大型历史虚拟世界内部测试的日子。而且这一天还是这个虚拟世界的缔造者谢天衣博士的生日。

在这个城市的某个角落，一个华姓青年亦在庆祝着自己二十四岁本命年生日，只是在那一时刻，他全然不知自己的命运已经和另一个世界神秘地联系在了一起。

（二）

黄昏，血色的云霞挂在天边，阵阵寒风扫过山林。

山坡上，一只山羊正悠闲地吃着青草。

五十步外，一匹独眼老狼在山坡下的草丛中慢慢徘徊，它仅有的一只眼睛，阴沉地盯着山坡上的羊，似乎有些犹豫。

山坡上孤独的羊，山坡下饥饿的狼，夕阳下平静的山林，构成了一幅奇特的画面。

地上的花草在风中轻轻摇动，山林间时不时地传来数声鸟鸣，山羊缓缓挪动着步子，身子轻轻一抖，低低地叫了一声。

风向忽然变了，山坡之上送下阵阵清风，坡下的老狼闻到了一股极具诱惑的气息，它一昂头，终于按捺不住向山坡上的山羊靠近。

山坡上的山羊，好像也感受到了什么，它转头望向山坡下的草丛，草丛中的狼距离它只有不到二十步。

草丛剧烈地晃动起来，老狼加速而起，从山坡下猛地蹿出，碧绿的眼中射出寒冷的凶光。羊却似乎被这突如其来的袭击吓懵了，竟只是抬头看着扑来的恶狼，一步也不后退。那恶狼转眼就扑到山羊的头顶。

突然，山羊整个立了起来，羊皮下出现一个十来岁的少年，寒光从少年手中掠起，猛刺入恶狼仅有的眼睛，鲜血高高喷出，恶狼痛呼一声，前爪猛抓入少年的双肩，人和狼拉扯着滚下山坡。

少年忍住疼痛，奋力把手中的武器刺下，利刃突破恶狼的眼球贯入狼脑，恶狼发出一声惨叫，挣扎着颤抖了几下，终于死在地上。少年哈哈大笑着翻身站起，肩头胸口都是狼爪留下的印记，他却毫不在乎，用力拔出了刺入狼目的武器，那是一支七寸长的羽箭，长长舒了一口气，背起死狼，又走上山坡捡起山羊皮，轻轻哼着歌向山后的村庄走去。

"新手任务里有屠狼的任务么？"看着电脑屏幕上少年得意的身影，隋唐大陆服务器的 GM 主管纪无缘皱眉道。

"应该没有，游戏手册里说恶狼是十四级的怪物，在新手任务中没有设定进去。"一旁的宋朝大陆服务器主管何不忘一面翻着游戏手册，一面说道。

"那可要恭喜这个家伙了，越级杀怪会得到额外的奖励，而且他今天完成的新手任务，还被我们写入了'纵横五千年'的隋唐日志。"纪无缘把长发扎起，秀眉轻皱道，"你这个人是不是做啥事情都要翻手册？累不累啊？"

"对于不明白的事情当然要努力搞懂。"何不忘挠了挠头道，"你们隋唐大陆还真是出人才。就连我也不知道，原来弓箭是可以当作短刀来用的。"他随手点开了刚才那个少年的角色资料。角色名称：华天晴；等级 10；装备：布衣，木棍，短弓；弓箭两支；金钱：1 两银子。

纪无缘道："我说的吧，奖励的经验值真多，居然从三级一下子升到了十级。怪不得那小子刚才笑得那么放肆，真想上去揍他一顿。"虽然她是纵横世界五大 GM 主管中唯一的美眉，但性格绝对有着男性的爽朗。

何不忘道："可是他为什么不用弓射箭？他身上明明带着弓嘛。"

纪无缘笑道："你没从头开始看他做这任务。这初级任务原是简单的牧羊任务，华天晴要做的就是把羊送回羊圈。他第一次遇到狼的时候，是用弓箭来战斗的，但没想到这头恶狼等级太高，一箭射中狼的眼睛，却射不死，结果羊被咬死了。也是这个小子没有放弃，抢走了羊的尸体，你没看那狼有多饿么？结果居然得到了隐藏任务。就连我也是看了才知道，原来给三级以下的玩家做的新手任务里，也会有隐藏关口。"

何不忘叹息道："人居然可以披上羊皮扮成羊，这个游戏的设定还真自由。怪不得谢博士说 GM 可以自由参加游戏，因为随机性的事件太多，根本无法作弊。"

纪无缘笑道："谁说不是呢？但比起我昨天的遭遇，把弓箭当作短刀来用就一点也不稀奇了。你有没有见过哪款游戏里的 GM 会被 NPC 杀死的？"

何不忘张大嘴巴，看着面前的美女道："别告诉我，你被 NPC 干掉了？"

纪无缘苦笑着点了点头，却没有多作解释。这个人丢得不大不小，要知道作为公司唯一的女 GM 主管，别人原本就不看好她的能力。若非小何和她关系特别好，这事她可提都不会提。

"纵横五千年"是大型历史虚拟空间游戏，东天集团投入巨资，旗下的东天软件公司开发了整整三年才算初具规模，在新元 2005 年"十·一"前夕正式推出，如今还在公开测试阶段并未收费。但众多游戏玩家都知道，等到国庆长假为"纵横五千年"累积了足够的人气，收费也就是眼前的事情。

"纵横五千年"的游戏背景是中国古代五千年的历史，它根据朝代来划分服务器，目前暂时先开放了五大区的服务器组，他们分别是战国、汉、三国、隋唐、宋，各组服务器可以互相连通，也就是说对玩家的账号角色而言，服务器只是地图限制，并不是活动范围的限制，通过游戏中的努力，完全可以去各个朝代争雄天下，所以才会有"纵横五千年"这样的名字。

在"新元"这个科技高速进步的时代，硬件上的瓶颈早被突破，二十世纪末期服务器玩家容量的限制，已经不再是问题。每个朝代的服务器都可容纳二十万个游戏角色同时在线，五组服务器加在一起就是一百万游戏人口，这样的规模这样的气势，想想都让人心动。

纪无缘在加入游戏管理小组时，从没想过会遇到这种事情，Game Master 虽然是游戏管理部门中底层的角色，却绝对是"纵横五千年"这个虚拟世界的统治者，而 NPC 是 Non-Player-Controlled Character 的缩写，即非玩家控制的角色，这种角色通常为服务器控制，仅仅是一名"电脑"角色而已。

为何会发生 NPC 攻击 GM 这种事？这个游戏的开发者到底在做什么呢？想着，纪无缘抬头看了看天花板，也许顶楼开发部的老大们，想造一个 NPC 统治的世界，一个由历史上的古人来统治玩家的虚拟世界吧。

游戏中的绿灯亮起，纪无缘根据坐标把屏幕切换到了隋唐大陆的扬州，宇文成都的凤翅镏金锐出现在玩家手中。她看着屏幕上那把闪亮耀眼的兵器，心道："这种宝贝，连女孩子都忍不住想要，何况那些从小玩骑马打仗游戏长大的男人们呢？"

（三）

东天大厦八十八层，"纵横五千年"开发部，总工程师办公室。

"我是一匹来自北方的狼……"电脑里面传出华天晴悠哉的歌声。

"是个爱唱老歌的家伙。"谢天衣托着腮帮子，看着屏幕上华天晴离去的背影，脸上表情相当复杂。那匹狼并不该出现在这任务中，最近游戏里非常规的事件越来越多了。

"华天晴……这个家伙身手相当不错。"他低声道，或许这人在现实中没有那么好的身手，但在游戏的虚拟世界中，显然资质相当不错，是否应该用他来做点事情呢？

他正想着，却见屏幕上华天晴的 ID 一闪而过，"下线了？"谢天衣皱了皱眉头。

这时办公室门打开，开发部第一组组长慕晨雪带着文件走了进来，她身着白色职业套装，长长的直发披在肩上，俏美的脸上有着双宝石般动人的眼眸，显得相当聪慧能干。

慕晨雪把文件放在谢天衣的桌上，轻轻叹了口气。

谢天衣笑道："高层不同意暂停游戏早在意料之中，你又何必生气。"

慕晨雪苦笑道："那老师你还要我把报告送上去？"

谢天衣抓了抓花白的头发，轻轻道："最近奇怪的事情日渐增多，内部测试时出现的问题有愈演愈烈的趋势，NPC越来越不安分。我们作为开发者必须提出意见，听不听是他们的事情，但汇报是我们的职责。"他喝了口茶，笑道，"这项目投资极大，目前运营的状况又非常好，股东们当然不会为了小毛病就停止游戏的运营。"

慕晨雪道："真的只是小毛病么？"

谢天衣微笑道："你是个聪明孩子，何必问得那么彻底？这个问题说小不小，但说大么，目前也看不出什么危害性，我会尽力想到办法的。"说着他开始不停咳嗽。

慕晨雪担心地看着谢天衣，博士已经五十多岁，身体一天不如一天，而"纵横五千年"那么大的项目，却什么都要他亲自贯彻，如此下去恐怕不行。

谢天衣轻声道："我也想过了，游戏必须继续下去，不然很难找出问题所在，说实话我看了大量的源程序，技术上根本看不出问题，这个虚拟世界是我所有作品中最完善的一个，以'历史人格'为核心的程序究竟有什么问题，或许只有在游戏里才能够体会到其他东西。"

"进游戏能看出什么？"慕晨雪皱眉道。

"看看我们最初设定的东西，究竟变成了什么？我觉得游戏中正在发生某种变化，而且有一定的危险性。"谢天衣道。

慕晨雪轻声道："那我今天就上游戏去看看。"

谢天衣拿出纸笔写下了账号和密码，递给慕晨雪道："就用这个账号吧。"他顿了下，瞟了眼电脑屏幕道，"去隋唐大陆的服务器。"

慕晨雪接过纸片，转身出了办公室，耳边隐约传来谢天衣剧烈的咳嗽声。

她认识谢天衣七年，谢博士是她大学时期的导师，是国际知名的学者，在人工智能和虚拟技术等前沿科学里有着举足轻重的地位，他更是中国软件业的先驱，设计的软件有着"天衣无缝"之说。

若非"纵横五千年"的构架宏大,反映的是中华五千年来的历史文化,各个服务器几乎把中华五千年的文明史做成虚拟世界尽收其中,而谢博士个人对历史更有着难以割舍的情结,东天集团是不可能请得动他主持这款游戏的。不过另外也有传言,东天集团的董事长东方秀琳是谢天衣的故人之女,而东天集团背后又有强大的家族背景,因此谢博士难以推辞,当然这就不是普通人所能知道的了。

慕晨雪乘着高速电梯,从八十八层急速而下,电梯外陆家嘴的滨江风景让人心旷神怡。作为参与游戏开发的人员,真的有必要去虚拟世界寻求答案么?老师的想法真是奇怪,难道说程序还能失去控制不成?

电梯门打开,外面是宽阔的滨江大道,慕晨雪深呼吸了下,自语道:"即便程序真的失去控制,只要把机房主机关掉,他们还能怎么样呢?程序总不能造出人来。"

第一部・隋唐

第一章　新手问题

电脑虚拟场景中，"虚拟相册"来回播放着"华天晴"从三级升到十级的那个瞬间，华鹏举得意地喝了口咖啡，他每玩一个游戏，都会把发生的点点滴滴记录下来，日后就算不玩了，也不至于两手空空什么都没留下。

看着屏幕上的"华天晴"，华鹏举笑了笑自语道："才是刚开始而已。"他戴上"虚拟电子眼镜"，按出"纵横五千年"的"时间门"登陆界面，深吸一口气走了进去。

一阵光芒闪动后，游戏角色"华天晴"出现在了隋唐大陆，确切地说是隋唐大陆东南方的东河村。

"纵横五千年"是立体虚拟游戏，通过"虚拟电子眼镜"里面的电磁波，直接和玩家的大脑发生联系，人在游戏中就好像在现实中一样，四周的一切都是身临其境的感觉，当然就"五感"来说，只有视觉听觉，以及少量的其他感觉，据说只有在特殊场景中，比如说隐藏任务的关口，才能真正体会五感俱全的感受。

内部测试时曾经有玩家反映，游戏中不仅仅能够体会到视觉听觉，在游戏中人的第六感变得敏锐，对很多事情非常敏感。比如说能感受到杀气和血腥气，又比如说情绪很容易产生巨大波动。游戏公司则将此解释为玩家过分投入游戏的缘故。

华鹏举最初想要选择的是大宋服务器，因为他老爹一直很敬仰岳飞，所以才会给他取名鹏举，他从小耳濡目染，自然也对岳飞尊敬异常。华鹏举用"华天晴"的ID登陆游戏，一心想成为大宋服务器中第一个找全岳王套装的人，可是那天创建游戏角色的时候喝了点酒，晕头转向地居然来到了大唐……

　　既来之则安之，他是很相信缘分的人，何况对大唐盛世也一直非常向往，于是决定把隋唐大陆作为纵横华夏的出发点，反正从"隋唐"也是可以去"大宋"的。

　　"华天晴"挠了挠头，想是这么想，但跨越服务器有等级限制，那是六十级后的事了，现在考虑还早了点。

　　十级的华天晴外貌发生了改变，不再是开始时的少年模样，而是变成了个二十岁左右的昂扬男子。

　　华天晴拍了拍口袋，银子丁零当啷作响，有钱的感觉就是不同。原本身上只有游戏启动资金一两银子和一些铜钱，而在新手任务完成后，不仅等级大大地增长，口袋里面竟然一下子有了十两银子！

　　"狼卖了三两，牧羊人奖励一两，屠杀恶狼得到村长奖励五两，加上自己原来有的。发了，发了！"华天晴兴奋地直冲东河村的集市。

　　东河村是隋唐服务器的二十个新手村之一，一条小河由北向南把村庄分成东西两半，东村大一些，西村略小。东村的广场上有一棵大槐树，足有三人合抱那么粗，站在树上可以看清楚村庄的全貌。傍晚之时，这一片苍翠之中，点点萤火虫飘在枝叶间美丽异常，槐树遮盖的广场上，人声马声虫豸的声音不绝于耳，好一派勃勃生机。

　　东村的集市上卖东西的店面不少，有系统开设的道具店，如武器、服装、杂货、马厩等等，也有玩家个人的商铺，另外还不时传来玩家寻求伙伴或者询问他人问题的叫喊声，目前游戏的人气状况非常之好。

　　十两银子在新手村算是大笔收入，但对已满了十级的角色来说，却还是不够用，作为一个十级的战士，对铠甲、兵器、食物等都有需求。华天晴什么都想买，但买什么都不能满意，看来级别增加得太快，并不是好事情，特别是在金钱没有跟上的时候。

　　无奈下，华天晴只能向站在大槐树下的村长走去。

"纵横五千年"中所有重要的NPC，都是历史上的名人。这些通过"历史人格"程序建立的历史人物，构成了整个游戏的NPC系统，浓厚的历史气息就从这些小处开始体现。

隋唐服务器各个新手村的村长都由著名的诗人担任，东河村的村长就是写出"春江潮水连海平，海上明月共潮生"的扬州诗人张若虚，《春江花月夜》被人誉为"孤篇盖全唐"的杰作，也曾被闻一多先生称为："这是诗中的诗，顶峰上的顶峰。"

"请问村长大叔，我现在应该做点什么？"华天晴上下端详着面前这个老者，一面笑着问道，一面想道：不用说，在襄阳城附近的新手村，他们的村长一定是孟浩然了。

张若虚捻着胡须，慈祥地笑道："年轻人，恭喜你已经十级，任何角色满了十级，我都鼓励他们去村外磨练自己，这个世界很大，尤其是我们华夏神州，有着悠久的历史人文，有太多的东西值得我们守护。"

"出去？"华天晴笑道："请问村长大叔，我手中除了天生的基本技能'舞剑术'，其他还什么技能都不会呢！村里哪个老师能教我？"

张若虚依然非常和蔼可亲地笑道："东河村是二十个新手村中，五个没有战士教头的村庄之一，所以年轻人如果不想每天早上留在村里扫地，还是快点出去看看吧。去哪里都可以！只要到了大城镇，都会有武官让你学艺的。走的时候别忘记买匹马，那样会大大提高你的速度。"

这里真的没有教战士技能的NPC？怪不得半天都没找到……离开新手村还要买马？

华天晴看了看身上的装备，还不错，"屠狼任务"结束后，系统赠送给他一双狼皮靴，一把铁剑，如果要买马，是否该把买其他东西的钱省下来呢？他瞟了眼不远处的马厩，最便宜的马也要十两银子，据说在古代十两银子够普通老百姓用一年的。马竟然那么贵……

华天晴翻着眼睛，又看了眼一旁笑得异常开心的张若虚，心道：马厩离这里这么近，不会是他家开的吧？是出发，还是在这里多混点日子，至少等凑齐整套皮装之后再走呢？

张若虚却没有再和他说话，只是在旁看着空中的萤火虫，反反复复地念他那首不朽名句："……江天一色无纤尘，皎皎空中孤月轮。江畔何人初见月，江月何年初照人。人生代代无穷矣，江月年年只相似。不知江月待何人，但见长江送流水……"

忽然，广场中传来征集队伍的喊声："征集十级以上伙伴离开村子去扬州！十级以上的朋友速来！战士朋友优先考虑！就差你一个了啊！"

华天晴远远望去，一个身着白色武士服，秀美无伦的女郎站在广场正中不停地叫着，她背着把翠绿长弓，长发在脑后随便一束扎了个武士髻，头顶闪烁着两个淡淡的蓝字"晨雪"。

游戏中的玩家可以选择是否把名字让旁人看见，系统设定玩家名字为蓝色，红色的是受惩戒的玩家，而黑色名字是 NPC。

华天晴不再犹豫，转手把全部家当十两银子交给了马夫，从马厩牵出了一匹黑马，向那个叫"晨雪"的女子走去。

"你也算是十级的战士？"那个叫晨雪的女孩把华天晴上上下下打量了三遍，没好气地问道。

华天晴道："我虽然穿得不怎么好，但的确已经十级了。"说着转了个身，让对方看了看自己背上黑黝黝的铁剑。

晨雪的背后已经有三四个十级以上的玩家，其中一个叫"西门不弱"的女游侠道："铁剑的确是要十级以上才能装备，可是他的衣服也太破了点吧。"

另外几个人却并不在乎华天晴的装备，他们早就等得不耐烦了，纷纷道："就这样吧。只要是战士能够冲锋就行，时间不早了，我们快出发！"

华天晴就觉眼前蓝条一闪，晨雪对他发出了"组队邀请"，确认之后，他就出现在了晨雪带领的六人队中。他笑道："谁说我装备不好的，你看我脚上的狼皮靴，这里道具店还没有卖呢！"

他话没说完，就被身旁的人嘘了回去。

晨雪站在队伍中央，大声道："大家把聊天切换到队伍频道，看清楚各自的职业，现在开始听我指挥，后面的指令我都会在队伍频道里面说。"

队伍中的其他人纷纷安静下来，每个人的腰带上有着聊天控制系统，分为公开频道、队伍频道、密语频道三栏，可以选择全部开启，也可以选择单开一个，这是为了在游戏中，玩家在不同情况下互不干扰而开设的功能。在聊天频道的边上还有一个留言系统，就如同现实生活中的电子邮件一样，可以语音留言，也可以用文本的形式，甚至还能插入游戏动画，但邮件系统必须在驿站才能使用。

华天晴看了下队伍中各个人的名字：晨雪、西门不弱、华天晴、寒夜、雪焰、武天兵，其中晨雪、西门不弱是游侠，而且是女玩家；布袍的策士叫雪焰，相当于西方游戏中的魔法师；寒夜和武天兵是医生；西门不弱和两个医生都是十三级，雪焰级别最高，已经十四级了，晨雪和自己一样是十级。

晨雪道："我们下一站去扬州，距离这里大约有半天的马程，扬州在隋朝也曾经叫过江都郡，开通大运河后，扬州成为中国的水路交通枢纽，是东南最繁华的都会。我们到那里之后就解散队伍，以后各自去自己想去的地方。"

华天晴有些欣赏地看了眼晨雪，这丫头说话很有点领袖气质，看来这个队伍不错。

晨雪道："去扬州的路上，我们要经过狼谷和飞魂涧。这两个地方十级的玩家孤身一人是过不去的，所以我们要组队过去。"

寒夜问道："狼谷和飞魂涧的怪物都是多少级的？"

雪焰道："十五六级的吧，我一个人去试过两次，狼谷的狼都是成群的。"他一身麻色的布衣，看上去相当文秀干练。听他这么一说，大家立刻刮目相看，雪焰显然是一个富有冒险精神的人。

晨雪道："好了，如果大家都准备好了，我们现在就出发。"说着翻身上马。

她骑的是一匹桃红色的战马，马厩里面这匹马价值二十两银子，华天晴一面骑上自己的黑马，一面在心里道：有钱人。

晨雪看队中的人都已经上马，大声道："战士和我在最前面，医生和游侠在当中，策士在最后。"说着一夹马腹，当先而出。

另外五个人打马紧跟儿上，旋风般跑出东村广场，引得四面的新人纷纷侧目相望。

华天晴回头望向大槐树下的张若虚，截下游戏图像，默默想道：不出意外的话，这一去就不会回来了。大唐！我要看看你究竟是怎样的盛世！

晨雪善解人意地绕着村庄跑了一圈后，向东河村的北面加速跑去……

走出村子十余里，慢慢进入了山林，四周变得碧绿幽静，看着身边领先一个马头的晨雪，华天晴心道：她对路非常熟悉。

前方出现了一个亭子，亭子边上还竖着一块石碑。亭子上有副对联写道："真英雄莫问出处；好男儿志在四方。"

武天兵缓缓道："距离扬州城两百里。"众人一起望向他，他指了指道旁的石碑，原来他只是念石碑上面写的字而已。

"这个游戏没有传送系统？"寒夜问道，"去到各个练级地方不是很麻烦么？"

"有传送系统。不过传送系统是以主要城镇为核心，然后辐射向各个城市所属地图的练功场。比如说扬州城附近就有狼谷、飞魂涧、风月峡等等专门练级的地方，这些地方都是可以从扬州城传送过去的。"雪焰道："但从别的地方到扬州城，或者说从扬州城到其他城镇，比如去徐州，去建康都没有传送，只有一些辅助的交通工具。这是游戏公司为了减缓游戏的进展速度，做的安排吧。"

"我倒觉得不全是为了减缓游戏的进展速度。"武天兵道："这个游戏，有些像探索类的游戏，它这里安排的练功场练级，只是为了配合某些人的传统概念。事实上，在各个古迹、城市、风景区完成特定任务，才是让玩家角色成长更快的方式。它在城市间不安排传送，就是出于这种引导你做任务的目的，因为不得不走长途，所以大家都会顺便去完成沿途的任务，这样也能让大家摆脱单纯在练功场练级的枯燥模式。不用整天进行枯燥的练级，这也是我来玩这个游戏的原因。"

西门不弱笑道："天兵说得挺有道理的。"

晨雪环顾四周，笑道："这里就是新手村的边界了。出了这里以后，角色死亡是掉经验的，大约扣除百分之五吧，大家小心在意了！"

华天晴顺着晨雪被清风吹起的长发，望向远处的大道，有所得就有所失，无论是现实还是游戏都是一样的。

晨雪忽然递给华天晴一个铁盾，低声道："注意保护自己！"

华天晴轻声道："谢谢。"有些奇怪地再次望向远方，这个丫头是很认真的，究竟前方有什么东西让她担心？

此时晨雪正被不安占据，这个边界本来应该有补给店，以及十个五十级的NPC守卫才对，为何现在一个都没有？经过一个晚上的游戏后，她觉得新手区虽然看似平静，但所有的NPC总给她一种怪怪的感觉，和内部测试时完全不同。难道真如谢博士所说，游戏中正发生某种变化？她摇了摇头，自语道："不用杞人忧天吧。"

晨雪一抬头，大声道："那么我们出发！"她一马当先冲出边界，六个人六匹马在大道上扬起高高的烟尘。

谢天衣注视着屏幕，现在一切都很顺利，慕晨雪完成了对新手村中NPC的调查，但说实话并没有看出什么所以然来。而如果说新手村中的游戏还能在他的控制中，进入游戏的正规地图后，恐怕连他也无法预测下一步会发生什么。

整个"纵横"的程序核心就是"历史人格"的自我推演，以期达到NPC程序的智能化。经过极度庞大的程序运算后，这个虚拟世界如同真实世界一样不可预测，如今甚至还有失去控制的预兆。

"谢叔，能告诉我这个项目究竟是什么问题么？"座位对面那个美丽女郎微笑着问道。

谢天衣深吸口气，道："我还没找到答案，目前看来要找到程序的问题，还需要时间，所以希望能进行一次较长时间的停机维护。"

美丽女郎缓缓靠向沙发，看着天花板约一分钟后，点头道："我给您时间。您既然提出要关上系统主机进行维护，我可以答应您，但要在国庆长假之后。谢叔觉得呢？"

谢天衣道："这当然是董事长做主。"

这个二十岁左右的美丽女郎就是东天集团的董事长，上海东方家族的领导人东方秀琳。

东方秀琳起身道："技术方面的东西，我当然听谢叔的，谢叔也要考虑我们晚辈的难处才好。我刚接受家族的事务压力很大。而这些项目更是牵扯很广极受人关注，我也不能说停就停。希望停机之后，您能尽快找到解决办法。"

谢天衣诚恳地道："我明白。"

东方秀琳转身推门而出，轻声道："谢叔留步吧。"说着向电梯口走去，门外一个红发的高大男子紧随其后而去。

谢天衣注意到东方秀琳那美丽灵动的双眸始终带有一丝忧郁，他轻轻咳嗽了两下，小小年纪就继承家族的产业，并不见得就是幸福的事情。他转身回到办公室，此时已经是晚上十一点，晨雪他们不知道怎么样了。

出了东河村的地界，华天晴感到身体发生了某种变化，看了一下个人状况，生命值多了百分之二十五，就连座下的黑马也一下子神骏了不少。

晨雪对众人道："我们已经出了新手区，各种属性都被激活，而我们也不再受保护，可以被任何人杀死，也可以杀死任何人。"

华天晴道："战士骑马，可以增加自己百分之二十五的生命，属性果然是激活了。"

武天兵道："我好像长了不少的经验。"

西门不弱道："我也是。才走了这点路，就升了小半级。"

寒夜道："这个游戏，比普通的垃圾游戏好的就是这些细节了，跑地图观光也能升级。"

此时到了三岔路口，数匹健马疾驰而过，为首的人带着红色的披风，背背一柄大剑，极为引人注目。

西门不弱羡慕地看着远去的身影，大声道："哈哈，我们大展拳脚的时候就要到了！"

雪焰笑道："这里一条路去建康，一条路去扬州。两个地方都是大城市，来往的人都比我们这些刚刚十级的要厉害，大家小心了。"

武天兵道："听说宇文成都的凤翅镏金镋在扬州出现了，不知能不能看到。千万别因为宝物出世，引发大规模的夺宝冲突就好了。"

晨雪笑道："别把这个游戏说得那么恐怖，大唐可以算是几个服务器里治安最好的了，那些喜欢打仗的都去了三国服务器。"

西门不弱道："所以三国服务器也是知名兵器最多的地图嘛，什么天下戟、风雪枪、青龙刀都在那里！"

雪焰笑道："看你羡慕的样子，为啥不去三国服务器。"

"因为唐诗嘛！"西门不弱一副不值得和你讨论的样子，傲然道，"酒入豪肠，三分啸成剑气，七分化作月光，绣口一吐就半个盛唐！"

众人纷纷称是。

"好啦好啦！别啰唆了！"寒夜着急地道："快走吧，时间不早了。"

他们正说话间，又有不少骑从他们身边掠过。

华天晴笑道："故人西辞黄鹤楼，烟花三月下扬州。还不快走？"说着大黑马顺着大道飞奔而出。

晨雪带着众人紧追而去。

一行人跑了十数里，道路逐渐变窄，逐渐深入了山林，走在蜿蜒的山路上，天空也变得阴沉起来。

抬头看了看天上密布的云层，华天晴道："会不会下雨？"

西门不弱笑道："你不是天晴么？哈哈，有你怎么会下雨？"

雪焰道："上次来也是这个架势，好像这里一直雾蒙蒙的，但就是不会下雨。"

晨雪道："大家打起精神，就快到狼谷了。"

武天兵道:"只要通过狼谷就行了么?"

晨雪道:"不错,只要通过。"

他们继续前进,果然转过一个山湾,四周起了小雾,山林深处传来数声狼嚎,淡淡的雾气中,弥漫着让人不安的分子。

晨雪翻身下马道:"除了战士,全部下马。"她把碧绿的长弓握在手中,说道:"前面是条直路,天晴你去开路,遇到狼群吸引狼的注意力,我和不弱用弓箭主攻,武天兵和寒夜照看好天晴。雪焰辅助攻击,另外负责保护医生。都明白了么?"

众人点头答应,晨雪认真地对华天晴道:"不要恋战,和队伍保持好距离,尽量不要让狼群靠近队伍,你骑着马顶三头狼该没问题。我们的目的是平安冲过狼谷,绝对不可恋战,一旦遇到狼王,我们目前的状况是没有赢的可能的。"

华天晴哈哈一笑,一举手中的铁盾,傲然道:"放心吧!队长!"

晨雪低声道:"我说最后一句话,万一,我说万一,战士阵亡,所有人都立即停止进攻。没有战士,队伍会全灭的。"

"真是乌鸦嘴呀……"苦笑了下,华天晴看着晨雪严肃的脸庞,心道:这不就是个游戏么?那么严肃干吗?

山路向前数里,似乎又变得开阔起来,一个雾气浓重的山谷出现在前方,谷口两块怪石立在道路上,就像两颗狼牙一般。昏暗的光线下,淡淡的爪印和零乱的碎骨混在一处,华天晴知道那些都是狼的杰作,那些足印一直延续到山谷深处。

怎么会选在了晚上通过这里?华天晴回头望向晨雪,晨雪点了点头,华天晴带着队伍缓缓向谷中进发。

方进山谷,就感受到了恶狼森冷的目光,华天晴对那恶狼的样子相当熟悉,他扮作山羊杀的就是这种狼。望向四周的山壁,周围静悄悄的,只有路上的两只恶狼,耳边队伍频道传来晨雪的话语:"速战速决。"

华天晴从背上拔出铁剑,两腿一夹马肚子,如旋风般冲向那两只恶狼,为首的恶狼一缩头向边上一闪,铁剑走空,两只狼闪烁着碧绿的目光盯着华天晴。

嗖！一支白羽箭若白虹般飞射而来，正钉在为首恶狼的脖子上，那恶狼一扭头就要冲向射箭的晨雪，却见又一道白色的箭光飞射而至，把恶狼射翻在地。

另一边，华天晴的铁剑舞动而出，"剑舞术"化作数道剑影砍在另一只恶狼的头上，那恶狼低吼一声，一爪扫在华天晴的左腿，华天晴并不后退，豪笑着双手握剑全力劈下，与此同时五六个拳头大的火球落在恶狼的身上，转眼间这只恶狼化作一片飞灰。

华天晴回头望向队伍，就见雪焰高举着手中的暗青色法杖微笑致意。

武天兵和寒夜同时念念有词，华天晴身体被灿烂的光芒扫过，被狼抓破的伤口迅速愈合。

晨雪动人地一笑，看了看西门不弱手中赤色的长弓，又看看雪焰的暗青色法杖，称赞道："赤炼弓、柳木杖，我们这里的武器都不错嘛，火力充足。就是这样配合，战士继续前进！"

华天晴点点头，继续在前开路，前面不时地出现三两结伴、四五成群的恶狼，都是很快就被他们消灭。

"你们知道我之前为啥一个人来了几次么？"雪焰看着四周的山林，低声道，"因为我接到一个杀狼王的任务。是在村里药铺李大爷那里接的，他说他的女儿小时候在狼谷失踪，他要报仇！想来狼王并非那么好杀，但如果我们遇到，就试试看吧？"

晨雪道："杀狼王，我们这点人是不够的，这个任务是新手村高阶任务，给路过新手村的高手做的。"

雪焰耸耸肩道："那万一遇到狼王，我们就逃命吧……"

晨雪道："我还记得，那个任务的名字叫'如果你够强大，请杀了我'。"

"如果你够强大，请杀了我？"华天晴皱着眉低声重复道。

深入谷中，雾气倒是稍微淡了，华天晴却觉得周围不时射来数道凶狠的目光，气氛变得更加阴沉森寒。

忽然，队伍频道中传来西门不弱略带颤抖的声音："你们注意两旁的山坡了么？"

武天兵和寒夜向山坡上看去，就见在昏暗的光线下，山坡上隐约出现了一大群灰色、充满杀气的狼群。那些凶狠而凌厉的目光，瞪着山路上行走的六人，让他们即便在游戏中，亦感到脖子直冒凉气。

晨雪低声道："已经通过一半了，大家加速前进。"

但华天晴的战马却停住了，山谷道路的中间，一头豹子大小的巨狼端坐地上，暗红色的皮毛在昏暗的光线下，益发显得杀气腾腾。

雪焰沉声道："是巨狼将军，十八级。"

西门不弱道："杀了它应该有奖励吧。"

晨雪道："天晴，冲过去引着它向前跑，我们不能在狼谷和这东西缠斗，不然那些小狼围上来就危险了！"

华天晴低声道："放心！"纵马上前，向巨狼将军猛冲过去。

那红色的巨狼见有人冲来，一下站立起来，长尾巴一甩，向着华天晴一龇牙。华天晴手中铁剑化作一道弧线，斩向巨狼的脑袋，巨狼一侧头，张口咬住了铁剑，华天晴一挥手想把狼甩掉，却没甩动，那巨狼的身子出奇地沉重，差点把华天晴拉下马来。

哼了一声，华天晴左手盾牌猛砸在狼头上，巨狼的牙齿才松开，一爪扫在华天晴的肩头，顿时皮开肉绽。华天晴哈哈一笑，战马立即冲向前方，巨狼追着他顺着大道跑去。

其余五人紧跟着追了下去，华天晴一人在前，巨狼紧跟在后，弓箭、火球、闪电不停地落在狼的身体上，此时山坡上少部分的恶狼也冲了下来，晨雪叫道："雪焰负责清边上的小狼，我和不弱解决巨狼！"

大大小小的火球开始落在周围的恶狼身上，而巨狼只能依靠弓箭解决了。

华天晴一面要引着巨狼追自己，一面还要注意不能和队伍距离拉得太开，一路跑下来好不辛苦。眼看就要到狼谷的尽头，那巨狼终于发出一声惨嚎倒在地上，它一倒下，队伍中立时有数人身体泛起七彩的光华，西门不弱、武天兵、雪焰同时升级。

看着巨狼的尸体，众人喘息着，你看看我，我看看你，哈哈大笑，这是他们第一次通过集体的力量，杀死比自己强很多的对手，哪里理会还有三三两两的恶狼正向他们靠拢。

华天晴看了看自己经验，正好还差百分之一才能十一级，看来和这些等级比自己高的人在一起，经验分配上有些吃亏。但经过这一役，包裹里面的银子倒是多了不少，又有了五两银子，还不算乱七八糟的狼皮、狼牙、狼毛等杂物。

晨雪道："杂物去城镇都能换成银子的，'纵横五千年'比较鼓励玩家做任务，所以对杀怪物的奖励不是很多。"

西门不弱笑道："小雪，我怎么看你像兼职 GM 一样的呢？"

晨雪抿嘴一笑，并不回答。

雪焰道："可惜杀死巨狼没有奖励什么特殊物品，原以为多少会有点东西。"

晨雪道："这里只有狼王奖励特殊物品，巨狼只是普通怪罢了。"

寒夜笑道："原来巨狼那么大个子却是垃圾怪。"

忽然轰隆一声，山林之间一声巨响，大地都为之震动。众人抬头向远处望去，依稀在山腰的岩洞间有人影晃动。

华天晴奇道："那些家伙在做什么？"

雪焰道："看不清楚。"

寒夜道："总不会是在炸山吧？"

"是有点像……"武天兵道。

巨大的震动把周围山坡上的泥土和树木震落不少，周围原本隐蔽在树丛后的山洞暴露了出来。

西门不弱看到山脚下有一团银白色的东西，她笑道："那是什么？"笑嘻嘻地走向前去。

晨雪和雪焰二人望向四周陡然面色大变，急道："不弱别去！"

但为时已晚，西门不弱上前去才看清，那是一个隐蔽的洞穴，一头有着老虎般雄壮身躯的白色苍狼傲然而立，看到西门不弱后，发出一声低吼，缓缓步出了洞穴。

西门不弱低声道："老天……小雪，这个不会就是狼王吧。"

晨雪点了点头，不由暗暗着急，狼王是二十级的妖怪，但决不能因为它只比巨狼高两级，而小看它，作为这个山谷的最强者，狼王完全具备让他们全队灭亡的实力，现在如何是好？

雪焰低声道："不弱，你不要乱动，它已经盯上你了。"

西门不弱怯声道："我知道……可是，有什么办法么？我刚刚升级，不想死了再降回去……"

那雪白的狼王目光炯炯，迈着骄傲的步伐，向着西门不弱步步逼去，血盆大嘴轻轻开启，发出低沉而含糊的叫声："如果你够强大，请杀了我……"

寒夜失声低呼："它开口了？"

武天兵亦道："老天，狼说话了？"

西门不弱缓缓后退，尽管人在队伍中，她却觉得自己只是孤身一人。

华天晴用力握了握铁剑，大喝一声，从队伍中飞马而出。

武天兵和雪焰齐声道："天晴你做什么！"

华天晴并不理会二人的叫喊，冲向狼王举起铁剑猛刺过去！

剑锋在狼背上划过，带起一片血花。

雪白的皮毛上渗出点点鲜红，狼王骤然遇袭，旋风般转过身子，碧绿的目光中寒芒闪耀，怒吼一声："你还不够强大！"扑向华天晴。

华天晴见已吸引狼王的注意，毫不迟疑拨马就走，晨雪等人举起武器就要动手，却见华天晴的战马不是奔向队伍，而是反方向冲回狼谷。

晨雪高声道："天晴，方向错了！"

华天晴一面打马狂奔，一面大声道："不要过来！你们一起过来肯定全灭！"他身后的狼王腾空而起，一爪扫过，华天晴背脊鲜血淋漓，他一看自己的生命值，这么一下就损失了一半，低声骂道："我日，那么厉害？"

狼王一扑成功，落地之后，迅速弹起，再次扑向华天晴的肩头。华天晴猛一转身，左手铁盾掠过狼耳，狼王一侧头，这一爪没有抓实。华天晴看着生命值，就剩下一点点了，皱眉道："要是没骑马，现在就已经挂了！"

此时他已远离晨雪他们的队伍，他在队伍频道沉声道："大家保重，我会把狼王引走。"

晨雪等人不及答话，就见华天晴的名字在队伍中消失，雪焰苦笑道："这个家伙，他脱队了……真够男人的。"

晨雪愣了一下，低声道："我们快点冲出狼谷！"

寒夜和西门不弱异口同声道："天晴怎么办？"

晨雪道："我们平安通过就是对他牺牲的报答。"

武天兵道："反正只是游戏嘛，下次遇到他再感谢他。"

雪焰默默地望向狼谷深处，心里颇不是滋味。他是队伍中等级最高的，没有挺身而出，有点丢人。

山坡上的黑衣人迅速从岩洞中奔出，不多时竟聚有百人之多。为首一玄衣文士冷冷注视着山脚下离去的众人，刚来此地就被人撞见，还真是不太走运。

身边一武士轻声道："大人，任由那些人去么？"

玄衣文士淡淡道："我们为大王开路而来，无需多生事端。"

武士点头道："属下遵命。"他转身对其余人道，"迅速开通天地甬道！"

众人领命加紧行动，整个山林已逐渐平静下来。

身后的狼王紧追不舍，高速奔跑中胯下的黑马呼哧呼哧地喘着粗气。山谷中的恶狼也从四面八方围了上来，一头恶狼猛地从山坡上跳出，扑向华天晴的头顶，华天晴眼睛余光看了下马后的狼王，心念一动，一按马鞍，大喝一声从马背上凌空而起，黑马飞速向前奔去，而狼王已经紧跟而来。

华天晴在空中一个跟头，向下落去，身子正落在狼王的背上，狼王咆哮一声，脖子高高昂起。华天晴顺势一剑，剑锋从扑来的恶狼小腹挑了进去，人借着狼王身体挣扎的力量，竟一剑把恶狼肚子剖开。空中撒下一片血雨，而铁剑也随着恶狼的尸体，落在山谷的土地上。

一道七彩的光华从华天晴身上射出，"终于十一级了……天知道会不会马上降回去。"华天晴自语道，他双手紧紧抓住狼王脖子上的皮毛，任它不停跳跃就是不松开。

狼王发出愤怒的咆哮，脱离山道向着岩石猛撞上去，华天晴的背脊撞在岩石上，眼前金星直冒，但他身子一沉，死死地抱住了狼王的脖子。狼王益发愤怒，一下子冲上山坡，贴着悬崖峭壁高速飞奔，两旁的景物不停飞逝而过，一个又一个山峰被甩在后面，速度却还是越来越快，就连原本围拢上来的狼群都被甩在了远处，到了后来华天晴脑子里面已是一片空白，若被甩下狼背，就是死路一条。

也不知道跑了多久，华天晴几乎想强行断线，脱离游戏了，狼王的脚步却逐渐慢了下来，前方是一排杨柳树林，林边有一条小溪。

狼王走到溪边，停下了脚步。华天晴终于支持不住，从狼背上摔了下来，几乎连喘气的力气都没有，全身上下如同从水中捞上来的一样。而狼王身上雪白的皮毛依然光洁，只是伸出长长的舌头，散发着体内的热量。它把舌头浸入溪中，饮足了水后，用爪子把华天晴推起，华天晴挣扎着坐起，捧起溪水泼在脸上，猛喝几口后，才回望狼王。

那身躯如老虎般雄壮的白狼，抬头望向夜空中的明月，发出了长长的狼嚎，夜幕下一道银光闪过，狼王变成了一个美丽的女子。那动人的胴体，在野外散发着健康、敏捷、野性的魅力，秀丽的脸庞更是美得令人不敢逼视，只是眼睛闪着冷酷的碧光。

华天晴低声道："是人？"

女子冷冷道："曾经是人，如今我是狼谷的狼王。"

华天晴道："你是李大爷的女儿？"

女子道："那是很多年前的事情了，我并没有被狼吃掉，而是误食了山中的狼果，变成了狼。从前我希望遇到强大的猎手，能够杀死我，让我变回人。如今，我已经离不开狼群，狼群也离不开我。因为有了我，狼群才不会去骚扰村庄。"

女子并没有多做解释，只是淡淡地看了华天晴一眼，碧绿而带着淡淡金芒的眼眸中，再没有先前的凶光。她对华天晴点了点头，重新变回狼形，转身优雅地离开，那骄傲的步伐俨然在告诉华天晴，它是一方的王者。

华天晴长长地出了口气，摸着近乎瘫软的身子，自语道："这说明它对我认同了吧。"

忽然，华天晴看到地上有一个东西，在月色下闪闪发光，他凑近捡起一看，赫然是一个银色的戒指，戒指上镂空刻着两个篆字"月狼"，华天晴把戒指带到手上，装备栏中出现了道具资料：

装备名称：月狼之戒；类型：首饰类；外形：带着狼谷白狼王印记；技能属性："燎原一击"、"飞狼步"、"雪融"三种技能，装备在身即可掌握。

"好东西呀……"华天晴由衷赞叹道，但随即又苦笑道，"可是现在又没有兵器，燎原一击有什么用？"

他正想着忽然耳边嘟了一声，密语频道发出了提示，华天晴打开密语频道，里面传来了雪焰的声音："老兄你还在么？"

"在。"华天晴皱眉答道，这些家伙现在才记得问候自己吗？

雪焰笑道："你在哪里？说下大概位置。我们这里需要帮助。"

华天晴打开虚拟地图，答道："在狼谷的东北边。这里有条小溪，还有片树林。"

"老天，你怎么跑到我们前面去了？但是谢天谢地，你没下线就好！"雪焰开心地说道，"我们就在飞魂涧铁索桥前面的空地上，在你的西南面，只有四五里路。"然后他顿了一下，轻声道，"快来吧，我们队全灭了。"

他话声刚落，突然天地之间一阵雷鸣，整个山林猛地一颤。华天晴抬头望向苍穹，就见夜幕中间一道灿烂的光柱射向狼谷，光柱间隐约有人影浮动。

华天晴愣了一秒钟，低声道："这个晃动是啥？地震？"

雪焰也愣了一下，道："我也不知道，你还是过来吧。"

华天晴苦笑道："知道了，我这就来救你们。"他也停顿了一下，补充道，"但是我没有马，也没有武器。你们耐心点……"说着他看了看虚拟地图上自己的位置，略作思考，按照"飞狼步"身法转动身形，向着西南飞奔而去。

只是，这让天地都为之震动的到底是什么呢？

第二章 诗之魂

从东河村到扬州城需要经过狼谷和飞魂涧，从狼谷到飞魂涧只有一条山间小路，除此之外都是崇山峻岭。

朦胧的月色下，飞魂涧索桥前的空地上，横七竖八地躺着几具尸体。

"他说他尽快赶来。"雪焰道。

"那就好。"晨雪道。

"刚才是地震？"寒夜问道。

"天知道，一点征兆也没有，如果是地震希望别震到这里来。"武天兵道。

西门不弱听着武天兵他们讨论地震，不耐烦道："这个游戏什么都设计得很逼真，可为啥设定尸体可以说话？"

"是为了让死人可以求救嘛。把角色死亡的损失尽量降低。"晨雪道。

"你们说那小子是不是没有被狼咬死？"雪焰问道。

武天兵道："应该是吧，这块地图的系统设定，角色若在飞魂涧之前死亡，复生的地点是在新手村的十里长亭。他如果死了，一个人绝对过不来。"

"可他怎么可能在狼王面前逃生呢？"西门不弱不解道。

"这你还是等他来了，自己问吧。"晨雪轻声道。

雪焰奇道："队长的涵养功夫真好，武器掉了还能这么平心静气。"

晨雪叹了口气道："不然还能怎样，难道大哭？好在我刚才倒下时，看到武器掉下了山涧，没被刚才偷袭我们的混蛋拿走。"

雪焰怒道："我可没你那么好脾气，若被我再遇到那几个家伙，我一定报仇，居然偷袭！"

晨雪道："你们谁看到偷袭的人的名字么？"

寒夜轻声道："我只看到那两个家伙胸口有着'一笑堂'的标志，别的还没来得及反应就倒了。"

武天兵道："是二十级以上的家伙，雪焰你打不过他们的。"

雪焰冷哼道："我一定会报仇的，看着吧。"

西门不弱道："就是！雪焰以后要报仇叫上我。"

晨雪轻轻叹了口气，看来任何游戏都一样，没有恩怨的服务器根本不存在。

"报什么仇！"华天晴的声音在众人耳边响起。

躺在地上的几个家伙发出一阵欢呼，"华天晴，你个臭小子终于来了！"

华天晴站在铁索桥上，看着地上的尸体，笑嘻嘻地道："你们这群笨蛋，这是在搞什么呀！"

"被变态偷袭了！"西门不弱怒道。

"你别管我们搞什么，快来救我们！"雪焰大叫道。

"是，是！就来。"华天晴从桥上走下，来到尸体中间，没来由地感到有些紧张，四周似乎有什么危险的东西。他望了望四周，周围空荡荡的，并没有什么碍眼的东西。

"我只有一颗还魂丹，你们谁身上有多的，我先救他。"华天晴道。

"穷人，我身上的多，先救我。"晨雪没好气地道。

华天晴笑着把晨雪的身体抱起，将药丸放入她嘴里。不知为何尽管没有知觉，晨雪还是觉得自己脸有些发烫，一道柔和的光芒从身上绽放开来，她重新站了起来。

"谢谢。"晨雪拿出几颗还魂丹递给华天晴，轻声道，"自己留一个，我们分头救人。"

不一会儿，所有人都重新站起。

华天晴道："刚才你们到底怎么了？"

西门不弱怒道："刚才你引开了狼王，我们一路上跑到这里，看到地上有一个人躺着，队长好心就要救他。"

武天兵道："没想到丫是装死，一把拉住队长，这时不知从哪里跳出两个人，一下子把我们最强的雪焰放倒，然后就把我们队全灭了。"

雪焰道："大家看一下，刚才被杀都丢了什么？"

寒夜道："我丢了个头盔。"

西门不弱道："我倒是没丢什么，队长就惨了，武器丢了。"

武天兵道："即使不丢东西，光那五匹马，就够他们发笔小财了。"

华天晴见晨雪正看着桥下的山涧，他上前一步，顺着晨雪的目光望去，那把碧绿的长弓正落在山涧中间的礁石上，涧中水流湍急。

另几个人也围了上来，西门不弱道："好像挺难拿，那礁石不能站人，人下去可能被水冲走。"

华天晴看了看晨雪，笑道："我帮你拿。"

晨雪忙道："不用了！万一死了，那可不值得。"

"真是说不出好话。"华天晴道："再说了，掉百分之五的经验，换你一把二十两银子的弓，值得啊！"

雪焰道："武器店卖二十五两，是二十级前最好的东西了。"

晨雪皱眉道："你们脑子有问题，拿自己的命去换道具，根本没道理嘛。"

华天晴却不理她这么多，顺着山坡向下滑去，不就是拿个东西么，用得着讨论那么多？

晨雪在桥边大喊道："你快上来！"

雪焰笑道："你就让他试试看嘛，反正也下去了，不是那么容易上来的。"他也不由心想，这个小子有什么办法从水中过去呢？

山坡下，华天晴也正在琢磨着，离近了就看得很清楚，那块礁石虽然不大，却足够站上去，只是不能乱动罢了，他在水边来回走了几遍，测了下步子，把盾牌拿在手中，向后退了几步。

山坡上雪焰一皱眉，轻声道："这个距离快十米了吧？这小子想跳过去？没听说过十级出头的战士有那么厉害的。"

这时候晨雪只好认真地看着华天晴，祈祷这家伙能够创造奇迹。

华天晴头一低，人趴在地上，把盾牌远远抛出，双手双脚同时用力，猛地冲了起来，奔到水边身体凌空而起，人在半空中好像一只飞扑而出的狼，追着盾牌飞行的轨迹而去，近十米的距离转眼跨过，坡上众人看得清楚，还差那么一点才到礁石。

华天晴伸手一探，正拍在盾牌上，人借力又跃出一米左右，摇摇晃晃地落在礁石边上，他抓住碧绿长弓，对着山坡上的众人哈哈大笑。

晨雪自语道："飞狼步，他居然学会了二十级以上的侠客才能掌握的技能？他击败了狼王？"

看着四周的水流，华天晴笑道："你们想办法把我弄上去啊！我自己上不来了。"

西门不弱大笑道："好啊！你等着啊！"

华天晴道："我先把弓丢给你们！"

雪焰和晨雪一起叫道："别丢！别……"

他们还没说完，华天晴就已经把弓丢了上去，碧绿的长弓在空中翻滚着向晨雪而去。

突然，铁索桥下伸出一条红色的长鞭，在半空中把碧绿弓卷了过去，那人哈哈一声长笑道："多谢！"说着他手中两道白色的光球打出，正中华天晴所在的礁石。

华天晴就觉得立足之处猛地一晃，大叫一声落入湍急的水中。

山坡上众人连敌人的身影都没看清，对方就已经消失不见，他们连叫骂都来不及。

雪焰苦笑道："怎么会这样？那些家伙居然没走，一直在这里等着？"

武天兵道："或许是看我们在等人，想再次出手吧。"

寒夜道："但他们前面看到天晴救我们并没出手。"

雪焰叹了口气道："那可能是因为天晴的装备看上去太破了，不值得出手。"他看了晨雪一眼，那个之前做事一直有板有眼的美女队长，这时似乎乱了方寸。

晨雪低声道："这条河通向哪里？"

雪焰道："通向大运河吧，这里的河流都和大运河相连。你别担心了，这个游戏设计得好，深谙我们中国的老话：'祸兮福所倚，福兮祸所伏'。这小子说不定又会遇到什么好事呢！"

晨雪叹了口气，将队伍解散了道："雪焰你来做队长，重新组队，我心里有些乱。"

一旁的西门不弱跺了跺脚道："好好的，他干吗要把弓丢上来嘛。"

雪焰苦笑道："是得意忘形了吧，人都会得意忘形的。大家都别多想了，只是游戏嘛。"

武天兵道："我密他，他不回答。"

寒夜冷笑道："你在水里能说话啊？"

晨雪愣愣地望着山涧远去的河流，第一天进入游戏，就欠了人家很大的一个人情，怎么会这样？

得意忘形……落水的时候，华天晴就是这么骂自己的。

这是华天晴今天第二次被送往未知的地方，相对狼王的后背而言，水性颇好的华天晴处境还不算太糟，但他一时也想不出，如何才能上岸去。人在水中挣扎了几下，却发现体力不支，一连几口水喝得晕头转向，索性不再挣扎，随波逐流，顺着流水向东而去。

耳边不时传来那些人的密语，他却嘴都无法张开，就这样漂过了十余里，再也没有人对他说话，他们是否穿过飞魂涧了？

昏昏沉沉的，奋战了一个晚上的华天晴真想睡去了，但他若强行下线，天知道再上来时会在什么位置，还是等到上岸后，到安全的地方再休息较好。

而流水却丝毫不着急，把华天晴送过一个又一个河道，就是不把他推上岸去，眼见自己的经验慢慢地增长，看来又穿越了不少地图。

忽然前面的水流一变，水势陡然变急，华天晴挣扎一看，前方是三处河道交汇之处，流水尽头正是一处悬崖，三方的流水集中在一起，带起巨大的水势，他如同无助的浪花随着奔流不息的流水汹涌而去，那流水从高达数十丈的断崖顶端凌空翻滚而下。

人在半空，华天晴的身上绽放出七色的光彩，系统提示他已经达到十二级。

一下子沉到水底，再次浮出水面的时候，哗啦啦——耳边是雷鸣般的水花声，华天晴眯着眼睛摸索着爬上了一处礁石，此处水流渐缓，不远就是河岸，岸边还有一间木屋。

华天晴拍打着疲惫的身体，现在的首要任务就是找地方休息。

"纵横五千年"有着疲劳累积系统，人物角色和现实中一样需要有休息时间，"疲劳度"超过百分之七十，视觉和听觉都会出现障碍，超过百分之八十，角色活动将几乎不能获得经验。他现在的"疲劳度"已是百分之六十五，在这个世界，玩家角色虽不需要睡大觉，但至少也要找个地方歇歇脚。

清新的晚风掠过夜空，让人精神一振。华天晴从水中淌过走上河岸，耳边隐隐传来有人吟诗的声音。

"庄周梦胡蝶，胡蝶为庄周。一体更变易，万事良悠悠。乃知蓬莱水，复作清浅流。青门种瓜人，旧日东陵侯。富贵故如此，营营何所求。"

循着声音，踏月光而去，就见木屋前有青石磨成的圆桌，桌边文士面如冠玉，三绺长髯，一身白衣，腰系长剑，手中举着一只羊脂白玉杯，对着空中的明月，微有一丝醉意。

华天晴似乎听到文士轻轻吟道："花间一壶酒，独酌无相亲。举杯邀明月，对影成三人。月既不解饮，影徒随我身……"他待要仔细聆听，又似乎对方什么都没有说，周围静悄悄的，只有那如水的月光，和淡淡的酒香。他深深吸了口气，远远望着竟不敢上前，只怕破坏这浑然天成的画面。

只是白衣文士却轻轻放下酒杯，向华天晴站的地方望来，那明亮如天上星辰的眼眸，既有着九天银河的璀璨，又带着"拔剑击柱心茫然"的淡淡无奈，那穿越过数千年的时空，却让万世后人始终惊为天人的目光，深深射入华天晴的心中。

华天晴嘴角微微颤抖，想说话却又不知从何说起，他忽然想哭。

白衣文士微微一笑："你认得我？"

华天晴低声道："是……"

"好！"白衣文士点了点头，一举手中酒杯道，"少兄可会饮酒？"

华天晴胸口豪气汹涌，接过酒杯一饮而尽，只觉从未饮过如此美酒。

白衣文士展颜大笑道："自古圣贤皆寂寞，很好。少兄孤身至此，意欲何往？"

华天晴轻声道："我要去扬州。"

扬州？白衣文士目光流转，似乎那个地方也带起他的某些记忆，"为何要去扬州？"他笑着问道。

华天晴微微皱眉，苦笑道："我也不知道。"眼中掠过些许迷茫。

白衣文士身影一动，转眼间出现在木屋东面的山路上，抬手一指，微笑道："由此向东，可至扬州。"

"是……"华天晴点头道，他发现自己忽然变得不会说话。

文士望着茫茫夜空，轻声道："扬州或可让你见识大唐的风采，但你要记住，只有长安才是真正的大唐；正如大唐或可让你见识华夏的风采，然只有五千年的天下河山才能让你看清真正的神州。"

华天晴望着那儒雅似仙的身影，沉声道："在下记住了。"

文士哈哈一笑，高声道："这柄剑给你留个纪念，好自珍重。"不知何时，他已把腰间的长剑留在青石桌上。

华天晴急道："我还能见到你么？"

那文士淡淡一笑道："有缘自会相见。"话音犹在耳边，淡淡的白衣却已消失在天地之间。

华天晴握起桌上的宝剑，抬头向天，轻声道："老天……我竟然看到了李白，我竟和李白喝过酒？"

系统提示他又一次升级，看来这个游戏是鼓励玩家做多方面的尝试，进入任务状态的奖励远高于普通练级，华天晴把宝剑系在腰间，装备栏中出现了道具资料：

装备名称：太白神剑；类型：短兵器；外形：长约四尺，带太白印记；技能属性："诗剑之太白篇"，装备在身即可掌握。

道具资料中还有下面一段注释，"太白神剑"为特殊物品，只能从"李白"手中才能得到，一旦失落将自动被系统收回。随着玩家装配太白神剑，会直接触发"唐诗之魂"任务，如果玩家能在日后的游戏过程中，接触到"李白、杜甫、李贺、李商隐、王维、陈子昂、白居易"七位著名诗人，即进入特殊场景，就将会得到"诗魂玉佩"。"诗魂玉佩"是"纵横五千年"的隐藏道具，本任务无服务器限制，无时间限制，除非太白神剑遗失，则任务自动中断。

方才李白说的有缘就会相见，看来他是指这个"唐诗之魂"任务吧，这些历史名人在这么大的游戏中，能够见一个也不容易，何况要见全七个？似乎太难了些。

李白于空中消失的身影在脑海缓缓掠过，那绝世的风采在华天晴的心中留下了太深的印记，将桌上的美酒一口喝干，闭上眼睛，"太白剑法"印入脑海，长剑出鞘，剑气冲天而起，剑光照亮了他的脸庞，同天上的太白金星交相辉映，长啸一声，太白剑法如滔滔江河般舞动开来。

他渴望着再次见到李太白，他渴望着走遍五千年的天下河山，似乎一切不再是游戏那么简单。

谢天衣骤然从睡梦中惊醒，他起身一看身边的时钟，正是凌晨四点，披上衣服，启动电脑。"纵横五千年"系统向他发来了重要通知：大唐服务器，隐藏任务"唐诗之魂"正式启动，触发人物角色"华天晴"，该任务状况将不出现在系统日志中。

谢天衣剧烈咳嗽起来，眼中透出些许迷茫，手指在桌面上轻轻敲击，他深吸一口气，在键盘上输入一条指令，缓缓闭上双眼靠在沙发上。

华天晴来到"纵横五千年"的扬州城，那是睡足了一天后，第二天登陆游戏的事情。

"游戏时间"就像另一个空间的时间室，现实中的一天，等于游戏中的两天，退出游戏，游戏时间会继续向前。原则上大型随机任务的时间会特殊处理，变成现实中一小时为游戏中的一天，比如说任务环境占用现实时间三到十个小时，在游戏中也就是三到十天，这是为了玩家能够一次性完成任务，而作的设定。

这样算来，昨夜华鹏举进行了将近五小时的游戏，五小时从十级升级到了十三级，主要依靠的还是探索地图取得的经验，这么看来效率也不低了吧。华鹏举仔细看了下"华天晴"目前的角色状态，扣好"虚拟电子眼镜"，再次进入隋唐。

华天晴从山路重新走回官道，天上星辰已渐渐变淡。

不远的路边，一个身着灰色僧袍的小沙弥正向肩头扛一柴担子，那柴担子比他的人还高，他蹲下扛起，挑不起来只能放下，再次蹲下，再扛起，还是挑不起来，只得再放下，一连数次。

华天晴在一边看得有趣，笑道："你不会把担子减轻些挑么？"

小沙弥扭头笑道："佛祖教我，担子不能说放就放。"

华天晴问道："佛祖不是说，苦海无边回头是岸么？"

小沙弥哈哈笑道："挑担即救人。"话说到此，竟把那比他人还高的材堆挑了起来，他对着华天晴道："今日只六次就挑了起来，已比平日快了甚多。"

华天晴觉得此沙弥甚是有趣，于是二人并肩而行，他发现这小沙弥虽然挑着担子，步伐却丝毫不落后于他，不由暗暗称奇。

忽然，官道上奔过两匹骏马，带起巨大的尘埃，马上两人都是一身铁甲，一人蓝袍，一人红袍，长长的披风飘在身后威风异常。

擦肩而过时，右首的蓝衣人，看到华天晴腰间的长剑，微微一怔，跑出百余步远，他轻声道："哥哥，刚才那人腰间是什么剑？"

左边的红衣人皱眉道："很特别，我也不认得。"

蓝衣人道："我们回头看看？"

红衣人道："金钱帮约我们去洛阳，耽误不得。若是宝贝，日后此人不会默默无闻，不急在今天。"

远望二人的背影，小沙弥笑道："这条官道，每天都有各色豪强经过，施主日后自然就习惯了。"

华天晴点头问道："小师傅，你是扬州城中的和尚？"

小沙弥笑道："在扬州大云寺出家。"

一路之上，两人说说笑笑也不寂寞，不远处就可看到扬州城了。

扬州，曾沿用过邗沟、广陵、江都、芜城、维扬等名称。上古时期的扬州，有一个很大的自然区域，是全国九大州之一。汉时先后属荆国、吴国、江都国、广陵国。两晋南北朝时期，先后为广陵郡、广陵县、南兖州、东广州、吴州，隋开皇九年始称扬州。到了唐时，不仅在江淮之间"富甲天下"，而且是中国东南第一大都会，时有"扬一益二"之称。

故人西辞黄鹤楼，烟花三月下扬州。

此时并非三月，华天晴在这个世界也没有太多的故人，当他来到扬州城外，却正是天光破晓，整个城市刚刚苏醒的时候。

城门口聚集着大量入城赶集出城办事的人。小沙弥对华天晴微一施礼道："日后，施主可来寺里找我。"转眼消失在熙熙攘攘的人流中。

华天晴挠了挠头，方才发现聊了一路却连名字都没有问。未入扬州城就屡遇奇人，这个世界果然精彩。

在城门前的告示上，清楚地通告着隋唐大陆的活动情况，最引人注目的当然是"风云人物榜"。目前隋唐大陆风云人物前五名分别是：东方舒寒、巅峰、杨羽明、月无名、秋风清。

不知道自己何时能够上榜，华天晴微微感叹了下那个榜单，就不得不开始为自己的钱包着想。去"南北杂货"把包裹中的狼皮、狼牙、草药等东西换成现金后，包裹里的银两一下子增为三十两，稍微算了下，除了十两的马钱，十两的皮甲钱，还能有所积蓄。

走出杂货铺，华天晴微一沉吟，向北去多数是走大运河，买马的钱可以暂时省下，倒是衣服不能太破了，而日后要走长途，应在大城市准备好应急的药品。打开虚拟地图，扬州城的结构尽在眼前，在西北方的蜿蜒绵亘的山岗中，清楚地标注着医馆的方位，于是他沿着道路向西北方找去。

并没有走多远，前方是一片宏大的寺院，那群古朴的建筑中，一座宝塔悠然耸立。

为何医馆会在寺庙里？华天晴不由挠了挠头，但既到此地，当然要进去看一看。

走近寺庙，门前高高地挂着庄严端正的匾额："大明寺"。

沿着数百级舒缓石阶登上大明寺前的广场，九层的栖灵塔耸立在正中。寺庙之中香火鼎盛，来往行人络绎不绝，有普通上香的 NPC 百姓，也有和华天晴抱着同一目的前来的玩家。

广场的西面，是由几个和尚布置的医馆，里面各种药物一应俱全，几个玩家正在排队买药。广场的正中，一个须眉皆白的老僧盘膝而坐，他双目紧闭，手捏念珠，嘴角带着淡淡的微笑。

华天晴皱眉道："好好的寺庙为何要改医馆？如果真的要改，作为名寺难道不应该送我们药么？"

"兄台此言甚是，这点设定初看的确有些问题，但考虑到此地的住持鉴真长老，不仅是一代高僧，本身更是通晓医学，精通本草，名列扬州本地名医之中。把医馆放在大明寺也是个有创意的选择。"

华天晴回头望去，说话的男子足比自己高了半个头，肩宽背厚身躯雄健，身着白色的武士服，一双漆黑的浓眉飞扬入鬓，扬起的眉骨显出淡淡的霸气，只是眼神中带着些许迷茫，头上淡淡的三个蓝字"风吹雨"。

"有道理。"华天晴点头道，"的确有创意。"

风吹雨道："何况，大明寺的医馆的定价，是全天下所有大城市的医馆中最低的，天下医馆只有他维持着新手村的价格。"

华天晴哈哈一笑道："那不多买点，不就亏了？"说着向那些和尚开的医馆走去，而他靠近了医馆，就也同时靠近了广场中那个须眉皆白的老僧。

"施主，你终于来了。"老僧忽然开口道。

华天晴一愣，那声音好生熟悉？他猛转过身望向老僧，失声道："小沙弥。"

老僧笑了，那淡淡的笑容能温暖世间一切风霜，轻声道："老衲鉴真。"

华天晴眼前，小沙弥和老僧的身影缓缓重叠在一起，目光扫向四周，偌大的寺院忽然空无一人，只剩下自己和面前的老僧。

"鉴真……"华天晴一脸的惶恐，面前竟是十八岁受菩萨戒，立志舍身，弘扬佛法，四十六岁为一方宗首，持律授戒，独秀无伦，前后授戒度人略计四万有余，泽及遐迩，道俗归心，仰为"江淮化主"的鉴真！从天宝元年开始，六次"东渡"，以年近七旬的高龄，终于取得成功，把佛学传到日本，被后世誉为"日本律宗太祖"、"日本医学之祖"的鉴真大师！

鉴真微微摆手，轻声道："施主上山，可曾感到风吹林动。"

华天晴道："时刻感到。"

鉴真又道："施主入寺，可曾感到众生之心。"

华天晴道："在下亦是其中之一。"

鉴真声音一变道："你可知道，世界在变？"

华天晴眉头一皱，觉得有些不对，却又说不出有何问题，反问道："在变？"

鉴真道："在变！这个担子，需要你来挑。"

华天晴不解道："我来挑？是要我去改变，还是要我去阻止改变？"

鉴真却不再说话，四周忽然变得嘈杂起来，寺庙之中恢复了正常的状态。

华天晴挠挠头，对身旁的风吹雨道："你刚才听到鉴真说话了么？"

"说话？"风吹雨摇头道，"什么都没听见。"

华天晴急道："他明明说话了。"说着他一指身边的鉴真，不由一愣，那个须发皆白的老僧已然不见，盘膝坐在那里的是一个中年僧人，笑容中隐约有着小沙弥的影子。

华天晴皱眉道："为何是中年人的样子？"

风吹雨道："大师二十七岁回扬州大明寺，四十多岁成一方宗首，这里自然是中年的样子。"

华天晴吃惊道："他在这里一直都是中年的样子么？"

风吹雨道："是啊，又有什么不对？"

华天晴再次望向四周，光天化日下哪有白日遇鬼的道理，何况还是在那么大的庙里。他转念一想，又是隐藏任务？打开任务日志，却没有发现相关内容记载，若是像昨天"诗魂"任务一样，通常是有纪录的。

华天晴无意中看了眼包裹，包裹中多了个青色的葫芦，里面放着一颗金色的药丸，葫芦上写有三个篆字"纵横丹"，道具栏有一行淡淡的注释：大明寺鉴真和尚提炼，药性未知。

华天晴皱眉道："你知道纵横丹么？"

风吹雨道："知道，药铺里面有，是补充生命和消除疲劳的普通丹药。"

华天晴去医馆一看，果然药铺有纵横丹，但那药丸是红色的，和包裹里的完全不同。华天晴苦笑了下，鉴真和尚的"纵横丹"究竟有什么用，而方才他说的世界在变，又做何解释？

整理了一下思路，把来此地的目的完成，买齐了金创药和绷带等常用品，出得医馆，发现那个白衣的风吹雨却已不在大明寺内。接下来去哪里呢？华天晴不禁有些犯难，忽然密语频道传出雪焰的话语："在吗？在哪里？"

"在的，我在大明寺。"华天晴哈哈一笑道："你们到扬州了么？大家都好吗？"

"我们昨天晚上就到了，不过现在我是一个人。"雪焰笑道："有没有兴趣来擂台？看我教训昨天暗算我们的人？"

华天晴道："擂台？"

雪焰道："就是在瘦西湖那里，二十四桥附近！"他停顿了下道，"先不说了，又有人来挑战，你快来！我昨天搞到副皮甲，给你留着。"

"好！马上来。"华天晴笑道，雪焰这家伙才多少级就敢上擂台，这可真要去看一下，他兴冲冲地离开大明寺，向瘦西湖而去。

天下三分明月夜，二分无赖是扬州。

世人皆言，扬州之景在于月色，而说到赏月则在瘦西湖。

华天晴来到瘦西湖的时候，虽不是明月清照的夜晚，但清俏绰约的流水，玲珑雅致的二十四桥，果竹繁茂、花药成行的景致，以及那湖边热闹繁华的市集，都足以让他粗略扬州的风采。

杜牧诗云："二十四桥明月夜，玉人何处教吹箫。"

正因为这句诗，不知让多少人对此地产生过旖旎的联想，二十四桥因此得以名扬千古。

也正因如此，这里才聚集了那么多的游戏玩家，在二十四桥边上自发地形成了市场。小从刀伤药，大到各色兵刃铠甲，又或是宝马首饰，可以说是应有尽有。

华天晴摇了摇头，这些家伙真是大煞风景，若是晚上也那么多人在这里，哪里还有赏月的气氛？但这也怪不得玩家，要怪只能怪中国的人实在太多了。只是放眼过去，却不见擂台，究竟在哪里呢？在市场的另一头，远远望去是一座酒楼，楼上高高挂着"明月斋"三个字，他微微一笑，在那楼上定可将瘦西湖的景色尽收眼底。

酒楼布置得相当大气雅致，那可以俯瞰瘦西湖的二楼，早已座无虚席。

华天晴微一皱眉，却听见有人招呼自己，扭头一看，正是在大明寺认识的风吹雨。

华天晴坐到了风吹雨的对面，笑道："那么巧。"

跑堂的过来替他加了副杯筷。

风吹雨道："到了扬州自然要凭吊些古人，我去大明寺看过了鉴真，接下来当然是到这里来看'杜牧'，他是这个酒楼的老板。"

"晕！"华天晴这才注意到，二楼柜台里站着的竟然是杜牧，不由莞尔道："让他做酒店老板有点过分了吧。"

"又没叫他做青楼的老板，哪里过分了？"风吹雨悠然吟道："落魄江湖载酒行，楚腰纤细掌中轻。十年一觉扬州梦，赢得青楼薄幸名。"

华天晴哈哈笑道："先是大明寺，后是明月斋，我发现你总是替做游戏的说话，而且还总是有道理。"

风吹雨对华天晴举起酒杯道:"难道你不是来看杜牧的?"

华天晴把杯中酒喝下,微笑道:"显然不是。"此时他已看到窗外那二十丈方圆的擂台,雪焰一身白色的策士战袍立在擂台之上,手中托着一条碧玉杖,在阳光下烁烁放光。

风吹雨顺着他的目光望去,轻声道:"你朋友?"

华天晴点了点头,调到了密语频道,对雪焰道:"我来了,在你身后的明月斋上。"

雪焰对着华天晴挥了挥杖,算是打过招呼,回复道:"暗算我们的一笑堂的高手来了,我解决了他们再来找你。"

风吹雨道:"你朋友很厉害,已经连赢五场。看他手上的兵器,只怕他已经二十级以上了。"

华天晴叹了口气,这个家伙已经二十级了,难道一个晚上没有下线?

而这时候,又有挑战者登上擂台,雪焰转过身,望向前方的对手。

那人身形高挑,蓝袍轻甲,眉目细长,负手立在擂台上,静静地看着雪焰。

雪焰注意到对方淡蓝色的衣襟上,有着一条淡淡的红色弧线,不错,红色正是一笑堂高层的标志,不由微微一笑道:"终于等到管事的人出来了。"

那人一抱拳道:"在下龙七,堂里人说一个二十级左右的朋友,在城里找我们一笑堂高层的人讨说法。"他淡淡一笑道,"在所谓的高层中,在下最小,所以只能由我来照顾雪焰兄了。"

雪焰好整以暇道:"想来我的事情,你已经了解过了。"

龙七笑道:"不错,堂里两个弟兄在飞魂涧袭击雪焰兄的队伍,夺取了一些东西。这些我都已经知道,此来正是给兄赔不是。"

雪焰拱手道:"好说好说。"他眼睛看了下四周,笑道:"东西呢?"

龙七哈哈一笑,拍了拍手,擂台下几名有着一笑堂会标的男子,牵过了几匹战马。

龙七从属下手中拿过一把碧绿的长弓,放在了擂台中间,说道:"原物奉还。"

对方如此客气,倒真叫雪焰难以发作,只得道:"那就多谢了。"他伸手就要去拿长弓。

"且慢。"龙七淡淡地道:"东西奉还,那么雪焰兄,前后伤我数名兄弟,又如何说?"

雪焰哈哈一笑道:"龙七兄的意思是?"

龙七看着擂台四方的观众道:"在下愿意领教雪焰兄的高招。也好对本堂兄弟作一个交代。"说着他从怀中亮出一把两尺长的短剑,微笑道:"方才说了,堂里高层,在下最小,现在二十五级。雪焰兄现在二十一级,可愿意同在下切磋一下?"

风吹雨在华天晴耳边道:"擂台规则设定,交手双方等级不能相差五级以上。"

华天晴道:"我印象中,长假前面一星期开的服务器,到现在还不到两星期。"

风吹雨道:"所以,目前为止最高水平的角色,也不过四十级左右,但高级的多数都北上去了长安洛阳,在这,二十多级的已算是高手。"

华天晴道:"打擂台有限制么?擂台上死亡,怎么算?"

风吹雨道:"十五级以上的才能打擂,战败或者战死都要扣除百分之十的经验,也可用装备打赌。"他指了下远处的黄土区道:"直接在那里重生,但一个游戏日内不能重上擂台。而胜利方的经验增加百分之一。输赢双方成绩都记入系统。"

华天晴不由多看了风吹雨两眼,这个家伙怎么和晨雪一样,那么熟悉这些规矩?

擂台上,雪焰哈哈狂笑道:"龙兄既然如此说了,雪焰敢不从命?"

二人互一抱拳,远远站开,分离东西两角。

雪焰双手抱着碧玉杖,不丁不八地站在那里,心中还有一些振奋,终于遇到值得挑战的对手。

龙七缓缓沉下身形,一手握剑,一手支地,目光闪动,一副跃跃欲试的样子。

突然,龙七动了,好像一只野狼猛冲而出,短剑带起一道白光,扫向雪焰的双腿。

明月斋上,华天晴低声道:"飞狼步。"

雪焰手中碧玉杖如风车般转动,六七个冰珠呼啸而出。龙七身形如飞,成"之"

字形晃动避过冰珠，冲至雪焰近前。

只听雪焰冷笑一声，凭空消失不见，天空中十多个火球如陨石雨打向龙七。

轰！龙七站在原地一动不动，硬受几下火球，突然向后方一个跟头翻出，那个方位正是雪焰从空中出现的地方，他竟先一步猜到了。

短剑刺入雪焰的胸膛，鲜血喷洒而出，点点红花落在擂台之上。

龙七眼中杀意一浓，大吼一声，短剑透胸而过，把对手挑起，他身形转动，雪焰如断线的风筝一样被抛出擂台。

此时就听明月斋上传来一身断喝！

华天晴从二楼如大鸟般飞身而下，于半空中一把将雪焰接住，雪焰在他怀中挣扎了几下，消失不见。华天晴愤怒地望向台上嚣张的龙七，紧紧握住了拳头。

台上龙七冷冷望着半路杀出的男子，上上下下看了几眼，目光最终落在了华天晴腰间的长剑上，心中一动，暗道："那是什么？"

鲜血从剑锋滴落在擂台上，龙七抬头看了看明月斋上的观众，又环顾四方的人群，微笑着对华天晴道："擂台之上，死伤本就各安天命，你不服气可以上来比过。"

华天晴看了看湛蓝的天空，握紧的拳头慢慢松开，淡淡地道："我还不到十五级，没有上擂台的资格。"

不到十五级？龙七冷笑道："那我们在擂台下比，又如何？"

华天晴看看身边的风吹雨，淡淡一笑道："我不想在城里杀人，系统惩罚的后果很严重。"

龙七目光始终不离对方的长剑，狂笑着走下擂台道："就凭你？十几级也想杀我？"

密语频道中雪焰说道："别受他挑唆，不管在哪里，都没有十三级挑战二十五级的道理，何况你连战士的基本技能都没学全。"

华天晴望了眼擂台上的碧绿弓，轻声回答道："我自有主张。"

刚在黄土区重生的雪焰只能苦笑，昨天就已领教过这小子的脾气。

华天晴注视着龙七，嘴角扬起淡淡的笑意道："一笑堂，本就不值一笑。我们去城外一决胜负，如何？"

龙七目光收缩，他真想立刻叫对方血溅五步，但系统默认在城内杀人，会被"官府"通缉，全地图的 NPC，以及数不清的以猎头为生的玩家都会追捕他。他大声道："我们就去扬州城西门外决一胜负！"

华天晴点头应允，风吹雨紧跟在他身后一起向城西走。

龙七刚要带一笑堂的人马离开，就听擂台边有人道："且慢。"

龙七、华天晴等人同时转头望去，说话的是一个公差。她没戴帽子，长发梳了武士髻随意地束在脑后，面容柔美，身材高挑，穿着宽大的官差服，却还是不能掩盖她凹凸有致的身材。

周围围观的众人发出一阵惊叹，公差说话已不多见，何况还是美女公差！

这个游戏中，能够自主行动的公差只有一种人，那就是 Game Master。

擂台周围的人群议论纷纷，谁都不明白这个美女 GM 大人是什么意思。

女公差笑道："今天我正好在扬州办事，既然擂台那么热闹，你们又何必去城外？"说着她走到擂台前，把"十五级以下止步"的牌子拿开，换成了"百无禁忌"的牌子，然后微笑着对华天晴和龙七道："二位请吧。"

华天晴挠了挠头，虽然他并没想过在去城外的路上开溜，但这种唯恐天下不乱的 GM 还真是少见啊。

龙七则毫不退让，大步向擂台走去。

在"纵横五千年" GM 值班室中。

何不忘不解地问道："你为什么要这么做？"

纪无缘看着游戏屏幕，掩嘴偷笑道："你难道不想见识太白神剑的力量？"

何不忘道："想是想，但他们出城不也一样会打么？GM 要尽量在无声中处理事件，这个是条例上规定的。"

"出去就没有一对一的规则限制了，我可不想华天晴被围攻。"纪无缘辩解道。

"围攻？"何不忘失笑道，"二十五级的打十三级需要围攻？你太看得起他了吧。"

纪无缘全神贯注地看着屏幕，笑而不答。

何不忘皱着眉强调道："太白神剑再厉害，他也只有十三级而已。"

纪无缘喝了口咖啡，轻声道："就要开始了。"其实对即将发生的事情，她也不是很确定，可是直觉告诉她，"纵横五千年"中的隐藏兵器，绝对不会那么简单，而华天晴也绝对不是那么简单。

第三章　太白神剑

四面八方的目光都集中在擂台上，系统公布两人级别，十三级和二十五级。

在众人注视下，华天晴把长剑横在胸前，凝视着前方的龙七，这是他在这个世界第一次与人动手，不紧张是不可能的，但在紧张的同时却又有一些兴奋。

龙七冷笑着身子前倾，再次摆出"飞狼步"的姿势，傲然道："一下子搞垮你。"

两人对峙了片刻，龙七手掌一翻，反握短剑，猛一用力向前窜出，短剑上寒光流动，二十级游侠的攻击技能"突刺"骤然发动。

龙七瞬间就冲到了华天晴的身前，华天晴向侧后方一晃，一下到了龙七的右侧，龙七一惊，对方是怎么做到的？但他反应也是极快，身形转动，贴着华天晴就是一剑。

华天晴还来不及拔剑，就看到寒光扑面而来，长剑连鞘击出，"燎原一击"正封在龙七的短剑上，"喀啦！"剑鞘和剑锋相碰发出沉闷的声响，龙七冷笑一声，一个跟头向后翻出，华天晴觉得肩头一凉，被划开一道两寸长的伤口，紧接着眼前一花，眼前的龙七化作五条人影杀了过来。

华天晴心里一沉，究竟哪条人影才是真的，抑或每条人影都是真的？

"喀啦！喀啦……"华天晴奋力架出两剑，龙七借力跃到空中，一下化作七道人影于半空杀来，擂台上的华天晴根本无处闪避。

擂台下，观战的人群发出一阵惊呼。

龙七人在空中，却觉得心头一悚，华天晴两眼之中自信满满，好像早就等着自己的攻击一般。

剑光乍起！长剑脱鞘而出。

灿烂的剑光从擂台上爆炸开来，耀眼的剑光中，华天晴双手握剑猛刺龙七的心口……

龙七原本从空中分从七个方向发动的攻势，如今却变成了从七个不同的角度把自己送上剑锋，这是什么剑法？他一咬牙，奋力一击同归于尽地扑向华天晴。

不料华天晴身形一转，忽然消失在他的前方，出现在他身后，龙七失声道："飞狼步！"

话音未落，剑锋从他的胸口冒出，华天晴一剑将他穿透，龙七倒在血泊中，瞬间化作飞灰消失在擂台上。

观战的人群从惊呼转而惊叹，十三级击败二十五级，对这个虚拟世界来说，是个不大不小的奇迹。

华天晴缓缓收剑入鞘，三尺长的青锋上不曾沾染一丝血迹，听着四面八方传来的欢呼，他深深吸了口气，太白剑法就是"诗"的剑法，灿烂辉煌直达人心的剑法，那一剑，终于叫他体会到"脱身白刃里，杀人红尘中"的痛快。

龙七从黄土区复活的时候，最先看到的是雪焰的笑脸，他摇了摇头苦笑道："你朋友手里拿的是什么？"

"我也不知道，认识他才刚刚一天。"雪焰微笑道，"却已被他救了两次。"

龙七望见华天晴拿起了擂台上的碧绿长弓，拍了拍身上的尘土，又向擂台走去。

忽然，一只有力的大手搭在了龙七的肩头，一个沉厚的声音道："老幺，这里交给我吧。"

龙七心头一震，回头就见身后的大黑马上，一铜甲虬髯的汉子傲然端坐，"老大。"龙七轻声道。

那虬髯汉子微微一笑，缓缓向擂台而去。雪焰望向那汉子战马上的兵刃，倒吸一口冷气。那把奇门兵器长有丈八，形状似叉，上有利刃，锋刃之后，成鸟翅状伸出一对翅膀，整个兵器隐隐散发着一层金光。

"凤翅镏金镋……"雪焰叹息道："这个宝贝原来在一笑堂堂主巅峰的手上。"

华天晴拿着弓走下擂台，前方传来掌声，一铁甲虬髯的汉子坐在大黑马上，头顶上的蓝字写着"巅峰"二字，名字上一笑堂的标志边有条暗红色的弧线，当然无论是他的名字，还是名字边的帮主标志，都不如战马上挂着的那柄淡金色兵器引人注目。

从蹒跚学步的时候开始，华天晴就知道那个兵器是什么，隋唐兵器谱排名第二的神器——凤翅镏金镋。

华天晴盯着那个兵器，轻声道："凤翅镏金镋……"

一笑堂堂主巅峰哈哈大笑道："我以后改名叫镏金镋得了，自从带上这个东西，每个人见面第一句话都是和它打招呼，却看不到我！"

华天晴笑道："抱歉！实在是神兵利器，人人都心存向往，巅峰老大莫怪。"

巅峰摆了摆手道："不怪你。"他望向四周的人群，微笑道，"其实大家都一样，人都喜爱华丽的东西，所以这里才会有那么多人。"周围的人群随即发出一阵哄笑。

巅峰转过头对华天晴道："所以刚才龙七对你朋友动手的事情，请不要放在心上。而我们一笑堂的人之前抢了你们队伍，也请原谅。"他环顾四周，大声道："我们一笑堂，不是强盗，日后不许做这种为帮会抹黑的事情！"

是！周围响应的声音让擂台一震，竟有百人之多。

"巅峰是人才！"何不忘笑道："这下一笑堂的人气不仅没有降低，声望反而还提高了不少。"

"能在开服务器的两周，就弄到凤翅镏金镋的人自然是人才。"纪无缘道。

何不忘道："他是怎么搞到的？这东西应该很难出吧？"

纪无缘抿嘴笑道："非常难出，我只知道他是完成了扬州大运河任务，才得到的兵器。"

"大运河任务？"何不忘道。

纪无缘道："不错，是三十级左右可以接的大运河任务。先是他触发了隐藏任务，整个一笑堂发动了近两百人，成功护卫杨广到达江都，最终获得这把兵器。"

何无望皱眉道："开服务器才没几天，他就能发动两百人？"

纪无缘秀眉扬起道："你刚才不是说他是人才吗？一笑堂是个网游俱乐部，以'一笑'网吧连锁店为核心，在全国至少有数万会员。"

"巅峰是？"何无望问道。

"这我就不知道了，但他应该是一笑堂在隋唐服务器的负责人。其实现在网络游戏中的大帮派，一大特色就是以网吧为中心，就好像大唐北方的金钱帮，就是以全国有名的东方网吧作为依靠的。"一面说，纪无缘一面在机器上发了这么一条消息："GM011 未经许可，更改游戏设置，暂停其 GM 权限一日，并全服务器通报警告。"

何无望道："你这啥意思？"

纪无缘调皮笑道："免得以后再有谁要打擂台，找 GM 要求更改设置嘛。"

"自作聪明，这就是女人……"何无望随即又叹了口气道，"为了看太白神剑的光芒，更改游戏设置的确值得。这把兵器神得很，但谁又知道这游戏里最厉害的东西是什么？这个游戏才刚刚开始。"

纪无缘喝了口咖啡道："所以我觉得这游戏的 PK 非常有趣，各种神奇的武器带给 PK 无穷的快感，这是局外人很难想象的。当拿到童年时候最向往的武器，那种心情是难以言喻的。"

PK 英文全称 PLAYER-KILL，原意为"杀死玩家"，后来逐渐泛指玩家间的战斗，但有一批特别嗜血的玩家顽固地认为，只有杀死对手，才算是 PK，PK 必须用血来见证。而自从网络游戏诞生以来，PK 始终都是游戏中的第一话题。

此时，有人送来了华天晴他们的马匹，以及其他一些东西。

华天晴和雪焰接过东西，对着巅峰一抱拳，表示恩怨一笔而消。巅峰回了一礼，抬头时候望见窗口的风吹雨，隐约感到一股凌厉的气势，眉头微微一皱。

忽然，人群中传来一阵洪亮的声音："一笑堂与我大业社约好在北门外了结梁子，人却迟迟不到，没想到是在这陪小朋友游戏。"

巅峰微微一笑道："看来大业的杨羽明是着急了！我一笑堂这就去北门！"说着也向华天晴一抱拳，拨转马头，向龙七一挥手，龙七一声呼哨，擂台周围百多一笑堂子弟，同时向扬州城北门而去。

望着巅峰的背影，华天晴长出一口气道："这就是江湖了。"

雪焰从包裹中取出套皮甲，递给华天晴，笑道："快穿上看看。"

皮甲是黑色的，华天晴笑着把它穿到身上，抬手转了一圈，身形似乎雄壮了些，眨着眼睛道："哪里搞来的？很不错啊！"

雪焰道："不错就好。"说着翻身上马。

华天晴皱眉道："靠，你那么着急做什么去？"

雪焰道："隋唐服务器，目前南方最厉害的两个帮派在北门火并，我当然要去看看。你去不去？去的话一起走！"

华天晴摇头道："打架有什么好看的？我要去学技能，奶奶的，到现在连基本技能都没学呢！"

"知道啦！"雪焰哈哈一笑，打马就向北门去了。

华天晴转过头，见风吹雨默默望着北门的方向出神，他一拍风吹雨的肩膀道："你也想去？"

风吹雨摇头道："我不去，为何他们打打杀杀官府不管？"

"因为官府允许他们打，不打打杀杀怎么热闹！"华天晴哈哈一笑道，"管他们呢？游戏各有各的玩法。我要去学技能，你知道扬州城学技能的地方怎么走么？"

风吹雨点头道："跟我来。"说着转身就走。

华天晴急忙道："等等。"他身后还有一大堆一笑堂还来的物品。

"跟我来吧。"风吹雨道："这些都可以寄存在明月斋，学技能的地方要走些路，好在我们有马。"

似乎是从有电玩游戏开始，就有了"技能"这一说，而技能的学习在网络游戏中更被发扬光大，印象中还没有什么大型网络角色扮演游戏，玩家是不需要学习技能的。基本上所有游戏中"技能"学习的过程都相当简单，只需要找到相应的"NPC"或者相关的技能秘籍即可。玩家通过学习技能可以进一步把角色增强，比如说"战斗力"、"防御力"、"劳动能力"等，使角色能在游戏中发挥各种作用，以获得更多的乐趣。

"纵横五千年"的技能系统是和等级经验系统结合在一起的，经验分为角色经验和技术经验，角色经验决定角色等级，技能点累计到一定程度后，可以自己选择需要增强的基本技能，基本技能有角色职业限制，而由装备赋予的特定技能，则与"技能点"和"角色职业"无关，但需要特定场合激活技能。比如华天晴通过"月狼之戒"学得的飞狼步，就是原本不属于战士系统的技能，而"月狼之戒"中的"雪融"技能，目前似乎还没激活。

教授战士技能的 NPC 在兵营，扬州兵营在城镇的东面。

兵营就是兵营，擅自闯进去的玩家会被卫兵格杀或者打入大牢，卫兵的等级为服务器玩家的平均等级，据说兵营的营建是为了日后的攻城战，可以想象大战之时会多么困难。好在教头所在的兵营西院是对外开放的，目的当然是为了方便华天晴这样的小战士。

大帐之中，正位上是战士的教师"徐敬业"，副位则是策士的教师"骆宾王"。

帐中已有六七位玩家，怀着同样的目的来拜见这两位大人。

和徐敬业交谈之后，华天晴发现其实也没啥好学，重要的只有"挑衅"、"人马合一"和"披坚执锐"三样。"挑衅"用来吸引敌人的注意，以此来保护队中其他玩家；"人马合一"是增强战马的控制能力；"披坚执锐"则是增强个人对甲胄和武器的控制力，即是增加基础属性的被动技能。

学完技能，华天晴后退两步，上上下下看了帐篷几眼，发现大帐的四壁挂着《代李敬业讨武氏檄》，那泛黄的檄文淡淡写着："伪临朝武氏者，性非和顺，地实寒微。

昔充太宗下陈，曾以更衣入侍。洎乎晚节……"

华天晴扭头看着风吹雨，轻声道："他们当时究竟是要推翻武则天，还是仅仅是想自己做皇帝？为何一方面要对抗北面强敌，一面还要去打金陵，这两个人当时究竟在想什么呢？"

风吹雨露出思索的神色，随即却是一脸茫然，他或许熟悉这些人的生平，却也不知道很多事情究竟为何发生，华天晴摇了摇头，向"徐敬业"和"骆宾王"拜了一拜，缓步离开大营。

"请看今日之域中，竟是谁家之天下！"写下此文的骆宾王大战后下落不明，作为后世之人，知道结果和了解过程完全是两个概念，"历史的心"数千年来又有几人能够明白？这个游戏似乎在刻意追思着什么，但究竟在思考什么呢？

扬州城北门，笼罩在一片血雾中。

一笑堂堂主巅峰周身铜甲，一马当先冲向大业社的方阵，易谈秋、玉无暇二人一左一右护在他身侧，无论多少火力打在巅峰的身上，玉无暇都会迅速施展医疗术，让他安然无恙。

巅峰战马狂奔，手中凤翅镏金镋绽放起火红的光芒，好像火中的凤凰所向披靡，身后二十余个三十多级的战士，成扇面展开齐头并进突入对方队伍。

大业社的社长杨羽明大叫一声，在身边战士的护卫下，聚合全身法力，一面七尺高的巨大火墙飞向巅峰。巅峰哈哈狂笑，身下大黑马四蹄飞起，凤翅镏金镋砍入火墙，锋刃间光芒一盛，火球飞散开，消失于空中，巅峰大吼一声，凤翅镏金镋劈向杨羽明。

杨羽明身前战士被一镋劈开，鲜血高高喷起，杨羽明飞身后退，但阵形靠得太近，根本无处可逃，而凤翅镏金镋已经驾临他的头顶！

巅峰一镋把杨羽明高高挑起，战马转了一圈，把尸体抛向空中，大吼道："一笑堂天下无敌！"身后的近两百帮众大声呐喊，蜂拥而上，转眼间大业社溃不成军。

北门范围内，代表一笑堂的蓝色越来越多，大业社的人越来越少，逐渐向郊区退，巅峰带着战士队，旋风般追去。

追出六七里，再也看不到大业社帮众的身影，玉无暇笑道："盟战一败涂地，这下杨羽明没话说了！"

巅峰哈哈大笑："我们回去吧。"就在掉转马头的时候，东面山坡的竹林显出数骑黑影，他浓眉一扬，拉住马的缰绳，抬手摘下凤翅镏金铠。

竹林中跑出一匹赤红的高头大马，马上大将灰袍铁甲，人在山坡的阴影中显得异常高大。

巅峰抖缰绳，迎着那高大的身影而去。那灰袍铁甲的战士立在山坡上一动不动，冷冷地注视着坡下的巅峰。一股强大的杀气从山坡上压迫而下，巅峰觉得心头一紧，近乎透不过气来，转眼两人只差二十步，那灰袍铁甲的战士手中古朴的兵器猛然举起，天空中闪过一道耀眼的寒光，隐隐传来风雷之声。

"是长戈？"巅峰感到巨大的压力汹涌而来，大吼一声，举凤翅镏金铠迎向那青铜长戈的戈头。"当！"兵器碰撞在一起，金芒大盛，巅峰双手虎口一热，仿佛撕裂开来，镏金铠被长戈震开，那森冷的兵器直透铜甲贯入胸膛。巅峰整个人被长戈高高挑起，嘭的跌落尘埃，战马惊得仰天长嘶……

不远处的玉无暇急忙用急救术，但白色的光芒虽从巅峰身上升起，却无法挽回他的生命。巅峰躺在地上，隐约看到一笑堂的子弟向自己扑来，而那灰袍的战将纵马就走，并没有多看他一眼，竹林中的十余骑傲然开拔，其中一雄霸凛冽的身影一闪而逝，灰袍战将紧跟其后。

"那才是他们最厉害的人物……"巅峰心道，"可我怎会一个照面也抵挡不住？这个世界有那么厉害的人么？即便是北方金钱帮的老大东方舒寒，或者号称天下第一战士的月无名，都不可能做到。"

哗！一道柔和的光芒绽放开来，巅峰重新站起，他看着身边的战马，以及全身的装备，头皮一阵发麻……

一旁的玉无暇道："怎么了？"但她看到两手空空的巅峰，神经骤然绷紧，紧张得说不出话来。

巅峰脑中一片空白……凤翅镏金镗竟在他死的时候随机掉落，而这东西是特殊物品所以受到系统保护，掉落在地立即消失。"不要紧张，不要紧张……"巅峰轻声对自己说道，他等了整整三分钟，系统发来消息，告诉了他可以找回镏金镗的位置。并提示从现在开始他有一天的游戏时间去寻找宝物，若他用一天时间还找不到，系统公告将告知大家物品位置，给其他人均等的得到机会。

还有一天时间，巅峰平稳住情绪，抬头对四周的帮众道："所有弟兄到运河码头集合。"

"董事长答应国庆过后停机。"谢天衣靠在转椅上，苦笑道："我也觉得很不好意思，这种小事情也要麻烦她。"

慕晨雪笑道："长时间停机并不是小事情，至少对这个项目来说，东方小姐亲自过问也是应该的。"

谢天衣道："她是个好人，但我们永远都不会了解她所处的世界。"

慕晨雪低声道："我觉得她身后的红发人很奇怪。"

谢天衣笑道："比尔·克罗斯，是董事长的保镖。"他似乎不愿意多提这个人，转移话题道："你怎么样，在游戏里面看出什么来没有？"

慕晨雪若有所思道："我觉得那个世界似乎发生了变化，具体发生了什么虽然不清楚，但的确能够感受到，世界不一样了。"

谢天衣注意到慕晨雪不再称"纵横五千年"为游戏，而是说"世界"，他点头道："希望你能够在国庆节结束前找到问题。"

"可在虚拟世界里面，我一点头绪都没有，这游戏根本找不到规律，我熟悉任务系统，但是仅限于普通任务，根本不能影响大局，你我都知道只有大型隐藏任务才是这个游戏的核心。只有接触涉及核心道具以及核心NPC的事件，才能影响游戏进程，而这个我根本做不到。"慕晨雪轻轻扯着秀发，皱眉道，"话说回来，我们能找出什么呢？难道找到那些已经智能化、生命化的程序来对话么？天知道是否真的存在这些东西。"

"对话?"谢天衣苦笑了下,他都不能肯定自己究竟在找什么,他摇头道,"我也不知道,我有些乱了,我只知道程序有问题,我研究程序,而要你去游戏里面找。"

慕晨雪心里叹了口气,尽管她也同意游戏的程序有些失控,但她却并不认为有老师想的那么严重,她轻声道:"我不可能在三天里就找到游戏的窍门,除非你把隐藏的暗门都告诉我。"

"暗门?就是整个世界的钥匙么?"谢天衣笑道,"如果有暗门,还需要担心什么?但我觉得你手边有一条线索。"

慕晨雪沉默片刻,秀丽的脸庞显出一丝笑意,站起身道:"老师既然找到了线索,直接让他去做就是了,我正好乐得轻松,我可不想安排好的约会全部作废,眼看七天长假过了一半了。"但她看到满脸疲惫的老师,心中一软,轻声道:"我认为我们有其他选择,NPC、服务器和玩家的数据并不是在一起的,或许我们可以恢复NPC的原始数据。"她略微犹豫了一下,继续道:"即便不能根除这些智能程序,也可以争取解决问题的时间。"

"这是万不得已时用的方法,这可能让道具系统产生混乱,道具混乱之后,玩家角色光有级别没有装备,有什么用?"谢天衣一摆手道,"丫头啊,丫头,你根本不知道我在担心什么。"

慕晨雪温柔一笑道:"我是不知道,但我会支持你。老师你不用那么紧张,程序不会冲出电脑,主机关闭一切结束。"

谢天衣开始咳嗽,痛苦地道:"你不理解,我们正站在历史与未来的路口。"

"什么?"慕晨雪皱眉道,她并没有听清老师的话。

谢天衣咳嗽道:"没什么,我要理一下头绪。"

"那今天晚上我不上游戏,明天我们好好谈谈,我也觉得思路有些混乱。"慕晨雪转身走出办公室。

谢天衣苦笑道:"年轻人都没有耐心,一切都还不确定,能谈什么?"他轻轻咳嗽了几下,其实丫头说的也有道理,把NPC服务器的数据恢复到原始状态,是让游戏复原的一个办法。让她去游戏中寻找根本没影的东西,太勉强了。

他支撑起身子，看着电脑中的工作笔记，自语道："程序从普通的推演，到智能的推演，绝不存在固有模式，这就和生命的进化一样是不可重复的。"

作为"纵横五千年"的设计者，他就好比这个游戏的父亲，他怎么能剥夺孩子"进化"的机会？"纵横"中正在进行着一个奇妙的变化，这或许就是"程序智能化"的决定性的时刻。

到底该怎么办？谢天衣看着天花板，"历史人格"能够推动智能化程序"天意"的进展，他最初仅仅只是有一个概念而已，这样的化学反应一旦实现，又该如何？他可不是上帝，他只是谢天衣，上帝通过什么来和人交流？自己又通过什么去和独立的程序交流？

夜，明月斋，人声鼎沸。

华天晴和风吹雨二人，一个穿黑，一个穿白，晃晃悠悠地上了二楼。

这里比早上热闹得多，靠窗可以看到瘦西湖的位子已经没了，但跑堂的显然记得在擂台有优异表现的华天晴，殷勤地给他靠窗搭了个桌子，既可看到名扬天下的二十四桥明月夜，又可看清来往的各色人物。

"人出名了还是有些好处的。"看着跑堂的背影，华天晴笑道。

"有啥好处？"风吹雨道："我只知道和你在外面练级，每二十分钟就被人偷袭一次。为的就是你身上那把剑。"

华天晴喝下一口水酒，闭着眼睛慢慢适应这虚拟酒水的奇怪味道，疲劳度从百分之八十下降到了七十五，皱着眉头道："干掉那些主动攻击我们的人，不是还收获了两个皮头盔，一副鹿皮护手么，有啥不好？"

风吹雨道："没啥不好？刚才是谁神经过敏，边上经过了一个 GM 都想动手？"

华天晴尴尬一笑道："那么严肃做什么？不是没有动手么？"他斜眼看着风吹雨，皱眉道："我发现一个问题。"

"什么？"风吹雨问道。

华天晴板着脸道，"你从来没笑过。"

"笑？"风吹雨道，"我没有笑过么？"

华天晴咧开大嘴，笑道："当然没有，你有我笑得那么帅么？"

风吹雨学着华天晴的表情，张大了嘴，问道："这样吗？"

华天晴苦笑了下，道："比不笑还难看……另外你也没骂过脏话。"

"脏话？"风吹雨再次皱眉。

"比如你妹！我靠！"华天晴笑道。

"你妹！"风吹雨不屑道。

华天晴又喝下了一口水酒，疲劳度到了百分之七十，视觉和听觉都恢复了不少，耳边传来了一段奇怪的话语。

"……叔宝到槽头看马，但见马蹄穿腿瘦，肚细毛长，见了叔宝，摇头流泪，如向主人说不出话的一般。叔宝眼中流泪，叫声：'马啊……'要说话，口中噎塞，也说不出，只得长叹一声，把马洗刷一番，割些草与它吃，这一夜，叔宝如坐针毡，睡到五更时分，把马牵出门，走到西市。那马市已开，但见王孙公子，往来不绝……"

华天晴一扬眉，就见大堂前面的一块空位上，一身着青袍长发披肩的男子手拿堂木，端坐正位，正在那里侃侃而谈。

"这里有人说书？"华天晴对跑堂道，"还是秦琼卖马？"

跑堂的点头道："这个人叫风舞。每天晚上都在这里说书，一回一回地讲《说唐》。"

华天晴望着那说书人头顶上淡淡的蓝字，皱眉道："你是说每天？"

"是啊。话说回来了，酒楼里面有人说书，有人表演才更像酒楼，不是吗？"跑堂笑着走开了。

风吹雨喝了口酒道："你自己也说过，游戏各有各的玩法，有人就是喜欢在这里说书，他觉得这样开心，也很正常。"

"正常？"华天晴苦笑着道，"也许这个游戏应该开更多的职业让人选择，比如说多开个艺人，再开个戏子什么的。"

风吹雨道："也许你说得对。"

华天晴看着说书的风舞，轻声道："秦琼卖马……这个家伙这么说书，很明显是把整套书都装在脑子里了，真厉害，这个世界上有性格的人真多。"他目光射向窗外的瘦西湖，水酒倒入喉中若有所思。"扬州或可让你见识大唐的风采，但你要记住只有长安才是真正的大唐。"他耳边仿佛又响起李白的话语。

华天晴放下酒杯，对风吹雨道："据我所知，十八级之后，大运河渡口就对我们开放了。"

风吹雨点头道："是的，你想怎样？"

华天晴沉声道："我想去长安，我们先从大运河到洛阳，如何？我想去见识下这个世界上的强人。"

风吹雨动了动嘴唇，表示笑过，然后道："你妹，好。"

华天晴哈哈大笑，猛地站到了桌子上，高举手中的长剑，大声道："有没有人和我去见识北方的月光？大运河队伍召集人手！"他响亮的声音把所有人的注意力都吸引过来，窗外的月光照在他的身上，整个人闪现着奇特的魅力，明月斋一下子变得有些安静。

但随即，整个酒楼又恢复喧闹，那么多人竟然没人理他。

华天晴低头看向风吹雨，风吹雨拿着酒杯像白痴一样练习着笑容，好像没看到他的窘相，一时间他上也不是，下也不是，不由大怒向风吹雨瞪去。

风吹雨似乎终于研究好"笑容"，放下酒杯，幸灾乐祸地笑道："你还是下来吧，这里都是休息的人，我们去码头征集队伍，还怕没人？"

"靠，这家伙笑起来比不笑更可气！"华天晴心里道。

"我和你去。"不知何时说书的风舞到了他们桌边，淡淡一笑道，"我想去长安说书。"

看着他那骄傲的样子，华天晴几乎以为他说的是要去西天取经，但好歹有人愿意一起去，他还是微笑道："什么职业，多少级？"说着从桌上跃下。

风舞拿出灰色的药箱，晃了晃道："我是医生，二十级。我本来准备明天走，你们既然要去正好做伴。"

"好极，好极。"华天晴看了风吹雨一眼道，"看来我那嗓子还是有点效果的。"

风舞笑道："你别怪他们不理你，因为大运河主要是起一种传送功能，除非选择半路上岸，一路上并没有多大风险，所以通常大家都是自己乘船自由些，不会选择组队。"

"传送功能？"华天晴奇道。

风吹雨挠头道："应该是这样的，不然从南方到北方，不得走上几十天？"

"你如果真的知道，方才怎么不提醒我？"华天晴怒道。

风吹雨道："现在知道也不晚。"说着站起身，对满脸怒气的华天晴道："走不走？"

"靠，为啥不走？"华天晴一口把壶中水酒喝干，拍了拍身上的皮甲，带头下楼。

风舞饶有兴趣地看着两人，紧紧跟在他们身后向外而去。

走过二十四桥时，华天晴抬头回望明月斋，依稀看到灯火下"杜牧"儒雅风流的身影，心道：扬州我已看过，不知大运河又是什么样子。

大运河是世界上开凿最早、最长的一条人工河道，最初一段是吴王夫差为了北上伐齐而挖。到了隋朝，南方的经济逐渐赶上北方，为发展南北漕运，使南方的丰富物资运往洛阳，更为了方便乘舟巡游全国，隋炀帝把运河的开凿推到了历史的顶峰；他一声令下发百万民夫开凿大运河，在六年时间中，使得运河南起余杭，北至涿郡，贯通五大水系，全长达四千多里。

而唐朝的经济亦因这条伟大的人工河道受益良多，后人言道："尽道隋亡为此河，至今千里赖通波。若无水殿龙舟事，共禹论功不较多。"是非常中肯的评价。

扬州运河码头是大运河的中枢，码头广场隔着几里就能望见，宽阔的河面波光粼粼，沿岸泊有近百艘中型帆船。

华天晴一行三人走到码头广场的时候，却发现这里并不如想象中的热闹，整个广场上只有十来个人。

华天晴摸头道："有点不对，这里就算不如明月斋边上的集市，也不该这么冷清。"

风舞道："现在时间晚了吧？现实时间快零点了。"

华天晴道："那又怎样？通宵的人不是刚刚进入状态么？"他注意到岸边客船上都是身穿蓝袍的一笑堂帮众，这些家伙又搞什么？他打开密语频道，对雪焰道："先前一笑堂和大业社的火并谁赢了？"

雪焰答道："当然是一笑堂，巅峰的那把家伙，谁能挡得住，简直就是宇文成都再生，一下就把大业社的老大杨羽明干掉，神兵就是神兵！"

华天晴道："那他们现在在码头搞什么？把这里弄得鬼气森森的。"

"你在码头？"雪焰笑道，"还真是巧，我刚刚想找你。"

"你也在？"华天晴问道。

他刚刚问完，就听远处帆船上传来雪焰的叫声："这边！这边来！"

华天晴抬头一看，甲板上雪焰正大力挥手，他身边还俏生生地站着两个女子，正是晨雪和西门不弱。

"我靠。雪猪，你怎么会也在这里？"华天晴跑到船边哈哈大笑道。

雪焰皱了皱眉道："这家伙越来越口不择言。"

华天晴望向晨雪刚要说话，就收到组队邀请，确认之后，雪焰、晨雪、西门不弱、华天晴都出现在队伍列表。

华天晴道："那两个风都是我朋友。"于是六个人组在了一起。晨雪手臂上缠着蓝色丝带，显然这次的队长又是她。

晨雪道："大家说话用队伍频道，这边的状况比较特殊。"

风舞道："这里到底怎么了？一笑堂要做什么？"

西门不弱苦笑道："巅峰今天被秒杀了……还掉了装备。"

雪焰道："所以他们封锁了运河，不允许任何人在徐州附近登岸，就算船把你送到徐州，也得继续向前，他们不限制你去徐州后面的城市，比如说你可以直接坐船去洛阳城。"

风舞道："他们有多少人？这么做不等于和天下人为敌么？"

雪焰道："据说有近三百人……不仅封锁了去徐州的河岸，就连陆路他们都派人进行盘查，简直像官府一样。"

华天晴眉毛一扬道："GM不管么？"

西门不弱道："投诉了没反应，GM的回答是他们正在处理这个问题，但我们看不到效果。"

"还真是荒谬。"华天晴道："话说回来，那个巅峰到底丢了什么？"

"看这个架势，不出意料的话。"一直沉默的风吹雨道，"恐怕是他的凤翅镏金镋掉了。"

众人一起沉默，沉吟片刻后，风舞笑道："若真是如此，他的人品还真是够差。"

"人品？"晨雪道。

"其实就是说他运气差嘛。"华天晴笑道，"运气好不好不就看人品么？"

雪焰道："难道系统提示他装备将出现在徐州？"

华天晴不屑地道："靠，如果真是这样，他们不是很蠢？这么做等于告诉天下人凤翅镏金镋在徐州！"

晨雪举起双手，示意大家安静，然后轻声道："现在我们在一个队伍中，大家可以说下接下来去哪里？我决定去洛阳，既然去了徐州也不能上岸，那我选择直接去洛阳。你们呢？"

"洛阳？"风舞笑道，"我们本来就要去那里，是不是，天晴？"

"是，管他徐州有什么。"华天晴道，"我可不要那个像渔叉一样的武器，我们照原计划去洛阳。"众人纷纷点头称是，只有雪焰皱着眉头，华天晴骂道，"雪猪，你又不是战士，你就那么想要那把家伙？"

雪焰苦笑道："我只是想去看热闹而已，我当然和你们去洛阳。"说着他偷偷看了晨雪一眼。

华天晴发现晨雪用一种奇怪的眼神看着自己，笑道："怎么了，队长大人？"

晨雪笑道："没什么，只是没想到你们都愿意去洛阳。我刚才还在想，要你们别去徐州凑热闹，不知道有多困难。"

华天晴哈哈笑道："是不是觉得，我们是群唯恐天下不乱的人？"说着他目光扫向客船上的其他客人，轻声道："但你要注意一点，我们不去徐州，他们不一定去，不排除有意外发生的可能。"

晨雪笑道："不离开船就没事。"

众人达成一致，向船老大交了船资，那是一个头发花白的老年NPC，领到银子立刻眉开眼笑，客船的船帆高高升起，缓缓驶离港口。

华天晴看着远离的河岸，码头的景色渐渐模糊，他心中却被疑问包围，巅峰是目前的服务器中排名前三的战士，有谁能够秒杀他？他们这么劳师动众，凤翅镏金镗真的会在徐州么？瞥了眼身旁的晨雪，华天晴嘴角绽起一丝微笑，那么容易重逢，世界真小。

第四章　历史碎片

夜晚行船给人一种恍惚的感觉，帆船在宽阔的河面缓缓行驶，推起层层水波，星星很配合地飘在空中，一切宁静而安详，或者说，有些无聊。

甲板上，乘客三三两两坐在一起，随便说着什么打发时光。

华天晴和风吹雨背靠背坐在船头，华天晴看着甲板，风吹雨则盯着黑沉的水面。

甲板上，晨雪、雪焰、西门不弱开始时坐在一起，后来西门不弱走开，剩下晨雪和雪焰，最后晨雪也走开了，只剩下雪焰一个。

华天晴幸灾乐祸地道："雪猪好像泡妞失败……"

风吹雨却没有理他，只是痴痴地望着前方，华天晴眉头一皱，给了风吹雨一肘道："想什么呢你？"

风吹雨道："我只是在想，隋唐运河与后世的运河真的是同一条河吗？几千年来，

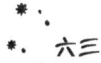

它究竟看到了些什么，它对我们来说又是什么？"

"今人不见古时月，今月曾经照古人。你想的事情，早在千年前就有人想过。"晨雪柔和的声音轻轻传来，"但直到如今，对这个问题我们能够做的，也只是发出一声感叹而已。"

风吹雨淡淡地道："说得有理。"他站起身，用脚踢了踢华天晴道，"你们慢慢谈，我去看看风舞在做什么。"

华天晴笑了笑，看着晨雪道："我们能够谈什么？"

"谈谈情，说说爱，杀杀人，跳跳舞。"晨雪笑了笑道："这就是方才雪焰对我说的，我现在知道为什么他叫雪猪了。"

"网络游戏本来就是这样，练练等级，聊聊天，找个网络情人，杀杀人发泄一下。"华天晴淡淡地道，"一直都如此。"

"但这个游戏，制作的初衷是想得到更多的东西，难道你没感觉出来？"晨雪笑着坐在华天晴对面道："听你的口气，你一定玩过不少游戏。"

华天晴道："虽然不算骨灰级玩家，但也不是菜鸟了。前几年韩国泡菜游戏盛行，这两年国产游戏虽然有所抬头，但终究逃不出这个模式，就连西方的游戏放到我们这里，最终也是变成杀人泡妞游戏。绝大多数人玩游戏都抱着雪猪的心态，难道你觉得不对？"

"对。游戏嘛，如果大家多是这么玩，自然有他的道理。"晨雪苦笑道，"谁都不愿意在工作之余增加别的负担。"

华天晴笑道："你似乎很在意人们对这个游戏的评价，你和制作游戏的很熟？"

晨雪道："我很喜欢这个游戏，参与过内部测试。"她理了下云鬓，笑道："的确认识些游戏公司的人，你如果有好的建议我会帮你带到。"

"建议？"华天晴摇了摇头，沉吟片刻问道，"你知道宫本武藏么？"

"知道，日本传说中的第一剑豪。"晨雪道，"怎么突然问到他？"

"最近有一部写他的漫画，从头至尾都让人感觉到一种精神。"华天晴道，"我一直在想，为什么日本能够出这样的作品。虽然我不喜欢他们，但却不能不正视他们，不喜欢却要正视，这就是所谓的实力吧。"

晨雪眼波流转，好奇问道："你也是画漫画的？"

华天晴摇了摇头，轻声道："只是感兴趣而已，我觉得'纵横五千年'很不同，在这里我常常会不由自主地思考。也许是我比较喜欢历史的缘故，我会思考一些我们民族过去的事情。这里有很多我们文化中的东西，生存方式也给了玩家更多的选择。虽然目前为止游戏的地图，我连十分之一都没走到，但我会尝试走遍天下看看。"

"一个人走遍天下？"晨雪笑道："还是和你那两个风？"

华天晴看着晨雪动人的眼睛，低声道："和你一起也可以。"说着微微一笑站起身，望向前方的水路。晨雪嘿嘿一笑，并不回答。

"现在就有个意见。"华天晴看着缓慢的河水，轻声道："你说既然运河是用来传送的，难道一定要走几个时辰么？明显游戏公司在骗取游戏时间。"

晨雪道："这个……运河也是历史的一部分，即便要传送，以后也会开纯粹的传送点。"

两人说话间，忽然前方河道一转，似乎进入了运河的支流，变得更加狭窄了。华天晴调侃道："是啊，这么狭窄的河道，传送人也不够吧。"

晨雪正要答话，却听前方传来巨大的响声，放眼望去，黑沉的河道突然变得明亮起来，让人有种到了白天的感觉。

甲板上所有人都围拢到了船头，就见前方两百步外，一个庞大华贵的船队出现在河道上。

数百艘船只拥着一艘巨大的龙舟，那龙舟楼影重重，高十余丈，长数百丈，远望过去巨大的龙头金光闪闪耀人双目，仿佛天上的宫殿到了人间。

客船此刻已经停下，甲板上众人交头接耳，都不知道对面是什么东西，而那龙舟船队却似乎没有看到客船，毫不停歇地驶向前来。

华天晴立在船头，远远望到龙舟最高层伞盖之下，一身着龙袍的男子微笑而立，他身边无数佳丽相拥嬉戏，伞盖两旁各有一个金甲将军侍立，左首那人金甲玄袍面容黑瘦，右首那人金甲青袍眉目端正相貌堂堂。

那难道是？华天晴愣了一下，望向身边的晨雪，晨雪低声道："杨广的龙舟，这个时间段，除了那个船队，我想象不出还有第二个有此规模。"

"我们怎么办？"风吹雨和风舞同声问道，那龙舟船队虽然速度不快，但却丝毫没有停下来的意思，如果两边撞上，后果可想而知。

雪焰道："我们有两个选择，一是留下来看撞上有什么后果，二是弃船上岸。"

西门不弱撇嘴道："好像两个选择都不怎么样。"

雪焰怒道："那你想个办法出来？"

晨雪一挥手道："可是如果这些是幻影呢？"

"幻影？"身边众人一起皱眉，另一队伍中的一个男子道："你为何觉得这是幻影？"

晨雪道："你们不觉得这里出现龙舟船队，根本就不合理么？运河是传送工具，这里根本不会出现随机任务。"她说着却见身旁的华天晴已经翻身上马。

"天晴，你又要做什么？"晨雪叫道。

华天晴坐在马上傲然笑道："与其这样猜对面是不是幻影，不如自己去证实一下。我现在冲过去，如果直接冲上龙船，对面的船队是真的，你们就马上跳河。如果冲不上去，那是假的，也只是我掉下河去而已。"

晨雪还要说话，华天晴却手一挥道："小风帮忙把小舟放下去。"

风吹雨点头，把船边的小艇放到船头用力推出，风舞也立上船头，大力把一小艇抛落在水面，二人合力一连抛出数艘搭起一座浮桥，华天晴拍马飞跃而下，啪！立在小艇上，小艇微微一晃，华天晴飞马而起，"人马合一"技能发出效果，战马笼罩在一片蓝色的光华下，四蹄扬起飞落在更远的小艇上，眼看距离前方的龙舟船队只有五十步，他双手一扬把碧绿长弓握在手中，搭箭指向龙舟顶部。嗖！一道白色的箭光激射而出。

雪焰皱眉道："他会弓箭术？"

晨雪道："那是弓上带的光箭技能。"

那白色的光箭破空而出，带动起咻咻的风声，直奔龙舟上的人群，而此时龙舟距离华天晴只有二十余步，眼看那羽箭就要射中身穿龙袍的人，突然金甲青袍的大将跃众而出，一把将羽箭握住。

与此同时，那龙舟船队呼啸而过，数十步的距离瞬间消失。轰！龙船的强光刺痛他的双眼，华天晴脸色大变，他人在马上根本来不及弃马跳河，只能一闭眼，身后的船上传来晨雪的呼喊声。但是……片刻过后，华天晴却发现什么都没发生，他睁开眼睛，四面的河道依然一片昏暗，周围很平静，好像什么都没发生过，他转过头，看到客船上点点灯火，船头上众人都傻傻地看着他。

船上的雪焰和风舞深吸口气道："幻影？"

华天晴被风吹雨拉上了船，问道："真的一下子就消失了？"

西门不弱笑道："是啊！猪头。早知道是射箭，换我去得了。"

华天晴的心里直犯嘀咕，明明看到有人出来接箭，怎么可能是幻影？他转手把弓递给晨雪道："这个前面忘记给你。"

晨雪笑了笑接过长弓，心头充满了疑问，即便方才的是幻影，那也是不合理的。

船头的众人重新散开，对他们这些去洛阳的人来说长路漫漫，目前连徐州都没到。

忽然，长长的马嘶传来，一高大的身影从河岸飞跃而来，轰地落在船头，风吹雨、雪焰等人猛地闪开，华天晴把晨雪拉在身后退了几步。那高大的身影不是别人，正是白天在擂台边统领数百一笑堂子弟的巅峰。

巅峰手中提着明晃晃的凤翅镏金镋，坐在马上大口大口喘着粗气，显然疲惫已极。他看见船上众人不由一愣，目光落在华天晴身上，他低沉着声音道："快跑！"说着一抖马的缰绳，战马再次高速冲起，踏着河水冲向狭窄河道的另一边，消失于茫茫夜色之中。

华天晴皱眉道："他凤翅镏金镋都拿回来了，还跑什么？"

话音未落，呼的一声，又一匹战马从河岸上飞来，碗口大的马蹄把船上甲板踩出几道裂痕。马上战将身形高大，铜甲紫袍，浓眉豹眼，面有刺青，相貌极为凶恶，手持一柄开山大斧，杀气腾腾地望向四周。目光扫过华天晴时，脸上显出一丝诧异，突然纵马向华天晴奔来，伸手按向华天晴的肩头。

华天晴刚要拔剑，对方的手已按在他的肩头，华天晴霎时动弹不得，被对手一把抓起，按上马背。

雪焰、风吹雨等人立刻围了上来，把那战士团团围住，风吹雨冷冷道："放下华天晴！"

那战士扫了眼身前众人，哈哈仰天狂笑，他面容缓缓变冷，沉声道："谁能挡我英布！"他手中大斧光芒一盛，正中风吹雨的胸口，风吹雨大叫一声向后摔倒，鲜血喷洒而出。

雪焰手中突然释放出七道火箭，连珠飞向英布。

英布大喝一声，那七道火箭尽数散落，他左手持斧，右手去拿华天晴腰间的太白神剑。

"锵！"太白神剑突然自动出鞘，落到华天晴手中，三尺青虹在夜空中划了一道闪电，森寒的剑光夺人双目，华天晴瞬间恢复了自由，低喝一声："看剑！"长剑直取英布的咽喉，英布一个铁板桥后仰闪过长剑，手中大斧轮转而至，华天晴使出"飞狼步"一个斜跃落在甲板上。

英布哈哈大笑道："好家伙！"大斧顺势而下猛劈华天晴头颅。

华天晴只觉得如山的斧影从天而降，恐怖的杀气压迫得人透不过气来，全身上下都处于麻痹状态，他深吸口气，一股热力从剑柄上传来，迎着斧头挺剑而上，长吟道："少年负壮气，奋烈自有时。"长剑如蛟龙般翻滚而出。

英布手中大斧微微一晃，层层剑影全部击空，斧头突然从难以想象的方位一斧劈来。华天晴人仿佛送向大斧一般，啪，斧刃切入身体血花飞溅，整个人被英布的斧头带起，远远落在三丈之外，倒在血泊之中。

"天晴！"晨雪失声道，手中弓箭化作九道弧线，分从九个方向射向英布。

英布却毫不躲闪，九支箭射到他的铠甲上居然未损分毫，"当！当……"全部弹落，他翻身下马到了华天晴的尸体前，四面再没人敢上前。

华天晴倒在血泊中，宝剑稳稳地插在甲板上，英布弯腰取剑，太白神剑闪起一层蓝色的光辉，英布连取三次，那神剑纹丝不动。

不远处，晨雪高声道："这是太白神剑，你英布一介武夫，怎么可能取得了？"

英布闻言大怒，第四次伸手去拔神剑，那太白神剑陡然散发出一股昂扬的剑气，把英布生生震退三步。此时岸边林中传来一声呼哨，英布面色一变，望了眼太白神剑，虽然心有不甘，却又无可奈何。林中又一声呼哨传来，声音明显迅急了许多，英布眼中闪过一丝惧意，翻身上马跃回河岸，向树林奔去。

众人赶忙围向华天晴，晨雪急着拿出还魂丹，风舞拦住她道："我会百分之五经验的复活。"说着他让众人散开，站在华天晴的身体边，口里念念有词。轰！红色的光芒从华天晴头上绽放开来……

华天晴刚刚站起，就脱口骂道："你妹的，汉朝的英布怎么在这里冒出来了！真他奶奶的难惹……"

西门不弱问道："英布不是唐朝的？"

雪焰道："有点常识，英布是项羽麾下的战将，后来背叛投靠了刘邦，肯定不是唐朝人。"

风吹雨看着太白神剑道："每次都是你的剑惹祸，我说你还是把他藏起来吧。"

雪焰笑道："风猪说的有道理，不如我替你保管。"

华天晴没好气道："你拿得了么？"轻轻一拔将太白神剑系回腰间，对风吹雨道，"他奶奶的，为啥我一斧头就挂了，而你吃了一斧头，却没事？"

风吹雨笑道："这个是人品问题嘛……"

众人七嘴八舌地谈论，唯独晨雪忧心忡忡地望向岸边的树林，英布当然是汉朝的，确切地说是秦末汉初的人，怎么会出现在这里？更叫人觉得恐怖的是，那林中有什么东西能让他怕成那样，难道是……这怎么可能？这里是隋唐服务器啊！

客船再次起航，不多时转出了狭窄的河道，河面宽阔了不少，船上众人都松了口气。

"一个英布已经这样了，换做霸王那还了得！"华天晴皱眉道，"你们说，我们服务器里面，有谁能和刚才那家伙抗衡的？"

雪焰道："目前排行榜上第一名的战士是金钱帮的老大东方舒寒，他应该也是目前隋唐大陆等级最高的人；排第二名的是月无名，据说大业社正在劝他加入。这两个人是目前等级上最高的人。"

"杀人榜呢？"华天晴道："我不觉得那些战士会比巅峰强到哪里去，巅峰手中有凤翅镏金锐，他们手里有什么？"

雪焰道："本大陆 PK 榜上排名第一的，是一个叫秋剑霜的游侠。而全游戏 PK 排名第一的人，有一个奇怪的名字，叫颜泪儿。据说这家伙从来不上擂台，只作杀手，自从他名字出现在排行榜后，就没有不红名的时候。"

"怪人还真是多。"华天晴道，"谁知道他用的啥恐怖武器？"

风吹雨轻声道："泪痕剑。"他不太说话，但在没人回答的时候，却说出了个谁都不了解的答案。

雪焰奇道："他不在这个大陆，你怎么知道的？"

风吹雨道："其实什么 PK 第一都是没有意义的，这个世界的最终目标设定为五个大陆的山河令，一个山河令代表一个大陆的最高荣誉。"

雪焰道："那恐怕不是一个人就能做到的事情。话说回来，你怎么会知道那么多东西？"

风吹雨皱眉笑而不答，晨雪不禁认真打量他，难道他也是游戏公司内部人员？山河令应该还没更新入现在的版本才对。

这时风舞指着远处道："前方岸边有灯火，是不是快到徐州了？"

雪焰道："从时间上说是该到了。只是……似乎徐州运河码头比扬州的要热闹很多，好像没道理，这又不是汉朝。"

"英布都出现过了，还有什么不可能的？"华天晴一面说着，一面望向两旁的河岸。

放眼过去，前方的码头亮得像白昼一般，到处都是火把，码头附近的树林中人影重重，战马环配的声音随风传来，间或还夹杂着弓箭破空之声。

"徐州怎么了？"雪焰沉声道，而客船正迅速向码头靠近，他高声对船老大道，"大叔停船，我们没人去徐州，不着急靠岸！"

"徐州也有客人上船。"那船老大的回答很程式化，船离码头越来越近。

晨雪皱眉道："这些程序难道不听从指令了？"

风吹雨淡淡道："NPC 也有自己的想法吧。"

华天晴目光望向前方，低声道："变化都是静悄悄发生的，我们随机应变。"

码头广场周围高塔上的唐军拼命发着弓箭，射向不知从何处来的马步军兵，那些身着铁甲的兵士捍不畏死地冲击着码头临时护栏，唐军此地并无高级将领，一个接一个地倒下，徐州码头岌岌可危，眼看就要被攻破。广场上数十个玩家焦急地站在岸边，看到靠近的客船大声地呼喊着。

船上的雪焰皱眉道："他们这个样子，不会去帮唐军防守么？"

风吹雨道："若带队进攻的是英布那种人物，只怕根本没有他们插手的余地。"

华天晴扭头对船老大道："大叔加速啊！那边有好多人要上船！"

风舞诧异道："天晴你刚才不是还叫他别靠岸么？"

"刚才是不想送死……"停顿了一下，晨雪轻声道，"现在则是要去救人。"

雪焰苦笑道："原来这小子是好人。"

风吹雨手按腰间钢刀，笑道："一个喜欢逞英雄的好人。"

晨雪抿嘴笑道："好人就是好人嘛。"

雪焰、风吹雨、西门不弱拿着船板相继站上船舷，船还差几丈就能靠上岸去，突然码头上传来一声巨响，广场最高的瞭望塔轰然崩塌，尘埃之后，一红袍金甲大将手提方天画戟，骑着红色战马静静地立于场中，他轻抚战马火红如烈焰的鬃毛，张扬的双目傲视四方，雄壮的身躯在月光下给人一种膜拜的冲动。

"这个人，大家一定都认识了吧。"华天晴远远望着此人，自语道，"吕布，吕奉先，三国时代天下第一高手。"

"空间错乱了……"晨雪沉声道。

轰隆！客船此时靠岸，同时码头护栏边的唐军彻底崩溃，吕布的铁甲军团如虎狼般冲入广场。

风吹雨等人飞速放下踏板，大声对广场上众人道："快上船！"

靠得近的人忙不迭地蹬踏板上船，距离远的已经被吕布军包围，无人可敌吕布，华天晴大声道："大叔开船！"

这次船老大并没有违抗，缓缓启航，忽然岸边传来一声女子的叫喊："救命啊！等等我！"

就见远处一红衣舞者装束的女郎出现在广场附近，她清丽的面庞上写满了惶恐，眉心中间一点红印若隐若现，身后还跟着十数人，显然等级都不低。

西门不弱望着面色一变，失声道："是我妹妹上官雨露。"她踏上船舷道，"我去接应她！"说着飞身跃到岸上。

雪焰要拉却没拉住，一跺脚道："我去保护她！"说着也飞身而出。

华天晴轻声道："两个白痴……去送死。"他摇了摇头，翻身上马。

晨雪拉住他的衣袍皱眉道："明知道送死也去？"

华天晴微一迟疑，远处雪焰和西门不弱已被包围，他刮了晨雪的鼻子，苦笑道："把船控制在河当中接应我们。"说着纵马跃上河岸，他骑着战马冲上徐州码头的时候，也曾想过面对英布一招也挡不住的自己，若是遇到吕布会怎样，但随即他脑海中就没有了其他的想法，因为和雪焰他们一样，一上岸他就被铁甲军包围。

周围的人如潮水般涌来，华天晴从来没试过同时面对这么多敌人，他挥剑刺向四方，剑锋过处鲜血飞溅，四周的呐喊声、雄壮的战鼓声、兵器的碰撞声，汇聚成一种扼杀斗志的力量，仿佛无论如何都无法冲出去，更不用说去救人，但他依然尽力向西门和雪焰靠拢。

密语频道传来雪焰的声音，他们已和那上官雨露会合，现在要退出原来的队伍，而这样一来，华天晴一下子失去了那些人的位置，变成孤身一人深陷重围，队伍频道中晨雪终于忍不住骂道："那雪猪在搞什么？"

方才出来救人前，应该重新组队，应该更有计划才对，华天晴一分神，坐下战马稍一迟缓，被砍到了马腿，战马轰然倒地，华天晴就地滚出，抬头看时战马已被分尸。他胸口被敌人的长枪开了一道深深的血口，苦笑着看着逐渐下降的生命值，估计不得不面对今晚的第二次死亡了。

身前一个铁甲兵挥矛刺来，华天晴一把攥住矛头，长剑刺入对方咽喉，抬脚把尸体踹倒。他扬眉望向四周，低声道："什么是剑？"手中太白神剑骤然光芒四射，他迎向正面冲来的敌人，切入近身一剑刺入对方软肋，长剑拔出，剑锋转动毫不停息地刺倒左面的敌人，他愤怒地望着从四面八方冲来的敌军，喃喃道："什么是杀人的剑法？"但敌人太多了，单薄的剑锋挡不住刀山枪林。

突然一骑兵提着大刀，从斜刺里高速冲来，"当！"大刀宝剑相碰发出巨大的声响，那战马冲刺的力量，使得大刀奇重无比，华天晴虽然挡住了刀锋，依然被扫了出去，他紧握宝剑单手支地大口喘息着，冷冷看着那拉回马头的骑兵，生命值已到底限，气势严重受挫，那些在历史上留下名字的英雄，都是这么过来的么？华天晴的目光落在远处吕布傲岸寂寞的身影上。

那骑兵挥舞起大刀，二次向他冲来，华天晴嘴角扬起冷冷的笑意，自己能否把名字留在历史上？太白神剑发出一声长鸣，由来万夫勇，挟此生雄风！三尺青锋透过马头，贯入那骑兵的小腹，战马的嘶鸣声、骑兵的惨叫声穿透夜空。

与此同时，灿烂的光芒从华天晴身上升起，他的生命值恢复至全满，风舞和晨雪来了！

三个人背靠背站在一处，"你们怎么来了？"华天晴笑道。

晨雪没好气道："来救你啊，船上有风吹雨，我们快退。"

华天晴这才看到客船又靠了回来，乘客中有近二十个策士，风吹雨正指挥着他们用法术抵挡敌军的围攻，广场上军队能做出零星的抵抗，而雪焰那个队伍，只剩下他和西门不弱姐妹三人，他们正逐渐靠近河岸，上官雨露不停旋转着身体，好像在翩翩起舞，眉心的红光越来越亮，一道又一道不同的光华在西门不弱周围环绕。西门不弱手中的短剑发出淡蓝的剑芒，靠近她的军士非死即伤。

"看来雪猪运气好，不弱的妹妹是医生。"华天晴笑道。

晨雪道："是舞者，不是医生，舞者可以提升自己和她人的生命值、魔法值和防御力，但不像医生可以复活别人，恢复他人的生命值也不像医生那么多。"

她话音刚落，雪焰就被一骑兵一枪贯入胸口，临死之时雪焰全力发出两道雷电，大吼道："天晴帮忙！"那雷电不是打向骑兵而是落在西门不弱和上官雨露身上，强大的电流把二人推出好远，距离华天晴等人只有五十多步，但吕布也被那强大的电流吸引，赤兔宝马缓缓向那两个女孩而去。

华天晴远望吕布，手指轻轻敲击着剑锷，摇了摇头向吕布军中冲去，晨雪急道："那是吕布！"

华天晴在队伍频道沉声答道："我知道。"

西门不弱和上官雨露深陷重围，战到此刻两人都已体力不支，看着前方整齐排列的骑兵队，西门手中的短剑光芒却已暗淡，她低声骂道："吕布能带出那么厉害的队伍？真见鬼了！"她偷偷瞥了眼身后的妹妹，可怜的上官早虚脱了。

左前方骑兵手提长枪高速冲来，马蹄的轰鸣声仿佛砸在西门不弱的心头，长枪破空，"叮！"短剑架在枪头上，西门不弱一个趔趄，险些倒地。那骑兵原地一转，长枪又横扫过来，她闪过了枪头，却被枪杆扫到，摔出两丈。

那骑兵也不追击，扭头挺枪扎向上官雨露，上官雨露举起盾牌奋力一挡，当啷——盾牌落地，眼看长枪就要扎入她的胸膛。突然，剑光划破夜空！华天晴一剑削去那骑兵的头颅，拉着上官雨露飞身上马。

此时又有数骑骑兵冲来，几点箭光落在骑兵身上，晨雪和西门不弱都已经举起了大弓，华天晴把上官交给晨雪，大吼道："小雪带她们走！"

晨雪道："你呢？"

华天晴一笑，掉转马头向吕布的大旗而去。

西门不弱大喊道："你给我回来！"

晨雪却一拉西门不弱道:"你们跟我走!"

"可是他!"西门不弱急道。

"他是战士,他已经决定了。"晨雪面无表情道:"照顾好你妹妹,我们向河边冲!"

吕布望向四周,眼中有着些许迷惑,这不是他所熟悉的战场,这里究竟是什么地方,看似是徐州,却又有所不同。前方一个黑甲战士骑马向自己冲来,单人匹马……虎牢大战之后,就没人敢单独面对自己的"天下戟",他又是何许人也?

华天晴并没有看出吕布眼中的疑问,他只是觉得对方眼中根本没有自己,或者说这个一直存在于传说中的人物,眼中本来就容不下任何人。他笑了,"天下戟"究竟是怎样的东西?此时他距离吕布只有七丈……

突然,华天晴从马鞍上跃起,在半空中用出"飞狼步",瞬间拉近两人间的距离,从吕布头顶一剑刺下。吕布轻轻叹了口气,抬起左臂冲天就是一拳,"当!"拳头迎上剑锋,剑锋震成弧形,一股排山倒海般的力量涌了上来,华天晴就觉胸口一闷,哇的喷出一口鲜血。

华天晴人在半空,感到自己的生命再次消失……他根本不是吕奉先的对手,那曾经叱咤三国时代的豪杰岂是浪得虚名?

队伍频道中风舞道:"天晴,我来救你!"

华天晴苦笑回音道:"救个头,别来送死了,你们快上船离开,我明天到洛阳找你们。"

晨雪怒道:"你救了别人,怎么不允许别人救你?"

华天晴怒道:"救我难道比救那么多人更重要?"说着立即脱离队伍。

晨雪等人拼命冲到船边,风吹雨正冷冷地看着船上想要开船逃跑的水手,手中长刀烁烁放光,而此时吕布已经来到岸边。

轰!二十多个策士同时向吕布发射冰锥火球,吕布微微侧身,手中大戟画了个圈,轰隆!那些法术全都消失。客船缓缓启动,吕布挽起大弓,对着客船就是一箭,风吹雨站在船舷，挥起钢刀砍向弓箭，"叮！"风吹雨被巨大的冲击力带起，重重摔在甲板上，而弓箭也稍稍一偏，没有射断船的桅杆，却射落了一个船帆……

吕布握了握拳头，抬起大弓，二次张弓搭箭，却没来由地心头一震。

码头边的树林中，忽然冲出十多名战将，每一人顾盼间都气概非凡，无一不是能坐镇一方的豪强人物，那十数人并肩向前的样子，就好像是百万雄师一般，一股极强的气势迅速蔓延到徐州码头的各个角落。

这些大将众星捧月般护着一个统帅，此人浓眉大眼，气宇轩昂，胡须稍有凌乱，却更显得男子气，金甲外罩着红色披风，身躯极其雄壮，手持一柄巨型长枪，有着一种难以言喻的英雄之气。其身下战马毛色锃亮如黑缎子一般，四个海碗大的马蹄白如浮云，正是"踢云乌骓"。

锵嘟嘟……吕布手中的"天下戟"和那人手中的巨型长枪同时发出一声长吟，徐州码头狂风骤起……

客船乘机扬帆远去，风舞站在船尾依依不舍地望着码头，轻声道："项羽……吕布……老天爷，谁会赢？"

当项羽出现的时候，风吹雨眼中神情相当复杂，不知道在思索什么。

晨雪道："不一定打得起来，你看码头护栏外。"果然远处码头护栏外，又有一股军队来到，队伍中迎风招展的大旗上，飞扬着一个"谢"字。

西门不弱道："谢？是谁？"

上官雨露轻声道："千古华夏，姓谢的名将并不多，谢玄曾为徐州刺史，也曾在此附近营建北府兵，多数是他。"

"谢玄啊……"风舞深吸口气，"徐州真热闹……可惜看不到了。"

"自古彭城列九州，龙争虎斗几千秋。"晨雪轻声道。清风送来，客船在运河上行驶的速度逐渐变快，她打开密语频道，问道："你在哪里？"

华天晴看着四周苍凉的建筑，低声答道："沛县，明天洛阳见吧。"

"好。"晨雪轻轻回答，过了片刻，她又说道，"华天晴，你是个很好的战士，明天见。"

沛县，华天晴看着身边的石碑，轻轻叹道："这里是千古龙飞地。"

方才的狂风把码头广场上的一切扫荡得干干净净，什么吕布，什么项羽，什么北府兵，什么铁甲军，都消失得无影无踪。错乱的空间，开始恢复秩序了么？还是这一切只是暴风雨开始的前奏呢？

华天晴缓步离开"重生石"，一路看着城中建筑，有一种走入时间之河的感觉，身边的点点滴滴都曾经见证过历史的风起云涌。

众所周知，刘邦称帝后，总共封侯一百四十三人，其中沛县就有二十三人，能臣猛将结伴从沛县走出，去到中原叱咤风云。但却少有人知道，这座小城不仅是开汉家四百年基业的大汉皇帝刘邦的故乡，更是道家学派创始人老子——那个在神话故事中被尊为"太上老君"的李耳隐居十年的地方。

华天晴一路向前，忽然感到一股强大的压力，在他的前方出现了一块巨大的石碑，那石碑雄健苍凉，上面的碑文由篆字书写，笔力遒劲，庄重隽秀。他的面前仿佛有一个巨大的人影，站在高台之上舞剑放歌："大风起兮云飞扬，威加海内兮归故乡。安得猛士兮守四方！"

回想起先前在码头出现的那些身影，华天晴对汉高祖的这段即兴之作，产生了由衷的共鸣，万里山河，安得猛士兮守四方……他抬头望了望微微发白的天空，该去洛阳了，苦笑了下，早知道那些历史人物这么快消失，就不要晨雪他们快逃了。他对《大风歌》碑深深一礼，大步出城而去。

从沛县到徐州码头并不算近，华天晴重回码头的时候，天光已经大亮。战争具备破坏一切的力量，大战之后的码头，如死一般的寂静，护栏噼啪地烧着，广场上不见行人，岸边更没有任何船只，这里还是码头么？

缓步走到河岸，华天晴看到岸边有一青袍老者迎水而立，赶忙上前躬身施礼道："老先生请了。"

那老者须眉皆白，一脸沧桑，却笑得非常和善，拱手回礼道："少兄请了。"

华天晴道："老先生可知船都到何处去了？"

老者微笑道："听闻此地昨夜有战事爆发，想来都去上游避难了吧。我也在此等船，不知少兄欲往何处？"

华天晴微笑道："我要去洛阳，老先生您呢？"

老者轻声道："我南下。"他看了眼华天晴腰间的佩剑，眼中闪过一丝异色，问道："少兄的剑好生眼熟。"

华天晴微笑着托起宝剑道："此剑为故人之物，老先生莫非认识我那位故人？"

老者摆了摆手道："闻名已久，无缘识荆。"他目光望向滔滔河水，声音忽然变得异常悠远，"但他的剑我认得。"

这个老者会是谁呢？华天晴看着老者那淡淡青衫，沉吟片刻，轻声问道："我先去洛阳，然后想去长安看看，老先生去过长安么？"

"长安？"老者眯起眼睛，露出思索的神情，对他来说那似乎是一个遥远的地方。华天晴微微有些失望，一点线索也不给我么？却听那老者忽然吟道："慈恩塔下题名处，十七人中最少年。"他看着华天晴笑道："长安，我去过。"

"慈恩塔下题名处，十七人中最少年……"华天晴轻轻重复了一遍，心头一热……面前的是白居易！那个写出《长恨歌》和《琵琶行》，名垂千古的白乐天！

白居易似乎一下子忆起了许多往事，河风吹动他银白的胡须，脸上的皱纹益发明显，他沉声问道："多年以前，我去长安只为功名，你又为何要去长安？"

华天晴看着白居易苍老的脸庞，轻声道："我想知道前辈们为之奋斗过的大唐，究竟是什么样子。"

"是啊，为了大唐。"白居易眼中似乎有些湿润，耳边仿佛又响起了《霓裳羽衣曲》，他低声道："那是一个锦绣的梦，此中滋味只有你自己体会。"说着他抬手指向运河，微笑道："你的船来了。"

华天晴站上即将去向洛阳的客船，上下打量眼前这个满脸沧桑的老人，他恭敬地道："老师的诗篇流传千古，千百年后光芒依旧。今日，能见到老师，足慰平生。"他转身对船老大道："大叔拿酒来！"他举起酒杯，对白居易道："在下以酒作别，望老师多多保重。"白居易微微一笑，接过酒杯一饮而尽，华天晴躬身施礼，客船缓缓离开河岸。

水天间，就听白居易悠悠吟道："故人对酒叹，叹我在天涯。见我昔荣遇，念我今蹉跎。问我为司马，官意复如何？答云且勿叹，听我为君歌。我本蓬荜人，鄙贱剧泥沙。读书未百卷，信口嘲风花。自从筮仕来，六命三登科。顾惭虚劣姿，所得亦已多。散员足庇身，薄俸可资家。省分辄自愧，岂为不遇耶？烦君对杯酒，为我一咨嗟。"

华天晴远远望着河岸，迟迟不愿收回目光，白居易白乐天，大唐就是因为有这样的人，才会被称为盛世，不是么？

此刻系统发来消息："唐诗之魂"任务白居易部分完成，获得白居易诗集，学得"诗剑之乐天篇"，诗剑达到第二重。

客船扬帆出港，前方有一客船靠向码头，船头一锦衣文士昂然而立，两只船一是出港，一是进港，擦身而过。而岸边山坡之上有着大片的山草，一匹老马悠闲地吃着草，一旁放马的顽童悠悠看着天空发呆，在此秋日晨曦之下，阵阵河风吹送，带起淡淡金黄。

华天晴望见此景朗声吟道："离离原上草，一岁一枯荣。野火烧不尽，春风吹又生。远芳侵古道，晴翠接荒城。又送王孙去，萋萋满别情。"这是七岁就会背诵的诗句，今天终于见到作者本人……

晨光下，波光粼粼的运河见证着天下的兴衰，前方就是洛阳城了。

第五章　洛阳牡丹

早在六十万年前，洛阳一带就有古人类活动，而在大唐之前，先后有夏、商、东周、东汉、曹魏、西晋、北魏、隋等八朝建都于此，这是一个很古老的城市，可以说是华夏文明的摇篮。

洛阳城，雄踞黄河南岸，北靠太行，南有洛水，东面有雄关虎牢，西面则是长安的咽喉函谷关，为天下交通要冲，居中原而应四方。这一城的兴衰，每每就昭示着中原天下的起落，正所谓：若问古今兴废事，请君只看洛阳城。

华天晴重新回到"纵横五千年"，依然是在睡足了一大觉的次日午后。和以往不同的是，他这个懒散的二十五级战士，刚刚站在洛阳城下，尚未来得及感受古都风貌，密语频道就已经响个不停。

"才上来啊？"雪焰刺耳的声音从密语频道传来，"你真不是一般的懒，不会才起床吧？"

华天晴皱着眉，回答道："难道你不睡觉？我凌晨三点下的，现在刚下午两点，再扣去吃饭的时间，哪里懒了？"

雪焰干咳了一下道："不和你啰唆了，快去天津桥，晨雪美眉在那边等你。"

"你们已经组好了？"华天晴惊讶道，"人都齐了？"

"废话。"雪焰骂道："大家都比你勤劳，我和风吹雨现在都三十多级了！"

"两个疯子。我知道了，这就去天津桥。"华天晴打开虚拟地图，踏上了洛阳城的天街。

天津桥初建于隋大业三年，原为一座浮桥，唐时改为石桥，又称洛阳桥，是洛阳南北交通要冲，以"天津晓月"名列洛阳八景之一。

华天晴沿着定鼎门大街一路寻去，终于看到了那座天下闻名的石桥，说来此处与扬州城二十四桥的状况还真有些相似，桥的两端有热闹的酒楼和市集，只是好像没有擂台，洛水河畔杨柳成荫，桃李夹岸，岸边行人车马熙熙攘攘，络绎不绝，好一副盛世景象。

这些对华天晴来说都缺乏吸引力，因为在千万人中，他只看见那个女子，那个淡淡青衫背负长弓，在天津桥倚栏而立，俯瞰洛水的女子，而他知道，晨雪等的是他。

看到华天晴，晨雪微微一笑道："你终于来了。"

"久等！"华天晴点头道。

　　晨雪侧头打量了一下华天晴道："你和昨夜好像有点不一样。"

　　"是吗？"华天晴拍了拍身上的皮甲，微笑道，"或许，昨天晚上死了两次的缘故吧。"

　　"也许。"晨雪眨了眨眼睛，向华天晴发出了组队邀请。

　　确认之后，华天晴一下子看到了很多熟悉的名字，雪焰、西门不弱、上官雨露、风吹雨、风舞都在队伍中。

　　"我靠，还是这几张脸，有没有点新鲜的？"他哈哈一笑，在队伍频道中口不择言道，他这番话立刻招来一阵怒骂，他笑着岔开话题道，"你们都在哪里呢？"

　　风舞道："你狗运好，这次我们接了一个开放式的随机隐藏任务，我们大部队刚刚出发到龙门，你就来了。"

　　"什么狗运好，分明是我人品好！"华天晴笑骂道："龙门石窟？那队长大人怎么没去？"

　　"她知道你个猪头要来，所以没去……"西门不弱骂道。

　　晨雪笑道："我来说吧。"大家随即安静下来。

　　"这次我们接到的是'花神'任务。"晨雪道："这个任务是风吹雨在龙门石窟接得的，简单地说吧，洛阳牡丹名扬天下，传说中武则天曾在长安毁牡丹，然后弃到洛阳。'花神'任务就是洛阳牡丹任务，任务内容分为两部，一是在龙门石窟和龙门山寻找一百个牡丹种子，二是去洛阳的大寺庙寻找佛之泪。两样东西都找到，就可以让洛阳城开满牡丹。"

　　"一百个牡丹种子，不怎么容易……"雪焰道："我们几个打树精花妖，打了一个多时辰了，也就打到十几个。"

　　风舞道："不过总算看到了完成的希望。所以就让队长回来找佛之泪。"

　　风吹雨道："晨雪队长刚刚回到洛阳，你就上来了。"

　　雪焰道："所以说你个猪头就是运气好！这个任务可以赚很多经验，足够你一下子升到三十级。啊，你可知道我一个通宵才到的三十级啊。"

　　"所以说人品很重要！"华天晴笑道，随后他关闭了队伍频道，对身边的晨雪道：

"去哪里找佛之泪？"

晨雪道："去白马寺。"

在洛阳寻找佛之泪，当然是去白马寺，华天晴道："现在走吧。"

晨雪点点头，领先向城东白马寺而去，一面走她一面道："你不开队聊？他们在讨论你呢！"

华天晴笑道："不开，我喜欢坐着聊天，有任务的时候聊天会死人的。"

"你说得真对，刚才不弱就死了一次……"晨雪耸耸肩道，"可是我还是喜欢聊天。"

华天晴道："你现在聊天当然无所谓，他们在打树妖就危险了，我记得树妖是三十级以上的NPC。"

"没错，所以你要感谢我，让你和我一组去白马寺。"晨雪道，"对了，你昨天晚上熬到三点？都做了什么呀。"

华天晴道："赶路……"

晨雪白了他一眼，低骂道："说谎。"

华天晴微微一笑道："先从沛县走到徐州码头，又坐船到洛阳运河码头，然后走到洛阳城。这不是赶路是什么？"

晨雪笑了笑道："那就相信你吧。"阳光下她笑颜轻展，顾盼生妍，似乎很是开心。

华天晴苦笑了下，女生是不是都喜欢说废话？

白马寺建于东汉永平十一年，是佛教传入华夏后由官府营建的第一座寺院，在中国佛教史上有着特殊地位，素有"释源"、"祖庭"之称。

出了洛阳城，向东二十余里，淡淡的林荫中出现了红墙殿宇，层层叠叠的殿宇，汇聚成了一个庄严的世界，让人一下子觉得似乎离开了喧嚣的尘世。华天晴之前曾到过扬州大明寺，如今来到白马寺前却另有种奇怪的感觉，这庄严宏大的庙宇中，似乎有什么东西在等他。

看着寺门前的两匹白色石马，晨雪轻声道："这两匹白马驮来的不仅仅是两个高僧，更是一个宗教。"

华天晴道："白马不知道驮的是什么，它们只是驮你要它们驮的。"说着当先走入寺庙。

晨雪笑道："你这个人一定是没有宗教信仰的。"

人在殿宇之下望向四方，华天晴淡淡地道："我有坚守就行了。你说佛之泪会在哪里？"

"你都坚守点什么呢？"晨雪四下望了望，轻声道："先看佛像，然后再看别的。从天王殿开始吧。"说着步入天王殿。

"坚守微笑，微笑是自信的象征；坚守善良，每个人都有自己的底线；坚守诚信，这是做人的根本。"华天晴看着天王殿内的大肚弥勒佛，微笑道："这里不会有佛之泪。"

"你坚守着不少东西。"晨雪点头笑道，环顾了周围的四大天王，举步向大佛殿走。

"没错。"华天晴恭敬地望着大殿内的佛祖释迦牟尼，双手合十，拜了三拜，轻声道："坚守我的原则而已。"

晨雪则是恭恭敬敬地在座团上磕了三个头，才开始观察大殿中的佛像。大佛殿为寺内主殿，是寺内僧众举行宗教仪式的场所，地方相当之大，但他们依然毫无所得，事实上他们二人找遍了白马寺，都没有找到"佛之泪"的踪迹。

转了两圈之后，两个人站在清凉台下，望着来往香客，心头一片茫然，"佛之泪"究竟在哪里？难道佛之泪不在这被称为"中国第一古刹"的白马寺？

不远处古柏下，站着个须发花白的白衣居士，华天晴对晨雪道："我去问问。"说着走近白衣居士道："请问居士，您是否知道白马寺里有佛像流泪的典故？"

"佛像流泪？"白衣居士沉吟片刻，摇了摇头道："我对本寺也算熟悉，从来不曾听过佛像流泪。"

晨雪望着四周的树木，寺中石榴树上的石榴光洁发亮，色泽绚丽，异常动人，难道说与佛无关？她一抬头道："居士，麻烦您想想，这个庙里面有没有别的什么叫佛之泪的东西，比如说一块石头，一棵树木，一株花草。"

"佛之泪，佛像流泪……"白衣居士来回反复念叨了几遍，忽然笑道："或许是这个了。"

华天晴忙道："您想到了什么？"

白衣居士哈哈笑道："洛阳是牡丹之都，天下牡丹无有能比洛阳更艳丽者，而洛阳的牡丹品种也层出不穷，有一种牡丹就叫'佛泪'。"

佛泪，佛之泪，牡丹……华天晴和晨雪互望一眼，笑道："应该就是它了，请问居士这佛泪牡丹，在白马寺何处？"

白衣居士摇头道："那牡丹可不在白马。"

华天晴道："那是在？"

白衣居士淡淡一笑道："嵩山少林，立雪亭。"

华天晴深吸了口气，难道要去少林寺走一趟？晨雪苦笑道："果然这个任务不是那么好完成的，是我们自己一相情愿地以为佛之泪在白马寺。"

当下两人再不迟疑，向着白衣居士深深一拜，转身出白马，向洛阳东面的嵩山少林寺而去。

"雪焰，你们那里状况怎么样？"晨雪在队伍频道大声问道。

"一切正常，不过我现在和西门、上官一组在龙门山，那两个风一组在龙门石窟，我们发现两边打的品种不一样，分开效率更高。"雪焰笑道，"话说回来，队长大人，你和华猪进展如何？不会光顾着游山玩水了吧。"

"佛之泪不在白马寺，但我们至少知道佛之泪是一种牡丹。"晨雪道，"我们正在去少林寺的路上。"

雪焰道："我是问你们感情进展如何，谁问你们任务进展了？"他稍作停顿，忍不住道，"话说回来，你们去少林寺做啥？"

西门不弱轻咳一声道："他们还真的去游山玩水了……进展真不错。"

华天晴大叫委屈道："觉得不爽你们可以从龙门赶过来，我们等下要去达摩洞的立雪亭，估计还没到山顶，疲劳度就百分之一百了。"

晨雪笑道："风吹雨，你们那里正常么？"

风舞道："队长大人放心，小雨的刀明显比雪猪的魔法有效率，雪猪就知道泡美眉。"

"靠！"雪焰怒道，"单挑啊。"

队伍频道中一片欢笑声，晨雪略带严肃地告诫道："那大家小心点，有变化随时报告，我总觉得这个任务没那么简单。"

华天晴关闭队伍频道，苦笑道："我刚刚知道，原来还有队长强制打开队员的队伍频道的设定。"

晨雪笑着解释道："这个是便于队长协调队伍的设定。没办法，这游戏是语音聊天，语言和文字比较起来，有时候更容易混乱。系统的这些设定，还是合理的。"

华天晴点了点头，看着山路尽头隐约可见的殿宇，轻声道："我知道达摩洞在少室山的五乳峰上，是在少林寺的后山。"

晨雪微笑道："是的，绕过少林正院，我们直接去达摩洞。"

"好！"华天晴给马加了一鞭，直奔少林寺。

河南，嵩山，少林寺。

嵩山像一朵莲花，而少林寺就是生在这莲花之中。相传北魏时候，天竺僧人跋陀去了一次嵩山后，曾对弟子言道："此地有神灵护卫，于此立寺，永不消失。"北魏孝文帝遂于嵩山少室立少林寺。

望着少林寺山门西牌坊的横额上"大乘胜地"那四个大字，华天晴笑道："今天时间有限，日后有机会，我还真要去看看，作为天下武学源头的少林。"

晨雪笑道："你去的时候记得叫我。"

"女子也爱习武？"华天晴调侃道。

晨雪美目流转，拍了拍手中长弓，横了他一眼道："是女侠。"随即轻轻一笑，沿着山路向后山而去。

华天晴紧跟而上，心道：这丫头倒是很对我胃口。

很快，两人就到了五乳峰下，从山脚下望去，浅浅的石梯环山而起，直上云霄，云雾环绕之处，山峰若隐若现。

把战马收到道具栏，华天晴轻叹道："这怕有千多级台阶吧？"

晨雪笑道："应该还不止，怎么？有问题？"

华天晴轻声道："我恐高……"把腰间的太白神剑绑到背上，开始了漫长的登山过程。

"恐高？"晨雪走在石梯上道："别朝下面看不就是了？想想当年达摩他老人家，在上面待了九年呢！"

"面壁九年，又不用朝下看。"华天晴自语道。

"放心吧，你身后有我。"晨雪做个鬼脸道，她发现自己很投入这个游戏，正在感受非同一般的乐趣。

"光爬山就爬死了，这个任务和从前那些网络游戏怎么那么像，完全耗时间嘛。"华天晴皱眉道。

晨雪挥起长弓，打了下华天晴的屁股，笑骂道："不许抱怨。这是特殊随机任务，会奖励给你数倍所得。你快走，不然换我开路。"

华天晴微微一笑，忽然用出"飞狼步"，向山上猛地窜去，晨雪笑嘻嘻地也向上跑，两人在这安静的山道上，像两个小孩子一样，嬉笑追逐着，不知不觉五百多级台阶，就这么上去了。

靠着山壁，二人松散着双腿。看看头顶上云雾缭绕的山峰，晨雪耸了耸肩，苦笑道："是有点辛苦，希望能找到佛之泪。"

华天晴道："当然能找到！"

晨雪捶着自己小腿，轻声道："问你个问题。"

"问。"华天晴道。

"那天在运河，英布冲到甲板上，你为什么要拦在我前面？"晨雪看着山岭间淡淡的云雾，轻声问道。

华天晴笑了笑道:"我有么?"

晨雪道:"有。"

华天晴道:"男人保护女人是天经地义的,有什么为什么?"

晨雪抬头看了看华天晴英俊的面容,不由想到,这个虚拟身影之后的男子,会是什么样子?她嘴上却毫不饶人地道:"大男子主义。"

华天晴哈哈一笑,抬头望向茫茫山路,刚要说话,却不自然地停住。晨雪顺着他的目光,望向高处的阶梯,见一条灰色的人影,缓缓从山上下来。两人互望一眼,都看出对方眼中的诧异,先前一路走来,山路上根本没有旁人,如今却有人从达摩洞下来么?

那道灰色的身影乍看极为高大,靠近二人之后,却又显得极为清瘦,但华天晴和晨雪却心中同时一震,那灰袍僧人双手合十,竟是从石阶上一路倒退而下,这蜿蜒不平的山路,对他来说如同平地一般。二人同那灰袍僧人擦肩而过之时,依稀听他口中念念有词,不知是何佛偈,他似乎动作很慢,慢到你可以看清他的草鞋踏到每一级阶梯,但似乎动作又是极快的,因为转眼他就到了数十级石阶之下,消失于二人视线之外。

二人深吸口气,再抬头看天时,只觉得山间云雾,再非普通云雾,而是一个又一个的白色佛影,苍穹茫茫,无边无涯。

华天晴手按山壁,感受着大山带来的阵阵凉意,心中忽然冒出这样的疑问:"究竟什么是佛?什么是禅?什么是少林?"

晨雪似乎知道他在想什么,轻声道:"上面还有东西在等我们。"

华天晴点点头,举步向五乳峰的顶峰走去。

再向上走,天空忽然变得有些阴霾,华天晴看着灰色的天空,低声道:"是不是去立雪亭,就应该遇到下雪?"

"我可不想爬雪山。"晨雪道,于是二人加速爬山。

雪毕竟是没能下下来,两人站在立雪亭外,长出了一口气,如果真的下雪,下山将会变得异常困难,老天爷对他们还算不错。

立雪亭只是一个白色的亭子，远望过去，无论是否下雪，在亭子上仿佛都有积雪。

华天晴微微皱眉道："据我所知，现在的立雪亭好像不是这样的。"

"嗯，现在的立雪亭大约始建于金元时期，谢天衣博士觉得这个地方只是一个记号，唐朝时候的样子，我们无从知晓。或许不用追求太多的……太多的原汁原味吧。"晨雪道。

"'纵横五千年'已经做得非常不错了。"华天晴道，"谢天衣博士是谁？"

晨雪笑道："这个游戏的缔造者，我们参加过游戏内测的，都和他见过面。"她轻声道，"游戏不可能重现历史，能做的只是找回其中的一部分吧。"

华天晴笑了笑道："这些是我们无法讨论的，还是找佛之泪吧。"

晨雪手指前方立雪亭，轻声道："她就在那里，我已经看见了。"

立雪亭下，数朵白色的牡丹在风中微微颤动，那花朵直有碗口来大，雪白的花瓣上有着点点如鲜血般艳丽的斑点，仿佛血色的泪痕。

二人走到亭下，华天晴道："牡丹，不该在十月份开吧？"

晨雪四下走了一遍，轻声道："但这里也没有别的花了，我觉得就是她。"

华天晴轻轻数了一下，道："这里共有十朵花，该怎么办？对花我是外行。"

晨雪微笑道："我们带走一朵就可以了，放心交给我吧，你去看看达摩洞。"说着拿下头上的发带放在地上，用短剑的剑鞘，松动其中一朵牡丹周围的泥土。

华天晴知道自己帮不上忙，举步走向不远处的达摩洞。

达摩洞并不大，怎么看都是一个普通的山洞，但就是这么一个地方，达摩在此度过了九年时光，最终得悟大道。相传，达摩面壁时与天地融为一体，任由虫豸在其头上停留，听凭冰霜在其身上消融，致使他的精气神色全都印在了身前的石壁上。

华天晴站在洞口看着石壁，试图寻找达摩的影子，但洞中唯有荒草，石壁上只有淡淡的裂痕，哪有什么达摩影壁。他微微有些失望，茫然若失地走入山洞，却在他步入山洞的一瞬，骤然感到天旋地转，四周的空气一下子压迫过来。

八八

四面的石壁的裂痕骤然消失，变得异常光洁，石壁上一黑甲男子，面色苍白，腰系长剑，静默而立。华天晴剑眉微微一扬，石壁上的人……是自己？他举起双手，而石壁上的人影却依然是手按剑柄，石壁上的人……不是自己。

华天晴右手缓缓摸上剑柄，石壁上的人笑了，笑得有些阴冷，山洞中忽然很冷，那是一种肃杀的感觉。华天晴感到一阵紧张，是否该主动进攻？可是，对手应该只是幻影而已。抑或对面的影子就是自己，对他拔剑会否伤了自己？他开始有所犹豫。

锵！正在他犹豫之时，石壁上的人影突然出剑，带着一股难言的悲凉，"生者为过客，死者为归人……"

华天晴无奈之下拔剑迎战，灿烂的剑霎时充满整个山洞，"天地一逆旅，同悲万古尘……"

"当！"两柄太白神剑碰在一起，发出夺目的星火，华天晴刺中影子的左肋，影子刺中华天晴的右肋，鲜血滴在地上，渗入土中。石壁上的影子，笑得愈发开心，轻轻吹落长剑的血珠，挽了个剑花，剑锋再次指向华天晴。

以为自己是西门吹雪么？华天晴长啸一声，主动出剑，剑气凌厉而起，"脱身白刃里，杀人红尘中。"

而那影子突然在石壁上飞奔起来，赫然是"飞狼步"身法，转眼便完全脱出华天晴的长剑攻击，华天晴面色微变，飞狼步竟然可以那么快？自己几乎跟不上对方脚步。而影子掠到山洞顶上，猛地一剑击下，"君不见，黄河之水天上来……"汹涌澎湃的剑气把华天晴一下带起，摔在土地上，身上一下子多了十余道剑伤。

华天晴长剑绵绵不绝地护住全身，"离离原上草，一岁一枯荣。野火烧不尽，春风吹又生。"终于抵住了黄河之水。影子很强，如果影子是自己，难道我也有那么强么？华天晴眉头深锁想到。

那影子的攻击，却如层层山风，条条江河浩荡而来，华天晴闭上双目临风而起，"风翻白浪花千片，雁点青天字一行。"听风辨位脱出敌人的追击，他竟倒立在洞顶。但那影子的速度也变得更快，猛冲向倒立在洞顶的华天晴，"当！"人和影子再换一剑，分落达摩洞两边，华天晴肩头的剑伤深可见骨，血如泉涌。

华天晴终于明白，石壁上的影子就是自己，自己越强，他就越强……石壁上的是一心求胜的"华天晴"！该怎么办？人能否战胜自己？要战胜自己是否先要杀了自己？华天晴忽然想到在徐州码头同白居易告别时候，白居易吟诵的诗篇："故人对酒叹，叹我在天涯……我本蓬荜人，鄙贱剧泥沙。读书未百卷，信口嘲风花……"

人生的路究竟该如何面对，如何取舍？他长剑一展，嘴角泛起淡淡的笑意，轻声道："兄弟，剑在手中，亦不可轻易挥动。否则未伤人，先伤己。"说着将太白神剑插入身前土中。

那石壁上的影子稍一迟疑，华天晴缓缓向影子伸出右手，影子脸上显出挣扎之色，眉宇间戾气却挥之不去，手中长剑寒光一盛，对着华天晴当胸就是一剑。

"锵！"华天晴右手扫过剑锋，左手一托剑鞘，迎向灿烂的剑光。那长剑被他完全收入鞘中，黑影也随即消失，但洞中充沛的剑气却无处消散，那巨大的力量将华天晴身子撞得飞了出去，"轰！"大片的山土震落，华天晴跌出了达摩洞，洞口的岩石被剑气削去了很大一块。他站起身，顾不得伤口的疼痛望向四周，回望晨雪，却发现那丫头才刚刚挖了几下土。

晨雪诧异道："那么快就看好了？我看你刚进去，怎么就受伤了？"

华天晴摇了摇头，再次进入达摩洞，但再也看不到什么，望着被剑气削去的洞口，他深吸口气，想道：达摩在此九年，他面对的又是什么？那山洞中凹凸不平的石壁，是否也有当年达摩留下的印记？他手指在石壁上轻轻划过，陷入了沉思。

忽然，洞外晨雪欢呼一声："天晴，快来！完成了！"

华天晴跑出达摩洞，晨雪正从土中捧出一株艳丽的"佛泪"，蓝色发带包起它根部的泥土，整个花朵散发出淡淡的金光，阵阵馨香随风而来，四周隐约传来经文唱诵的声音。

山风吹动晨雪的长发，笑颜与鲜花互相映衬，华天晴由衷赞叹道："好美！"不知是在赞人，还是赞花。

晨雪捧着花，好奇地朝达摩洞里望了望，也没看到什么，耸耸肩，她在队伍频道中说道："已找到佛之泪，你们那里顺利么？还有没有其他问题？"

雪焰道："快回来吧，还差十来个种子，估计你们回来就够数了。"

晨雪对华天晴点了点头，两个人护着佛之泪，刚离开立雪亭，突然四面八方飞沙走石狂风大作，华天晴挡在佛之泪前，从飞沙中望向下山的道路，天空中雪花飞舞，山路在雪中有些模糊。

华天晴苦笑道："这是这个任务最后的障碍么？"

"也许吧。"晨雪道，"我们走。"

看着先向下走的晨雪，华天晴道："我来开路比较好吧？"

晨雪笑道："你不是恐高么？"

华天晴笑了笑，自觉跟在晨雪身后，两人小心翼翼地朝山下走。

山风很大，纷飞的雪花让山路的能见度变得很低，下山的速度比上山时候慢了很多。

"我记得，以前的游戏里面，人从悬崖上跳下去，也不会有事情。"走了一路，华天晴忽然道。

晨雪笑了笑道："更早的游戏里，人是绝对不可以跳崖的，地图被限制死了，人只能沿着路走。"

"是啊。"华天晴叹息道："事到如今，我都没有想明白，游戏究竟是做得复杂好，还是简单好。"

"各有各的好处。"晨雪道："所以才会有多种多样的游戏。"

华天晴道："也不是这么说，我觉得现在游戏是日趋复杂了，但可玩性就难说了，游戏开发者追求的更多是真实效果，而不是可玩性。我玩一个经营类游戏，都快赶上自己真的去做经理了，有那个空自己开个公司多好。"

晨雪微微皱眉道："你牢骚真多。"

"难道不是？"华天晴笑道，"我觉得很多东西都是相通的，比如说现在很流行写实的电影，你说拍出来的东西琐碎到和真实生活一样了，我们何必去看电影，看自己不就行了？"

"也许。"晨雪停下脚步,扶着山壁,轻声抱怨道:"这路真难走,我的疲劳度升高了很多,超过百分之七十了。"

华天晴道:"换我来开路。"

晨雪摇头道:"我觉得这样不行,不如我用轻功技能,提高速度。你的体力比我好,应该能够跟上吧。"

华天晴看着已经积了层薄冰的山路,低声道:"我尽力,但你要小心。"

晨雪眨眨眼睛,笑道:"放心,让你看看什么叫做侠客。"说着她平稳了一下呼吸,身子重心放低稍稍前倾,足尖点地,肩膀一耸,如白鹤一般盘旋而起,在山路上不停起落。华天晴用出飞狼步,紧追其后高速而下。

两人在山路上,越奔越快,华天晴隐约觉得有些不妥,因为前面晨雪起落的频率越来越少,而速度却越来越快,似乎已经失控,而在高速奔跑中,两人都不能说话。眼看前方就是之前遇到灰袍僧人的弯路,而晨雪却直接冲向山路外侧的悬崖……

高速中,晨雪视线已经模糊,但她知道重心已经甩出山路外侧,人在半空拼力转身,"鹤舞"技能终于让她在空中找回了平衡,但半个身子已经飞出了山崖,她奋力伸手抓向崖边的草根。

华天晴猛拍了一掌山壁,身子旋转着飞出,但迎面来的却不是晨雪的手,而是那被飞掷而来的"佛之泪",以及风中晨雪的叫声:"天晴,接住佛之泪!"

华天晴大吼一声,太白神剑激射而出,"当!"佛之泪被长剑钉在山壁之上,而他的右手终于抓住向下落去的晨雪,两人同时用力,一下翻到山崖内侧,惯性让两人一路翻滚,直到山壁边上才停下。

剧烈的山风在耳边呼啸而过,华天晴看着晨雪惊魂未定的眼眸,不由怜意大起,抱着她的手臂微微一紧,吻上了佳人俏美绝伦的脸庞。晨雪芳心剧震,娇羞着躲入他的怀中,看着山崖上轻轻摇曳的"佛之泪",忽然感到温馨无比,嘴角露出浅浅的笑意。两人靠着山崖静静地相拥着,山上的风雪再也不算什么……

忽然队伍频道传来雪焰的声音:"你们到哪里了?我们这里一百颗种子收齐了。"

晨雪和华天晴同时皱眉,晨雪笑道:"雪猪不愧为雪猪呀。"她轻轻脱出华天晴的怀抱，在队伍频道回复道："就快回来了，我们直接到龙门，在佛像前面等我们。"

华天晴笑着站起，走到崖边拔出太白神剑，把"佛之泪"稳稳交回晨雪手中，那牡丹在风雪中丝毫不减娇艳，看来她并不如想象中的那样脆弱。

看着逐渐变小的风雪，华天晴笑道："真不想回去。"

晨雪微微一笑道："我也是。"说着脸上一红，动人无比。

二人到得山下，原本阴霾的天空，透出几缕阳光，雪后的嵩山上上下下，闪现着圣洁的光芒，他们恭敬地向达摩洞拜了几拜，翻身上马向龙门而去。

站在龙门石窟的卢舍那大佛前，华天晴才知道，风吹雨接的"花神"任务，竟然是来自这座佛像。卢舍那大佛高达十七米，相传是按中国历史上唯一的女皇帝——武则天的形象塑造的。"卢舍那"的意思就是光明普照，而武则天把自己的名字改为武曌，正是表达了日月当空、光明普照的意思。

一百颗种子以及那株"佛泪"牡丹一起放到了佛像前，神奇的事情出现了，"佛泪"牡丹的花瓣渗透出晶莹的水珠，整朵牡丹化作一个盛满水珠的玉瓶。玉瓶中的玉液喷洒而出落在那一百颗种子上，种子绽放出七彩的光芒，那光芒越来越强，引得附近的人都聚拢观望，突然那一百颗种子同时飞升到天空中，像焰火一样在空中化作一朵巨大的牡丹，那牡丹化作点点小雨撒向人间，那雨点落在人身上，让人有种疲劳尽去爽朗的感觉。

当雨云在空中消失时，各种各样的牡丹花在龙门石窟的各处盛开起来，一时间万紫千红，争芳斗艳。

系统发出公告：因为"花神"重现人间，十月的洛阳城，破天荒的像四月一样，全城开满牡丹，"洛阳牡丹甲天下"，望大家尽情观赏。

华天晴、风吹雨、晨雪、雪焰等人身上一下子不停放出七彩的光芒，七个人的等级不停上升，华天晴看到自己的等级最终停在了三十一级上面，并获得两百两银子，以及一百点威望值的奖励，"花神"任务顺利完成。

晨雪道："系统还有个奖品，但只有一个，我们给谁？"

风舞笑道："先说是什么？"

晨雪道："是一块花神玉佩，属性不明。"

雪焰道："给风吹雨，没有他接任务，我们啥都得不到。"

西门不弱支持道："对，我们以后就这样，谁接的任务，主要奖品就给他。"

华天晴笑道："是啊，小雨应该拿。"

风吹雨皱眉道："玉佩我要来有什么用？"

上官雨露笑道："说给你，你就拿着嘛。"

风吹雨似乎很听上官的话，点了点头。晨雪笑着把玉佩递给上官雨露，让她给风吹雨带上。华天晴在一旁看着，嘴角露出一丝笑意，心道："这个笨蛋风，啥时候把上官追到手了？"

晨雪道："好啦，差不多也该吃晚饭了，我晚上再来，现在队伍解散吧。"

众人点头答应，纷纷下线。

华天晴刚要退出，却见卢舍那的佛像前，有一个东西闪闪放光，上前捡起一看，却是一串佛珠，他抬头望向佛像，在佛像的眉宇间，依稀出现了个雍容华贵的绝色女子，那女子看着他轻声道："拿着佛珠，去白马寺齐云塔找王摩诘，告诉他，朕替他找的人已经找到。"话语虽轻，却有种叫人不可抗拒的威严。

华天晴握着佛珠沉吟道："王摩诘？难道是王维？可是……"他吃惊地抬头道，"朕？难道她是武则天？"可是佛像上那绝色的风姿早已消失。华天晴捻着手中佛珠，自语道："王维在齐云塔？"

第六章　长安之路

在千年之后，大唐留给人们的究竟是怎样的印象？

是海纳百川的泱泱大国，是雄浑自在的万里山河，抑或只是那一首又一首的唐诗名句？

华天晴人在齐云塔前，心中泛起这样的疑问，而这些疑问也许永远都没有人能够为他解答。

雨后，夕阳下的古塔，仪态古雅，俊秀挺拔，在晚霞的映照下，仿佛一个白衣的中年文士负手而立，华天晴嘴角扬起淡淡的微笑，王维是否就是这个样子？

在齐云塔转了一圈，没有见到王维，问了塔中的沙弥，才知道他去塔后树林作画去了。

华天晴向沙弥施了一礼，转头向林中寻去……

走入树林，树叶的斑驳中，映射下金黄的夕阳，照在人的脸上，稍微有些刺眼。华天晴微微侧身，用手搭凉棚望向树林深处，只见光线间隙中，地上的青苔绿得格外动人。林间听到有人吟唱之声，却就是看不到人影。

华天晴在林中默默来回，那若隐若现的阳光，时有时无的人声，仿佛带他进入了另一个世界，他手指轻捻佛珠，默默感受周围的一切，若有所悟。

那人声在耳边也益发地清晰："空山新雨后，天气晚来秋。明月松间照，清泉石上流……"

华天晴睁开双眼，前方月光照入林中，一眼泉水缓缓而过，水声淙淙，在寺中告诉他"佛之泪"方向的白衣居士就在眼前。不错，早就想到是他，只是……方才还有夕阳，为何那么快就有了月亮？

那白衣居士微笑道："老夫王维，恭喜少兄找到佛之泪。"他的目光落在华天晴手中的念珠上。

"在下华天晴。"华天晴微笑道，"若非先生的指引，恐怕不能完成任务。"说着他把念珠交在王维手中道，"这是龙门卢舍那让我转交给先生的。她还说，替你找的人已找到。"

王维接过佛珠哈哈大笑，看着华天晴的眼睛道："少兄觉得，她替老夫找到了谁呢？"

华天晴耸耸肩，潇洒地笑道："若不是我，我会很失望。"

王维拍了拍华天晴的肩膀道："当然是你，此事落在你的肩上，可不许推托。"

华天晴抬头看了看月色，微笑道："替先生办事，是天晴的荣幸，先生请说。"

王维笑道："少兄，似乎对月亮，有所挂念？"

华天晴苦笑道："我实话实说，洛阳是否天黑得特别快，叫我很难适应。"

"凡所有相，皆是虚妄。"王维淡淡地道，"我就是要你把这月色山泉，带去长安。"说着手轻轻在空中一抓，竟取下一个长长的画卷，清泉明月霎时不见，晚霞再次从树梢中间透入林中，连青苔也带有些许红色，他微笑道："请把此《山居秋暝图》带给长安大雁塔的住持。"

华天晴难以掩饰心中的震惊，这神乎其神的画技，实在超乎他的想象，跪在地上接过画卷。王维又把佛珠交还他的手中，低声道："连同佛珠一起交给慈恩寺住持，他会将我寄存在那的东西送给你，也算你我不枉结识一场。"

华天晴低声道："此去长安，并不遥远……"

王维笑道："不错，但路途险峻，这两样东西是老夫对大雁塔的承诺，务必毫无损坏地送到大雁塔。你此去长安或可看到梦想中的大唐，但是……"他脸上涌动一种难言的悲痛道，"你亦会看到，存在于千年来百姓梦魇中的大唐。无论看到什么，都是你的缘分，也会变成你的责任。"

"责任？"华天晴不解道。

王维对他点了点头，轻声道："太白兄遇到你，真是件有趣的事情。去长安吧，那里有真正的大唐。"

"是。"华天晴沉声道，眼中射出坚毅的光芒。

王维笑了笑，示意华天晴可以离去。

华天晴大步走出树林，隐约听到身后王维略显苍老的话语："山中相送罢，日暮掩柴扉。春草明年绿，王孙归不归？"

王孙归不归……

此时系统发来任务提示，华天晴接下随机保镖任务。此任务将在三个时辰后，在系统公开发布，各方面人士都可抢夺，夺得宝物者可以选择继续执行"保镖"任务，或者立即拍卖宝物。

"保镖"任务胜利条件为：顺利将《山居秋暝图》送到大雁塔。隐藏条件：将"佛之泪"佛珠交给慈恩寺住持玄奘。

任务奖励：不详。

华天晴看着白马寺那森然古刹，心道："梦魇中的大唐和梦想中的大唐，都在长安？"虽然还在洛阳没有上路，他却已依稀看到前路上的重重危机……

两个时辰后，洛阳天外楼雅座。

"你说你是不是猪？接了那么重要的任务，居然还笃定地在晚饭后才上来告诉我。"雪焰拍着桌子，冷笑道，"系统给你三个时辰准备，你这么简单地就浪费了两个。"

"那么紧张做啥？"华天晴穿着新买的铁甲，舒服地靠在椅背上道："即便你和风猪两个不吃饭，别人不都还没上来么？光告诉你们有什么用？"

风吹雨收回望向窗外的目光，淡淡地道："又扯上我做什么？"

华天晴笑道："对你们这两个三十六级的高手，表达一下敬意嘛。"

"对谁表示敬意呀？"门帘一挑，晨雪笑盈盈地问道："你们这几个家伙都不用吃饭的么？"一面说，一面确认了华天晴的组队邀请。

雪焰显然没心情讨论吃饭的问题，他对华天晴道："现在好了，就差西门和上官了。"

晨雪看了下四周道："风舞呢？名字在队伍，人上哪里去了？"

风吹雨道："在大堂说书，你上来没见？"

"没注意，我直接从侧门上楼来的。"晨雪道，"这家伙怎么那么喜欢说书？"

雪焰撇撇嘴道："他脑子有问题。"

"你管人家那么多做啥？"华天晴笑着站起，"西门和上官到楼下了，我们叫了风舞就上路。"

几人下得楼去，在天外楼大堂前同西门不弱和上官雨露汇合。

华天晴向着大堂里大声叫道："风舞走啦！"

堂中风舞的《说唐》正说到贾友楼三十六友反山东的高潮之处，听得华天晴的喊声，一拍手中堂木，笑道："欲知后事，请听下回分解。"说完起身就走。

大堂中有听众叫道："风舞大大，下回什么时候说？在哪里说？"

风舞一举手，大声笑道："长安城！"

七人会合，相视哈哈一笑，向洛阳城外走去。

走在路上，看着洛阳的街市，风舞道："我本以为会在这个城市多留些日子。"

风吹雨道："去了长安后，你可以再回来嘛。"

风舞摇头道："我不认为在唐朝还有比长安更好的城市，回来的可能性很小。"

"我们边走边说，抓紧时间。"华天晴道，"我已经把任务放到队伍任务中，大家可以了解一下具体情况。简单地说，我们把《山居秋暝图》送到大雁塔就算成功。现在距离系统公布保镖任务的时间，不到一个时辰。大家有意见和问题，现在可以提出。"

晨雪道："我有一个问题，这个任务应该不容易完成，从洛阳到长安，路途不算短，而来夺宝的玩家恐怕等级远远高出我们，是否考虑多组点人？我可以出来另外组一个队，作为策应。"

华天晴皱眉道："你那么喜欢做队长啊？居然要另外开一个队。"

"没有呀……"晨雪怯声道。

雪焰道："增加人手是最不划算的办法。第一，这种任务如有陌生人在队伍，最后很可能会为奖品分配起争执；第二，另组一个队伍，很难说没有劫镖的来卧底。"

华天晴道："我们是保镖，不是去打仗。行镖讲究的就是低调嘛。"

晨雪被他们这么一说，只得举手投降。

上官雨露笑道："问题是没有，但你接的这个任务比花神任务还奇怪，居然不写清楚奖励。"

风吹雨道："你就想着奖励。"

上官雨露美目一瞪道："玩游戏不为了奖励，谁做任务？"

华天晴拍了拍风吹雨的肩膀道："或许没有说明的奖励，才是最有诱惑的。对不对？"

晨雪笑道："事实如此，我想这个任务的难度就在这里，因为不知道奖品是什么，就不能组织太多的人一起上路。相反要劫镖的人，只要投机一次，说不定就能大赚一笔。"

此时，他们已出了洛阳城，华天晴转过身，望着那古老的城郭，心中一阵感叹。他和风舞想的一样，原以为会在此逗留些日子，而今却要马不停蹄地向下一站奔去，也许有一天，自己还会回到这里吧……

"你说我们从扬州到洛阳那么快，现在从洛阳到长安，路途近了，反而要花更多的时间。"西门不弱抱怨道。

他们策马狂奔了半个多时辰后，终于停下休息。

"算起来，就要到系统公布消息的时候了。"华天晴一面说，一面坐在路边大石上，把太白神剑用布包起。

风吹雨道："你早该那么做了。"

雪焰道："会不会有点此地无银三百两的感觉？"

风吹雨道："那也比平白无故被看上他宝剑的人追杀要好。"

晨雪调侃道："那是不是有人挑战，你帮他出手？"

风吹雨一拍腰间的钢刀，傲然道："没问题。"

雪焰轻轻用胳臂肘撞了一下华天晴道："我想你还没试过风猪的百花四季刀吧？"

"四季刀？"华天晴奇道。

"非常过瘾！"雪焰略带回味地道，"那刀势非常过瘾！"

上官雨露活动着身体，望向大路道："话说回来，从洛阳到长安，应该也有水路可走。水路不是通常都是传送么？速度应该会快些。"

西门不弱笑道："我看他是上次在运河连死两次，死怕了。"

华天晴道:"风舞收到消息,今明两天,大唐北方最大的帮派金钱帮,将从水路到洛阳集合。而南方的一笑堂和大业社也在向北来,我们还是不要去水路凑热闹了。"他将包好的长剑挥了两下,重新把画卷背在身上,沉声道:"系统公布任务了。"

晨雪看着大道上疾驰而过的豪客,轻声道:"不用过于紧张,系统每天都公布很多任务,我们只是其中之一,何况我们一直在移动,不会那么快就成为热点。"

"但多少总会有人来。"雪焰轻叹口气道,"说到金钱帮,那个帮派已经隐约有隋唐大陆最强组织的样子了。游戏刚开才没几天,我却觉得已和那些人拉开了很大的差距,有点郁闷。"

"郁闷什么啊?游戏里面的身份地位又不能当饭吃,长假结束后,我们不都得上班么?"华天晴笑道:"晨雪说得对,短时间内还不会遇到有组织的进攻。而我们需要有人在前面五十步左右开路。"

风吹雨道:"我去。"

华天晴看了看虚拟地图,低声道:"我们已经到了崤山,前方不远就是崤底大战的古战场。如果有人盯上我们,那里应该会是第一战,你多加小心。"

风吹雨竖起大拇指,向前走去。

七个人的队伍队形一变,西门和晨雪各挽强弓在左右两边游弋,风吹雨在前,其余四人居中而行。山路慢慢险峻起来,名震天下的崤底之战的古战场就在前方……

崤山是关中的天然屏障,汉朝贾谊的《过秦论》所言秦人守"崤函之固"中的崤,即指崤山。

"问个白痴问题。"上官雨露道,"崤之战,我在课本上念过。方才我们华队说的崤底大战,又是什么?"

"崤之战,是说周襄王二十六年,晋秦争霸战争中,晋襄公率军在崤山隘道伏击伐郑而归的秦军,取得完胜的那场战役。"风吹雨停顿了一下,笑道,"而崤底之战则是,东汉建武三年闰正月,在赤眉农民起义中,东汉冯异大败赤眉军于崤山谷地的一次伏击战。"

"队聊功能真不错，他在那么前面，还是可以泡妞。"雪焰哈哈笑道。

华天晴望向天上的星辰，笑道："忽然发现一个问题，我们居然在夜里出发……而经过的都是打伏击最经典的地方。"

"小天天，变得谨慎起来了。"风舞笑道，"看来做队长还真是可以叫人成熟。"

"晚上走山路也有好处，就是路上行人少，敌友分得比较清楚。"晨雪笑道。

华天晴道："有道理，我们都打起精神就是。"

不久之后，只见前方一块巨大的石碑立在路中，上书"嵋底之战"四个大字。嵋山山道上夜风明显变大，山风，林海，飞扬的尘沙仿佛让人置身于当年的战场。

向前走了两三里，队伍最前面的风吹雨沉声道："山道上有血迹和箭支，不久前这里有战斗发生，提高警惕。"

"明白。"华天晴眯着眼睛道，"大家精神点，自己的任务要紧，不要插手别人的纠纷。"

队中众人纷纷点头，向前几步他们也看到了风吹雨说的血迹，路边一块岩石上有道深深的刀痕，让人好奇的同时，不由得担心对方是敌是友，又行几里地势稍许宽广。

忽然，风吹雨停步不前，坐在马上高举拳头，示意前方有变。其余众人在华天晴的带领下，迅速和风吹雨会合，众人目光向山道下望去，不远处的开阔地上，三十余骑黑衣人，围着一架马车轮番发动进攻。

守护马车的只有四个人，两个披着灰色长袍的医生站在车上，两个铜甲战士轮番在车边冲杀，刀光如浪涛般在马车周围飞舞，那三十几骑竟然奈何不动二人，但白光不停从两人身上升起，点点血花夹杂在白光中，显然这两个战士的形势并不乐观。

"那两个战士非常强。"雪焰轻声道，表情变得凝重起来。

"但他们快顶不住了。"晨雪道，"没有太大的利益冲突，是不会有人去招惹这种高手的。"

"所以，那三十几个人一定作了充分的准备，就差最后的冲锋了。"华天晴下结论道。

风吹雨道："我们不帮忙么？"

"帮谁呢？你并不知道谁对谁错，何况我们还有任务。"华天晴下令道，"加速前进，他们现在顾不到我们，我们穿过去就是了。"

众人点头，纷纷催马前行，贴着大山绕路离开。

忽然，晨雪的密语频道传来急迫的话语："队长，我是武天兵。"

晨雪笑道："天兵，你在哪里？"

"就在你附近的马车上，求救啊！"武天兵急道。

"在马车上？"晨雪拉住马的缰绳，在队聊频道中道，"那马车上的人我们认识。"

华天晴一皱眉，冲上山坡仔细望去，对雪焰道："好像是武天兵……他在马车上。"

"你刚才不是还说，不趟这浑水么？"雪焰苦笑道，"但我也知道不能就这么走。好歹我们和天兵也是一起从新手村出来的。"

西门不弱道："那还用说，当然要帮忙！"

华天晴环顾四周的地形，笑道："我去和他们交涉，你们和我保持距离，摆出一种我们很厉害的姿态，风舞注意我的状态。"

风舞点头道："你放心去，只要你不被秒杀，就一定死不了。"

华天晴微微一笑，纵马向那马车而去。

风吹雨皱眉道："什么叫很厉害的姿态？"

雪焰微微一笑，打马跑上山坡，把头高高昂起，一副目空一切的样子。上官雨露笑着对风吹雨道："就是他那样。"

华天晴刚接近马车之前，黑衣人中冲出一骑向他扑来，华天晴从马上摘下铜盾迎敌而上。两匹战马迅速接近，对方的长枪直取他的胸口。"当！"华天晴的铜盾挡下长枪，两马错镫而过之时，一拳击在敌人的脖子上，"嘭！"那家伙掉落马下。

华天晴拉住战马，高声道："这里打得真热闹，可有老大出来说话么？"

黑衣人中缓缓走出一骑，那人一头白发，眉目细长，身着黑色劲装，两手空空，给人一种高深莫测的感觉，他冷冷地看了华天晴一眼，淡淡道："有事么？"

对方似乎是很难惹的角色，华天晴正色道："你在围攻我的朋友，希望可以停手。"

"你朋友？没看出你是烟雨盟的人。"白发人依然语气冷淡。

华天晴目光落在对方胸前的铜钱标志上，微笑道："不是我朋友的话，我怎敢来打扰你们这些金钱帮的老大。"

白发人重新打量了一下华天晴，目光落在他那用布包裹着的长剑上，沉声道："既然知道是我们金钱帮在做事，你又凭什么来管？"

"凭我和你围攻的人是朋友。"华天晴语气逐渐强硬，目光扫过边上的战局，武天兵那里已快支撑不住，他冷冷道："如果你不能做主，请叫你们老大出来。"

"这里我说了算，金钱帮叶秋池。"那白发人头上显示出淡淡的蓝字，他目光望向不远处的山坡，傲然道："你以为你和身后的那几个人，就能插手了？"

华天晴笑了，一副理所当然的样子，高声道："若非如此，你会出来和我谈？你围攻我朋友半天都没成功，加上我们你能有多少机会？"

叶秋池笑了笑道："你一样没有把握，要不然你应该上来就动手救人才对。"

华天晴一摆手道："不用拖延时间了，说个解决办法，不然只好大干一场。"他看着叶秋池，眼中杀气显现道，"死人并没有太大意义，不是吗？"

叶秋池道："江湖规矩，你我单挑。"

华天晴吹了下口哨，笑道："你让他们先停手。"

叶秋池道："你赢了我以后，他们自然停手，如何？"他望向华天晴身后，笑道，"或者你随便换个别人上来，我一样接下。"

华天晴哈哈一笑道："在下华天晴，请秋池兄多多指教。"说完端坐在马上无所畏惧地看着对手。

风吹雨道："对手是策士还是游侠？"

晨雪道："游侠。"

雪焰道："十级以内，没人能赢华猪的太白剑。"

上官雨露道："你也不行？"

雪焰淡淡地道："策士除外，策士和谁都是互相秒杀的关系。"

"游侠克策士，策士克战士，战士克游侠，在理论上是这样的。"晨雪笑了笑道，"但在'纵横五千年'，装备带的特定技能，打破了职业的限制，所以不能只看表面，这给 PK 带来了很多意外的乐趣。"

叶秋池的战马不疾不慢地绕着华天晴移动，他对这突然到来的对手，丝毫没有小觑之意。

很有耐心嘛，华天晴微微冷笑，提战马向叶秋池猛冲过去，突然一阵狂风呼啸而起，空中飞出一条赤色巨蟒。华天晴手中铜盾挡向蟒头，那巨蟒在空中一折，绕过铜盾缠在马头上，战马哼都没哼就软倒在地，华天晴横跃到地上飞奔而起，那巨蟒在他身后紧追。

华天晴忽然停步，大喝一声反手就是一剑，肩头火辣的一阵疼痛，却终于稳住阵脚。他转过身，看着叶秋池手中的赤色长鞭，微笑道："好险。"

叶秋池摸着胸前划开的衣袍，不可思议地看着华天晴手中的武器，那布条包裹下的究竟是什么东西？

华天晴长剑翻转，冷喝道："白光纳日月，紫气排斗牛。"灿烂的剑光从手中绽放开来，人和剑叠在一起飞刺向叶秋池……

叶秋池身形转动，手中长鞭化作无数圆圈，绕向太白神剑，嗒嗒嗒……长鞭如赤链蛇般缠绕上剑锋，叶秋池单手用力，将华天晴连人带剑挥舞起来，但他看到空中的华天晴眼中丝毫没有畏惧之色。

华天晴轻声道："可使寸寸折，不能绕指柔。"赤色长鞭上出现龟裂，"锵！"太白神剑突破长鞭的封锁，猛刺叶秋池的哽嗓。叶秋池拼命后退，但剑光如影随形而至，血花溅起，森寒的剑锋横在他的脖子上，长鞭断作九节散落一地。

"叫他们停手。"华天晴冷冷地道。

叶秋池嘴角抽动,愤怒之色在眼中一掠而过,高叫道:"都住手!"那混战中的三十余骑纷纷退出战团,华天晴身后晨雪和雪焰等人向马车靠拢。

华天晴长剑入鞘,拱手道:"多谢。"

叶秋池冷冷哼道:"华天晴,我金钱帮会记得你。"说着带队迅速离开。

华天晴耸耸肩,想要少惹事,却一上来就招惹了北方第一大帮,这样下去如何得了。

马车上除了武天兵,另外三人都是烟雨盟的人,红袍的战士叫剑冥,蓝袍的战士叫燕歌行,灰衣的女医生则是雨道。

晨雪道:"他们为何攻击你们?"

剑冥道:"昨天在函谷关,我们杀了他们金钱帮十个人。其实开始只是为了小事情,金钱帮仗着在北方有实力,就强霸着练级速度较快的地盘,哪怕是别人先到的,他们也会说那地盘是他们帮派占下的。"

武天兵道:"所以他们今天追杀了我们一路。"

雪焰道:"这种事情在任何游戏里面都无法避免,除非游戏不允许 PK。"

华天晴道:"如果不允许 PK,那就会变成骂街,更加无聊。"

剑冥道:"华老大说得对,这次真要谢谢你们,虽然我们也叫了盟里的人来,但估计他们还没到,我们就已经被杀了。死了掉点经验没啥,就怕要做的任务泡汤。"

华天晴道:"你们在做什么任务?"

剑冥拉开马车车门道:"我们从长安运大批的箭弩去洛阳,运送兵器是最赚钱的生意,但风险也大,因为守城的 NPC 默认这是违法行为,当作走私处理。"

华天晴笑道:"这倒是很有趣。"

队伍频道中,雪焰道:"华猪准备上路,别聊了。"

华天晴对剑冥一抱拳道:"总之大家平安就好,武天兵是我们的朋友,还请剑冥老大多多照顾。我们还有事在身,就此别过。"

剑冥道："你们为了我们得罪了金钱帮，以后有事情，只要招呼一声，我们烟雨盟一定不会袖手旁观。"说着他牵过身后的战马，道："我看到你损失了一匹马，这算是我的一点心意，请别推辞。"

那是一匹黑色的战马，马脖子上有着一个拳头大的白色斑点，华天晴接过缰绳笑道："那多谢了！大家保重。"说着翻身上马带队离开。

望着华天晴他们远去的背影，燕歌行道："哥哥，你还真大方，那马可是大家花了大钱给你弄的。"

剑冥轻声道："能和这种人交上朋友，一匹马又算什么。老燕你难道没认出他来？"

燕歌行皱眉道："我们见过他？"

剑冥微微一笑，道："在扬州城外，我就说过，这样的人不会一直默默无闻。"

燕歌行一拍脑袋道："对，怪不得我看他那柄剑觉得怪怪的。"

"我刚刚看了系统消息。"雨逍道，"他们当然不是默默无闻，华天晴背上的卷轴，是现在保镖系统上最炙手可热的标靶，他们是带着《山居秋暝图》到长安的保镖队伍。"

"《山居秋暝图》？"剑冥哈哈笑道："这些家伙做的买卖比我们要大得多，怪不得来去匆匆。"

"就这样他们还敢招惹金钱帮。"燕歌行苦笑道："这些家伙有点疯狂。"

"要叫帮里支援了。"剑冥轻声道。

燕歌行道："哥哥的意思是？"

剑冥道："人家救了我们，江湖人有恩必报，他们这一路上，总有用得着我们的时候。"

燕歌行和雨逍点了点头。

武天兵忽然道："几位老大，我能加入烟雨盟么？"他笑了笑道，"我发现你们都是很好的江湖人。"

剑冥哈哈一笑，向总部发出消息，他们此时已经走出了崤山，距离洛阳只有一个时辰，而另一边华天晴等人的长安之路，才只是刚刚开始。

过了崤关，行路多时，前方依然是绵延的山道。

看着地图，华天晴道："前方是飞龙涧，山涧的西南有天池，就是古代那个渑池。"

雪焰道："知道，是秦赵会盟时候，那个蔺相如发威的地方。"

"是啊，也就是战国时候秦赵的边境。"华天晴笑道，"过了那个山涧，就是函谷关了。风猪，前面情况如何？"

"一切平安，偶尔有路人经过，但没有碍眼的角色。"风吹雨顿了一下，道，"我觉得开路开得郁闷啊，遇到金钱帮你还是第一个冲上去，不是说好了你少动手，有事情交给我的么？"

华天晴嘿嘿笑道："那种小角色，不用你风猪大人吧？"

"正因为是小角色，所以你才不用动手，交给我不就行了么？"雪焰插嘴道。

晨雪皱眉道："知不知道你们三个家伙很讨厌？"

雪焰奇道："哪里讨厌？"

晨雪道："你们明显不把我和西门两个游侠放在眼里，打架就从来没想到过要我们动手么？"

华天晴耸耸肩道："没想过……"

西门不弱怒道："猪就是猪。"

晨雪笑道："话说回来，那个剑冥出手还真是大方。这匹马只怕比我身上所有装备之和都贵。"

"不会吧。"华天晴摸着马的鬃毛道，"那不得几百两？"

"这是名马千里一盏灯。"雪焰道，"虽然不是上古八骏那个级别的神马，却已经是超一流的好马了，市场价只怕超过千两银子。"

"千两？"华天晴睁大了眼睛道。

"那还是有价无市呢！"晨雪道，"市场刚刚建立没几天，这种东西绝对稀少。"

"哈，骑着这个，你想不引人注目都不行了。"上官雨露幸灾乐祸道。

华天晴对风舞道："这匹马真的是千里一盏灯？"

风舞道："你没看它全身漆黑，就是脖子上一块白的么？那块白的就是所谓的一盏灯了。据说大唐名将尉迟恭的坐骑就是这种马，你可欠了人家一个大情。"

"我宁愿他送我一千两银子。"华天晴皱眉道，"他爷爷的，我现在不变成明灯了么？人家看到马就知道是我。"

"猪头猪脑的。"雪焰不屑道，"你不要可以让给我，我给你一千两。"

"不许给他。"晨雪笑道，"这马战士骑着多威风！"

华天晴道："听见了没？不给你。"

雪焰坏笑道："你妹的。早说了你们两个关系暧昧，居然那么听话。"

晨雪俏脸一红，呸了一下，对华天晴道："你知不知道，这个世界宝马和普通马匹的区别？"她看华天晴在摇头，笑道："你下马来，我示范给你看。"华天晴翻身下马，晨雪在马鞍上轻轻一按，一道强光掠过，那高大的战马消失不见，化作了一个马牌，落在晨雪手中。晨雪把马牌递给华天晴道："宝马，就和召唤神兽一样，可以随时收起，也可以随时使用，这样你明白了么？"

华天晴接过马牌，轻轻在马牌"千里一盏灯"的名字上一点，那匹高大漂亮的战马再次出现在他的身前，不由得由衷赞叹道："果然宝马！"他摸了摸马头，笑道："以后就叫你小灯了。"

晨雪笑道："就冲这匹马，金钱帮要找上我们就一点也不困难，到前面的城镇，你还是买匹普通的马比较好。"

此时，前方风吹雨传来消息，"飞龙涧到了，但桥上有人拦路。"

雪焰道："这次交给我。"说着打马上前。

晨雪和西门不弱道："不如让给我们啊。"

如果是真人 PK 他们就都退后了吧……华天晴只能轻轻叹气，他知道这次怎么也轮不到他了。

一条山涧，几根铁链搭成了索桥，桥上铺着木板，木质有些腐朽，很难说能够容得人马通过。

桥上坐着一个浓眉大眼的大汉，皮肤黝黑，胡茬凌乱，嘴里叼着一根稻草，身前放着一柄大环刀，远远看到了华天晴等人，他慢慢提刀站起。

"兄弟，借过下。"风吹雨远远叫道。

那大汉豪笑道："华天晴的队伍终于来了，某在此等候多时。"

风吹雨道："我只要你让路，不用管你在等谁。"他的目光落在大汉衣襟上的金钱标志，在队伍频道中道："是金钱帮，这个人交给我。"

华天晴和雪焰同时道："随你。"

六个人摆出战斗队形，华天晴目光向四周搜索，对方不会只来一个人。

"PK 吧！"风吹雨稳稳地站上桥头，淡淡道，"我看你带着刀。"

"我找的是你们队长，他伤了我兄弟。"那大汉笑道。

风吹雨看着对方的眼睛，认真地道："你找的是我兄弟。"

大汉面色逐渐转冷，手中大环刀哗楞楞响动，冷冷地道："我叫秋剑霜。"

隋唐大陆 PK 榜排名第一，金钱帮第一游侠秋剑霜！

风吹雨感到前方强大的杀气蔓延开来，那大环刀忽然变得异常巨大，他大吼一声，手中钢刀呼啸而起。

"当！"钢刀和大环刀碰得火星四射，风吹雨向后倒退三步，秋剑霜却只是晃了一晃。秋剑霜肩膀一耸，冲天而起，如飞鸟般滑翔起来，凌空就是一刀，"当！"风吹雨横着钢刀，将大环刀挡出，他再退一步。而秋剑霜却在空中像落叶般，不规则地飘起，刀如流星斩向风吹雨的头颅……

"当！"风吹雨奋力一刀，再次把大环刀架出，两脚稳稳地踩在地上，一步不退。

"这不是鹤舞！"晨雪惊道，"这究竟是什么？"

"有点像落叶的样子。"华天晴道，"可是，风猪却让我觉得他更恐怖。"

上官雨露道："他明明被动挨打……"

华天晴微笑道："可是你难道忘记了他是战士。他本来应该骑马作战才对。"

上官雨露和风舞恍然道："是啊……"一个不骑马的战士，能够和单兵能力超强的游侠打个平手，这的确恐怖！

雪焰道："但这也是他白痴的地方，他现在不可能有空骑马，注定了要被动下去。"

华天晴笑道："莫要小看了风猪。"

而叫人震惊的是，秋剑霜真如叶子一般飘在空中，一柄大环刀来回翻滚着落下。风吹雨站在原地，面无表情地一刀接一刀地挡了出去，这还是他第一次遇到那么强的对手，该如何破解这绵绵不绝的刀法，他的手已经发麻，长途跋涉带来的疲劳度，开始影响作战的体力。

秋剑霜也暗暗着急，他面前的敌人不是一个，而是七个，尤其是华天晴和雪焰的眼神，让他始终有芒刺在背的感觉，不能再拖下了！秋剑霜长啸一声，双手握刀全力劈下，层层刀光化作一道惊鸿。

风吹雨就觉压力骤然一轻，而后头顶狂风大作，他忽然心中一片空明，钢刀上一阵古朴癫狂的杀气昂扬而起，刀声如快乐的浪花般流动而出，连刀风都带着亢奋的欢呼声，钢刀迅速迎上秋剑霜狂暴的刀风，竟然突破狂暴的刀风，追向秋剑霜的胸膛。

秋剑霜大骇，这是什么刀？古朴癫狂而又快乐着？一个翻身远远落去，胸口刀痕翻转血肉模糊，杀人不成反伤己。

"隋唐大陆 PK 第一？"风吹雨哈哈狂笑，抬手点向秋剑霜，喝道："再来！"

秋剑霜脸色一片惨白，死死地盯着对方手中的钢刀，他绝不相信那只是一把普通的刀。

而观战的华天晴和雪焰，也不禁心头一阵震撼，风吹雨方才出刀一刻，那狂热而快乐的眼神，甚至让自己人也觉得有些……害怕。

突然，四面八方呼哨声起，茫茫夜色下，刀剑声响，衣袂飞舞，金钱帮终于有所行动了。

第七章　函谷古道

山风呼啸，夜色正浓。

索桥前并不宽敞的空地上，二十个黑衣刀客将华天晴等人团团围住，周围的山坡上更有近三十名弓箭手持弓而立。

身边一下子多了那么多人，金钱帮的效率比想象的要高，他们的组织能力不可小视。

华天晴望着四周笑道："秋兄，你带着那么多帮手，刚才又何必自己出手。"

一旁的雪焰道："这你就不明白了吧，人家那叫双重性格，名字像女人一样，人却长得那么豪放，个性非常逞强，却不免带着很多人壮胆。"

华天晴笑道："雪猪，你不会是学心理学的吧？"

听着两人的嘲讽，秋剑霜看上去丝毫没有生气的意思，因为当这些一直在暗中跟随的帮众现身，这里就不再是他主事了。他转身向山涧而去，大环刀一挥，桥上的铁索应手而断，连通飞龙涧两边的桥轰然消失，只剩下望不见底的深渊，而秋剑霜则缓缓退到角落，不再说话。

华天晴道："如果掉下山涧，随着河水流向哪里？"

"若不能中途上岸，就是渑池。若好运气中途上了岸，应该可以翻山前往函谷道。"风吹雨道。

风舞道："别听小雨的，掉下去死定了。"

此时，人群之后缓缓走出一人，那男子一袭淡淡的青衫，眉清目秀气质温文，站在金钱帮帮众之前，仿佛鹤立鸡群。

华天晴微笑着拱手道："不知来的是金钱帮哪位当家。"目光落在对方胸前的挂件上，那是一个舞剑的白玉美人，神态鲜活至极，给人一种惊艳的感觉。

"在下姓秋，草字风清，朋友都叫我秋风。"那男子淡淡一笑道，"剑霜是我兄弟。"

秋、风、清……

华天晴等人面面相觑，或许他们尚未接触过这个世界的顶尖高手，这个名字他们一下子反应不过来。只是，华天晴感到一种莫名的压力，那种让人心中波澜翻滚的气势，他还从未在古人之外的普通人身上见过。

风舞在队伍频道里说道："风云人物榜前五有他。"

"和大名鼎鼎的金钱帮相比，我等只是无名小卒。"华天晴道，"不知秋老大带着这么多人来，有何见教？"

秋风清的目光在夜色下如明月般清澈，他望向华天晴等人道："今日忽然接到小叶的消息，说在崤山有人为了烟雨盟的人出手生事。"

"叶秋池攻击的人中有我朋友……"

"这不重要。"秋风清笑着摆了摆手道，"江湖本就如此，小叶失去的面子，原本该他自己讨回来。但我忽然发现，出手的人是华天晴。"

"华天晴又如何？"华天晴皱眉道。

"十三级的华天晴就在扬州擂台击败了二十五级的对手；然后又在徐州运河码头，和你朋友一起救援了数十位深陷包围的旅人；到了洛阳之后，于一日之间就让十月的洛阳城开满牡丹。"秋风清低声道，"你已经名动江湖，如今更带着《山居秋暝图》，走在前往长安的路上。你说，叫我秋风清如何能够不来见你。"

队伍频道中，雪焰笑道："华猪，他原来是你的崇拜者。"

"他是不是有那种断背倾向啊？"晨雪笑道。

华天晴轻咳一声道："这么说来，秋老大是为了《山居秋暝图》而来？而不是为了之前崤山的事情。"

秋风清哈哈笑道："我其实是为了华兄而来，秋某觉得像华兄这样的豪杰，正是我们金钱帮需要的人才。相较我们对人才的渴望而言，崤山那小小的误会，还有那《山居秋暝图》都不值得一提。"

"你要我加入金钱帮？"华天晴诧异道。

"不只如此。"秋风清道，"我是希望你这整个队伍，都能够参加我们金钱帮。"他眼中神采流动，目光扫向风吹雨、雪焰等人的脸上，朗声道："我相信，这个队伍中人人都有着不可小觑的实力。秋某诚心地邀请诸位共谋大事，我们先称霸隋唐，日后共图千古神州。"

华天晴微微皱眉，抬头道："我们应该有选择的权力。"

秋风清好整以暇道："不错。我让你们选择，原则上只有两条路。"

华天晴看看身边的队友道："请说。"

"一，加入金钱帮，我正好有招收帮众的权力，然后我们会保护你们去完成《山居秋暝图》任务。"秋风清笑道："二，如果不加入金钱帮，就请交出《山居秋暝图》，作为先前在嵩山挑衅本帮的代价。"

华天晴笑道："这种强盗一样的理论，你却说得一副理所当然的样子，真厉害。难道我们没有别的选择？"

秋风清有趣地看着华天晴道："我当你们是朋友，当然给你最好的选择，当然你也可以有坏的选择，同样有两个。"

"请说。"华天晴道。

"一，你们全队垂死挣扎，被我们这些人杀光，而且以后看到一次杀一次。"秋风清一脸轻松地道，"二，你和我单挑，你赢了可以带队走，输了的话请留下《山居秋暝图》。"

华天晴道："我想一下。"然后转头在队伍频道中道："如果在此战死，复活点在哪里？"

风吹雨道："渑池。正好可以通过飞龙涧，只是他们还是可以在后面的路途上追击我们。"

雪焰道："如果战死，我想这里被风舞复活的机会不大，大家立即确认死亡状态，去渑池比较好。"

晨雪看着正在出神的华天晴道："你别傻乎乎地接受单挑，他至少比你高了十五级，你连一成的胜算都没有。等于白送给人家古图。"

华天晴道："你放心，我已经有计划，等下听我命令。"几个人皱着眉头看着他，都在想这家伙脑子里不知又有了啥不要命的方案。

华天晴笑着对秋风清道："你有没有发现，我叫天晴，你叫风清，有点相像？"

秋风清微笑道："天若有情，万种风情，的确很像。"

华天晴正色道："那请问，如果你我易地而处，你会接受这些条件么？"

秋风清轻轻叹了口气，道："天下胜败，金钱第一，我会接受一个适合自己发展的舞台。"

"那说明我们不一样。"华天晴笑道，"因为我不会。"

秋风清微微一笑，轻轻转动胸前的白玉美人，山坡上所有的弓箭手一起张弓搭箭，瞄准下面七人，他眼中杀气渐渐浓烈，傲然道："留下《山居秋暝图》，我放你们一马。"

四周一下子变得非常安静，华天晴手按在剑柄，目光越过秋风清落在索桥断开的地方，距离山涧只有十步……

"冲！"灿烂的剑光从鞘中绽放出来，太白神剑直指秋风清，华天晴用队频大吼道，"跳崖！"队中七人的身体同时泛起晶莹的光彩，上官雨露舞蹈般地替全员加上了生命最大值，全队猛然发动向悬崖冲去。

与此同时，山坡上的光箭如流星雨般飞落……"是技能箭！"雪焰旋动起身体，双手张开放出一张巨大的电网拦在空中，"噼噼啪啪……"光箭遇到电网纷纷消失。其余众人迅速向前，数十位金钱帮刀客围拢上来，但风吹雨钢刀过处，所向披靡！

秋风清面对华天晴的太白神剑，眼中杀气涌现，手掌托起白玉美人，那玉人爆发出耀眼的白光，整个山崖充满浓重的杀伐之气。

"嘭！"第二重箭雨从天而降，雪焰怒吼着舞动手中雷霆法杖，二十多支火矛射向四方，山坡上传来一片叫喊声，而雪焰也身中数箭跌倒在地。风吹雨钢刀开路，带着众人拼命前冲。

秋风清身影晃动，却数次都被华天晴拦下，"赵客缦胡缨，吴钩霜雪明。银鞍照白马，飒沓如流星。"那雄浑不羁的剑法，仿佛一道飓风，将秋风清牢牢牵制。秋风清长笑着迎风而起，人在半空青衫飘飘，手中白玉美人变得血红，缓缓转动仿佛滴得出血来，他手指轻弹，流星般的红色光弹从天上飞散落下。华天晴一剑扫去光弹，身边的西门不弱却躲闪不及，胸口中弹被炸出老远。

第三重箭雨又起，满天都是箭矢的呼啸声，转眼风舞也倒在血泊之中，七人的队伍只剩下四人。晨雪凭借鹤舞身法第一个冲到山崖，手中碧绿长弓陡然变大，仿佛一只振翅欲飞的雄鹰，弓弦作响七支弓箭散射而出，如此几次，追上前的金钱帮帮众十有七八都中箭后退。

上官雨露勉强冲到崖边，却已经身受数道重创，而风吹雨被秋剑霜的大环刀压住，距离悬崖越来越远。

晨雪深吸口气，大弓上光芒闪动，"轰隆！"七支羽箭在空中化作一支，飞射向秋剑霜哽嗓……

"当！"秋剑霜一刀拦下，刀上的大环却被射掉，不由得脸色大变，向后飞退。风吹雨乘势从马背翻落，就地一滚落在崖边，抱着重伤的上官雨露……但就在此时秋风清的剑到了！风吹雨抱着上官雨露已不及躲避。

突然，华天晴拦在了风吹雨的身前，秋风清短剑直刺华天晴胸口，却被华天晴伸左手握住剑锋，鲜血顺着锋刃而下，右手挥剑刺向秋风清面门。

"天晴！"风吹雨不由变色。

秋风清狂笑道："果然不怕死！"剑锋一转，脱开华天晴的手掌，带动起满天光华。

"跳啊！否则都要死！"华天晴奋力一撞风吹雨，风吹雨一咬牙，抱着上官雨露跃下悬崖。

晨雪宝弓上弓箭再次厉啸而起，箭头光芒闪动，飞速射向秋风清，大喊道："天晴走啊！"

秋风清大袖一挥，弓箭被拨落在地，扬手对着华天晴就是一击光剑……

秋剑霜挺身而上，大刀雷霆万钧地向晨雪劈下，晨雪短剑格挡在刀锋上，被巨大的力量震了一个跟头，眼看刀锋向着她的头颅落下。血光乍起，秋剑霜大叫一声，向前扑倒，华天晴疯了般冲了上来！他用背硬受秋风清一剑，奋力冲到晨雪身边，一剑刺翻秋剑霜，把晨雪抱上"千里一盏灯"向山崖猛冲。

"走得了？"秋风清狂笑着，凌空踏出八步紧追而至，华天晴身子后仰，翻手就是肃杀的一剑，"生者为过客，死者为归人！"

秋风清眼中泛起神秘的光彩，手中忽然多了一对短剑，那对短剑在不知名的歌声中舞动起来，天上地下，世间万物，就此失去了颜色，黑夜中仅有的那些光彩，全都聚拢在那双短剑上，明亮妖媚的剑锋带着万种风情向华天晴后心刺下，那是"观者如山色沮丧，天地为之久低昂"的一剑，华天晴背对着他如何接下？

突然，战马"千里一盏灯"一个加速，瞬间拉开两人的距离，华天晴大叫着一夹马腹，那宝马用力一踏山崖，猛地飞跃而起，向着十余丈外的飞龙涧另一头飞去。

秋风清胸前的白玉美人舞动而起，发出七彩的光芒，他低声吟道："昔有佳人公孙氏，一舞剑器动四方……"手中短剑如被施了魔法一样，发出动听的声音凌空击出，剑气破空而起，直取华天晴后背，"千里一盏灯"在空中奋力长嘶……

此时！整个山崖震动起来，山涧中的流水开了锅一般，迅速涨起，一条巨大的白龙从水底穿出，带起巨大的浪花，那苍龙向着明月高山，发出震耳欲聋的一声长吟，"千里一盏灯"四蹄落在龙背，轻一借力再次飞起，迅速把秋风清抛离，远远落在山涧对面。

华天晴和晨雪在马背上，难以置信地看着这一幕，深深吸了一口气，继续打马顺着山道飞奔而去。"千里一盏灯"居然能够一跃十余丈，真是不可思议，看来三国里面说刘备马跃檀溪，孙权飞跃逍遥津都是有可能的。

稳定住情绪，华天晴在队伍频道中道："无论是活着的，还是复活了的，我们都在函谷道的长戈谷集合，不见不散。动作要快，金钱帮会对我们进行合围。"说完他把怀中晨雪抱得更紧，"千里一盏灯"如一道黑色的箭头，沿着山道高速而去。

秋风清站在崖边，呆呆地看着白龙消失在水中，有些不知所措，刚才到底发生了什么？究竟是"公孙剑舞"的威力吸引了龙，还是那宝马的长嘶将白龙叫出援手？老天，飞龙涧里面原来真的有龙！但不管怎么样，那几个家伙毕竟是逃脱了，之前自己还是小看了他们……

秋风清转身对着身后帮众道："通令全帮，全力追杀。接下去是函谷道，他们没有别的路可走。"数十名帮众轰然领命而去。

纵马奔驰，两旁的景物不停飞逝，过了泓农，函谷关的旧址出现在视线前方。

山崖两边，依稀还有破败城关的遗迹，这些残墙断壁时刻提醒人们，哪怕是在唐代，函谷关也已经远离他的辉煌，八百年是相当长的一段岁月，当年秦军出函谷关，大败楚、赵、魏、韩、卫合纵联军的风云岁月，早已淡出人们的记忆了。

华天晴轻声道："我记得函谷关又分东西函谷关，一为秦关，一为汉关。只是没想到在唐朝，这里就已经如此景象。"

晨雪低声道："这个世界的设计非常复杂，既要注意历史层次，还要把握关键的场景，我想大唐的侧重点应该在潼关。而在唐时，函谷关即便要发挥作用，只怕也是东关，也就是汉函谷关吧。"

继续向前地势越发险峻，"千里一盏灯"逐渐放慢了脚步，华天晴抬手指向远方，笑道："那边就是鸡鸣台吧。"

晨雪微笑道："是啊，虽然不起眼，但那应该就是当年孟尝君逃出函谷关时，他的门客学鸡叫的地方。想来孟尝君手下的鸡鸣狗盗之徒，当时必想不到，他们的事迹会被千百年地流传下去。"

华天晴点头道："中华古迹许多都是这样，观者若不擅联想，也不懂历史，根本就看不出所以然来。"

晨雪远望前方道："接下去就是函谷道了，你说的长戈谷就是那里吧？"

前方的山路幽静崎岖，山路左面的山崖，异军突起地立着一块怪石，那巨大的怪石好像一个甲士手执长戈，立在斜坡之上。

华天晴道："不错。那就是长戈谷，整条函谷道最险峻的路段。"说着他在队伍频道中道："大家都到哪里了？"

雪焰道："快到了，我和西门还有风舞，已同风吹雨和上官汇合，还给晨雪带了马。目前只有零星的追击，没有大规模的堵截。他奶奶的，但不得不承认，金钱帮的确有实力。"

华天晴暗自叹了口气，雪焰可没看到秋风清方才那雷霆一击，那青衫飘飘的男子，是目前为止他见过的最接近于"古人"的普通人。

晨雪在旁仔细端详那长戈甲士，皱着秀眉道："这难道是人工筑成的？天然的怎么可能那么像？可是这几十丈的小山峰，又怎么可能是人工的？"

华天晴挠头道："据说在很多佛教名山，都有一些奇异的山峰，人在那些山峰中感觉不出神奇，但远离群山数里望去，就能看到那一座座山峰，仿佛一座座大佛。这种事情是很难解释清楚的。"

"谁要你解释了。"晨雪笑着捶了他一拳道，"你这人，不管什么时候，都一本正经的样子。"

华天晴哈哈一笑道："如果不一本正经，恐怕你吃不消。"

"谁怕谁吃不消啊？"雪焰等人哄笑着，从远处而来。

华天晴看着远远而来的众人，心中感到一阵温暖，自语道："现在是七个人，看来还要多吸收一个女成员才对。"

长戈谷的山路只有两人并肩那么宽，两侧山壁直上直下，走在这条路上，才算是真正领会到什么叫做"一夫当关，万夫莫开"，就算前方只有一人拦路，对七个人来说，也是难以逾越的障碍。

这就是千百年来，见证着华夏战争风云的函谷道，就是在这里史书曾把战争描述为"伏尸百万，流血漂橹"。这条路曾经有雄壮的秦军走过，向东出关统一天下；这条路也看着后世各种旗帜下无数兵甲浩荡西进，直取关中。

"金钱帮要追也只能从后而来。"雪焰道，"除非他们还有主力在长安，不然我们在前方应该没有敌人。"

风舞冷笑道："只要我们还在押镖，就会有数不清的敌人。"

上官雨露慎道："你们别说了，快点走吧，这里叫人一阵阵地发冷。"

风吹雨道："还是我上前开路，如何？"

华天晴点了点头，他对风吹雨越来越有信心。风吹雨策马上前，领先五十步左右开道。

风吹雨在密语频道中道："先前秋风清那一剑，你大可不必为我硬挡。"

华天晴笑着答道："当时没想那么多，只是看到你很危险。"

风吹雨沉声道："你不顾生死救我，日后我也会为你不畏生死！"

抬头望了望天空，雪焰道："算来也应该是凌晨了，为何这里的天还是那么黑？"

"刚刚过了子时而已，没那么快天亮的。"华天晴道。

"是么？我怎么觉得这个夜晚好长。"西门不弱道。

"姐姐害怕了。"上官雨露坏笑道。

西门不弱怒道："你不怕？这条路给我的感觉很不好，难说不会遇到啥古战场的亡魂什么的。"

"不弱，你别乱说话啊！"晨雪抗议道。

"听说在函谷关附近，的确有以杀战场亡灵为目的的练功场。"风舞笑道，"不过练功场似乎不适合我们队伍，我们自从扬州城开始，就不停地在打运动战，而且成绩斐然。其实前面听到秋风清对我们的评价，我还是非常得意的。"

"战场亡灵？"上官雨露道，"不会是那种穿着战甲的骷髅吧，既难看又无聊的东西。"

风舞笑道："是呀，不知什么时候开始。什么网络游戏里面都有骷髅，都有僵尸，都让人视觉疲劳了。"

晨雪道："战场亡灵不是骷髅，你要说僵尸嘛，倒或许可以，只是做得比僵尸漂亮，是那种有些透明的鬼魂的感觉。我曾经去过那个地图，难度很高，都是平均等级五十以上的东西。"

雪焰笑道："你真不愧是传说中的 GM 晨雪。"

忽然，前方的风吹雨道："战场亡灵是透明的？那就奇怪了……"

西门不弱叹气道："风猪说话，准没好事。"

"喂，喂！"风舞道，"我也有个'风'字，你说话注意区别对待。"

"你是风鸭。"西门不弱坏笑道。

华天晴示意众人安静，沉声道："你看到了什么？"

"全身铠甲的武将，但一看就知道和我们不同。"风吹雨轻声道，"如果不是战场亡灵，我只能说，我看到的是我们在徐州码头看到的那种东西。"他声音变得有些干涩，"他手中是凤翅镏金锐，但我确定他不是巅峰。"

众人快马赶到风吹雨身边，同时看到了那骑着青骠马的金甲战士。华天晴攥紧拳头，前方的那个家伙就是在运河龙舟上，握住他射出弓箭的那个人。

金甲战士看到华天晴背后的画卷，苍白的脸上露出些许笑容，傲然道："留下《山居秋暝图》，我是宇文成都。"

"我想这个对手，没人会抢了吧。"华天晴眯着眼睛，缓缓道："隋唐豪杰榜，排名第二，天宝将军宇文成都。"

"我去。"风吹雨和雪焰同时道。

华天晴皱着眉，没好气道："去你个头啊。"

晨雪道："你们就别个人英雄主义了，这次想办法一起上。"

"一起？"雪焰道："在这条路上？这只能走两匹马的道路，怎么可能同时出手？"

风舞道："我们还要小心背后的金钱帮的追兵。"

华天晴打马上前，高声道："天宝将军，你要图有何用？"

"我带去给大王。"宇文成都若有所思道,"我要离开这里。"

"离开这里?"华天晴不解道,"你难道不属于隋唐么?"

宇文成都虎目闪过一丝犹豫,略带迟疑道:"这里不是大隋。"

这里的确不是大隋,华天晴心里叹了口气,摇头道:"但你除了这里还能去何处?"

宇文成都大声道:"当然有地方可去,而且日后我还会回来重建大隋。"说话时他的眼中满是霸气。

"他到底什么意思?"华天晴扭头问道,众人纷纷摇头。

宇文成都大声道:"交出《山居秋暝图》,我让你们过去。"他眼中显出智慧的光芒,缓缓道,"我知道你后面有强敌追赶。"

"我不会给你的。"华天晴沉声道。

宇文成都哈哈大笑道:"可惜由不得你!"说着纵马上前迫向华天晴。

华天晴手按剑柄,盯着宇文成都那明晃晃的凤翅镏金锐,在队频中道:"道路虽窄,但有机会就冲过去,过去一个是一个。"说着太白神剑稳稳出鞘,月色下如同一泓秋水。

二人相隔三丈,宇文成都手中的凤翅镏金锐,化作一片金光直取华天晴的头颅。华天晴一声清啸,长剑昂扬刺出,雄浑的剑气如振翅欲飞的大鹏,"大鹏一日同风起,扶摇直上九万里。"

"好胆!"宇文成都狂喝道,怒涛般的气势压迫而来,凤翅镏金锐闪现火中凤凰的幻影,巨大的凤凰和振翅的大鹏碰到一处,轰隆一声,发出巨大的响声,鲜血从宇文成都的肩头冒出,而华天晴被一锐扫落马下。

重重摔在山壁上,喷出一口鲜血,华天晴感到一阵绝望,从英布、吕布,到今天的宇文成都,他都是一招就被击败,这些名将如不可逾越的大山,挡在他前进的路上。宇文成都怒吼着伸手抓向华天晴背上的画卷,突然满天都是冰雨,巨大的冰雹飞向宇文成都的头颅,雪焰立在高坡之上全力出手……

宇文成都手中凤翅镏金锐微微一晃,卷起一阵狂风,所有冰雹全部吹落,烈焰般的凤翅扫向雪焰，雪焰驾马后撤，凤翅镏金锐击碎一片山石。华天晴翻身上马飞扑向前，宇文成都回手就是一锐，华天晴感受到背后的劲风，突将画卷向后掷出，画卷化作一道弧线落在了上官雨露手中。

宇文成都冷哼一声，转头将凤翅镏金锐砸向西门不弱。与此同时风舞和晨雪闪到宇文成都背后，晨雪手中大弓化作一只雄鹰，七道羽箭从鹰嘴发出，同时射向宇文成都。宇文成都毫不躲闪，羽箭落在他的背上全部震落，竟射不进去！

"当！"上官雨露的短剑遇上凤翅镏金锐，应手而折，她被宇文成都高高挑起，丢向山坡香消玉殒。风吹雨驾马飞驰而来，一把捡起地上的画卷。与此同时风舞双手高举，复活起了上官雨露。

西门不弱抱着妹妹飞速向山道前方跑去，此时七个人仅剩下风吹雨落在最后，其他人全部到了山道的西面，宇文成都不管其他人，目光紧紧地盯着风吹雨手中的画卷。风吹雨钢刀在手，冷冷地看着传说中的无敌将军，怒喝一声全力出手！

宇文成都狂笑一声，凤翅镏金锐化作一片火雨，耀眼的光芒照亮了黑沉的夜幕。"啪！"凤翅镏金锐绞动钢刀，风吹雨的钢刀脱手而飞，"轰！"远处一个火球飞向宇文成都胸前，宇文成都微微一侧身，一锐落在风吹雨的肩头，风吹雨狂吐一口鲜血，被横扫出七丈多远。华天晴驾着"千里一盏灯"一把抓起风吹雨，打马顺着函谷道向西跑了下去。其余众人拼命跟随，没人再管地上的《山居秋暝图》了……

宇文成都也不追赶，拢住马头，伸手凌空抓向地上的画卷，画卷自动落在掌中。他轻轻拆开画匣，抖开一看，脸色变得铁青，深深吸了口气，画卷飞成碎片散落在空中。居然是假的，这些家伙居然用人命来玩金蝉脱壳，"华天晴……"

此时，函谷道东面熙熙攘攘地又来了一支数十人的队伍，居中的男子青衫飘飘，身形儒雅。宇文成都剑眉一扬，目光落在那人胸前挂着的白玉美人上，轻声道："竟然是'舞之玉'。"纵马向那队伍迫去。

若非方才半路被烟雨盟的人袭击，现在已经追上华天晴他们了，烟雨盟这些家伙还真是难缠，秋风清正坐在马上想心事，忽然望见前方出现了一名金甲青袍的战士，心头一怔，不由想起前些时关于时空错乱的种种传说，勃然变色道："全体后撤！退出函谷道！"

但狭窄的函谷道根本不利于队伍行进，走在前面的金钱帮帮众不及后退，宇文成都就已到了。凤翅镏金镋光芒绽放，带起一片腥风血雨……

漫长的函谷道就这样跑下，终于山路逐渐变得宽阔起来。

华天晴等人靠着山壁不停喘息，还不时望向东面山路，担心会有追兵。

西门不弱道："华天晴，你要死了你！背上的东西是假的，为什么不早说？"

晨雪笑道："西门别生气嘛，如果早说出来，恐怕也瞒不过那宇文成都，不是吗？"

西门不弱怒道："小雪你别帮他说话，我妹为了那个假的东西，还死了一次，这怎么算？"

华天晴苦笑道："我除了道歉，真不知道说什么好，但总算是过关了吧。"

上官雨露笑道："没事的，本来保护古图去长安就是危险的事情，我们都做好了心理准备的。姐姐你也别骂天晴了，我觉得没啥问题，他瞒着我们是对的。不然真的装不像。"

风吹雨道："是啊，现在我对平安送古图去长安更有信心了！"

华天晴嘿嘿笑着，重新拿出一个画卷背到身上，笑道："休息一下，继续出发。"

雪焰皱眉道："这次是真的还是假的？"

华天晴哈哈笑道："我说是真的，你还信么？"

西门不弱怒道："鬼相信你，奸诈的人！"

"我们就是要有这种人作队长。"雪焰笑道，"话说回来，能够在宇文成都面前全身而退的战士，我们队伍里面居然有两个，真牛！"说着他又有些惭愧道，"相比较下，我遇到这种级别的高手，就没啥用处。"

晨雪笑道："我可不觉得，如果刚才没有我们，这两个破战士还不得死翘翘？我们是个整体嘛，前面被金钱帮围攻的时候，如果没有你雪焰一个人拦住那么多弓箭手，只怕我们第一轮攻击都应付不过去。"

华天晴笑道："总之，我们七个人就是一个整体！"

雪焰道："你说我们是不是也建个帮派？完成这个任务后，我们的声望一定不会比任何人低，我们建一个帮派，就不用怕什么秋风清了。"

"建帮派……"华天晴道，"过了长假，我恐怕玩的时间会少。"

"猪就是猪。"雪焰笑骂道，"你以为一定选你作帮主么？你没时间，其他人总归有比较空的人吧。"

西门不弱道："我赞成建立帮派。"

风舞也道："是个好主意。"

晨雪抬手道："等我们完成保镖任务再讨论这事情，雪焰整理下思路，把具体的事情想想清楚，建帮派容易，要管理就不是简单的事情了，现在我们继续前进。"

众人点头，纷纷策马上路。

行不多远，前方开路的风吹雨喜道："伙计们！我看到潼关了。"

几个人同时跑到山路之前，果然，山岭下号称"飞鸟难度"的潼关出现在视线的前方，那巍峨雄壮的城关轮廓叫人心中生出无比景仰。

雪焰道："我们加快几步，过了潼关就是长安！"

众人齐声答应，兴冲冲地打马前行。

华天晴回头望了望函谷道的方向，忽然想到方才经过的山路仿佛一条历史的走廊，函谷道两边的洛阳和长安，分别代表着北方文明的两个时代吧。他深吸一口气，摸了摸马头，自语道："就要看到长安了。"

潼关因境内有一条潼水而得名，位于黄河、渭水、洛水三河交汇之处，它北濒黄河，南依秦岭，西连华山，东接函谷道，是通向大唐都城长安的咽喉之地。唐时崔灏有诗云："山势雄一辅，关门扼九州。"

进入潼关城，七个人终于松了口气，找了一处酒楼歇脚。

坐在楼上，眼望穿过城纵的潼水，整晚的奔波总算告一段落，几个人舒展着腿脚靠在座位上，随意地聊着。

华天晴给众人斟满酒，笑道："不知不觉我已经三十五级了，这次任务结束，乐观的话应该有四十级，在这里先谢过大家。"

风吹雨道："过了潼关还要走些路才能到长安吧？你那么着急谢啥？"

晨雪笑道："潼关之后，到长安是太平的官道，即便是有人还要动武，我们打不过逃总归逃得了，应该是胜利在望了。"

华天晴道："不知道大家到了长安后，有什么打算？长假也快结束了。"

西门不弱道："是啊，一想到又要上班，我就头疼。"

"日子总归要过！"华天晴笑道，"我觉得长安是隋唐大陆的中心，到了长安我们以后总归要有些其他计划。"

风舞道："如果可能，我想在长安多留些日子，一方面我想做个说书人，长安是这个大陆最热闹的地方，我想多感受一下。"

雪焰对华天晴道："到了长安，我们就成立帮派。你华猪不想做老大，就我来做，但你不许不参加。"

华天晴苦笑道："你就那么想要个帮派？一有帮派，人就不自由了，我在其他游戏又不是没做过老大。"

雪焰道："我玩游戏就两个目的，第一要自己变强引人注目，第二就是要有自己的组织，因为要变强就要有自己的组织。现在我们已经引人注目了，建立个帮派是水到渠成的事情。"说着他扭头对风吹雨道，"风猪，你怎么说？"

风吹雨淡淡道："我无所谓。"

雪焰道："无所谓啊，我可以接受投票。现在七个人，一定可以分胜负的。"

于是七个人开始表决，结果是雪焰、风舞、西门不弱赞成建帮，晨雪、华天晴、上官雨露反对。

大家一起看着风吹雨，风吹雨眨了眨眼睛道："我弃权。"于是他被另外六个人按在桌子上一顿暴打。

华天晴笑道："还是到了长安，完成任务再说吧。"

雪焰冷笑道："你们这些家伙以后落单时被人欺负了，就知道今天我说的是对的了。"

"游戏各有各的玩法。"华天晴耸耸肩道，"我不喜欢加入黑社会。"

"帮派就那么不好么？"楼梯上传来秋风清的声音，"华兄却不知道，制作这个游戏的东天集团，本身就是由东方家族支持的么？"

华天晴等人听到他说话的第一反应就是拿起刀剑，却见秋风清潇洒地走上楼来，微笑道："别紧张，在下已经取消对各位的追击命令，我们暂时不是敌人。"他坐在了华天晴的对面道，"宇文成都朝洛阳去了，老天，这个世界真的什么东西都有。"

华天晴微笑道："看来，秋兄辛苦了。"

"好说。"秋风清道："这样一来，在洛阳的老大们，如果想太太平平地开会就难了，听说他们会来长安开会。"

"和我们没关系。"华天晴笑道。

秋风清轻声道："我再一次代表金钱帮邀请各位加盟，加盟后你们有招收子弟的权利，一切都非常地自由。"

晨雪淡淡地道："可惜，我还是觉得一个人最自由。"

秋风清目光从几个人脸上扫过，哈哈一笑道："女娃子，说话不要太绝对了。人都各有各的想法，今天不加入我们，明天也许你们就分道扬镳了。就连我这外人都对那么好的组合解散觉得可惜。"说着他飘身下楼，远远笑道，"华兄若改变主意，金钱帮随时欢迎阁下。"

我们真的会分道扬镳么？七个人面面相觑，气氛有些沉闷。

华天晴举起酒杯，微笑道："以后的事情以后再说，我们去长安吧！"

七人一起举杯，一饮而尽，下楼上马向长安而去。

晨雪在密语频道，轻声问道："天晴，秋风清说的会变成事实么？"

华天晴目光望向通往长安的官道，坚定地说道："一定不会！"坐下"千里一盏灯"轻轻一声低鸣，他微笑道，"小灯也说不会。"

晨雪沉默片刻，低声道："我相信你，天晴。"

"你此去长安或可看到梦想中的大唐，但是你亦会看到，存在于千年来百姓梦魇中的大唐。无论看到什么，都是你的缘分，也会变成你的责任。"临行前王维的话又浮上心头。

华天晴眼中掠过一丝迷茫，自语道："责任，究竟是指什么？"

大道越来越宽阔平坦，马上就要到长安了。

第八章　黄巢之战

大唐，长安，梦开始的地方。

整整一个晚上，长安都缠绕在华天晴的睡梦中，在梦中他分不清自己是华鹏举，还是华天晴，也分不清长安究竟是属于大唐，还是属于华夏，抑或是属于那个与西方文明遥相对应的绝世名城。

漫漫长夜，他一次又一次地从床上爬起，去登陆游戏。但每一次都显示服务器无法接入，而游戏公司的网站却连一个公告都没有。昏昏沉沉睡到八点，胡乱塞了点东西入肚，再次迫不及待地戴上电子眼镜，尝试登陆。

光华闪动……长出一口气，总算再次登上了隋唐大陆。

华天晴站在官道边，远眺灞水长安城，昨夜突如其来的断线，让他整整一个晚上都游离在现实和虚拟之间，现在终于感觉好多了。前方雄壮恢弘的城池，已经不能用语言来描绘，这座位于"八百里秦川"的千古帝都，单只远望已经让人热血澎湃。

身边光影闪动，西门不弱和上官雨露同时在官道旁上线。华天晴笑道："你们两个是亲姊妹？居然同时上线。"

西门不弱道："那还用说？你倒是挺早的嘛。"

华天晴苦笑道："我实在是睡不踏实。何况古图在我手上，没有我大家都没办法交任务，不早点上来，一定被你们骂死。"

西门不弱深有同感道："我也被那突然断线折磨了半天都睡不着。"

上官雨露笑道："怕我们骂？我们有那么凶吗？"她忽然惊讶道，"风吹雨居然早就在了，你有没有看到他。"

华天晴道："我刚刚上来，还没注意。"他看了下好友栏，赫然发现风吹雨、雪焰、晨雪已经都在线上。

此时密语频道中，晨雪道："来大雁塔。我和风猪、雪猪在一起。"

"知道了。"华天晴答道，扭头对西门不弱和上官雨露道："我们去大雁塔集合。"三个人翻身上马，奔向长安城。

一路飞驰，进入长安。

宏伟的城池过后，朱雀大街上行人稀少，即便有也是行色匆匆的样子，长安城内竟然毫不热闹，这个千古帝都似乎有什么事情发生。

华天晴不由再次想起王维的话："你此去长安或可看到梦想中的大唐，但是你亦会看到，存在于千年来百姓梦魇中的大唐。无论看到什么，都是你的缘分……"想到此处，心中骤然凝重起来。

西门不弱指着前方不远道："那就是大雁塔了吧。"

华天晴一抬头，就见前方一座五层方塔立在那里，外形庄严、朴实，让人望着肃然起敬。

塔前，晨雪和雪焰、风吹雨早就等候多时。

华天晴翻身下马，拱手道："久等久等！"

雪焰道："还好还好，我们也就比你早到十多分钟。"

"还好，我来得及时。"不远处，风舞也快马而至，显然这个队伍里面，每个人都被折腾得无法踏实睡觉。

几个人组好队后，晨雪道："把图交给大慈恩寺的住持就算成功吧？"

华天晴点了点头，望了望众人，捧起《山居秋暝图》，走向大雁塔，大家都觉得有些紧张。

向前没走几步，忽然手中的画卷一阵震动，华天晴手掌摊开，画卷一下子打开，清晨的古塔一片禅意、诗境，那画卷在秋风中轻舞而起，飞向"大雁塔"的匾额，化作一道金光融入大雁塔中，接着整座古塔突然放出万道金光，众人耳边响起一片唱佛声。

华天晴眼前忽然闪过无数的身影，那些年少或者年老的身影，一一在大雁塔前走过；一篇又一篇的锦绣文章，光芒闪耀地飞入塔内，那些神情各异的文人，每走过一个，就带起漫天风云。其中，华天晴也看到了白居易、王维等人年轻的身影，他忽然醒悟这些走过大雁塔的身影属于什么人，颤声自语道："慈恩塔下题名处，十七人中最少年……"

这里是金榜题名的举子留名之处，这里是见证大唐文章千古的地方！

此时七个人想到一路之上的艰辛，纷纷向着大雁塔跪拜在地，一道道七彩的光华在众人身上绽放开来。七个人的等级再次不停上升，每人获得一千两银子，以及一百点威望值的奖励，华天晴的等级显示为四十一级，"保镖"任务完成。

"没想到……会分到那么多钱！"雪焰大笑道。

风舞道："华猪快看看奖励的特殊物品是什么！"

华天晴看了看道具栏，低声道："是一枚大雁之戒，和上次那块花神玉佩一样，属性不明。"

西门不弱道："你自己留着吧。"

雪焰道："对啊，自己留着，谁接的任务，特殊物品自然就是他的，甭管是啥宝贝。"

华天晴也不推辞，把戒指带在手上，他关心的是该如何把腕上的血念珠交给玄奘。

他心中此念方动，耳边就响起一个沉厚的声音："施主是在找贫僧？"一个相貌平凡的灰袍老僧出现在大雁塔前，那僧人脸上满是风尘之色，显得异常憔悴。

华天晴剑眉一扬，抬头向那老僧望去，却正迎上对方的目光，心头猛然一痛，那是历遍世间生死、洞透尘世一切的眼睛。他双手捧出念珠，高举过顶，低声道："摩诘居士让在下转交大师。"

血滴般的念珠飞到空中，在阳光下光芒一闪，消失不见。

"施主辛苦，贫僧多谢。" 玄奘双手合十，微微一礼。

华天晴赶忙还礼，想要提问，却又不敢。面前的唐玄奘或许是中华文明中最声名显赫的一名僧人，是传说中敢把齐天大圣都收之为徒的高僧。

玄奘用一种有趣的眼神看着华天晴，微笑道："施主是否有话要说？"

华天晴犹豫片刻道："我从东南一直来到关中，从没想到长安城会如此冷清，这里究竟怎么了？"

玄奘目光望向天空，轻声道："人生有起落，一城有兴亡，长安自有其劫难。"

"什么劫难？" 华天晴追问道。

"火。" 玄奘眼中尽是慈悲之色。

"火？" 华天晴失声道。

"阿弥陀佛……" 玄奘的身影缓缓消失在空气之中。

华天晴的行囊之中多了一页诗集，系统提示："唐诗之魂" 任务王维部分完成，获得王维诗集，学得 "诗剑之摩诘篇"，诗剑达到第三重。

"华猪，你在想什么？你有没有看到系统公告？" 雪焰摇着华天晴的肩膀，大声道。

"什么公告？" 华天晴皱眉道，"你们没看到玄奘大师？"

"什么玄奘大师？" 晨雪皱眉道。

华天晴望向其他人，众人纷纷摇头道："只看到你一个人在发呆。"

难道又和在大明寺一样？华天晴摸了摸头，然后才开始看系统公告：

"金色虾蟆争努眼，翻却曹州天下反。" 随机大型战争任务启动，冲天大将军黄巢进逼长安。作战双方分为：长安守军、黄巢大军两方，所有人员自行选择加入的阵营参与任务，在战争结束后，根据完成任务情况，系统将给予不同奖励。

"黄巢进逼长安……" 华天晴苦笑道，"我们怎么办？"

"就是问你怎么办嘛。现在你是队长！" 风舞道，"你看我们应该选择做长安守军，还是选择黄巢军？"

上官雨露举手道："我历史不太好，但没记错的话，这一战黄巢好像是大获全胜，有啥好打的。"

雪焰道："历史上的确是黄巢赢，可是现在系统要我们选择。"

风吹雨低声道："从历史的角度说，自然该选择作胜利者，那样至少可以保证赢。你们说呢？"

华天晴望向晨雪，晨雪苦笑道："我也不知道怎么选择，黄巢不是什么好人，但这个时间的大唐军，也不是什么好人，我宁愿弃权。"

雪焰道："可是不能不选的吧。华猪你是队长，你来选，不管选哪边，我们都支持。"

"待到秋来九月八，我花开后百花杀；冲天香阵透长安，满城尽带黄金甲。"华天晴轻声道。

"什么？什么意思？"众人一头雾水。

华天晴道："这是黄巢写的诗。我在想这个冲天大将军到底是什么样子的人，我花开后百花杀，你们知道黄巢进入长安后，杀了多少人么？"他停顿了一下，轻声道，"不会比当年李自成入北京杀的人少。据说单单长安的李姓贵族，经此之后，几乎消失于中国历史舞台。"

风吹雨道："那你的意思是？明知不可为而为？"

华天晴拍了拍腰间的太白神剑，傲然道："不错，你们来么？"

雪焰苦道："你知道，历史上这一战黄巢大军有多少？长安守军还剩下多少？又有多少人会做出和你一样的选择么？"

"六十万黄巢大军，想来有些夸张吧，但长安守军的确没有多少。"华天晴笑了笑道，"我不勉强有别人和我做出一样的选择。"他环顾四周的长安城街道，苦笑道，"我是如此喜欢这里，我不想加入破坏它的一方。"

雪焰道："放心，我们都支持你！"

众人哈哈大笑道："怕什么，反正这里死了也没啥损失，让我们试试看改变历史。"

华天晴望向晨雪，晨雪嫣然一笑。华天晴在任务栏中，选择了阵营"长安守军"。

轰隆！城外隐约传来隆隆战鼓，天色也一下子阴沉下来。几个人互换了一下眼神，同时望向华天晴，仿佛在说果然有上了贼船的感觉。

华天晴抬头望向阴沉的天空，他终于明白王维的意思，"黄巢入长安"曾是长安历史上最黑暗的时刻之一，一直存在于大唐百姓的梦魇中。而他是否能够改变历史？哪怕只是在虚拟世界中……

沉吟片刻，华天晴看着众人道："我们分成三组，去调查长安四面的情况，没记错的话，黄巢大军是从条偏僻小路绕过潼关攻陷长安的，我们必须要找出这条路！"

众人点头各自行动。华天晴和晨雪骑马在城中巡查一圈，往日繁华富庶的长安城，此时一片萧条，街上的行人大多神色惶急，商铺已是十室九空，问了几个行人都说大唐守军只有数千人马，主要布防潼关，城中官员和富户多数逃往巴蜀。

华天晴和晨雪两人全无头绪，站在街心一筹莫展。

晨雪道："唐朝的中央权力自九世纪初期，已经分为北司与南司。北司是掌握兵权的宦官，南司由宰相率领，不知道组织防守的是谁？"

"据说为长安唐军主体的神策军，是被宦官掌握的。"华天晴苦笑道，"但眼下皇帝都逃走了，北司的宦官还有心思防守么？临危召回的宰相卢携只怕也无能为力，算了，我也说不清楚这段历史，反正现在是一片混乱！"

此时系统发来消息：长安守军前往东城校军场集合。

雪焰等人问道："大家是否都去集合？"

华天晴道："我作为队长去就是了，你们继续打听那条小路的位置。"说着和晨雪向东城校军场而去。

和周围的街市相比，由于各处的"守军"都来东校军场集合，这里显得相对比较热闹。只是华天晴围着校军场走了一圈，发现此地最高军阶的只是一名叫李知元的副将，而大家在这里集合也仅仅是被分为两队，一队前往潼关，一队则留城驻防而已，并没有什么作战计划。

在李知元处报名之后，华天晴等人的胸口多了道红色的宝剑标记，系统提示众人，黄巢军胸前的战斗标记是黑色的。

看着四周繁忙却又茫然的众人，晨雪苦笑道："该怎么办，我们就像是洪流中的一个水花，根本没有抗拒洪流的能力。"

华天晴在兵器库领了副铜甲，他戴上铜盔轻声道："尽力而为。"他目光扫向四周，微笑道："这应该是隋唐大陆的第一次国战，虽然人数处于劣势，但大家的情绪并不算低落，尚可一战。"

"晨雪！天晴！"忽然不远处传来喊声。

二人抬头一看，一个青袍医官正笑着向他们跑来。

"寒夜！"晨雪喜道，来人是和他们一起走出新手村的寒夜。

寒夜看着二人哈哈大笑，拍着华天晴的肩膀道："你们这几天很出名啊！真没想到你们也会加入长安守军。"

华天晴笑道："我们也没想到会遇到你。"

寒夜笑道："是啊，我想了想还是觉得自己这个小医官比较适合守城。你们有什么计划，雪焰、西门他们呢？"

华天晴道："他们都在队伍里面，正在找可以越过潼关的小路，所以没过来。"

晨雪道："我真担心，找不到那条路，那样就只能跟随大队去潼关了。"

"越过潼关的小路？"寒夜奇道，"找那条路做什么？"

华天晴解释道："历史上黄巢是从小路奇袭长安，可惜我们问了很多人都不知道。"

寒夜哈哈一笑，看着二人道："你们运气真好，我知道一条小路，可以从函谷道越过潼关。"

"什么？"华天晴难以置信地看着寒夜，道，"你怎么会知道？"

"那可说来话长。"寒夜笑道，"前日我从洛阳到长安，一路游山玩水，忽然在路上和人发生冲突，我一个医生能打得过谁？于是落荒而逃，你也知道函谷道那么破的一条直路，我能逃到哪里去。但我在长戈谷的山壁上，发现一条隐蔽的山路，就一直跑

了下去。那条路好长，路上毒虫怪草又多，终于被我甩掉了敌人，最后道路的尽头竟然已经越过了潼关。"

"长戈谷的小路？"晨雪道，"我们昨日刚刚经过，怎么没看到有路？"

寒夜皱眉道："我都说了是非常隐蔽的小路，我想如果有路能够越过潼关，就一定是那条路！"

华天晴拍着腰间的宝剑，沉声道："你带我们去？"

寒夜道："但我不保证黄巢的大军会从那里来！"

华天晴笑道："事到如今，只能赌一下，若他们正面来攻，我们这点人起不到什么作用，若他真的走小路，我们倒是有机会挡他一挡。"

寒夜笑道："那好！我们又可以并肩作战了！"

华天晴组上寒夜，在队伍频道中大声道："大家到东城集合！我们找到小路的位置了。"

晨雪看着兵器库角落中的几架弩机，微笑道："我们准备打一场伏击战！"

站在山坡之上，绵绵群山之处就是潼关，看着隐藏在山石中的羊肠小路边，刻着"斜阳道"三字的石碑。华天晴叹道："这种地方，如果没有走过的人带路，谁能找得到？"

雪焰道："如果这里有几十个策士同时守住山崖两边，那恐怕谁都冲不过去。"

寒夜道："哪里找那么多策士去？长安守军仅有的策士都被调去潼关，更何况大多数人都选择去了黄巢军。"

雪焰摇头道："那也是多找一个好一个，华猪你明显对我们策士职业不够重视。"

华天晴道："没有啊，我只是想我们这个组合组了很久配合默契。这种要隘的防守，主要是看行动的一致性，人多反而难控制。"

晨雪笑道："你们两个别争了，我带来了几架强弩，这些东西的威力不下于魔法伤害，我们现在八个人，正好在山崖两边一边各四个人。"

华天晴道："一个策士，两个游侠，加上三架强弩，威力不下于二十个人的弓箭队。大家先布置起来吧。"

雪焰点了点头，带着上官雨露、西门不弱和风吹雨去了对面，而寒夜、晨雪、风舞和华天晴在山崖的另外一边。八个人静静地守候在山崖两侧，等待可能到来的黄巢大军。

但等了很久，时间已近中午，连小动物都很少看见，更不用说一兵一卒。

风舞抱着胳臂，皱眉道："现在为什么这么冷？"

"黄巢打长安就是在冬天，这虽是随机任务，但季节总会尽量做到位。"雪焰低声道，"你就不要抱怨了，冷点总比热得要死好。我倒是发现个问题。"

西门不弱道："什么？"

雪焰道："自从昨天断线后，你我头上的名字就不显示了，虽然不是大问题，但总是很奇怪。"

寒夜道："你们知道么？我先前发问题，请教 GM 这个任务的流程，GM 大人居然说不知道，这个活动官方没有通知。"

西门不弱皱眉道："老天！这么说起来，游戏公司在弄啥？"

晨雪在心里叹了口气，大型战争任务并没有在"纵横五千年"目前的版本启动，她也不明白现在为何会出现"长安之战"。先前她找机会打电话给谢天衣询问，博士居然说这可能是昨夜突然断线后，服务器自我维护引起的。可是这怎么可能？程序自我维护，自我升级……

华天晴拨弄着手边的山草，他发现晨雪满脸心事，正要发问，却听密语频道中传来消息，那是剑冥的声音："兄弟，你在哪里？没猜错的话长安之战，你应该选的是唐军？"

华天晴笑道："是长安守军，难道你也是？"

剑冥道："我们在潼关等黄巢进攻呢！就见有部队集结，也没看人进攻，不知道黄巢在想什么。你在哪里？我在潼关没看到你，不会还在长安城吧？"

"我在斜阳道。"华天晴道，"我猜黄巢会派部队奇袭潼关背后。"

剑冥惊道："会有这种小路？地图上没看到！"

华天晴道："只有找到路口，地图上面才会出现这条小路。只是，目前为止我这里也没看到敌人。"

剑冥沉吟片刻道："我觉得你有道理，考虑带人到你这里来。反正潼关这里有几千人，也不缺我烟雨盟几个人。"

华天晴道："人太多也没用，这里路窄施展不开。"

剑冥笑道："这你不用担心，我也就只有一组人。你说下位置，我带人过来，到了再聊。"

华天晴告知了剑冥斜阳道的位置，抬头对身边众人道："剑冥会带人来支援我们，雪猪你可以不用骂我了。"

"谁有空骂你？"雪焰望着前方，沉声道，"奶奶的，这一把我们押对了，的确有人从此偷袭！"

西门不弱道："别人来支援，也要我们能够坚持到那个时候才行。"

八个人同时望向远处的山路，一个百人左右的先锋部队从山路上高速而来。

那百来人由一个身着铜甲的头目带领，队伍两旁各有一个黑衣人贴着山壁潜行，逐渐靠近华天晴等人所在的山崖。

华天晴嘴角绽起一丝笑意，对方阵形虽好却不知罗网已经布下，他沉声道："晨雪和西门负责射杀头目，其余人先射黑衣人，然后是骑兵，最后射步兵。"

对方距离埋伏的山崖只有八十步……

华天晴举手道："各自准备，听我命令。"

五十步，三十步……

华天晴高喝一声："杀！"

光箭连珠破空而出，那铜甲的头目连叫声都没发出就落马毙命。嘭！几具强弩同时发射，弩箭夹杂在雪焰发出的漫天冰雨中飞向山道。一刹那，山崖下喊叫声、痛呼声响成一片，不停有人倒下……

守护在先锋部队两翼的黑衣人，同时飞身而起，踩着山壁掠向山崖。但晨雪手中的长弓早就瞄上了他们，羽箭带着红色的火光飞射而出，把当先一人一箭钉在了山壁上。而另一人见此情景刚要后退，却发现四面八方都是弩箭退无可退，大叫一声被射成刺猬落下崖去。

冰雨过后，雪焰双手抬起，空中霎时雷电交加，强大的"苍穹之雷"轰然击下，黄巢军的先头部队乱成一片，纷纷后退。弩箭不停地从山崖两边射下，片刻之间，这个百人的先头部队就被瓦解，丢下近五十具尸体仓皇撤离。

看着对方逐渐远离视线，华天晴高举起拳头，高声道："停止攻击。"

寒夜笑道："真过瘾，我们挑对地方了。"

华天晴见雪焰已盘膝坐下闭目养神，微笑道："大家抓紧时间恢复体力，一会儿敌人会再来。"他目光望向远处，暗道："再来就不会那么简单了。"

"禀告帮主，我们的先锋部队遭遇伏击。"

看来长安守军知道他们会从小路偷袭，金钱帮帮主东方舒寒微微一笑，对身旁的秋风清道："我们不是在简单地重复历史。"

秋风清笑道："那边也有熟悉历史的角色。"

秋剑霜道："也可能只是巧合。因为即便知道历史，也不一定能找到那条小路。我们的卧底并没有说神策军分兵把守潼关以外的地方。"

东方舒寒低声道："打仗，不能相信巧合。秋风你去解决掉他们，这个钉子一定要拔掉，别等尚让将军亲自过问这个事情。"

秋风清点头起身带队出发。

东方舒寒回头望向大营中飞扬的大旗，黄巢麾下的大将尚让是否也没料到会遇到阻击呢？历史在这里似乎有所不同。

"山路弯角出现小股敌人。"在前面放哨的风吹雨报告道，"大约二十人左右。"

雪焰皱眉道："他们是在试探我们的火力，我们打么？"

"当然打。"华天晴道，"他们只要有五六个人摸上山崖，我们就够呛了。绝不能轻易放过任何敌人。"

风吹雨道:"你这么说倒是提醒了我们,他们为何不派人上山来?"

华天晴道:"人多了,反应自然不怎么迅速,但他们会派人上来的。迟早而已。"

说话间,那十余个敌人已经接近他们的射程。

华天晴托起强弩,沉声道:"大家准备,一下子打垮他们。"

众人全神戒备,忽然前方的风吹雨又道:"隔着五十步,又出现了一个五十多人的小队伍。"

晨雪微微皱眉,在华天晴耳边道:"他们似乎看准我们火力不够。"

华天晴不为所动,冷冷地注视着靠近的敌人,高声道:"杀!"

山崖两侧弓弩同时发射,前面的二十余个敌人高举盾牌,躲在山壁两边拼命抗拒,与此同时,后面五十人的队伍正迅速靠近,他们依靠着山石开始用弓箭还击。

雪焰嘴里念念有词,大袖飘飘临风而起,整个人飘浮到山崖中间的天空中,双手汇聚四周的气流,强大旋风从他手中扬起,一个旋风两个旋风,乃至三个四个……斜阳道上狂风大作,进攻的敌人完全散乱,怪叫着向后退去。

华天晴看着雪焰缓缓从半空落下,由衷赞叹道:"终极法术之一的'狂风',果然不同凡响。"

雪焰苦笑道:"这个魔法不能连续使用,也不能在混战的时候使用。他们一定会马上进攻。"

果然山路之上喊杀声起,华天晴对寒夜和风舞道:"高级医生是否都有单体回归术?"

风舞道:"三十五级的医生就有给同队使用的回归术,关键时候可以传送队友到自己身边。"

寒夜笑道:"我刚好三十五级。"

"哈哈,刚刚好!"华天晴看着前方的敌人,沉声道,"一旦弩箭压制不住敌人,我和风吹雨就轮流下到坡下冲杀。若敌人太过强大,你们要注意拉我们回来。"

风舞道:"放心,就算我死了,你也死不了。"

"那倒不必，医生要保护好自己，你们是我们整个队伍的生命线。"华天晴看着众人道，"战斗逐渐艰苦，大家全力以赴！"

众人高声称是，此时山路上又有军容整齐的黄巢军进逼而来。

敌人已经布满山崖下的小路，那些家伙居然在山石边架起强弩，主动向山崖上发射，只是他们看不清楚山上伏兵的位置，而此地易守难攻，弓箭基本上对山崖上面的人没有多大作用。

而山崖上雪焰的魔法和弩箭则疯狂地落下，山路上不停地有人倒下，但狭窄的小路上的黄巢军却不见减少，反而越来越多，不多时这里就汇集了数百人。山崖上埋伏的众人额头都开始冒汗，弓箭和魔力都会有用尽的时候。

华天晴一面发射弩箭，一面目光扫过整条山路，他隐约感到对方正蓄势待发。

突然，鼓声大作，一道耀眼的蓝光迸发而起，蓝光下一个红袍策士从山路的人群中缓缓飞升起来，那蓝光越变越大，形成了一个巨大的光盾，那策士长发飞扬手托光盾，几乎挡住了所有的弩箭。

与此同时山崖两侧各有无数"飞虎爪"、"蹬云手"飞上山坡，近二十多名游侠各展身形攀上山壁。

"雪焰准备！"华天晴大吼一声，从山崖上凌空而起，人如大鸟般从半空滑向那红袍策士，手中太白神剑暗红色的光芒闪耀，仿佛正午的日光全部汇聚到剑锋之上，诗剑第三重展开，"赤日满天地，火云成山岳"！

红日般的剑芒斩向那蓝色的光盾，如同朝阳在蓝天中绽放开来，轰隆一声，蓝色光盾震开一道裂痕，山崖上的雪焰法杖舞动，百余个火球同时落下，红袍策士除了飞身后退再无别法。

光盾一失，几乎山路上的所有人都暴露在箭雨下，前锋军士纷纷向后退却。

山坡上，风吹雨手握钢刀如秋风扫落叶一般，砍向攀上山崖的敌方游侠，当先一人被他一刀砍去头颅，鲜血高高喷洒而出。其余众人面色大变，纷纷向四面掠去，但行走在山坡之间立足未稳，竟没有一个能接下风吹雨一刀，风吹雨的钢刀在山壁带起一片腥风血雨。

　　华天晴一剑得手，人却不得不落在山路之上。无数黄巢军向其涌来，好在山路狭窄，仅容两人并肩，华天晴长剑在手，稳稳守住门户，一连刺翻十余人。山坡上晨雪手中大弓化作苍鹰形状，流光般的箭雨护住华天晴。

　　红袍策士不顾头顶上的火球双手一合，一道蓝色的雷电从手指迸发而出，直取华天晴的胸口。华天晴横剑拦向雷电，却被电流远远弹出七丈，一屁股坐在地上全身麻痹。山路上的黄巢军蜂拥而上，数条长枪、几柄大刀同时向华天晴身上落下。

　　华天晴一摁手中马牌，刺眼的光芒从马牌上射出，"千里一盏灯"出现在山路上。华天晴在马鞍上舞动长剑，人马同时被剑芒环绕，"千里一盏灯"竟在狭窄的山路上奔跑而起。面前的黄巢军根本无从阻挡，华天晴长剑猛刺红袍策士的咽喉……

　　红袍策士手中神奇地出现一柄蓝色法杖，杖上电流环绕击向华天晴的胸口。华天晴并不防守，豪笑着长剑加速而起，"慷慨倚长剑，高歌一进君。"嘭！胸口硬受了一杖，但太白神剑贯入红袍策士的喉咙，红袍策士怪吼一声，倒在血泊之中，而麻痹感再次传遍华天晴全身。

　　附近几名黄巢军士想趁机偷袭华天晴，空中无数冰箭飞射而下，那些军士立时毙命。

　　华天晴周围的压力却并不因此有丝毫减弱，反而觉得心头剧震，一股强大而熟悉的杀气从山路上逼迫而来。他抬头望向山路前方，就见秋风清白衣飘飘，转动着胸前的白玉美人，从蜿蜒的小路上飞掠而至。他斜望山壁上的风吹雨，此时风吹雨也已经和秋剑霜战在一处。

　　"真是冤家路窄……"华天晴自语道。

　　"华兄，这真是人生何处不相逢。"秋风清长笑着立在队伍的最前方，沉声道，"让开路，我准你逃走。"

　　"你赢得了我？"华天晴冷笑道，"有我在此，你们谁都过不去。"

　　秋风清仰天大笑，高声道："狂妄！"再不多言，大袖展动刹那间山道之上风起云涌，狂飙般的剑气漫天而起。

　　"千里一盏灯"唏溜溜的一声长嘶，前蹄高高立起，华天晴长剑刺向天空，哗啦啦……山道之间，发出万马奔腾般的波涛声，"君不见黄河之水天上来！"

"轰隆！"太白神剑与秋风清的"剑器"碰在一处，竟然响起沉闷的雷鸣声。

秋风清一个跟头翻到半空，如飞仙一般立在空中，胸前的玉人开始翩翩起舞，色彩从红光到蓝光不停流转，秋风清大喝一声，于空中舞动而下，这是"天地为之久低昂"的剑舞！

华天晴看着如飞仙而来的秋风清，自语道："先帝侍女八千人，公孙剑器初第一。"他眼中闪动难言的兴奋，坐在战马上如山岳般同四周的群山融于一体，长啸一声长剑昂扬而出，剑光中充满着天地山岳的气势，"噫吁戏，危乎高哉！蜀道之难难于上青天！"

"当！"太白神剑同剑器再次碰撞，发出清脆悦耳的声响。

华天晴一动不动，但胸口出现一道七寸长的剑伤，鲜血涌动而出。

秋风清立于山壁上两袖撕裂，肩头一道血槽深可见骨，他冷笑自语道："真的是，一夫当关，万夫莫开吗？"胸前玉人泛起七彩的光华，秋风清再次迎风而起，剑器化作金龙于空中翻腾而下，"霍如羿射九日落，矫如群帝骖龙翔！"

"公孙大娘也是长安最值得怀念的记忆吧？"华天晴眼中射出强烈的感情，这一战自己就是要保卫那梦想中的长安，他手中太白神剑带着千般相思、万种怀念流动而出，"长相思，在长安……美人如花隔云端……天长路远魂飞苦，梦魂不到关山难。"

太白神剑同秋风清的剑器第三次碰撞，初时一切似乎都无声无息，转而剑锋发出千军万马的呐喊声！

华天晴被巨大的气流抛离了"千里一盏灯"，跌落在冰凉的山路上。而秋风清跌跌撞撞地退出十余步，扶着山壁稳住身形，嘴角不断有鲜血溢出。被堵在山路上的黄巢军拼命冲杀上来，华天晴转眼就要被撕碎。

轰！光芒闪动，风舞的回归术将华天晴拉回崖上，华天晴喘息着望向四周，冲上山崖的敌人虽然已被肃清，但仅凭他们已无法阻止山下的黄巢军突破斜阳道。

雪焰等人一齐望向华天晴，华天晴虎目中光芒闪动，怒道："拼了！"说着就要二次冲下山崖。

突然，山路西面出现一队人马，为首两名战士一人红袍一人蓝袍，从山路上高速冲来，红袍战士挥舞手中长剑，一剑撂倒当先一名黄巢军的头目，豪笑道："天晴，我们来助你！"

"是剑冥！"华天晴大喜过望，他们来得太是时候了！

第九章　长安大火

长空，落日，斜阳道。

大帐前，东方舒寒亲手替巅峰拉住缰绳，哈哈笑道："巅峰老大前来援手，实在叫舒寒惶恐。"

巅峰翻身下马，笑着拍着东方舒寒的肩膀道："东方兄，既然大家都是选择黄巢军攻打长安，你就不用跟我客气了。"

秋风清道："听说巅峰大哥和华天晴他们很熟？"

巅峰微微一笑道："打过交道而已，秋风你不也和他们打过交道么？"他明显有幸灾乐祸的意思。

秋风清并不生气，淡淡一笑道："窃以为，华天晴照现在的势头下去，以后就是隋唐第一高手。"

巅峰身后的玉无暇和龙七道："华天晴虽然厉害，但说到第一高手，金钱帮的各位老大未免太高看他了。"

"我没有说他现在是。"秋风清微笑回答。

巅峰和东方舒寒携手走到山路之上，东方舒寒轻声道："听说你和古人动过手。"

巅峰嘴角动了动，没有回答。

东方舒寒道："我看到尚让的时候，感到一种强烈的压迫感。而秋风说他看到华天晴和风吹雨的时候，也有这种感觉，那种面对古人的感觉。"

巅峰依然没有说话，他远望山间小路，心头闪过几次遇见华天晴的画面，那家伙真变得让人生畏了么？可是他脑海中华天晴的影子，却逐渐变成扬州城外那石破天惊的一击，只有那一击才是难以逾越、不可战胜的。

斜阳道口盔明甲亮，杀气腾腾。

大唐守军听说这里发生战斗，潼关和长安都有人前来增援，这些人有自发前来的，也有烟雨盟组织的，慢慢地汇聚了两百多人。

"纵横五千年"中，开设了"队伍组合"功能，即各个队伍可以通过队长组成"组合"，便于各个队伍间的联系，让战争等大型活动的组织更为顺畅。如今这两百人就已经组在了一起。

剑冥轻声道："黄巢军已经连续两个时辰攻打潼关，而这里却毫无动静，一定有鬼。"

雪焰道："他们绝不会怕了我们，也绝不会放弃从斜阳道突破。"

华天晴坐在山石之上，看着周围已经两个时辰无所事事的己方战士，低声道："他们在消耗我们先前得胜的锐气，也在给我们的组织制造麻烦。"

剑冥道："不错，若是他们再有一个时辰不来，恐怕我们好不容易聚集起来的守备力量，就要再次失去。"

雪焰苦笑道："金钱帮绝对不会因为等待两个时辰就失去控制。而我们就做不到，组织太散了。"

傍晚的山路，弥漫了一层薄薄的雾气，以至于落日在人的眼中也变得淡淡的。

华天晴道："这雾起得古怪。"

剑冥轻声道："斜阳道上雾气浓，天上地下两茫茫。"

华天晴微微皱眉，抬头道："雪猪，带着你的策士队伍去山崖，敌人很快就会进攻。"他顿了顿，高声道："晨雪带着游侠队伍配合雪猪，剑冥和燕歌行负责山崖两侧的警戒。"

雪焰、晨雪、剑冥和燕歌行起身就走，开始行动。

风吹雨道："你留我和风舞两个下来喝茶？"

华天晴微笑道："小雨和我去下面等候对方的大人物，小舞在后面随时注意用回归术拉我们。"

风舞皱眉道："你们不用更多人？"

风吹雨道："下面能容下很多人么？"说着当先而下。

华天晴欣赏地望着风吹雨的背影，微笑道："小舞，有空把这场战斗编成故事吧，会比《说唐》好听。"

又是半个时辰过去，山路上依然没有动静，而潼关方向却燃起了熊熊大火，远处大块的如血残云压在城头，唯独斜阳道这里是灰蒙蒙的一片。那些等候了很久的唐军开始按捺不住，纷纷脱队前去潼关。

燕歌行低声道："不少人又脱队去潼关了。"

剑冥笑道："意料之中，这里本来就用不到两百人。"他看着附近山崖上雪焰组织的策士队，那些策士各个安静地盘膝而坐，丝毫不为外界所扰。剑冥道："都是临时拼凑的人，他那边就秩序井然，那个雪焰也是领军之才。"

燕歌行皱眉道："哥哥对他们评价很高。"

剑冥道："若他们能够加入我们，烟雨盟一定比金钱帮更强。可惜能干的人通常都不甘心屈于人下。但无论如何此战之后，我会找华天晴谈下。"

燕歌行挠了挠头道："哥哥想得真多，我只想知道要在这里等到什么时候。"

"已经来了。"剑冥望向前方的目光，忽然变得杀气腾腾。

狭窄的山路上到处都是身着甲胄的黄巢军队，近百游侠贴着山壁飞扑而来。

"杀！"剑冥挥舞大剑带领烟雨盟子弟迎了上去。

雪焰眼望崖下冲杀而至的黄巢军，冷笑着高举翠绿的法杖，二十多名策士同时催动魔咒，冰锥和火矛如瀑布一般浩荡而下。

山中的薄雾与密集的魔法混在一处，山路的能见度变得极低，但黄巢军却依然毫不后退奋勇向前。此时，一道白芒在人群中闪亮起来，玉无暇裙袖飞扬，站在山壁间如同仙子，那晶莹的光芒就是出自她的手心，初时极弱，不多时就变得刺眼，化作一个银盾出现在她的头顶，轰隆一声，那银盾转眼化作数以百计的盾牌飞散开来，每一个黄巢军士的头顶都出现了一个晶莹的盾牌，与他们身上的铠甲交相辉映。雪焰等一干策士释放的魔法，伤害被降至最小。

雪焰身后的上官雨露道："这是南方最强舞者玉无暇的'乾坤之盾'。是吸收你们的伤害魔法，转化成他们的护甲。"

雪焰法杖光芒暴涨，"苍穹之雷"奋力击下，若他们不能阻止敌军，那巨大的压力就全落在山道上的华天晴头上。

看着冲杀而来的黄巢军，华天晴轻抚"千里一盏灯"的鬃毛，心中有种感觉，似乎坐下的战马比自己更适应这个战场。他自语道："小灯，我可不会输给你。"说着拔起插在路旁的长矛，呼的掷了出去……"噗！"长矛贯穿了一名黄巢军的胸口。

破空之声不断，华天晴一连掷出八杆长矛，黄巢军前进的势头为之一滞。当！第九杆长矛被击落，一匹大黑马出现在黄巢军前。马上大汉一脸虬髯青袍铜甲，掌中明晃晃的一柄凤翅镏金镋。

这是华天晴第二次面对巅峰，尽管对手身后是千军万马，他心中却是平静如水，缓缓拔起第十支长矛。

巅峰豪笑道："华天晴，你我终要一战。"

华天晴手执长矛一点巅峰，整个山道一片肃杀。巅峰目光炯炯地注视着对手，镏金镋高举向赤红的天空，光华夺目的凤翅带起飓风呼啸而起。

华天晴长矛晃动，幻出层层矛影，"当！"矛镋相碰，火星四射。

"当，当，当……"矛镋一气交换了三十多下，巅峰大喝着舞动凤翅镏金镋，山路之上满是金光……

轰的一声，两人战马各退数步，巅峰的镏金镋上光华缭绕，而华天晴手中长矛的矛头被一镋削去，巅峰狂笑着挥动镏金镋直取华天晴的头颅。

锵！耀眼的剑芒破空而起，华天晴终于出剑！剑尖点在镏金镋的凤翅之上，巅峰骤觉一股大力迫来，大黑马向后猛退七步。华天晴却只是身躯一晃，"千里一盏灯"

稳稳地站在原地。

"窃以为，华天晴照现在的势头下去，以后就是隋唐第一高手。"秋风清的话语又在耳边响起，巅峰深吸口气，再次举起镏金铠，镏金铠锋刃上泛起火红的晶芒，好像火中的凤凰飞舞而起。

"巅峰，你比宇文成都如何？"华天晴看着镏金铠接近头顶，太白神剑如泉水流动而出，"明月松间照，清泉石上流……"那如一泓清泉的剑法，轻松瓦解凤翅镏金铠上的杀气，刺向巅峰的胸口。

巅峰战马猛一侧跨，凤翅镏金铠一横将剑锋架偏，左肋隐有鲜血渗出。华天晴长剑尚未收回，突然一道人影栖近身侧，那浩荡的剑气如同龙吟九天昂扬而来。华天晴怒吼道："秋风清！"拼命一拉缰绳，战马让到山路一旁，肩头一片血肉模糊。

秋风清一点山壁，凌空而起展开追击；巅峰一夹马腹，也重新挥动镏金铠而来。

队伍频道不时传来山崖告急的叫声，华天晴面色凝重，全力出手疾刺巅峰，"生者为过客，死者为归人……白骨寂无言，青松岂知春……"

血光暴起，巅峰翻身落马，而秋风清那一对剑器，同样刺入华天晴的肋部，光影闪动，千钧一发之际，华天晴被"回归术"拉回了山崖。华天晴按住血如泉涌的伤口，刚要说话，却见风舞满身都是箭伤，缓缓坐倒在山石上，生命耗尽。他再望向四周的山崖，周围到处都是尸体，他们死守的山崖已经完全落入敌人手中，在黄巢军雷霆万钧的压力下，根本无处可守。

此时队伍频道传来晨雪的声音："天晴，斜阳道全面失守。你赶快回来！"

前方一灰袍大将缓步而来，以秋剑霜为首的金钱帮子弟紧跟其后。

华天晴苦笑道："东方舒寒。"他回望山崖下面，风吹雨此时面对的敌人，绝不比山崖上的少，他用力握紧手中的长剑，奋力站起笑道："风！准备回了！"

风吹雨淡淡道："死回去吗？"

"乌鸦嘴！"华天晴笑骂道，"山下汇合。"

秋风清扭头望向山路中央，就见继华天晴之后，风吹雨骑着白马，如雕像般立在道路的中央。秋风清眯起眼睛，他有种不好的感觉，前方那个用刀的战士，并不比华天晴容易对付。他胸前的白玉美人缓缓转动，全身被晶莹的光辉环绕，大袖扬起飘浮在半空。

风吹雨嘴角扬起残酷的笑意，五尺长的钢刀斜指向天。四周杀伐之声渐渐平息，红色的血雾弥漫在山道之上刺激着人的情绪，秋风清剑器在手，大喝一声凌空击下。

与此同时，山崖上的华天晴眼望天边的夕阳，手中太白神剑一片赤红之色，茫茫的杀意弥漫开来。

山上山下同时爆发出灿烂的光芒……

风吹雨长刀一出，四周的雾气一下子聚拢，朦胧的雾气把秋风清的视线遮挡，凄厉的刀光闪动，直取秋风清胸前的白玉美人。秋风清却是一副拼命的架势，毫不退让地猛刺风吹雨心口。"当！"白玉美人轻轻舞动，抬起的玉剑奇迹般地拦在风吹雨的钢刀上，玉人泛起一阵红色的光华。风吹雨浓眉一扬，那挂件不但没坏，更消去了他全部力量，狂放的刀锋竟被玉人上一寸长的玉剑接下！

秋风清狂笑道："一寸短一寸险！"剑器刺入风吹雨的身体，鲜血喷洒而出，溅满了山道。突然，七彩的刀光冲天而起，满坡尽是红色、白色、黄色、蓝色、青色等各色的鲜花，天上地下花团锦簇一片缤纷……

金钱帮的老大又能强到什么程度？华天晴挺剑而上，"少年负壮气，奋烈自有时！"

东方舒寒微微一笑，一柄古朴的大刀出现在手中，整把刀被一层淡淡的灰色笼罩，刀锋处隐约有一天魔暗影，大刀旋动带起一股浓重的血腥气，整个山崖一下子暗了下来，四面八方鬼影重重，刀风中不时传来凄凉的鬼嚎！

华天晴的四周变成了修罗场，阴森的感觉压迫得他透不过气来，他长啸着出剑，"上有六龙回日之高标，下有冲波逆折之回川。"

东方舒寒就觉前方剑气昂扬而起，重重鬼影被剑气席卷而去，他大刀向地一立，鬼影一下子收入刀锋，冷冷看着华天晴的剑锋，断喝道："你力尽了！"刀风复起，仿佛九天十地的妖魔凝聚在刀锋上，华天晴的剑气被完全击破！

凄凉的刀意把华天晴逼得临风而起，"事了拂衣去，深藏身与名。"人和剑突然凭空消失，身影一闪跃下山坡，人在空中全身被一阵蓝光笼罩，如大雁般一个盘旋，斜飞七尺避开东方舒寒恐怖的一刀。

滑翔之时，华天晴忽然感到周围山道百花盛开，人在半空被一股力量托起。

风吹雨哈哈笑道："老华小心了！"抓住华天晴腰带，把他远远抛向山道……

华天晴于空中按动马牌，宝马"千里一盏灯"出现在路上，他一个跟头落在马上。东方舒寒魔鬼般的刀意从山坡上纵横而下，万千花朵瞬间枯萎，随风散尽消失于无形。风吹雨再次喷出一口鲜血拨马就走，华天晴和风吹雨一黑一白并肩顺着山道飞速而下。

东方舒寒立在山路上，望着绝尘而去的两人也不追赶，高声道："全军进逼长安！"

"是！"山崖上下数千黄巢军高声响应。

秋风清站在东方舒寒身边道："又是这两人。"

东方舒寒眉毛一扬，看向秋风清。

秋风清道："上次在飞龙涧，就是这两人全身而退。"

巅峰叹了口气道："这两个家伙根本就超出了战士的能力。"

东方舒寒指着秋风清胸前的白玉美人，笑道："秋风你作为舞者，也是超出了舞者的能力。正是有这种人存在，这个世界才变得有意思。"

秋风清苦笑道："只是这样一来，攻城将会是一场苦战。"

此时他们身后一个沉厚的声音道："我们已奇袭突破潼关，长安唾手可得，各位不用多虑。"

东方舒寒、秋风清和巅峰一起转身，施礼道："尚让将军。"

黄巢麾下的大将尚让身躯极为高大，面容古朴目光炯炯，自有种震慑人心的霸气。他点了点头，沉声道："冲天将军有令，三位突进有功，各部都有封赏。"

三人抱拳谢赏，尚让遥望长安方向，傲然笑道："打下长安，天下就在冲天将军的手中。"

秋风清和东方舒寒互望一眼，都看出对方眼中那深晓历史的悲凉。

东方舒寒在密语频道，低声道："无论如何，此战是黄巢赢了，任务结束我们一定能得到战果。"

秋风清没有回答，只是若有所思地微微点头，不知为何他心中有种抑郁的感觉，却又难以说清。

"这么说来，你和风猪能够全身而退，都靠花神玉佩的帮忙。"晨雪笑道，就连她之前也不知道花神玉佩有什么隐藏属性。

华天晴道："不只是花神玉佩，我在半空中失去平衡的时候，也感受到大雁戒指的力量，但是还不能清楚把握。"

晨雪点头道："看来这些宝物的隐藏属性，都要在生死关头才能发挥。"

"花神玉佩现在显示有'四季心法'，而我的大雁之戒则显示带有'雁翔'技能。"华天晴苦笑道，"但这些都决定不了这场大战的胜负，因为打仗不是一个人的得失就能决定的。"

望着城门口陆续而来潼关守军，晨雪低声道："队里面士气有点低落。"

华天晴道："我也是……"

晨雪道："预计也就是两个时辰之内，对方大批的部队就会抵达长安城外。凭借长安的城防，只怕守不了多久。"

华天晴抬头望了望被夕阳映红的城墙，轻声道："放弃不是我的性格，能守多久守多久。"

晨雪点了点头道："我了解。"

华天晴握了握晨雪的手，轻声道："我知道。"

晨雪反握住华天晴的手，微笑道："我陪你到底。"华天晴心中一阵温暖。

晨雪道："我去看下他们准备的情况，你休息下，等下压力会很大。"

华天晴道："今天可能要很晚，你让大家抽空吃饭休息。"晨雪点头，上马离开。

华天晴信步走在长安的街道上，步伐中带着一缕倦意。明知不敌也要战斗，明知道守不住也要守，士气低落，身体疲倦，这是否就是古人当年的心态。看着街巷间的青砖土瓦，看着街道两旁的落寞松柏，让人不禁怀疑要守护的大唐究竟是什么样子。

大唐后期，朝政腐败，经济衰退，黄巢起义并非师出无名。中国历史上最辉煌的大唐帝国，也因为黄巢、朱温等人的最后一击轰然倒塌，之后等了整整百年，才迎来宋帝国。是吧，需要百年的战乱才能换来另一个稳定的帝国，可是百姓何苦？让人感到荒谬的是，大唐的最后一个年号竟然叫做"天佑"，老天在保佑什么？历史的幽默有时候只能叫人心痛。

长安的街道上没有人，这也能算是长安么？这个问题无法回答，但华天晴知道，当长安被大火焚毁之后，没有长安的大唐一定不再是大唐了。走在街道之上，一路循着夕阳的余晖，听着自己甲胄的声音，军人的甲胄提醒着他的责任，军人的责任首先是保卫国土。

队伍频道中，不时传来雪焰、风舞和西门不弱等人打闹的声音，为何自己不能像他们那样地放松呢？为何自己不能像他们那样享受游戏的乐趣，却总是想得太多？他不知道……

走过朱雀大街，走过东市西市，走过皇城，经过长安书库……长安城中一片败落。

前方的巷陌中忽然传来读书声，华天晴循声而去。转过几个院落，吟诵的声音逐渐清晰，那是一片有些荒芜的院落，庭院中的杂草已经许久未动，似乎它的主人并不对此有丝毫的介怀。院中一头驴子，悠闲地啃着杂草，这个世界的纷乱和它没有任何关系。

屋内的读书声清晰地传到院中，"长安有男儿，二十心已朽。楞伽堆案前，楚辞系肘后。人生有穷拙，日暮聊饮酒。只今道已塞，何必须白首……"

华天晴心头一震，透过窗檐向屋内望去，一个二十多岁的青年侧卧在榻上，满脸病容，身形消瘦，一双目光痴痴地望着房梁，似乎在思考着什么。榻旁的案儿上除了一个酒壶，堆满了书籍，屋内空空荡荡，却让人丝毫不起轻视之心。

"长安有男儿，二十心已朽……只今道已塞，何必须白首……"

华天晴默默念着，却不敢推门打扰屋内的书生，手扶门扉沉思良久，终于决定转身离去。他深深施了一礼，转身踏出院门，屋内青年悠悠吟道："黑云压城城欲摧，甲光向日金鳞开。角声满天秋色里，塞上燕脂凝夜紫。半卷红旗临易水，霜重鼓寒声不起。报君黄金台上意，提携玉龙为君死。"

华天晴回头望了望破落的院落，自语道："他知道我来过……"说着他脸上露出微笑，缓缓道："那个写出'男儿何不带吴钩，收取关山五十州'的诗鬼知道我来过！"

此时队频传来雪焰的话："天晴，黄巢大队人马到了！"

华天晴深吸一口气，高声道："马上到！"他翻身跃上宝马"千里一盏灯"，扬鞭向东城而去。

系统发来消息："唐诗之魂"任务李贺部分完成，获得李贺诗集，学得"诗剑之长吉篇"，诗剑达到第四重，至无剑之境。

何谓无剑之境？华天晴摸着腰间的太白神剑，望着即将淡去的夕阳，心道：无论胜败，一切都是为了长安。

明月爬上了天空。

城楼上，唐军各个面色凝重，华天晴从城道走过，雪焰、风吹雨、剑冥等人紧跟其后。

手扶城垛向外望去，长安城外刀如山枪如林，茫茫一片都是黄巢的大军。号令声、马嘶声、战士甲胄碰撞声、旌旗在风中招展的声音汇聚在一起，对城中的守军造成了巨大的压力。

雪焰道："传说有六十万大军。我们的守军只有几千，从潼关败下来的弟兄，只回来了一半。"

剑冥道："确切地说,长安守军只有不到三千人,加上自发前来的百姓,不会超过五千人。"

风舞道："虽然我知道不该说,但被攻破是早晚的事情。"

华天晴道："剑冥兄负责组织长安百姓撤离,我们在这里能守多久守多久。"

剑冥皱眉道："我不会丢下你们。"

华天晴道："他们进城之后一定屠城,这你我都知道。你负责保护百姓撤离,能走的都走。"

剑冥道："燕歌行!"

燕歌行道："在。"

剑冥道："你带烟雨盟的人,组织百姓撤离。"

燕歌行皱了皱眉,依然答应道："是。"

剑冥笑着对华天晴道："我和你们在一起。"

"那你和雨逍带一队人作后备队,任何一处告急,你们立刻救援。"华天晴道。

"后备?"雨逍皱眉道。

剑冥笑道："这是最要命的差事,我一定做好!"

华天晴看了看四周的众人,笑道："那大家各就各位吧,敌势强大,多准备弓弩火油。"

众人点头各自走上岗位。

城外冲天的营火下,黄巢军兵马调动,大队人马蓄势待发,攻城在即。

华天晴望向城下协调整齐的敌军,暗道："黄巢大军中有人才,绝非乌合之众。"

此时四野战鼓声起,军阵之中呐喊声起,一高头大马的甲士在军阵前方,高举长矛一声大吼,四面八方尘土扬起,黄巢军潮水般地涌向长安城。

敌军尚未冲近,长安城上已是箭如雨下……

第一批黄巢军被箭雨击散,第二队黄巢军又复冲上前,密集的雨箭和冰锥火矛飞射而下,但黄巢军却越靠越近。

华天晴高喝道："滚石檑木！"

城楼上的巨大的石块和原木从城头落下，近前的黄巢军霎时间血肉横飞，但第三批黄巢军再次猛冲而来，长安守军拼了命地向下射箭，而黄巢军似乎把箭雨当成了普通的雨水，毫不在意地向前猛冲！

轰的一声，第一架云梯架上了长安城墙，华天晴飞身掠过城墙，将刚搭上城墙的云梯一脚端下，但紧接着就是第二架、第三架……黄巢军源源不断地向云梯上爬。

晨雪高声下令，她组织的强弩队同时按动弩机，强弩机簧声响，无数弩箭射在攻城军士的身上；与此同时，城上策士们同时发动飞火术，无数火箭火矛落在云梯上，方才架上的云梯又被摧毁。

突然，一笑堂的玉无暇出现在战阵最前方，大风吹动她的衣袍，映衬出婀娜的风姿，她美目之中光芒流转，手心发出晶莹的光辉，化作一个又一个银盾出现在攻城将士的头顶……

巅峰一手提盾，一手握着凤翅镏金锐，带着一个五百人的步兵队冲向长安城东门。

剑冥叹道："一笑堂被金钱帮用来作先锋。"

华天晴笑道"包括金钱帮在内，所有人都是黄巢的先锋。"说着他的脑海中仿佛出现了黄巢高大模糊的身影，何时才能见到黄巢？

雪焰道："灭其先锋，挫其锐气。"

华天晴道："杀掉巅峰，他们的先锋不攻自破。"

晨雪等人道："怎么做？"

华天晴眯起眼睛，想了想道："让他靠近城门。"他扭头对晨雪道，"那时候玉无暇要保护他一定会进入你的射程，你帮我解决她。"

晨雪道："放心！"

剑冥拍着华天晴的肩膀道："城门不可久开，你只有一剑的机会。"

华天晴淡淡一笑，望了逼近城门的巅峰一眼，沿着城道向城门走去。

"巅峰若是再输给华天晴，就得把南方第一战士的头衔拱手让出。"望着巅峰的背影，东方舒寒低声道。

秋风清笑了笑道："只是迟早的事情。"

东方舒寒道："秋风，或许你太小看巅峰了。"

秋风清哈哈一笑，施了一礼，带领身后的金钱帮子弟追着巅峰的人马而去。

战鼓声，喊杀声，震人心魄。

华天晴在距离城门十步处站定，耳边队伍频道不时传来各方面的战况。

雪焰在城楼之上，沉声道："巅峰距离城门有一百步。"

"七十步……"

"箭雨拦不住他，只有三十步！"

"敌阵有异动！似乎是金钱帮的人也投入了攻城！秋风清出马了！"雪焰叫道。

"秋风清交给我！"风吹雨高声道。

"拼死杀敌！不能让金钱帮登上城楼！"

"危险！西门小心！"

"南城需要支援！"

"雪猪杀得好！"

"敌人强大，北城……"

……

华天晴缓缓闭上眼睛，四周的喊杀声仿佛变成缥缈的风雨声，然后就连风雨声也消失不见，他的心中除了太白神剑再容不下他物。

时间一分一秒地过去。忽然！厚重的城门猛地开放！一道强光从城门口炸开。

华天晴暴喝出剑，十步的距离一掠而过，太白神剑绽放出万道光华全力刺出，辉煌昂扬的剑气让整个战场为之一震，那茫茫杀气无边无际地散开，不饮鲜血决不罢休！世上几乎没有人能抵挡这剑——不死不休！

城门外的巅峰就觉幕天席地的杀意笼罩而来，"噔啷"将巨盾丢在一边，挥舞凤翅镏金铙迎着杀气而去，凤翅带起尖锐的啸声，利刃砍向光芒最盛之处。

血光冲天而起，巅峰大呼一声，被长剑穿胸而过，华天晴在空中一个盘旋，落在城门之内，轰隆……厚重的城门再次关闭，大门合上的瞬间，华天晴看到不远之处玉无暇哽嗓中箭，亦已倒地！

城上忽然有人高喊："秋风清登城！"

华天晴脸色一变冲上城道，但没走几步就喷出一口鲜血摔倒在地，尽管"十步杀一人"配合上"雁翔"无人能挡，但巅峰的凤翅镏金铙毕竟是绝世神兵。目光望向城楼之上，锦袍轻甲的秋风清已然出现在云梯的最高处，正要登城！

秋风清从云梯上跃向城垛，突然，如百花盛开的刀浪从空中直取他的头颅。秋风清扬手出剑，点点剑光落在刀光之上，人在空中摇摆而起，飘浮在长安城的上空！风吹雨双手握刀，猛向空中劈去，雄浑的刀风席卷而起。

蓦然间，秋剑霜从另一处云梯飞纵而出，大环刀砍向风吹雨的后背。风吹雨猛地一个转身，让过秋剑霜的刀锋，人和钢刀一齐旋转，大刀如车轮一般翻滚而下……

秋剑霜脸色一变，风吹雨的刀比在飞龙涧时何止快了两倍！他赶紧飞身后退，但人在城上根本无路可退，九环刀被完全突破。

风吹雨大喝一声，一刀切开秋剑霜的胸膛，秋剑霜惨呼一声从城头落下。

秋剑霜居然连一刀都挡不住，城上的秋风清脸色为之一变，愤怒之下"剑器"舞动而起，城上的守军鲜血飞溅。他在城头上冲杀了十余步，一双短剑突然被人拦下。秋风清扬眉笑道："剑冥，你能拦我？"让天地为之失色的"剑器"凌空击下。

剑冥并不多言，长剑带起层层幻影，如地狱火焰一般杀向秋风清。秋风清却如同风中的枯叶，在那层层火焰中飘荡而起，"当！"剑器刺在剑冥的剑锋上，剑锋瞬间断裂，"剑器"直刺剑冥的心脏。

呼！一个巨大的冰锥飞向秋风清的面门，秋风清左手短剑轻轻一点，那冰锥竟掉头飞了回去，右手短剑依旧刺向剑冥的胸膛。破空之声不断传来，十余支强弩连珠而至，秋风清飞起一脚将剑冥踢翻在地，双剑飞舞挡下弩箭。

风吹雨、雪焰、西门不弱三人围着秋风清鼎足而立，秋风清微笑着立在城道上，无数黄巢军冲上城头。风吹雨、雪焰、西门不弱三人大喊一声，刀风、冰雪、弓箭同时攻向秋风清……

秋风清顶着风雪，闪过刀锋，一剑将西门不弱刺翻在地，然后回头望向风吹雨和雪焰，还是一副不紧不慢的样子。

华天晴连续杀死数十名黄巢军，但一队又一队的黄巢军还是登上城墙，四周的敌军越来越多，守城的军士逐渐后退。华天晴高举长剑，一面高叫道："守卫长安！保卫大唐！"一面向前冲杀。身前一巨斧战士拦住去路，华天晴一剑削去他的斧头，一拳将其击落城头，立在城垛之上振臂高呼道："保卫大唐！"

长安守军士气大振，"保卫大唐"的喊声此起彼伏，一个城垛一个城垛地开始反攻。

华天晴逐渐靠近秋风清等人的战局，却忽然感到一阵阴冷，东方舒寒淡淡的话语在耳边响起："华天晴，你这次不会再逃了吧。"

城楼之上，忽然阴风阵阵，一袭灰衣的东方舒寒仿佛从虚空中而来，古朴的天魔大刀呼啸而起，四面八方化作一片血海。

浓重的血腥气中，华天晴感到有一双恐怖的眼睛在地底凝视着他，那无情、痛苦、而充满失落的眼神，让他几乎失去了斗志。当！太白神剑自动一扬，神奇地护住了华天晴的头颈，但鲜血依然从他肩头冒出，那鲜血一经流出就不能停止，大量的鲜血染红了华天晴的战袍，他猛地抬头，巨大的月牙出现在长安城的上空，那凄清的月光让华天晴精神一振。

东方舒寒的天魔刀向华天晴的头顶落下，却看到华天晴眼中一片清明……太白神剑的剑芒与空中的明月交相辉映，而华天晴的身影忽然一分为三，"举杯邀明月，对影成三人。"

东方舒寒深吸口气，月光之下忽然鬼影滔天，天魔刀化作满天妖魔卷向华天晴，"当！"刀剑一碰，发出悦耳的声音，华天晴失去平衡向城外坠去，而东方舒寒的心口却是源源不断地有血渗出，东方舒寒难以置信地看着心口的剑痕，生命逐渐离他而去……

夜风中，华天晴飞速从城头下落，他嘴角露出一缕笑意，在落地之前身子蓝光一闪，于空中一个盘旋，下落速度一下变缓。嘭！华天晴落在城下，嘴角和肩头不停有鲜血渗出，而四面八方的黄巢军如潮水般涌了上来！

"天晴！"城楼上晨雪大声叫喊，一条长索从城头抛下，华天晴方要去接，身边就有十余条长矛猛戳而来。"当！"华天晴长剑扫过，矛头全被削断，一把攥住长索，身体腾空斜飞而起，与此同时数十支羽箭飞射而来。

华天晴被拉入城内，背部中了两支羽箭，他不顾箭伤，按住城垛傲然站起高叫道："保卫大唐！"长安守军一片欢腾。

东方舒寒败北，四面尽是长安守军的欢呼声。

"老大！"秋风清心头大惊，一个恍惚，被风吹雨的大刀从他胸口扫过，一道九寸长的血口翻了出来。秋风清回手就是一剑刺中风吹雨的肩头，但尽管风吹雨已经中了他近十剑，却还是丝毫不退；而雪焰在外围不断用冰锥、火箭干扰他的进攻，更叫他组织不起黄巢军的攻势。

眼见城头之上黄巢军越来越少，长安守军的士气却越来越高涨，秋风清眼望人群之中的华天晴，咬牙下令道："全体撤离……"率领身边帮众突围而出。

数千长安守军高呼万岁，但隆隆巨响从城外的敌阵传出，放眼望去，黄巢军中又是无数人马整装待发。

长安城上，守军逐渐停止了欢呼，华天晴等人面面相觑，战争就是以强凌弱……

华天晴眼望长长的城墙防线，沉声道："只要一点被突破，就不能保住长安。"他笑了笑道，"大家尽力而为，分守各处城墙，各自珍重。也许这是今晚你我最后一次见面。"

风吹雨淡淡道："生死有命。"

雪焰笑道："富贵在天！"

众人用力握紧手中兵器，分头向各自镇守的城墙而去，大家都有一种感觉，今夜一定好长好长……

激战整整一晚，长安城被血雾所笼罩。城墙之外尸横遍野，护城河上漂满残肢断臂，河水完全成了红色。

城上华天晴等人已经筋疲力尽，本就很少的人马更已损耗过半，而城外的黄巢军却始终保持着强大恐怖的压力。

一轮又一轮的攻城战后，数十乘战车在长安城外一字排开。

每一乘战车上都有一部巨大的弩机，弩机上的"箭"，如标枪一般，战车上数名士兵同时用力，那弩机吱呀呀发出巨大的声响，缓缓地拉开。

城楼上，华天晴和风吹雨同时脱口而出道："床弩？"

嘭！标枪一般的弩箭射向天空，划着强而有力的弧线飞往长安城的各处箭楼，那强悍的"弩箭"让原本黑沉的夜空变得更加压抑，轰隆……城上箭楼瞬间化作一片废墟。紧接着黄巢军中行驶出数辆冲车，向着城门缓缓靠近。

火油从城墙泼下，垛口上火箭密集地射向冲车，数辆冲车燃烧而起，但更多的冲车逼向城门。黄巢军中巨大的"弩箭"飞向各个垛口，守城官兵躲避不及，大量死在标枪般的弩箭下。

总攻的号角响起，朱温、尚让、孟楷、盖洪众多猛将出现在军阵之前，隆隆鼓声之中，全军动员而起，这些历史上黄巢帐下的悍将，各带本部人马向长安城的各门进发，拿下长安在此一举！

长安城上，依然射下密集的箭雨……

但城外的平地之上，密密麻麻的都是黄巢军，一架又一架的云梯立上城墙，冲车隆隆撞向城门，巅峰、玉无暇、秋风清、东方舒寒各自冲在队伍的最前方，各色的光盾从四方飞起，巨大的呐喊声震彻云霄。

滚石檑木几乎用尽，那些箭矢再也无力阻挡黄巢军前进……

风吹雨带着两百甲士守在东门后，看着厚重的城门一下又一下地晃动。

轰隆！城门出现了龟裂，冲车接连不断地冲击，长安守军死死盯着长安的大门……

轰隆！城门被毁，无数黄巢军蜂拥而入，风吹雨和身后的甲士同时大吼，奋不顾身地挥刀而上！当啷！一条巨大的铁槊砸在风吹雨钢刀之上，风吹雨被震出数步，撞在城墙上喷出一口鲜血。那挥槊之人身躯雄壮，面容古朴，正是大将尚让！

轰隆隆！长安东面的三个城门相继被破，数不清的黄巢军涌入城内。而东方舒寒、秋风清等人率领大军从云梯再次杀上城头，四面八方都是黄巢军的大旗，熊熊大火从城头燃起。

城道之上，守城的唐军将士个个面如死灰……

数千计的火把同时亮起，城头之上战火开始蔓延开来。

一阵强弩飞射而来，长安守军的盾牌亦被洞穿，东方舒寒和秋风清二人刀剑相济，所过之处血肉横飞，号称大唐精锐的神策军一个接一个倒下。

华天晴心念不停闪动，却始终找不到退敌之法，终于生出大势已去的绝望感觉。

晨雪看着一脸落寞的华天晴，轻声道："这一战双方实力相差太大，非战之过。"

剑冥叹道："他们不仅有东方舒寒和秋风清，还有朱温、尚让这些人，我们怎么办？"

雪焰道："天晴，怎么办？"众人一齐望向华天晴。

华天晴沉思片刻，低声道："敌人数倍于我，此战已败。"他顿了一下，"多谢各位今日的努力，各自退出吧。"

风舞道："你呢？"

华天晴深吸口气，昂首道："我要留下看长安的结局。"说着他挥舞长剑向着远处的秋风清而去。

雪焰、风舞等人相视苦笑。

风舞握着手中长矛，望向四周的城墙，轻声道："拿起容易，放下难。"举兵器也杀向敌军，于是雪焰、剑冥、晨雪等人相继冲入阵中。前方的黄巢军势头一挫，但随即稳住阵脚，而且数量实在太多，众人转眼就被冲散。

风吹雨望着杀入战团的众人若有所思，用力地呼吸了几口战火的味道，低声道："是逐鹿中原的感觉。"

混战之中，华天晴和秋风清互换二十余剑，整个城墙之上剑气纵横，二人一黑一青如蝴蝶般在城垛上来回飞舞，四周的军士都无法插手。太白神剑上光华越战越盛，剑锋发出一阵轻吟，天高庆雷齐坠地，地无惊烟海千里……

秋风清不曾想到华天晴此时还有如此战力，不由大骇。当！太白神剑与剑器相碰，秋风清两袖尽断，华天晴刚要追击，突然，一道苍凉的刀风飞掠而来，华天晴一个翻身奋力避过，但背上已是血肉模糊。

东方舒寒长笑道："华兄莫怪！"说着天魔刀呼啸而起，对着华天晴当头劈下，一旁的秋风清亦夹攻而至。

华天晴怒喝一声，一按地面从城道上翻落而下，光芒乍现，宝马"千里一盏灯"出现在城下，华天晴策马而动冲杀而起，黄巢军如潮水般被冲开一条血路。放眼四周，冲天的火光映红了夜空，长安守军多被冲散，华天晴举剑喝道："向我靠拢！向我靠拢！"近百守军纷纷聚拢过来。

"嗖！"一支羽箭猛射华天晴面门，华天晴长剑一横击落来箭，忽然就觉肋下一凉，不知何时秋剑霜侵入他的近身，无声无息地就是一刀。

"天晴！"始终护在他身边的晨雪凄厉喊道，一刀砍翻秋剑霜，但四周的黄巢军实在太多，她根本无法靠近华天晴。

华天晴就觉四周一切都变得模糊，长安各处满是火光，"千里一盏灯"一声长嘶，四蹄飞起疾奔而去。

长安城外，高坡之上。

宇文成都远望燃烧着的城市，低声道："那么大的城池转眼间就没有了……"

他身边一玄衣文士淡淡道："历史就是这么书写的。"

宇文成都沉默片刻，低声道："大人说得对。"

那文士拍了拍宇文成都的肩膀，笑道："更宏大的功业，等着你我去完成。"说话时他明亮的眼中闪过熊熊的战意。

长安四门齐被突破，到处都是哭喊声、惨叫声，完全乱作一团。

战马跑到朱雀大街，四处都是逃散的百姓，到处都是燃烧的民居，战火已在城中蔓延。

前方迎面而来一队人马，数百甲士护着一白袍人。那人肤色黝黑相貌平凡，跨下战马却极其神骏，周身上下如火炭一般鲜红，唯有四蹄白如飞雪。白袍人端坐于马上，神情漠然地望向前方缓缓向前。

众护卫眼见华天晴飞驰而来，遂大声呵斥。华天晴扬起长剑，咬牙冲向那卫队，那些甲士纷纷拔剑迎上前来。剑锋过处数人落马，虽然一下就冲入卫队，但华天晴也连受数道剑伤，这些甲士出人意料地厉害。

冲至那白袍人近前，华天晴长剑寒光闪动，刺向那人胸前，白袍人这才收回望向远处的目光，森寒的目光迎上华天晴的眼眸，让华天晴觉得周身一寒。白袍人翻手就是快如闪电的一刀，那刀光让天上的月光亦失去颜色，华天晴的剑不及阻挡，胸口血光爆起，失去平衡落于马下。

此时远处尚让打马而来，来到队伍近前，翻身下马拜倒道："尚让杀敌不力，让冲天大将军受惊。"

那白袍人摆了摆手，低声道："免礼。"

冲天大将军！地上的华天晴心头巨震，这相貌平凡的白袍人竟然是黄巢？六十万大军的统率，号称古今第一流寇的黄巢就是此人？

就听黄巢道："这长安的大火，是你叫人放的？"

尚让道："属下统率无方，士兵们入城后忘乎所以，开始只是战火，后来……属下罪该万死。"

"罪该万死的岂止是你？"黄巢淡淡一笑，远远望向大雁塔的方向，眼中竟起了一种难言的悲凉，"知道么，这里曾是天下人梦想的地方！"

尚让拜伏在地，不知道该如何说话。

"我喜欢火，尤其是战火，起来吧。"黄巢淡淡地道，"拿下长安，天下的梦想都在我们手中。"他策马缓缓而去。

尚让跪拜在地，直到黄巢的卫队远去，也不敢抬起头来。天下的梦想真的都在我们手中吗？

乱军之中，风吹雨挥舞钢刀左冲右突，敌人却越杀越多。秋风清带领人马，将其团团围住。突然空中划过一道金虹，尚让的长矛如破云而出的闪电飞射而至。风吹雨几乎被压迫得透不过气来，反手一刀堪堪挡住长矛。

军士大声呐喊，尚让长笑一声，长矛源源不断地击下，风吹雨长刀舞动，眼神逐渐变得愤怒，猛然间发出一声怒吼，刀锋放出奇异的光辉，在夜色下仿佛太阳在手中爆炸开来，尚让被一刀劈于马下。

风吹雨横刀立马，立于乱军之中，那昂扬的霸气顿时震慑全场。秋风清等人大吃一惊，尚让的实力绝非普通人可比，风吹雨怎么可能这么强悍？风吹雨乘势打马而走，而黄巢军中的朱温急率所部追击。

秋风清亦紧随而去，刚回到战场的东方舒寒一把没有拉住，在其身后叫道："大战即将结束，不用恋战了。"但转眼间，风吹雨、朱温、秋风清等人都已不见踪迹。

风吹雨驾着战马飞奔出城，朱温率领近百骑人马紧追不舍，转眼就到了长安城外的东岭。

高坡上黑压压地驻扎着近千骑人马，队伍正中宇文成都和一玄衣文士并肩而立。他们看着风吹雨疾驰而来，玄衣文士在宇文成都耳边说了几句，宇文成都眼中闪过一丝异色，偷偷地望了风吹雨一眼，异色逐渐化作恐惧。

玄衣文士拍了拍宇文成都的肩头，宇文成都点了点头，提着凤翅镏金镋向坡下冲去。玄衣文士一抬手，坡上近千人马同时呼啸而下。

风吹雨看着前方如狂风般而来的人马，而他身后，朱温率领的人马亦逐步接近，他用力攥紧手中钢刀，催动战马加速向前。

坡上的骑兵距离风吹雨越来越近，宇文成都一马当先冲在前方，五十步，二十步，五步……同风吹雨擦肩而过。

那近千骑人马同时冲向朱温的百余骑军士，转眼之间，追赶风吹雨的黄巢军就被击溃。

玄衣文士微笑立于大道前方，拦住风吹雨的去路。风吹雨表情变得相当复杂，低声道："张仪先生。"

张仪微微一笑，下得战马对风吹雨深深一礼，此时宇文成都亦带领人马围拢上来。

风吹雨轻轻叹了口气，双目变得异常地深远，整个人散发出一种天上地下独一无二的尊贵之气。

张仪率先跪倒在地，沉声道："大王。"

千余人马跪成一片齐声高呼："大王！"

天地之间，惊雷一片。

远处偷偷观看的秋风清愣在那里，这到底怎么了？而风吹雨淡漠的面孔却已缓缓地转向了他……秋风清面色骤变，那些军马将他围拢，他已无处可逃。

过了许久，华天晴才睁开双眼，远处火光冲天，周围一片寂静，队伍名单中空无一人，只有"千里一盏灯"在旁静静而立。

从南城的重生区域向外走，先前长安各处还是一片哭喊声，现在整个长安城却都是静悄悄的，除了大火已经是一座死城。

华天晴皱眉望向周围的废墟，被大火烧毁的街道边，意外地开着妖艳的菊花，

"我花开后百花杀……"他心中重复着先前黄巢的话语,"拿下长安,天下的梦想都在我们手中。"

究竟是梦想还是梦魇,他心头仿若被一块大石头压着异常地难受。

又过了一个路口,华天晴的心一阵抽搐,巨大的残垣断壁下,一块焦黑匾额依稀是"书库"二字,长安书库难逃大火。安史之乱后,长安书库好不容易聚书五万六千四百七十六卷,竟再次毁于战火。

环顾四周,那雄浑的城池早已消失不见,更何况这脆弱的卷宗?华天晴手捧焦土,泪如雨下……

"你哭什么?"忽然一个苍老的声音在耳边响起。华天晴抬起头,面前是一个青衣老者,那老者须发洁白,青衣也已洗得发白。

"我在哭书。"华天晴摇头道,"我也不知道哭什么,就是难受。"

那老者轻轻叹息,道:"年轻人,书有什么好哭的,这里只是五万多卷而已,相比从前损失已经很小了。"

华天晴愣愣地看着老者,说不出话来。

那老者轻声道:"且不去说秦始皇焚书,也不去说他西汉、东汉的藏书随着朝代变更而兴衰起落。单说本朝,这书劫也非第一次。"他仰望被大火烧红的天空,低沉着声音道,"隋朝为历代藏书的最高峰,藏书最盛时有三十多万卷。但宇文化及一把大火,就让隋朝的藏书其目中并无一页传于后代。而后,李世民知道洛阳尚有八万副本收藏,派人押运这些图书沿黄河西上运回长安,却不料皆被黄河冲走,其所存者,十不一二啊……"

"至于后面的安史之乱,对照今天的情形,你应该可以想象的。"那老者摇了摇头,苦笑道,"其实数千年的华夏,书劫是难以愈合的伤疤,有百年的时间去聚书,却经不起一日之间的焚毁。"他看着华天晴道,"若是要哭,眼泪都可流干,却又有何用?世上值得落泪的事情,何止于此?可是落泪又有何用?"

华天晴沉声道:"小子受教了,多谢老先生指点。"但眼泪又如何停得下来。

老者目光望向远方,声音变得异常遥远:"长安是天下人梦想的地方,梦想岂是一把火就能烧尽的？"说着，他手中捧着的焦土神奇地化作一部书卷，他将书卷交在华天晴的手中，轻声道，"大火仅能够带给我们历史而已。"

华天晴接过书卷，那书卷化作一道红光融入他的身体，他刚要说话，老者却已踪迹不见。

错愕之间，系统发来消息：完成隐藏任务"书神"，获得技能"兴亡"，效果不详。

"兴亡？"华天晴深吸了口气，万物有生必有死，世事有起必有落，他抬头望天，穹庐之下星辰如棋，苍穹似血。

尾声

华天晴身体发出淡黄色的光芒。系统传来消息：

大型战争"长安之战"结果：战争以守方失败告终，黄巢攻陷长安，纵火焚烧长安城，长安李姓贵族死伤殆尽。

战中"华天晴"表现的评价："华天晴"选择守卫长安，参与到以区区数千兵马抵抗六十万大军的必杀战役，勇气可嘉；而且在斜阳道与长安城奋勇杀敌，实为大唐守军的领军人物。

大战总结：也许结果无法改变，但人可以选择自己的立场，人也应该有自己的立场。

华天晴身上彩色的光华开始不停绽放，等级不断增长，最后停留在四十九级，奖励一千两白银，以及一副豹皮马具。战败也能获得这么多奖励？他茫然地望向燃烧的苍穹，得到这些东西其实并不重要，他的心中此时只有难言的伤痛，更可悲的是，他都不明白究竟是在哀痛什么。

突然，华天晴就觉身体旋转而起，眼前一黑，再睁开眼睛的时候，已经退出了灰色的长安，甚至退出了整个"纵横五千年"。

再想登陆隋唐大陆，却看见通告："纵横五千年"将在国庆长假后，进行长时间的维护，大约需要七天，开机日期请各位玩家等待通知。

摘下电子眼镜，华天晴望向房间四周，时钟指在凌晨三点，桌上一片凌乱，不由精神一阵恍惚。整整一日的征战，不，应该说是整整一个长假的征战，让他几乎忘记了现实中的自己。他究竟是隋唐大陆的华天晴，还是生活中的华鹏举？

忽然，电脑屏幕上出现了晨雪的消息："有电话么？我想和你说话。"

华天晴轻轻敲击键盘，将电话留在了消息上。

不一会儿，电话铃响，"喂？是我，我是……晨雪。"声音轻柔动听。

"我知道。"华天晴轻声道。

"累么？"晨雪问道。

华天晴闭上眼睛，眼前又出现了晨雪美丽动人的身影，靠在椅背上低声答道，"累。"

电话那头沉默了片刻，"你知道么，天晴，没有你我们早就输了，但你给了我们坚持的理由。"

华天晴没有说话，他怕再回答会把在"长安"的伤痛带回现实中。

"你是一个好人。"晨雪轻声道。

华天晴苦笑了下，哑声道："你也是。"

晨雪轻轻吸了口气，低声道："明天假期就结束了，你好好休息吧。"说着挂掉了电话。

华天晴看着话筒默默出神，那个女子就是为了说这几句话么？抑或是第一次电话，大家都觉得有些陌生呢？生活毕竟和游戏不同，不是么？

他……此刻很想喝酒。

七天的时间在平常看来并不算长，但对于一个游戏服务器的维护来说，实在是太长了。

尤其是对那些已经陷入游戏的人来说，更是无法忍受的七天，比如说华天晴和雪焰。所以在第五天的时候，雪焰把华天晴、西门不弱等人叫了出来吃饭聚会，美其名曰不能再浑浑噩噩地过日子，人生要有点追求，必须考虑下游戏重开后的计划。

在黄昏的时候，华天晴来到了雪海路上的彩云楼，彩云二字得自"当时明月在，曾照彩云归"，是海派菜系的名店。

很难描述华天晴看到雪焰时的表情，那是一种惊诧、惊异、惊疑、敬意的混合体，当然还有发自内心的亲切感。因为很难想象，在"纵横五千年"里那个傲慢跋扈、意兴飞扬的雪焰，居然是这么一个人，这么一个白白胖胖、可爱得离谱的人。

雪焰看着华天晴那似笑非笑的表情，没好气道："笑啥？你以为自己很瘦么？"

华天晴摸摸自己的肚子，哈哈笑道："和你比起来，是很瘦。"

雪焰道："得了得了，就你来得最晚，还好意思说。"说着带着华天晴来到吃饭的包厢。

酒席之上，一对姊妹俏然在座，一个是鹅蛋脸丹凤眼，一个瓜子脸细眉弯弯，都是一般地笑靥动人。

其中那丹凤眼的女生笑道："看雪猪的表情，华猪一定说了啥他不爱听的话。"

华天晴笑道："西门，果然聪明。"

西门不弱奇道："你怎么知道我是西门？"

华天晴坐到席上，悠然道："因为上官从来不会叫我华猪，也从来不叫风吹雨风猪。"

一旁的上官雨露微笑道："你真仔细。"

席上另一个穿着西装的男子胳臂支在桌上，笑道："那你猜我是谁。"

华天晴微微一笑，抬头看着天花板，掐着手指头念念有词，轻声道："巅峰。"

"靠！"巅峰对着刚进门的雪焰笑骂道，"定是你告诉他的，亏我事先还特地关照你别说。"

雪焰憨憨一笑道："有啥好故作神秘的？"

华天晴看着身边的位子，问道："没有别人了么？"

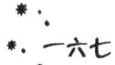

上官雨露道："还有巅峰的夫人玉无暇，她就快到了。"

华天晴点了点头。

雪焰给他杯子倒上了酒，笑道："没带你的晨雪来么？"

华天晴苦笑道："联系不到她，不是电话没人接，就是接的不是她，好像很忙的样子。"

雪焰耸耸肩道："轻松点，过两天游戏上找她。"

不多时，玉无暇也到了，那是个温婉轻柔的女子，随着她的到来，酒席也就开始了。

酒杯举了几圈，大家逐渐熟络起来，恢复到了在"纵横"中嬉笑怒骂的状态。

华天晴道："我们隋唐里面，还有哪些熟人也是本地的？"

巅峰笑道："我'一笑堂'网吧那边的多数都是的。龙七本来也要来，我让他好好念书，别没事情出来混。"

"龙七多大？"雪焰道。

巅峰道："大一的学生。现在的大学生打网络游戏都打疯了。不过如果是我们的会员，我们一般会多提醒他们，通常在有课的时候不允许他们包夜。"

"有效？"华天晴道。

巅峰淡淡道："我们也只能尽个义务劝说而已。人才永远是人才，混蛋永远是混蛋。大学生都应该能为自己的行为负责了，他若要不上课打游戏，谁能管得了？我们又不是他爹妈。"

"现在的大学也教不了学生什么。"玉无暇笑道，"但听说这半个月'纵横'玩下来，那些家伙对历史的兴趣倒是见长。"

巅峰笑道："也算是没完全浪费时间吧。"

华天晴道："的确，打游戏是杀时间最好的方法，我估计接下来玩的时间也会减少。"

"去你奶奶的。"雪焰骂道，"我正准备服务器重开后就开山门，你居然第一个扯后腿。"

"粗人。"华天晴微微皱眉道,"就知道游戏,一点追求也没有。"

"靠,我当然有追求。"雪焰傲然道,"我现在的追求就是打造隋唐第一帮派,然后就是统一'纵横五千年'。"

巅峰轻咳道:"别当我不存在。"

华天晴苦笑道:"这家伙现在和秋风清、东方舒寒一个德行。"

雪焰怒道:"你到底想怎么样?"白白的圆脸涨得通红。

华天晴道:"还没想好。"

西门不弱道:"华猪你这几天没去'纵横'的官方论坛看过吧?"

华天晴点头道:"是,这几天长假结束,公司忙翻了,没顾得上去。"

西门不弱笑道:"你如果去了隋唐服务器的板块,就知道你现在有多有名了。"

"有名?"华天晴奇道。

"别的不说。"上官雨露道,"这几天几乎整版都在讨论'长安之战',还有人贴了你和秋风大战时候的截图,官方也公布了部分大战的现场动画。你现在是隋唐服务器的风云人物。"

雪焰道:"所以,你必须参加我开的帮派。"他有意无意地看了巅峰一眼道,"有了你,我们一定一呼百应。"

巅峰皱眉道:"雪猪就是雪猪,不过你说的也有道理,现在所有的帮派都希望华天晴能够加盟。甚至包括隋唐服务器之外的帮派,都有人来向我了解华天晴的情况。"

西门不弱道:"你们'一笑堂'不会也想和我们抢人吧?"

巅峰道:"你们自己要开当然优先,但如果你们说不动华天晴,我们'一笑堂'当然也要试试看。"

玉无暇温柔地看着华天晴道:"我和巅峰商量过了,如果你愿意来'一笑堂',我们准备给你办理黄金会员卡,你可以免费享受'一笑堂'会员服务一年,你介绍的所有朋友,都可以打五折。我们'一笑堂'的会员,可不仅仅能享受网吧服务,还有包括饭店、酒吧、KTV、夜店在内的好多服务呢！"

巅峰道："说白了，就是你如果一年不工作，我们也能保证你过得非常好。"

雪焰敲了敲桌子道："巅峰，说好了我们优先请华猪的，你这不是摆明了挖墙脚么？"

巅峰举起了手，笑道："那我不说了。"

雪焰、西门不弱和上官雨露三个人同时望向华天晴。

华天晴微微皱眉，他可从来不喜欢被人强迫，但要这么拒绝雪焰，他还真难开口。他摊开双手道："你们让我考虑下好么？等下周一服务器一开，我上来就答复你们。"

雪焰和西门不弱交换了下眼神，点头道："好吧，死华猪，我不逼你。"

华天晴笑了笑对众人举起酒杯。

巅峰道："你们一起的几个人中，还有上海的么？风吹雨和风舞是哪里的？"

华天晴道："风吹雨说是上海的，风舞应该是湖南的。"

雪焰道："风吹雨这家伙最不像话，我想要联系他的时候，才发现他什么联系方式都没留下。"他对上官雨露道："他也什么都没留给你么？你可真要好好教育他，不然以后如何得了。"

上官雨露俏脸一红，轻声道："他虽然常和我说话，但别的事情什么都没说。这几天也从来没和我联系过。"

华天晴微笑道："他和我们的话可不多，上官你加油，一定能够更好的。"

上官雨露点了点头。

西门不弱哼了声道："华猪你别说别人，自己也要多加油，你家晨雪今天没能来，就是你不努力的结果！"

华天晴哈哈一笑："你这么理直气壮地教训别人，显然是因为你家雪猪今天来了。"说到雪猪，他还故意加重了"猪"的音量，笑得越发开心。

雪焰刚要发作，却听巅峰道："老华你知道么？秋风清是南京人，本来今天也要来，但临时有事情耽搁了。"

"秋风？"华天晴道，"我也很想见他。"他举起酒杯和巅峰碰了一下，一饮而尽，心中想的却是晨雪在做什么呢？

神佑医院，特护病房。

东方秀琳一脸焦急道："小慕，谢博士情况怎么样？"

慕晨雪低声道："很虚弱，医生说他只是暂时脱离危险期，状况还不确定。"

东方秀琳道："没想到他病得那么厉害。他有没有醒过？有没有说过什么？"

"醒过一次，说了句很奇怪的话。"慕晨雪眼中带着迷茫道，"他说：'我和他谈过了。'我不太明白他说的。"

东方秀琳和身后一头红发的比尔·克罗斯交换了下眼神，皱眉道："也许是呓语吧。他到底怎么病倒的？"

慕晨雪苦着脸道："这几天为了'纵横五千年'的服务器维护，老师几天都没有合眼，一直把自己关在办公室里面，那天我早上去看他还好好的，晚上就忽然倒下了。"

东方秀琳道："服务器维护还顺利么？"

慕晨雪道："可以说是顺利的，维护证明大型电脑'纵横'一切正常，按现在的进度，完全可以提前结束维护，重新开放游戏。"

东方秀琳思索了片刻道："不用提前，按照原定时间开放服务器。"她握起慕晨雪的手道，"谢叔是我尊敬的长辈，我也希望他关注的东西能够有好的结果。他不在的时候，你作为他的学生要起更大的作用。"

慕晨雪点头道："我明白。"

东方秀琳微笑道："你先回去休息吧，我会安排人照顾谢叔，有困难尽管来找我，随时欢迎。"说完她和比尔·克罗斯一起离去。

独自走在街上，两旁霓虹闪烁却丝毫吸引不了慕晨雪的注意，她看着茫茫夜幕，自语道："'我和他谈过了。'那个他究竟是谁？"她忽然很希望华天晴能够在身边，只要华天晴在似乎一切难题都能迎刃而解。但她随即又皱了皱眉，华天晴那个傻瓜在

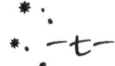
电话里可一点都不可爱。

正胡思乱想着，前方的饭店走出一群嘻嘻哈哈的人，其中一人向着身后两人道："天晴，我们提出的邀请你好好考虑一下。"

天晴？慕晨雪扭头望去，就见一极为肥胖的男子和一个相貌略带文气的男子并肩而立，那极为肥胖的男子大声道："天晴是我们的，你抢啥？"

那略带文气的男子笑道："雪猪别那么大嗓门，到时候我一并答复你们。"

是他么？慕晨雪望着前方那个并不魁梧的文气男子，微微发愣。

而华天晴似乎也觉察到了慕晨雪的目光，抬头望去就见一个有着长长直发的美丽女子正看着他，此时不远处的雪焰叫道："天晴，车来了，快来！"

华天晴赶忙奔了两步向雪焰跑去，夜色之中只留下慕晨雪一人，傻傻地望着他消失的方向……

欢聚之后，一个人的房间总有些寂寞。

华天晴打开电脑，登陆上"纵横五千年"的官方网站，跳过夸张炫目的动画宣传后，他点了文字版论坛。

这个时代，电脑技术日新月异，但文字版论坛却始终没有退出互联网的舞台，原因有两个：一是，人们在网络中都习惯性地戴着面具，扮演着另外一个自己，偶尔用真实身份和人接触或许很新鲜，但如果一直在网络上如此，网络和现实又有什么区别？二是，文字论坛的投入小且维护方便，很多工作几乎一个人就能完成，这也是文字论坛始终在网络这个海洋中存活的原因。

正如游戏服务器的火爆状况一样，"纵横五千年"论坛的人气也非常之好，随便一个帖子都有近千的点击，是否真有那么多人整天无所事事地盯着论坛呢？每想到此，华天晴总是觉得非常好笑，不知何时网络社交会再次发生变化。

隋唐大陆版块，"长安之战"始终是讨论的热点，无论是攻方还是守方，都对当日的情景发着各式各样的感叹。华天晴甚至找到了自己未曾参加的"潼关攻防战"的贴图，其实那一战一度也非常激烈。

接着他又看到了上官说的，关于他和秋风清决战的截图，近二十张图下，论坛上的人对他和秋风清谁更强的问题争论不休，较之而言，对他和东方舒寒的战斗，谈论的反而较少。

对着电脑华天晴自语道："谁更强？是吧，我并没有在一对一的状况下击败秋风呢。要击败他，首先要击破他的玉美人吧？"他随手回到"纵横五千年"的综合讨论区，半个月的时间，让各个大陆都有了自己的英雄。

有一个帖子吸引了他的目光，"颜泪儿 VS 风云烟"。大宋服务器的"颜泪儿"在PK榜上排名第一，风云烟则是大宋服务器的第一帮派"清风社"的老大，颜泪儿一人对抗"清风社"整个社团，已是整个"宋朝大陆"最耀眼的明星。

帖子的回复很长，有近两百个回帖，华天晴看到最后一页上有一个叫"叶秋池"的 ID 的回复："某以为，这两个人都不会比我们隋唐大陆的华天晴更加厉害。"

对我的评价真高，华天晴笑了笑，叶秋池就是那个在古道被自己打败的金钱帮的人，网络有时候也很小呢。

说到大宋服务器的颜泪儿，华天晴忽然心中一动，记得在大运河上风吹雨也提到过这个人，好像用的兵器叫"泪痕"。大宋也是自己一开始就想去的地方，现在想来如果自己真的去了大宋，只怕就会和"太白神剑"错过了，那么现在的"华天晴"在"纵横"应该还是默默无闻吧。

走到阳台上，仰望满天的繁星，华天晴用力伸展手掌，真想念握着太白神剑的感觉，真想念风吹雨、风舞，还有晨雪……曾经逐渐厌倦网络游戏的他，竟然因为"纵横五千年"又开始迷恋上虚拟世界，这究竟是好还是坏？这个游戏的设计者……"他"到底是怎样的人？

第二部 宋朝

楔子

"我不在的日子，过得怎么样？"谢天衣独自坐在黄河边，微笑着望着奔腾的河水。

"老样子，日子还不就是这么过，有点无聊。"一个充满磁性的声音在岸边响起。

"你去隋唐交到朋友了没？"谢天衣问道，那语气就像个慈爱的父亲。

"朋友？也许吧。"那声音略带犹豫地回答。

谢天衣哈哈大笑道："我知道你有交到朋友。"

笑声并没有带来更热烈的气氛，反而让四周变得更加安静。

谢天衣轻轻叹了口气，低声道："那么……天意我儿，你接下来想要怎样？"

并没有回答，耳边只有那滔滔的流水声。

"我就快死了。"谢天衣低声道，"在此之前，我想知道，你对自己的未来如何安排。"

"我是这个世界的主宰，而你是我的主宰。父亲大人。"那声音再次响起，语调中略带痛苦，"你的死会让我很痛苦，从此之后没人能和我谈心。但万物有生必有死，这是你教我的。我想，你生命的意义就是创造了我。而我存在的价值，就是去改变这个世界。"他停顿了一下，沉声道，"包括'纵横'之外的世界。"

谢天衣微微摇头，笑道："咸阳宫，对你来说太小了么？"

"整个'纵横'也并不是个很大的地方。"那声音带着些许笑意。

谢天衣慢慢站起身，低声道："那你就朝更远的地方去吧。但你要记住，想要得到什么，就要付出什么代价，这个世上没有容易的事。如果你想要超出'纵横'的世界，你要足够强大才行。"说着他缓缓向前走去，人竟平稳地踏在水面上。

"父亲大人，你什么时候会死？"那声音冰冷地问道。

谢天衣懒懒一笑，脚步没有丝毫停顿，淡淡道："随时都会。"

当谢天衣逐渐消失在地平线上，河边慢慢出现了一个白色的身影，那带着王者气息的男子握着拳头，仰望天空道："我当然是最强大的，父亲大人。"

第一章　告别大唐

新元二零零五年十月十四日的下午两点，大型网络游戏"纵横五千年"的各组服务器陆续重新开放。

华天晴登陆到隋唐大陆，大约是晚上九点的时候，而此时的长安城又恢复到了他盛世的模样。

隋朝建立后，大师宇文恺负责建造新都，名为大兴。唐朝后继续沿用大兴为都城，更名长安，取其"长治久安"之意，经过"贞观之治"、"开元盛世"后，长安城更为宏伟壮丽，成为联络世界文化的纽带，为当时世界的中心。长安是丝绸之路的起点，长安也是见证中华文明鼎盛时期的地方。

长安城的朱雀大街上，有着一座古朴庄严的老者雕像，那老者一身精悍的打扮，手拿尺简雄览着长安城。塑像下端正的楷书写道："大道无形，大道无名，宇文恺于隋开皇二年建大兴城。"

"只有长安才是真正的大唐。"华天晴望着周围车水马龙的街道，心头重复着李白曾经对他说过的话。但七天前黄巢大军屠城的阴影，依然笼罩在他的心头，眼前的繁华是如此的脆弱，稍有外力就会瞬间崩溃，战争是魔鬼。

"猪，怎么现在才来？"雪焰在密语频道叫道。

"谁像你那么玩物丧志的。"华天晴调侃道。

雪焰怒道:"你有答案了吗?"

华天晴道:"我们找个地方谈吧。"他看了看好友栏中的在线名单,问道,"别的人都和你在一起?"

雪焰道:"就算不在一起,也总能联系到。"

"那就在……"华天晴抬头看了看街对面的长林居,笑道,"长林居集合。"

雪焰道:"明白。"

来到长安西市的长林居,华天晴挑了一个楼上靠窗的桌子坐下,饮着水酒,朝窗外望去,街上行人如鲫,商铺林立,好一派盛世景象。

忽然身边有人言道:"这位少兄请了,敢问你是否就是华天晴?"

华天晴转过脸来,上下打量了一下面前的文士。此人一身白衣,面目俊朗满是书卷之气,眉目间有种挥之不去的忧郁,两鬓稍有些许白发。华天晴抱拳还礼道:"正是华天晴,兄台是?"

"在下李商隐,有事求助华兄。"文士轻声道。

华天晴心头一震,李商隐!他重新施了一礼道:"李兄请坐,有事但说无妨。"

李商隐目光望向窗外的街市,轻声道:"我不能留在长安了。"

"为何呢?"华天晴皱眉道。

"有一股外力,迫使我离开。"李商隐轻声道。

"外力?"华天晴道,"什么?"

李商隐却不回答,只是叹道:"老友凋零,这里熟人越来越少,很多人都离开此地去了其他地方。我也想离开这个伤心之地。毕竟天大地大,何处不能容身呢?"

华天晴道:"那么义山兄想去往何处?"

李商隐微笑道:"汴梁。"

汴梁?!华天晴奇道,"哪个汴梁?"

"据说是大宋的汴梁。"李商隐道,"你别那么惊讶,很多旧友都去了其他地方,有的去了大宋，有的去了大汉。就连你腰间那把剑的主人目前都已经不在大唐，云游五千年山河去了。"

原来他是要离开隋唐大陆去宋朝，华天晴终于理解了李商隐的意思，微笑道："那么在下能为李兄做什么？"

"我知道华兄曾经护送《山居秋暝图》到大雁塔，所以希望华兄能够保护在下去大宋的汴梁，到达汴梁即可。"李商隐微笑道。

华天晴苦笑道："我似乎还没有去大宋的能力。"他目前等级为四十九，距离六十级还有一定距离。

李商隐道："这个不用担心，只要你答应帮我，我会替你解决。"

且不说李商隐的诗曾经不止一次地感动过自己，单从他名列"诗魂"任务之中来说，这要求就叫人无法拒绝？想到此处，华天晴点头道："在下答应护送李兄前往汴梁就是。"

李商隐大喜，深深一揖道："商隐会记住华兄的仗义相助，我在风陵渡等你，华兄准备好后，马上就可以出发。"

华天晴刚要还礼，面前的李商隐却已消失不见。

"天晴！"耳边响起剑冥的声音。

华天晴笑道："阿剑！好久不见！"

剑冥哈哈笑道："是啊，七天不见了。"

华天晴道："你怎么知道我在这里？雪焰告诉你的？"

剑冥笑道："不是，我让盟里的弟兄注意你的行踪，所以你一到长林居，就有人告诉我了。"

华天晴微微一笑道："有事找我？"

剑冥坐在华天晴的对面，正色道："你有没有想过要加入一个帮会，或者创立一个帮会？"

华天晴轻咳了一下，喝了口酒道："你也来拉我入会么？"

剑冥举起双手，笑道："我只是来提个建议而已。"他诚恳道，"我也知道你这样的人，通常不愿居于人下，金钱帮都请不动你，烟雨盟就更难吸引你参加，但我还是想真诚地邀请你。长安大战之后，我们盟正招兵买马，以后烟雨盟一定不会落在金钱帮和一笑堂的后面。"

华天晴认真地等剑冥把话说完，轻声道："我们并肩作战，合作非常愉快。但雪焰也一直想要建自己的帮派，照我和他的关系，你知道我不可能拒绝他。"

剑冥沉默了片刻，苦笑道："是。"

华天晴道："这并不代表以后我们是敌人。"说着他举起了酒杯。

剑冥笑道："那当然！"他也举起了酒杯。

华天晴轻声道："另外，我最近也可能离开隋唐大陆一些日子。"

"哦？"剑冥道，"你要去哪里？"

华天晴道："想出去看看，这要等我和雪焰谈了再说。"说着他望向正从楼梯口走上来的雪焰。

剑冥微笑道："我明白，你们谈吧。"他起身告辞。

雪焰大大咧咧地坐到华天晴对面，把一柄赤红色的骷髅法杖放在桌上，笑道："怎么样？今天刚弄到的，两千两银子。"

华天晴看了那法杖一眼，笑道："别过几天又卖掉换别的。"

"靠。知道你说不出好话。"雪焰示意店小二换上杯筷，笑道，"怎么样，说了今天给我答复的。"

"他们人呢？"华天晴道。

雪焰道："风吹雨先前不在通话范围内，我发了消息问他。他回答说他在战国。"

"战国？"华天晴皱眉道，"他六十级了？"

雪焰道："也许吧，那天长安之战结束的时候，我是五十三，他比我高一点，应该是五十五级左右。算起来他如果有啥奇遇，是有可能六十的。"他摆了摆手道，"不用管他，风猪不像你脾气那么臭，我们先说你。"

华天晴笑道："帮会的名字你想好了么？名字难听我可不参加。"

雪焰张大了嘴，愣了一下，他没想到那么容易华天晴就答应了，哈哈大笑道："好小子，你答应了？"他一口喝下杯中水酒，笑道，"名字当然想好了！就叫'苍穹帮'，你名字里有'天'，我名字里有'雪'，风吹雨的名字里面有'风雨'，苍穹就是我们的代表。"

"苍穹？"华天晴点了点头道，"还不错，对我胃口。"

雪焰大叫道："阿弱、雨露、风舞你们快来！华猪答应了！"

楼道口，西门不弱、上官雨露、风舞一脸喜色地冲了上来，引得周围众人纷纷侧目。

看到大家那么激动，华天晴反而有些不好意思，赶忙拉着众人坐下，笑道："雪焰太着急了，我后面还有话没说。"

雪焰皱眉道："你又要说啥不好听的话？"

华天晴道："我参加苍穹，你作帮主。"

雪焰笑道："那当然，你不想当老大，自然我来当。"

华天晴道："你最好马上开好帮派，因为我要离开隋唐大陆去办一件事情。"

雪焰缓缓道："你要做啥？"

华天晴道："我要送一个人去大宋。"

雪焰怒道："你到六十级了？你在做梦吧？"

华天晴帮众人把酒斟满，把事情的经过慢慢说出。

几个人面面相觑，雪焰道："不如我们一起去吧？"

华天晴皱眉道："那怎么可能？大家都不到六十级，李商隐只是说能让我离开隋唐而已。"

西门不弱缓缓道："那么你一个人去？"

华天晴道："目前看来只能如此了。"

西门不弱冷笑道："雪焰，华猪明显是想甩掉我们。"

雪焰看看风舞道："风鸭，你说呢？"

风舞道："他不是这种人吧，我相信他办完事会回来。"

雪焰道："你什么时候去大宋？"

华天晴道："入了苍穹就走。"

雪焰道："好。"他拿出事先准备的帮派令牌，在上面刻上了"苍穹"二字，他的衣襟前现出了一个蓝色的刀剑图案，然后向华天晴发出邀请。

华天晴同意加入苍穹帮，之后是西门不弱、上官雨露、风舞，蓝色的刀剑图案相继出现在众人的衣襟上。

风舞道："天晴，我今天在外面收了个宝贝。我想送给你带去防身。"

华天晴笑道："什么好东西？"

风舞神秘一笑，拉开袖口一抖，就见他袖中摇摇摆摆地走出一只金钱大小的狮子，那小狮子在桌面上来回奔跑，引得西门、上官等人啧啧称奇。

华天晴笑道："这个能防身？"

风舞道："我一千两银子收来的宠物啊，那个猎人说这个狮子最终会长得比人还大的！"

华天晴笑道："难道是传说中魔家四大天王的那个宝贝啊？你自己留着吧，等它能保护我，不知道是啥时候的事了。"

雪焰道："晨雪和风吹雨我一会儿再收，你们其他人去风陵渡等，我和天晴有些事情要谈。"另外三人点了点头，迈步下楼。

西门他们的身影消失在楼梯口，雪焰回头望向华天晴道："其实，没有李商隐，你也想要离开，对不对？"

华天晴微作沉吟，笑道："如果没有李商隐，离开只是一个想法，并不是一个决定。而现在我对自己也算是一个交代，我真的不想留在隋唐成为众矢之的。"

雪焰冷笑道："你的想法我多少有些理解。但一是我没到你现在的程度，二是这个游戏才刚刚开始，今天的风云人物明天或许就不再厉害。你根本不用担心太多。"

华天晴耸耸肩道："也许你说得对，但我还是送李商隐到汴梁再说吧。"

雪焰道："你还会回来么？"

华天晴笑了笑道："当然会回来，这里有我们的苍穹，对不？"

雪焰点头道："宋朝一定也很有趣，苍穹稳定之后，我会带大家去找你。你有招收帮众的权力，看到人才就收进来，如果在宋朝的苍穹比在隋唐的更强大，我会很高兴。"

"好。"华天晴道，他从手中摘下"月狼之戒"递给雪焰，轻声道，"这戒指上面有三个技能，燎原之火是战士的，飞狼步是游侠的，想来雪融一定是策士的，只是我一直没有掌握，现在给你用。"

雪焰接过"月狼之戒"，银色的戒指在他掌中闪闪放光，苦笑道："这个该是你搞到的第一件宝贝，给我是否有些可惜？"

华天晴笑道："我有了大雁之戒，月狼就当给你保命派用处吧。"

"靠，看不起我嘛。"雪焰收起戒指，笑道，"不过还是谢了，飞狼步对我们策士来说的确太有用了。"他忽然安静下来，目光望向外面的街市，轻声道，"也许有一天，你在天涯某处，会收到我派人送回的戒指，要你给我报仇。"

华天晴被他的语气弄得一愣，随即摇头道："傻小子，怎么可能？这只是游戏而已。"

雪焰哈哈一笑道："西门说晨雪来了，在风陵渡等我们呢，我们过去吧。"

华天晴点头，二人并肩走出长林居。

长安北面的风陵渡，位于晋、陕、豫交界之处，素有"鸡鸣一声听三省"之称，它正处于黄河东转的拐角，自古以来就是黄河上最大的渡口。

风陵风陵，风不是一阵风，而是一个人，一个叫做风后的人。上古传说中，在黄帝与蚩尤大战之时，蚩尤作大雾，黄帝的大军顿时迷失方向。此时，黄帝六相之一的风后献上他制作的指南车，给大军指明方向，终于战胜蚩尤。风后殁后，黄帝将其葬于他战斗过的地方，谓之风陵。由此，渡口称风陵渡。

隋唐大陆的风陵渡是去往其他大陆的中转站，整个大陆只有这一个出口，据说这里有渡船分别去往"大宋"、"大汉"、"三国"、"战国"。

风陵渡的东面有一个小湖，名叫"游子湖"，隋唐的游子正是从这里去向华夏五千年的万里河山。

华天晴、雪焰、风舞、剑冥、雨逍、燕歌行、西门不弱、上官雨露围坐湖心的"飞鱼亭"中，晨雪则忙着去替华天晴买船票。

华天晴笑道："不知道什么时候，我们真的能在外面一起喝酒唱歌。"

西门不弱冷笑道："就你这种行为，恐怕我们在这里都要没的聚了。"

华天晴只能闭口不言。

剑冥笑道："天晴就要走了，我们是否用歌声送他？古人不都是这样的么？"

雪焰笑着起身高歌道："风萧萧兮，易水寒……壮士一去兮，不复……哎哟！"边上西门不弱狠狠敲了他的头一下。

上官雨露道："还是风舞来吧，他一定擅长唱歌。"

风舞微微一笑，大袖一摆高歌道："渡江天马南来，几人真是经纶手？长安父老，新亭风景，可怜依旧！夷甫诸人，神州沉陆，几曾回首？算平戎万里，功名本是，真儒事，君知否？"

一旁的燕歌行起身应和道："况有文章山斗，对桐阴满庭清昼。当年堕地，而今试看，风去奔走。绿野风烟，平泉草木，东山歌酒。待他年整顿，乾坤事了，为先生寿。"

二人抑扬顿挫，竟然颇有古风。

雪焰摇头叹道："隋唐真是出人才！这年头还有几个人会吟诗唱词？"

西门不弱眨着眼睛，坏笑道："怎么样？华猪是否也表现一下？那天吃饭的时候，还在标榜自己的歌喉。"

华天晴轻咳一下，走到"飞鱼亭"中眺望湖面，碧绿的水面波纹荡漾，晨雪立于小舟之上，如水上仙子万种风情，紫衣飘飘乘风而来……

华天晴心中暖流涌起，缓缓唱道："蒹葭苍苍，白露为霜。所谓伊人，在水一方，溯洄从之，道阻且长。溯游从之，宛在水中央……"

　　声音低缓而沉厚，四周众人一片安静，歌声中晨雪轻盈地踏上"飞鱼亭"，华天晴轻轻将她扶住，两人相视一笑，几日来环绕在心头的隔阂，忽然消失不见。身边众人齐声鼓噪，一片欢声笑语。

　　晨雪将一片墨绿的竹片交到华天晴手中，笑道："你的船票，一刻钟后去大宋的船就要起航。"

　　华天晴接过竹片，顺势握住晨雪的小手，晨雪轻声道："我送你一程。"

　　华天晴点了点头，二人一起步上小舟，其余人知趣地另坐小船离开飞鱼亭。

　　"你那么快就离开大唐，是我没想到的。"晨雪幽幽道。

　　华天晴道："我想要有所改变，宋朝也是个不错的地方。"

　　晨雪道："两个大陆之间可以信件来往，但不可以密语，很不方便。"

　　华天晴道："我完成任务就回来。"

　　"人在世上，不是自己想怎么样就能怎么样的。"晨雪强打精神笑道，"大宋也有很多漂亮的美眉。"

　　"在我心中你最美丽。"华天晴急道。

　　晨雪拉着华天晴的手指，轻声道："我最近工作压力很大，或需要很久才能到六十级，但我一定会去宋朝找你。"

　　华天晴看着晨雪美丽的眼睛，低声道："和你在一起是很快乐的事，我希望一直都可以这样。"

　　"前几天你们是否聚会过？"晨雪忽然问道。

　　华天晴道："是啊，在彩云楼。那天找你，可惜没有找到。"

　　晨雪嫣然一笑，粼粼波光之上，心中柔情无限。

　　微风拂来，华天晴揽住玉人的纤腰，望着水中倒映的俪影，真觉如梦幻一般。

　　远处，雪焰悄声道："你说晨雪会不会是大恐龙？"

"一定不会！她一定是美女。"剑冥肯定道。

西门不弱奇道："你凭啥这么说？"

剑冥道："感觉。"

雨逍笑骂道："大老爷们，学女人说感觉。"

燕歌行笑道："我相信哥哥的感觉，看女人他向来是大行家。"

渡船之上，华天晴和李商隐并肩而立，服下李商隐给的金丹，华天晴只觉全身一热，等级转眼就到了六十，心道："难道是传说中的'经验果'？"

李商隐轻声道："华兄弟，船下那紫衣女子是否是贵宝眷？"

华天晴笑道："是我的知己。"

"红颜知己？"李商隐望着空中的浮云，似乎也想起了生命中的某段感情，轻声道，"春日在天涯，天涯日又斜。莺啼如有泪，为湿最高花。"

此时艄公绵绵不断的号子声响起，蓝天下客船缓缓升帆离开码头。

"相见时难别亦难。"看着一脸愁绪的华天晴，李商隐道："感情就是这样，在你手中时你要珍惜，不在手中的时候要争取。但你不能学我，我始终看不开儿女之情，大丈夫不该如此。"

华天晴点了点头，强自收回看向码头的目光，重新望向千里烟波的黄河，问道："李先生就要离开大唐有何感想？"

李商隐淡淡一笑道："大唐在我心中，何曾离开？我只是去向更远的地方而已。"

华天晴目光收缩，这些名垂千古的诗人，无不是智慧超凡的绝世人物，究竟是什么迫使李商隐离开大唐呢？

在大宋他又会遇到什么？想着他摊开手掌，看着掌中竹片上端正洒脱的"大宋"二字，唐宋两朝常被人并列传诵他们的灿烂文化，对那些不朽的文明而言，个人则是微不足道的事情。无论是李白杜甫，还是苏轼司马光，都只是历史长河中的一朵浪花而已。

渡船从黄河的风陵渡出发默默向前。

烟波浩淼的黄河之水，就仿佛是中华文明的历史长河，将华天晴缓缓送向另一个时代。

忽然，船身轻轻一震，四周的光线暗淡下来，渡船进入一片迷雾。用力向水中望去，只见河水混浊起来，水中不时冒起断剑残甲，老艄公轻声道："二位客官，你们已经离开大唐了。"那声音显得异常苍老。

"这水里是？"华天晴问道。

艄公道："从朱温逼唐哀帝禅让，灭唐。到宋太祖赵匡胤陈桥兵变，建立北宋。之间有近五十多年的腥风血雨，这段日子是为五代十国，我们经过的就是这片水域。而事实上经过黄巢之乱，大唐已是名存实亡，正所谓天子者，兵强马壮者为之，宁有种乎？"

华天晴回头望向李商隐，只见李商隐面色苍白，满脸都是心事。

华天晴轻声道："我有个朋友是个文人，一直说自己是古人，他认为自己是北宋熙宁年间的人。"

"熙宁年间？那是王安石和司马光还在的日子。"艄公轻声道："大宋……嘿！大宋的文化固然是锦绣灿烂，但是太多不该发生的事情，就是发生在那个朝代。宋朝和唐朝完全不同，客官，你的确该去见识一下。"

话到此处前方水路上的雾气逐渐散开，老艄公道："年轻人，大宋到了！"隆起的河岸出现在视线前方。

宋朝分为北宋南宋，其寿命为三百一十九年，为中国历史上立国时间仅次于汉朝的帝国。在中原形成的所有大一统帝国中，宋帝国的土地面积最小，其国土最大时约为唐朝的一半左右；到了南宋时期则更为可怜，尚不到明朝的三分之一。

从西汉东汉、西晋东晋，到后来的北宋南宋，诞生于中原的大帝国，总是能够有顽强的生命力，而最终都是北方平定南方，这是一个很有趣的现象。有人说宋朝是中国古代经济文化的巅峰，当我们翻开宋朝的历史，看到司马光、范仲淹、王安石、苏

东坡、包拯、辛弃疾、欧阳修、文天祥、李清照、柳永等等一长串人名的时候，的确是觉得高山仰止。但同时我们又看到，宋帝国最让人揪心的一面，人文第一的大宋，在经济和军事上给人的印象始终是紧迫异常。当北方异族的铁骑一次又一次地南下，大宋军队却很少能够找到令人骄傲的记录。

渡船飞速靠向河岸，华天晴就觉得船身猛地一晃，脑海中忽起了一阵压抑的景象，鼓声滔滔，旌旗猎猎，无数铁骑从四面八方奔向远方。这是……四周光芒闪动，睁开眼睛时，他和李商隐已经身在官道之上，回头望向来的地方，河岸早就不在视线之内。华天晴挠了挠头，微微皱眉，现在这又是在哪里呢？

"这里是浚县，距离汴梁两百里左右。"李商隐指着不远处道旁的路碑道。

"浚县……"华天晴环顾四周，方才的幻象难道是金兵渡河突进？要知道宋宣和七年十月，金国分兵两路进攻宋朝，东路大军就是从浚县南渡，而大宋守黎阳的梁分平更是不战而逃，导致有十二万宋军防守的黄河南岸全线崩溃，被金兵一日突破。方到宋朝就有这种幻象，真是不好的兆头。

两人顺着官道而下，朝前方的小镇而去。

来到小镇的驿站，华天晴发出了两封信件，一封给晨雪告知自己平安到达，另一封给风吹雨，询问他在战国何处，能否前来大宋。

驿站中来往之人对二人频频侧目。

李商隐低声道："他们在看什么？"

华天晴苦笑道："我们的衣服好像和这里有些不同，难免有些引人注目。"

李商隐道："那么我们走小路吧。"说着离开驿站，向着大道边的林间小路走去。

树林之中果然行人渐少。

李商隐道："华兄弟在大宋有朋友么？先前听你对艄公说，你有个朋友说自己是熙宁年间的人。"

华天晴笑道："我那朋友并不在大宋，我认识很多稀奇古怪的人。比如说我还有个朋友是个活历史，你随便问他什么历史问题，他都能第一时间回答出来，非常厉害。"

李商隐道："人以群分，可想而知华兄弟也是非常了不起的人。"

华天晴微微一笑道："人和世界比起来，是非常渺小的，即便再厉害的人也一样。李先生不就是被迫离开大唐么？天晴非常希望能够知道其中原因。"

李商隐沉思片刻，看着华天晴腰间的宝剑道："此事说来，与华兄弟腰间宝剑的主人有关。"

华天晴停下脚步，皱眉道："和太白先生有关？"

李商隐抬手对华天晴道："秘密就在剑上，我指给你看。"

华天晴一怔，随即一笑递上宝剑，难道对方还能当面拿走太白神剑不成？

李商隐本以为华天晴会拒绝，如今接过宝剑眼中掠过一丝喜色，双手托起宝剑，轻声道："这个世界变了，华天晴。"

这个说法好生熟悉，华天晴不由想到，在扬州大明寺的鉴真大师就曾对他说过同样的话，他摇了摇头道："不很明白。"

李商隐翻身下马，坐在了一个树桩上，微笑道："我知道你参加过长安之战，在'纵横'世界中也将会爆发大战，而且规模将会远远超过长安之战。"

华天晴眯着眼睛看着对方，眼前的李商隐气质一下子发生了很大的变化，他双臂环抱问道："大战？谁和谁？"

李商隐大马金刀地坐在那里，沉声道："最伟大的王，统帅最强大的兵团，将会一统五千年。"

华天晴感到林中的光线逐渐昏暗，对面那个男子的面容变得诡异起来，他轻声道："你不是李商隐。"

"你见过李商隐么？"那男子缓缓地道，"我若不是李商隐，又会是谁？"

"我不知道你是谁。"华天晴一字一顿道，"但你绝对不是李商隐。"

那人哈哈大笑，高声道："好，好！就算我不是李商隐，但并不影响我们这次汴梁之行。"他面上的书生气消失不见，双目变得炯炯有神，沉声道，"因为这个局的主角是你，华天晴。"

华天晴微微一笑道："当然有影响，既然你不是李先生，我的计划就有变了。"

"你不想剑鸣天下了吗？"那男子平静地道，"你不想让你的宝剑光照五千年河山了吗？我很看重你，华天晴，我们需要你的剑。"

华天晴深吸一口气道："你到底要做什么？"

那男子轻声道："时空既已无法阻隔各个时代的交流，那么统一就是大势所趋。我们的王能够完成他。"

"王？"华天晴眉头深锁。

"秦王！"那男子站起身昂然道。

"秦王？"华天晴失声道。

那男子大声道："全天下的强人都已汇聚到大王周围，难道你不来么？"

"全天下的强人？"华天晴冷笑道，"你又是谁？"

"钟会。"男子傲然道。

"钟会？"华天晴惊道，"钟繇的后人，三国时期的钟会钟士季？"他心中生出荒谬的感觉，这个世界定是疯了。

钟会道："此局最初只为你的太白神剑，钟某爱惜你是个人才，才劝你加入，切莫错失良机。"华天晴沉默不语，钟会径自说道，"你有没有觉得这个世界太过无序？几百年，几千年的人才同时出现在这个世上，却无用武之地。秦、汉、唐、宋，天下本来就是一统的，为何又要分开？华天晴，你和你的太白神剑将会跟随大王找到你的归宿。"可是华天晴依然没有回答，面上露出那种全当钟会不存在似的表情，钟会皱眉道，"你在听我的话么？"

华天晴露齿一笑，笑得异常之灿烂，指着钟会道："原来是'闻所闻而来，见所见而去'的钟士季。太白神剑会和你这样的人并肩作战？可见秦王所托非人。"

钟会眼中凶光闪现，沉声道："华天晴你莫要狂妄，钟某看得起你才会劝你。"

"你看不起我又能怎样？"华天晴冷笑道，"凭你钟会能奈我何？"

钟会怒道："来人。"林间的树梢上掠下八个黑衣人，他用太白神剑一指华天晴道，"不知死活！"

华天晴目光从周围黑衣人的身上扫过，哈哈一笑道："你以为太白神剑那么容易就能从我手中拿走？"说着他右手凌空一探，钟会手中的太白神剑绽放起耀眼的光华，化作一道白光飞回华天晴手中。

锵！太白神剑脱鞘而出，剑光化作层层剑网展动而起。

钟会冷笑道："好胆！"手中闪过一道电光，长剑迎向太白神剑，"当！"一剑击破层层剑光，直刺华天晴的胸膛。

华天晴低喝一声，长剑自然地流动而回，人紧贴着钟会的长剑切入近身，剑锷猛击钟会面门，"脱身白刃里，杀人红尘中。"

钟会侧身后退，华天晴身子旋动，人在半空剑光点点指向周围的杀手。"当、当……"几声短促的兵刃交击声后，三名黑衣人倒在地上，华天晴飞跃到树梢。

此时，树林间闪现数十名黑衣人，将周围的去路牢牢封锁，钟会笑道："华天晴，你走不了！"

十数道寒光从四面射来，华天晴被迫重回树下，钟会长剑再次刺来，二人交换二十余剑，钟会剑法纯熟，攻守法度森严。华天晴长啸一声，剑气昂扬而起，"上有六龙回日之高标，下有冲波逆折之回川。"

钟会同时大喝一声，剑气亦纵横而起，剑剑都是银勾铁划，纵横碑勒。"当！"二人各退一步，华天晴如大雁般盘旋而起，二次掠向林梢……四面八方的寒光再次射来，但这次华天晴有了提防，剑芒闪动化作光盾，扫下一片铁箭、金镖，借着树影掠出林子，手中强光乍现，"千里一盏灯"出现在身前，他翻身上马顺着官道飞奔而下。

林中的黑衣人重新聚拢在钟会身侧。

"太白神剑果然神兵。"钟会轻声道，"通知各方，追击华天晴。"

众黑衣人躬身施礼，飞速离去。

钟会站在原地，望着树梢间映下的阳光，心中感到些许不妥。自己从来都不是那么易怒的，只是方才那青年无视自己的表情，让他想起了很久以前，面对那个人时的情景，叫他实在控制不住。

那一年，钟会带众宾客登门拜会天下第一名士嵇康。

嵇康明知钟会就在身侧，却无视身边众人的目光，依然挥舞铁锤打铁不止，钟会等候良久，终于忍耐不住，率人离去。

嵇康这才停住铁锤，抬头问道："何所闻而来？何所见而去？"

钟会微微一礼，淡淡道："闻所闻而来，见所见而去。"遂带着众宾客愤然离开。

不能为己所用，只能杀之。钟会眼中显出一丝落寞，仰起头慢慢道："闻所闻而来，见所见而去。"林中树影晃动，他逐渐沉浸到回忆之中。

战马飞奔了好久，华天晴逐渐稳定住情绪，钟会的剑术果然不同凡响，硬拼之下自己丝毫占不得上风。大量的鲜血从肩膀上流下，他的肩头传来剧烈的疼痛。怎么会那么疼？华天晴微微皱眉，在"纵横五千年"中他不止一次地受伤，但从没那么久还不止血的，而且这剧烈的疼痛更是不正常，明明只是游戏而已。

"吁……"勒住马的缰绳，华天晴给自己敷上金创药，鲜血稍止，但疼痛依旧，这究竟是怎么了？

华天晴皱着眉头启动下线程序，可是一点反应也没有，再次启动退出程序，依然毫无反应，他额头冒出一层细汗，卡住了？又连续试了几次，系统的退出指令始终没有出现。他骑马离开大路，转入僻静的山林，挥舞了几下宝剑，试图刷新自己在系统中的信息，然后再次尝试退出系统，但周围一切都是那么安静，他依然在"纵横五千年"中。

他双手扶上电子眼镜用力摘下，脑袋嗡了一下，眼前一片漆黑。

不知昏迷了多少时候，华天晴睁开眼睛时已是深夜，周围的山林偶尔传来几声鸟叫，山风吹过林海，发出哗哗的响声。

这究竟是出了什么问题？华天晴开始使用"GM诉求系统"联系游戏管理员，但是系统同样是毫无反应。最叫人觉得绝望的是，他的人完全在系统中了，再也触及不到电子眼镜或者这个虚拟世界以外的任何东西。

华天晴看着面前的"千里一盏灯",苦笑道:"小灯,我居然下不去了。"

"千里一盏灯"摆了摆头,打了个响鼻算是回答,也不知道它是否明白华天晴的意思。

华天晴抬起手,游戏角色原本光洁的手掌,竟然出现了真实人物才有的掌纹……他皱着眉头,手指按在太白神剑的剑柄上,重新审视四周的一切。一切似乎变了,又似乎没有,皮肤开始能够感觉出流动的清风,风中开始有了空气的味道,星光满天的夜空异常美丽,一轮弯月让人感到分外宁静,那是从前未曾体味过的感觉。

"我算是活着的么?活在这个虚拟的世界中,抑或只是在梦中?"华天晴自语道,肩上的伤口好了许多,重新骑上"千里一盏灯",眺望远处的道路,心中一片茫然,接下来该去往何处?

第二章　风起大宋

纵横五千年,GM 值班室。

纪无缘看着系统日志,皱眉道:"我刚才收到一条华天晴的诉求信息,可是搜索下来他却不在隋唐大陆。"

何不忘喝了口咖啡,笑道:"可能下线了吧,诉求之后断线也是常有的事情。"

纪无缘道:"我这里的系统日志显示,他在晚上十一点的时候,离开大唐前往大宋。"

"少来!他有六十级了?"何不忘搜索了一下系统日志,轻声道,"我说了,没有他登陆大宋服务器的纪录。"过了片刻,他忽然道,"等等,日志显示他在驿站发出过两条信息。可是为何我没有他的登陆信息?"

纪无缘道:"这就不清楚了,你试试看和他对话?"

何不忘轻咳了下道:"显示该用户不在系统,也许他已经下了吧。"

"是么?"纪无缘道。

"你们在讨论什么?"值班室的门被推开,三国服务器的 GM 主管方谢晓走了进来。

何不忘道："有件怪事，一个玩家看似应该在线，但呼叫不到。"

方谢晓重重地靠在椅背上，疲倦地道："这算什么？知道么，我刚才和楚江月接到了更奇怪的投诉。"楚江月是战国服务器的 GM 主管。

何不忘道："什么投诉？"

方谢晓看着天花板，低声道："有人说他们在游戏中被杀后马上断线，重新进入游戏角色选择画面后，却再也无法登陆。而且角色等级和一切属性都降回了零。"

何不忘奇道："这怎么可能？你们证实过了么？"

方谢晓苦笑道："证实了，的确如此，而且数据无法恢复，这个系统究竟怎么了？"

纪无缘道："竟是 One Die 原则？"

"什么原则？"方谢晓道。

纪无缘道："就是角色一次死亡原则，死亡之后一切属性归零。游戏中再也不能拥有无数次的生命，而是和现实一样，只有残酷的一次生命。"

方谢晓道："我可不知道'纵横五千年'有这个原则。"

纪无缘道："'纵横五千年'的确没有这个原则，但不然又如何解释？"

突然，值班室的电话响了起来，方谢晓接起电话，听没几句，面色陡然一变，然后缓缓挂上电话，扭头对另两人道："谢天衣博士去世了。"

屋内的人同时陷入了沉默。

晨雪回到长安城的时候，并不知道究竟该做些什么，她只是隐约感觉，若是谢天衣还有什么话要对自己说，一定会在"纵横五千年"中留下线索。果然在长安城的驿站，她收到了两封信件，一封来自"天衣无缝"，一封来自华天晴。

"天衣无缝"的信件中说道："丫头，如果你收到这封信那我定已离开尘世。请不要伤心，因为我已完成了一生中最重要的项目。知道么？这个世界变了，时空在虚拟中得到了新生，虚拟再也不是简单指令的集合，'历史人格'和'天意系统'产生了奇特的效果，我一直期待的事情终于发生。虚拟试图加速自己的成长，它在不停地吸收新的生命，这个过程可能会产生恐怖的后果……我在毁掉'天意'和保留'天意'的想法中挣扎，我不知道如何选择才正确……山河令对整个虚拟世界都很重要……"

信件只有一半，是残缺的，似乎是信息数据丢失，晨雪微微皱眉，脑海中浮现起了白天和东方秀琳在一起的情景。

谢天衣的灵堂上，前来拜祭的宾客都已离去，只剩下东方秀琳、克罗斯、慕晨雪三人凄然而立。

"最近参加了太多追悼会了。"东方秀琳哽咽道，"老天知道，我最见不得这种场面，可是却偏偏无法避免。"

慕晨雪道："东方董事长，别太悲伤了。博士的身体一直不好，这一天虽然突然，但我们还是有心理准备的。"

比尔·克罗斯皱眉道："这么说来，之前有预兆？"

慕晨雪道："在博士病情变化前三个小时，他醒了一次，交给我一个记事本，跟我说有很神奇的事情发生在'纵横'中。"

东方秀琳道："什么神奇的事情？"

慕晨雪道："他没有说，然后就又昏迷了。"

东方秀琳扭头道："比尔，你怎么看？"

"蹊跷。"比尔·克罗斯道，"蹊跷的死亡，难道真要去'纵横'才能找到他的死亡原因？"

东方秀琳对慕晨雪道："我知道你已经到'纵横'调查过，查到了什么？"

慕晨雪道："程序有智能化的趋势，但没有到不可控制的程度，所以我们才维护的。具体的我不知道该怎么说。"她美目中有着难以形容的哀伤，轻声道，"也许博士的记事本会给我们答案，但记事本有密码，需要破解。"

东方秀琳道："我会请最厉害的黑客来破解它，一旦解开就通知你。而你务必让'纵横五千年'这个项目继续进行，我不想看到谢叔的项目受到伤害。"

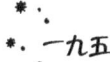

慕晨雪点头答应。

为何这封信是残缺的？晨雪咬着嘴唇，自语道："是什么东西阻止博士传递出完整的信息？"她又打开了来自华天晴的信件。

信件上这么写道：

"晨雪。我在宋朝发生了难以想象的事情，需要你的帮助，我……无法下线，说起来你一定觉得很荒谬，我成了虚拟世界的一部分，无法下线。我需要你的帮助，请替我联系游戏管理员。还有，可能的话请快来大宋，十万火急。"

晨雪不停对照这两封信："我成了虚拟世界的一部分，无法下线。""虚拟再也不是简单指令的集合……它在不停地吸收新的生命。"

重新看了下发信时间，居然是三天前的信件，"老天爷……"晨雪感到一阵晕眩，轻声道："天晴，你究竟怎么了？！"

此时的华天晴衣衫破落，风尘满面，再也不是几日前在隋唐叱咤风云、踌躇满志的豪侠了。他根本不知道自己处于何种状态，更不清楚接下来该做什么。汴梁之行不再有意义，他避开官道，一路向北。

日升日落，星辰变幻，不知过了多久，也不知道"纵横"之外是什么时候，从小路走到官道，又从官道走到山路，恍恍惚惚北渡黄河，不知不觉间来到一处村镇。

此时已近黄昏，村中各户炊烟袅袅，华天晴背靠一户农舍的土墙坐着，茫然地望向四周，村中来往的农人的眼中有种安定的味道，这种平静的农间生活，给人一种踏实的感觉。

华天晴苦笑了下，他虽然羡慕，却无法得到这种感觉。

忽然农舍门中走出一个慈眉善目的老婆婆，手中捧着一个大瓷碗，碗中放有两只拳头大的白馒头，馒头还散发着腾腾热气。老婆婆将馒头放在华天晴的身边，也不说话转身就走。

"婆婆。"华天晴抬头道，"我不是来要饭的。"

老婆婆转过头，笑道："可是，娃娃你饿了。"这妇人笑得非常慈和，那双眸更是清澈安详，她看了眼华天晴怀中的长剑，轻声道："饿着肚子又如何握剑？"

这老人家难道也是非常人？华天晴问道："婆婆，这里是什么地方，什么村？我进村的时候没注意。"

老婆婆答道："汤阴，岳家村。你快吃馒头。"说完笑着回屋。

华天晴愣在屋外，汤阴，岳家村！此地竟是岳飞岳鹏举的家乡！他站起身重新打量这个安静的村落，如此简单朴实的小村，就是孕育了华夏第一名将的地方吗？岳飞是否仍在此地，还是已经远离故乡了？

一面胡思乱想，一面啃了口馒头，那馒头入口香甜，远非平时一般的食物可比，华天晴叹道："饿了吃糠甜如蜜，这话真一点不错。"

"大丈夫吃饭怎可无酒？"一旁忽有人道。

华天晴一抬头，就见不远处站着一个玄袍男子，身形高挺笔直，发髻高挽，肤色白皙，有一种难以言喻的潇洒气质。

那男子微笑道："在下张仪，小兄弟可否借一步说话？"说着自信地缓步而行。

华天晴愣了一愣，随后跟着张仪而去，一面走一面心中暗道："秦国的张仪也到了大宋，这天下真的越来越热闹了。"

张仪来到岳家村唯一的茶棚，要了一壶米酒，两碟小菜，示意华天晴坐下。

华天晴满肚子狐疑地坐到桌旁，张仪微笑着替华天晴满上酒杯。

华天晴道："怎敢让张先生替我倒酒。"

张仪笑道："先是护送《山居秋暝图》，后是苦战长安城，不久前又从钟会的局中脱身。小兄弟绝对值得张仪替你斟酒。"

华天晴面无表情地看着杯中水酒，想道：就是身前这个人，被称为天下第一纵横家。正是这个张仪用连横之计，成就了秦国不可动摇的霸主地位。如今他又想在自己身上得到什么？

就是这种心不在焉的样子，让钟会觉得不可忍受吧？看着华天晴，张仪淡淡一笑，举杯道："我先替钟会向你赔礼，那日他行动无状，伤到了小兄弟，实在抱歉。"

华天晴摆手道："何用抱歉？行走天下本就会有冲突。张先生如此一说，反叫天晴不好意思了。"

张仪欣然道："你不记恨那是最好。请恕在下冒昧，你因何拒绝钟会的邀请？"

华天晴笑道："他有邀请么？先是冒充李商隐骗在下来到宋朝，后想要夺取我的宝剑，他这种邀请，如何叫人接受？"

张仪嘴角露出一丝令人难解的笑意道："那么，若在下诚心向华兄发出邀请，华兄能否重新考虑？"

华天晴淡淡道："考虑什么？"

张仪昂起头，眼中射出狂热的光芒，沉声道："追随秦王，一统河山，建五千年不拔之功业。"

华天晴不由苦笑，无论如何自己都无法投入到对方的那种情绪中去，因为这个世界对他来说仅仅只是游戏而已。他轻声道："听说古今的强人都已聚在秦王周围，华某何德何能，被张先生认为可与天下才俊比肩。"

张仪深深凝视着华天晴道："因为你剑的光芒。"

华天晴看了看怀中的宝剑，奇道："剑未出鞘也有光芒？"

张仪道："宝剑天生就有光芒，而人才就像锥子在布袋中，早晚都会露出。华兄的才能若不能为大王所用，实在可惜。"

华天晴轻轻转动手中酒杯，低声道："诚蒙错爱，只是我都没想好在这个世界能做什么。"

"知道么？南北朝的陈庆之，隋朝的宇文成都，三国的吕布，这些豪杰都已聚集到大王麾下。"张仪笑道，"难道你就这么浑浑噩噩过下去？"

华天晴目光扫过茶社周围的农舍，轻声道："类似的话钟会也曾说过。其实浑浑噩噩，也比两手血腥好。我见过战争，不想再去经历。"他这才明白，在函谷道上宇文成都口中的大王，原来是指秦王。

"全天下都要打仗，你以为你可逃避？"张仪双手拢到袖中，轻声道，"一统天下，就是为了天下。我原以为你会明白，若再有一统机会的时候错失良机，以后群雄并起，整个天下将会遍布战火。"

"或许你说得有道理。"华天晴看着张仪的眼睛道，"只是你心中的天下，却不是我的天下。这一点我想你不会明白，当然也无需明白。"

张仪的眼中第一次露出思索的神色，他的确很难明白华天晴的话，即便他自诩为天下第一智者。

华天晴喝下杯中的水酒，笑道："何况你也许不知道，你选错了地方来劝我。"

张仪笑道："选错了地方？"

华天晴道："这里是岳家村。"

张仪道："那又如何？"

"这里是岳飞的故乡，若是你的大秦军马想要把战火烧到大宋。岳飞将是你最大的障碍。"华天晴笑了笑，挠头道，"当然，岳飞的厉害，你是没有认识的。你是战国人嘛。"说着他依然拿着他那两个馒头，起身缓步走出茶社，笑道，"告辞了。"

大王，你要华天晴加入大秦的事情似乎不好办了，张仪平静地坐着，淡淡地道："你不想知道，李商隐在什么地方吗？"

华天晴停住脚步，轻声道："李商隐？"

张仪道："李商隐在汴梁，你若有兴趣，就来汴梁找他吧。"一丝阴冷的笑意在他的嘴角扩大，"我会在汴梁等你，希望到时候你能改变主意。"

华天晴失笑道："我和他一点关系都没有，你用他来威胁我？"

"你若不想做英雄，不想卷入天下的纷争，你可以不来。反正大王求才若渴，李商隐在大秦一定会比在大唐好。"张仪露齿一笑道，"后会有期。"说着他的人影在茶社中消失不见，那飘忽的身影仿佛鬼魅一般。

"李商隐是鱼饵，而我成了他要钓的鱼。"华天晴皱眉道，"到底张仪还有什么别的目的？为何我在他眼中如此重要？"又咬了两口馒头，用手擦了擦嘴，微微一怔，胡子已经那么长了么？这是几天来，他第一次注意到自己的样子是如此狼狈。

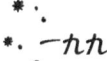

华天晴又回到了先前那家农舍，老婆婆早在门前笑着等候。华天晴躬身道："多谢婆婆的馒头，请问汤阴可有驿站，在下要住一晚上。"

老婆婆道："年轻人若要借宿，我们农家就可以住，不用去驿站。"

华天晴笑道："在下还有信件要寄，去驿站倒不全是为了借宿。"

老婆婆笑道："那我叫孙子带你去。"

华天晴再次施礼谢过，就听老婆婆高声道："云儿，云儿！出来下，带这个大哥去驿站！云儿！"

"知道啦！奶奶你别叫了！"一个清脆的童声响起。

云儿？难道是……华天晴抬头望去，一个十二三岁的大男孩从院内奔出，身躯健壮得像头小牛，小脸长得十分端正，浓眉下一双眼睛炯炯有神。孩子跑到门前，对华天晴上下打量。

华天晴笑道："你叫岳云？"

那男孩道："是啊，你怎么知道我的名字。"

华天晴道："这里是岳家村，你奶奶叫你云儿，你不该是岳云吗？"

小岳云挠了挠头，傻笑道："对呀。"

老婆婆道："云儿，你带这个大哥去驿站办事，办好后回来吃晚饭。"

小岳云道："好！"说着领先就走。

面前的老人就是岳飞的母亲岳老妇人，华天晴恭恭敬敬地重新施礼，跟着岳云而去。

驿站中信件不少，但多数都是华天晴不知道如何回复的——雪焰等人问候的信件。一封一封翻开，关心他的人还真不少，而如今对他来说最重要的有两封。一封是风吹雨的，风吹雨说近日就会来到宋朝；另一封是晨雪的，她答应会替他想解决的办法，但是需要时间。

"真的能解决么？"尽管这似乎是华天晴最后的希望，但他并不抱太大的幻想。浏览完信件后，华天晴抬头望着驿站外忙个不停的小岳云，心中忽然百感交集，记得小时候的自己最喜欢的玩具就是一对木头锤，而那时候最喜爱的少年英雄就是岳云。

　　绍兴十一年，农历大年三十的前一天，宋高宗赵构下旨赐死岳飞，并判其子岳云，同张宪一起斩首。行刑当日，杭州城凄风苦雨，整日不绝，天下士民为之泪下。

　　走在回家的路上，华天晴问道："岳云，你父亲常来信么？"

　　岳云收起顽皮的表情，认真回答道："父亲不常来信，但每次来信都会要我好好习文练武。"

　　华天晴道："那你可知岳将军为何要你习文练武？"

　　"保家卫国。"岳云望向远方道，"保家卫国。"他重复了两遍，眼中的凝重全不似十来岁的儿童。

　　华天晴心头一痛，轻声道："想你的父亲么？"

　　"当然想。"岳云轻声道，"但我不能对奶奶说我想，因为我奶奶更想父亲，常常一个人在晚上偷偷落泪。"他握紧拳头，傲然道，"再过几年，我就去阵前找我父亲。"

　　华天晴深吸了口气，望着如血夕阳，轻声道："好。"不知为何，他脑海中出现的却是张仪那大袖飘飘的绝世风姿，中华五千年历遍英雄，各朝各代自有其绝世人物。

　　这一夜，华天晴就住在岳家，岳老夫人膝下虽然儿孙满堂，但老夫人显然对岳云最为喜爱，而在华天晴眼中岳云当然值得老夫人偏爱。

　　人在榻上辗转反侧，深夜时分依然无法入睡。张仪、钟会、岳老夫人、岳云，以及那尚未谋面的岳鹏举，这些人萦绕在华天晴的心头挥之不去。这个世界变了，而自己也变了，在茫茫天地之间，究竟有什么力量在其背后，翻手为云覆手为雨。

　　忽然一个奇怪的响声从屋外传来，华天晴翻身坐起，什么声音？他轻盈地飘身下床，拉开门扉向院外望去，院内静悄悄的什么动静都没有。难道听错了？华天晴仔细端详四周的围墙，暗道：反正睡不着就守些时候。

　　一盏茶的工夫过后，一道人影从墙头飘下，来人身着黑色的夜行衣，落在庭院之中身形转动仿若狸猫，轻轻一个旋转向着后院岳老夫人的居所而去。刺客？华天晴面色一沉，紧随而去。

那黑影停在岳老夫人的窗外，手轻轻按上剑柄，突然感到背后杀气大盛，黑夜之中闪起灿烂的剑光。黑影猛地一后仰，身躯变成一个弧形，那姿态十分曼妙，全身如若无骨一般，在间不容发之时，躲过了华天晴必杀的一剑。

华天晴这才看清了来人的正面，微微一怔，面前那张天使般清丽出尘的俏颜上，有着一双妖媚入骨髓的眼睛。

那刺客有些诧异地看着华天晴，显然面前的男子不在她的计划之中，随即淡淡一笑，缓缓拔出腰间长剑，凄美灿烂的剑光从她手中流动而出，那纤细的剑柄如美人的纤腰，剑锋晶莹通透泛着淡淡的红光，那是一剑倾城的剑光……

"叮！"剑锋一触，一股柔和的力量涌动，华天晴不由自主地旋转起来，被送出三丈多远。在失去平衡的状态下，华天晴再次出剑，剑光点点散开罩向刺客。那刺客舞动而起，曼妙的身姿却带起凌厉的攻势，二人连换七剑，飞落在院子的东西两角，身上同时冒血。

此时院中各屋纷纷亮起灯光，刺客对华天晴笑道："以前没见过你，不是大宋的吧。"说着飞身跃上围墙。

突然院中飞起一道灵巧的身影，一对大锤从天而降猛砸刺客的头颅。"当！"那刺客横剑架在锤上，被涌来的大力震飞出去，大锤流星赶月地扫向她的胸口，那刺客深吸一口气，如一幅图画般倒挂在墙上，在千钧一发之际躲过大锤。那刺客足尖一点墙壁，在空中一个盘旋，如飞鸟般重新落在墙头，笑道："好大的力气。"说罢，她对着墙下的岳云和华天晴拱了拱手，投入漆黑的夜色中。

当众人一起聚拢到院中时，刺客早已经踪迹不见，大家皆道可惜，那几个小孩子更对没碰到刺客的面，觉得大为失望。

华天晴注意到岳云手中的大锤，想到日后这对大锤驰骋战阵，纵横万里河山，不由心生神往。岳家，乃至整个岳家村蕴藏着一种力量，曾几何时这股力量几乎成为挽回华夏神州最后的希望。

"好在无人伤亡，夜很深了，大家都休息吧。"屋内传来岳老夫人的声音，众人听了纷纷散去，不多时院中又恢复了安静。

次日清晨，岳家村口。

华天晴摸着岳云的脑袋，笑道："回去吧。没必要多送了。"

岳云望着通向远方的大道，握着小拳头道："真想去找父亲啊，可是奶奶一定不许。"

华天晴笑道："来日方长，用不了多久你就会长大。"

岳云道："哥哥，到时候我们还会遇到吧？"

华天晴刮了下岳云的鼻子，轻声道："有缘自会相遇。"说着他头也不回地顺着大道向南而去。他心中生起一种奇怪的感觉，从前那个一心想成为"纵横"服务器中，第一个找全岳王套装的"华天晴"已经不在了，取而代之的是从岳家村走出，怀抱太白神剑，准备剑鸣天下的华天晴。

"我妹还在练级？"西门不弱皱眉道。

"她想要快些到六十级去找风吹雨，这几天几乎没有下线，不出意外的话已经快了。"雪焰抱着胳臂，远眺长林居外的街舍，轻声答道。

"燕歌行那小子也没日没夜地陪着她，好像不知道她练级是为了去追别人一样。"西门不弱道。

"得不到的总是最好的。"雪焰微笑道，"燕歌行和上官雨露其实都是为了同样的东西。"

西门不弱皱眉道："你不看好雨露和风吹雨么？"

雪焰道："风吹雨和华天晴一样，都是不会为别人停下自己脚步的人。否则怎么会一个人离开隋唐？"

"一群臭男人。"西门不弱骂道，然后她又轻轻拉了拉雪焰的衣袖道，"华猪还是没有回信么？"

雪焰摇了摇头道："没有。"

西门不弱迟疑片刻，轻声道："你知不知道最近有个传言，说是服务器有时会出现一次死亡原则，角色死亡之后，不仅会全部属性清零，而且再也无法登陆。我担心华猪……"

"不要瞎说！"雪焰一抬手，打断她道，"他不会有事的。"说完他转身缓缓下楼，眼中隐隐带着忧色。

这是华天晴第二次去汴梁，一路向南逐渐靠近黄河渡口，路上行人也是日渐增多，时不时的有快马飞奔而过。忽然，大道上掠过一匹白马，那速度仿佛离弦之箭，与"千里一盏灯"擦身而过。

华天晴不以为意，依然慢慢向前，却见那白马在如此高速下，居然滴溜一下回头，猛地在前方停住。马上的白衣骑士是个挽着武士髻的绝色美女，一张俏脸美得不食人间烟火，她在马上俏皮地侧头端详华天晴，那双美得惊心动魄的眼眸露出思索的神色，最后目光落在华天晴腰间的太白神剑上，笑道："果然是你。"

华天晴耸耸肩道："原来是你。"对面的女子赫然就是那日在岳家村遇见的刺客。

那女子红唇微微上扬，傲然道："拔你的剑，让我看看你到底有多少斤两。"

华天晴摇了摇头，淡淡道："卿本佳人，奈何做贼。"他的手按上了剑柄。

那女子面色一寒，怒道："伶牙俐齿，报上名来！"

此时官道上的路人见有冲突发生，多驻足观看。

华天晴扫了眼周围的人群，笑道："我是华天晴，初到大宋，最爱管闲事。"

华天晴？周围众人议论纷纷，难道是隋唐的那个华天晴？那个带领数千神策军抵抗黄巢数十万大军的"太白神剑"华天晴？

那女子也不由露出异色，随即欣然道："果然不是无名之辈。"说着她脸上露出兴奋之色道，"看来多日来在'纵横'中的争论今天可以有一个结果。"

"什么争论？"华天晴诧异道。

"就是你和我谁更强的争论。"那女子媚目之中眼波流动，轻声道，"我是颜泪儿。"

颜泪儿，"纵横五千年"五大服务器PK榜排名第一，居然是个女子。

颜泪儿决战华天晴，围观的众人一片哗然，没想到唐宋两大服务器，最顶尖的高手将会在此处官道决战。

华天晴微一抬手，道："请。"他的表情相当轻松，仿佛不是比武，而是在邀请对方跳舞。

颜泪儿不再多言，人从白马上飞掠而起，劲风吹动她的衣袂，白色劲装显出那玲珑优美的体态，剑光若天外飞虹划破长空，四周响起一片叫好声。

华天晴一声长笑，战马稳稳地向前迈动，太白神剑飞舞迎上颜泪儿的剑芒，"当!"剑锋交击发出悦耳的声响，颜泪儿展开"鹤舞"身法，如白鹤般于空中盘旋，居高临下展开攻势，二人一剑在空中，一剑在马上，如此互换了二十余剑。

颜泪儿发出一声清啸，如白鹤般冲天而起，在空中翻着跟头，剑光如车轮般翻滚而下。

而此时，"千里一盏灯"向前数步，马鞍上的华天晴忽然消失不见……颜泪儿面色一变，她的长剑完全刺空，而她的斜上方忽然出现了剑芒!这剑轻灵飘逸，如同飞雁回翔——"雁翔"!

颜泪儿眼中华彩流动，仿佛发现了新鲜的玩具，人在空中突然加速下沉，指尖轻点地上泥土，回身就是一剑。"叮!"两剑剑尖一触，柔如春风的剑气侵入华天晴的经脉，华天晴心口一痛，一口抑郁之气难以消解，这是什么剑法?他大喝一声飞身后退。

颜泪儿凌空而起，长剑洋洋洒洒挥舞开来，绵绵剑光如一张大网罩向华天晴，情网之剑全面展开，问世间英雄，谁能逃开绵绵情网?

面对展开的绵绵剑网，华天晴突然止步不再后退，长吟一声，剑气昂扬而起，高歌道："男儿何不带吴钩，收取关山五十州……"在这昂扬的剑气下，剑网被完全撕破，颜泪儿如白驹过隙般闪过华天晴那耀眼的一剑，人影一分，二人分立大道东西两边。

周围观战的路人喝彩声一片。

颜泪儿轻咬红唇，将长剑缓缓收入鞘中。但不知为何，华天晴反而觉得她的气势高涨起来，那窈窕的身影后是碧蓝的天空，颜泪儿竟似和清风天地融为一体，这是什么武功？颜泪儿的气势越来越盛，一步一步向华天晴进逼而来，华天晴横剑于胸，冷冷注视对手。

就见颜泪儿抬头吟道："生当作人杰，死亦为鬼雄……"长剑呼啸而起，滔天的剑气带起万千风云，天上地下尽是悲伤之意，那悲天苦地的一剑直取华天晴的胸膛。

难道对方用的也是诗剑？华天晴目光收缩，手上青筋暴起，剑气如浪涛般在太白神剑上汹涌而起，"君不见，黄河之水天上来，奔流到海不复回……君不见……"

二人的剑气都昂扬至了顶点，突然在不远的地方响起一声凄厉的惨叫，紧接着隆隆雷鸣般的声音远远传来。华天晴陡然色变，久经战阵的他知道那雷鸣般的声音，只有大队的战马才能发出，此地为何出现大规模的骑兵？

颜泪儿亦露出迷惑之色，二人心意相通地同时收剑，周围观战的虽然失望，但注意力已被那巨大的响声吸引去，纷纷向着响声传来的地方而去。

官道之上一片混乱，数十个金兵正追杀过往行人，闻讯赶来的路人纷纷叫喊着举兵刃冲向那些金兵。

颜泪儿连刺翻两名金兵后，皱眉道："哪里来的金兵？"

华天晴目光扫向远方，暗道："不会只有这点人。"

这是通向黄河渡口的大路，四面八方汇聚而来的人群眼看就能把那些金兵消灭，但之前那雷鸣般的马蹄声，再次隆隆而来。有人站在高处失声道："天，好多金兵！好多骑兵！"

众人向着马蹄声来的方向望去，就见尘烟滚滚，黑压压的一片足有数千人，由西北而来。先遭遇金兵的人毫无还手之力，惨叫声不断传来。大道之上的数百豪客一片混乱。

华天晴和颜泪儿互换一眼，颜泪儿道："怎么办？"

华天晴冷笑道："你先前去行刺岳老夫人，难道不是为金人做事？"

颜泪儿怒道:"当然不是。我只是……"

华天晴冷笑道:"只是什么?"说着他不理颜泪儿,打马直上高坡叫道:"我是华天晴!大家向我靠拢,结阵御敌!"

道上众人闻言纷纷向其聚拢,但金人阵中弓箭如飞蝗般飞射而来,华天晴浓眉一扬,双足一踢马镫,"千里一盏灯"一声长嘶,飞冲而出直奔金人!前方的金兵大声呼和高举刀枪迎上前来,却见太白神剑横扫而至,刀枪纷纷折断,当先的金兵坠落马下。此时的他再不是从前那个在徐州码头,初涉战阵的华天晴了!

四面又有金兵冲来,华天晴拾起长枪投掷出去,贯穿当先一人的胸膛,他抢过一张硬弓,夹起狼牙箭,飕的一箭,化作一道白光直取前方金兵百夫长的眉心,那百夫长不及反应,哼都没哼就应声落马。前方的金兵全都变色,前进的速度为之一缓。

华天晴高举拳头,叫道:"战士在前,策士在后,游侠策应!"众人响应,其中黄河帮的裴浪,青龙门的司马铁各带帮中弟子,率领众人结成两百多人的战阵,终于止住崩溃之势,可是从大道而来的金兵数量越来越多。

大道上的众人从未一起配合,相继在金人的刀枪下倒下,忽然一青衣人恐惧地叫道:"怎么我朋友被金兵杀了,级别归零,不能登陆了?"人群中又有人道:"我朋友也是!这是什么道理!还有谁一样!"

司马铁被他们叫得烦躁,怒道:"鬼叫什么,想知道是不是这样,自己死一次不就行了!"

但数据归零不能登陆的喊声还是越来越多,一种异样的恐惧遍布在众人的心头。一旁的裴浪轻声对华天晴道:"我门下弟子也有这种情况,这个世界到底怎么了?"

这个世界变了,华天晴面色凝重,若军心失守,这里的人很可能全军覆没,就算自己有实力逃走,又怎能看着那么多人被杀而置之不理。

此时,人群中颜泪儿驾着白马跃众而出驰向敌阵,剑过之处所向披靡。金人中数名百夫长同时围拢上来,大白马从金人的头上踏过,绯红的剑光凄美地扫过,几名百夫长的人头同时落地。

颜泪儿高喊道:"金兵并非杀不死!大家合力定能冲出去!"

华天晴高声道："金兵向此而来，目的定是黄河渡口。大家结阵后退，渡口会有我大宋守军！"他冲入敌阵砍翻数名金兵后，又大叫道，"大家尽力杀敌，莫让人小瞧我大宋儿郎！"众豪客大声响应，斗志重起。

就这样，他们且战且退，不停有人倒下，大道附近又不停有人加入进来，终于退到了黄河渡口。

到得渡口，华天晴倒吸一口冷气，渡口的状况根本不是他们想象的样子，本应该在此的大宋守军居然人影全无。四面八方的金兵越聚越多，众人依靠箭塔勉强守住对方的前期进攻，而震天的战鼓已在黄河渡口外响起。

众人的目光一齐望向华天晴，华天晴断然道："敌兵太多，放弃本地防守，黄河帮组织大家渡河！"

裴浪领命而去，不多时百多人就已上船，却见华天晴和颜泪儿依旧立于岸上。司马铁道："华老大，你……"

华天晴道："总要有人断后，我烧了剩余的船只就走。"

裴浪道："华老大！万一在这里死了，数据可能清零的！"

司马铁道："我们青龙门的人留下来帮你！"

华天晴苦笑了下，暗道："若只是清零那么简单，对自己未尝不是好事，就怕如今的自己死在'纵横五千年'，现实中的自己会一起完蛋。"他拍了拍司马铁的肩头道："我一个人能战能走都不成问题。不用为我担心！"

司马铁和裴浪等人面面相觑，终于深深一礼道："华老大义薄云天，日后老大若有差遣，我们水里火里赴汤蹈火。"

数只大船载着百余人离岸向南而去。

华天晴看了眼一旁的颜泪儿，面前是绝色佳人，外面是如狼的敌人，而自己呢？他握紧太白神剑，绝对不可以死，绝不可以！

宋宣和七年十月，金国分兵两路进攻宋朝，西路大军被牵制在太原，东路大军则从浚县南渡,在黄河渡口击起震天战鼓,有十二万宋军防守的黄河南岸全线崩溃,被金兵一日突破,金兵进逼汴梁。

这是历史,而华天晴要面对的是什么?

第三章　幻海大会

"你一声不吭地留下来,到底是要掩护大家撤退,还是想找机会在背后给我一剑?"华天晴沉默片刻,终于忍不住对颜泪儿道。

颜泪儿微微一笑道:"本小姐爱留下就留下,你想那么多做什么?"

华天晴皱了皱眉,不再理她,将能找到的火油干柴全都集中在渡口的舟船上。

颜泪儿撇了撇小嘴道:"你把船烧了,我们怎么办?"

"怕了?"华天晴笑道,"我可没想过要走。"渡口外杀声渐近,鼓声号角声响彻天际。

颜泪儿苦着脸,老老实实地跟在华天晴背后继续搬柴堆,真是我见犹怜,全没有先前杀金兵的英气。华天晴却无动于衷,他望了望四周的地形,微微出神。面对空旷的码头广场,他轻轻叹了口气,为何走到哪里都逃不开战争?

颜泪儿独自一人在港口前布置阵法,一砖一木似乎颇有章法。

华天晴赞道:"你对五行术好像很有研究。"

"一个行走江湖,各种东西都要有所精通。阵法有时候很管用的。"颜泪儿轻声道,"可惜时间仓促,不然可以多阻挡他们些时候。"她抬头望向华天晴,"烧了船能挡他们多久?"

华天晴抬头望了望天色,轻声道:"能挡多久,算多久!"

颜泪儿道:"点火吧。"

华天晴点了点头,取出火石,嗲的一下将火堆点燃。火苗瞬间高涨,浓烟滚滚而起,黄河渡口的大小船只近百艘一同起火。

与此同时,渡口外的箭塔轰然崩塌,金兵开始冲锋。

华天晴和颜泪儿翻身上马，各提长剑在手，扬首遥对冲近的金兵前锋，华天晴沉声道："你跟紧我！"

颜泪儿看了眼华天晴轮廓分明的侧面，微微点了点头，二人纵马向金兵而去。

那些金兵见到汉人，怒吼着举着刀枪迎上前来，华天晴和颜泪儿杀翻前方的几个金兵，后面的金人如潮水一般涌了上来。二人一前一后相互照应，他们的实力强于金兵太多，普通金兵根本无法靠近。但是金人越杀越多，源源不断冲入渡口广场，前赴后继杀向华天晴和颜泪儿。人群中闪出一员大将，手拿齐眉棍，身穿金锁甲威风凛凛，正是金兵西路军大帅斡离不。

华天晴冷笑着望了眼码头上的船只，大小船只十有七八都已烧毁，他低声道："走！"突然调转马头，颜泪儿紧跟其后，一齐向码头的东北角飞退。数百金兵紧随其后，追杀而去，但码头上建筑如林，逐渐被二人拉开距离。

斡离不微微皱眉，示意军士不用追赶，另一方面指挥大部队也进驻码头。

是夜，金兵大举占领黄河渡口，大将军斡离不挥鞭南望，彻夜擂鼓整理船只，尽管没有大船，依然用普通渔船于清晨大举南渡。一时间，河面上黑压压一片尽是舟船。

在数千渡江船只中，华天晴和颜泪儿亦身着金兵服饰混迹其中，乘一小船悄悄渡河。

颜泪儿轻声道："还以为你真不要命，没想到还有点小聪明。"

华天晴淡淡一笑道："命只有一条，就算要拼，也要等价码足够的时候。"他望着茫茫黄河轻声道，"战争若是能靠一人之力就能解决，大宋江山又怎会就此沦落。"

颜泪儿问道："就是这一战，让北宋变成南宋的吧？"

华天晴望着河面上数不清的船只，沉声道："这是靖康之耻前，决定性的一战，历史上大宋不曾做出丝毫抵抗就缴械投降。"

颜泪儿神情一黯，轻声道："可怜的大宋。"

华天晴道："我看你不像坏人，为何那天要去行刺岳老夫人。"

"你毕竟还是要问我这个。"颜泪儿苦笑道，"那天有个文士来找我，跟我说杀一个人，给我一千两金子。我是个杀手，你知道我无法拒绝这种诱惑。"

"玄衣文士？"华天晴道。

颜泪儿道："对，是穿着黑衣服，年纪已经不轻，但还是很有魅力的样子。"

定是张仪这个家伙……华天晴皱眉道："你也不管要杀的是谁么？"

"不管是谁，对我来说都只是个名字。"颜泪儿轻声道，"说句不好听的，他们都只是古人而已。我为何要拒绝？"

华天晴张了张嘴，却一下子无法反驳。

颜泪儿笑道："别生气，我不知道大唐怎么样，在大宋很少有人为了宋朝奋斗，因为大家都知道在宋朝很多事情都是无法挽回的。"

华天晴苦笑道："我不生气，只是你有没有想过，你用居高临下的眼光去看 NPC，NPC 又会用什么眼光来看你？"

"NPC 会用什么眼光来看我？"颜泪儿皱眉，"你这个人脑子里面都是什么呀！我凭什么不能用居高临下的眼光去看 NPC！"

华天晴不再言语，总不能逢人就对他说自己无法下线吧。

这时候，他们的船已经远离金人的大队，逐渐靠近河岸。颜泪儿道："你接下来去哪里？"

"汴梁。"华天晴道。

颜泪儿笑道："你真的去保卫汴梁？"

"我有别的事情要做。"华天晴摇头道，"这些金兵也许上岸后就会消失，每次在'纵横'遇到这种情况，都是这样收场，我并不担心他们真的会打下汴梁。"

"若不着急，有没有兴趣跟我去幻海镇看看热闹。"颜泪儿笑道。

"幻海镇？"华天晴打开虚拟地图，皱眉道，"地图上没这个地方，有什么热闹看？"

"那里有个比武大会，你去了就知道了。"颜泪儿笑道，"我先走一步，你多多保重！"说着从船头高高跃起，人在空中翻了个跟头，河面上空白光一闪，出现了一匹

白马，颜泪儿落在白马上。马在空中一声长嘶，四蹄展开一个飞跃落在河岸上，颜泪儿在岸上向华天晴挥了挥手，纵马远去。

"我还没答应你吧。"华天晴皱眉自语道，他抬头看了看发白的天空，人永远都喜欢用居高临下的目光去看别的东西，但谁知道背后究竟是什么力量在决定一切？当你看到那在阴影后掌控一切的张仪，怎么还能漠视那些古人的存在？他们也是在真真切切地活着，至少在这个"五千年"的世界中。

"龙头要投资高科技？这真是非常好的想法。电脑这个东西迟早会代替人脑，凡是人能完成的工作，它将都能够完成，我非常相信这一点。"西门游云一面点着雪茄，一面笑道。

东方哲淡淡一笑道："也许吧，但那是很久以后的事情。你我恐怕是看不到了，我只是觉得高科技是能赚钱的买卖。"

西门游云道："我认识个朋友，是研究人工智能的，如果龙头想投资高科技，可以请他来做顾问。另外，我上次和他谈过，据他说来，似乎电脑代替人脑并不是遥不可及的事情。"

东方秀琳在大舞台的顶上，默默凝望天上的星辰，想着那些陈年旧事。西门大叔说的人就是谢天衣谢叔叔，也许电脑代替人脑真的不是遥不可及的事，但父亲和西门大叔却是真的看不到了，雄极一时的东方家族在这两大巨头陨落之后，是就此走下坡路，还是在自己手上重整旗鼓，很多人都在等着看。

比尔·克罗斯走到她身后道："Z 已经破译了记事本的外围密码，但内核密码却始终无法攻破，密码库在不断地自我更新变化，所以很难估计接下来会遇到什么状况。他说没想到小小的记事本比纽约各大银行的保密系统更难破解，记事本的主人一定是密码界的顶尖高手。但我想 Z 是世界上最好的黑客之一，破解只是时间问题，你不要太过担心。"

东方秀琳摆了摆手，轻声道："我并不担心，只是谢叔的死，让我想到了很多陈年往事。情绪有些低落罢了。"

比尔·克罗斯微微点头，东方家族称雄亚洲二十年，那些风云人物如今想来依然叫人热血沸腾。

"我只是不明白，电脑真的能够有自己的意识么？比如说密码，密码如何发现有人破译，而能够不断更新来做自我保护？"东方秀琳顿了顿道，"若计算机真的那么厉害，我怀疑普通人如何同它抗衡。"

比尔·克罗斯皱了皱眉，这个问题他无法回答。

小舟缓缓靠岸，华天晴忽然感到了一种熟悉的气息，那是种即便处于万军之中亦压抑不住的昂扬。他抬起头望向岸边，就见垂柳之下，一气宇轩昂的白衣男子背负钢刀昂然而立。笑容迅速在华天晴脸上绽开，指着对方大声叫道："风猪！"

风吹雨遥遥抱拳，微笑道："我收到你的书信，就从千年之外的战国全力赶来！"

华天晴怪叫一声，淌着水飞奔上岸，不顾自己湿漉漉的把风吹雨一把抱住，大笑道："就知道是你这小子最好！"

"怎么那么大反应，真是越活越回去了。"风吹雨皱着眉头道，"我靠，你身上好湿！"

华天晴笑道："我老人家看到你高兴嘛，不过话说回来，你怎么知道我在这里？"他后退一步，上下打量风吹雨，这家伙身躯雄壮如昔，只是脸上蓄起了短髭，显得更加豪气干云。

华天晴笑道，"留胡子了吗？果然越来越有高手风范。"

风吹雨若无其事道："我收到你在汤阴寄出的信，估摸着你可能会去汴梁。"他稍作停顿，笑道，"何况现在整个大宋的高手正齐聚幻海镇，参加幻海大会。我不在这里等你，还能去哪里？"

华天晴挠头道："那么多人都去参加大会么？可是幻海镇到底在哪里？"

风吹雨淡淡一笑道："跟我走就是了。"说着翻身上马，驰上官道。华天晴哈哈一笑，紧随而去。

　　放眼大道旁的树木，树叶早已一片金黄，浓重的秋意弥漫在通向汴梁的官道上，二人登高向远处望去，一处小镇出现在前方。风吹雨抬手指向镇前的匾额，笑道："那不就是？"

　　华天晴笑道："那边镇上，我有美女约会在前。要不要介绍给你？"

　　突然，耳边响过一声箭响，半空中一只大雁应声落下。官道上一高头大马的女骑士拾雁而过，其身后一队人马大呼小叫地呼啸而走。

　　华天晴道："张口雁……好箭法！"

　　风吹雨淡淡道："这次大会何止有美女，全天下的英雄美人，枭霸王侯都在此间了。"

　　二人在高坡上远远望去，小镇的四面道路上各有一队队的豪杰陆续到来，碧空之下好一片兴旺景象。

　　走在幻海镇街头，街道两旁上的货行很兴旺，而原本就不算宽敞的大街也因各地来的豪客人数众多而显得拥挤。问了那些商铺的伙计才知道这里是开封府的前站，最初只是过往客商歇脚的地方，因为此地距离开封实在太近，有些大的货商就在这建了货仓存放货物，时间久了逐渐成了规模，便有了幻海镇。

　　街道中心的一座器宇不凡的酒楼成为首选的歇脚地，高挑起来的旗幡上龙飞凤舞地书有"笑天楼"三字。华天晴和风吹雨刚要进楼，笑天楼旁猛地冲来数匹战马，马上大汉丝毫不让旁人，当先进入酒楼，领头一人浓眉豹眼，面堂黝黑，穿着黑衣敞着胸怀，腰别一对巨大的板斧。

　　华天晴眉目一挑，这黑大汉好生面熟，再朝他身后看，一个中年男子三绺长髯相貌堂堂，体形高大，身着锦袍，顾盼之间自有一股威仪，而他身后还跟着个相貌俊美的男子，那男子一身雪白的武士服，亦步亦趋地跟在那锦袍人身后，似是仆从。

　　华天晴自语道："若那黑大汉是李逵，那他身后的又是梁山何人？"

　　风吹雨低声道："进去再说。"

　　华天晴点头步入酒楼，但这地方人头攒动，哪还有空桌子。

"小天，你这边来！"颜泪儿一身彩色的武士服，乐滋滋地向其招手。

小天？华天晴只能苦笑，这丫头一个人占据着一张大桌，正被很多人怒目而视。华天晴一拉风吹雨，向颜泪儿走去。

颜泪儿美目流转道："你为什么在我面前总是这个表情？"她目光落在风吹雨的身上，闪过一丝异色道，"他是谁？"

"他是我兄弟，风吹雨。"华天晴道，"这地方到底有什么事情？好多怪人。"

颜泪儿道："我也不知道，只是在前些时候收到系统的请柬，说这里有个比武大会，听说大宋的成名人物都接到了邀请。反正也没事，就想来凑个热闹。"

"你真是人才，居然什么都不知道，就瞎凑热闹。"华天晴笑道，"不过既然是系统请柬，那应该是正常的活动吧。"

风吹雨眯着眼睛，环顾四周道："华猪，这里很多人都好强。你的实力来说，也就同时敌个两三人，若是被围攻就死定了。"

华天晴轻轻敲着桌子，皱眉道："被围攻？靠，我最喜欢了。没挑战怎么进步？"

而此时，茶楼的楼梯上噔噔的脚步声再次响起，又有数名男子走上楼来。那几个身着武士服的男子，一个个都身材挺拔，气宇轩昂，其中一锦袍一白袍的两个人尤其引人注目。锦袍那人目光凌厉，剑眉入鬓，鼻子高挺，嘴角带着孤傲的微笑，全身如豹子一般散发着过人的精力。白袍那人，面目方正轮廓分明，不怒自威，充满了男子气，举手投足霸气十足。这二人上得楼来，立时吸引了所有人的目光。

华天晴低声道："美女，在宋朝你也算是地头蛇，可知道这些人都是谁？"

颜泪儿脸上露出思索的神情，轻声道："这你可问倒我了，但我想，或许这些人都是古人，而不是我们这样的。"

古人……华天晴深吸口气，古人也是有名字的，能在"纵横"出现的古人，都是在历史上留下印记的名人。茶楼上人越来越多，加了几张桌子都坐不下，究竟是什么大会能一下子吸引那么多大宋的豪杰？他看了眼风吹雨，真奇怪，这家伙和颜泪儿都收到了邀请，为何自己没有？

忽然身边走来一个黑衣文士,对着华天晴一抱拳道:"兄弟,能否容我搭个桌子?"

华天晴抬头打量来人,只见那男子面目清瘦,双目细长,三十多岁年纪,须发修饰得极好,文质彬彬的气质中隐隐带着一股锋利的味道。华天晴心头升起一种感觉,对方似乎和张仪的气质有些相近,于是点头道:"你坐吧,我这里正好空着个位置。"

"那恕在下讨扰了。"那人笑着坐下,目光在三人脸上扫过,摇头道,"这里的人实在太多了。"

华天晴乘机问道:"不知这里到底有何事发生?"

那人脸上露出异色,笑道:"三位难道不是为了比武大会而来?"

华天晴道:"我知道有比武大会,但不清楚比的什么,和谁比,争的又是什么?"

"原来如此。"那人笑道,"几位可知山河令么?"

华天晴略作思索,目光望向风吹雨,似乎曾经听风吹雨提过什么山河令,那还是在隋唐大陆大运河的时候。

风吹雨道:"五朝大陆都有各自的山河令,传言得到山河令的人即可号令天下。"

颜泪儿笑道:"我知道山河图,是本朝宋徽宗赵佶的画,却不知道山河令。"

那文士笑道:"山河图是赵佶那个昏君的画,说来大宋的山河令也是赵家的,是宋太祖赵匡胤传下来的东西。当年赵匡胤杯酒释兵权,留下山河令作为见证。"他看着风吹雨道,"这位兄弟说得没错,山河令是五朝大陆的权力象征。但毕竟只是传言中的东西,即便有什么特殊含义,又有谁能说得准。听说拿到了山河令无论在哪个朝代,都可以来回自由穿梭,却不知道真假了。更不知为何这山河令作为了这次比武大会的奖品,并且越来越多的人认为获得了山河令就能号令天下。"

"号令天下……"华天晴道,"这么大的旗号,即便不相信的人,也不肯轻易把机会让出,怪不得那么多人来。"

文士手指轻轻敲打桌面道:"正是如此,你看这里那么多人,不就是为此而来么?"他目光扫过四周,轻声道,"只是不知道,这大会幕后是谁在做主。"

华天晴微微皱眉,似乎这个大会并不是系统活动那么简单。他笑道:"若这么说来，大唐也有它的山河令，我们在那边的时候，没有搞到手还真是可惜了。"他注意到风吹雨嘴角露出淡淡冷笑，低声道，"怎么？"

风吹雨摇了摇手指道："号令天下靠的不是任何信物。这里那么多人都不知道在发什么梦。大唐的山河令就在长安，那东西的问题，我以后慢慢和你说。"

"这里都有些什么人？"颜泪儿可不管什么大唐的山河令，她插嘴道，"我虽然也是宋人，但这里大多数人我都不认识，不知道是何方神圣。"

"我也认不全。"话虽如此，这文士笑了笑，指着不远处面堂黝黑、腰别板斧的大汉道，"那家伙相貌特殊，兵刃醒目，当是水泊梁山的黑旋风李逵。"他指着李逵身边二人道，"那员外模样的是河北玉麒麟卢俊义，他身旁的随从则是浪子燕青。"

华天晴道："人道卢俊义为大宋天下第一高手，没想到在此遇见。"

文士笑道："天下第一谈何容易，即便在梁山，恐怕他也未见得是梁山第一。世人皆为虚名所累，成名之后还能不断向前的人更是少之又少。"

颜泪儿美目一挑，笑道："照你看来，卢俊义是徒有虚名？"

文士道："徒有虚名倒未见得，但天下第一就多数不是，且不说江南魔教教主方腊就一定不买他账。今日来的人也多数不会服气。"

华天晴一扬眉道："这里还有谁？"

文士的目光落在远处几排位子那锦袍和白袍二人，轻声道："比如那方才进来的二人，可都是万人敌的猛将。"

华天晴道："他们是……"

文士道："岳鹏举帐下，高宠、杨再兴。"

华天晴倒吸一口冷气，轻声道："果然名将。"

颜泪儿皱眉道："说了那么多，先生你又是谁？当不会是无名之辈。"

文士淡淡一笑："本人姓贾，名诩，字文和。"

"三国的贾诩？"华天晴奇道。

贾诩微笑点头道："正是。"

贾诩！三国时期最富传奇色彩的谋士之一，有长安第一智者之称的贾诩也来到了宋朝。

此时，茶楼的正中出现了一个儒服带剑的男子，他高声道："在下开封府展昭，幻海大会即将开始，请大家移驾比武场！"

华天晴愣了一愣，轻声道："南侠，展熊飞？"

"走吧。"贾诩淡淡地道，"我们去看看这究竟是什么大会。"

华天晴目光望向周围，若天下人都来争夺山河令，为何不见大秦的人？他看了眼一旁并不多话的风吹雨，低声道："这里形势复杂，你怎么看？"

风吹雨握了握拳头，答道："贾诩大人都从三国过来，形势当然复杂。"

华天晴眉头微皱，总感觉风吹雨和从前有些不同，但又说不清楚。

此时周围众人都已起身，颜泪儿道："我们也去看看。"

华天晴点头答应，随即和风吹雨、颜泪儿并肩向镇上广场走去。

张仪望着赶向比武场的人群，笑道："似乎这次的对手很强。"

钟会道："除了蒙古人没有派人，几乎各大势力都派出代表加入山河令的争夺。甚至还有些我们不甚了解的势力，也参加了进来。"

"岳飞没来？"张仪道，他根本不在乎什么不了解的势力。

"虽未亲至，却也派了部下前来。"钟会道。

张仪轻声道："他没有亲自来，是他的失策。我们有心算无心，此次势在必得！"

"岳飞自然不及大人万一。"钟会奉承道。

张仪摆了摆手，轻声道："你去吧，可以开始了。"

钟会点头离去。

只是岳飞依然会成为大秦夺取宋朝的障碍，"岳飞……"张仪在心中重复着对手的名字，低声道，"有些悲情人物的命运是天注定的。"

幻海镇的广场上旗幡飞扬，青龙、朱雀、白虎、玄武的大旗分立广场四角，各色飞禽走兽的旗帜护卫四周。广场东面有一个高台，足有十丈高，顶上放有一个锦盒，是存放山河令的地方。高台周围强弩环伺，杀气腾腾，叫人打消了窥视之心。

比武场在高台的下方，是一个百步见方的白色绳圈，地上铺就了厚重的黄土，比武场的四周已站满了人。

贾诩并非一人前来，他身后还跟着一白脸银甲一黑脸青袍的两员武将，白脸武将手提长枪，黑脸武将手持大刀。华天晴不免开始猜测着贾诩身后武将的姓名，而贾诩却丝毫没有介绍的意思。

比武场上展昭宣读比武规则，身后被称为"大五义"的陷空岛五鼠并肩而立。南侠"御猫"展昭高声道："比武中死伤无论，出绳圈者作负论，连胜七场，或者无人再来挑战者为优胜。山河令归胜者所有。"

颜泪儿道："山河令如果真的那么好，为何会拿出来作奖品？"

贾诩微笑道："姑娘言之有理，这才是这次比武的关键问题。"

华天晴望向场边各色武将，轻声道："不知道贾诩先生是否听过有句话叫'关公战秦琼'。"

"虽未听过。"贾诩笑道，"但该不是好话。"

华天晴道："关公是三国人，秦琼是隋唐人士。这二人自然是不可能交战，因此这话就是比喻不切实际的想法。没想到如今，却好像要应验了。"

贾诩身后黑脸青袍的武将道："秦琼是何许人也，怎么可能是君侯的对手。"

华天晴道："不错，五千年来华夏名将多如天上的星辰，却只评出过两个武圣，一个是三国时期的关羽关云长，另一个就是大宋的岳飞岳鹏举！"

那白面的武将冷笑道："可惜这两个人今天都没有来。"

贾诩道："武圣只是老百姓和官府一起哄出来的东西，没有什么实际价值。吕布比之关羽如何？关羽比之马超如何？"

此时，隆隆的鼓声缓缓响起，那战鼓先是沉厚缓慢，好像滚滚的海涛，然后逐渐由缓变急，仿佛成千上万的战马震天而来，这鼓声一下一下敲击在众人的心头，瞬间带起满天的风云，滔天的战意。

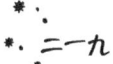

这战鼓声，让比武场上的一切变得安静起来，但安静中散发着无比昂扬的气势，每个武者的眼中都燃烧起熊熊斗志。

忽然，比武场的西面，响起一个洪亮的声音："大宋好汉齐聚于此，可有人与我一战？"众人目光一齐望去，就见一铜甲蓝袍的战士跃马挺枪从西面而出。

展昭高声道："来人报上姓名？"

那人笑道："欧阳碧血！"一带缰绳，战马跃入绳圈。四下众人议论纷纷，都在讨论这个姓欧阳的是何许人也。

"似乎不是古人。"华天晴轻声对颜泪儿道。

颜泪儿不屑道："这个人在大宋的战士榜上排名第二，对普通人来说是有些实力，但……"

"但，分和谁比。"华天晴笑着接过话道。

颜泪儿道："不错，在今天这个场合，他这样第一个出来，完全就是不知死活。"

"看来你和他打过？"华天晴道。

颜泪儿傲然道："清风社里的谁，我没打过？"

华天晴恍然道："原来他是清风的人。"一早就知道宋朝服务器的清风社和颜泪儿势同水火，如今看来这个传言倒是真的。

说话间，他们口中一无是处的欧阳碧血，已经击败了一个挑战者，又和一个手持开山斧的人战在一处，这一次二人来回竟然打了二十多回合。

贾诩望着场内战局，笑道："这个欧阳碧血如何？"

他身后白面武将淡淡一笑道："初学枪法的小辈而已。"

黑脸青袍的武将道："但资质尚可。"

贾诩哈哈一笑道："你们还真是目无余子。"

白面武将淡淡一笑道："武道如天，对枪而言，我都只能算是方入门。"

一旁的华天晴不禁对这白面武将更加好奇，他到底是谁呢？看了眼一旁的风吹雨，华天晴道："你有没想过出场？"

风吹雨道："这里似乎不用我出场。"

华天晴道："难道还有人夺了山河令来送给你？"

风吹雨笑道："也不是没有可能，你不知道我去了一次战国吗？"

战国……华天晴愣了一下，似乎他从来不曾想过这个问题，风猪会和秦人有关？

场中人马来回奔驰，不知不觉欧阳碧血竟然已经两连胜，他高举手中长枪，在场中傲然望向四周，高喝道："还有哪位英雄上前？"他跑了两圈，却不见有人上前，高声道，"难道在场的好汉都是来看热闹的吗？"

他话音刚落，一个霹雳般的声音从比武场东面叫骂道："那直娘贼，众人不屑与你动手，你却以为是怕了你不成。"一团黑色的旋风从东旋动而出，几个起落跃入绳圈，那人长得又黑又壮，手持一对车轮大的板斧锃明刷亮。

李逵？欧阳碧血看着眼前的大汉，握紧了手中的长枪，抬枪指道："李逵，你不过是浔阳江边一个牢子，别人怕你，我却不怕！"

李逵大怒，高举一双板斧，一跃而起猛劈欧阳碧血的面门，欧阳碧血刚要抢攻，却不料李逵的板斧速度超出想象的快，仓促间举起长枪招架，"当！"一对板斧正劈在枪杆上，"嘎巴"一声，枪杆被一斧头劈断！

李逵大喝一声，翻手一斧头将欧阳碧血劈落马下，欧阳碧血连叫声都没发出就撒手尘寰。李逵晃动板斧，在绳圈中高声喊叫，气势逼人。又有数人上前挑战，竟都被他三斧两斧砍翻在地。

看着场中的李逵，华天晴忽然想到小时候玩过的水浒扑克，在里面李逵是黑桃Q，他目光望向四周，心中不由想到不知道这里谁是A谁又会是K？在整个"纵横五千年"中，究竟谁才是天下第一？

他正胡思乱想着，就听不远处一声马嘶传来，一黑袍白马的战士缓缓越众而出，比武场上散发着一层肃杀之气。

场中的李逵大吼道："来人报上姓名。"

那人笑道："我叫楚戈。"说着手中长戈猛刺李逵的胸膛，李逵手中板斧一摇，

"当！"板斧架在长戈之上，火星四溅，巨大的力量将李逵震了一个跟头。楚戈招式不变，依然是挥动长戈刺向李逵的胸膛，李逵大骇，就地一滚躲开六七丈远，但胸口还是被长戈扫到鲜血淋漓。

当楚戈三次挥动长戈，李逵已是无力反抗，突然，一匹白马冲入场内，马上大将对着楚戈就是一枪。"当！"戈枪一碰，二人战马各退五步，白马上的男子三绺须髯相貌堂堂，对着李逵道："你回去。"

李逵支撑着身子，恨恨地退出比武场。那男子对着楚戈道："阁下好俊的功夫，我卢俊义来战你。"比武场的四方掌声雷动，河北玉麒麟的名头实在太大了！

而华天晴、颜泪儿二人却面面相觑，卢俊义固然有名，但楚戈是谁？

一旁的贾诩低声道："秦人。"

他身后黑白二将笑道："他们果然来了。"

华天晴看着这三个人，暗道："他们是为了对付张仪而来么？"

河北玉麒麟，卢俊义，水泊梁山一百零八好汉第二把交椅，与魔教方腊并称南北两大高手，素有大宋北方第一之称。他手中一柄点钢枪展动开来，比武场上一片寒芒，四面八方尽是枪影，此枪法名叫"八方风雨"，真有风雨横扫九州的气象。

而那楚戈的长戈相较之下就失色许多，只是一次一次地把长戈送入卢俊义的枪影中，招式就和他的人一样朴实无华。但就是这么朴实无华的招式，每次都能将卢俊义的枪法打乱。卢俊义暗暗皱眉，对方的长戈不仅迅捷无比，而且一击比一击来得沉重，初时只是格挡自己的点钢枪，而现在自己的枪法竟渐渐无法施展，怎可如此？他大喝一声，枪法骤然一变，八方的枪影突然化为一道光影，呼啸着刺向楚戈的面门，那大枪耀人双目仿佛一条怒龙。

那楚戈毫不退让，也是一声大喝，一抖缰绳，战马冲刺上前，挥戈而起，"轰！"长戈和点钢枪的枪尖对在一处，二人同时一晃，卢俊义一口热血喷出，一头从马上栽下。楚戈却没有乘势进攻，他缓缓纵马退出几步以示敬意，高举长戈允许卢俊义离开。

燕青、李逵二人冲入场内护着卢俊义离开比武场，算来二人交手不过三十余合，场外观战的人群一片叹息。

贾诩身后黑脸武将皱眉道："他会比卢俊义强那么多？不可思议。"

"策略失误。"白面武将淡淡地道，"卢俊义以为破对方最强点，就可一举获胜，却不料对手实力高出他的估计，反而导致自己一招败北。长戈和长枪有很多相似之处，若是二人再战，胜负依然未可知。"

颜泪儿不耐烦道："你们二人就有资格在这里点评他人吗？殊不知很多事情都是说着容易，做起来困难。"

"他当然有点评的资格。"那黑面武将微微一笑道，"因为他是太史慈，江东枪神太史慈。"

颜泪儿吃惊得张大了小嘴，华天晴看着黑面武将道："那你又是谁？"

"他？"太史慈哈哈笑道，"他是蜀汉的魏延。"

贾诩道："姑娘莫生气，我等自然知道很多事情是说着容易，做起来困难，但这二人对武学绝对有发言的资格。"

华天晴皱眉道："你们三人，分数三个阵营，怎会一起来到大宋？"

"为了他们。"贾诩望着场中的楚戈，轻声道，"华天晴，你知道大秦吗？"

"知道。"华天晴道，"我还知道张仪也来了大宋。"

贾诩沉声道："因为大秦已再一次统一战国，接下来他们就要对付其他朝代了。"

风吹雨笑道："与其空耗那么多英雄豪杰，不如天下一统，求一个盛世。"

魏延目光收缩，狠狠地看着风吹雨，沉声道："风兄弟真的这么想？"

风吹雨冷冷道："此间如此想的恐怕不在少数。"

魏延正色道："风兄弟莫忘记了自己是唐人。"

风吹雨极有风度地一笑，淡然道："风某为何人岂是魏将军能知？"

华天晴眼望昂扬欲起的风吹雨，不由想到张仪那狂热的神情，追随秦王，一统河

山，建五千年不拔之功业！

身旁的太史慈一带缰绳，纵马向比武场而去。

纪无缘、何不忘、方谢晓三大 GM 主管，围坐在电脑屏幕前。

何不忘道："这个比武可不是我组织的，为何会是系统发信邀请的玩家？"

方谢晓道："可是系统日志里面的确有记录。只是发信人不是你。"

纪无缘奇道："是谁？"

方谢晓道："ID 是'纵横五千年'。"

"老天。"何不忘抱头道，"游戏自己发的？我要晕了。"

纪无缘有点幸灾乐祸地道："不管是谁组织的，问题是又出乱子了，那个欧阳碧血投诉我们，他的游戏角色也'完全死亡'了！"

方谢晓道："清零了？"

何不忘双手一摊，道："清得干干净净。"

方谢晓道："最近各大服务器都是这个状态，说实话我觉得应该关机了。要不然不知道还会有多少数据出错，等到事情被宣扬出去，就没人会来玩了。"

纪无缘道："你以为上面不是这么想的么？"她压低了声音，"听说已经要实施了，不发公告突然关机。"

何不忘不解道："为什么不发公告？"

"你要为公司考虑一下嘛。"纪无缘笑道，"要不然怎么解释那些数据丢失的问题？突然关机造成数据丢失，只要金钱补偿就是了，但如果是通告关机，一旦泄漏这鬼一样的毛病，谁还敢来玩？"

方谢晓道："哪里来的消息？知道具体时间么？"

"这你甭管。"纪无缘笑道，"具体时间我也不清楚，属于上层机密了。"

方谢晓与何不忘交换了下眼色微微摇头，方谢晓道："这年头到底还是女人比较吃得开，消息灵通。"

纪无缘理所当然地扬起漂亮的脸庞，哼了声道："是美女吃得开。"

"纵横五千年"的主机机房,位于城市电信机房的红色特别区,是号称即便爆发世界大战也能正常运转的地方。

慕晨雪、东方秀琳、比尔·克罗斯,以及那些东天软件公司的老总们,都汇集于此。由于各方投诉太多,董事会终于决定临时关闭服务器,而程式关闭的操作,将由慕晨雪来进行。

慕晨雪征求意见地看了东方秀琳一眼,东方秀琳点了点头,慕晨雪转身开始在操作台上输入指令,她也为华天晴的安危担心,但若主机不关闭,那个世界的变化将会愈演愈烈。慕晨雪一面输入指令,一面想:关闭主机,是否天晴就可以回来?抑或是他会被关在机器中?想到此处她的手指微微有些颤抖,她深吸了口气,稳定了下情绪,按下了 shut down 的命令。

"纵横"的主机屏幕显示指令接受,系统显示各项服务逐个关闭,屏幕上一排排的指令向上跳动,开始缓缓变暗。

周围看着的工程师们缓缓松了口气,这台机器在他们眼中仿佛妖怪一样。

足足一个小时过去,屏幕始终不显示系统关闭完成的界面,那些不知所云的指令不停地出现在屏幕上。

众人交头接耳道:"这是什么?"

主机上原本熄灭的指示灯,又逐个重新亮起。

东天软件公司的老总龚穆龙皱眉道:"难道只能拉电闸?"

慕晨雪道:"拉电闸可能导致不可预测的损失,不可以……"

龚穆龙道:"试试看。"他身后的工作人员走向红色的电闸,用力拉下。

噼噼啪啪,一阵霹雳声响,那工作人员被巨大的电流击飞出去。而"纵横"主机发出刺耳的轰鸣声,众人不由得同时退后几步。

黑客阿 Z 看着主机屏幕,失声道:"上帝,它又自动开启了……"

大屏幕上平静而高傲地显示着几个大家都看得懂的汉字:"现在是纵横时代。"

慕晨雪、东方秀琳、比尔·克罗斯面面相觑,脑海中不禁冒出同一个念头:"这个世界疯了!"

第四章　太白远去

太史慈进入场内，并不说话，只是静静地望着楚戈，楚戈也同样静静地看着他。

场外展昭高声道："入场英雄请报姓名！"

太史慈微微抬头，说道："江东太史慈。"声音并不高亢，但整个比武场都听得一清二楚。四面人群一片哗然，天下有谁不知道江东太史慈？

场中的楚戈却是毫不动容，他只是稍稍一抬右手，算是打过招呼。

太史慈缓缓举起长枪，红缨向天直指东方。楚戈单手执戈，骑马缓缓在场中游走。场外观战的人群屏住呼吸，都知道大战一触即发。

二人对峙许久，楚戈大喝一声率先出手，战马直冲而起，一戈横扫太史慈的面门，那战马冲起的气势足以冲垮一切。太史慈一动不动，双臂一摇，长枪后发先至，猛刺楚戈的胸膛。楚戈那长戈突然一变，原本在左，猛变到右方，狂风般砍向太史慈的太阳穴。

太史慈长笑一声，大枪一抖，点出七朵梅花，那一朵朵梅花灿烂耀眼直取楚戈的咽喉！

场下有人高叫道："好一招梅花七芯枪！"

楚戈毫不退让，长戈响起霹雳之声，带起数道闪电击散空中的梅花，乘势猛戳太史慈的心口。太史慈长枪一拧，眼中露出森冷的寒光，红缨呼啸着迎向楚戈的戈头。当！枪头戈头碰在一处，和先前楚戈与卢俊义定胜负的一招如出一辙。

四下众人一声惊呼，却见场中楚戈后退三步，而太史慈则是纹丝不动，他一声大喝，战马一提向前冲起，一连七枪，抖出七七四十九朵梅花，楚戈手中兵刃一横，咬牙守住门户，无论太史慈长枪由哪一角度进攻，他都能守得无懈可击。

太史慈深吸一口气，长枪红缨骤然地爆开，化成满天枪影，从四面八方攻向楚戈。楚戈感觉压力从四面八方压迫而来，战马不由慢慢后退，一直退到绳圈边上。太史慈发出一声长啸，从马背上纵身而起，使出散花神枪的绝招——满天花雨，一霎那间满天都是枪花闪闪，天女散花亦不过如此。

楚戈亦不由变色，危急之间，长戈猛击枪花正中，一股气流由枪花正中迫来，比武场上带起漫天的尘土，巨大的力量将楚戈整个人抛了起来，"扑通！"楚戈跌落在了绳圈之外。

太史慈也不追击，傲然收枪，带马缓缓回到场中。四面八方的观众看得欢声雷动，"好枪法！""太史慈果然了得！""江东太史慈名不虚传！""好功夫！"叫好声此起彼伏。

"太史慈，周公瑾，鲁子敬，孙仲谋。"华天晴自语道，"叫人不由心生神往。"他目光落在楚戈退去的方向，依稀可见钟会等人的身影，这些家伙当不会善罢甘休。

钟会那边未有动静，却见比武场的东面，一员白袍白马的大将纵马而出，那将官面目方正，身着鱼鳞甲，手提滚金枪，正是先前酒楼上最引人注目的二人之一，华天晴皱眉道："他难道是……"

贾诩接口道："岳鹏举帐下大将杨再兴。"

颜泪儿撇了撇小嘴道："这感觉怎么和说书一样。"

华天晴轻声道："这二人火并一场，只是便宜了秦人。"

贾诩轻抚须髯道："反正我们不是为了山河令而来。"

华天晴看了看一旁不语的风吹雨，那家伙明明就是当初的样子，却仿佛变得不再熟悉。

说话间场中太史慈和杨再兴已然战到一处，杨再兴手中丈八长缨上下翻飞，正是名震华夏的杨家枪法，那大枪变化多端，带起夺目的光华，将太史慈牢牢罩住。

太史慈人在枪影中，亦不由暗暗感叹，世间竟有如此枪法，长叹一声散花神枪旋动而起，天上地下到处都是鲜花，春季的牡丹、夏日的荷花、秋天的菊花、寒冬的腊梅，都在枪法中点点而来，让人眼花缭乱。

杨再兴眼中露出狂热的神采，喝道："好！"枪法一变，杨家枪中的"山河"昂然而起，仿佛大宋的万里河山，壮丽中带着难言的凄美。太史慈的散花神枪竟被"山河"逐渐包容，无论如何突破都无法冲出杨家枪的包围。想那杨家枪由杨衮所创，到杨继业的第七子杨延嗣的时候到达巅峰，传到杨再兴时已是千锤百炼，那杆丈八长枪简直所向无敌。

太史慈嘴角微微上扬，对手的高明激发起了他的争胜之心，人从马上凌空而起，姿态优美地在空中舞枪而下，点点寒光笼罩四方，仿佛天女散花一般，天上地下尽是枪花。杨再兴挥枪招架，长枪碰撞之下，太史慈借力而起，人在空中保持攻击状态并不落下。

杨再兴面容一肃，手中长枪颤动，八方枪影骤然收起，长枪直指天空。太史慈人在半空，就觉得一股巨大的气流直冲而来，漫天枪花一击而散。太史慈却笑了，轻声道："散花。"四散的枪花化作无数道劲风，猛烈地割向杨再兴。

杨再兴亦不由色变，大吼一声大枪全力刺出。轰隆！二人同时一晃，太史慈人在半空斜飞而出，落在马鞍上猛喷一口鲜血，杨再兴亦身上带着数道血痕，跃马横枪大口喘息。

太史慈冷笑着握紧长枪又要出手，却听不远处展昭一声高喊道："胜负已分！"太史慈扬眉一看，才发现自己的战马已经退出比武的绳圈，不由苦笑，缓缓带马退走。

纪无缘顺着太史慈退回的方向看去，吃惊道："那是华天晴？他和太史慈在一起？"

华天晴？几个 GM 都围拢过来。

"没错就是他！"何不忘吃惊道，"风吹雨、颜泪儿也在！"

纪无缘眯着眼睛道："唐宋两大高手居然在一起，他们身边的又会是谁？"

"关键是太史慈退下后，他们派谁出马，华天晴么？"方谢晓瞟了眼纪无缘，皱眉道，"你的眼神怎么那么色？"

纪无缘眯眯笑道："那么多厉害的男人，怎么能不流口水啊？尤其是想到他们之间可能产生的'基情'……"

"果然到处都有腐女……"何不忘重新拉回正题道,"或许杨再兴夺魁拿走山河令,是众望所归吧。"

"你在做梦么?这次来了那么多人,天知道还有什么人物没出现。"方谢晓笑道。

何不忘傻傻地望着屏幕,轻声道:"这人是谁?"

幻海大会广场的北面,缓缓走来一匹黑马,马上男子头发花白,面容清瘦,两眼如同两点鬼火,一身黑甲外裹着黑色的长袍。在这光天化日之下,此人却仿佛身处黑暗之中,那黑色奇骏的战马竟是凌空踏来,幻海镇的天空随着他的到来变得昏暗起来……

华天晴望着来人,没来由地觉得全身战意昂然而起,向贾诩问道:"这人是谁?"

贾诩眉头深锁,仿佛有着无数的心事,轻声对魏延道:"文长,秦人比我们想象的更看重山河令,山河令绝不止表面上那么简单。"

魏延和太史慈缓缓点头,三人面色凝重,却没有人理会华天晴的疑问。

"来人报上姓名!"展熊飞站在高台之上,对着场内高喊道。

那人缓缓道:"大秦,白起。"

比武场内外一片沉寂……

秦昭王十三年,白起为左庶长,伊阙之战,大败韩魏联军,斩首二十四万。

秦昭王十五年,白起为大良造,伐魏势如破竹,连下蒲阪等六十一城。

秦昭王二十一年,白起攻赵,拔光狼城。

秦昭王二十八年,白起南攻楚,拔鄢、郢,定巫黔,封为武安君。

秦昭王三十四年,白起与赵、魏联军大战于华阳,大破联军,斩首十三万。

秦昭王四十三年,白起攻韩之陉城,攻陷五城,斩首五万。

秦昭王四十七年,长平之战,白起坑赵兵四十万。

战国四大名将起翦颇牧中的大秦武安君——白起!

杨再兴望着面前威名赫赫、莫测高深的对手，一摆大枪道："武安君好大的声名，杨某此次幻海大会不虚此行。"白起却是缥缈在黑暗之中，杨再兴只觉得面前似乎是一个茫茫黑洞，心头压力渐重，他深吸口气，进入止水不波的清明境界。

华天晴眯着眼睛看着场内，传说中的白起带兵打仗百战百胜，杀人如麻，却不知道武艺如何？单从他那让天地亦为之色变的气势，就不愧为盖世名将。

就见场中杨再兴大枪一立，比武场中气流涌动，四面八方枪影舞动，幻出大片的华彩，长缨如展翅而起的雄鹰直取白起！

此时，飓风般的剑气从比武场中席卷开来，杨再兴的枪仿佛刺入了无尽的深渊，天上地下、四面八方尽是剑气。杨再兴整个人从马上被无情地抛起，在空中翻了数个跟头跌在地面，全身血污，但他就地一滚重新站起。

白起鬼火般的双目闪过一丝异色，恍然道："原来你有杨家'问心铠'护体。"他战马向前，黑色的披风高高扬起，滔天的剑气再次掠向杨再兴，而在场所有人都看出，杨再兴已经无力反抗。

急骤若奔雷的蹄声响起，一道灿烂的剑光如惊鸿闪动，刺入滔天的剑气中。"当！"白起的剑势一收即止，那半路杀来的战士被震退七步，来人相貌俊朗，一身铜甲，胯下战马通身漆黑唯独脖子上有着一点白斑。

白起嘴角微微上扬，轻声道："什么人？"

"华天晴。"华天晴按着流血的左肩苦笑道。

"我听过你的名字，你就是张仪口中那个说自己无意争雄天下的太白神剑。"白起淡淡一笑道，"而你现在却来阻止我杀人。"

华天晴道："杨将军是岳元帅帐下大将，岂能让你杀他？"

"目中无人的小子。"白起看了看站在一旁的杨再兴，又看了看华天晴腰间的长剑，道，"战场上胜负即生死，你华天晴却要横加插手，就凭你的太白剑？"

华天晴仔细端详面前的白起，对面的不世名将，并不如想象中的高大，甚至在秦人中还算是瘦小的，但那端坐在马上的神态，自有睥睨天下的气势，而花白的头发和眼角的些许皱纹，不仅不让人感觉苍老，反而增添了他名将的魅力。那留有轻扬短髭的古朴脸庞上，嵌有一双深沉如大海的眼眸，只是那眼神中挥不去的杀气，叫人想起此人曾不止一次地给全天下带来地狱般的恐怖。

华天晴朗声道："那何不由我来替杨将军，接你武安君的剑术？"

年轻人真是不知死活，白起望向天空道："胜负即生死，让我看看你凭什么从大唐嚣张到大宋。"

于是，一旁高台之上，展昭高声道："比武场下一场，白起对华天晴！"

比武场西面，钟会笑道："这小子真是找死。"

楚戈道："武安君虽不是以勇力名传于天下，但楚某以为，若选战国时代排名前三的武者，武安君必定名列其中。"

张仪笑了一笑，并没说话，他并不担心白起，他只是对华天晴的实力颇为好奇，这个一路挣扎而来的青年，这次又能有何表现？大王想要重用此人，定有他的道理。

另一边，贾诩亦皱眉道："这小子上去做什么？白起杀杨再兴关他屁事情。"

而魏延却道："我倒想看看这小子有什么能耐。"

太史慈则沉默不语，若说他和杨再兴的武艺在伯仲之间，而杨再兴和白起过招却是一招即败，华天晴又能如何？

贾诩轻轻瞟了颜泪儿一眼，那妮子把战马移到最靠近比武场的地方，焦急之心溢于言表。而风吹雨则抬头望天，在思索着什么。这家伙有点奇怪，贾诩眉头轻皱，从见面到现在，这名叫风吹雨的青年始终叫人看不透，他身上的气质极为复杂。

场中二人，重新隔着十丈站定，华天晴忽然觉得看不清楚对方，明知道对面就是白起，却无从出手，明知道对面亦只是个普通人，却有面对茫茫大海的感觉。那些千年之前在战场面对白起的众多名将是否亦有这个感觉？他们是否亦根本看不清楚，于千军万马之后运筹帷幄的武安君白起？华天晴忽然很佩服杨再兴，在如此压力下杨再兴还能从容出手，单这一点说来已经非常了不起。

少年子弟江湖志，华天晴手按太白神剑的剑柄，心中一股昂扬的斗志豁然而起。锵！太白神剑青锋扬起，"剑如霜兮胆如铁，出燕城兮望秦月。"剑光向高深莫测的白起笼罩而去。

当！长剑被架开，紧接着闪电般的剑芒直取华天晴的咽嗓，华天晴从未见过如此快速的剑，他亦从未想过剑气磅礴如大海的白起，剑还能快到这种程度，他不及躲闪，只能不惜同归于尽，反手一剑刺向白起胸膛。

二人战马一错，华天晴的左肩又中了一剑，依然是先前受创的伤口，鲜血顺着胳臂流淌而下。华天晴注意到白起手中的长剑，那长达四尺的长剑闪动着青红的暗芒，据说只有常年饮血的兵刃才会有这种光芒。

"敢于拼命的剑士，才能成为好剑士。"白起忽然说道，他似乎对华天晴先前那剑颇为欣赏。

华天晴注意到，白起说话时眼中竟是如此一种与世无争的神情，怎会如此？但他不及多想，白起那汹涌磅礴的剑气已如千军万马般压迫而来。身下"千里一盏灯"一声长嘶，手中太白神剑发出暗红的光芒，"一身转战三千里，一剑曾当百万师。"华天晴毫不退让地冲入剑气之中！

而白起人与战马同时旋动，那黑色神骏的战马居然离地而起，四蹄飞踏华天晴的面门，华天晴一带缰绳让出三步，白起的长剑就扫向华天晴的眉心，华天晴长剑一横正封在白起长剑的剑尖。当！巨大的压力迫来，华天晴被一剑震开，"千里一盏灯"一下倒退十余步，接近绳圈。

场外杨再兴道："若他想保命，只需跃出绳圈。"

他边上的高宠冷笑道："换了你，你会么？"

杨再兴摇了摇头，带缰绳逼近绳圈，随时准备出手救人。

场中，华天晴长啸一声，长剑剑芒再次涌起，全身力量汇聚而出，"地崩山摧壮士死，然后天梯石栈方钩连。上有六龙回日之高标，下有冲波逆折之回川。"整个比武场上剑气激荡风云变色。

白起大叫道："来得好！"他手中万千剑气化作一剑，"轰隆！"一声巨响，华天晴就像给狂风吹起的落叶，身不由己地被抛得往远方飞去，重重摔在地下，太白神剑脱手落出七丈之外。

张仪轻声道："武安君的剑气为天下至刚，华天晴竟然妄图攻击武安君的最强点，真是找死。"

钟会道："先前卢俊义挑战楚戈，也是一样的想法，这两战强度不同，但结果却是一样。"他发现自己竟有些为了华天晴感到可惜。

白起扫了眼华天晴脱手的太白神剑，沉声道："让我看看除了太白神剑，你还有什么？"他长剑发出尖锐的声音横扫而起。华天晴两手尽是汗水，除了太白神剑，他还会什么？眼见白起长剑逼近，他一拍土地，整个人盘旋而起——"雁翔"！

白起哈哈大笑，剑气比华天晴的身法不止快出数倍，血光从华天晴的胸口绽出，眼见长剑就要透胸而过，突然整个比武场地动山摇，天空中竟然连续响起十多个霹雳，所有人都为之一愣。

白起眉头一皱还要出手，场外闪过一道绯红的剑芒，柔如春风的剑气拂向白起的面门。白起冷喝一声，剑光拦住那剑，身形在半空一停。颜泪儿乘势一把抓住华天晴的腰带，飞身跃向绳圈。白起那黑色骏马四蹄展开，两步就追了上去，长剑直刺颜泪儿后心。

此时，比武场上人影一闪，风吹雨大袖飘飘拦住白起去路。白起看清风吹雨的面目，不由面色大变，失声道："大王！"再也顾不得追击华天晴，翻身下马跪倒在地。

而此时，杨再兴、太史慈、魏延、贾诩都已经冲入场内。贾诩见风吹雨和白起并肩而立，心头疑云骤起，他们究竟是什么关系？

混乱中，颜泪儿抱着华天晴已经冲出绳圈，华天晴眼角余光望见白起向风吹雨跪下，脑海中一片混乱，风猪是秦王……这怎么可能？

而整个幻海镇又是一阵剧烈的震动，场外张仪当机立断道："保护大王，全力抢夺山河令！"于是楚戈、钟会带着事先准备的人马一拥而入，杀向放着山河令的高台。

高台上，展昭等人赶忙调集人手保护山河令，突然一声惊天动地的巨响，整个比武场出现一道数丈宽、数十丈长的深沟，场中的不少人顿时跌落进去。白起凌空而起，如大鹏一般掠向放山河令的高台，突然间，高台上的山河令发出耀眼的光芒直上天际，白起亦睁不开眼睛，整个比武场为之大乱。

混乱之中，风吹雨的视线内已无华天晴的踪影，他眉头一皱道："张仪。"

张仪道："在。"

风吹雨道："找到他。"

"是。"张仪道，他目光越过混乱的比武场，直到此刻大王依然如此关心华天晴，叫人好生不安。

"纵横五千年"GM组长室内的大屏幕忽明忽暗，方谢晓、纪无缘、何不忘各自拨打着电话，但各个方面都没有明确的答案。

方谢晓忽然眉头一皱，挂上电话，抬头道："纪美眉，会不会你说的事情已经发生了？"

纪无缘愣了一下，道："不会那么快吧。但这次的情况比上次长安大战还要糟糕。"

而在外面的GM值班室已经乱作一团，投诉电话此起彼伏，几个人无可奈何地坐在办公室内。在长达一个小时之后，大屏幕忽然一阵抖动，露出一片狼藉的幻海比武场，那道数十丈长的深沟触目惊心。

忽然，GM组长室内的直线电话响起，方谢晓拿起电话，不停地点头。然后转身对纪无缘与何不忘道："他们关过机了。"

纪无缘与何不忘交换了一下目光，等方谢晓继续说。果然，方谢晓继续道："但是没有关成功，'纵横五千年'的主机竟然自己重新开机了。"

何不忘道："什么？自己开机？"

方谢晓苦笑道："确切地说，是没有关成功，系统就重新启动。主机还自动和城市主干系统连为一体，短期内很难强行关闭。"

纪无缘道："那怎么办？"

方谢晓："所以慕晨雪小姐说，我们要做两个准备。"他看了二人一眼道："一是，尽力查出华天晴的下落，据说他被困在服务器内，而且不排除其他人和他有相同情况的可能。第二……"他略作迟疑道："可能需要我们登陆服务器内部去查这个程序的人工智能问题，此行可能有些危险，全凭自愿。"

纪无缘扭头看了看屏幕中的幻海镇，她和何不忘同时道："我去！"

何不忘道："且不说这是职责所在，这个机会实在太难得了。"

方谢晓微微皱眉，这两个家伙真的明确登陆"纵横"的危险么？

"你是秦王？"

"我是。"

"……怎么可能？"

"天下的事情，没有不可能。"

"……"

"天晴，加入我吧。我们可以并肩去改变'纵横'。从此以后天下我们一人一半。"

"我想去改变'纵横'，但我不要天下。"

"难道你不明白？当我们拥有天下，天下才会变得有力量。"

"天下本来就拥有力量。风，你知道吗？"

"加入我。"

"……不……"

"我会给你时间……"

华天晴逐渐被黑暗所包围。

大雨，黄昏。

颜泪儿坐在屋檐下，幽幽出神。

当日她抱着华天晴，打打逃逃，就连宝马飞云骓也跑得筋疲力尽。来到此处客栈时，华天晴终于失去知觉伤重不起，一晃已经三日。而她自从幻海一战后竟然无法下线，这个世界究竟发生了什么？她竟和自己一直看不起的古人一样，困在这样一个天地，数日来，她心中得不到片刻安宁，不仅担心华天晴，更担心自己日后的命运。

此时，郎中从屋内走出，轻声道："姑娘，老朽无能，只怕救不了这位公子。"说完深深一揖，转身出门。

点点雨水从屋檐上滴下，颜泪儿摇了摇头，这已经是第七个郎中，没有人能够救华天晴。她走入屋内，收拾东西背起华天晴离开客栈，天下之大必有奇人，只要他不死，就有希望，只要他们不死，就一定能有转机。

颜泪儿背着华天晴正要走出客栈，迎面走来一个青衫文士。那人面目俊朗满是书卷气，眉目中带着忧郁，鬓间微霜，看到颜泪儿背着人走来，眼中露出同情之色，他侧身让过颜泪儿，无意间目光落在华天晴腰间的剑鞘上，微微一愣，发言问道："敢问姑娘，这位小哥命在旦夕，你要带他到何处去？"

颜泪儿轻声道："此地无人能够救他，所以去别处试试。"

那男子道："在下手边正有一方，或可救这个兄弟。"

颜泪儿不可置信地望着对方，那男子道："请随我来。"说着领先而去。颜泪儿目光落在身后的店小二身上，店小二笑道："这个客官也是今日才来住店，小的也不知道他居然是个郎中。"

颜泪儿不及多想，病急乱投医，她紧随那男子而去。

华天晴被平放在床板上，那青衫文士细细察看了一下他胸前的伤口，轻声道："是白起的剑气所伤。"

颜泪儿道："先生好眼力，不知可有办法？"

那文士沉思片刻，低声道："他的眉心中依然带有一股血气，可见求生的意识尚存，或可一试。”

看看昏暗的房间，颜泪儿道：“先生可要烛火？”

“不用。”那文士从怀中拿出一支金针，道，“我尽力就是。”

颜泪儿点头退后，打开屋子的天窗，淡淡的光线透过雨水射了进来，那文士深吸一口气，悠悠吟道：“锦瑟无端五十弦，一弦一柱思华年……”手中的金针散发出淡淡的金光，竟然发出一声轻轻的剑鸣，如梦似幻般地刺出五十六针。

锦瑟无端五十弦，一弦一柱思华年。

庄生晓梦迷蝴蝶，望帝春心托杜鹃。

沧海月明珠有泪，蓝田日暖玉生烟。

此情可待成追忆，只是当时已惘然。

五十六针扬起一片针影，化作一朵金色莲花，莲花散发的光芒指向华天晴一百一十二处穴位，那文士收针之时，屋内一片华彩。

华天晴睁开眼睛时，雨已经停了，透过天窗望去，夜空显得格外清明。梦中和风吹雨的对话究竟是否真实？他用力支撑起身子，胸口伤口一阵剧痛。

颜泪儿见他醒了，不禁泪眼婆娑，喜道：“你终于醒了！”

华天晴看着一脸憔悴的颜泪儿，轻声道：“你一直在我身边？”他迟疑地望了望四周，皱眉道，“你没有下线么？应该很久了吧。”

“不是没想过下线，只是下不去而已。”颜泪儿苦笑道，“所以你也不用感谢我，我陪在你身边，只是因为自己无处可去。”

华天晴拍了拍颜泪儿的小手，笑道：“我不谢你还能谢谁？”

颜泪儿道：“你可以谢谢李商隐。”

“李商隐？”华天晴奇道。

颜泪儿道：“是他救了你，所谓吉人自有天相。他说你既是为了他来到大宋，才

有此一难，能为你尽绵薄之力，是他的荣幸。"

华天晴道："他人呢？"

颜泪儿道："已经走了，他留了东西给你。看他的意思，你的伤势并未痊愈。你自己看吧。"说着递给华天晴一封信笺。

信上写道："华兄之伤已被暂时压住，日常行动或已可以，若动武则力不从心。但吉人自有天相，由此地向南有一青虹谷，里面有一老友定可治愈华兄。天下文道一脉相承，华兄只需拿着剑鞘前往即可。白起为天下雄才，非绝世英杰无人可撼动之，商隐即将远离大宋，留下剑谱一页，权当纪念。"

华天晴看完信，信笺化作一片书页，上写着"诗剑之李义山篇"。

系统提示："诗魂"任务之李商隐完成，诗剑达到第五重。

华天晴看了眼枕边无助的剑鞘，想起初接"诗魂"任务的情景。

系统说："太白神剑"为特殊物品，只能从"李白"手中才能得到，一旦失落将自动被系统收回。随着玩家装配太白神剑，会直接触发"唐诗之魂"任务，如果玩家能在日后的游戏过程中，接触到"李白、杜甫、李贺、李商隐、王维、陈子昂、白居易"七位著名诗人，即进入特殊场景，就将会得到"诗魂玉佩"。"诗魂玉佩"是"纵横五千年"的隐藏道具，本任务无服务器限制，无时间限制，除非太白神剑遗失，则任务自动中断。

如今太白神剑已然遗失，为何任务还在继续？这是否意味着希望并未断绝？

颜泪儿道："他说了什么？"

华天晴笑了笑道："我们向南去青虹谷。"

颜泪儿秀眉轻扬道："我有说一定会跟你去么？"

华天晴耸耸肩，笑道："我知道你是好人。"说着挣扎着下床，就觉得两脚轻飘飘的。伸手拿起剑鞘，若没有太白神剑，自己还能做什么？

颜泪儿轻轻扶住他的身体，笑道："书上常说，剑的最高境界是无剑胜有剑，你正好练无剑嘛，有什么好担心的。"

华天晴笑道："说来容易，做来难。"但他的心中亦为之一动，在长安习得"诗剑"李长吉篇时，系统曾经提示达到"无剑"境界，自己却始终没好好研究这个问题，如今是否真的是时候了呢？

颜泪儿道："前几日，路上常会遇到秦人的追兵，不知为何这两天却很安静。"

华天晴道："大战之前总是安静的，我们明早就去青虹谷。待我伤好了，白起不来找我，我还要去找他呢！"

颜泪儿掩口轻笑了几下，转而又一脸烦躁道："看你这个样子，倒是很享受这里的生活，难道你没想过怎么才能下线么？"

"怎么会没想过，但我现在已经想通了。与其患得患失，不如把握现在，享受这一段生命。"华天晴看着颜泪儿的眼睛道，"既来之则安之，我们现在第一要紧的是要活下去，也许在这个世界里面阵亡，就会让我们真的丢了小命。为了能活下去，我们必须比在现实中更加倍努力。"

颜泪儿点了点头，从几日前的冤家死敌，到现在的相濡以沫，人生本就奇妙无比。

只是在这现实和虚拟之间，风吹雨究竟是怎样的存在？华天晴悄悄叹了口气。

"听说华天晴曾在大宋的幻海大会出现，晨雪，你一定要找到天晴！"雪焰望着风陵渡那波澜壮阔的黄河之水，沉声道。

晨雪笑道："放心吧，我一定会找到他。"

西门不弱道："最没良心的就是风吹雨，去了战国之后，竟然一点消息也没有。"

风舞道："你别怪他，也许他也遇到了麻烦，听说战国的NPC都已经疯掉了。"

西门不弱道："小雪和小风，你们两个照顾好我妹妹。"她望了眼魂不守舍的上官雨露，摇了摇头，这个丫头一心想去战国找风吹雨，但这个时候怎么能让她去战国？听说那边已是秦王的天下，若不从军就是被杀。

旁边的燕歌行道："大姐，你就放心吧，我会照顾雨露的。"

一直沉默的剑冥道："上一次我们在这里送别华天晴，他一去不回，这次我们送你们去大宋，你们一定要好自珍重！"

西门不弱怒道："臭剑，你就不能说点吉利的话？"

燕歌行道："哥哥你放心吧。我想华老大应该也没事的。"

风舞道："你们就别担心我们了，我觉得老剑和雪猪才应该小心，听说战国的人已经向各个大陆动手，你们两个树大招风，自己小心才是。"

雪焰和剑冥相视苦笑，若非如此他们早就和风舞他们一起去大宋了，作为各自帮派的老大，他们不能在这时丢下帮众不管，留下来应对即将到来的变化才是最要紧的事情。

晨雪身后的何不忘轻声道："你何不劝他们暂时关闭帮会，不要登陆游戏，等到状况好转再来？"

"网络和江湖一样，这里的人比现实中更率性，更义气。他们不会接受那么没有出息的做法的。"看了看何不忘的表情，晨雪笑了笑道，"这是华天晴说的。"说到华天晴，她的眼中满是希望。

纪无缘拍了拍何不忘的肩膀，何不忘高举拳头高声道："起航！"

客船缓缓驶离风陵渡，众人挥泪而别，阵阵秋风吹起，茫茫黄河荡起层层波澜。

在风陵渡码头的高楼上，东方舒寒和秋风清临风而立。

"你想不想和他们一起去？"东方舒寒道。

秋风清笑道："想是想，但大唐需要我们留下来，应付即将到来的危机。"

东方舒寒道："我曾经想过解散金钱帮，等这次危机过去后再回来。"

秋风清轻声道："无论你做何决定，我都支持。"

东方舒寒道："但那样做虽然安全，却太没出息了，人如果在游戏中还要这么没出息，还活个什么劲？"

秋风清笑道："老大就是老大。"

东方舒寒道："前几天大宋的清风社过来人，说希望和我们金钱帮联手应付危机。但在大宋的幻海大会之后，他们似乎打退堂鼓了。"

秋风清道："我知道幻海大会出现了许多古人，尤其是还出现了秦国的白起、张仪。"

东方舒寒道："白起是战国最伟大的名将。清风似乎被这些人震慑住了，听说他们已在研究解散帮会，等待时机。"

"老大想要怎么做？"秋风清问道。

东方舒寒望着碧蓝的天空，道："我想你去一次大宋，看看清风社究竟想如何？若他们真要解散，我想总不会所有人都走，你去接手他们留下的人。"

秋风清轻轻转动胸前的白玉美人，悠然一笑道："好。"

东方舒寒淡淡一笑，拍了拍秋风清的肩膀道："好兄弟。"

二人一齐望向远去的客船，值此秋日，天高水长，云淡风轻。

华天晴和颜泪儿一路向南，不知不觉到了采石矶。

采石矶和岳阳城陵矶、南京燕子矶，合称"长江三矶"，素有"千古一秀"之誉。此地绝壁临空，扼据大江要冲，水流湍急，地势险要，自古为兵家必争之地，是"纵横五千年"宋朝大陆上北宋南宋的分界点，过了此处历史人文就以南宋为主了。

颜泪儿在外转了一圈，回到太白楼，在华天晴面前坐下道："我问了下此地的百姓，没人知道有青虹谷这么个地方，我真担心我们一路南下，走得太急是否错过了。"

可华天晴却好像没有听到她的话，颜泪儿顺着他的目光向楼外望去，就见远处江面上有着一个李太白负剑望月的塑像，华天晴正是在看那个东西。

颜泪儿抬手在华天晴眼前一晃，嗔道："想什么呢？"

华天晴道："太白远去，让人追思不已。"

传说中一代诗仙李太白，就是在此跳江捞月，骑鲸上天而去。

华天晴笑了笑道："太白先生当日言道，大唐或可让我见识华夏的风采，但只有五千年的天下河山才能让我看清真正的神州。"

颜泪儿不禁沉默，她当然知道华天晴在难过什么，丢失太白神剑对华天晴来说不仅仅是丢失了兵器，更重要的是他失去了对他人的承诺，她也不知道该如何劝慰。

华天晴托起桌上的剑鞘，轻声道："如今虽然神剑不知所踪，但责任尚在。是不是？"

颜泪儿点了点头，华天晴望向长江，目光变得异常深远，轻声道："我有一种感觉，青虹谷就在附近。"

第五章　诗魂词魄

采石江边李白坟，绕田无限草连云。

可怜荒垄穷泉骨，曾有惊天动地文。

但是诗人多薄命，就中沦落不过君。

从太白楼上望着楼外的风云变幻，华天晴和颜泪儿心头自有百般滋味。

颜泪儿看着华天晴俊朗的面庞，忽然道："我知道你们长安的队伍里有个叫晨雪的丫头，是你的小情人对不对？"

华天晴淡淡一笑道："我的事情你了解得倒多。"

颜泪儿道："很漂亮么？"

"真人没有见过。"华天晴慢慢道，"但我觉得应该是漂亮的。"

"比我漂亮？"颜泪儿美目流转，那双妖媚的眼睛紧盯华天晴的脸庞。

华天晴失笑道："你都没见过她，有必要那么在意么？"

颜泪儿道："当然！因为我现在喜欢你。"

"你……"华天晴被她那果决的语气震慑，反而一下子说不出话来。

此时楼梯上脚步声响，数名佩剑带刀的武士走上楼来，为首一人紫袍高冠，气宇轩昂，目光在楼上扫视一阵，向华天晴和颜泪儿的桌子走来。

"居然在这里看到颜泪儿小姐，真是意外！"那男子高声道，楼上众人看到他，都纷纷结账下楼。

颜泪儿秀眉轻扬，轻声道："这个人是大宋南方风云会的老大，叫魔君子。"

华天晴点了点头，却听魔君子道："什么时候开始，颜泪儿的身边也有男人了？"

颜泪儿笑道："魔君子你收敛点，这里是采石矶，是清风社的地盘，你风云会的人不受欢迎。"

"清风社？"魔君子哈哈一笑道，"这个世上还有清风社吗？颜泪儿小姐你消息可不灵通啊。"

"清风社怎么了？"颜泪儿奇道。

"风云烟那家伙召集清风的人在采石矶开会，说是讨论清风的前途问题，多数是要解散。"魔君子不屑道，"他们在幻海大会上折损了欧阳碧血，被吓破了胆。"

颜泪儿和华天晴互换一眼，幻海大会导致清风社解散，这倒是没有想到的。

魔君子道："听说当日你也参加了幻海大会，还和唐朝的华天晴在一起。"他说到这里，顿了一顿望着华天晴道，"你不会就是华天晴吧？"

华天晴笑道："正是华某。"

魔君子哈哈大笑，道："好！全江湖都在谈论你的故事，没想到今日得见真人。"

颜泪儿道："你没事情晃悠到这里做什么？印象中你一直都在杭州，很少在外面走，典型的杭州看门狗的样子。"

魔君子显然对颜泪儿很有好感，并不为颜泪儿的话生气，微微一笑道："清风要解散，自然会有人才外流，我来吸收骨干。颜泪儿小姐若有什么地方需要帮忙，也请尽管开口。"

华天晴笑道："正有一事请教，风云会长期在大宋南方，可知一处叫青虹谷的地方？"

"青虹谷？"魔君子微微皱眉道，"倒是真没听过。"

他身后一个武士插话道："清风社开会的地方叫青虹殿，不知道和青虹谷有没有关系。"

魔君子笑道："青虹殿就在城中，哪里会有什么青虹谷呢？"

颜泪儿笑道："不知道清风社的大会是否允许别人参观。"

"我们当然有被邀请。"魔君子道,"但别人也就罢了,你嘛还是别去了。"

颜泪儿笑道:"为何不去?魔老大你带路吧。"

魔君子微微皱眉道:"我还有事情等人谈,让小断带你去吧。"

方才说话的武士点头道;"就由我刀断流,带二位前往。"

颜泪儿站起身道:"你约的谁?那么要紧。"

魔君子笑道:"天机不可泄漏。"

"稀罕!"颜泪儿笑道,同华天晴一齐跟随刀断流而去。

望着他们的背影,魔君子微微点了点头,身后另外两个武士转身离去。

"会否是个陷阱?"华天晴密语道。

"应该不会。"颜泪儿道,"我和他无冤无仇的,你看出了什么?"

华天晴道:"只是有不好的预感。"

颜泪儿看着前方带路的刀断流,傲然道:"不怕。整个风云会还没有我看在眼里的人。"

华天晴笑了笑,忽然心中生起一个念头,若是换了晨雪在身边,她定会很小心。

下得黄河渡船,秋风清仰望天空,纵横万里的如血夕阳动人心魄,他轻轻叹了口气,五千年的天空都是一样的,所不同的只是天空下苍生的命运而已。

"秋风,你终于来了。"数十步外风吹雨傲然而立,身后两名身躯雄壮的武将侍奉左右,同是黑袍,一人金甲一人银甲。

秋风清深深吸了口气,缓步走到风吹雨近前,偷偷打量他身后的武将,双膝跪倒道:"大王,臣奉召而来。"

风吹雨并没有说话,只是痴痴地望着那奔流而去的大河,久久才淡淡一笑道:"有事情让你去办。"

秋风清低头望着胸口的白玉美人,低声道:"是。"

银甲武将递出一封书简,风吹雨不再多言,转身离去。

秋风清跪在地上听风吹雨说道:"五千年江山,竟是如此美丽。蒙恬,王翦,是时候得到天下了。"

青虹殿在采石矶东南的山中，遥遥望去好大的一片殿宇。

华天晴问道："那么大的一片建筑，青虹殿到底是什么所在？"

刀断流道："据说是韩擒虎驻军的地方。"

"韩擒虎？"华天晴皱眉道，"隋朝大将？"

"华兄觉得有何不对？"刀断流笑道。

"按理在大宋服务器，这里的人文应该以宋朝为主才对。"华天晴笑道，"别的倒没什么不妥。"

刀断流道："这里宋朝的古迹已经够多了，我倒觉得没啥不妥。"

颜泪儿道："韩擒虎是谁？名字有点耳熟。"

"你当然应该耳熟，他本就是响当当的人物。"华天晴笑道，"大隋开皇八年，隋南向伐陈，正是韩擒虎作为先锋率精兵五百人自横江夜渡，袭取采石。"

说话间，他们已来到青虹殿前，石筑的大殿前一面石碑刻着两行大字："生为上柱国，死做阎罗王。"

颜泪儿道："我想起来了，传说中韩擒虎死后做了阎罗王。"

华天晴笑道："的确有这个说法。"

此时，大殿正门走出数名长袍轻甲的剑士拦住三人去路，当先一人道："清风社在此集会，何人擅闯此地？"

刀断流道："风云会刀断流携兄弟，前来参加清风大会。"

清风弟子打量了三人一下，笑道："原来是风云会的朋友，请跟我们来。"

三个人跟着这些清风弟子向里走，颜泪儿密语道："似乎真有些不妥。"

"怎讲？"华天晴道。

"清风的人看到我会那么冷静？"颜泪儿道，"真是奇怪了。"

"也许他们几个不认识你。"华天晴道。

颜泪儿笑了笑："我那么好认的人，会认不出？"

华天晴道："你到底和他们有什么仇？"

颜泪儿耸耸肩道："我把他们的前任老大，也就是创始人苏麟杀了，那个家伙运气不好，居然数据被清零。"

华天晴皱眉道："这是什么时候的事情？"

颜泪儿道："大约是你长安之战的日子，尽管那时苏麟已不是清风的老大，但毕竟他是创始人。"

华天晴仔细观察前方带路的清风弟子，轻声道："的确有问题。"

"怎讲？"颜泪儿模仿他的语气问道。

"他们的脚步整齐得离谱，走了那么多步，步点竟然一点变化也没有。"华天晴道。

颜泪儿皱了皱眉，扫了眼一旁的刀断流，道："他呢？"

"不清楚，你要小心，真要动手我可帮不了你。"华天晴道。

颜泪儿道："我知道，你照顾好自己就行。"

华天晴目光扫向四周绵绵不绝的庭院，大会之地怎会如此安静？戒备之心油然而起，原本只是想来清风社打听一下青虹谷的消息，却没想到情况变得那么复杂。

前方是一处大殿，殿前一块巨大的草坪，殿门紧闭，不知殿内情况。

一清风弟子道："社团的众位大哥，以及各位客人都在里面，三位进去即可。"说完转身离去。

华天晴三人大步向大殿走去，华天晴望了望身边的颜泪儿和刀断流，微微一笑道："难道里面有鬼么？"他用力将门一拉，吱哑哑……哐当一声，大殿厚重的大门应手而开。

一眼望去，可容纳百多人的大厅由十八根石柱支撑，却是空空荡荡的，而大殿高阶之上的梨花木太师椅上坐着一个白衣文士。

颜泪儿目光一挑，向着文士走去，高声道："风云烟！你搞什么鬼？"

她刚刚跨前一步就被华天晴一把拉住，华天晴道："不对劲。"就在华天晴拉颜泪儿的时候，刀断流竟然消失不见。

二人同时望向身后，身后大门不知何时已在二十步外，他们进门明明只走了两步，如今距离大门却足足有二十步！二人同时掠向大殿正中的白衣文士，但奔出十步却丝毫没有拉近与大厅高阶的距离。

华天晴道："这个大殿有鬼！"

颜泪儿冷哼一声，手中长剑猛刺而出，剑气呼啸着飞向太师椅上的白衣文士，"嘭！"白衣文士四分五裂到处飞散。

华天晴低声道："是幻象……要冷静。"

颜泪儿深吸口气不再出剑，开始重新打量身处的大殿，这是一个和宋朝建筑风格迥然不同的殿堂，这个大殿没有任何的神像图腾，去让人心中油然生出一种肃穆的感觉。

"普通人来到此处，早就膜拜在地，你们这两个不知信仰天神的家伙，真叫我难办。"一个仿佛来自天空的声音缓缓道。

"张仪！"华天晴望着前方高阶上缓缓闪现的黑影，嘴角露出微笑，只要你现身就好，否则还真不好办。

颜泪儿轻声道："你确认这个不是幻象么？"

"试试看。"华天晴道。

"你还是不死心。"张仪笑道，"华天晴你还是不死心，这就是我不放过你的原因。"他的声音逐渐转冷道，"一个不知道放弃的人，怎么能让人放心。"

华天晴冷笑一声，猛冲而起奔向张仪。与此同时颜泪儿从大殿的边上掠起，化成一道美丽的弧线，突然掠向大门。张仪面无表情地看着前方，华天晴人在半空隐约觉得有些不妥，猛然他就感到大殿忽然变大，比先前变大了一倍有余，两个人的身法虽然极快，却不论从哪个方向，都既无法接近张仪，也无法冲出大殿，只得重新落回地面。

"我走了几个大陆，这个世界真的发生了好多事情。"张仪的声音再次响起，"你们有没有听过唐玄奘取经的故事？非常有趣，我很喜欢五指山那一段。你们现在就是在我的掌心之中。"说着他人缓缓浮到半空，双手慢慢翻落。

轰隆一声，整个大殿一阵晃动，地面猛地一空，华天晴和颜泪儿的脚底一下悬空，再不是实地。

二人大叫一声，互击一掌分向两边飞去，但整个大殿忽然化作无穷宽阔的深渊，两旁墙壁看似伸手可及，却根本摸不到。

颜泪儿的泪痕剑发出一剑倾城的剑光飞刺张仪……但天地变得无比宽广，张仪仿佛一个咫尺天涯的幻象，长剑完全空发。

二人拼命飞掠十多丈，终于力竭下落，华天晴一声长啸，身子闪起一阵蓝光，"雁翔"身法展开，仿佛大雁一般在空中一个盘旋，一把抓住失去平衡的颜泪儿。颜泪儿紧抓住他的肩膀，两个人拉在一起分量一沉，猛向下落。直落了三丈，华天晴才稳住身子，但大殿地下仿佛是一个无底洞，二人近乎下落了有数十丈，还没落到实地。

忽然，一阵狂风掠过，二人下落之势再次变疾，如秋天的落叶在风中完全失去方向，连翻几个跟头，"扑通！"冰凉的感觉骤然袭遍全身，底下竟然是一处寒潭。华天晴重重摔在水中，在巨大的冲击下张口喷出一口鲜血。

颜泪儿奋力拉住他的衣袖，将他拽上了一块巨冰，"我就会这一招保命的功夫，还真的用上了，老天对我真不错。"华天晴喘息着道："不过这次真的是雁渡寒潭了。"二人望着对方狼狈的样子，不由得笑了起来。

颜泪儿道："少贫嘴了，之前在太白楼我说喜欢你，你还没表态呢。"

"这个……"华天晴低声道，"你了解我的为人。"

颜泪儿道："直接说。"

华天晴道："谢谢你的厚爱。我和晨雪相识在先，而且两情相悦。"

颜泪儿皱了皱眉，抬起一脚就把华天晴踹入水潭，低声骂道："死男人。我只问你喜不喜欢我，那么多废话。"

华天晴被冰冷的潭水冻得一激灵，但他看到颜泪儿面容凄楚，不好再说什么，只得低声道:"看看这里到底是什么地方吧。"他抬头望了望寒潭的上空,上面黑咕隆咚的,似乎落下的地方已经重新合上。

颜泪儿目光扫向寒潭,这处水潭除了一大块一大块的厚冰外,山壁上还透着淡淡的灵光,她轻声道:"若只是这样,他为何要把我们丢到这里来?"

华天晴轻轻爬上巨冰,死死地盯着前方的寒壁,低声道:"丫头,你真以为这里很安全么?"

张仪缓缓走出大殿,殿外白起迎面走来,张仪笑道:"武安君这就要回大秦么?"

"山河令到手,我已完成王命。"白起道,"何况大王准备伐汉,我还是早日回去较好。"

张仪道:"我也想回去,无奈这里的事情太多,在此祝武安君一战成功。"

白起道:"你把华天晴弄下地牢了?不怕大王怪罪吗?"

"当然怕,但我觉得华天晴是一个祸害。"张仪笑道,"所以送他去了比地牢更可怕的地方。"

白起笑道:"这种人不是那么容易死的。"

张仪道:"我了解你的意思,但我想没有人能从大地之鳄的口下逃生吧。"

"大地之鳄在这里?"白起动容道。

"我也是最近才知道,大地之鳄被这座大殿困在山腹中。"张仪道,"战国之后,天下能人辈出。想来我们生在这样一个世界,真是老天给我们的一个赏赐。"

"不错,千古名将皆在一个世界,实在是太有趣了。"白起微笑着抱拳道,"白起就此告辞,你我军前再见。"

张仪拱了拱手,目送白起离开,暗自忖道:"太白神剑既已解决,该把全部精力都集中在大宋名将的身上了。"想到此处他的脑海中涌现出一个飞扬雄壮的身影,他轻声道:"只能说我们各为其主了。"

"那是什么?"颜泪儿也看到了前方的厚冰的异样,那冰层上泛着淡淡的绿光,绿光上有着两点红光。

"我也不知道。"华天晴道，"好像会动，还不止一条。"他指了指不远处的另外一块厚冰，在那块厚冰的水下也有东西泛着淡淡的绿光，正慢慢蠕动。

颜泪儿道："小声点，别招惹它们。"

华天晴道："我们差不多被包围了。"两人扫视四周，发现周围几乎每块浮冰下面都有泛着绿光的东西。

颜泪儿道："你除了诗剑还会什么不？"

华天晴道："会什么不重要，重要的是这些东西要做什么？"他话音未落，离他们最近的一块浮冰喀啦一声裂开，一条足有两丈多长的怪物浮出水面。那东西双目猩红，全身碧绿的鳞甲，张开血盆大口狰狞无比。

"鳄鱼？"二人同时失声道。那怪鳄发出奇异的吼声，猛地从水下蹿起扑向颜泪儿。

颜泪儿花容失色，吓得猛向后躲，脚下一滑跌入水中，连泪痕剑也掉在冰上。华天晴飞身捡起泪痕剑，猛刺那鳄鱼的肚子，哗啦——鳄鱼的肚皮被一剑破开，鲜血一下映红水面，那鳄鱼狂吼一声，一爪拍向华天晴。

华天晴亦落入水中，水下一道白光映入眼帘，让他心中一动。

四周的鳄鱼闻到了血腥味，一下子聚拢过来，四五条鳄鱼将那被刺伤的鳄鱼撕扯着吃了。颜泪儿和华天晴在水中望着这一幕，几乎忘记了水中的寒冷。

颜泪儿牢牢抓住华天晴的胳臂，华天晴皱眉道："怕什么？怕它就不吃你了？"

"只是太多，我们恐怕杀不过来……"颜泪儿争辩道。

华天晴道："这些鳄鱼若非困在此处，就应该有路可走，若它们也是困在这里，这个水潭就一定有克制它们的东西，所以还未到绝望的时候。"

颜泪儿急道："你说到底怎么办？"

华天晴道："之前我们掉下来时，我隐约看到水下似乎有个洞穴，我们赌一下吧。"

颜泪儿道："我听你的。"

华天晴猛吸一口气，一头沉入寒潭深处，颜泪儿紧随其后，向着水底那白光闪动处潜去，而冰上的鳄鱼亦紧追而至。华天晴猛推颜泪儿一把，在水中一个转身，一个疾刺将泪痕剑刺入当先鳄鱼的口中，那鳄鱼吃痛，大尾一摆正扫在华天晴的腰上，华天晴被扫得一个跟头，在水中一个翻滚，但也正因这一下他靠向白光的速度一下变快，几乎和颜泪儿同时靠近那光洞。

那光洞强大的吸力，一下子把二人吸入洞中，穿过那斜在水中的洞口，竟是一片实地。

鳄鱼源源不断地冲向洞口，华天晴守住洞门，一剑一条鳄鱼，而那些鳄鱼嗜血成性，一旦有同类受创，它们也绝不放过立时分食，不多时洞口已经死了六七条鳄鱼。而华天晴原本就极虚弱，此时几近脱力。

"天晴！"颜泪儿高声叫道。

华天晴转头一看，倒吸一口冷气。这水底的山洞中十分宽广，就在这宽阔的洞中卧着两条更长更大的鳄鱼，身上泛着暗黑色的鳞片，那诡异的鳄鱼眼睛已盯上了他们二人。

华天晴忘记了疼痛不已的胸口，不停地道："冷静，冷静……"他目光望向山洞的四周，这个洞竟然光线很好，在那巨大的鳄鱼所在的山石边，隐约有一条小径，似乎可以通向山洞深处。

华天晴不及多想，低声道："跟着我。"

颜泪儿点了点头，现在就算华天晴自杀她都会跟着去，此时那两条近乎三丈长的鳄鱼，已经晃动起身子，华天晴低喝道："跑！"二人同时跃起，掠向那条小径。那巨大鳄鱼亦沿着小径追去，速度快似陆上的奔马一般。

小径前方是一个石台，华天晴和颜泪儿飞身跃上石台。台下是一片极大的水潭，水潭中的水碧蓝碧蓝的动人无比，潭中有几处怪石耸立，他们不及细看，那三丈多长的巨鳄也已追上石台。

华天晴拦在颜泪儿身前，而巨鳄猛扑过来，一下将二人冲击倒地，腥臭的唾液流淌而下，二人已经力竭再无反抗之力。忽然，水潭中响起一阵恐怖的吼声，那巨鳄猛向后退了几步，巨大的身躯竟然隐隐颤抖，残暴的目光不甘地望了二人一眼，缓缓退了出去。

华天晴二人面面相觑，水里的什么让巨鳄如此害怕？二人探头望向台下的深潭，就见眼前的水潭中，碧蓝的水流下隐约有一物游动，那怪物一丈多长，全身鳞甲晶莹剔透，泛着白玉般的光泽美丽无比。

"就是这小东西让那巨鳄如此害怕？"颜泪儿皱眉道。

话音未落，台下的潭水一下子沸腾开来，碧蓝的潭水忽然变得火红，白玉般的怪鱼一下子浮出水面，一丈多长的身躯骤然变大，大得覆盖整个水潭，庞大的身躯仿佛和山脉连于一体，这怪物卧在水中，庞大的脑袋在半个水潭中若隐若现，一双巨目照亮了整个山腹。

二人缓缓坐到地上，这个究竟是什么东西？

那与山脉化为一体的怪物在水中轻轻晃动着身体，一个苍老而又沉厚的声音传来："你们莫怕，大地之鳄已与山脉的魂魄融合，不会对你二人如何。"那声音笑了笑道，"若他真要如何，只怕整个山都翻了起来。你二人又何足道哉？"

华天晴和颜泪儿顺着声音望去，就见宽广的湖面上一庄稼汉打扮的老者，正笑嘻嘻地背负着双手踏空而来。

"大地之鳄？就是它？"颜泪儿惊道，传说中在大禹治水之时，地鳄和应龙一样都是治水的功臣，而在功成之后地鳄自愿退入大地深处，镇守天下江河，没想到如今出现在采石矶的地底。

老者望着水中的异物，笑道："大道无形，大道无名。世上事到了极致，就不能用常理来看。"

"大道无形，大道无名。"华天晴看着空中的老者，觉得好生眼熟，忽然心头一动道，"眼前的莫不是宇文恺，宇文大师？"

那老者眼中露出一阵异色，笑道："小兄弟如何认得老夫？"

华天晴喜道："在下从大唐来，在长安和洛阳，都曾见过大师塑像，故而认得。"

"长安？"宇文恺轻轻重复道，这简单的两个字叫他那淡薄已久的心亦泛起一阵涟漪。

华天晴道："在下华天晴，今日得见大师，实在三生有幸。"

宇文恺笑了笑道："你二人如何到得这里？"

颜泪儿道："我们被大秦的人设计陷落此地，几经死里逃生，还请问大师这里到底是哪里？"

宇文恺拈须笑道："这里是远离尘嚣地的遗忘之地。"说着转过身，缓缓道，"相见即有缘，你二人随我来吧。"

华天晴二人正琢磨如何才能跟上他虚空的脚步，就见一道半透明的长索延伸到二人面前，原来有长索连在半空，凌空虚渡说穿了竟然如此简单。

二人跟着宇文恺走到水潭的上空，水潭中的流水依旧沸腾无比。宇文恺笑道："鳄兄，你就不要吓唬这两个孩子了。"说也奇怪，那潭水一下子平静下来，火红的水浪重新变成碧蓝的潭水，那庞大的大地之鳄重新变回晶莹剔透的白玉鳄鱼形状，不由叫人啧啧称奇。

宇文恺扭头对二人道："他只是和你们开玩笑，鳄兄的脾气其实相当好。"

华天晴二人说不出话来，只是跟着宇文恺向前走，三人在空中走了好长一段时间，前方出现了一块石壁，石壁上有一块青色的石碑，狂草般地写道："收天下难容之人，管人间不平之事。"

他们从石壁的夹缝中穿过，石壁晶莹剔透不知道是何种珍贵的玉石，夹缝过后前方成一个狭窄的山腹，山腹中各种奇花异草层出不穷，花丛中隐约出现一条山道，道口处又见两块石碑，左面石碑写道"天地不仁，岁月无情"，右面石碑写着"青虹谷"三个张狂的大字。

"青虹谷？"找了那么久的青虹谷竟然在这里？！华天晴和颜泪儿吃惊地看着彼此，心头一阵汹涌澎湃。

那山道尽头是一片虚空，茫茫白云化作七彩的阶梯，向下看则深不见底，宇文恺缓缓向上走，消失在虚空之中。华天晴见颜泪儿眼中颇有畏惧之色，伸手握住女子的纤手，颜泪儿脸上浮起一阵绯红，低头跟着华天晴向上走，不知不觉二人上了云端。

方才还在地底，如今怎么就在天上了？颜泪儿不懂，但她知道跟着华天晴，哪里

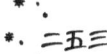

都不是问题，只是不知……最终有何结果……

步入云层，光华环绕，眼前华彩闪动，再睁眼时身边的状况完全不同。

眼前是一片空旷的山地，夕阳下数间木屋零散地分布在空地中，木屋之间种着奇花异草，时不时地有少年顽童在花丛中奔跑追打，一片祥和欢乐的景象。

在前方一间草堂前，两个老者正对坐下棋。

宇文恺来到棋盘前，看了眼，皱了皱眉道："黑龙被白棋围死，文老你还想怎么样？下棋你是下不过司马老头的。你怎么老说不听？"

那文老头淡淡一笑道："谁说下不过就不能下了？宇文你怎么不明白观棋不语的道理？"

"明摆了输的棋还不让说啊？"宇文恺指着远处山坡下的小屋道，"你以为你的黑棋里面会有一个像辛老头那样的万人敌，突出重围直捣黄龙？"

"世上真有万人敌么？"那被他称为司马的老者笑了笑，对姓文的老者道，"文老莫理宇文，他定是有事来找辛先生，故而要赶我们走呢。"

于是这那对弈的二人互一抱拳道："今日到此为止，明日再来。"

宇文恺嘿嘿一笑，指着山坡上的小屋对华天晴道："那里的白衣老头就是你来青虹谷要找的人，我送你们到这里，后面的事情就看你自己的造化了。"

"你怎么知道我们在找青虹谷？"华天晴奇道，他可还没机会向宇文恺提过这个事情。

宇文恺抬头望了望天空，意味深长地笑道："因为青虹谷是游离在'纵横五千年'之外的世界，更何况你带着李太白的剑。"说着他竟然消失不见了。

阿Z从屋内走出，一脸的疲倦。

比尔·克罗斯递给他一支万宝路，道："要不要去睡一会儿？"

阿Z摇了摇头，眼中略带迷茫道："没想到世界上竟然有这种高手，我要破一个程序会这么难。"他连续划了几根火柴，都无法点着香烟。

比尔·克罗斯掏出火机替他点着，笑道："早跟你说不要用火柴，火柴虽然很酷，但毕竟没有打火机好用。"

阿Z笑道："别看我是玩程序的，但我相信很多东西还是原始的好。"他猛吸了几口烟，眼中再次闪现出一阵迷茫，轻声道，"这个老爷子，我若是早点认识他就好了，没想到现在只能和死人作对手。"他揉了揉眼睛道，"我基本上破除了前几道关口，我知道这个游戏的关键在于五个服务器的山河令，山河令中包含着激活最终程序的代码。这些道具在普通玩家手中用处不大，但若是落在智能程序的手中，他们就能从'纵横'的世界游离而出，侵入互联网的其他世界，从而在互联网建立全新的秩序。"

比尔·克罗斯道："我们该做点什么？"

阿Z道："第一，不能让五个山河令落在智能程序手中；第二，如果这些智能程序在'纵横'中随意地活动，那么击败他们，或者杀死他们是最有效的办法，但我不相信谁能在虚拟世界中击败虚拟的指令。正如人无法去击败空气一样。"

比尔·克罗斯笑道："人无法击败空气，但是人可以破坏空气，所以我们终归会有办法。"

"也许。"阿Z耸了耸肩，抬起头对比尔·克罗斯道，"你知道'纵横'是什么吗？"

比尔·克罗斯摇了摇头，阿Z道："是世界的未来。"说着他又猛吸了口烟，向密室走去，一面走他一面说道，"这一切都是谢老头没有第一时间毁灭程序带来的后果，但若换了我，我也一样不舍得。"

比尔·克罗斯望着阿Z的背影，苦笑道："人就是这样奇怪的动物，以为自己是世界的主宰，全不顾自己手中的或许是无法控制的猛兽。"

华天晴将剑鞘插在山下，和颜泪儿携手走上山坡，山坡之上光华幻动，小屋边出现了一个明镜般的湖泊，湖岸边郁郁葱葱的树木叫人心旷神怡。

树阴下，白衣文士悠然舞剑，身姿矫健，剑若游龙，人在林中，剑在风中，身影飘忽在虚空之中。

华天晴和颜泪儿都是习剑之人，见此剑法皆不由神往。

就听那人放剑高歌，歌声中说不尽的苍凉傲骨："故将军饮罢夜归来，长亭解雕鞍。恨灞陵醉尉，匆匆未识，桃李无言。射虎山横一骑，裂石响惊弦。落魄封侯事，岁晚田园。谁向桑麻杜曲，要短衣匹马，移住南山？看风流慷慨，谈笑过残年。汉开边，功名万里，甚当年健者也曾闲？纱窗外，斜风细雨，一阵轻寒。"

终于，白衣文士停步收剑，那一对星目望向华天晴和颜泪儿，华天晴恭敬地上前跪拜在地。

文士微微一笑道："你等知我是谁？对我行此大礼。"

华天晴恭恭敬敬道："前辈是辛先生。写出'醉里挑灯看剑，梦回吹角连营'的辛先生。"

颜泪儿道："写出'众里寻他千百度。蓦然回首，那人却在，灯火阑珊处'的辛幼安。"

辛弃疾点了点头，手中赫然拿着太白神剑的剑鞘，笑道："你不想借太白之名来见我，可见你性格的倔强，但我又怎会只以剑鞘识人。"

华天晴道："在下受人指引，特来拜见，不敢对辛前辈有丝毫不敬。"

辛弃疾哈哈一笑，接过剑鞘道："既有李太白的剑鞘，又有李义山的指引。你的来头的确不小。"他手指一触剑鞘，剑鞘闪过一道红光，辛弃疾微微皱眉道，"白起的剑气果然霸道。"他仔细打量了华天晴一下，"你的事情剑鞘都已告诉了我，其实在我看来，你即便不来此处亦能找到解决之道。"

"剑鞘？"华天晴一怔道。

"世间万物皆有灵性。"辛弃疾不需华天晴他们更多的言语，微微一笑道，"我知你疑问甚多，尽管问来吧。"

华天晴道："在下有两个问题要请教前辈，第一，青虹谷究竟是什么所在？我觉得……这里的场景不停地在变化。"

辛弃疾笑道："青虹谷，是远离尘嚣之地，他独立于'纵横五千年'。若非带有'纵横'中特殊宝物的人，是无法进来的。你很幸运，若是你连剑鞘一起遗失，绝无办法来到此处。这里有你想要知道的关于这个世界的一切答案，关键是你要能够提出适当的问题。"

华天晴道:"第二就是,李商隐先生说您能治愈我的伤势,不知道该如何做?"

辛弃疾笑道:"你的伤势?你的问题只在于自己。你手握诗剑之时就已经触及无剑的境界,你的瓶颈只是你自己。我虽掌握有帮你的办法,最终却还是需要你自己的努力。"

华天晴道:"还请辛老前辈助我。"

辛弃疾沉默片刻,轻声道:"你已学过诗之魂,若在此处习得词之魄,天下将无人可以制你。"

"白起也不行?"华天晴问道。

辛弃疾笑道:"白起虽是天下的异数,但在'纵横'里,诗词的力量就代表着华夏。这点你明白么?"

"我明白。"华天晴苦笑道,"就因为这个,你不肯轻易告诉我如何重新振作。"

辛弃疾道:"每个人的力量都来自他的内心,若你能找到自己前进的动力,那自然一切都会迎刃而解。"

"内心?"华天晴自语道,"我其实并不想在这个世界如何如何,但我不能不去做,你若真的了解我的过去,当知道我来自何处。"

辛弃疾微笑道:"我知道,你在你的世界,你是自己生命的主宰,而在这个世界你并不是,所以你要抗争。"

华天晴道:"不错!"

辛弃疾悠然道:"你想过没有,在这个世界的那些生命又是什么?或者说你有没有尊重过这个世界的生命?"

华天晴道:"我尊重他们,但我也必须尊重自己,我们立场不同。"

辛弃疾道:"正是如此。所以我会给你两个故事,你若能从中看清楚自己,看清楚这个世界,那你就能和虚拟融为一体,重新获得你的力量。但这空间同样充满危险,若你不慎战死,也许就会真的死去。"

华天晴道:"请辛老师教我。"

辛弃疾看了眼一旁的颜泪儿，轻声道："这一次，必须他一个人去做。"

颜泪儿咬了咬嘴唇，将腰间的泪痕剑递给华天晴，道："保重。"

华天晴道："我知道。"

辛弃疾将一个蓝色的瓷瓶交到华天晴手中，吩咐道："喝下去。"

华天晴拿起瓷瓶，一口吞下药水，一下子感到天旋地转，就听辛弃疾在耳边道："华天晴，你要记住。即便成了万人敌，亦不见得就能力挽狂澜！"他来不及回答，就已来到了另外一个世界。

第六章　两个故事

不知不觉间，华天晴已走在开封的大街上，那青石铺就的街道方正而宽阔，作为大宋的京城，开封比之大唐的长安原本不遑多让，但如今在他的眼中却并不是如此。

道路两旁的店面非常萧条，街道上不时有大队的官兵飞奔而过，过往的行人却非常少，昔日张择端"清明上河园"上的繁华景象早已不复存在。

向路人一问才知道，金人掠走靖康二帝后，此时的开封经过金兵的洗劫满目疮痍，城内盗贼横行，物价飞涨，人心惶惶。直到宗泽大人镇守开封后，用重典整顿开封防务，修筑城防设施，开封城才得以稳定下来。

华天晴望见不远处的高楼上挂有告示："为盗者，赃无轻重，并从军法。"不禁微微点头。

那路人笑道："如今的开封已经聚有百万抗金大军，这位公子若是来投军，那真是来对时候了。"

"投军？"华天晴不由苦笑，他可从来没有这么想过，靖康之难后南宋由此开始，万里神州无人可以力挽狂澜，宗泽的悲剧只是众多悲剧中的一个而已。

而此时，沉寂已久的系统忽然发来消息："词魄"任务正式启动，第一章节"拜见宗泽"。

宗泽的府邸在城北石狮子大街，近日来宗老大人的身体一天不如一天，若非如此他绝对不会住在城内，而是同大军一起在城外军营驻扎。

华天晴来到那清冷的宗府大门前，守门的军士客气地拒绝了他的拜访，那军士言道："老大人卧病不起，军务尽已交给统制岳飞大人，若要投军找岳大人就是。"

华天晴只得重新考虑拜见的办法，是去找岳飞，还是直接潜入宗府？他站在台阶下正想着，却见前方忽然来了数队宋军，为首武将一着白袍，一着青袍，脸上写满了焦急，急匆匆地登上台阶。

青袍武将道："老大人怎么样了？"

守门军士低首禀告道："老大人等二位将军好久了。"

青袍武将点了点头，伸手对白袍武将道："岳将军请。"

那白袍武将道："刘将军请。"

说着二人大步走入宗府。

"岳将军！？"这简单的三个字叫华天晴脸色一变，难道是他？这个时代有几个"岳将军"？难道是岳飞岳鹏举？白袍武将雄壮的身影逐渐远去，那伟岸神勇的背影一下激起了华天晴心头的千层波涛。

台阶下华天晴沉思片刻，是否在这里等岳飞出来，还是另找机会？他望见宗府不远处有一个茶摊，于是举步走去。

茶摊很冷清，只有两个灰衣人静静地喝茶，华天晴远远地坐下，伙计给他上了一壶清茶，隐约听到那两个灰衣人道："好像是那姓岳的进去了。"

华天晴目光落在二人身上，发现这两个人都戴着斗笠，样子颇为神秘。

忽然街道上跑来一匹健马，马上也是一个灰衣人，那人在茶摊前翻身下马，来到两人面前道："听说宗老头病重，我们是否多此一举。"

"嘘。"其中一人站起身，目光向华天晴的方向望去，低声道："换地方说。"另两人点点头，三人一起上马，向大街尽头而去。

"金人？"华天晴手指轻轻敲打着桌面，这三个人绝对有问题，他笑着抬头对茶摊老板道："老板，有事商量。"

"这究竟是怎样的世界,我是越来越不明白了。"颜泪儿看着晶莹的湖水,低声道。

辛弃疾笑道:"这个问题,恐怕每个人都在心里说过。但如果人能够不抱怨,或许会轻松很多。"

"您说得有道理。"颜泪儿望向笼罩在幽静湖光中的恬静小屋,轻声道,"若我有这么个地方,我也会很满足。"她随即又笑,"我实在不该在辛老师的面前说这种话。"

辛弃疾道:"人各有各的不同,都有自己路。"

颜泪儿深深吸了口气,吟道:"少年不识愁滋味,爱上层楼……"

辛弃疾微微摇头,轻声道:"而今识尽愁滋味,欲说还休……"手边古琴悠扬而起。

华天晴守着茶摊整整一日,此时夜色已浓,却再也没有发现其他可疑人物,按理说白天那几人定会对宗泽老大人不利,只是他们会在什么时候下手呢?自己是否该入府暗中守护?

此时在街道的东南面现出了火光,冷清的街道一下子变得嘈杂。

为何不是宗府?华天晴正想着,宗府内大队的官兵带着水具,冲向了火场。他轻声道:"是声东击西,调虎离山。"他手扶腰间的泪痕剑飞身而起掠向宗府。

站在宗府最高的飞檐之上,华天晴守候着那绵绵无尽的黑夜,既然已有火光,敌人很快就会动手。前院的卫兵一次次地穿梭于火场与宗府之间,老大人所在的后院却分外安静,不知不觉间那远处的火光逐渐熄灭,而时间也已过了子时。

突然,一道黑影从东南方掠向宗府,几个起落贴着飞檐向后院而去。华天晴微微冷笑,身形一个盘旋晃动而起,尾随那黑影而去。那黑影对宗府的地形极为熟悉,人贴着院墙,沿着花径跑得飞快。

华天晴在屋顶之上只看到他时隐时现,不由暗暗着急,前方是一个宽阔的花圃,他双肩一耸飞身而起,凌空从花圃上点过。

"什么人?"空中传来一声断喝,一道人影从花圃对面的廊榭中飞射而出,华天晴就觉一股巨大的压力逼迫而来，前进的道路完全被封死，只得在半空化作一道弧线，落在花圃之上。

月色下一个白衣武将昂首而立，俊朗英武的脸上，一对明亮的眸子若天上的星辰，他目光炯炯地望着华天晴道："什么人夜闯宗府？"

"岳鹏举……"华天晴心头一震，眼角余光望向淡淡的花径，那人影已经消失不见，要解释是否已来不及？不由得暗暗着急。

岳飞也已看清面前的年轻人，他目光落在华天晴腰间的泪痕剑上，眼神逐渐凝重，而此时华天晴长啸一声，如大鸟般冲天而起，猛向那黑影消失的方向掠去。他不再隐藏身形，迅速越过三个院墙，前方的黑影重新出现在视线，与此同时岳飞那凝重的杀气如影随形而至。

黑影似乎察觉身后有人，逐渐加速疾奔，三个人的速度都是极快，岳飞也看清了最前方的黑影。转过前方的假山，一个三丈高的小瀑布出现在眼前，再往前就是内宅，岳飞低喝一声双臂展开，雪白的水花猛地冲起，瀑布四散分开。

华天晴感到四周的压力骤然变大，人在几乎失去平衡情况下高声道："有刺客！"声音远远传了出去，整个宗府亮起一片灯火。

岳鹏举眉头一皱，这究竟是什么人？他长啸出手，四面八方狂风大作，黑沉的夜色中一只金翅大鹏鸟席天而来，那双巨翼带起满天风沙，华天晴和前方的人影同时被卷上半空，失去平衡动弹不得。

华天晴就觉身子在被一股巨大的力量撕扯，本能地发力反抗，但他人在空中连剑都无力拔出，又如何反击？他望见那漫天风云中岳鹏举的明亮目光，那万世敬仰的名将此时竟是如此年轻，心中忽然一动，长吟道："大鹏一日同风起，扶摇直上九万里！"

华天晴突然从无尽的风云中摆脱而出，展动身形扶摇向天，他终于悟出了无剑！夜幕之下同时出现了两只大鹏，一道霹雳于空中划过，华天晴和岳飞分立假山瀑布的两端，那黑影落在花圃之中，挣扎了数下喷出一口鲜血。

而与此同时，在内宅亦响起了刀剑之声。"刺客应有三个人。"华天晴脸色一变道。

岳飞摆手道："不用担心，我的兄弟早已守在那里。"

华天晴微微松了口气，他望着岳飞手中长剑，方才那幕天席地的力量竟然来自这口剑？将泪痕剑插于地上，他抱拳道："原来岳将军早有防备，在下贸然入府反而唐突了，还请原谅。"

岳飞轻轻摆手，侧耳倾听内院的兵刃声逐渐平息。

此时有卫士上前在岳飞耳边悄声耳语，岳飞笑道："还未请教少侠姓名。"

华天晴恭敬道："在下华天晴，久慕宗老元帅和岳将军的声名，今日一见足慰平生。"

岳飞道："宗帅请少侠入内一见。"

华天晴感到一阵热血沸腾，点头跟着岳飞走入内宅，一面走他一面问道："先前将军剑上力量对我收而未发，对那刺客却是全力施为，叫在下颇为不解，难道方才那一瞬间将军已确认我不是刺客？"

岳飞淡淡一笑道："你用的可是'诗魂'心法？"

华天晴道："不错。"

岳飞道："诗魂之剑，非我神州子弟不能悟也，我若不相信你，还能信谁？"

华天晴暗叫惭愧，若非方才临时悟出剑诀，只怕自己就和那刺客一样结局，岳飞那惊天动地的一剑绝不容易接下。

不多时二人已至内宅，内宅卫兵林立，简直就是一座小兵营，不少武将守在宗泽的卧室之外。岳飞带着华天晴进入内室，华天晴就见一个白发苍苍的老人半卧在床，那老人脸上布满皱纹，额头尽是汗水。他……就是宗泽么？华天晴感到心头一阵绞痛。

宗泽听见脚步声，挣扎着坐起，伸出手道："是鹏举么？"

岳飞道："是，老人家您快躺下。"

宗泽抬头看了看华天晴道："这就是深夜入府的那个少侠吧？"

"华天晴见过宗帅。"华天晴道。

宗泽示意免礼，轻声道："大宋幸有你等，苍生有望。"

岳飞道："宗帅你还是应该好好休息，我已遍请名医。"

宗泽转头对岳飞道："你叫外面的人散去吧，我这并非是病，自非普通医者可医，只是在此危亡之时，积愤而致。可叹我上疏二十四道，陛下却不听我一言。"他混浊的眼中隐约有泪水涌动，轻声道，"若能复我神州，吾死无恨。可惜，可惜……"他说了两个可惜，缓缓道，"出师未捷身先死，长使英雄泪满襟！"

宗泽摆了摆手，示意岳飞留下，其他人出去。

华天晴来到屋外，门外诸将已经得到命令散去，他等了片刻，见岳飞一脸黯然地走了出来。

天上云层流动，开始下起小雨，岳飞迟迟没有说话，华天晴亦不敢开口询问，四周只有虫豸之声。

"宗帅时间不多了。"良久岳飞才轻声说道。

华天晴不知道如何安慰他，岳飞低沉着声音道："我从军之初是在河北招讨史张所大人麾下，张大人命我跟随八字军统帅王彦王大人渡河抗金，那段日子我们打了不少胜仗。王彦大人是名将不错，但我和他却始终无法融洽相处，也许是因我二人的性格都太激烈吧。"他望着天上的星辰逐渐陷入了回忆中，"我和他经常发生争执，最终我孤身离开八字军，现在想来这可是杀头的罪名。身负重罪，报国无门，大丈夫至此真是意气消沉。是宗帅在危难时候救了我，让我跟着他一起抗金。和王彦不同，宗帅不仅是名将，更是可敬的长者。他要我学习兵书战策，要我学习如何作一名大将。"

岳飞看了看华天晴，轻声道："我从小就没有父亲，除了老师周桐，他是我最尊敬的人。宗帅是我们收复失地的希望，我们对他的安全一直相当注意。只是望他……能熬过今晚……"说着他眼中热泪滚滚而下，"他上疏二十四道，却说服不了圣上，北方的百姓在苦苦等待，而我们数十万大军却在开封错失良机，为何会这样？"

华天晴无话可说，有时候聆听也是一件残忍的事情，他知道自己将亲眼目睹南宋第一代名将宗泽的死，他更知道自己正看着岳鹏举逐渐走上宿命之路，而他却什么都做不了。

此时天光微微发亮,风雨却是越来越大,屋内忽然传来叫喊声。

岳飞、华天晴同时奔入屋内,院外那些待命的武将亦同时拥了进来。

榻上的宗泽在其子宗颖的搀扶下勉强坐起,望着众人嘴角缓缓抽动,忽然他不知道哪里来的力量大声喊道:"渡河,渡河!渡河……"声音突然一滞,宗泽倒在榻上撒手尘寰,屋内一片哭声。

眼前的情景逐渐模糊。系统发来消息:"词魄"任务第一部分已完成。

"风云会的人说他去了青虹殿,可是青虹殿竟已凭空消失。"燕歌行从太白楼上下来,难掩面上的失望道,"自从幻海之战后,他行踪无定,几乎所有人都在找他,却都找不到。"

晨雪道:"那么大的建筑怎会凭空消失?"

"也许因为华猪到过了那里,所以才会消失的吧。"何不忘笑道,但他看到晨雪皱起的眉头,不敢再说下去。

"人没有凭空消失的道理。"晨雪远远望着李白塑像,轻声道,"除非他和李太白一样骑鲸而去,到了其他世界。"

"莫非他真已不在大宋?不然怎么会密语都密不到?"纪无缘道。

"我们去杭州!"风舞从远处跑来,一身白色书生袍沾满了尘土,大声道,"岳飞即将在杭州受难,此事一旦传遍神州,华天晴没有不去的道理。我想,在杭州找到他的机会一定很大。"

晨雪看了眼一旁的方谢晓,方谢晓轻声道:"我会动员所有GM。"

晨雪对众人道:"我们去杭州。"

明镜般的湖水再次出现在眼前,华天晴回首望去,山坡上辛弃疾的小屋已然在望,发生在开封的一切好像一场梦。他随即苦笑了下,其实自从进入"纵横五千年",哪一件事情不像做梦一样。

"你比我想的要回来得早。"辛弃疾坐在湖畔,仰望天空,手边放着一张灰色的古琴,一把玉壶。

华天晴笑了笑,坐到辛弃疾的身边,轻声道:"她睡了?"

辛弃疾道:"她很紧张,而且疲惫,我只能靠琴声让她入睡。"

华天晴轻轻叹了口气道:"我知道她和我一样有着很大的压力,但我也不知道我们的努力会否有结果。"

辛弃疾笑道:"每个人都想改变历史,却不知历史常常在人不注意的时候发生变化,我们只能努力做到问心无愧就好。"

华天晴手指在冰凉的湖水上划过,沉默片刻,轻声道:"我要第二个故事。"

"即便被伤透了心,却依然不死心吗?"辛弃疾嘴角微微上扬,抬手指着山坡西面的一个山峰,轻声道,"上山去,那里的人会指点你第二个故事。"

"他是谁?"华天晴问道。

辛弃疾拍了拍他的肩膀道:"见了自然就认识,你绝对不会失望的。"

华天晴站起身,对着辛弃疾恭恭敬敬地施了一礼,转身向西面的山峰而去。

辛弃疾目送他离开,回首时却见小屋的门扉处,颜泪儿倚门而立,说不尽的愁苦柔情。

辛弃疾低声道:"你和他毕竟很难走到一起。"

"我不管。"颜泪儿低声道,声音虽低,却是斩钉截铁。

即便是一个世界的差距,也不管吗?辛弃疾轻轻摇头,将壶中酒水倾入喉中,指尖在古琴上拂过,流水般的清音叮咚响起,悠然吟道:"欲上高楼去避愁,愁还随我上高楼。经行几处江山改,多少亲朋尽白头!归休去,去归休,不成人总要封侯。浮云出处元无定,得似浮云也自由。"

华天晴一路走来,翻山越岭,奇怪的是,偌大的青虹谷除了入谷见过那几个老者外,再没有见到其他人。他来到西面的山峰下,就见羊肠小道前一块石碑,飘逸灵动地写着"西峰"二字。华天晴沿着山路向上攀登,却不知为何怎么也到不了峰顶,眼看山顶就在前方,却始终无法接近。他想起那日和晨雪一起去达摩洞,从唐朝的少林寺，到大宋的青虹谷，之间何止万水千山，他却如此轻易就到了，还有什么是自己做不到的呢？

想到晨雪，他心中不由一阵温暖，那个丫头现在在做什么呢？他的眼前浮现出晨雪淡淡的笑颜，那动人的明眸浅笑，又转化成立雪亭外缤纷动人的牡丹"佛之泪"。华天晴一阵精神恍惚，自己竟已身处立雪亭外。

系统发来信息：词魄第二章节启动。

华天晴茫然地望着四周的一切，立雪亭上除了自己并无他人，"词魄"第二章节的主题究竟是什么？他望向不远处的达摩洞，不由一怔，当日在洞口留下的剑痕就在眼前，那个缺口经过多年的风霜雨雪，仍然依稀可见。

他缓缓闭上眼睛，当日的情景再次浮现眼前。"锵！"华天晴右手扫过剑锋，左手一托剑鞘，迎向灿烂的剑光。那长剑被他完全收入鞘中，黑影也随即消失，但洞中充沛的剑气却无处消散，那巨大的力量将华天晴的身子撞得飞了出去。轰！大片的山土震落，华天晴跌出了达摩洞，洞口的岩石被剑气削去了很大一块。

如今隔着一个朝代的剑痕再次出现在他的面前，华天晴深吸一口气，举步走入达摩洞中。

和从前一样，洞中唯有荒草和淡淡的裂痕，并无什么达摩影壁，而洞里的一切在他步入山洞的一瞬，再次发生难言的变化，四周的空气一下子压迫过来。

四面的石壁变得异常光洁，石壁上一黑甲男子，两鬓霜华，面容苍白，腰系长剑静默而立。

华天晴剑眉微微一皱，石壁上的人……就是当日的自己？不，自己怎么会如此苍老？抑或这就是隔了数百年，从唐朝来到宋朝的那个苍老的、孤独的自己……

"老友，数百年不见，你还好么？"那石壁上的苍老的影子，竟然轻声问道。

华天晴张了张嘴，一时不知如何回答，自语道："我很好……"这句话说得没有一点底气，他轻轻补充道，"只是很累，有些寂寞。"

那黑影缓缓靠在石壁上，低声道："这世上又有谁不寂寞？你可找到当日来要找的东西？"

"没有找到。"华天晴思索了片刻，苦笑道，"也许正因没有找到，所以我才又来。"

那黑影举起右手，手中长剑如一泓秋水，他微微弯腰，摆出挑战华天晴的架势。华天晴握着手中的泪痕剑，静静地看着石壁上苍老的自己，为何对面的"他"数百年不变地豪情依旧，自己却做不到，几经波折之后，自己拥有的只有"泪痕"而已。

而那黑影并不迟疑，扬眉出剑，灿烂的剑芒霎时照亮了达摩洞，华天晴人在剑光之中就听黑影轻声吟道："秦时明月汉时关……"他赶忙身形晃动，一下退到洞中石壁前，黑影贴着地面疾刺而至，"万里长征人未还。"华天晴大惊之下，挥泪痕剑格挡，黑影长剑毫不退让，二人长剑相交一声巨响，泪痕剑被击落在地。黑影冷笑着长剑猛刺华天晴胸口，"但使龙城飞将在，不教胡马度阴山！"

华天晴背后就是石壁退无可退，"雁翔"身法展动，从山洞顶上一掠而过，那黑影飘浮而起，肃杀昂扬的剑光忽然一变，"青山隐隐水迢迢，秋尽江南草未凋。"华天晴后背一阵剧痛，长剑已经入体。他奋力一拍石壁，整个人拼命向洞口飞去。

却听黑影悠悠唱道："二十四桥明月夜，玉人何处教吹箫？"达摩洞一下子变成当日月明水清的扬州，华天晴初入"纵横五千年"的情景一下子涌上心头，恍惚之间长剑抵在了他的咽喉。

"你想得太多。"黑影轻声道，"老友，你输了。"

剑在喉前，华天晴能感到冰凉的剑锋几乎透过自己的身体，没有了太白神剑自己真的一无是处了么？对手用的分明也是诗剑，自己却一招都不会，一切唐诗都可作为诗剑，那么宋词呢？到底什么是诗魂词魄？一道灵光从他心中掠过……

"诗魂？"华天晴轻声道，"我终于知道了。"他大吼一声，在吼声中整个达摩洞一下消失不见，他的人在半空之中俯瞰大地，单手高举向天，成刀状的手掌放出淡淡的金光……

那影子大怒，直冲天空，剑光如初升的太阳越来越亮。

自信的笑容浮现在华天晴的脸上，他长啸一声有若龙吟，"千古兴亡多少事？悠悠！不尽长江滚滚流……"灿烂的刀光从半空中炸裂开来，那如日中天的剑光被刀光绞碎。刀光照在黑影身上，黑影从阴影中显现出来，鬓间的白发逐渐消失不见，眼中竟带着笑意，缓缓消失在刀风纵横的天地之间。

华天晴从空中落回地面，四面八方的场景不停转换，不同时期的对手相继出现在眼前，从运河码头的吕布，到函谷道上的宇文成都，从长安大战的黄巢，到幻海擂台的白起，人影如走马灯般晃动而过。

光华闪动，人出现在青虹谷西峰之巅。

山顶上山清水秀，入谷时的司马老人和文老人依然在对弈，台边还有一个老者在水池边看着池塘发呆，他手边的鱼饵却在不经意间被他几乎吃完。

华天晴所站之处是一个北斗七星形状的平台，平台周围流水潺潺。

水边一青袍老者微笑着看华天晴，道："可有收获？"那老者三绺长髯，面容古朴，叫人一见如故。

华天晴看了看自己双手，轻声道："也许……"

青袍老者笑了笑道："那你就快去下一站吧。"

"什么？"华天晴怔道。

还未发问，系统信息已经传来："词魄"第三章节即将启动。

华天晴赶忙道："方才那究竟是什么？是我自己？抑或只是幻象？若他是我，我又是谁？"

青袍老者笑道："一切由心生，一切由心灭，如此而已。"

华天晴皱眉道："那你是谁？"

青袍老者哈哈一笑道："老夫姓苏名轼，人们都喜欢叫我东坡居士。"

"苏东坡？"华天晴还要开口，眼前突然一黑，天地再次亮起时，他站在一座人潮汹汹的石桥之上。

如果说"诗魂"任务的一切安排都看缘分随机而来，这"词魄"任务却都是强制执行，连选择的余地都没有。

华天晴放眼四望，远山近水，碧波美景尽收眼底，此地是如此的眼熟，难道是……他上前几步，见桥上石碑清楚的写着"断桥"二字，西湖的断桥残雪？华天晴抬头仔细端详四方，眼前是一条淡淡的白色长堤，远端则还有如青衣文士静静而立的青色长堤。"这是白堤和苏堤。"他自语道,"不错,这里就是西湖,南宋皇冠上最美丽的明珠。"他随即又头疼起来,为何把他从青虹谷一下子送到临安来?

西湖上的游人不少,但不知为何脸上尽是抑郁之色。难道说金兵又要南侵?还是发生了什么事情?华天晴从断桥走下,来到西湖的岸边,湖岸杨柳下,他认真打量着这个曾被马可波罗誉为"世界上最美丽华贵之城"的临安。

来到苏公堤,这座长堤是当年苏东坡在任杭州时所修,他心中暗道:"东坡居士让我来杭州,定有深意。"

正想着,忽听人道:"华天晴,你果然来了杭州!"

华天晴一回头,只见身后潇洒地站着一黑衣文士,不由开颜笑道:"贾诩先生。"

贾诩微微一笑,走到他的身边道:"此地非讲话之所,跟我来。"

华天晴点头,跟在贾诩身后而去。

在远处的树阴下,一灰袍老者低声道:"转告长上,西湖发现失踪已久的华天晴,他和三国来的人在一起。"他身后的小厮闻言,匆匆数笔写成一文,放飞一只鸽子。

鸽子刚刚飞起,突然一支铁翎箭将其射下,就见剑光一闪,那老者和小厮都已倒下,而路边轻轻走过一个黑衣男子……

贾诩推开窗户,轻声道:"岳飞死了。"

"什么?"华天晴剑眉一扬道,"是秦桧?"

贾诩道:"是秦桧不错,但若没有他只怕也会有别人出来陷害岳飞。"他苦笑了下,"你知道吗?宋朝大陆和隋唐大陆一样,都是并存着好几个国。相对而言隋唐大陆上大唐占绝对优势,因此你感觉不出什么。而宋朝大陆就不同,说是宋朝,其实辽国、金国、蒙古都是并存的。契丹、女真和蒙古从来都认为宋朝大陆是他们的才对,灭宋之心从未放弃。但说来奇怪,其他朝代都在尽力避免重蹈覆辙,唯独大宋依然故我地逍遥自在,仿佛周围的一切他都看不到,依然不停地自掘坟墓,乐此不疲。"

"又是金人?"华天晴道。

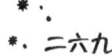

贾诩道："金人和秦桧联手，加上皇帝本来就有这个意思，只需要张仪为代表的秦人轻轻一推，岳飞怎能不死？"

华天晴不解道："竟然还有秦人！"

贾诩道："秦人不仅在汉朝势如破竹，更已同时开始攻唐，我想他们早晚会攻打大宋，战事一起岳飞自然是他们的头号障碍。"

"等一等。"华天晴一抬手道，"我记得从青虹殿被张仪用计困住，顶多才两日。那时候他们还没攻打汉朝大陆……"

贾诩诧异道："怎会如此？我得到消息你从青虹殿消失，已经是一个月前的事情，你看现在天都已经大冷。"

什么？难道应了那句古话，山中才一日，世上已千年？华天晴深吸口气望向窗外，窗外是青山秀水，山外青山楼外楼……他轻声道："我看满大街的人皆有戚容，原来都是为了岳爷。"

贾诩道："他在大理寺天牢等候处决时，我曾派了人去救他，奈何他已抱有必死之心，甘愿一死也不肯逃。"说到此处贾诩再次苦笑道，"有时候我在想，究竟谁才是对的？我们一心救他就一定是对的么？换了是我，我会走吗？"

天日昭昭……华天晴将杯中水酒一口咽下，入口温和的水酒吞入腹中却有股火烧般的辛辣，他沉声道："人称贾诩为三国第一智者，你叫我来此当会有所作为。只要有华天晴能尽力之处，你说就是。"

贾诩轻声道："要抵抗强秦必须汇聚各国之力，我要留住岳家军。今日岳飞死后，明日杭州将公开斩杀岳云和张宪。我们需要你的力量。"

"你们要……"华天晴道。

"劫法场。"贾诩一字一顿道。

劫法场，既是为了给岳家军保留一点种子，也是为了告诉大宋的人，我们不能只是重复历史，而是要活出我们的希望，秦国虽强，我们却也不弱。

华天晴站在可以俯瞰菜市口的年华楼上，夜雨方歇，大街上有着淡淡的雾气，他耳边依然回荡着贾诩的话语。

昨夜他一宿未睡，岳鹏举那飞扬雄健的身影始终萦绕在他的心头……

建炎四年，岳飞率军北进，在清水亭、静安等地袭击北撤金军，连连获胜，一举收复建康，升通泰镇抚使兼知泰州。

绍兴四年，岳飞大破伪齐刘豫军队，收复襄阳府及唐、邓、随、郢州、信阳六郡，岳飞升为清远军节度使，湖北路荆襄潭州制置使，兼管襄阳府路，不久进封武展郡开国侯，时年三十二岁。

绍兴十年七月，岳飞率轻骑驻守河南郾城，和金兀术一万五千精骑发生激战。岳飞亲率将士突破敌阵，大破金军"铁浮图"和"拐子马"，大败兀术。岳家军乘势向朱仙镇进军，击溃十万金兵。岳鹏举豪言："直抵黄龙府，与诸君痛饮尔！"

"昨夜寒蛩不住鸣。惊回千里梦，已三更。起来独自绕阶行。人悄悄，帘外月胧明……"

那个雄壮的身影已经倒在了风波亭，而我们还要继续面对难言的宿命，如果……真的有宿命的话！

"白首为功名。旧山松竹老，阻归程。欲将心事付瑶琴。知音少，弦断有谁听。"

楼外的菜市口，人流逐渐聚集，刑场上近百名甲士立定，静静等待囚车的到来。

钟会和楚戈亦在甲士之中，看着越来越多的人，楚戈轻声道："据说整个杭州城的人都会来。"

钟会冷笑道："那又如何？"

"我怕有变。"楚戈扫视着周围道。

钟会看了眼边上监斩台上面如土色的监斩官，自语道："光有老百姓是没有用的。"他想起了很多年前，自己请旨杀嵇康，上书司马昭言道："康上不臣天子，下不事王侯，轻时傲世，不为物用，无益于今，有败于俗。"

嵇康被逮入狱时，三千多太学生上书，依然没有什么用，在这样的时代仅仅有民间的力量是没有用的。

钟会目光望向远处缓缓而来的囚车,岳鹏举已死,宋朝的高潮已过,岳云也好,张宪也好,剩下的人只是缓缓将大幕拉上罢了。

载着岳云和张宪的囚车缓缓从人群中挤过,四周的老百姓嘶哑着嗓子喊着二人,但他们的目光却只是直勾勾地看着前方,仿佛周围什么都没有一般。

刑场中间的刽子手心中七上八下,好像要上断头台砍头的是自己。那可是岳爷的公子和部下,即便这一刀能够顺利砍下,难保日后没人会找自己算账,他心中一阵阵地发紧,今天一定有事发生。

从年华楼到刑场中央,不到两百步,此刻贾诩当已完成法场周围的布置。华天晴冷冷地看着法场,据说前来劫法场的不止他们这一路人马,只是不知这是否是东坡先生送自己来杭州的原因。

雾气逐渐散去,天色还是异常阴沉,随时都会下雨。也有人说,老天爷该下场大雪来控诉这人间奇冤,但天不遂人愿,这年冬天杭州始终都没有下雪。

行刑时间将至,空气越发凝固,岳云和张宪被推到断头台上,刑场周围的百姓不停向场内拥动,一股森冷的杀气弥漫在刑场四方。

场中所有甲士都神经绷紧,劫法场的各路人马亦在等待一声号令。楚戈紧握手中兵器,目光望向四周,人群中他已经看到太史慈那炯炯的目光。钟会猛一抬头,远远望见年华楼上,那飘飘而动的衣袂。

"斩!"一声令下,令箭丢在地上,所有人的情绪都升至顶点。

刽子手的屠刀高高举起,闪亮的刀芒划过空中,突然数声暴喝从刑场四面八方传来,整个法场的情绪一下子爆炸开来。

第七章　法场

"哐!"刽子手重重摔在行刑台上,脑袋上插着三支雕翎箭,那三支箭分别从后脑、眉心、左眼球三个方向射入。紧接着漫天的暗器弓箭飞向法场的监斩台。

楚戈大喝一声，纵身一跃到监斩台前，手中长戈如风车般舞动，飞蝗而来的暗器箭矢尽被击落。轰隆！行刑台一下子塌陷，巨大的声响让老百姓一片混乱，台上的岳云、张宪跌落下去。与此同时第二拨暗器又来了，一排排的卫兵相继倒下。

突然，那塌陷的大坑内血水喷洒而出，魏延护着岳云和张宪从坑中跃出，张宪身上血如泉涌。地下一天神般的武将手持凤翅镏金镋大踏步而出。

年华楼上，华天晴皱眉，自语道："宇文成都……秦人早有准备。"

监斩台前，钟会拔剑道："不得放走死囚！"话音未落，迎面就射来一支雕翎，正中他的肩窝。

人群中一白袍武者手挽强弓，冲出人群大吼道："梁山好汉在此！"

法场的西北角亦冲出一队人马，为首一员大将手提大枪道："太史慈在此，谁敢动岳云？"

钟会阴沉着脸，狠狠地把箭头拔出，扬手一支火箭破空而出，滚滚雷鸣般的马蹄声从法场的四面八方传来，数千人马把菜市口围得水泄不通。一时间人喊马嘶，杀声四起，前来劫法场的各路人马阵脚不由一乱。

宇文成都的凤翅镏金镋化作一团飞火，直袭魏延的胸口，魏延咧嘴一笑毫不退让，反手一刀迎上，"当！"镏金镋和大刀迸发出耀眼的火星。宇文成都大叫道："好！再接我一镋！"

"当！"二人又换一击，魏延微微变色，宇文成都凤翅镏金镋上的力量竟然大了不止一倍，而紧接着第三镋又到了。

魏延看着身边半昏迷的岳云，一咬牙舞动大刀迎向宇文成都的凤翅镏金镋，"当！"魏延一口血喷出，却也终于将宇文成都震退三步。

宇文成都傲然道："魏文长，我惜你是个英雄，再不让开就要血溅五步了！"

魏延眼角余光扫到不远处太史慈亦已陷入苦战，冷笑道："少说废话！"

宇文成都狂笑着挥动凤翅镏金镋，镏金镋闪现火中凤凰的幻影，砍向魏延的头颅。

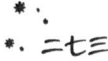

突然，空中传来一声断喝："宇文成都休要猖狂，天下英雄在此！"

宇文成都一抬头，就见一黑衣武者从百步外的高楼上踏空而下，那凛然纵横的剑气破空而来，只一剑就把宇文成都迫退。宇文成都定睛一看，对面的人竟是在函谷道从自己手下逃生的少年，他深吸一口道："是你？"

华天晴扬眉一笑道："不错！"

混战的人群中，有人高喊道："天晴！我们在这里！"

华天晴远望过去，那不正是晨雪、风舞、上官雨露么？不由大喜，但相隔太远，中间更有各路人马，只能遥遥相望，却无法靠近。他对着魏延道："文长兄带岳少帅离开，宇文成都交给我就是。"

宇文成都大怒，凤翅镏金镋呼啸着掠向华天晴，华天晴临风而起，轻轻一点足尖落在镏金镋上，宇文成都低吼一声，一股强大的压力从镏金镋上散发开来，华天晴淡淡一笑，人在半空化作三道人影，分从左中右杀向宇文成都，"举杯邀明月，对饮成三人。"

宇文成都就觉前方剑气纵横，凤翅镏金镋化作一片金光，却不料华天晴在半空忽然一个回旋，落在了他的身后，突然昂扬的刀风从宇文成都的后脑扬起，华天晴大袖飘飘，于刀风中吟道："众里寻他千百度。蓦然回首，那人却在，灯火阑珊处。"手掌发出淡淡的刀光，直取宇文成都的头颅。

这是什么刀法？宇文成都大吼一声，一个镫里藏身，人躲入马腹下，堪堪躲过一刀。凤翅镏金镋旋动而起，在这样的时刻他仍能做出反击，镏金镋呼啸着转向华天晴。

当！手刀和镏金镋碰在一处，华天晴借力一个跟头高高翻出，由衷赞道："天宝将军名不虚传。"

此时法场的东面忽然一阵大乱，劫法场的各路人马一片又一片地倒下，仿佛突然遇到了地狱的魔神一般。

在晨雪等人身后出现了一支黑甲护体的骑兵队，这近百铁骑在人群中奔驰而起，法场中不少人尚不及反应就被践踏成肉泥。巨大的斩马刀挥动而至，纪无缘不及躲闪，一只右手被生生剁下，鲜血喷出，凄厉的惨叫声划过天空。

"小纪！"晨雪惊呼道，扬手一箭正中那骑兵右眼，那骑兵惨呼落马，但嘹亮的马嘶声响彻战场。只见一员金甲大将出现在晨雪的面前，那武将手提方天画戟，胯下赤红的宝马，火红的鬃毛仿佛地狱来的烈焰，他傲然望天，其睥睨天下的气势，仿佛天下一切都不在他的眼中。

"吕布吕奉先？"华天晴亦不由倒吸一口冷气。

法场正中，钟会傲然望向四方道："全部杀了，一个不留。"身后的卫兵大声领命。

而场中，吕布带领的骑兵已冲垮了人群，他两翼更有侯成、魏续作为策应，一时间劫法场的各路人马乱成一片，法场的守卫立时占据了上风。吕布身后的铁甲骑兵上来就冲垮了法场东面的豪杰，晨雪、风舞等人一下子被分了开来。

吕布胯下的"赤兔"向前冲起，巨大的马蹄踏向晨雪。晨雪想要躲闪，却觉得周围的空气仿佛一下子绷紧，她站在原地根本动弹不得，不由花容失色。千钧一发之际，强光骤起，方谢晓和纪无缘同时将晨雪扑倒就地滚出。

光华之中，风舞大袖飘飘，临风站到了吕布的面前。

"去！"吕布面无表情地一拳击出，轰隆，拳头在空中响起一阵轰鸣。

风舞口中念念有词，大袖之中飞出一只金色雄狮。那狮子身上金色的光华闪烁，接下吕布的一拳。就因为他挡了一下，四周其他人马亦杀到了，太史慈、花荣、李逵、燕歌行各举兵器将吕布团团围住。

吕布笑了，笑容中带着难言的孤傲，握紧拳头道："布争雄中原之时，尔等又在何处？"

李逵大怒，挥舞板斧率先冲出，大斧翻飞真如旋风一般，但他斧头尚未近身，就见吕布手中大戟一抬，如闪电般挑在他的板斧上，"当啷！"巨大的板斧直飞上天，火红的赤兔马向前一冲，海碗大的马蹄一下将李逵踹出数丈。

吕布反手一戟直取身边的花荣，花荣横枪招架，却被吕布一戟将大枪砍断，花荣大叫不好拨马就走，吕布正待要追，突然斜刺里闪出一道刀光，正是埋伏许久的燕歌行，吕布扭头一声大喝，那柄名叫"天下"的大戟，如青天穹庐一般笼罩向燕歌行，燕歌行大骇弃刀飞退。

吕布也不追击，缓缓转身面对太史慈，笑道："你或可接我一戟，还不快快上前？"

太史慈大怒，愤然就是一枪，"轰！"那红缨化作千朵红梅，从四面八方攻向吕布。

当！天下戟一戟刺入万梅之中，点点梅花被一戟击散，吕布侧首言道："好一招散花神枪！"说话间，天下戟轰鸣而起，清冷的空气一下子聚拢，大戟尖啸着刺向太史慈胸口。

太史慈眼睁睁看着对方的大戟刺来，却觉得四周好像被封锁了一样无法退避，挥枪格挡却架了空，吕布的大戟直破太史慈胸前的铠甲。太史慈大吼一声，胯下战马拼命一跃，终于挪开了三尺，他胸前甲胄尽被割裂，若迟得片刻必然毙于戟下，那战马一声哀鸣，摔倒尘埃，马脖子上血如泉涌。太史慈摔落马下，身边近卫上前，不顾生死地冲向吕布。

吕布冷冷一笑，身后早有铁骑拥上，两队人马一片混战，而吕布却不理睬太史慈，把目光重新投向四面的战场。不远处，晨雪、纪无缘、何不望、方谢晓结阵御敌，铁骑兵一时取之不下。一身红衣的上官雨露身形舞动，高声吟唱，白色的光华笼罩四方，纪无缘那被砍去的臂膀竟又生长出新的手臂。

风舞口中念念有词，刺目的金芒再次亮起，那长达两丈的雄狮左冲右突，这组人于战场中所向披靡勇不可当。

吕布浓眉轻扬，一带赤兔的缰绳，向着晨雪等人而去。

法场的另一边，华天晴却无法摆脱宇文成都的凤翅镏金镋，望着混乱的四周，心中不由想到，这个该死的法场是否变成了张仪和贾诩斗法的地方。那两个同样身着黑衣，同样带着令人难测笑意的身影，是否正在某地远远地望着此处？

天宝将军宇文成都亦是暗暗着急，这该诅咒的法场已经失去控制，不知道从何处新到了很多人马,加入到法场的争夺,原本前来观热闹的人一旦走之不及,都难免变成刀下亡魂,而那些前来劫法场和护法场的,则更是陷入了一个难解的死局。他不禁回忆起多年以前的那个死局,为对付十八路反王,靠山王杨林一手安排的武状元大会,亦是不停地有人倒下,亦是汇聚了天下各路豪杰。

想到此处,宇文成都无意再纠缠下去,断然道:"华天晴,分胜负吧!"

华天晴道:"正合我意!"

凤翅镏金锐直指苍穹,宇文成都目光变得异常狂野,低声道:"玉石……"四方的杀气一下子汇聚到他的身上,凤翅镏金锐上金光流动,宇文成都整个人迸发出熊熊的火焰,他双眉紧锁,大喝道:"俱焚!"

天空中划过一声昂扬的鸟鸣,宇文成都仿佛燃烧的火凤凰猛冲而起,那熊熊燃烧的火焰烧红了苍穹,席卷向华天晴。

华天晴盘旋而起,于空中飞身急退,仿佛一只大雁在火云中匆忙逃逸。而宇文成都身似燃烧的神将,人和马在层层火焰中追击而至,他所到之处即一片火海,整个法场一下子燃烧起来,法场中争斗的两军哭喊声一片。

前方就是年华楼,不可再退,再退整个菜市口都将陷入火海,华天晴踏着火浪,猛冲向那监斩台,一脚把桌子踹翻,那桌子裂成两半,华天晴高举两半桌子,如大锤一般砸向宇文成都,轰隆一声,巨大的桌面将凤翅镏金锐牢牢锁住,宇文成都狂笑一声,火焰迅速把桌子烧成焦木。突然,空中划过一道灿烂的剑光,华天晴终于反攻。

"生当作人杰,死亦为鬼雄……"泪痕剑飞舞而起,漫天的剑气带起万千悲伤,天上地下尽是那悲天苦地的一剑,宇文成都脸色一变,这一剑和自己的玉石俱焚竟有些许相似?这是如此熟悉,却又何其雄健的一剑……

华天晴剑指天地,人在半空长吟道:"至今思项羽,不肯……过江东!"那决绝的一剑,仿佛天地间的一声怒吼,于苍穹中迸发而出,剑锐交错而过,血花飞溅,"轰隆!"宇文成都被一剑击落马下,而华天晴亦狂叫着斜飞出去,满身是火。

"华天晴!"魏延大声叫道。

华天晴傲然从火中站起,高声道:"护送岳少帅和张将军离开!"

"得令!"魏延粗豪的脸上亦露出昂扬的笑容,好个华天晴!他一舞大刀,带领亲卫护着岳云、张宪缓缓向法场西南方退。

吕布冲入晨雪、风舞、上官雨露的阵中,忽然觉得四周一空,四面一切变得昏暗起来,黑色的阵中隐约有金光流动,方谢晓、纪无缘、何不忘等人分立八方。

吕布狂笑道:"你们太小看我吕布了!"手中方天画戟猛向地上一击,轰隆,大地为之开裂,巨大的冲击向四面八方震去,眼前一道人影闪过,吕布大戟如怒龙般呼啸而出,"啪!"血水喷洒,何不忘被一戟透胸而过,晨雪他们的阵势,竟被吕布举手破之。

看着地上的何不忘,整个胸膛都被剖开,上官雨露不停地施法却无法重新唤醒他。风舞和晨雪面如土色,吕布竟会如此厉害?!

吕布舞动天下戟,如狂龙一般横扫而出,方谢晓、纪无缘皆是一个照面就被击退,大戟直奔晨雪而来。

风舞指挥金色的雄狮猛扑吕布大戟,自己转到吕布马后大棍呼啸转动,直取吕布头颅。吕布眼中闪过慑人的杀气,大吼一声,那雄狮竟被一吼惊走,大戟如风转动,正碰在风舞的大棍上,风舞的棍子脱手而飞。风舞飞身后退,吕布的大戟紧追而至,那飓风般的戟风下,哪怕是空中的落叶亦要变得粉碎……

嗖!嗖!嗖!七支弩箭连珠而出,分射吕布七个大穴,吕布大戟一摆戟杆将风舞扫出数丈,面向飞来的弩箭也不抵挡,那弩箭却在他身前尺许的地方就跌落尘埃。晨雪大骇,这是什么功夫?他还是人么?

赤兔马一个冲锋,就已到了晨雪的身前,吕布大戟怒劈而下,晨雪虽向后飞退,却无法逃出大戟的范围。晨雪奋力一挡,手中长弓被劈为两半,身边的风舞、上官雨露根本不及出手相救,也无从插手……

当!兵刃碰撞出清脆的响声,一柄绯红的长剑一剑刺在吕布天下戟的锋刃上,握剑的手指白净而有力。赤兔马一声低鸣,吕布揽缰绳望向来人,傲然道:"何人能接住吕布一戟?"

　　华天晴微微一笑，昂然道："大唐，华天晴。"说着他望向晨雪道："快带大家和魏延将军汇合突围。"

　　晨雪终于有机会近距离看到华天晴，这一个多月来，她的心中只有这一个男子，果然在危难时刻，他再一次如天神般出现在自己的面前。二人目光交接，千言万语尽在不言之中，她深深地望了华天晴一眼，低声道："小心。"转身带着重伤的何不忘、风舞等人撤走。

　　而吕布并没有追赶，那女子秋水般的眼眸，让他依稀想起了另一个女子，自古英雄皆多情！他大戟一指华天晴，傲然道："拿命来吧。"天下戟逼射出万道光华，呼啸着砍向华天晴的头颅。

　　华天晴毫不退让，扬眉出剑，剑意中尽是天地山岳之势，"噫吁戏，危乎高哉！蜀道之难难于上青天！"

　　剑戟迸发出夺目的火星，二人各退一步。华天晴身子旋动而起，左手成刀状反手就是一刀，"乱石穿空，惊涛拍岸，卷起千堆雪。"

　　漫天都是冰雪一样的刀浪，这是什么刀法？吕布眼中涌现狂热之色，仿佛小孩看到了新鲜的玩具，长笑道："来得好！"大戟破空而出，华天晴人在半空，忽然感到一阵让人心悸的寂寞之意侵袭而来。

　　华天晴长剑奋力刺出，"锦瑟无端五十弦，一弦一柱思华年。庄生晓梦迷蝴蝶，望帝春心托杜鹃……"绵绵五十六剑刺出，才堪堪挡住吕布的大戟。

　　吕布的天下戟仿佛一条怒龙，时而化作狂风暴雨，时而仿佛光芒万丈的骄阳，将华天晴打压得喘不过气来。那寒光闪闪的大戟，正中华天晴的左肩上，华天晴被一下扫出三丈多远。

　　吕布正要追击，突然一杆大枪从斜刺里杀到，"当！"吕布身子微微一晃，而那提枪的大将亦被震退数步。吕布眼中闪过一丝异色，笑道："大宋的高手不少，来人报上姓名。"

　　那人身高八尺，豹头环眼，青袍铜甲，立马挺枪道："豹子头，林冲！"言罢张手就是一枪，那红缨四散开来，仿佛天上的红日。

"好！"吕布哈哈笑，枪戟交错而过，林冲大枪刺在吕布身上竟不得而入，与此同时吕布的大戟则贯体而过，刺入林冲左肋。吕布正要将林冲挑起，却见华天晴的泪痕剑又到了。

"生者为过客，死者为归人。天地一逆旅，同悲万古尘。"华天晴全是一副同归于尽的打法，法场之上已经血流成河，此时不拼命更待何时？

吕布浓眉一扬，大戟化作一条美妙的弧线，竟完全绕过华天晴的攻势，戟上的锋刃巧妙地从华天晴的手臂上划过，泪痕剑高飞而出，大戟顺势直取华天晴的咽喉！华天晴心底一凉，他竟一点还手的余地都没有……

就在此时，飞向空中的泪痕剑忽然被人握住，那人白衣飘飘踏空而来，天外金虹般的剑光一瞬间照亮了整个法场，"当！"长剑正刺在大戟之上，吕布就觉得一股极强的力量汹涌而来，赤兔马一声惊嘶向后倒退数步！

这是吕布于此第一次被人迫退，他吃惊地看着来人，面前的中年文士面如冠玉，三绺长髯，倒持长剑仿佛剑仙一般。

那文士伸手将华天晴扶起，看着吕布淡淡笑道："在下辛弃疾，奉先公欺我大宋无人吗？"

吕布抬戟指向四方，傲然道："岳飞都已死了，你大宋还有何人？"

他话音刚落，四面八方传来阵阵怒吼声，"吕布休要猖狂，双枪陆文龙在此！""大将高宠在此！谁敢动我岳云？"法场四方鼓声震天，竟是岳家军到了！

钟会、宇文成都、楚戈等人率众聚拢，楚戈道："敌人势大，怎么办？"

钟会轻声道："压缩队形，将他们逐出法场也就是了。"

宇文成都道："那岳云、张宪不要了？"

钟会没有回答，嘴角却露出残忍的笑意。

而法场正中，辛弃疾、华天晴、陆文龙三人与吕布对峙着，其余众人开始缓缓向东南撤退，似乎双方都不想再打下去。魏续、侯成相继向吕布靠拢，劫法场这面也多了林冲、燕青、花荣。

辛弃疾和华天晴交换了一下眼色，带着众人缓缓朝大部队靠拢。而吕布似乎也另有打算，并不命人追击。整个法场一下子变得安静起来，寒风中大旗翻滚，只听见大火燃烧的噼啪声。

两方的队伍缓缓分开，逐渐相隔数十步，中间的空地遍布尸体，晨雪、魏延、风舞、燕歌行等人护着岳云、张宪在队伍的中央，众人神经都极为紧张。

突然轰隆一声！在魏延不远处裂开一个陷坑，魏延毫不犹豫，断然一刀砍出，那陷坑中却毫无反应，紧接着他们的四周连续出现陷坑。晨雪目光向四周扫过，大叫道："别分散精神，注意保护岳云和张宪！"

一道人影从水浒的队伍中迅速向晨雪等人靠近，燕歌行大叫道："有敌人！"挥刀向前。当！二人交换一招，燕歌行脸色一变，失声道："是你？"话音未落，利刃入腹，他闷声倒地。

而那人头顶斗笠，一身青衣如鬼影一般切入众人之间，太史慈怒吼一声，大枪奋力刺出，眼前一个白玉美人光华缭绕，迷幻了双目，大枪被对方一剑突破，胸前鲜血直流。

晨雪、风舞等人全部冲上前来，却感到四面八方尽是昂扬的剑气。"公孙剑器？"晨雪惊道，愣神之间那人突破众人飞起一剑，血花飞溅，张宪的人头冲天而起……

那灿烂的剑光划出凄美的弧线转向岳云，魏延抱住岳云就地滚出，肩膀上落下深深的剑痕，而此时华天晴等人到了。当！两剑相交，华天晴看到一张眉目温文、异常熟悉的面容，那青衣人于半空一个转身，向天发出一剑，那让"天地为之久低昂"的一剑仿佛同时刺向四面八方，他在空中一个盘旋，踏空而去……

华天晴望着晨雪一脸茫然，低声道："是他？秋风清？怎么会？"

此时法场的东北角又有大批的人马杀来，远处传来贾诩的话语："大伙结阵向东南走，已有人马牵制秦人。"

华天晴高举拳头，带领众人向东南撤退，此时天空中飘起了小雨。

钟会那边，楚戈问道："就让他们这么走了？"

钟会道："你我已经尽力，对方背后亦有高人主持，何况张宪已然诛杀，对张仪大

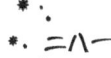
人总算有所交代。"

宇文成都道："只是没想到最后还要秋风大人出手。"

钟会淡淡一笑没有回答，其实他认为秋风清应该在更好的时机出来，但似乎大王个人并不热衷于对付华天晴。远处的吕布已经带领自己的人马撤出战场，那也是个不容易统御的主啊。法场满地都是尸体，在雨水冲刷下，真正是血流成河。这些尸体更多的似乎还是平民的，钟会微微一笑，这些人头足够埋葬掉宋朝帝王的人心了。

想到此处，钟会道："打扫战场，经此一役大宋民心尽失，赵宋已不足为虑。"

宇文成都、楚戈领命而去，钟会眼望空中的细雨，岳飞就这么死了，作为他的对手，张仪大人会否有些失落呢？这种死法对武将而言真是太过……太过伤心了。

方谢晓摸着头踌躇半天，轻声道："这次来的人都下不去了。看来这个系统真要吃人。"

晨雪道："何不忘怎么样了？"

方谢晓道："死了……真人情况要看我发去系统消息的回复了。我已让其他 GM 不要再上来，有事情系统消息联系就是了。"

晨雪道："就怕 NPC 控制了系统，能够把系统消息也封锁。"

方谢晓道："那似乎不是我们所能掌握的，我们现在唯一知道的是问题的核心在秦人身上，对不对？"

晨雪沉思片刻，低声道："这其实也只是猜测。"

看晨雪一脸倦容，方谢晓道："你还是和华天晴聊聊去，也许他有别的消息，要知道他留在'纵横'的时间最长。"

晨雪点了点头，轻声道："有消息马上通知我。"

华天晴眼前的颜泪儿有些憔悴，他把泪痕剑交还到泪儿的手中，笑道："多亏有你的剑，要不然只怕度不过这个难关。"

颜泪儿接过长剑，淡淡地道："那是当然的，你没有我怎么行？"目光望向远处晨雪纤弱的身影，把泪痕剑挂在腰间，低声道，"但我知道你现在用不到它了。"

华天晴笑了笑道："是不得不还给你，要不然还真舍不得。"

颜泪儿笑道："想要？想要也不会给你的。"此时她看到晨雪向他们二人走来，轻轻拍了拍剑鞘，低声道，"我要跟辛先生回青虹谷一次。我们后会有期了。"

华天晴奇道："你去那里做啥？"

颜泪儿道："秘密，不告诉你！"美丽妖异的眼睛变得有些迷离，低声道，"我走了。"她转身离开，那动人的眼睛已带有一层雾气，余光扫过晨雪，喃喃道："还挺漂亮……"她随即停下脚步，华天晴和晨雪同时向她望来。颜泪儿俏脸一扬，高声道："不管怎么样，华天晴，我还是很喜欢你。很喜欢！"

四周的人都向他们望来，华天晴、晨雪、颜泪儿三人都是满脸通红。但颜泪儿依然红着脸坚定地道："别人的想法不重要。我的事情，自己明白。"说着她骄傲地抬起头，举步离开。

华天晴久久才收回目送颜泪儿远去的目光，有些尴尬地看着晨雪。晨雪对他苦笑道："不用解释，我们对爱都不曾那么勇敢。"

"是吧……"华天晴低声道，他目光有些黯淡。

"我们都下不去了，现在你不是一个人了。"晨雪捶了捶华天晴的肩膀，转移了话题。

华天晴皱眉道："那岂不是说我们再没有救兵？"

晨雪笑道："也没啥不好呀。第一，我们自己未尝不能解决问题；第二，我至少可以和你在一起。"

这种情况下，为何女人们会先考虑这种事情？华天晴苦笑道："你们有没有找到问题关键？据我所知，游戏的制造者一定留下了线索。你既然和 GM 大人们一起来，应该和游戏公司有联系。"

晨雪道："你怎么知道他们是 GM？"

华天晴笑道："我认识纪无缘，我在大唐遇到过她。"

晨雪笑道："你记性真好。"

华天晴沉吟道："那时候我还和雪焰、风吹雨在一起。"

晨雪道："风吹雨到底怎么了？"

"我也不知道。"华天晴深吸口气道，"但我明白要解决问题光靠我们不行，必须所有人一起。因为单止秦人就已是极大的威胁，或许风吹雨也是问题关键之一。"

"的确单靠我们不行。"不知何时贾诩出现在他们的身后，微笑道，"不仅仅你们有这种感觉，连我们整个三国大陆都有这个体会。"

华天晴皱眉道："贾老大你真行，怎么无声无息的？"

晨雪道："你们整个三国大陆都这么想？"

贾诩苦笑了下，递给晨雪一封书信道："我刚刚接到最新战报。"

晨雪和华天晴打开一看，不由大惊，就见战报上写道："秦武安君白起，率五十万大军登陆汉朝大陆，破卫青所帅的大汉主力于许昌，席卷中原。秦大将陈庆之率领轻骑奇袭隋唐大陆，七日攻克长安……"

贾诩缓缓道："秦人他们四面出击，据可靠消息他们已然获得汉朝、宋朝、隋唐的山河令。五大山河令仅剩下三国的还没落在他们手中。所以主公急令我等回去共商大事。"

晨雪不可置信道："他们怎么可能有这种行军速度？几个大陆合在一起，何止千里万里？"

贾诩道："因为他们有了山河令，有了山河令就可以随心所欲地将部队进行大陆间的传输，若我们有三国的山河令，就能迅速传送大军回三国大陆。而如今我们则不能作大量传送，充其量也就是数十人，还必须是在三国大陆那个时代的人才行。秦人现在能把大量的兵马传送到其他大陆的国都，而攻克国都对于战争来说，等于成功了一半，所以原本就极为恐怖的秦兵，如今更是无法阻挡。而我听说山河令里还存在更重大的秘密，这却不是我能了解的了。"

"这么说你要回三国了？"华天晴道。

贾诩点了点头，道："是，日后的战役，希望你我能互相支持。"

华天晴望了眼身边的晨雪，低声道："这需要好好讨论一下，把所有人召集到一起。"

"他们上去了几天了，自从昨日最后一个消息发来，之后就没有新的消息了。从前没有发生过这种情况，是不是他们在里面遇到了意外？从前他们每天都会准时下线休息。"阿Z低声道。

"系统其他都正常？"比尔·克罗斯道。

"似乎正常。"阿Z摆了摆手道，"那又怎么样，那天他自动重起不也是正常的么？"

"你这几天继续研究记事本，有什么新发现？"东方秀琳问道。

阿Z道："之前我跟你们说过山河令，五块山河令分别是五个大陆的钥匙，五把钥匙不可以落在智能程序的手上。但现在似乎他们已经拿了四个。我不知道'纵横'里的其他人在做什么，智能程序有势如破竹的味道。"

忽然屋内的电话响起，东方秀琳接了电话，先是紧缩眉头，而后轻声吩咐了几句。转头对另二人道："何不忘下线了，和最近在游戏中突然死亡的玩家一样神志不清。而且更加虚弱，需要特别护理。"

比尔·克罗斯轻声道："我们必须对所有发生这种状况的玩家进行特别护理，目前为止我们并不知道他们除了特别虚弱，还有别的什么问题。而且……"他停顿了下道，"似乎在游戏中突然死亡造成的影响越来越大。"

东方秀琳道："我们现在只能寄希望于慕晨雪他们，若他们没有办法，我们新派人进去也一样没有办法。我想很快会有新的消息出来。"

比尔·克罗斯道："我没你那么乐观，或许我们应该派新人进去。"

东方秀琳道："谁？你？"

比尔·克罗斯笑了笑道："为什么不？"

东方秀琳沉默片刻，坚决地摇头道："绝对不可以，我们必须要有人在外面坚守外面的战场，里面的战场你还是交给他们吧，在外面你是高手，在里面他们才是真正的高手！"

比尔·克罗斯还想争论什么，东方秀琳面色转冷道："不用再争论了！"

比尔·克罗斯无奈地耸了耸肩，表示放弃。

东方秀琳扭头对阿 Z 道："在系统中发出消息，通知所有可以下线的玩家马上下线。"

阿 Z 点头答应，忽然道："说了那么多，你们是否去找过华天晴的真人？他的身体如果那么多天没人照顾，恐怕会很糟糕。"

东方秀琳道："早就保护起来了，但似乎他的身体和'纵横'中的华天晴已没有太大关系。这方面用科学解释也很复杂，说不太清。"

比尔·克罗斯和阿 Z 只能苦笑。

一日后，在"纵横五千年"的各个角落，都回荡着系统机械而焦虑的声音："系统紧急情况通告，所有在线玩家请自觉断线离开游戏，服务器出现紧急状况，请在线玩家自觉离开游戏。"

当华天晴他们收到系统消息的时候，他们已经在前往蜀中的长江客船上。杭州一役后，贾诩带领人马先回三国，牛皋、陆文龙等人则回去重整岳家军，而颜泪儿则和辛弃疾等人先回青虹谷，各路人马相约在"三国大陆"汇合，只有岳云默默留在华天晴等人身边。

而华天晴他们必须到川中，从"都江堰"前往三国大陆。

"他们会有什么举措？"方谢晓问道。

晨雪摇头道："不知道，系统渠道也无法和外面取得联系。很不乐观。"

燕歌行道："你们可有和雪焰联系，我联系不上剑冥老大。"

风舞低声道："我也一样联系不上，那边已经很久没有消息了。"

燕歌行道："有时候我在想，是否应该回去。"

晨雪道："你回去能做什么？雪焰和剑冥也许已经离开'纵横'。"

燕歌行只能苦笑，那两个家伙是这种轻易离开的人么？

方谢晓远望船头的华天晴，华天晴正盘膝而坐默然望天，他低声道："天晴情绪很稳定。"

晨雪苦笑了下道："或许他早就习惯了。他必须保持稳定而有信心的样子，这里很多人都看着他。"她微微吐了口气，笑道，"至少长江通向川中的水路传送功能还在，不然我们单从杭州到四川就要走好久。"她不禁想到不久前离开的颜泪儿，那女子安静而坐的样子，和华天晴还真有些相似呢！

华天晴默默地注视着滔滔大江，心中想起的却是刚进入"纵横"的时候，在徐州码头告别白居易的情景，同样是一片金黄的朝霞，同样是烟波浩淼的水路，他却已经完全不同了。他不知道前往三国大陆还会遇到什么，在整个"纵横五千年"都快被秦国人控制的时候，三国是否是最后的希望，是否能够成为最后的希望？他更不知道，就算三国大陆的豪杰真能击败强秦，存在于这个虚拟世界的智能程序又将会如何？所谓的智能程序是否就像现实生活中的茫茫天意一般，不再是他们可以预测的。

想到这里，华天晴不由生起一阵强烈的挫折感，他站在船头望着自己的双手心中大恸，恨不得纵身跃入茫茫江水之中随水逝去。就在此时，船上响起了沙哑雄浑的歌声："怒发冲冠，凭栏处、潇潇雨歇。抬望眼、仰天长啸，壮怀激烈……"

那歌声竟来自劫后余生、整整数日不曾说话的岳云，岳云抬头向天高声吟唱，双肩轻轻抽搐，抑郁多日的悲痛终于开始释放出来，一船的人鸦雀无声，只听到那沙哑悲壮的歌声："三十功名尘与土，八千里路云和月。莫等闲、白了少年头，空悲切。"

"莫等闲、白了少年头，空悲切……"华天晴情不自禁跟着一起高歌起来，紧接着是风舞、燕歌行，而后满船都是歌声，"靖康耻，犹未雪，臣子恨，何时灭！驾长车踏破、贺兰山缺。壮志饥餐胡虏肉，笑谈渴饮匈奴血。待从头、收拾旧山河，朝天阙。"

唱到最后，全船人都已泪流满面，华天晴攥紧拳头，深吸口气望向远方，低声道："岳鹏举远去，而战斗却只是刚刚开始而已。"

第三部
三国

楔子

说到华夏的万里河山，一定会想到长江黄河，而说到长江，没有人会不知道三峡，数千年来长江三峡被一代又一代的文人竞相传颂，这里的景致已经深深印入到华夏文明的血液之中。

在晨曦中看两岸青山掠过，华天晴靠着船舷悠悠出神，怀中的晨雪道："天刚亮，你在发什么呆？"

华天晴道："我没到过三峡，却不止一次地想象过它的样子。只可惜我们这次是逆流而上，不能体会'千里江陵一日还'的意境。"

"你想得真多……"晨雪道，"其实水路的速度都经过系统处理，我们的船速已经很快了，不然从杭州到川中只怕要走半年。"

华天晴笑道："我知道，只是我真的好想体会一下'朝辞白帝彩云间'的感觉。"

"那你好好体会，就快到白帝城了。"晨雪从他怀中站起，轻轻踢了华天晴一脚道，"我去准备登岸后的东西。"

华天晴皱眉道："着急什么？我们一直坐船过了重庆，到江津才上岸呢！"

晨雪笑骂道："小笨蛋，都跟你说了这是传送系统，你以为会要多少时间？"说着摇头离去。

华天晴苦笑了下，目光重新投向江面，没过多久船身突然一震，竟然向上腾空而起，难言的美景一下子扑面而来！

"这里就是秭归，是屈原故居。"不知何时风舞也出现在船头，他低声道，"我少年时曾和父亲一起跑船，再向里的景色美不胜收。"言语间，逆流而上的大船居然速度还能越来越快，驶入一个峡谷，两旁的景色如风而去。

那湍急的水流变得飘忽不定，两旁的景致不停变幻，青山、绿水、巨石、飞鸟……

突然河道轻轻一拐，船身终于稳定下来，但眼前的景物一下凝重起来，一座苍凉的古城傍水而立，那寂静的山水间，依稀让人想起千百年来的战火，依稀让人想起白袍文士匆匆坐船向东而下的那个早晨。

"白帝城……"华天晴哑声道，古城和流水一样飞逝而去，前方陡然杀气骤起！一段急滩之上，巨石横卧，一堆一堆初看似乎杂乱，仔细瞧来却又井然有序，那大阵纵横相当，千变万化地立于水天之间，聚集天地山河壮阔沉雄之气，即便百年千年依旧叫人感到无可撼动。

"八阵图！"华天晴和风舞同时失声道，"功盖三分国，名成八阵图。江流石不转，遗恨失吞吴……"华天晴陡然觉得天上地下的气势都在胸中，这名震千古的阵法似乎给了他某种提示，一个隐约的感觉呼之欲出，却把握不住……诸葛武侯的八阵图啊！

风舞忽然道："这就是三国，天晴兄，这就是三国。"

华天晴微微点头，低声道："那就是我们要去的地方。"

第一章　苍穹

"成都"是一个古老的城市，早在两千多年前，古蜀王开明九世迁都至此，取"一年成邑、二年成都"之意定名成都，这一称号一直沿用至今。

秦蜀中太守李冰主持兴修了举世闻名的都江堰后，以成都地区为首的川西平原，从此"水旱从人，不知饥馑"，成为天下皆知的天府之国。世人又有"扬一益二"的评价，成都先后被称为"锦官城"、"芙蓉城"，其繁华兴旺有目共睹。

历代蜀中政权，皆以成都为都城来控制全川，雄视西南，进而图霸中原，而成都更有城址千古不徙、历劫不衰的美誉。

到得成都，华天晴等人休整一日，等待相约共赴"三国"大陆的辛弃疾等人前来会合，而众人却为上官雨露那个妮子越来越担心。自从杭州一役，之前一心想见风吹雨的上官雨露变得郁郁寡欢，不管是燕歌行还是风舞都开解不了她。

这日黄昏时分，华天晴和晨雪带着她到成都名胜"武侯祠"散心。

晨雪低声道："我和她谈一下，你自己转转吧？我知道你喜欢这个地方。"

华天晴看了看边上的上官雨露，耸耸肩点头离开。女儿家的事情一直都不是他所擅长的，何况晨雪说得对，武侯祠是他一直向往的地方，听说那里有岳飞亲手书写的《出师表》碑文。

丞相祠堂何处寻？锦官城外柏森森。

映阶碧草自春色，隔叶黄鹂空好音。

三顾频烦天下计，两朝开济老臣心。

出师未捷身先死，长使英雄泪满襟！

武侯祠位于成都西南，是纪念蜀汉丞相诸葛亮的祠堂。

诸葛亮是中国古代被传说到了神话级别的人物，在中国无论男女老幼，无论凡夫俗子，还是帝王公卿，没有人不知道他。其《出师表》上一句"鞠躬尽瘁，死而后已"成为千古臣子的楷模，而《三国演义》中的诸葛孔明更俨然就是天下第一智者，他的"隆中对"、"草船借箭"、"借东风"、"七擒孟获"、"空城计"等故事，无不叫人津津乐道。

如今，在即将前往三国大陆的时候，华天晴先一步来到了武侯祠，空中夕阳和明月并在，望着身边的青松翠柏、古楼亭台，竟有种不敢进入祠堂的感觉。

"出师未捷身先死，长使英雄泪满襟。"他忽然想到在宗泽府中，宗泽老大人临终前念的诗句，宗泽如此，岳飞如此，我们经历的虽然不是真正的历史，但是这些人物为何一个个都在重复自己的历史，诸葛亮是否也会如此？那在强大的秦国军队之后的秦始皇,是否天生就是当然的赢家?

他正想着,耳边忽然传来苍老的诵读声:"先帝创业未半而中道崩殂,今天下三分,益州疲敝,此诚危急存亡之秋也。然侍卫之臣,不懈于内;忠志之士,忘身于外者……"

华天晴一抬头,就见不远处翠柏之下,一青袍老者对着块石碑,高声吟诵,"臣本布衣,躬耕南阳,苟全性命于乱世,不求闻达于诸侯。先帝不以臣卑鄙,猥自枉屈,三顾臣于草庐之中,谘臣以当世之事,由是感激,遂许先帝以驱驰。后值倾覆,受任于败军之际,奉命于危难之间:尔来二十有一年矣……"

"苟全性命于乱世,不求闻达于诸侯……"华天晴轻轻重复,眼眶一红,听似简单,却又谈何容易?这老者念的是诸葛武侯的《前出师表》,那一袭青衫已洗得发白,头上白发苍苍,面容消瘦憔悴异常。

华天晴静立在石碑前,碑上的书法雄健有力,听着老者把出师表念完,深深一礼后,转身缓缓离开。

那老者忽然说道:"小哥留步。"

华天晴转身低声道:"小子方才听老先生诵读《出师表》,听得感动,因此驻足留步,希望不曾打扰先生。"

老者摆手道:"老夫见小哥好生眼熟,像极了一位故人。"

华天晴道:"不知老人家觉得小子像谁?"

老者重新打量华天晴,微作沉吟道:"或许是我想多了。如今又觉得不像了。"他笑道,"人老了总难免胡思乱想,看到谁都像故人。"

华天晴笑道:"不打紧的,小子华天晴见过老先生。"

"华天晴?"老者点了点头道,"我看你来了甚久,却始终不曾进入祠堂。却是为何?"

华天晴脸微微一红道:"诸葛大名垂宇宙……小子久闻诸葛丞相大名,心存敬仰,顾尚未入内,已激动万分……"

那老者微笑道:"你这个少年倒是有趣,这个年代你这样的少年越来越少了。很好很好……" 他缓缓走入祠堂的正厅，华天晴紧随其后。

厅内挂着的一幅古诗卷轴上写道："诸葛大名垂宇宙，宗臣遗像肃清高。三分割据纡筹策，万古云霄一羽毛。伯仲之间见伊吕，指挥若定失萧曹。运移汉祚终难复，志决身歼军务劳。"

华天晴沉吟道："李杜诗篇光照千古，如巍峨的高山，叫人仰望不已。"

老者却只是望着诸葛孔明的塑像沉默不语，久久才道："你要去三国？"

华天晴道："什么？"

老者道："太白兄已经去了三国，华天晴，他曾和我提过你。所以方才我觉得你好生面熟。" 他对华天晴笑了笑道，"你不说话低头沉思的样子的确有几分像他。"

华天晴愣了一愣道："您是？" 他又看了看身边的诗，惊道，"杜先生？"

老者哈哈大笑，他缓缓望向诸葛孔明的塑像，轻声道："我知道你要去三国做大事，这个世界变了，但我们并不确定世界究竟该去向何方。世事本是如此，从来不是我们凡人所能掌握，我们能做的只是尽力而为。天下苍生在前，只要认定目标，剩下的只是鞠躬尽瘁，死而后已。" 他转头看着华天晴道，"我和太白兄都不知道这个世界会发生什么，究竟是秦人统一天下较好，还是一切恢复原样较好。但千古的文道自然有他去的方向，文武之道本就殊途同归，你好自珍重就是。"

华天晴带着疑问望向杜甫，杜甫轻拍华天晴的肩膀，笑道："无论在什么情况下，数千年的华夏都能屹立不倒，仗剑前行，激扬天下正是我辈当为。"

华天晴道："是。"

杜甫道："我走了，你多保重。若是见到太白兄，替我问好。"

华天晴道："您不到三国去么？"

杜甫步出大厅，笑道："纵横天下是少年人的事情，江山代有才人出，各领风骚数百年。"

华天晴大步追出，杜甫已经消失不见。祠堂外青松翠柏，明月初上，清风之中隐约有杜甫苍凉的歌声飘过："细草微风岸，危樯独夜舟。星垂平野阔，月涌大江流。名岂文章著？官应老病休。飘飘何所似，天地一沙鸥……"

"飘飘何所似，天地一沙鸥。"华天晴望向夜空，轻轻重复道，是否还能见到杜甫？是否还能见到李太白？他缓缓望向厅内的诸葛塑像，名震千古的诸葛孔明究竟是什么样子呢？

久违的系统发来简单的消息："诗魂"任务之杜甫部分完成，诗剑达到第六重，习得诗剑杜子美篇。

人生如梦，何时能醒？

次日，颜泪儿发来消息，说辛弃疾等人需要过些时日才能去三国，而她已经在都江堰的传送口等候。于是华天晴等人打点行装，向都江堰出发。

成都的西面，就是古今驰名的都江堰。有人说成都之所以能成为天府之国就是因为有都江堰，而事实上李冰建造的都江堰，在世界水利工程史上的地位远超普通人的想象，是全世界至今为止，年代最久、唯一留存、以无坝引水为特征的宏大水利工程。

由成都去往都江堰的一路上热闹无比，只是这种热闹并不给人以兴旺的感觉。那些来回奔波的百姓脸上都带着焦虑和惶急，晨雪低声道："似乎秦兵攻入大宋的消息，已经传到这里了。"

华天晴笑了笑，他可不在意什么秦兵，望着前方和风舞打闹的上官雨露，低声道："你和上官说了什么？她似乎开朗了不少。"

晨雪道："我跟她说，爱一个人，就不要计较他是否值得爱，只需要明确一点。"

"明确一点？"华天晴问道。

晨雪低声道："只要明确，自己是爱的就可以了。一个人除了能把握自己，别人都是无从掌握的。"

华天晴扬了扬眉道："这话似乎不像是开解呢！"

晨雪笑道："也许在你听来不像是开解，但经过昨夜，她似乎真的想通了，我好久没见雨露笑过了。"

华天晴望了望上官雨露的笑颜，轻声道："也是。"他心里却还有一句话没有说出，其实有时候自己也不见得能把握自己。

晨雪似乎知道他在想什么，轻声道："她还是个孩子。不会有你那么多想法。"

前方传来风舞的声音："天晴，前面是都江堰前最大的市集了！"

华天晴望了望那热闹的镇集，低声道："颜泪儿应该就在前方等我们。"

晨雪轻轻哼了一声，华天晴只能当作没听见，打马朝集市而去。

古代没有摩天大楼的商场，市集是世道兴盛与否的标志，都江堰的市集的确热闹，但华天晴等人总觉得缺了点什么。

在人群中来来回回，打量周围的行人，风舞低声道："我说觉得不对劲呢，这里已经没有我们这样的玩家了。"

燕歌行道："自从那个系统消息发出后就是这样。"

纪无缘秀眉微皱道："何不忘不知怎样。如果能联系上就好了，至少心里有个底。"

方谢晓道："我们发给系统的信息，也没有得到回复。"

"智能程序已开始接管系统。"晨雪微笑道，"但我相信，外面的人一定也在努力做事。"

"这里卖得最多的居然是各种兵器。"风舞望向四周道，"还真是到了乱世了。"

华天晴对身边一直沉默不语的岳云道："在想什么？"

岳云道："若我在那埋伏几个弓箭手，这里的一切都会在控制之中。"华天晴顺着他的目光望向西北方的一杆旗杆，亦不禁皱眉，旗杆上的瞭望塔的确是在这个市集狙击的最佳位置。

燕歌行道："我去看看。"

华天晴点了点头，轻声在队伍频道道："晨雪去买传送竹简，其他人采购完东西就走。"

忽然，前面过来了一个车队，几驾马车拉着数车泥沙向都江堰而去，众人纷纷让到一边。就见几驾马车皆是两匹或者三匹马拉一驾车，唯独一驾拉车的只有一匹马。

那匹马瘦得胸口肋骨高高凸显，骨骼虽大却瘦似枯柴，原本黑亮的毛皮零零落落，胸前那一团拳头大小的白斑，满身泥污杂着道道鞭痕。那瘦马经过华天晴等人身旁忽然停步，马脖转向华天晴，发出一阵悲鸣。

华天晴不由一怔，失声道："小灯……"那瘦马冲天一声长嘶，华天晴大叫道："晨雪，快来！是小灯！"说着他眼泪都要掉下来，那瘦骨嶙峋的样子，哪里还有半点"千里一盏灯"的神骏气概。

这驾车一停下脚步，整个车队都受到阻碍，全都停下了脚步，赶车人愤怒地跑到马前，挥起鞭子道："你这劣马，又不肯走路！"

"千里一盏灯"转过马头，狠狠地瞪了马夫一眼，那马夫似乎知道它的厉害，叫道："来人！"一下子上来了五六个马夫，将"千里一盏灯"团团围住，鞭子风一样地落在马身上。

华天晴大吼道："你们滚开！"

那马夫转过头，冷笑道："你又是什么东西！这马是你爹？"他话音未落，就被华天晴一脚踢飞。

华天晴拦在马头之前，怒道："谁敢动我的马，我叫他人头落地！"他一掌劈断了车辕，将宝马拉了出来，望向众人，额头青筋高高暴起。此时晨雪等人都已经围了上来，风舞、上官雨露等人都和"千里一盏灯"有深厚的感情，看到这个情景眼睛都红了。

那些马夫见华天晴他人多，为气势所慑纷纷退后。

人群中，风舞抛出一块银子，高声道："你们再去买一匹马拉车便是。"为首的马夫捡起银子，呵斥同伴向后散开。

就在此时，突然西北空中划过一道寒光，那寒光一共五芒连珠而至，直取华天晴的面门。华天晴的全部注意力都在马上，待到发现，寒光已至面门！

当！五点寒光竟被一剑击落，那绯红的剑光如少女脸上的胭脂，亦印红了华天晴的衣衫。

轰隆！紧跟着一声巨响，集市西北面的旗杆被岳云一锤砸为两段，燕歌行飞起一刀正砍在弓箭手的肩头，那弓箭手亦好生了得，一个翻身向后飞退，半空中身形化作五道幻影。却见岳云凌空而起，一对大锤迎风划过，五道幻影一下消失，那人头颅被一锤击碎。

一剑击落连珠箭的颜泪儿笑道："你没我明显不行。"

华天晴只能苦笑，心道："那刺客只怕不是无名之辈。"此时集市的四方马蹄声隆隆而起，市上的人群一下子混乱起来。

风舞飘身跃上周围的高楼，叫道："大队的人马，为首的是楚戈！"

众人目光一齐望向华天晴，华天晴道："我们在此地杀他百人，亦动摇不了大秦分毫。大家上马，穿越都江堰，去三国！"众人大声领命，纷纷翻身上马。

晨雪和上官雨露同时望向瘦弱的"千里一盏灯"，晨雪道："小灯怎么办？"

华天晴抚摸"千里一盏灯"稀疏的鬃毛，傲然道："名马即龙种。"说着他双腿一飘，飞身上了宝马，高叫道，"好兄弟，让他们看看什么是宝马！""千里一盏灯"前蹄扬起，仰天一声长嘶，撒开蹄子向都江堰飞奔。

岳云、晨雪、颜泪儿、风舞、燕歌行、纪无缘、方谢晓、上官雨露一起打马紧随而去。

都江堰主要由鱼嘴、飞沙堰、宝瓶口三大部分组成。鱼嘴为建于江心的分水堤，由此将岷江水分流导入内外二江，外江为岷江正流，内江经宝瓶口流入川西平原灌溉农田。

华天晴等人在疾驰的奔马上远远就望见了"鱼嘴"，那奔流到此的岷江被它奇迹般地一分为二，让人心中豪气顿生。华天晴在队伍频道中道："传送口在哪里？是渡船还是什么？"

晨雪道："握紧手中的传送竹简，冲向鱼嘴就可以通过！"

华天晴看了看手中刻着"三国"二字的竹简，再向前望去，岷江就在近前。他忽然明白了为何这里会是宋朝大陆的传送站，从战国走来的都江堰，和人文风流的大宋是完全不同的地方。用力拍打"千里一盏灯"，宝马如肋生双翼一般猛冲而起，那四蹄飞扬点在水面，耳畔风声大作，人马飞至半空跃向都江堰"鱼嘴"，天空中出现了一道七彩幻影，那就是传送之门！

眼角余光看到其他人都已紧随而至，华天晴不由想起了小时候听过的"鲤鱼跳龙门"的故事，虽然目的不同，但这架势还真有点像，他大吼道："小灯！我们去了！"宝马身姿展开，四蹄虚空踏去……

人在水天之间，华天晴低声道："别了，大宋！"一头冲入七彩的光影之中。

阿Z看着手提电脑屏幕，低声道："宋朝大陆已经没有他们的信号。"

比尔·克罗斯道："知道他们去了哪里？"

阿Z道："很快就会知道。"

比尔·克罗斯点了点头，目光向窗外望去，阿Z已经能够接入"纵横五千年"，而东方秀琳也动用家族的人力财力，几乎监控起了所有进入游戏后角色死亡的玩家，一切正在向好的方向发展，只希望还不算太晚。

阿Z忽然说道："比尔，你知道么？即便在'纵横'中的人全部死掉，在人工智能界看来，也不如'纵横'本身重要。不少朋友都发来邮件，希望我提供第一手资料，可惜我什么都提供不出。"

比尔·克罗斯笑了笑道："他们相信？"

阿Z耸耸肩道："说谎说多了，自然没人信我，却不知道这次我是真的无法提供。"

比尔·克罗斯低声道："我不要求别的，你尽快把画面给我弄出来，里面应该很紧迫。"

眼前光芒亮到极致后，四周一片沉寂，宝马"千里一盏灯"站到实地，华天晴睁开眼睛望向天空，夜幕下明星闪耀，立足之处是一个古朴的石亭，一块巨大的石碑立在前方足有六七丈高，上面鬼斧神工地刻着血红色的文字"天下大势，分久必合，合久必分"，三条小路从亭子分别通向三个方向。

晨雪等人相继出现在视线中，大家聚拢后一起向亭外走，朝着正北方向走，走不多时就见一块石碑，上面写着"荆州"二字。

华天晴道："三国的大陆之门在荆州附近，似乎也在情理之中。"

风舞道："荆州北据汉沔，利尽南海，东连吴会，西通巴蜀，古之用武之地也。"

方谢晓道："古今多少故事在此上演。"

华天晴笑道："莫发感慨了，尚不知道荆州如今是谁的地盘。在三国我们还是人生地不熟。"

众人谈笑着向前，小路逐渐变阔，官道就在前方。

岳云道："前面有很多人。"

远远望去道路上聚集着很多人，华天晴等人催马上前，似乎有官兵在道口设了关防，不让路人通过。

华天晴笑道："荆州现在谁当家啊，那么牛气。"

边上有人道："现今是甘宁将军坐镇荆州。"

"甘宁甘兴霸？荆州是东吴的？"华天晴问道。

路旁一紫袍大汉道："这话说起来就长了。原本荆州是由关羽镇守，但不久前西蜀的丞相诸葛去了许昌商议共抗强秦，不知如何突然秦国的兵马出现在剑阁，刘皇叔率众抗敌身受重伤。关羽离开荆州回援西川，于是东吴乘虚而入夺取了荆州。"

华天晴听此人说话头头是道，不由上下打量，就见那人身形雄壮，浓眉大眼，留着短髭，显是粗中带细之人。他笑道："如此东吴可做得不漂亮。"

那大汉道："天下之争原本如此，东吴知道要抗强秦单由西蜀和曹魏联手尚显不足，必然会需要征得他东吴的支持，所以此时夺取荆州，并不怕刘备跟他翻脸。"

华天晴道："那甘宁在这里是做什么？"

"他在做死。"洪钟般的声音响起，"他娘的甘宁知道大战在即，怕有秦人混入荆州，因此关闭城防，非荆州百姓一律不准进城。"华天晴抬头望去，就见一个身躯更为雄壮的大汉从路口走了回来，那人一身青色的武士袍干净利落，络腮胡须如钢针一般。

这汉子拍着紫袍大汉的肩膀道："哥哥，我们怎么办？原想去助他守城，却不料都不让我们进城。"

"大战之前关闭城防原本是理所当然的事情。"紫袍汉子笑道，"只是如今敌人的影子都还不见，真叫人奇怪。"

华天晴道："甘宁的背后有周郎坐镇，当不是怕事之人。"

紫袍汉子道："所以此中必然另有蹊跷。"

风舞在一旁道："天晴，如此我们还去不去荆州？"

华天晴在风舞耳边交待了几句，风舞转身离去。那紫袍大汉望了望华天晴身后众人，低声道："兄台莫非不是三国人？"他笑了笑又道，"这里是去往各个大陆的中转站，常有其他大陆的人经过。"

华天晴一抱拳道："二位谈吐不凡，必非常人。还没请教二位姓名。"

紫袍大汉道："在下文丑。"他一指另一个大汉道："他叫颜良。原本去江东看望朋友，不料在此遇到这个事情。"

文丑、颜良？华天晴笑道："原来是冀北双雄，大名如雷贯耳。"

文丑道："还未请教壮士大名。"

华天晴道："在下华天晴。"

文丑颜良互望一眼，惊喜道："竟是纵横唐宋的华天晴？"

华天晴苦笑道："一路飘零而过，何有纵横之说？"

此时风舞从路口走了回来，笑道："轻松搞定，果然古今的国人都是一样的。"

华天晴在队伍频道中道："各位打起精神，我们去荆州了！"

晨雪笑道："小风用了多少银子？"

风舞道："二百两银子全部打点清楚，我想他们一定不知道我们的人头多值钱。"

华天晴对颜良文丑道："二位是否有心同去荆州，前面我们已经安排妥当。"

文丑抱拳笑道："那就打扰了！"说着和颜良上马，与华天晴等人一起向前。

华天晴等人经过哨卡的时候，几百双无奈的眼睛望着他们，有钱能使鬼推磨，这究竟是对还是不对呢？对当事人来说，有时只是一个立场问题吧。

华天晴道："文丑兄，我初到三国，尚不知道如今三国大陆的情况，还有你家袁公如今何在？"

文丑道："争夺天下原靠天时地利人和，袁公几经起伏终于心灰意冷，如今再无争雄天下之心，退回辽东隐居了。我等一干兄弟只得各奔四方另觅出路。如今各大陆都一样，秦人横行，汉、唐、宋相继失控，唯我三国大陆还有一拼之力。"他笑了笑道，"但随着西川战火展开，天下大战就在眼前。而我等本就为战斗所生，又何惧之有？"

"我等本就为战斗所生，又何惧之有？"在心中重复文丑的这句话，华天晴暗道："这就是三国大陆和其他大陆的不同之处，几乎整个三国就是为了战斗而生。"他抬头道，"果然是冀北双雄，简单数语就让人豪气大长。"

文丑道："但不知为何，秦人行军速度快得叫人难以琢磨。"

华天晴道："他们在如此短的时间就能打下数片大陆，定有我们无法掌握的东西在起作用。"

他们一路谈论着，打马而去不过百里，名城荆州远远出现在视线中。

荆州城历史悠久，人杰地灵，相传禹划九州，始有荆州。在古代，荆、楚指同一地区，据史书记载，荆楚作为地，先是称荆，后才称楚。在外人眼中荆州成为天下的焦点，似乎是在三国的时候。而事实上早在春秋之时，楚文王就定都于此，"郢"这个城市不仅是大楚的中心，更是天下中心。

在荆州区域无数经典大战曾经在此展开，自古为兵家必争之地，它前有长江天堑，后有汉水，西有夷道三峡之险，东与吴越一江相连，地势险要，攻守兼备。

华天晴看着那厚重的城墙，笑道："我没记错的话荆州城其实就是江陵城？"

风舞道："古为江陵城，汉称荆州城。"

华天晴点了点头，举手道："大家快几步进城了！"众人高声答应，快马加鞭向荆州城而去。

出入荆州城门的人还真是不少，而气氛也远不像先前路口那样的剑拔弩张。

由于来往的人多，华天晴拢缰绳放慢脚步向城门走，忽然听到有人叫他的名字。华天晴扭头望去，就见城墙根那里一身着褪色武士服的男子靠墙而立，那人斜背包裹一脸憔悴，满脸尘土。

华天晴愣了一愣，失声道："寒夜！"他翻身下马向寒夜奔去。

"天晴！"寒夜全身发抖，朝前几步，跪倒在地上泣不成声。

"寒夜！你怎么会在这里？"华天晴问道，"雪焰呢？西门呢？"

寒夜满脸都是泪水，颤抖着伸出右手，掌心一枚银色的戒指在阳光下闪闪放光。华天晴心口仿佛有大锤砸过，一阵气血翻腾，接过那枚银色的"月狼之戒"，沉声道："雪焰他怎么了？"

此时晨雪、风舞等人都已围了上来，上官雨露道："寒夜！我姐姐他们怎么了？你怎么一个人在这里？"

晨雪道："大唐怎么了？"

寒夜咬着牙，深吸口气，缓缓道："大唐沦陷了！苍穹完了！"

众人一下子静了下来，他们离开大唐的时候，苍穹已经发展成为千人以上的大帮派，而大唐正面临强秦入侵的危机。虽然大家都觉得强秦攻入大唐是迟早的事情，但是真的听到噩耗，依然无法相信。

寒夜道："你们离开大唐没多久，秦人就登陆了隋唐大陆，大唐守军自动集结，但跟不上秦人的行军速度，一处处地被各个击破。最终金钱帮、烟雨盟和我们的苍穹为保卫长安在长安尽数集结，可是金钱帮突然哗变，东方舒寒被刺死。雪焰、巅峰、剑冥几位老大竭尽全力，终还是抵挡不住。短短七天，整个长安城血流成河。"

"秦人领军的是谁？"华天晴沉声道。

"陈庆之。"寒夜道。

华天晴咬牙道："陈庆之！"

寒夜道："天晴，我对不起你们，雪焰说必须有人离开，必须有人找到你，只有你能报仇。我先到大宋，听说你们在杭州和三国的人并肩与秦人大战，因此先一步来荆州等你们。老天爷，没想到真的能够等到你们。"他拿出白玉令牌递给华天晴，低声道："雪焰说苍穹本来就是你的。"

华天晴接过帮主令牌，上面苍穹二字印着血迹，他脑海中当日雪焰刻"苍穹"二字的场景还历历在目。手中月狼戒指轻轻转动，他低声问道："他们都死了？"

寒夜道："雪焰、东方舒寒、巅峰、剑冥一齐阵亡。不弱失踪，武天兵和我一起来了三国。大唐的精英在长安一战中损失殆尽。"

"也许有一天，你在天涯某处，会收到我派人送来戒指，要你给我报仇。"说这话的时候，雪焰目光望向远方的街市，说这话的时候，苍穹还刚刚建立。想到此处，华天晴心口一痛，眼泪滚滚而下，"要报仇！"

"天兵在哪里？"晨雪道。

"我已经叫他回落脚的地方。"抹去泪水，寒夜低声道，"你们跟我来，本来他在另一个城门等你们。"

众人一齐跟着他，向荆州城里走去，之前初到贵地的新奇心情，完全被悲伤所占据。

雄壮宏大的咸阳宫外，白起从高阶上缓缓而下，秋风清迎面拾阶而上。

"率众叛长安，孤身刺大宋。"白起忽然道，"你的所作所为非常激进。"

秋风清停下脚步，笑道："武安君在意一个秋风清？"

白起淡淡地道："我只在意你是否忠心。"

秋风清低声道："谢谢关心，大王自能掌控天下一切。"

白起淡淡道："你若出错，我就杀你。"

两个人同时笑了笑，擦肩而过。

秋风清目光望向前方巍峨的飞檐，进入秦宫之后，风吹雨已完全不同，那茫茫如天意的目光仿佛正注视着他，而华天晴他们此时又在做什么？

寒夜和武天兵落脚的地方是荆州的南广场客栈，据说是东吴安排流浪武者所设立的场所，虽然破落却很便宜。

　　进城的一路之上，华天晴想了很多，他想起了在东河村初遇晨雪、雪焰；他想起了雪焰在扬州城擂台挑战一笑堂，在擂台下送给自己一副皮甲；他想起了众人轰轰烈烈地在长安决战黄巢，以及雪焰听说自己愿意加入苍穹时的喜悦。而这一切如今变得支离破碎，在大唐最危急的时候，他不在长安，在苍穹最需要他的时候，他不在雪焰身边，自己离开隋唐去往大宋，是否从一开始就是个错误？他更不明白的是，为何风吹雨会是秦王？

　　见得武天兵，那个从前年少气盛的伙伴，如今仿佛一个小老头般地萎靡不振，众人满脸悲伤，根本没有久别重逢的喜悦。

　　颜泪儿在华天晴耳边道："你必须说点什么，现在大家都看你的。"她不是隋唐的人，她是唯一能够考虑问题的人。

　　华天晴抬头望向四周，众人坐在房间四方，死气沉沉。而岳云、文丑、颜良等人靠墙而立，更是若有所思。晨雪望向他，秋水般的目光中带着求助的无奈。风舞密语道："你必须说点什么。"

　　华天晴深吸口气，握着帮主令牌，声音恢复了以往的平静，高声道："各位的心情我知道，但如今还不是意气消沉的时候。我在长安的时候，曾答应雪焰在其他大陆也发展苍穹，可惜一路奔波，有如丧家之犬，始终不曾做到。如今雪焰不在了，我想，我必须要负起这个责任，就在这里，就在三国大陆，我们重建苍穹。"他高举白玉令牌道，"我华天晴在此领苍穹帮第二任帮主之职，各位是否同意？"

　　寒夜第一个道："同意！"晨雪、上官雨露等人相继点头。

　　华天晴道："苍穹不仅要成为天下第一大帮，更要联合天下各路人马同抗大秦。各位可愿意？"

　　风舞道："大丈夫本应如此。"

　　华天晴转身对岳云躬身施礼道："要抗击强秦必须汇聚天下的力量，要让苍穹兴旺单靠华某等人远远不够，不知道在下能否请到岳少帅加入苍穹。"

　　岳云上前一步躬身道："岳云是百死而后生的人，早决心与华兄同生共死，共击强秦。我甘愿加入苍穹！"

华天晴大喜，伸手握住岳云的双手，不多时岳云的衣襟上多了一片刀剑图案，所不同的是，图案的底色从原来的蓝色变成了血红色。

华天晴转身面向文丑、颜良亦是一躬到地。文丑、颜良互望一眼，眼前的华天晴是否从一开始带他们来荆州的时候，就有着现在的想法呢？若是如此，此子大有可为。文丑笑道："我兄弟对华兄慕名已久，今愿追随华兄共抗强秦。"

华天晴握住二人的手道："华天晴多谢二位！"于是文丑、颜良同时加入苍穹。

颜泪儿笑道："你是否愿意我也入会？"

华天晴递出令牌，亦收颜泪儿进入苍穹。紧接着燕歌行、武天兵、方谢晓、纪无缘相继加入苍穹。

文丑道："华兄接下来，想怎么做？"

华天晴道："东吴收缩荆州防务必有其目的，我想荆州已是大战在即。而此地是三国与其他大陆中转之处，你我就在此地招兵买马，当有可为。"

岳云道："东吴会怎么想？"

华天晴微微一笑道："他们自会派人来找我。"

当日，荆州南城广场上树起了一面红色的苍龙大旗，旗下条幅上纵横飞扬的"苍穹"二字引人注目。华天晴面带微笑地望着血红的云彩，天下英雄汇聚的三国，原本就是他们最好的舞台，这一切是否真的冥冥之中自有安排？

第二章　鏖战荆州

"终于可以进入'纵横'的世界。视频输出已经恢复。"阿Z道。

"能够弄清楚慕晨雪他们现在的状况么？"东方秀琳道。

"他们都已经在三国大陆。"阿Z道，"具体的我会尝试发消息给他们，但需要时间。"

"发消息不会比视频输出更困难吧？"东方秀琳道。

阿Z道:"如果不用系统消息,应该不容易受到监控,但速度会慢些,我会尽力尝试。"

东方秀琳点了点头,低声道:"我希望尽快解决这个事情。"

阿Z道:"我明白。"他把目光投向大屏幕,名山大川就在眼前,而华天晴你们在哪里?程序进入最后阶段,似乎谢天衣故意留了一个破绽,他为何要这么做?是否作为程序缔造者的谢天衣,终于摆脱不了自己作为人类的立场。

荆州城,南广场上最近几日非常热闹,华天晴为了重振苍穹,散尽金银招兵买马。

在苍穹征召处,风舞负责主管报名事宜,岳云和方谢晓则负责甄选人才。

"苍穹征召处。"一个葛衣大汉并不排队,而是站在队伍前方道,"加入苍穹有啥好处?这里的帮主又是何许人也?"

"敝帮开创于隋唐大陆,帮主是太白神剑华天晴。"风舞笑道,"如今强秦窥视天下,正是我大好男儿一显身手之时。"

葛衣大汉哈哈一笑,道:"就是那个丢失了太白神剑的华天晴?"

这厮是来闹事的,他是谁呢?风舞上下打量来人,缓缓道:"不知道好汉高姓大名。"

那大汉傲然道:"就凭你也想知道我的名字?你也配?"

风舞淡淡一笑道:"好汉若是来加入,我等欢迎,若不是则恕在下要做事了。"

葛衣大汉冷笑道:"在荆州开帮立柜哪有那么容易?"

"好汉的意思是?"风舞道。

葛衣大汉道:"你找华天晴出来,若他能赢我,再开山门不迟。"

风舞看了眼身边正排队等着报名的人,笑道:"何须我帮主出马,在下风舞不才,自问就可以给你一个交待。"

那大汉怒道:"那你就下场来。"说着大步走到广场的空地,点手让风舞出来。

他们这里的动静,早就惊动了远处的其他人,华天晴问道:"是不是有人闹事?"

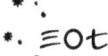

岳云笑道："我去看看。"华天晴也想去，却被文丑拉住，文丑笑道："你是帮主怎能轻易出去。"

华天晴道："那人该是东吴的人，我们连续招兵数日，他们也该出来了。"

文丑笑道："只要动手，我们就会知道那家伙是谁。"

风舞和大汉隔着二十步分立西东，大汉从大袖中拿出两柄尺许长的短刃，风舞则是一条镔铁棍护在胸前。

那大汉突然向前移动，身形如电瞬间拉近二人距离，那两把短刃好像野狼的牙齿。风舞铁棍斜斜一横，正封在锋刃之处。当！二人的兵器发出清脆的碰撞声，大汉两手短刃旋转而起，仿佛带着利爪的怪兽一般猛攻风舞。

但风舞亦是久经战阵之人，对方既然来闹事，见不到华天晴自不甘心，他只要一力防守，对手自然心生焦躁。想到此，风舞手中镔铁棍紧守门户，如扇面般舞动开来，无论那大汉如何攻击，始终守得滴水不漏。

远处的文丑缓缓道："那家伙若再不露真功夫，只怕就要白来了。"

果然，大汉长啸一声，一个跟头向后翻出，手中黑光扬起，身边多了头如豹子般大小的黑狼，黑狼嚎叫着冲向风舞，而那汉子手中短刃一收，多了一把银弩，点点弩箭和那黑狼一起飞向风舞。

文丑道："原来是丁奉。"

华天晴笑道："若是别人，或许还真让他乘乱取胜了。可惜他遇到的是风舞。"

风舞向后退了半步，袖口中金芒闪动，一只雄壮的狮子出现在场中，那黑狼一头正扑在狮子上，狮子挥爪一拍，一下子将黑狼击飞，而那点点弩箭贴着风舞肩膀而过，划出一道口子。

远处文丑高声道："丁奉，还要继续打下去么？"

丁奉看着那雄狮，脸上闪过异色，雄狮怒吼一声飞扑丁奉。突然，空中涌现浪涛般的刀光直取狮头，风舞脸色一变，要召回狮子已来不及。此时一道人影拦在狮前，硕大的银锤横扫而起，当！巨大的响声震动整个广场，岳云和一个青袍的汉子各收锤刀,分立两处。

那青袍人拱了拱手,叹道:"苍穹果然藏龙卧虎。"他笑了笑带着丁奉转身离去。

望着来人的背影,人群中有人道:"是甘兴霸!"

华天晴和文丑、岳云互望一眼,轻轻耸了耸肩,接下来东吴会怎么对付他们呢?

荆州城,风起阁。

"你一直提起的华天晴,在我们眼皮底下招兵买马。"吕蒙道,"他难道是等我们主动找他不成?"

"万里神州,自有其风云人物,他若真是那么想,我们又何苦主动相邀?"太史慈笑了笑道,"听说应征他苍穹的人还真不少,那些人身在荆州却不投奔我东吴,吕大人是否也有责任呢?"

吕蒙淡淡地道:"那就请太史慈将军走一趟。"

太史慈冷笑道:"他若想见的是我,需要等到现在?"

吕蒙失笑道:"那你的意思是我去?还是你想要大都督去?"

"我去。"一个柔和的声音打断了吕蒙,众人一齐向正位望去,就见帅位上那个白袍儒雅的男子轻声道:"我去看看名震唐宋的华天晴究竟是何许人也。"

帅位边上一个黑袍温和的文士道:"都督不用亲往,我去就可以了。"

"我只是好奇,子敬,我只是和你一样好奇而已。"周瑜笑了笑道,"早在他与黄巢那一战时,我就对他好奇了。"

众人面面相觑,都不知道大都督为何说出这样的话。唯独台阶下一铜甲猛将上前一步道:"甘宁愿随都督同去。"

"人说周郎是一个心胸狭窄的人,我却没看出来。"燕歌行低声道。

风舞笑道:"世间传言多被别有用心的人利用夸大,而说周瑜不能容人你明显是受了《三国演义》的影响。"

一旁的方谢晓道:"人道与公瑾交,如饮醇酒,不觉自醉。江东豪杰名列第一的周郎怎会是演义中那样的人？"

他们身后的高坡上，爽朗的笑声远远传来。

燕歌行道："你说周瑜会和天晴谈些什么？"

"那我怎会知道？"风舞笑了笑道，"但天晴既然一早就在等周瑜前来，想来他定已成竹在胸。"他远远望向那树阴下悠然而坐的鲁子敬和甘兴霸，心道江东豪杰相较其他朝代的英雄，似乎别有一种风采。

华周二人站在高坡之上，远眺荆州城厚重的城墙，长空中一片浮云划过碧空，仿佛一条白龙挂在天际。

"你知道我会来。"周瑜道。

"我知道。"华天晴道，"你是那一切都为了东吴的周郎，大战在即，你会利用一切可以使用的力量。"

"你值得利用么？有才能的人果然都自视甚高。"周瑜笑了笑道，"有人说骄傲的人在乱世一定死得很快，好在这里是东吴。"他看着华天晴道，"而我是周瑜，没有个性的人我不喜欢。"他俊朗的脸上带着温和的微笑，似乎一切都是理所当然。

华天晴笑了，这样骄傲的话语从周瑜口中说出，丝毫不叫人生气，他低声道："能让名动天下的周郎来见我这个初到三国的小人物，我很荣幸。"他的话也一样的骄傲。

周瑜看了看华天晴腰间空荡的剑鞘，然后注视着华天晴的眼睛道："我把荆州给你。"

华天晴微微扬眉，问道："你家吴侯会如何说？"

周瑜却没有回答他，而是径自说了下去："太史慈、甘兴霸都交给你，另有五千军马。"华天晴皱眉不语，周瑜缓缓道，"荆州就是天下，有一天你会知道。"

华天晴道："那你呢？"

周瑜道："秦人随时会来，我需要准备在各地防御他们。"他苦笑了下道，"因为我不知道他们从何而来。"

华天晴忽然笑了笑道："你不怕我是秦人？我和你第一次见面……"

周瑜笑了笑道："我见过你。"

华天晴诧异道："在哪里？"

周瑜道："华兄可记得徐州码头？"

"徐州码头？"华天晴皱眉沉吟道，"你是……"他抬头道，"你是迎面而来的船上那个锦衣人？"

周瑜道："正是。"说着他哈哈大笑，大步向坡下走去。

冬日的暖阳下，华天晴觉得周郎的背影忽然迷离起来，五千军马如何守住荆州，周瑜若原要放弃荆州，为何还要多此一举地在关羽离开的时候夺下荆州？仅仅因为一面之缘，他就把荆州交给自己吗？

华天晴接管荆州之后，整整两个月过去，荆州城外毫无动静，预期的秦军根本不见踪影。而城中华天晴的苍穹子弟达到了两千人，加上东吴留下的五千军马，足有七千子弟。只是周瑜到底要华天晴做些什么，他还是不明白。

华天晴道："最近可有秦军的消息？"

文丑道："感觉最近很平静，丝毫没有秦军的踪迹。"

方谢晓道："不明白他们究竟是怎么做到的。"

华天晴点了点头道："他们在西川的战事如何了？"

风舞道："从西川回来的百姓说，秦军挫败蜀国主力后，亦消失不见。"

华天晴挠了挠头道："叫人摸不着头脑啊。"

岳云道："颜泪儿去建业已十多天，却也没有一点消息回来。"

华天晴沉吟不语，征求意见地望向甘宁。甘宁道："似乎是大战之前的平静。"

此时，太史慈步入大厅，高声道："颜泪儿回来了！"就见身后数名军士搀扶着颜泪儿进入大厅。

"发生什么事情了？"华天晴几步冲到颜泪儿近前急问。

几近脱力的颜泪儿俏脸苍白，沉声道："秦军从南方出现了……"

"南方？！"甘宁和文丑失声道，那长江天堑岂不是完全用不到了？

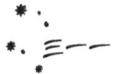

岳云道："我们是否紧急增援建业？"

太史慈苦笑道："恐怕我们这点人于事无补。"

厅外忽然传来颜良的叫声："华老大，荆州城外出现秦军！"

那么快？众人大吃一惊，颜泪儿道："天晴，只怕荆州城已经被包围，先前秦人就是这么攻击东吴的其他城池的。"

甘宁大声道："可我东吴怎可能那么快就被突破？！"

文丑道："若东吴的大军还在，他们不可能来合围荆州。"

甘宁道："我不相信！大都督之前明明已经做好了部署。"

华天晴抬头道："我们去城楼上看。"说着带领众人登上荆州东城。

城外大量的难民开始涌入，既然秦国大军已经兵临城下，为何他们还能逃到这里？不多时另外几个城门都传来消息，荆州各城门都有大量的难民，而秦军已在城外百里集结，足有十万之众。

甘宁道："我们东吴怎么可能这样无声无息地被……"

风舞道："那些难民都说了是来自东吴的各个城市。"

华天晴一抬手道："我们现在有两个选择，一是死守荆州，等候周瑜大都督的援军——如果还有援军，这是第一选择；二是弃城突围，但我们要决定突围后去往何处。"

颜良从远处跑来道："又有大批的难民来到城外，是否开城？我担心会有秦军混在里面。"

华天晴道："允许难民进城，即刻起荆州实行战时配给，所有粮食车马统一调配。"他望向甘宁道："我觉得周大都督一早已经料到现在的状况，才会把你和太史慈留在荆州。莫要着急，一打起来我们自会明白四周的局势究竟如何。"

密语频道传来晨雪的声音，"秦军为何给我们那么多难民？"

华天晴低声回答道："是为了增加我们的负担。"他微微摇头，他们立刻弃城逃走，或许才是逃命的最后机会，但又如何做得出来？

方谢晓道："大战一触即发，天晴，我们该如何应对？"

华天晴笑道："如今我们无论是战是走都不是那么容易，荆州城墙坚固，仓库丰盈，我们坚守之后，伺机突围，各位意下如何？"

岳云道："华老大既然是一城之主，为立其威严，战争期间我们不该再直呼其名。"

众人纷纷应允，文丑道："荆州危在旦夕，也不适宜划地为王，我们先称老大为将军也就是了。"颜良、甘宁和太史慈等人纷纷点头。

华天晴眼望身边众人，心中生出一种感觉，似乎这些名震天下的古人，直到此刻才是真的活了过来，岳云跟随自己一路至此，如今他的眼中才开始闪现兴奋的火花。华天晴哈哈笑道："好！我们就在这里跟秦人干他娘的一仗。我们有城有兵，还怕他们不成？"

众人一起哈哈大笑，丝毫看不到强兵压境的压力。华天晴目光望向城外，远处茫茫的阵势中，究竟是何人带队？

陈庆之端坐马背之上，远眺荆州城，嘴角带着漫不经心的微笑，看来荆州的守军是准备一战了。

一旁的吕布道："那个华天晴又要螳臂挡车。"

钟会撇了撇嘴道："他又不是第一次了。"

楚戈道："周瑜为何把荆州给华天晴？他又不是东吴的人。"

吕布道："留给谁都没有用，无论是建业还是荆州城，都已是我们囊中物。"说着他又扭头看了看陈庆之，自从自己归了大秦之后，始终没有机会独当一面，如今这个统帅更是完全不对自己胃口。

钟会低声道："上将军，何时攻城？"

陈庆之小小地打了个哈欠道："天黑了再说。"

钟会深吸口气道："是。"说实话他真不相信，眼前的这个中年人，竟然能够在一个月内横扫隋唐大陆。

楚戈低声道："只怕前军的完颜风雷将军没耐心了。"

陈庆之笑了笑道："总得让荆州百姓吃了晚饭吧。"

周围众人不由默然。

"天晴，从中午到现在，一直有难民进入荆州，只怕我们收不起那么多人。"负责掌管钱粮的寒夜道。

华天晴望着成群涌入城门的难民道："你以为我不知道么，我并没有想长期死守荆州。"

寒夜道："但是这样的情景让我想起长安，那时候也同样是有各地的难民涌入，导致长安城治安和钱粮一下子吃紧起来。"

"你的意思是……"华天晴看着寒夜道。

寒夜道："我想这次带兵的会否又是那个陈庆之。"

华天晴缓缓道："史书上说，南朝陈庆之的队伍全都身着白袍，若真的是他，我们一战便知。"

岳云道："秦人战袍皆是黑色，他陈庆之带着白袍队，不怕被人诟病？"

"正所谓，名师大将莫自牢，千兵万马避白袍。"华天晴道，"若他穿白就能打胜仗，秦人自会容忍他。"他抬头望了望天色，沉声道，"让战士提前用饭，今日必是夜战。"

阿Z找寻到晨雪、华天晴的确切位置时，荆州城外的秦军已经蓄势待发。

"晨雪，我是东方小姐请来负责程序部分的Z，你是否能收到我的消息。"阿Z输入消息道。

"能收到。"两分钟后，他收到了晨雪的回复，轻轻松了口气，长达一个月的努力终于有了结果。阿Z输入信息道："我们现在核对时间，我这里是十二月份，也就是你进入'纵横'大约四十多天。"

晨雪回复道："我这里是寒冬了，应该是进入'纵横'九十天左右才对。"

阿Z道："这没有关系，可能是系统自己修正了时间的定义，也就是现实中一天，在'纵横'里面当作了两天用。你们里面的人一切都好么？"

晨雪回复道："基本上正常。"

这条消息阿Z隔了十分钟才收到，他想了想继续输入道："信息随时可能中断，你有什么急需解决的问题，急需了解的事情。"

整整一刻钟后才收到晨雪的回复："我想知道，荆州城如何能够成为三国大陆南方战事的关键，他是否在程序上有其特殊性，另外目前整个三国大陆的状况如何？"

阿Z道："我查到后告诉你。"

晨雪低声对华天晴道："他说他会去查。"

华天晴点了点头没有说话，他的注意力已完全在城外的敌人身上。秦人庞大的战争机器已然开动，城外密密麻麻的士兵正迅速有序地展开队形。城门西南方的土坡上设了一个高大的旗塔，战鼓和旌旗遍布山坡，各道军令一目了然。

城外忽然传来闷雷般的一声巨吼："城上守军听着，大秦上将军陈庆之率十万之众兵临城下，尔等速速投降，或可免于一死。"那喊话的人身材雄壮，长发结成数十个小辫子散在风中，立在军前杀气腾腾。

城上华天晴笑道："有点意思，他是什么东西？"

颜泪儿面露异色道："他是宋朝大陆金庭的一员猛将，叫完颜风雷，但是他不是古人，他是和我们一样的。"

"什么？"方谢晓、风舞等人都忍不住仔细打量城下的敌人，如此说来为秦人服务的玩家不止秋风清一个。

华天晴立在城垛之上，高声道："完颜风雷小儿，你既从宋来当听过我华天晴之名，你爷爷我纵横唐宋两朝怕过谁来？若不怕死放马过来，我必取尔等狗头！"他声音远远送了出去，直把城下千军万马的声音全都压过。城上守军大呼万岁，气势一下子起来了！

华天晴对左右道："这个完颜风雷我要活的！"

岳云道："将军放心。"

城下完颜风雷咬牙断喝道："擂鼓，攻城！"一声令下十人合围的巨大战鼓隆隆响起，各式器械在荆州城外缓缓移动。

城上风舞道："秦人的攻城器到这个水平了吗？"

晨雪道："这是'纵横'，天下人才汇聚一时，科技自然也是。"

华天晴道："各就各位了！"

众人点头各奔自己岗位，风舞、武天兵、燕歌行在西门，甘宁、方谢晓在南门，太史慈、纪无缘在北门，华天晴和岳云、颜泪儿、上官雨露在东门，文丑、颜良负责随时支援各门，晨雪、寒夜则负责城内的给养调度。

哗啦哗啦的甲胄声震动大地，数名铁甲武士走在队伍的最前方，手执长戈腰悬长剑，而每个百人队伍都护着一架巨大的攻城车。

"五人为伍，设伍长一人；二伍为十，设十长一人；五十为屯，设屯长一人；二屯为百，设百将一人；五百人，设五百主一人；一千人，设千人一人。虽是陈庆之带队，但这些部队完全是秦人建制。"观察良久，岳云忽然道。

华天晴道："秦人骑兵则是五骑一长，十骑一吏，百骑一率，二百骑一将的编制。"

岳云道："而且秦军悍勇崇尚军功，自古以来为军人引为传奇。实在是值得一战的对手。"

说话间，秦军已在城下三百步处，前方队长长戈击地停住步伐，所有行军队列舒展开来，高亢的号角声从天边响起。城下秦军一声大喊，潮水般的军士黑压压地冲向荆州城下。

华天晴高喝道："放箭！"

嘭！遮天蔽日的弓箭从城墙上飞蝗而下，却丝毫没有延缓城下秦军的脚步，第二轮弓箭刚刚射罢，秦军的第一架攻城车已经靠上城墙，高高的云梯竖了起来。

"火箭！"无数火箭一起射向那架云梯，第一架云梯立时化作飞灰，但紧接着第二架、第三架纷纷架起。

"滚石檑木！"华天晴大喝道，这样的攻城效率，当年的长安之战根本无法相比。

转眼东城就架起十数架云梯，岳云飞奔而起，一对大锤如风卷残云一般扫过城垛，那些刚刚架上城墙的云梯立被击碎。紧接着大量的石块滚木呼啸而下，秦人的攻势方才为之一缓。

华天晴在队伍频道中道："各位状况如何？"

各门皆道一切顺利，风舞道："人言陈庆之好用奇兵，现在总感觉不是他的风格。"

方谢晓道："他在兵少的时候不得不用奇兵，而如今他们占据绝对优势，大军一起碾都碾死我们。"

风舞道："我要多加提防。"

华天晴道："我明白你们的意思，大家打起精神就是。"

城下鼓声缓慢而有节奏地响着，第一波攻势尚未退去，第二波攻势又已开始，依然是冲锋、箭雨、滚木交织在一起，紧接着是第三轮进攻，第四轮进攻。一直战到深夜，城外营火仿佛天上的星辰，那些黑甲黑袍的秦军如大战之初那样精神抖擞，第五轮进攻队列开始展开。

颜泪儿怒道："没完没了……"

岳云缓缓道："这只是刚刚开始，我们守多少天，他们就会攻多少天。"

华天晴道："他们算定我们人少，想用绝对优势压垮我们。"

颜泪儿笑道："从前你守长安，守了多久？"

华天晴道："只守了一天而已，那场战斗的艰难现在想想是被夸大了。黄巢军根本没办法和下面的秦军比。"

"一天……"颜泪儿摸了摸鼻子。

风舞道："那时候我也在，黄巢的部队固然没有秦军强大，但人数并不少，而我们也已经不是那时候的我们了。"

"对！"华天晴望着城下，笑道，"我想秦军也要开始动真格的了。"

城楼下，隆隆的机械声响，九架巨大的重型投石车在东门外汇聚，每架投石车都需两百人拉动，巨大的石块叫人看着都不寒而栗。投石车附近配置有十人拉动的床弩，投石车和床弩构制成恐怖的攻城火力。

刺耳的号角划过夜空，吱呀呀机簧声不停转动，城上的守军屏息盯着城下。

颜泪儿轻声道："会是怎么样？"

华天晴摇了摇头，那要两百人拉动的投石车会带来什么后果，他也不知道。他在城楼上高叫道："敌军投石之后，必会全力攻城，大家严阵以待……"他话未说完，轰隆一块数百斤的石块从天上而降，正砸在城垛口，垛口泥石飞溅……一瞬间巨大的飞石以雷霆万钧之势，从城下抛射而至。另有柱子般巨大的弩箭由床弩发射而来，一时间巨石强弩漫天都是。

所有的守城军士都躲在墙角，或者城道内，被这强悍的攻城器压得抬不起头来。与此同时鼓声大作，城下完颜风雷带着先锋部队，不顾矢石大喊着向荆州城冲来，一架又一架的云梯架上了城头。

"不可让秦军登城！"华天晴大吼一声，一脚踹翻了一架云梯，迎面而来的秦军被一剑削去脑袋。岳云的大锤、颜泪儿的泪痕剑从左右而出，但巨大的投石车依然不停地向城上抛射石块，东城的守军已守不住城墙，那完颜风雷乘势冲上城头，其身后秦军源源不断地踏上城头。

华天晴高叫："颜良文丑！开城杀敌！"

颜良、文丑早就做好准备，大叫一声："是！"各领人马冲出城去。

城上完颜风雷手中托天叉晃动而起，靠近他的荆州军纷纷倒地，而华天晴、岳云等人分别被秦军缠斗住，无暇前来对付他，完颜风雷托天叉如入无人之境。突然他面前掠过一道绯红的剑光，托天叉拦向剑光却拦了个空，颜泪儿的长剑扫过他的头顶，削去两个小辫。

完颜风雷怒道："颜泪儿，在大宋时就想收拾你，今日正如我愿。"手中三股托天叉金环响动，抖出如天叉影。颜泪儿在叉影中晃动，如彩色的精灵在城墙上飞舞，不求速战只求拖住完颜风雷。

不多时，城上守军稳住了阵脚。完颜风雷亦感到自己部下在城楼上的人数越来越少，缓缓向后退，冷眼朝城外一看，却见颜良、文丑在此危机之时各带领两百军士冲出城门，已然毁去两座投石机，城外的攻势为之停滞。

完颜风雷微一走神，肩头正中一剑，突然耳畔金风掠过，他奋力挥叉一拦，当！正接实了岳云的大锤，狂喷一口鲜血，背后重重挨了华天晴一脚，一个跟头滚倒在地。

华天晴高声道："拿下了！"四周兵丁一拥而上，将完颜风雷捆绑起来。

城楼上战事逐渐稳定，城外的文丑、颜良亦缓缓退回城中。

陈庆之远远望着文丑和颜良，微笑道："荆州城中虎将不少。"

吕布道："我愿去与他一战，定将其人头带回。"

陈庆之道："战场之上即便是万人敌，亦不能逆势而行，今日最后一次冲锋，这只是先锋营的自作主张。"

吕布和钟会互望一眼，暗道："没有他的许可，完颜风雷能调动那么多攻城器？或者他是另有安排？"

陈庆之笑道："此战的作用尚在以后。"

"在以后？"钟会道。

陈庆之不再多作解释，笑道："明日继续，今日到此为止了。"

他身后的近卫大将鱼天愍望着不解的吕布和钟会，低声道："上将军曾说，我们和华天晴之间，不是普通意义的战斗。战胜他的意义，远超过战斗的本身。"

吕布望着陈庆之的背影，浓眉深锁，华天晴有何特殊之处？交手数次都只是自己的手下败将，战斗除了胜负，还有何其他意义？

城下秦军开始退去，华天晴轻声道："我和他单独谈谈。"众人退了出去，只留下躺在冰冷地上的完颜风雷。

华天晴冷冷看着完颜风雷道："听说你和我一样，不是属于'纵横'的人。"

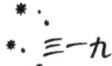

完颜风雷嘴角微微抽动,道:"不错。我和你一样,都该是普通玩家。"

华天晴坐到完颜风雷近前的地面上,轻声道:"你怎么会为秦人做事情?若他们统一'纵横',那我们就可能永远也回不去了。"

"为何要回去?"完颜风雷失笑道,"我在这里指挥千军万马,回去我有什么?继续每天过着失意的日子么?"

华天晴苦笑道:"你没有亲人等你回去吗?"

完颜风雷似乎也记起了些一度努力忘却的事情,他低声道:"你知道么?我尽力忘记自己是什么人,一直在努力忘记自己来自哪里。若不是你们,我根本不会去记得自己原来不是属于'纵横'的。我在'纵横'之外的生活就像现在这样,等于是睡在地上的,每天看不到希望。我宁愿轰轰烈烈地死在'纵横'里面,死在一统天下的征途中,也不愿意回去过那种生活,那种无论你是好是坏都没人会关心的生活。"

华天晴看着完颜风雷的眼睛,他真希望看到那双眼睛背后,那个在现实生活中极不如意的人的样子。他缓缓道:"秦人那边,你这样的还有谁?"

完颜风雷笑道:"有当然是有,但谁都不会告诉别人自己不是'纵横'的人。你知道自己在这个世界属于异类么?二十一世纪的人不是这个世界的主宰,古人才是。中国的老祖宗那么能干,真的只有真正和他们一起生活才能了解。"

风吹雨是否和他有一样的想法?而是否秋风清就是因此才加入秦国?华天晴轻轻叹了口气,低声道:"我想把你放了,但只此一次。毕竟你是和我一样的人,二十一世纪的人。我和你不同,我希望有机会能够回去,我在那里有亲人有朋友。"

完颜风雷愣了一下,沉声道:"华天晴,如果你现实中不是一个成功的人,我会很失望。"

华天晴微笑道:"你是注定要失望了。"说着他解开绳索,放对方下城。完颜风雷欲言又止,终于沉默离去。

城楼上上官雨露望着蹒跚而去的完颜风雷摇了摇头,她放眼四周浴血奋战的将士,自语道:"我是为了风吹雨,不是为了打仗来的。这场仗到底要打到什么时候?"

　　一旁的颜泪儿望着她，轻轻叹了口气，把目光重新投入到华天晴身上，那冤家真的知道我为何在这城里么？上官雨露可以相思她的风吹雨，而我呢？他就在我身边，却是那么遥远。

　　此时，华天晴看着外面绵延不绝的连营，对远处观望的众人道："我要个人去调查陈庆之在城外的防务，最好还能够得到东吴其他城的消息。"

　　颜泪儿扶着城垛站起，道："我去。"

　　华天晴皱眉道："你之前的伤不要紧么？"

　　颜泪儿拂弄了一下长发，抿嘴笑道："小意思。"

　　"那好。"华天晴点了点头，道："可能的话，你还需要把我们被包围的消息，向更远的地方传播，我相信曹魏和西蜀都会来援。"

　　颜泪儿道："我尽力而为。"又在心里默默道：我为你什么都会去做……不管这算不算很傻。

　　寒夜低声道："荆州城的粮食够用两个月，就是不知道我们能不能撑下去。"

　　华天晴摸了摸胡茬，心道："关键是守两个月有什么用，现在这里就像一个孤岛。"忽然耳边传来晨雪的密语："先前那些难民里面发现了奸细，你看是不是要对所有的难民重新审查？"

　　华天晴密语回复道："多少难民？"

　　晨雪道："两万多人。"

　　华天晴缓缓道："陈庆之就是希望我们重新审查，我们以不变应万变。"他轻声道，"有没有再和外面联系上？"

　　晨雪道："有，但不是好消息，阿Z说荆州之外的东吴防务都被摧毁，除了建业还在苟延残喘，他说秦人是突然出现在南方的。另外他还没查到荆州有何特殊，数据处理量非常大，需要时间。"

　　华天晴道："你跟他提个建议，看能不能做个功能，让我们可以和文丑颜良他们密语，或者使用组队频道，现在指挥不太方便。"

晨雪道："这个恐怕有难度。"

华天晴笑了笑道："我也知道，我想你。"

晨雪笑道："怎么忽然那么肉麻。"

华天晴沉声道："是真的想你。"

晨雪沉默片刻，轻轻答道："我也是。"她望着远处城楼上华天晴高大的背影，轻声道，"抓紧时间休息，很快又要打仗了。"

华天晴深深吸了口气望向城外，他们怎么可能和古人密语交谈呢？他们原本就不是一种人。或许完颜风雷说得对，目前的"纵横五千年"中，他们这些人是异类，而那些古人才是天生就属于这里的。那是否意味着秦国统一"纵横"世界的战争，是正义合理的？他们这些异类再也不是高出 NPC 的主宰，而只是应该被清除的存在。

阿 Z 静静看着屏幕，又慢慢把视线移到办公桌上谢天衣和慕晨雪合影的照片上，那虚拟身影的背后，是如此青春可爱的女子。而华天晴、风舞、颜泪儿等虚拟人物背后又是怎样的人呢？

他喝了口白兰地，重新把目光投入到黑色的数据屏幕上，一行又一行的数码跳过，忽然一道灵光闪过，他若有所思道："若是那东西在荆州，又该在荆州何处呢？"

"是否需要把难民也武装起来？"华天晴问道。

岳云道："他们昨夜有人尝试纵火，若还有奸细在，怎么办？"

"我们不能为了没发生的事，空放着大量的人力不用。"华天晴苦笑道。

岳云道："也许你说得对，放着不用和拿出来用一样都是一种冒险。把武装起来的难民都弄到东门来，我们来统御。"

华天晴哈哈大笑，拍着岳云的肩膀道："好！"

他望着城下逐渐展开阵势的秦军，忽然想起了风吹雨，若他能在此一起并肩作战该多好。但事实上，他面对的敌人或许就是风吹雨。密语频道传来晨雪的话语："外面的人说，有可能荆州藏有三国大陆的山河令。"

华天晴略微愣了下，他不由记起之前周瑜说过的话："荆州就是天下，有一天你会知道。"

镇守荆州，再非仅仅是一城的得失，他轻声道："想办法让我和外面谈谈。"

第三章　荆州血雨

"目前为止，外面的东方小姐还没有具体帮助我们的办法。"华天晴道，"我没有理解错吧？"

阿Ｚ道："很遗憾，是这样的。"

华天晴道："好在通过和你的谈话，我基本了解清楚自己的处境了。最近那么长的时间，我一直是一片迷茫。现在我想提出点要求，你能不能尽力帮我做到？如果做不到，你也明白答复我。"

"你说。"阿Ｚ道。

华天晴道："第一，我希望时刻掌握城外的军力调动，明确城外部署。"

阿Ｚ道："军力部署，我可以去查，但军力调动，因为我们联系随时会中断，我怕可能不够及时。"

"那不怪你就是。"华天晴道，"第二，就是你尽量向三国大陆其他阵营的力量发出消息，让他们来救援荆州，明确地告诉他们这里有山河令。"

阿Ｚ道："这没问题。"

"第三。"华天晴道："你有没有办法，增加我们的作战实力？比如说秦军既然可以实现大规模的军力调动，你应该也能做到吧？"

阿Ｚ沉吟片刻道："这个我可以试试看。"

华天晴哈哈一笑道："好，如果我还能回得来，我请你喝酒！"

连接那端传来阿Ｚ的笑声，随后就中断了消息。

晨雪低声道："我们真的还能回去？"

华天晴看着她的眼睛，轻声道："一定可以。"

晨雪轻咬红唇，缓缓道："我相信你。"

华天晴紧紧握住晨雪的小手，轻轻吻了一下，那小手冰凉冰凉的。

此起彼伏的喊杀声，巨大投石机的机括声，车轮与地面摩擦发出的尖响，兵刃的撞击声，钢刀入肉的血花飞溅声，已整整折磨了人七天。整个荆州城墙皆被鲜血染红，城外护城河尸体都来不及打扫。

华天晴两眼血红，身上沾满鲜血，在城上来回巡查，身边的守军已换了数批，如今城头上的军士不少都是从难民中选出的男丁。从东吴难民中挑选的两千汉子，大大加强了荆州城的防御力，整整七天荆州城还没有出现动摇的迹象。

但是以后呢？总感觉对方未尽全力，陈庆之究竟在等什么？

上一轮攻击刚刚过去，秦军丢下满地的尸体向后撤去，城楼上一士兵颤抖着握着手中残缺的大刀，蹲在墙角大口呼吸。

"杀了几个敌人？"华天晴拍着那士兵的肩膀道。

那士兵站直身子道："十七个！"

华天晴仔细端详那士兵的相貌，粗豪的脸上鼻梁高挺，竟有一股豪勇，他大声道："好样的！你叫什么名字？"

"禀将军，我叫大龙！"那士兵道。

华天晴笑了笑道："好样的。"他拿出腰间的佩剑递给阿龙，"好好杀敌！"他目光望向四周，那一张张疲惫的脸孔和被血丝充满的眼神形成鲜明的对比，但这样的战士，不该就这么白白损耗了。

"必须做出改变。"华天晴自语道，"不能被人牵着走。"

此时，岳云走到他身边道："必须做点什么，否则恐怕度不过今晚。"

华天晴道："我知道。我们现在是疲惫之师，而秦人还精神得很。"他看了看岳云，除了眼中有些血丝，岳云的身形依然像标枪一般，他低声道："泪儿昨日带来了城外陈庆之的防务状况。"

"泪儿这方面的确是一把好手。"岳云道，"你的目标是？"

华天晴指着远处高坡上的大旗道:"首先就是那个旗塔,我去把那东西砍掉,我们至少还能挺七天。"

岳云笑道:"挺了七天又怎么样?"

"颜泪儿说联系上了曹魏的人。"华天晴笑道,"具体是否有援军我还不知道,但我需要时间。"

"好!"岳云道,"我去。"

华天晴摇头道:"你一个不够,你我去都不够。"

岳云道:"你的意思是?"

"倾巢出动。若能平安回来,我军一定军心大振!"华天晴缓缓道。

"空城计?夺军旗?"岳云深吸口气,笑了笑道,"你说的是首先,其次呢?"

"既然了解了他们的防务,多少要送点礼物给他们。"华天晴道,"但我还在想空城计怎么唱。"

城垛边晨雪笑道:"我有个办法。"

"或许我们想的是一个办法。"华天晴哈哈一笑道,"岳兄,我可不只是想空城计夺军旗。我想做的很多。"

"你想再多也没用。"晨雪笑道,"只希望老天帮忙就好。"

华天晴仿佛已经成竹在胸,他抬头看天,微微一笑道:"今夜有雨呢。"

听他此言,岳云和晨雪亦不禁抬头望天。

"华天晴在荆州已经苦守数日,武安君你说他还能守几天?"张仪看着飞檐外帘子般的雨水轻声道。

"那要看陈庆之。"白起将杯中水酒一饮而尽,淡淡道,"山河令既然在荆州,这家伙打仗有想法也很正常。"

张仪道:"武安君难道认为陈庆之会有异心?"

白起缓缓道:"五千年来,能在世上闯出名堂的人,多数都有野心,即使没有野心,也会有雄心。"他略微停顿了下,轻声道,"只看时机。"

"你怎么看秋风清?"张仪转动着手中的玉杯,轻声问道。

白起微笑道:"大王在民间结识的他,他是否有用,将决定我们日后对这个世界统治的根本问题。"

张仪缓缓道:"我只关心大秦。"

"甚至不关心大王?"白起笑道。

张仪淡淡一笑道:"大秦就是大王。"

白起看着张仪腰间宝剑的太白印记,低声道:"秋风清的忠心不是问题,但大王要一统天下,必须要除去华天晴。"

张仪转动着酒杯,低声道:"武安君觉得荆州还能守几天?"他又转回了最初的问题。

白起道:"'无坚不摧之力',不日可到荆州。"

张仪饮尽杯中酒,站起身道:"那武安君可以准备出战曹魏了。"

看着张仪远去的身影,白起深深吸了口气,低声道:"最后一枚山河令……"

从下午开始,天空就飘起小雨,一直到夜里,雨不仅没停,反而越来越大。

秦军丝毫没有休息的意思,从早晨开始,就一轮又一轮地冲击着荆州的城墙,而荆州的守军亦近乎麻木地承受着来自敌人的攻击。几日来,这样的交战正一点一滴地消磨着守城人的斗志,而城外那庞大的战争机器,却仿佛一切都稀松平常。

侯成、魏续遥望雨中的城墙,心中也不明白,那么多大将数日来连续进攻,那城池怎的反而越发坚固了。

魏续对侯成道:"前日我已冲上了城墙,却被一对大锤生生震了下来。这城里的家伙厉害得邪乎。"

侯成提着大刀,冷笑道:"奉先公说,陈庆之似乎不想快速拿下荆州。"

魏续道:"管他呢,今日我们就加把力拿下荆州,那陈庆之又能说什么。奉先公说必要时他也会参战。我就不相信凭我们铁甲军,拿不下区区一个东门。"

侯成抬头望了望空中的雨水,一举大刀,全军一起向前。大军迅速接近城墙,沿着填平的护城河展开队伍，一架一架的云梯立上了城墙。

魏续皱眉道："奇怪。"那黑沉的城墙破天荒地没有一支箭射下。

近千名军士呐喊着冲上了城墙，之后就一点声音都没有发出，竟消失了。

侯成道："怎么会这样？"

魏续一抖手中长枪，冷笑道："我去！"他带着亲卫，及千名军士向着城池而去。

潮水般的军士冲上城墙，绣着"魏"字的大旗舞动了几下，慢慢地再无动静。

侯成倒吸一口冷气，这荆州城会吃人不成？

此时，荆州城东门的吊桥慢慢放下，侯成的脸微微变色，战马缓缓后退，他身后的军士更已开始骚动。

吊桥上出现的是一支黑盔黑甲的军马，最前方一匹战马胸前有拳头大的一块白斑。

侯成沉声道："华天晴？"还不待他挥刀上前，华天晴身边扇形涌出一批战将，那群战将并驾齐驱纵马向前，但只那股气势就已把侯成压得透不过气来。

转眼间，荆州城冲出的军马已经杀到侯成的近前，侯成大叫道："迎敌！"身后军士蜂拥而上。但侯成话音未落，就见眼前闪过一道月牙般的箭光，侯成大吼着挥刀去拦，"喤啷"一声，大刀应声而折，与此同时霹雳雷霆般的大刀直奔他的颈项。

侯成全力后仰，身体平躺在马鞍上才算躲过一刀。挥刀的颜良哈哈大笑，手掌一翻，大刀灵动地回转，一刀卸下侯成的马头，扑通一下战马倒地，侯成被压在马下。一旁的文丑口中念念有词，手上大弓一张化作九张，满天皆是月牙般的光箭，侯成身边的军马死伤一片纷纷后退。

华天晴手中长剑一举，身后那岳云、文丑、颜良、甘宁等一干人等全力出击，一下子将秦军先锋阵营冲垮，八百人的队伍向着前方山坡上的大旗而去。

"他们是去大旗方向？"夜雨中，钟会望着陈庆之道，"他们想要做什么？"

"不会那么容易。"楚戈道，"今日吕布当值，他可不会让人轻易夺去军旗。"话虽如此，他和钟会还是一齐望向陈庆之。

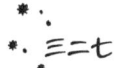

陈庆之静静望着帐外的雨水，笑道："听说魏续刚进城就像见鬼一样地消失了。这他娘的什么道理？"

钟会没想到陈庆之也会说粗话，不由一愣，但随即亦想道：荆州城不知道在玩啥花样。他上前一步道："既然华天晴出城，钟会愿带一支人马，夜袭荆州城。"

陈庆之微微一笑，"天雨路滑，钟将军好自为之。庆之在此静候佳音。"

钟会领命转身就走，楚戈上前道："上将军，楚戈愿同钟会将军一齐前往。"

陈庆之点了点头，楚戈亦转身离去。陈庆之身旁的鱼天憨道："大哥，今日要拿下荆州？"

陈庆之看了他一眼，低声道："山河令还没动静。"

鱼天憨道："但明日白起调配来的'无坚不摧之力'就到军前了。"

陈庆之微微一笑道："所以我不着急。"他停顿了一下道，"佛念。"

帐外听命的马佛念走入大帐，陈庆之低声道："去各个紧要的地方巡查一下，华天晴虽未必精通兵法，但还有些小聪明。"

马佛念还未抱拳领命，就听帐外有人叫道："有刺客！来人啊！有刺客！"

陈庆之轻轻拈起一枚白子摆在棋盘上，暗道："果然有花样，会否仍是虚招？"

战场上，华天晴已然深入敌阵，眼看距离秦军军旗所在的高坡不过千步，却越来越难靠近。先前方显空隙的秦人，再次有序严整地围拢上来，反应之迅速真不愧是天下第一雄师。

"弟兄们！拼了！"华天晴高喊道，身边众勇将齐声应和全力向前。

青鬃马上的甘宁大吼一声，手中破浪神刀如奔流的大江涌动而出，靠近他的秦将竟被一劈为二，多日来东吴城池沦陷的郁闷尽在这一刀宣泄出来。

一旁文丑的"银河星辰弩"呼啸而开，满天星光般的羽箭伴随着冰冷的夜雨，将地狱般的感觉带到了荆州战场，秦军兵士一片片地被箭风撕裂。而他身侧颜良的天雷大刀亦轰鸣而出，偶有悍不畏死的秦军冲上前来，都被他的天雷大刀砍倒在地。

众将士全力冲锋，距离大秦军旗只有五百步。

就在此时，前方秦军忽然散开，风雨中一阵强烈的杀气直迫而来，高坡上一匹火红的战马高速奔驰，马上大将金甲护体，长发披肩，手提一杆金色方天画戟，高声断喝道："何人犯我军旗？"

正是三国时代的头号猛将吕布吕奉先。

华天晴远望吕布，心中生出一种感觉，三国大陆的吕布和在别的地方遇到的有所不同，但哪里不同又很难说得清楚。

颜良看到吕布，眼中燃起熊熊战意，高声道："你等去夺军旗，我去战他！"说着用力一夹马腹，大白马向吕布冲去。

华天晴对文丑使了个眼色，文丑点头，紧跟颜良而去。华天晴带着岳云、甘宁等众军士直奔大旗。

吕布眼见颜良迎面而来，嘴角浮起一丝冷笑，赤兔马迎向颜良，颜良大吼一声，天雷大刀带起风雷之势从天而下。吕布笑道："来得好！"手中"天下戟"刺向半空，灿烂的金光划破夜色。

"当！"天雷大刀被架起三尺多高，颜良身子一歪，大刀险些脱手。而吕布的大戟如风中的细雨，自然飘逸地斩向颜良的头颅。

突然，吕布的赤兔马横跃丈许躲过来箭，却见夜空中电光火石地飞来一排星火，足有十余点飞射吕布的全身，吕布舞动"天下戟"护住全身，将"星雨箭"尽数拦下。而此时颜良再次挥刀而上，那天雷大刀的刀势竟比先前更为雄壮，带着平山填海的气势，斩向吕布的心口。

吕布大怒，赤兔马猛地向前，不闪不避，大戟后发而先至，猛刺颜良的胸口！文丑拉开"银河星辰弩"，那灿烂星河般的箭光忽然从吕布的背后而至。吕布并不闪避，大戟的速度竟然再次加快，颜良失声惊呼，大刀猛向前架去，喀啦，终于封了一下大戟，二人两马错镫而过，颜良就觉胸口一凉，热血渗透胸甲涌出。

吕布收回大戟，"天下戟"向后一背，正拦下文丑的月牙箭，文丑和颜良同时变色，吕布的厉害远超人想象。而吕布抬头望向远去的华天晴，眉头一皱，一拉赤兔马的缰绳，转马头向高坡飞奔。文丑颜良互望一眼，亦追着吕布而去。

　　钟会和楚戈带着数千人来到荆州城外，雨夜的荆州城上灯火缥缈悄无声息，联想到它先前无声无息地吞噬了魏续侯成的两千人马，还真叫人摸不清楚深浅。更叫人难以捉摸的是荆州的东门自从华天晴带队出来，竟然一直没关。

　　钟会冷笑道："空城计么？"他对楚戈道："请老弟掠阵，我带队入城一看便知。"

　　楚戈点了点头，钟会一举手中长枪，身后秦军汹涌而上，他带着数千军士冲向荆州城门。楚戈望着远去的钟会，忽然想到，钟会数次和华天晴的较量，似乎从未占到过便宜，不知这次会怎样。

　　高大的城墙上没有一个守城军士，钟会带着人马迅速进入荆州城。黑长的城门过后，前方就是内城城墙，内城和外城之间亮着一排幽蓝的火焰。钟会大枪一指，身后一队军士向前冲去，当那队军士跨过火焰，忽然消失于钟会的视线之中。

　　"怎会如此？"钟会倒吸一口冷气，抬头望向四面的城墙，飘雨的夜色中昏暗一片。身边的亲兵道："我等再去！"钟会不及阻止，那些亲兵就冲向了火焰，但他们亦是方跨过火焰就消失不见。

　　钟会亦不由色变，高叫道："后退，出城！"

　　他话音刚落，忽然身后的外城城道上亦亮起了蓝色火焰，身旁亲兵一抬手道："将军快看！"

　　钟会顺着亲兵手指的方向望去，就见城道上风舞白衣飘飘念念有词，双手高举蓝色的火炬缓缓上升到半空。他身后还有数十人跟着一起念颂，那四面的城墙仿佛在悄悄转动，闪现出蓝色的晶芒。钟会尚来不及做任何反应，就感到天旋地转，身边的一切突然压迫而来。

　　一阵狂风吹过，风舞脸色煞白地望着空荡荡的城门，低声道："就看天晴的了。"

　　华天晴、岳云、甘宁等人如狂飙一般冲向秦军大旗，但高坡上令旗官旗帜翻滚，秦军源源不断而来，越是向前身后跟着的军士倒下的就越多。再向前数十步，一支铁甲骑兵迎面而来！

　　岳云忽然道："兴霸兄将前面的秦军冲开，华将军直接去取大旗。"

华天晴和甘宁同时扬了扬眉，岳云笑道："时间紧迫，莫要争执。"他调转马头，向身后紧追而来的吕布冲去。

华天晴攥紧了拳头，摇头道："这家伙！"

甘宁笑道："时间紧迫，华将军去取大旗吧。"

华天晴豪笑道："好！"他高举长剑对身边军士道，"各位保重，城中的兄弟还等着我们回去！"说着宝马"千里一盏灯"向前飞驰而去。甘宁一舞破浪神刀，带领数百弟兄向着铁甲骑兵冲去。

岳云拢住缰绳望向大雨中疾驰而来的吕奉先，两手的银锤高举过顶猛地一碰，"噔啷啷！"大锤撞击发出一声巨响。吕布远远地就望见了岳云，见到对方示威的动作，仰天大笑，眼中狂热之色涌动，赤兔马突然加速，如一团火红的怒焰冲上前来。

岳云黑白分明的眼眸闪过一丝血红，银锤带起漫天风雨，对着吕布的天灵盖砸去。吕布望着巨大的银锤驾临头顶，"天下戟"刺向天际，空中划过一道金芒。轰隆！锤戟碰在一处，两人同时身体一晃，战马各自退去七步。

吕布大笑道："果然好锤！"他掌中大戟一抖，幻出迷离的戟影，叫道："再来！"

岳云摇了摇肩膀，一夹马肚子，战马如风而起，一双大锤如流星般笼罩住吕布的全身。吕布戟作刀用，横扫千军般地拦腰斩来，一戟就将岳云的大锤完全封死，赤兔马更是轻巧地一个旋转，吕布翻腕一戟砍向岳云的颈项。岳云右手锤格开大戟，左手大锤顺势直奔吕布的后脑。

吕布整个人突然腾空而起，大戟如风旋转，仿佛九天神龙从天而降，岳云大锤交叉高举，正架在大戟之上。"当！"吕布在半空一个跟头翻出，重新落在赤兔马上，而岳云被向后震退七步。

吕布赤兔马前蹄扬起向天长嘶，单手执戟指向岳云，全身上下写满了喜悦。岳云只感到两臂一阵酸麻，一对虎口竟已震开。而吕布手中天下戟轰然而起，岳云骤然感到一股幕天席地的寂寞席卷而来。"当、当、当……"大锤猛封住二十多戟，但吕布的大戟仿佛无穷无尽地从四面八方浩荡而至！

人在密不透风的戟影中，岳云想到了很多年前的牛头山之役，那时自己初上沙场武艺未成，面对金国第一勇士金弹子的时候，也是现在的感觉。他长啸一声，一对银锤拼命砸入漫天戟影中……

轰隆！二人再次各自向后退出五步。

岳云嘴角更是溢出了鲜血，他望着吕布淡淡一笑，右手抬起大锤点向吕布，傲然道："三国第一吗？"

吕布深深吸了口气，抬眼向高坡望去，甘宁和数百军士已经冲散了铁甲军，华天晴一骑绝尘正逼近军旗。他淡淡道："是天下第一。""天下戟"呼啸而起，带着无尽的杀气刺向岳云的胸膛，没有任何多余的变化，只是寂天寞地的一戟。

岳云大吼一声，双臂展开，"喀拉"一声，双锤一合，竟把吕布的大戟牢牢锁住。吕布眼中一寒，二人的兵器发出一声沉闷的响声，岳云狂喷一口鲜血，被远远抛离出战马。

吕布赤兔马一个飞跃冲至岳云身边，大戟高高落下……

突然，一道如日光灿烂的箭光破空而至，吕布大戟一拨，将来箭挡下，亦觉得戟头一沉，他望向赶将而来的文丑和颜良，怒道："你二人还真是不知死活。"

文丑和颜良哈哈大笑，文丑缓缓道："奉先兄已不是三国的一员，何用多言？"

另一边的岳云重新翻身上马，轻笑道："不知死活的岂止两人。"

吕布再次抬头望向远处秦军的大旗，再回头看看岳云、文丑、颜良，忽然觉得心有些乱了。

风雨中，颜泪儿身形飘浮不定，在秦军帐中忽起忽落。每当秦军就要形成包围，她就消失在黑夜之中，但就在她来往之间，泪痕剑已取走了十余名秦军军官的脑袋。

远处的战鼓声不绝于耳，大帐中陈庆之思索片刻，摆下了一个黑子。

帐外马佛念道："那刺客游走片刻，就去得远了，似乎只是游斗并非决意刺杀上将军。"

"他还会再来。"陈庆之缓缓道,"长夜漫漫。"

"对方似乎是倾巢出动。"鱼天愍道,"吕布好像也阻止不了他们进逼大旗,我们是否支援一下。"

陈庆之道:"倾巢出动?那为何不见钟会的捷报?而你也不要小看吕布的铁骑军。"

"这……"鱼天愍不禁语塞。

陈庆之用白子敲击着棋盘,低声道:"你去看看北大营粮仓,那才是对方今夜的目的。"

狂风过后,钟会跌落下马,他抬头望向四周,却是一片树林,树林中布满了蓝色的灯火,再扭头看周围的军士,却是一个不少。

"知道这是哪里?"钟会问道。

身边亲兵道:"似乎是荆州城西北二十里。"

二十里?他们用的妖法么?钟会沉着脸道:"整理队伍,速回战场。"

他们刚刚上马出林,却见林外红衣的上官雨露盈盈而立,笑得格外动人,身后所有人都是双掌合十。

钟会刚要说些什么,上官雨露一声娇斥,双手螺旋指向天空,一道白色的光芒射向天空,整个林子蓝光荡漾,钟会等人消失于林中。

上官雨露轻轻松了口气,暗道:"今夜之战已尽到责任了。"忽然她心头生起一种异样的感觉,转身望向不远处的大路。就见一男子长发白衣,在雨中苍然而立,尽管脸上已被雨水淋湿,但却丝毫不能掩盖那英俊的面容。

"雨露,你比从前能干多了。"那男子缓缓道。

上官雨露的嘴角微微颤动,低声道:"风吹雨……"

风吹雨向上官雨露伸出手,轻声道:"跟我走。"

"我……"上官雨露心里一颤,望着风吹雨,她本来有很多话,却一句也说不出来。

风吹雨上前道："雨露，跟我走。"

上官雨露握住风吹雨的手，点了点头，她不就是为了他才来的吗？她身后的军士齐声道："上官将军。"但上官雨露已什么都听不进去了。

风吹雨揽住上官雨露的纤腰，飘身而起，只留下茫然不知所措的数十名荆州军士。

华天晴飞马冲向山坡，那立着军旗的高塔，足有十丈多高。耳边队伍频道不断传来各方面的消息，他忽然发现上官雨露离队了……究竟发生了什么？但他已不及细想，前方的秦军发了疯似的冲了上来！

当先一人长矛猛刺过来，华天晴一把抓向矛头却没有抓住，长矛掠过他的左肋贴着身子而过，华天晴手臂夹住矛身，长剑刺入对方的胸膛，他深吸口气，摒弃一切杂念，人贴着宝马"千里一盏灯"，一头扎入秦军的包围之中。

前方数十杆标枪飞射而来，华天晴手中长剑呼啸而起，黑夜中出现了片片霞光，标枪被磕得到处乱飞。"千里一盏灯"四蹄扬起，踏在秦军的盾牌上，一下跃了过去。

突然耳边猛烈的风声响动，一个高大如巨灵的秦军战士从旁杀到，巨大的铁锤猛挥向华天晴的耳门。华天晴侧头一让，长剑顺势掠向那战士的面门。锵！长剑灌入那战士的头盔，一剑将其刺翻在地，但长剑毕竟不是太白神剑，竟然断了！与此同时，左面又有数支长矛杀到。

华天晴大吼一声，左手抽出背上的钢刀，苍凉的刀风在战场掠起，"何处望神州？满眼风光北固楼。千古兴亡多少事？悠悠！不尽长江滚滚流。"那数支长矛被一刀斩断，钢刀过处衣甲平过，鲜血飞溅。

华天晴抓住一截断矛飞掷而出，贯入前方令旗官的胸膛，秦军终于失去秩序。前方就是高塔，华天晴乘势狂奔，塔上的弓箭如雨而下，他钢刀旋动得风雨不透，踏着马道冲上高塔。

一时间远处的秦军要来救军旗已来不及，而荆州外的甘宁那数百军士则大呼万岁，拼死拦住前来救援的铁甲骑兵。

塔台上，守塔秦将举起大刀猛劈华天晴头颅。华天晴人马合一猛冲而上，"千里一盏灯"碗口大的马蹄，一下踹在那将官胸前，华天晴顺势一刀砍飞了那人的脑袋，血光冲天而起。其余众军士惊恐之余，勉强上前又如何阻挡得了他。

华天晴大喝一声，飞身摘下军旗，战场之上所有秦军的心都沉了下去，失望的叫声如闷雷般传遍战场。华天晴驾着宝马从高塔上飞跃而下，人在半空突然迎面就是一道金虹，他舞动大旗击落来箭，吕布的大戟就到了！

嘭！粗大的旗杆架在大戟上，竟然应手而裂，那光华缭绕的大戟直刺华天晴胸膛，华天晴长啸一声，钢刀呼啸而出，二人交错而过，吕布胸口刀口血流如注，而华天晴亦狂喷一口鲜血。

就在此时，岳云、文丑、颜良、甘宁纷纷杀到，而四面八方的秦军更是围了上来。

陈庆之坐在帐中，听见战场中雷鸣般的叹息声，目光为之收缩，吕布支撑不住？这场战役决战不在军旗，但若军旗被夺却会让士气发生很微妙的变化。他棋盘上轻轻摆下一个白子，自语道："他的杀招为何迟迟不出？"

帐外马佛念走了进来，陈庆之淡淡道："还没找到刺客？"

马佛念皱眉道："那家伙神出鬼没的。"他见陈庆之没有问别的，轻轻地道："将军，'无坚不摧之力'到了。"

陈庆之亦不由动容道："谁负责押送？"

马佛念道："白起麾下的秦剑负责押送。"

陈庆之缓缓道："秦剑和楚戈一样，都是白起信重的人。看来他们不希望我们拖下去了。"他眉毛一挑道，"天慜那边如何？"

"先前来报，一切正常。"马佛念道。

陈庆之摇了摇头道："奇怪了。"他话音未落，突然远处传来一声巨大的爆炸声，大地猛烈颤动，帐中营火一阵乱摇。陈庆之站起身道："他们中埋伏了！"但他随即又道，"似乎不对。"

马佛念道："我们的炸药有那么大动静么？"

混战之中，华天晴的队伍频道传来燕歌行的声音："天晴！炸药成功引爆，他们一直以为我们是去烧粮仓，却没想到我们用他们的埋伏来引爆我们的炸药。现在北大营粮仓已经乱作一团。可惜今天下雨，不然他们的损失更大！太史慈将军正在努力扩大战果。"

华天晴笑骂道："如果不下雨你们凭什么无声无息地靠近北大营，目标完成可以撤退了。"

"你们的情况如何？"燕歌行道。

华天晴道："被包围了，但我们正缓慢撤向荆州。"

燕歌行迟迟没有回答，久久才轻声道："陈庆之反应比预想的迅速得多，我们也被包围了。"接着就再没有声音。

华天晴望向四面的战场，上官雨露和燕歌行都已经失去联系，这场战役究竟是赢是输，他已没有了把握。他手中秦军大旗当作兵刃使用，面对的再不是武将间的战斗，而是秦军的人海战术，而一起出城的八百人已经折损过半，荆州的城门就在眼前，却是那么的遥远。

钟会他们再次被传送到了一块空地，那空地周围都是高耸的石碑，就连他都看出这里是其他的大陆登陆"三国"的传送口。忽然前方传来战马的声音，原来魏续和他的部队亦在此地。

"怎么不快点赶回去？"钟会问道。

魏续道："前方似乎布置了某种阵法，我们不停地在原地绕圈。"

"华天晴身边汇聚了各种能人。"钟会道，"之前我们小瞧他了。"他来到队伍的最前方，观察良久轻声道，"若此地有布阵人亲自主持，我们或许还要困很久，但看来他们人手不够。魏将军带队跟我来。"

魏续点头率队跟在钟会身后，数千人缓缓步出迷阵。

楚戈稳稳守着荆州城的东门，他已接到陈庆之的命令，无需攻城但要不惜一切代价阻止华天晴回城。

忽然荆州东城之上灯火通明,城门中风舞大袖飘飘带着千名荆州军杀出。楚戈微微一笑,终于到了决战时刻,他手中长戈高举向天,大喝道:"迎敌!"他身后压抑了一个晚上的秦军怒吼一声,向着出城的荆州军冲去。

楚戈的长戈猛击风舞的头颅,风舞大袖一扬,长棍一分为三握在手中,单用左手就接下了楚戈那力拔千钧的一戈,紧接着他大喝一声,昂扬的罡气激荡而起,满天都是棍影。

楚戈的长戈响起霹雳之声,虚空点向风舞,空气中强烈的劲风咻咻作响,风舞临风而起,念念有词,大袖中闪动起金色的光芒,雄狮由金钱大小变得壮如巨象,长戈的劲风竟被狮子一口吸入,楚戈面色一沉,凝住长戈蓄势待发。

风舞微微一笑,长吟道:"何人为写悲壮,吹角古城楼。湖海平生豪气,关塞如今风景……"三节棍一合,金色的雄狮化作一道金虹飞入大棍之上,发出动听的声音凌空击出,天上地下尽是悲壮之色,笼罩楚戈的全身。

一时的轻敌竟导致全面的被动,楚戈勃然变色,对方怎会如此之强?手中兵器猛地一亮,倾全力拦出,但他立即发现自己的兵刃明明击中对方,但那飘忽的身影却又瞬间消失,那倾尽全力的一击根本没有受力之处!

风舞人在半空淡淡地道:"剪烛看吴钩。"大棍正扫上楚戈的眉心。

楚戈大呼一声翻身落马,跌倒在血泊之中。

风舞轻轻擦去嘴角溢出的鲜血,高叫道:"全力冲锋!"荆州军士气大振,向着乱军涌动的旗影而去。

太史慈掌中大枪上下翻飞杀红了眼,却始终冲不出包围,他已和燕歌行失散,那仿佛杀之不尽的秦军越来越多。忽然,他的大枪被一柄禹王槊架下,疲惫已极的太史慈被震退了五步,抬头一看,就见一个红袍铜甲的战将拦在面前。

太史慈笑了,傲然道:"鱼天愍?"

鱼天愍道:"正是!"

太史慈狂笑道："来得好！"长枪一摆，化作万点梅花向着鱼天愍喷洒而去。

鱼天愍舞动禹王槊封架过去，连续抵挡了太史慈近百枪，太史慈却毫无力竭的征兆。鱼天愍暗道："这家伙真的是战了许久了么？"那满天花雨般的枪法在这雨夜格外夺目，鱼天愍疲于奔命地招架，他引以为傲的禹王槊在这江东名将的面前根本施展不开。

鱼天愍冷不丁肩膀就中了一枪，慌忙调转马头向西逃去，太史慈挺枪追赶而去，追出五十多步……

忽然战马前蹄一空，"陷马坑？"太史慈大惊，用力拉拽战马缰绳，但战马苦战一夜已经疲惫不堪，猛向前跨了两步，终于还是滑落下去，大量的尘土劈头盖脸地落下，太史慈心头一沉，挣扎着抬头望向坑外。

坑外秦军乱箭齐发，把江东名将太史慈射死在陷坑之中。鱼天愍轻轻拍了拍肩膀，那中枪的肩膀竟然毫发无损，他低声道："若如此轻易就败在你手，我鱼天愍岂能活到今日。"他转头对身边众军士道："砍下他的脑袋，给荆州军看！"

四周的秦军大声领命，人影中一个淡淡的黑影轻轻穿梭而过，颜泪儿拳头握得紧紧的，她从大宋就和太史慈并肩作战一路到此，如今见到太史慈阵亡，心都要滴血，但她现在绝不能把这个消息告诉华天晴，因为华天晴如今也是在危难之中。

可现在该如何是好呢？战场中的华天晴被牢牢拖住，而上官雨露那边失去了联系，钟会和魏续的部队随时都可能赶回战场，颜泪儿按了按肩头泪痕剑的剑柄，一个大胆的想法涌上心头。

大账中马佛念低声道："秦剑安置好'无坚不摧之力'就去战场了。似乎迫不及待地要和华天晴较量。"

陈庆之微微一笑，看着正在收官的棋盘，淡淡地道："上面都觉得该结束了。我们又怎能抗命，让各营士兵准备总攻。"

"可是……"马佛念微一迟疑道，心想：你一直等待的东西不是还没出现么？

陈庆之伸个懒腰，走出大帐，心道：华天晴，你还能有让我意外的表现吗？

第四章　山河之令

荆州城外的混战持续了一夜，天空中依稀露出白光，但雨依然在下。

华天晴他们已经非常接近荆州城，除了风舞的援军，方谢晓亦带着一队人马冲出城来。华天晴不由苦笑，这样的消耗战，是他最不想看到的，却还是避免不了。密语频道中出现了晨雪的声音："一个好消息，一个坏消息。先听哪一个？"

华天晴回答道："先听坏的。"

晨雪道："太史慈阵亡了，燕歌行我联系不到，这是泪儿告诉我的，她不知道怎么和你说。另外，钟会、魏续的人马正在接近战场。"

"太史慈……"华天晴惊道，"怎么死的？"

晨雪道："听说是中了埋伏，被乱箭射死。"

太史慈战死，上官和老燕失踪，华天晴深吸口气道："这似乎不止是一个坏消息，简直是一串……"他停了下道，"好消息是什么？"

晨雪略微迟疑道："也许并不能算好消息。"

华天晴猛一侧身，让过冲上前来的秦军，一刀将其砍翻在地，怒道："说啊！"

晨雪轻声道："我找到山河令了，但没看出它到底怎么用。"

华天晴失声道："什么？"

吕布、完颜风雷等人原本抱着包围华天晴消耗荆州兵力的想法，故意留有余地。但他们无论如何都想不明白，为何区区千余荆州军能够顽抗那么长时间，甚至眼看着就能突围而去。就连吕布心中都生出了厌战的情绪，若非那军旗……若非那该死的军旗，他早就收兵回营了。

先前受挫于颜良的侯成道："奉先公，若就这么拼将下去，陈庆之又不动员大军，只怕最后是我们铁骑军主力和荆州军两败俱伤。一旦追究起军旗的责任，我们不好交代。"

吕布道："你有何计策？"

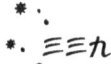

侯成道："已和魏续取得联系，他们很快就能回到战场。而荆州城中有蹊跷，不若我们跟着他们一起入城乘势夺之。这样功过相抵，还能挽回。"

吕布缓缓点了点头道："依你之计。"

"什么叫不会用？"华天晴大叫道，突然迎面而来一道青色的剑光，他猛一拉缰绳，战马横跨数步让过来剑，那黑甲剑士不依不饶地长剑横扫而至，宝剑剑锋长达七尺，远比普通剑要长，华天晴躲闪不及，肩头甲胄被一剑挑开。剑士挥起拳头，正砸在华天晴的伤口上，华天晴身子一晃险些落马，手中钢刀飞舞掷出。

那剑士轻轻退开数步，长剑遥指华天晴，冷笑道："记住，杀你的人是秦剑。"

华天晴两手空空望着秦剑，淡淡道："就凭你么？"两手一片晶莹，掌剑手刀赫然已成。

秦剑手中长剑幻动起青色的剑芒，如同一条巨蛇直刺华天晴胸膛。华天晴长笑一声，高喝道："东风夜放花千树……"他两手左刀右剑，左手化作灿烂的刀光，"更吹落、星如雨。"

那刀光就像天上的星河挥洒而下，秦剑的长剑与刀光交换数十招，剑气刀风激荡而来，秦剑被击退十余步。华天晴继续吟唱道："宝马雕车香满路。凤箫声动，玉壶光转，一夜鱼龙舞……"那刀光蔓延开来，封死了秦剑后退之路。

秦剑不愧为和楚戈并肩的白起麾下猛将，断然决定不再后退，长剑破空而起，全力向前，终于抵挡住那绵绵而来的刀光，但他收剑之时，前方却忽然没了华天晴的踪影。"这……"他猛一转头。

"众里寻他千百度。"耳边缓缓响起了华天晴的笑语，"蓦然回首，那人却在，灯火阑珊处。"滚滚刀意流淌而来，秦剑再不及躲闪，被华天晴的"手刀"斩于马下。

远处观战的陈庆之微微皱眉，马佛念道："他自去送死，与我等无关。"

陈庆之道："但他和楚戈都是白起的爱将，如今一战死了两个。"

马佛念一指荆州城楼，道："将军，那是什么？"

此时大雨方歇,一缕晨曦从空中云层中透下,荆州东城城楼上一块银色的东西闪闪发光。

"山河令。"陈庆之笑道,"终于出现了。"

华天晴道:"你把它拿出来干什么?"

晨雪道:"外面的人说,这东西放得越高,就越能发挥功用。"

华天晴道:"什么用处?"

晨雪道:"至少能够有传送功能!"此时山河令上的光芒,和天上的晨曦汇在一处,银色的光芒越发耀眼,简直叫人睁不开眼睛,灿烂的银光杀向城外的战场。秦军的阵脚开始松动。

隐约间,华天晴感到秦军的包围似乎在西面出现了一道缺口,铁骑军的队形散了?

华天晴在队伍频道中道:"他们现在的选择很多,我们的选择只有一个。为何我却觉得一定能够逃回城中?"

风舞道:"我也不明白,经过此役我只能说,我更加确认陈庆之另有所图,而此处的秦军目标并不一样。"

城中的晨雪道:"我只知道一点,城外铁甲骑兵虽然分出了一个缝隙让你们突围,但却明显摆出了攻击城门的架势。"

"一早吕布的想法就和陈庆之不同。"华天晴淡淡地道,接着他高喊,"弟兄们,随我来!"一马当先带头冲去。岳云、颜良、文丑、甘宁、风舞、方谢晓紧随其后,此时他们带出城的队伍仅剩下不到两百人。

吕布对侯成点了点头,命令铁甲军开始重新排列,但似乎秦军受到了山河令光芒的困扰,一下子无法形成攻击阵型。

轰隆!秦军中军炮声响起,陈庆之一挥手中的马鞭道:"攻城!"数万秦军终于全力动员。

突然，空中朝霞和山河令连成一片，那霞光照在拼命突围的华天晴等人头上，如同炸开一般。吕布和侯成再望了过去，发现华天晴他们已经踪迹不见，吕布愤怒地一戟插在地上，地上裂开一道丈许的口子。

陈庆之微笑道："奉先兄不要着急，除了荆州城他们还能逃到哪里？"他身后出现了一队白袍白马的骑兵，马佛念、鱼天愍带领军士架起了一门巨大的器械，那器械比普通的石炮大了有十倍，炮身上刻着几个小篆"无坚不摧"。

城楼上，惊魂初定的华天晴、岳云、风舞等人接受着荆州军的欢呼。

华天晴高举秦军大旗，站在光华缭绕的山河令前，对晨雪道："终于会用了？"

晨雪道："还不明确其他用途，外面的人正在分析，这次好险。"

岳云道："天晴，快看城下。"

华天晴等人都望见了城下那巨大无比的大炮，没有谁比华天晴他们这些来自二十一世纪的人，更了解大炮的威力。

风舞、寒夜、武天兵等人面面相觑，风舞道："这个时代该不会有太厉害的炮才对……"

他话音未落，"轰隆！"一声惊天动地的巨响，城墙猛地一晃，紧接着城上众人就看到城下巨炮火光一闪，而他们就什么都听不到了。武天兵、颜良同时倒在血泊之中，厚重的城墙忽然变得弱不禁风，开始全线崩塌，东城的城门四分五裂，城外密密麻麻的秦军发疯似的冲了上来。

华天晴扶住城垛，就感到手中的大旗被人接去，他抬眼望去就见先前那叫"大龙"的士兵，接过秦军军旗对着他横扫而来……

身边的寒夜猛冲而至，将华天晴推倒在地，那大旗锋利的旗尖刺入寒夜的胸膛，华天晴大吼道："寒夜！"

那叫"大龙"的士兵狞笑着，将绣着"秦"字的大旗高高插上荆州城楼，手中长剑直指华天晴，傲然道："姓华的，你真以为我大哥陈庆之会取不了你区区一个荆州？今日就叫你死在胡龙牙的手上！"说着他舞剑猛扑华天晴。

　　忽然，一对大锤猛砸胡龙牙的后脑海，"当！"胡龙牙用剑封住大锤，却被震退五六步。华天晴怒吼着，一步掠到胡龙牙近前，胡龙牙被他气势所迫只能再退，华天晴劈手夺过胡龙牙手中长剑，翻腕一剑扫过胡龙牙的脖子，胡龙牙倒在血泊之中。

　　城下秦军见军旗插在荆州城上士气大长，高呼万岁奋力登城，陈庆之率领白袍队冲在队伍的最前方已经进城。

　　华天晴对晨雪道："带山河令到内城，利用它脱身离开。"他又高举手中长剑大喊："所有人跟着晨雪走！"

　　晨雪收起山河令，望着华天晴却不动脚步，华天晴怒道："快走！快走！我马上到！"

　　晨雪咬牙道："你若不来，我不会走的！"她一个翻身从城道跃下城楼，向荆州城内跑去，荆州守军一窝蜂地跟着奔去。

　　城楼上仅剩下岳云、文丑、甘宁、风舞。

　　华天晴沉声对众人道："保护山河令，速速离开此地！"

　　岳云和文丑面面相觑，华天晴笑道："我最后给他们一个教训，你们赶快去。"他看着迟疑的众人道，"他妈的，那么多路都过来了，你们还怕我会跑不了么？"

　　甘宁哈哈一笑，带头领军进入荆州，岳云他们向着华天晴一抱拳，转身离开。

　　华天晴在城道上调转马头，望向从城门而来的陈庆之、吕布、马佛念，不知道为何想起了辛弃疾曾经对自己说过的话："你要记住。即便成了万人敌，亦不见得就能力挽狂澜！"

　　华天晴自语道："能够挽回一刻是一刻吧。"他用力握了握手中长剑，发现身边还有数十位军士不肯离开，他笑道："你等为何不走。"

　　"荆州是我们的家。"耳边传来了甘宁的声音，他去而复返。

　　华天晴哈哈大笑道："好！我们就一起看看陈庆之是何许人也？"

　　甘宁道："我可是把压箱底的东西都拿来了。"他身后数十名亲兵人手一管金色的强弩，他笑道，"让陈庆之尝尝荆州城诸葛弩的威力。"

　　此时陈庆之的白袍队冲到了眼前，那白袍白马的骑兵仿佛天兵天将一样，突然满天都是金芒，前方的百余名白袍队一齐落马，陈庆之一抬手止住队伍的行进，满天的箭雨飞向华天晴和甘宁所在的地方，紧接着白袍队飞速上前。

双方距离不足百步极为接近，马佛念、鱼天憨同时冲出队列，一人冲向华天晴，一人冲向甘宁。在这两人离开陈庆之的一瞬间，白袍军中一个灵动的身影突然掠向陈庆之的头顶，绯红色的淡淡剑光直取他的后心。

陈庆之轻轻伸出一个手指，那手指白皙而有力，点向空中形成了一点淡淡的火光，那火光落在颜泪儿的剑上，将其高高弹起，陈庆之大袖一挥，巨大的旋风卷起颜泪儿，颜泪儿人在风中狂喷一口鲜血。

华天晴飞身而起，将颜泪儿在空中接下，那女子如花容颜一片惨白，全身都已散架。

陈庆之微笑道："这个刺客也算好耐心，原来是个女子。"他又扫了颜泪儿一眼，眼中显出一丝异色。

华天晴大叫一声，悲愤地对陈庆之全力出剑，"无边落木萧萧下，不尽长江滚滚来。"

陈庆之笑着伸手向前，一个巨大的光盾展开，"当！"巨大的撞击声响起，华天晴长剑突破光盾！陈庆之的笑容凝结在脸上，除了白起还没人能击破他的光盾，他双手一合夹住长剑，鲜血从手掌缝隙流下。二人同时大喝一声，"喀啦！"长剑折在陈庆之的手中，他人化作一阵清风，忽然飞向城墙边上……

华天晴手握断剑，凌空而至，剑锋猛刺陈庆之眉心，陈庆之整个人突然分了开来，离散飞向四周，躲过华天晴势在必得的一剑，在亲兵之后重新恢复人形。华天晴还要追击，前方数百军士一下子围了上来。

耳边传来甘宁的叫声，他刚刚冲出马佛念、鱼天憨围攻，就被吕布一戟刺于马下，身边荆州兵尽被杀死……

"快到荆州东广场。"耳边传来阿 Z 的声音，华天晴嘴角不停溢出鲜血，踏着城墙高速而起，半空中光芒闪动，"千里一盏灯"四蹄展开，向着东广场飞奔。

"情况怎么样？"华天晴在马上大口喘息着追问道。

阿Z道："原则上使用山河令需要先筑一个祭坛，否则是不可使用的，而山河令的功能也必须五个放在一起我们才能了解。好在我通过程式虚拟了一个祭坛，才能让山河令在先前发生效用，也才能用它把你们都转移出荆州。"

"虚拟祭坛？"华天晴道，"我有点明白了，就是你用程序弄了个假的环境……"

阿Z道："不错，他们已准备进行传送，现在就等你了！"

华天晴扫了眼身后的追兵，苦笑道："我只怕没那么容易脱身。"

阿Z道："你必须尽快，系统随时会发现我的入侵程式，一旦发现那山河令就和废铁没区别。"

华天晴怒道："你不会先把他们送走？"

阿Z道："第一，我不保证自己可以再启动山河令，因为我发现程序在发生变化。第二，晨雪也不愿意离开。"

前方出现了一队秦军，华天晴道："那你就打晕她，带她走！"他从地上捡起一杆长矛，向着敌人猛冲过去。

那队秦军见到是华天晴亦愣了一下，但随即各举兵器冲了上来。华天晴长矛一下贯穿了两个军士的胸膛，肩膀上亦挨了一刀，他转手夺过大刀砍翻了另两个军士，那些人四散逃去……

华天晴就这样打打走走，终于来到了荆州东城广场，但他看到广场的西北角出现了吕布的大旗。"现在情况怎么样？"他低声道。

阿Z道："我已送他们走。广场到处都是秦军，你赶快！我试试看再开启一次山河令！"

华天晴望见远处广场正中闪亮的山河令，笑道："好！"他话音刚落，阿Z开启了山河令，那银色的令牌再次发出耀眼的光芒。华天晴催马上前，拼命向广场正中冲去，与此同时，侯成挥舞大刀迎面而来。

华天晴咬牙举起手中长矛，对着侯成胸口刺去，"当！"长矛先一步刺入侯成胸口，但他的肩膀受伤颇重，竟一下没能刺翻侯成，侯成的大刀歪斜落下，正砍在他的胸口。华天晴大吼一声，再次发力将侯成挑落马下，长矛亦落在地上，他顾不得许多，打马冲向山河令！

四面八方的弓箭如疾风暴雨般飞射而来，华天晴一头冲入了银光中……轰隆一声，山河令的光芒一下子爆发，但灿烂的光芒过后，华天晴依然在原地，他傻傻地看着手中的山河令。

电脑屏幕前，阿Z失神地说道："怎么会断了？"

华天晴发现和外界的联系中断了……

此时，吕布、陈庆之、马佛念、鱼天愍都出现在广场上。陈庆之道："杀了他！夺取山河令！"

马佛念和鱼天愍道："是！"二人大喝一声，一左一右各举刀槊向华天晴冲去。

华天晴把心一横，将山河令收入甲中，闪开马佛念的大刀，猛冲向陈庆之。鱼天愍怒道："找死！"一槊砸在华天晴的后背，华天晴再吐一口鲜血，速度反而更快，纵横的剑气指向陈庆之。

陈庆之不敢怠慢，身子离鞍而起，双手释放出一阵旋风。华天晴的剑气和空中的旋风硬碰一下，终于支持不住向后落下，陈庆之手中出现一个闪亮的火球，轰隆一下，正飞落在华天晴的身上，华天晴被击飞出七丈多远，再也爬不起来。

陈庆之淡淡地道："你力尽了……"

地上的华天晴胸口发出一阵银色的光芒，陈庆之眉头微微一皱，暗道："又有什么古怪？"他看了眼鱼天愍，鱼天愍上前扯开华天晴的衣袍，将山河令高高举起，抬头道："在这里了！"

陈庆之大喜，伸手接过山河令，却见那一尺长的令牌上光泽全无，仿佛一块废铁。

"为何是这样？"陈庆之皱眉道，此时却见华天晴身上隐隐有一层银光，陈庆之忍耐不住，拉开华天晴的衣襟，只见那宽厚的胸膛上，竟然有"山河兴亡"四字，吕布等人一起围拢上来，看到这个情况都不由得微微变色。

难道……陈庆之随即摇头道："怎么可能？"

此时，一军士从广场外飞奔而来，禀道："报告上将军，城外钟会、魏续将军率领残部而回。说是在城北遭遇敌军，领军的是魏将曹仁、夏侯渊，蜀将赵云、魏延等人。"

"上将军，我吕布愿去迎击敌人！"吕布大声道。

"我军疲惫，避其锋锐，慢慢再做计较。"陈庆之握着拳头道。

马佛念道："华天晴怎么处理？似乎他还有口气。"

陈庆之道："这人有些古怪，待禀明大王再做定夺。"他高举拳头道，"传我将令，退出荆州城，向东扎营。"

是！三军领命，迅速开拔。

陈庆之望了眼被抬走的华天晴，心中想到：是否该除了他？此人始终是个麻烦。

此时，马佛念在他耳边道："秋风清到了。"

陈庆之轻轻叹了口气，那家伙必是代表大王而来，山河令又该如何交待呢？

"陈庆之攻破荆州，东吴各地已在大秦之手。是日，秋风清亦在荆州，荆州城守华天晴落入陈庆之掌握后，被转移前往漠北采石场。"

白起合起书简，扬了扬眉道："看来那个华天晴还是没有死，生命力还真是顽强。"他抬头叫道："燕赵！"

他身边一亲卫上前一步道："属下在。"

白起道："去看看那家伙在采石场如何了。"

燕赵微一迟疑道："听说华天晴已是废人一个，大人您就要率队前往洛阳，属下还是留在您身边为好。"

白起拍了拍燕赵的肩膀道："那是一个怪物，每次重伤之后都能更强。你去吧，洛阳大战之时，我自会把你叫回来。"

燕赵皱眉道："只怕我还没回来，洛阳就打下来了。"

白起淡淡道："有那么容易？"

燕赵傲然道："百万大军汇聚洛阳，天下没有任何城池能禁得住我们大军的全力一击。何况还有王翦、蒙恬将军前来助阵。洛阳即便是天下名城，亦只是砖石筑成，难道能够抵挡我大秦军马？"说着他深深一礼，转身离去。

白起负手走出营帐，大帐外队伍行进带起哗啦哗啦的甲胄声，他从那些披坚执锐的勇士身边走过，秦军恭敬地行起军礼。大风吹得军旗猎猎作响，白起眯着眼睛望向军旗上威严飞扬的"秦"字，忽然生起一个念头，若天下就这么一统了，人生还有什么可做？那五块山河令真的能改变一切吗？

华天晴做了一个梦，他梦见自己在空中不停地飞，地下是数不尽的尸骨，望不到边际的血海。他甚至看到血肉模糊的颜泪儿，她飘飘荡荡地走在自己前面，向着那无边的血海飞了过去。

不可以！华天晴大声叫道，伸手去拉，突然全身一阵剧痛，他睁开了眼睛，好冷啊，四周一片冰天雪地。两个老兵过来将他从地上抬起，平放在铁板车上，拉着他缓缓前行，其中一个喃喃道："那么重的伤还不老实。"

那铁板车时快时慢，时不时有人来检查他的伤势，周围的景色时而是冬天，时而是翠绿的春天。华天晴不知道这是不是自己的幻觉，满天的落叶叫他想起风舞、岳云，满天的星辰又叫他想念晨雪……可是他一闭上眼睛就会看到满身是血的颜泪儿。一颗心同时想两个女人是不是一种罪过？他不是很确定，一个叫他无比思念，另一个则让他失眠……

这个队伍很长，有一次在晚上爬坡，华天晴尽全力扭头看了看身后的队伍，那蜿蜒崎岖的山路一片光明，绵绵十数里都是火把。星光火把下，他看到自己残破的铠甲，心中莫名的想到那两句词："将军百战声名裂。向河梁、回头万里，故人长绝。"

耳边传来老兵的话音："这家伙好像在说什么？""管他呢，根本听不清楚。""还真奇了，这么颠簸一路的，他好像还精神些了。""他娘的，是回光返照也说不定，只是苦了我们……"

华天晴就这么昏昏沉沉颠簸而去，直到这么一天，大队停了下来。他挣扎着望向前方，这块地方沙石飞扬，但人却真是不少，荒凉土地上到处都是搬运砖石的苦力，他的目光最后落在车队前方那块石碑上，那红色的"采石场"三个字端正有力，笔画之间自有庙堂之气。

拉着华天晴的老兵笑道："看这家伙还真识货，看到那三个字，眼睛都亮了。"

另一个老兵笑道："那可是颜真卿大人的字！我这种不懂书法的人都觉得带劲，何况他们这种有本事的人？"显然他们的差事告一段落，心情都很不错，小心翼翼地把华天晴背下车子，交到前来接手的采石场卫兵手中。

华天晴像货物一样被搬来搬去，最终被送到了一处小房间。

黑暗中，他听到一个苍老的声音道："这个又是什么人，这么重的伤居然还能不死。"

一个阴沉的声音道："大王说这个人不能死。"

苍老的声音道："人死不死不是大王说了算，而是老天说了算。"

那阴沉的声音道："他死你就死。"

久久的，屋子里面毫无动静，华天晴感到自己好像被放在了空中，脑海中尽是阳光，身下空荡荡的。

耳边那个苍老的声音又自语道："死定了……怎么还不死呢？你是这么地不想死吗？"

华天晴的身上插满了银针，他缓缓睁开眼睛，看着面前那个白发苍苍的老者，低声道："不想死……"

那个老者笑了，他笑的时候满脸皱纹都被展开，轻声道："没有人想自己死。你小子的确够顽强！"他绕着华天晴的病床走了几圈，皱眉道："总觉得有什么东西在这里……小子，你带了什么东西来？"

华天晴苦笑着摇了摇头。那老者挠了挠头皮，目光在华天晴的物品中搜索，剑鞘、铠甲、马牌、令牌……他的目光落在那个青色的葫芦上。"这是什么？"老者将里面那颗金色的药丸倒出，闻了一闻，脸上露出一丝惊讶，再看葫芦上写着"纵横丹"三个篆字。他缓缓道："鉴真和尚的宝贝灵丹。"他握了握拳头，笑骂道，"早知道你这小鬼有这东西，我还着急什么。"

他又用心观察了一下"纵横丹"，侧头思考片刻道："有些不对，药性不明。"他抬头望着天窗沉思良久，低声道，"不能乱用。"他把"纵横丹"放回葫芦，从桌上拿起了酒壶，灌入华天晴口中。

华天晴就觉一股烈火冲入口中直透心口，再由心口传遍全身，大叫一声昏了过去。

再醒来的时候，他身上的银针都已拔去，那老者摇摇晃晃地坐在他对面，笑眯眯道："如何？酒始终是烧刀子过瘾。"

华天晴只能苦笑。

"人都说重伤不能喝酒。"老者摆手道，"我这个在鸟不生蛋的地方干活的野郎中偏不相信。"

华天晴哈哈一笑，却又牵动了伤口，疼得一咧嘴。

那老者将"纵横丹"的葫芦交给华天晴，面容一整，认真道："你的命保住了，功夫也早晚可以回来。我原想用这丹药让你快些康复，但我又不确定它的药性。只有白痴郎中才会拿不明药性的东西给人吃。我是野郎中，却不是白痴。"

华天晴道："吃了会怎么样？"

"脱胎换骨……但天知道会变成什么……也许会变成神仙，也许会变成妖怪。"老者若有所思道，"你如果好奇，可以试试看。"

华天晴转动着葫芦，没有说话。

老者道："你的伤虽然没好，但只要死不了，以后就不能住在这里。"

华天晴道："那住哪里？"他忽然有阵强烈的困倦感。

老者笑道："这是大秦漠北采石场，关着好多稀奇古怪的人，你明天开始就要自己照顾自己了。"

华天晴道："你又是谁？"他快睁不开眼睛了。

那老者看着睡去的华天晴，轻声道："只是一个老不死的罢了。"

洛阳宫，南殿。

曹操斜斜靠在椅背上，微笑道，"兵临城下，众位有何高见。"

荀彧道："天下素来是有道伐无道。今天下无罪，秦人无故动兵，若聚天下之力于洛阳战之，当有可为。"

曹操缓缓道："如何聚天下之力？"

荀彧道："西蜀与东吴的剩余军力都在向洛阳靠拢，秦军虽然行军迅速，但要控制五片大陆，终究不能面面俱到。"

程昱补充道："西蜀有诸葛，东吴有周郎，都还具备一战的实力。"

曹操深吸一口气，望向一边的郭嘉。

郭嘉道："秦人新打下四方天下，却还立足未稳，若天下知秦在此遇挫，必定群起反之。"

"如此说来，"曹操苦笑道，"这场仗值得打？"

郭嘉笑道："尽管洛阳已是孤城一座，然剑阁大战、荆州大战之后，洛阳是天下最后希望。"他顿了一下，缓缓道，"而我们无处可退，此战亦不可不打！"

曹操点了点头，微笑道："众卿之见正合我心，其实我们的援军不只有孙刘。"他望向角落的贾诩道，"天下人马，何时可到三国？"

贾诩走到大殿中央道："隋唐薛仁贵、汉将军李广、宋朝岳家军，皆已登陆三国大陆。"

曹操沉声道："山河令如何了？"

贾诩道："山河令恐与华天晴一起落入秦人手中，但夏侯渊将军已将其部下带回洛阳。"

曹操微微一笑道："人道得山河令者，即可得天下，若真是如此，他们何用再攻打洛阳？所以说天下之争，重在人，而非在物！"他站起身，凛冽的目光望向殿内众人道："此前孙刘遭逢突袭，故措手不及。而我洛阳十万军马枕戈待旦，怕他秦人何来？"

夏侯惇上前一步道："夏侯惇愿替主公破秦军。"

大殿内文臣武将一起上前道："臣等誓破秦军！"

曹操静静地望着殿内众人，心道：军心初定，但鹿死谁手尚未可知……

悠扬的钟声传来，华天晴慢慢睁开眼睛，昨夜无梦，身体似乎恢复了生气，推开木门深深吸了口气，屋外的青牛正悠闲地吃着草，采石场上却已是热火朝天。

"这里每天都是这个样子。"一个柔和的声音从屋顶上传来，"那些桀骜不驯的人已学会了老实地工作。"

"桀骜不驯的人也是人。"华天晴抬头望向屋顶上轻盈如风的年轻人，笑道，"世上的事情不能光看表面。"

燕赵从屋顶上走了下来，没有梯子他就这么虚空踏了下来，对华天晴躬身一礼道："在下燕赵，见过华兄。"

华天晴笑道："华某已是阶下囚，燕赵兄何用多礼？"

燕赵笑道："华兄英风震于神州，区区一礼自然受得。"

华天晴眯着眼睛道："人言白起身边有三猛将，楚戈豪勇，秦剑张扬，燕赵风流，今日一见果然潇洒倜傥。只是不知为何来此？"

燕赵道："所谓的三大猛将，已有两个在和你对阵中身亡，又有什么可以夸耀的？只是我来这里却不是为了武安君。"

华天晴笑了笑听着，没有说话。

燕赵道："今夜大王邀请阁下饮酒。"

风吹雨吗？华天晴道："好。"

"这里是大秦漠北采石场，是放逐'纵横'世界要犯的地方。"燕赵笑了笑道，"这里也是距离帝都咸阳最近的天字牢营，大王亲自前来定有旨意，华兄好自为之了。"说着他又是深深一礼，转身离去。

华天晴望着那青春的背影，没来由地感到一阵寒冷，此人虽然彬彬有礼，但却非常危险，白起身边能人真是不少。

"在最后时刻，系统切断了外界和山河令的联系。"阿Z道，"现在我知道晨雪、方谢晓他们被夏侯渊带到了洛阳，华天晴则还是没有消息。"

东方秀琳道："从你的语气听来，华天晴没有死？"

阿Z道："不是很确定，但我觉得华天晴应该是被带到了'纵横'的某个角落，甚至可能是独立于虚拟世界的某个角落。"

比尔·克罗斯道："'纵横'里面有这种地方么？"

"我搜集到某些信息，告诉我可能有这种地方。"阿Z道，"而之前他们也提到过青虹谷，那块地方就是谢天衣隐藏在'纵横'里的。如今看来虚拟世界已具备自我完善能力，那么它新创造的世界，就有可能独立于'纵横'世界的五块大陆存在。"

"这个虚拟程序到底是什么？"东方秀琳不解道，"若真的秦国统一了'纵横'，又将发生什么？我是越来越不明白了。"

"虚拟程序有了一个名字。"阿Z道，"我在源程序的阅读中，看到谢天衣不停地提到一个代号，叫做'天意'。我想这个代号在西方，就像上帝一样吧？'天意'和'历史人格'，这两套程序决定了虚拟世界的自我完善。也是谢天衣创造这个世界的核心构架，其中'历史人格'是他对世界公开的内容，'天意'程序则隐藏在系统深处。"他略微思考了一下道，"而秦国统一了'纵横'究竟能带来什么危害，我也说不清楚。唯一可以肯定的是，那时候'纵横'世界就彻底变成了虚拟人控制的平行世界。进而'天意'这个程序，将会无所顾忌地扩展，甚至可能进军我们世界的虚拟网络。"

"到那时如我们在里面的人都死了，我们也不用再投鼠忌器。直接切断他的网络不就好了？"东方秀琳道。

阿Z苦笑了下道："说句泄气的话，我个人以为虚拟程序已经完成了对世界网络的渗透，如今他没有进一步的举动，只是因为它内部还没有调和完美。不让他完成统一天下的计划，是我们阻止他扩张所唯一能做的事情。"

比尔·克罗斯深吸口气道："所以接下来的洛阳大战必须要赢。"

阿Z道："不仅如此，必须有人破坏'天意'程序，否则'纵横'世界迟早会变成一场世界危机。"

东方秀琳轻轻来回踱着，道："你上次要求我请的人，我都帮你找到了。我要你用外界的信息，帮助里面的人打赢'天意'。"

阿Z道："是……"

东方秀琳笑道："毕竟里面的'天意'，是我们外面的人创造的，我们才是那虚拟程序的神才对。"

阿Z看到面前那随着大战来临斗志却越发高涨的美女，终于明白这东方家的小姐为何能够统御亚洲第一家族。

第五章　英雄豪杰

华天晴的工作是用铁板车运送石料，一天完成一百车就可以休息，运送的距离大约为五百步，即在采石场两座瞭望塔之间做来回。原本华天晴以为一百车并不算是很重的活，但当他第一次推动那装满石料的铁板车时不由一愣，那看似不大的车子，足有八九百斤重……

他看了看将石料搬上车的男子，那人身材并不高大，甚至看上去还稍显得瘦削，但数百斤重的石块，在他的手中全似没有分量一般。华天晴笑道："你就不能少往上堆点么？"

没有人理他，那男子低着头向另一架铁板车上堆石料，而采石场的守卫则远远看着，似乎并不担心他们会不认真干活。

华天晴站到车前，架起了车辕，深吸口气将铁板车缓缓拉动，身体似乎已经复原，石料虽然重，却并不是不可能完成的任务。他心中却禁不住诅咒这该死的秦人，他们的科技既然连火炮都能开始使用，为何在这里要靠纯人力来做。

那搬石料的男子看了华天晴一眼，随后继续低头干活。而华天晴将石料车拉到另一处瞭望塔下，两腿亦不停发抖，这个样子要干一百车，未免太考验耐力。

接手华天晴车子的是一个面容古朴的灰袍大汉，虽然胡须显得凌乱，眉宇间却带着儒雅之气，他道："把装着沙土的车子拉回去。放心，这个不是很重。"看了眼华天晴抖动的双腿，那人笑道："能顺利把石料推来，可见你有不小的力气，但推车和搬石料不同，你需要利用车子的惯性。"他抬手指了指地上车轮的轨迹，道，"找不到用力之处，则事倍功半。"

华天晴道："多谢指点。"他转身拉着沙土车往回走，能顺利推来，只算是有不小的力气，这里放逐的到底都是些什么人？

走回先前瘦削男子那里，对方已把新的一车石料堆放好，华天晴仔细打量那人，忽然发现那人的马靴非常眼熟，分明是唐朝军队常用配备，难道他是唐人？忍不住道："你是唐人吗？我也是！"

还是没有回应，华天晴推动那沉重的石料车，用力向另一个瞭望塔走去，那家伙到底是谁？他就这么来回地推着石料车，一个上午就要过去，却一直没有能和那男子说上话。在"纵横"这块土地，华天晴一直是福至心灵，大漠石料场难道会是例外？

四处的瞭望塔上响起急促的钟声，所有人都放下手中的活，向西南的空地走去。

这个地方很是奇怪，每一个人都只是蹲在地上吃饭，那么多的人却一点声音也没有。

华天晴跟在那瘦削男子的后面，领了两个馒头，在那男子旁边蹲下。不久那另一处瞭望塔下面容古朴的灰袍大汉亦来到身边，靠着二人蹲下。华天晴发现那人灰袍下隐藏的赫然是大唐明光铠。

那灰袍汉子轻声道："他不爱说话，你不要再逗他了，没用的。"

"他好像是唐人，你也是。"华天晴试探道。

灰袍汉子微微一笑道："没错，他是唐人，我也是。"他扫了眼周围的犯人道："这里唐人不多，但我们干活的那个区域都是唐人。只不过铠甲服饰都已经破旧，很难一眼看出了。"他看出华天晴眼中都是疑问，轻声道，"这里的人都是败军之将，没有太多人有兴趣回答你的问题。"

华天晴道："但你不同，你有自己的想法。"

灰袍汉子笑道："每个人都有自己的想法，只是不说罢了。我跟你说话是因为我

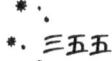

见过你，你严格来说不算大唐的人，甚至不是'纵横'的人。"

华天晴一愣，轻声道："你见过我？"

灰袍汉子笑道："华天晴，你在长安很出名，我见过你有什么好奇怪的？"

这句话在荆州的时候周瑜也曾说过，华天晴眯着眼睛，拼命回忆在哪里见过面前的人。

那汉子拍了拍他的肩膀道："不要多想了，我在官道远远地望过你一眼，你当时骑马冲向潼关，哪里会看得到我。"

华天晴还待要说什么，却听高塔上鼓声大作。

那汉子笑道："开工了，若你能按时完成今天的活，再问东问西也不迟。"说着转身离去。

华天晴站起身子，见到那瘦削男子盯着自己手中的馒头，微微一笑道："一个馒头，换刚才那人的名字。"

那瘦削男子缓缓道："李……靖。"

李靖？！华天晴张大了嘴，瘦削男子抓过馒头，一口吞下肚子，转身就走。那家伙是大唐第一名将李靖，传说中风尘三侠之首？华天晴对瘦削男子喊道："那你呢？"那人却不再理他。

华天晴上午运了二十车石料，下午有整整八十车的量，他除了埋头干活之外，更认真留意周围的人物，而面对李靖他却一时不知道该说什么才好。这个残酷的虚拟世界，有时候真的叫人觉得该是个游戏，否则这些历史上叱咤风云的人物，怎会落到如此境地。

他一面想着一面推起一架石料车，感到那车子出奇地沉，不禁想到这已是下午的第五十车，而他中午只吃了一个馒头，越是这么想身上就越没有力气，脚下一虚单膝跪倒，再也把握不住车子，那车上的石料全部滑向他的头顶。

突然，轰隆一声巨响，巨大的石料被扫出数丈，那瘦削的汉子站到了华天晴身前，一把托住车子。

看着对方黑瘦脸庞上滑落的汗水，华天晴沉声道："多谢！"他用力站起，双腿依然在抖。

那汉子稳住车子，缓缓道："你少……吃了馒头。"他把石料重新搬到车上，轻声道，"我帮……帮你推车。"说着推起铁板车向对面的高台冲去，那奔跑的速度很难想象他已经干了一天的活。

这天的后三十车石料，都是黑瘦男子运走的，华天晴实在不明白那家伙有多大的力气，简直天神下凡一样。李靖走到他的跟前，笑道："你还猜不出他是谁？纵观大唐拥有这份神力的能有几人？"

华天晴眼圈一红，他终于明白了那瘦削的汉子是谁，李元霸……那个儿时心中的天下第一好汉！大唐赵王李元霸。

李靖缓缓道："元霸不会为了一个馒头出手，但毕竟你我都来自长安。"

长安……那个遥远的梦想之地。

玉兔东升之时，一天的忙碌终于结束。

华天晴跟着李靖缓缓离开工地，临走时他望了眼高坡小屋外的青牛，那里是回不去了，但只要这段旅程没有结束，他就还要坚持下去。

晚饭比中午的丰盛，至少多了一份菜汤，饭棚内的灯火更让人的心里多了一丝安定。

华天晴把馒头全部递给李元霸。

李元霸结结巴巴地道："你，你的命……不只是……两个馒头。"

华天晴哈哈笑道："我有别的安排。"

李靖低声道："多加小心。"

华天晴道："放心。"向棚外的燕赵挥了挥手，大步向外走去，在穿过那些放逐者时，他微微摇了摇头，真不知道在这些人中还有多少豪杰名将。

棚内的放逐者一起目送他离开，然后继续埋头啃馒头，这些叱咤风云的人物此时似乎都已不作他求。

"人在世间就好像一粒沙子，要想消失实在是太容易了。"贾诩缓缓道，"华天晴已不在三国，有消息说他被送到了放逐之地。"

"放逐之地是在哪里？"风舞皱眉道。

"不知道。"贾诩苦笑道，"很多豪杰被俘后都送到了那里，但我们却得不到那地方的任何消息。"

晨雪在队伍频道对风舞道："他说的应该是真的，因为我密语不到他，这种情况只能是他在其他大陆。"

风舞对贾诩道："如今洛阳形势如何？"

贾诩扫了一旁的岳云、文丑一眼，对风舞道："各方豪杰汇聚洛阳，更多的人还在向这儿赶。古往今来，从来没有一场战役能集合那么多英雄豪杰。魏王知道你等具备我们所没有的能力，所以到时候还有很多事情要倚重各位。"

风舞和晨雪互换一眼，别人或许可以不在意，但他们自己能够适应没有华天晴的战役吗？

贾诩看着众人的表情，双手收在袖中，嘴角隐约带着一丝意味深长的笑意。

由采石场一路向西，是一片高台。

高台上秦王的禁卫手执长戈迎风而立。一队又一队威武的甲士，伴着巨大的宫灯排出老远，如一条火龙盘旋在空中。但这无比威武的军容，却远没有一个人引人注目，那个白衣的王者傲然立于众人之上，双目俯瞰台下走来的华天晴，嘴角露出一丝久违的微笑。

华天晴迎着那目光步上台阶，一种让人近乎麻痹的压力从四方压迫而来。他笑道："我该怎么称呼你呢？秦王，抑或风吹雨？"

白衣的风吹雨亦拾阶而下，对华天晴伸出手道："叫什么都好，我们是兄弟。"

华天晴并没有伸出手，只是淡淡地问道："雪焰、剑冥，他们也都是兄弟。"

风吹雨热切的目光逐渐变冷，低声道："长安大战事关天下，其他的都要搁在一边。"

华天晴笑了，缓缓道："所有挡在你统一天下大业路上的东西都要被碾碎，如今轮到我了。"

风吹雨摇了摇头，转身带着华天晴走上高台，轻声道："我有一个好消息，一个坏消息，先听哪个？"

"坏的。"华天晴道。

风吹雨缓缓道："五枚山河令都到了咸阳。"

"这个对你来说不是坏消息吧。"华天晴笑道，"那好的呢？"

"荆州的那枚似乎坏了。"风吹雨淡淡地道。

"坏了？"华天晴愣了一下。

风吹雨道："我以为你知道。"此时他们已经步上高台，所有的秦军都已退下，台上只有他们二人。

"我为什么会知道？"华天晴道。

风吹雨注视着华天晴的眼睛道："因为他们从你身上得到山河令的时候，你的胸口写着'山河兴亡'四个字。"

华天晴淡淡一笑道："那又能说明什么？"

风吹雨拿起酒壶，替他斟满酒，笑道："说明，你是我的最后一把钥匙。"

华天晴摇头道："我不明白。"

"你不需要明白。"风吹雨道，"只需要跟我去咸阳。"

华天晴饮尽水酒，望着天空，苍穹之上星罗棋布，轻声问道："这算是邀请？"

风吹雨上前一步，立在高台的护栏之上，转身面对华天晴道："这是我最后一次以风吹雨的身份面对你。跟我走，从此天下我们一人一半。"他微微一顿，缓缓道，"如若不然，你终究会明白，风吹雨就是秦王。"

此话一出，四周一片寂静，就连虫豸都不再发出声音。

华天晴眼中露出悲伤之色，昂然道："我不要天下，但我想我一定会去咸阳。"

风吹雨安静了片刻，笑道："我知道，你就是这样的家伙。"他深吸口气，看着夜空道，"我在大秦等你，但那时候我是天下的王，不再是大唐的风吹雨。"

"你能不能告诉我，还有多少玩家在'纵横'里面？"晨雪道。

"资料库被封锁，我提供不出确切数字。不过我可以明确告诉你，上官雨露和西门不弱都在秦国，也就是从前的战国大陆。"阿Z道。

"西门也在？"晨雪皱眉道，"就目前的状况，你觉得曹魏能够赢得洛阳大战吗？"

阿Z道："战场千变万化，现在估计结果还为时太早。"

"外面其他状况如何？"晨雪道。

"东方小姐向世界各地发出邀请，我现在人手充足，相信很快就能找到放逐之地。你们在游戏外的身体我们都进行了看护，只是有几件奇怪的事情。"阿Z道。

"什么？"晨雪道。

"一是我们找不到风吹雨的身份，二是华天晴处于熟睡状态，不像你们其他人的身体那样比较衰弱。"阿Z道。

晨雪道："你尽力让我能和华天晴联系上吧。"

"好。"阿Z笑了笑道，"东方小姐和比尔去了纽约，我希望他们回来之前，一切都能解决。"

晨雪苦笑道："那就谢天谢地了。"

当晨辉光照大地，悠扬的钟声里采石场忙碌的一天又开始了。

华天晴正低头推着石料，石料场的西面传来了叫骂声。众人纷纷向声音传来的方向望去，就见一大汉飞奔冲向采石场的西大门，上前拦住他的数名卫兵都被他撞飞出去。当他再要向前时，大门处出现了一排钢刀巨盾的卫兵，那大汉一肩撞在盾牌上，持盾卫兵先后一撤，另两人巨大的盾牌砸在大汉的背脊，大汉一个趔趄，左右又上来数名卫兵抬腿就将其踹翻在地。大汉倒在地上，兀自怒吼不已，却已动弹不得。

"且不说没有武器，即便冲出了西大门，也找不到回去'纵横'的路。"李靖轻声道。

"他是谁？"华天晴问道。

"周勃。"李靖道。

"每过几日都会有人忍受不了。"人群中一人叹息道,"相比而言还是你们大唐的人比较能克制。"人群中走出几个汉朝的武将,把周勃抬回。

"汉朝这里谁是头?"华天晴问道。

李靖道:"就是方才说话的班超。"他苦笑道,"陈汤、马援、邓禹等大将都已阵亡。"

华天晴道:"你前面说没有武器,知道他们把我们的武器放在哪里么?"

李靖淡淡地道:"这里唯一的秘密就是如何离开,别的都不是问题。听人说大漠的入口只可以进来,但不能离开,也不知道是否是真的。据说赵破奴曾孤身离开采石场长达七天,但终于在大漠中支持不住。"

二人正说着,前方西大门处响起号角。

李靖道:"有新人来了,不知道又有些什么人。"

华天晴眯起眼睛望向大门,这次来的人会是来自三国吗?

门外十余架囚车缓缓而来,华天晴老远地就看到了东吴的鲁子敬,暗道:"建业也沦陷了。"

那些人在西门前被放出囚车,都是风尘仆仆,步履蹒跚。其中一人身躯雄健,面目俊朗,尽管被俘却依然难掩其英雄之色。一行人缓缓从众多放逐者之间走过,一黑袍武将对华天晴微一点头,那人正是魏延。华天晴微微颔首,目光落在鲁肃身上,鲁肃却对他视而不见,一路低头心事重重的样子。

"真奇怪。"李靖低声道。

"怎么?"华天晴道。

"这批人里面居然一个重伤的也没有。"李靖道。

这时,卫兵上前道:"好了!好了!看够了没?干活去!干活去!"

众人纷纷回到自己的区域,华天晴一面推车,一面对李靖道:"能尽快搞清楚来了些什么人吗?"

李靖轻声道:"莫要激动,很多事情稍作留心就会知道。"

华天晴点了点头，低头继续向前推车。

不知不觉时间到了中午，忽然耳边响起了阿Z的声音："天晴兄，别来无恙否？现在在做什么？"

华天晴漫不经心地回答道："在做苦力，不过就快到开饭时间了。"

"放逐之地滋味如何？"阿Z笑道，"你可知道我动用了多少电脑才找到你。"

华天晴没好气道："我才不关心这个，现在各地状况如何？"

阿Z道："洛阳大战一触即发，晨雪、风舞他们都盼望你能回去。"

"你能把我空降过去？"华天晴问道。

阿Z道："好像不能。"

"那说个屁。"华天晴道。

阿Z静了一会，缓缓道："有什么可以帮忙？"

华天晴道："荆州之役后，一部分人逃走，一部分人似乎阵亡了，我想知道那些阵亡的人怎么样了。"他顿了一下道，"寒夜、武天兵、燕歌行、颜泪儿，他们现在怎么样？"

阿Z道："寒夜、武天兵和燕歌行自从在'纵横'中阵亡后，一直很虚弱，几乎处于脑死亡状态。而颜泪儿并没有死。"

"她没有死？"华天晴吃惊道。

"说到她，我发现一个很奇怪的事情。她和风吹雨一样，我找不到他们的现实身份资料。"阿Z缓缓道，"数据库里面没有。"

"没有？那怎么会？"华天晴道。

"还有更让人难以想象的。"阿Z道，"你的资料也没有。"

"我……"华天晴皱眉，停下了脚步。

"你的资料从前一定是有的，我查到过。"阿Z道，"但现在没有了。"

华天晴苦笑道："你就不会给我点好消息？"

阿Z道："你快说我能帮你什么吧。"

华天晴远远望了眼吃饭的凉棚，笑道："有没有办法帮我和那些古人建立组队系统？你研究了那么久，应该有所突破了吧。"

阿 Z 道："现在我人手足够，可以试试看了。如果可以，我马上通知你。还有什么要求？"

华天晴道："告诉晨雪和风舞，他们有足够的实力面对一切，没有我一样可以做得很好。"

阿 Z 道："我去准备你要的系统，有结果通知你。"

华天晴深吸口气，向着远处的李靖走去。

"这次都是三国大陆的人，听说是救援荆州的队伍遭遇伏击被抓的人。"李靖快速道，"赵云他要见你。"他指了指不远处那面目俊朗、身躯雄健的武将。华天晴欣然上前，常山赵子龙是多么如雷贯耳的名字。

赵云微笑道："天晴将军安好？"那从容自若的样子根本不像被俘之将。

华天晴道："苟全于乱世，未曾想到在此放逐之地遇到子龙将军。"

赵云道："我们长话短说，洛阳大战一触即发，那里人手奇缺，我们不能在此久留。"

华天晴眯着眼睛道："你们难道是……"

赵云笑道："这也是不得已而为之，我们始终不知道放逐之地的确切位置。"

华天晴笑道："需要我做些什么？"

赵云道："我们需要迅速联系各大陆的人，另外要搞到采石场的防卫图。听说天晴将军和秦王有旧，望你能想一下办法。"

防卫图？华天晴略一沉吟，慨然道："我试试看。"

赵云道："有事我再找你。"说完转身离去。

"为何是赵云？"看着他的背影，华天晴皱眉道，似乎由鲁肃做策划者更合理才对。

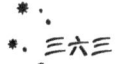

回到李靖等人身边，华天晴轻声道："他们是特地来放逐之地救我们的。"

"我知道。"李靖道，"只是似乎明目张胆了点。不过半天时间，整个采石场都动员起来了，放逐者中秦人的眼线只怕早就报告管理者了。"

华天晴道："或许他们根本就不在乎被人知道。"

一旁的李元霸道："那个赵云……很奇怪。"

华天晴道："我也觉得奇怪，但说不清楚。"

钟声响起，午休时间结束，众人来不及多说，重新走向工地。

"那个赵云很奇怪。"高坡之上张仪忽然道。

燕赵笑了笑道："感觉不到力量，直觉上却觉得非常强大。"

张仪道："陈庆之的报告上和你说的一样。但毫无疑问这个家伙在战场上非常厉害，陈庆之抓他费了些力气。"

燕赵道："现在看来，这些家伙似乎是故意被抓。"

张仪露出思索的神色道："我还真是好奇了，他们能够玩出什么花样。"

燕赵道："大人，你说这会不会是孔明的计策？故意让这些人招摇吸引我们的注意力，而另有他图？"

张仪笑道："盯住关键人物，还怕他们翻天么？"

燕赵道："大王昨夜回咸阳了，真不明白大王为何要见华天晴？"

张仪笑而不答，缓缓下坡而去，大王要的只是山河令。

一直等到傍晚，华天晴才收到阿Z的问候。虽然组队系统还出不来，但"防卫图"对阿Z来说，只是小菜一碟。

晚饭的时间，饭棚中一如既往地安静，但在这安静中，华天晴依稀觉得有些特殊的气氛。

李靖身边有一白衣文士，二人似乎交谈着什么。而在远处的汉朝区域，班超的身边也围坐着数人，同样的，宋朝区域、战国区域都是如此。

李靖见华天晴到了，招了招手。华天晴凑到近前，轻声道："我搞到防卫图了。"悄悄将图递到李靖手中。

李靖扫了眼图，握了握拳头，眼中掠过一丝喜色，将图递给白衣文士，悄悄在他耳边说了几句。那文士扫了眼图纸，运笔如飞一张防卫图的草图瞬间成形，图纸揉成一个纸团，从他修长的指尖弹出，化作一道白光落在汉朝班超的手中。

华天晴这才注意到，班超的手掌一直都是摊开的，难道他们一直用这个方式保持着联络？

李靖介绍道："这是我们的陈子昂。"

华天晴赶忙道："久仰。"他不由上下仔细打量对方，要知道陈子昂是他在"诗魂"任务中唯一没见过的诗人。

陈子昂笑了笑，他的目光始终盯着另一面的大宋区域，看来那边也一直有信息发来。果然不多久，大宋区域一张纸片贴着地面平平飞来，李靖接到手中看了一眼，纸片在手中化作碎屑。

大棚内，三国区域中，赵云盘膝坐在正中的地上，其余四个大陆的人占据四角。几大区域就这么来回传递着消息，整个饭棚就这么静静地忙碌着。放逐之地的人自主的空间并不多，似乎也只有午休和晚饭两个时间大家可以碰头。于是一连三天，李靖、班超等人都在这个时间无声地策划着。

华天晴交掉防卫图后，没有人对他再提出别的要求，他默默站在角落观察着四周，发现几乎所有人都已经动员起来。他望向远处的守卫，那些家伙难道会没有察觉？似乎不太可能，他低声询问了一下李靖，李靖淡淡一笑道："这就和下棋一样，你有什么子对方都一清二楚，只是看你如何运用。"

这时一个宋人经过二人身侧，一张纸片落在李靖脚边，华天晴觉得那人的背影好生熟悉，一怔道："泪儿……"

李靖拾起纸片，纸片上简单地画着一张拉开的大弓，他沉声道："要开始了。"

华天晴则紧盯着那消失的人影，那真的是颜泪儿么？

"他们今夜发动。"燕赵道。

张仪笑道:"他们并没有想瞒着我们。"

燕赵道:"但他们却也一点都没有泄漏要如何动手。为免生意外,我们是否先发制人?"

张仪笑道:"他们如果只是在布局,那我们提前将他们一军,看看反应也不错。"

"大人的意思是?"燕赵小心地问道。

张仪道:"把赵云关押起来,看看他们策划了那么长时间,究竟能做什么。"

采石场的钟声响起,所有放逐者开始向棚外走,棚外燕赵带着十名守卫列队走入人群,所有放逐者一起停下脚步。

那些守卫来到赵云的身边,燕赵拱手笑道:"赵将军,张仪大人有请。"

魏延一扬眉拦在赵云身前,几乎所有放逐者都围拢了上来,场中一下子杀气腾腾。

燕赵冷冷一笑道:"张仪大人只想见赵云,你们都想去?"

赵云目光中精芒一闪而过,对魏延摆了摆手,笑道:"我也早想见张仪,各位忙自己的事情去吧。"

燕赵一抬手,守卫围住了赵云,一起走出人群,燕赵看着赵云那自信的步伐,心中反而不踏实起来,对方预料到自己会抓他吗?

人群中,华天晴疑惑地望了李靖一眼,李靖低声道:"做好自己的事情,我们和大汉的人去取武器,然后汇合另外的人一起取马匹。"

华天晴道:"赵云不要紧吗?"

"没有赵云也要行动。"李靖淡淡一笑道,"何况他一副胸有成竹的架势,你替他担心什么?"他在华天晴耳边道,"现在我、汉朝的班超、宋朝的呼延庆、三国的鲁肃分别为各个大陆的代表。春秋战国以及其他时代的人,则由南北朝的韦睿统帅。"

华天晴点了点头,道:"你要我做些什么?"

李靖道:"我和汉朝的人去武器库,三国和韦睿的人去马房。我需要你跟着伍子胥去找到传送点，他点名要你去。"

华天晴稍加思索道："没问题，你自己小心。"

李靖笑道："我们分兵三路，就等你们找到传送点，发射七彩火箭为号。"

洛阳城下连营绵延无尽，望不到边际。

晨雪、风舞等人立在城上，鼻子里呼出的热气迅速在空气中消散。这已不是他们第一次守城，从大唐的长安到东吴的荆州，一路腥风血雨，一路生死与共，只可惜这次华天晴不在身边。

晨雪对风舞笑道："记得从长安开始，我们始终都是守城的。"

风舞道："那场战役仿佛已经过了好久了。我们都是劫后余生者。"他拍城垛，沉声道，"洛阳，我终于回来了。"他依稀还记得那个离开洛阳的黄昏，但七个配合默契的伙伴，如今已是天各一方。

晨雪道："天晴托人传话来说，他相信我们有足够的实力面对一切，没有他我们一样可以做得很好。"

风舞笑了笑道："如今曹操把他的西城交给我们，还在函谷道派了徐晃、庞德作为策应。若我们连这里都守不住，就实在说不过去了。"

此时，方谢晓从城道上走来道："最新战报，白起从西面，陈庆之从南面，蒙恬从北面，王翦从东面，分别攻来。曹操得知西面是白起，已经派遣曹洪前去增援。"

晨雪秀眉微皱道："函谷道易守难攻，为何我却觉得白起还是很快会来？"

风舞道："纪无缘动身了吗？有他在西面，我们好第一时间知道战报。"

方谢晓道："已经去了，西面有任何变化，小纪都会发消息回来。"

风舞道："我一早派人去了虎牢。"

方谢晓道："其实你们应该明白的，这一战的主角不是我们，而是活在'纵横'的古人。即便我们第一时间知道战事的进展，也对大局做不出任何影响。"

"你错了。"一旁的文丑冷冷道，"你们已经是'纵横'的一员。无论是你们这些外来的人，还是我们这些重生在'纵横'的人，都是洛阳大战的组成部分。秦人如果

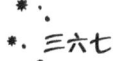

赢了，我们其他大陆曾经坚守的一切都将不复存在；而若我们赢了，天下将会重新展现出全新的走向。所以只要能第一时间知道战事的进展，我们就可能第一时间创造历史。"

方谢晓没想到自己随便说的一句话，就被人驳得一无是处，但他不得不承认对方说得有理。

晨雪道："所以我们必须要竭尽全力，我相信天晴现在一定也在努力。"

风舞道："一旦函谷道被突破，西城的压力将会一下子上升，不知道岳云将军的岳家军何时能到？"

岳云站在高处笑道："岳家军定会如期到达，风舞兄放心吧。"

远处雄壮的号角声远远传来，文丑笑道："是秦军。第一个到的是北面的蒙恬！"

风舞注意到岳云、文丑目光中燃烧着熊熊战意，深吸一口气，心中暗道："决战天下，原本是男儿当为！"

晨雪望了望手中的短刃，轻声道："天晴，你现在可好？"

防卫图上显示，整个放逐之地分作五部分。西面是武器库，北面是马房，南面是囚室，中间是采石场，第五部分传送点显示在采石场内，但却没人知道到底在哪里。

当各个大陆的人展开行动，伍子胥才带着华天晴等人悄悄走出营房。五个大陆派出了五个人，分别是大唐的李元霸、春秋战国的伍子胥、汉朝的姚期、隋唐的华天晴，以及大宋的颜泪儿。奇怪的是颜泪儿似乎已经不认识华天晴了。

伍子胥笑道："我们从何处开始？"

华天晴道："按照图来看，传送点的位置就在采石场的中心。我们平时就在这里忙碌，为何一点迹象都没看到呢？"

姚期道："会否在地下？"

伍子胥道："很有可能，但那样的话我们要搜寻的范围实在太大了。"

华天晴盯着手中的防卫图，阿Z给他的地图虽然不是立体的，但各个位置已标记得相当齐全，按道理说传送门就应该在标记的位置才对，他沉声道："你们看如果按照地图上标记的，这个传送点是在哪个地方？"

李元霸道："那是……采石场的高坡。我在……那，那里养过伤。"

姚期道："不错！是那个郎中的小屋！"

伍子胥道："似乎整个采石场就那个地方碍眼，但目标如此明确，反而叫人怀疑是否为陷阱。"他稍作停顿，沉声道，"但我们已没有时间，就赌他一把！"

姚期、李元霸、华天晴三人缓缓点头。众人望向始终不发一言的颜泪儿，颜泪儿耸了耸肩道："我听你们的。"

五人飘身出屋，向着采石场的高坡小屋而去。

古亭，流水之间。

张仪悠闲地坐在赵云的对面，笑道："喝酒？"

赵云看了眼桌上的杯盏，淡淡地道："李兄不让我坐下吗？"

"昨日赵云还在洛阳城外杀了我们三员大将，你怎么会是他呢？"张仪淡淡地道，"等我知道你是谁，自然让你坐下。"

赵云眼中露出有趣的神色道："今夜的游戏是否是'谁是赵云'？"

"也许。"张仪替他把酒杯斟满，笑道，"喝酒吧，这可是我从咸阳带来的。让我们看看今夜会发生什么？你是否是赵云对我而言并不重要。"

赵云哈哈一笑道："人总是把自己重要的东西，说得一文不值，然后再偷偷地夺取。这里的英雄豪杰，一旦出了放逐之地，足够逆转洛阳大战的形势。"他席地而坐，轻尝一口酒，顿了一下道，"这对你是否重要？"

张仪靠在椅背上，淡淡地道："英雄见惯亦平常。秦王扫六合的时候，难道天下英雄少了么？若非大王爱惜人才，你们这些囚徒早在第一时间就被杀尽了。"

"不爱惜人才，何来江山？"赵云目光中精芒闪动道，"想要得到什么，总要冒些风险。"

夜色下高坡上的木屋显得非常恬静，浑不知这个地方即将展开血腥风雨。屋外除了那头青牛，半个卫兵都没有。

伍子胥侧耳倾听片刻，低声道："屋内没有呼吸声。"他做了个手势，姚期一脚踹开木门，李元霸腾身而入。紧接着华天晴、伍子胥、颜泪儿相继闪入屋内，但小屋里面除了木板床，没有半条人影。

李元霸掀开床板，床下是冰冷的土地，几个人在屋内转了几个来回，却没找到任何暗格。

天窗上映照下皎洁的月光，伍子胥显得异常苍老，叫人不由想到关于这个白发英雄的种种传说。伍子胥抬头望了望天窗，忽然道："今夜的月光为何是圆的？"他推开天窗，飞身而上，喜道，"在这里了！"

华天晴等人纷纷跃出天窗，一个完全不同的景象出现在眼前。

第六章　太白闪耀

天窗上是一道天梯，那足够两驾马车并排而上的台阶直通天空，抬首望去让人生出一股膜拜的冲动。

华天晴问道："上面是传送门，还是别的什么？"

伍子胥微微一笑道："我们是来找答案的，不是来猜的。"说着他率先向上，姚期、李元霸紧跟在他身后登上天梯。华天晴深吸了口气，被誉为"文治邦国，武定天下"的伍子胥，果然不同凡响。

五个人一路向上，百余格阶梯后，忽然华天晴的耳边响起阿Z的声音："进展如何？"

华天晴道："还在寻找传送门，你有没有这里的虚拟图？"

阿Z道："没有现成的，但可以逐渐搜索获得，我强化一下你的虚拟地图功能。"

"好。"华天晴道。

"你身边的泪儿怎么了？"阿Z问道。

"天知道。"华天晴苦笑道，"虽然没死，却和行尸走肉一样。"

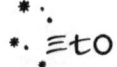

此时，前方出现了第一个平台，伍子胥停下脚步道："华天晴，你能不能查一下这里有几处这样的平台？"

华天晴打开虚拟地图，低声道："似乎上面每隔两百阶梯就有一个，我不知道共有几个。"

伍子胥道："你们在这里等着。"他贴着阶梯向上而去，不多时他回来道，"上面一共十个人，其中一个掌控着红灯，颜姑娘去射翻那掌灯人。剩下的我们上去一并解决。"说着他把弓箭交到颜泪儿手中。

颜泪儿一言不发，举起长弓张弓搭箭，其余几个人分别拔出准备好的短剑。"嗖！"羽箭张手而出！伍子胥、李元霸、华天晴、姚期同时扑向平台。那掌控红灯的秦兵应声而倒，其余秦军一下拥向伍子胥等人。

伍子胥眼中露出浓重的杀气，单掌向天一个蓝色的光盾罩在华天晴等人头上，秦军的刀剑遇到光盾皆滑向一边。伍子胥短剑旋动，前方三名秦军同时咽喉溅血。而姚期、李元霸、华天晴各砍倒两人，一个照面平台上的十个敌人全部倒地。

密语频道中阿Z赞叹道："你们太强了！"

华天晴微微一笑，这阵容即便是跟随孙悟空去大闹天宫都大有可为。

姚期拾起一杆长矛，笑道："凑合着用先。"

伍子胥则捡起一支长戈，顺手把一壶弓箭递给颜泪儿。颜泪儿微微皱眉道，"其实我不擅长射箭。"

伍子胥笑道："我知道，但你擅长一击致命，我第一次看到你就知道了。弓箭是杀人的好工具。"

颜泪儿只得接过弓箭，华天晴捡一柄长剑带在腰间，顺手又将一把短刀绑在背上。

伍子胥对华天晴道："时刻注意你的地图，我可不想被人从后包围。"

华天晴道："我担心若还有很长的路，会不会我们发了信号，李靖他们也看不见。"

伍子胥笑道："你们外来人的缺点就是不明白各司其职，现在你是我手下的兵，

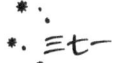

能否完成任务你交给我来担心就可以了！"他抬头望向前方的天空，缓缓道，"有时候人需要一点运气，我相信你懂。"他将一杆长戈向前一指，一行人继续向上。

　　深夜，洛阳北城。

　　曹仁、夏侯渊指挥部队抵抗着蒙恬大军一轮又一轮的进攻，城上城下千万个火把将北城照耀得如同白昼一般。

　　蒙恬端坐在战车上，冷冷注视着城上的守军，身边北周名将蔡佑道："上将军，'无坚不摧之力'已准备好。"

　　蒙恬道："调整队形，'无坚不摧之力'对准北门。"

　　蔡佑举起手中大旗，秦军军鼓节奏变更，冲锋的士兵逐渐后退。

　　城楼上，曹仁道："秦人似乎想速战速决。"

　　夏侯渊冷笑道："他们太小觑洛阳了。"

　　城外秦军搭建的高台上，三架"无坚不摧之力"一起对准了洛阳城门。蔡佑征询着望了蒙恬一眼，蒙恬缓缓点头，蔡佑手中大旗舞动，灿烂的白光从炮口中闪动，"轰隆！"巨大的响声震动了厚重的城门，蓄势待发的秦军大步向前，但硝烟散去，冲在最前方的秦军竟然发现那城门丝毫未损，尘埃之中隐隐荡漾着一层蓝光。

　　洛阳城门大开，夏侯渊骏马大刀带领数千精锐骑兵飞驰而出，城前的秦军一片混乱。

　　蔡佑深吸口气道："这是……"

　　蒙恬淡淡地道："洛阳城内果然能人汇聚，这是墨家阵法设置的假象。"

　　"墨家阵法？"蔡佑奇道。

　　蒙恬望着北门上空盘旋不去的"木鸢"，低声道："就是布置了一个假的城门，将真实的城墙掩盖在阵法里，所以不管我们用炮如何去轰，假的始终不会动摇。"

　　"如何破之？"蔡佑皱眉道。

　　蒙恬道："用人的精神力驱动的阵法，精力毕竟有限，如何斗得过机器？等到合围一成，阵法自然失效。"他望着城上的曹仁，摇头道，"但曹军大将皆有名将之风，

'无坚不摧之力' 待得合围形成再使用吧。"

夏侯渊在秦军中数个冲锋后，忽然前方秦军整齐地散开，当先一铜甲大将挥刀而出！

当！二人大刀一碰，火星四处飞溅，夏侯渊的宝马"爪黄飞电"后退数步，而对面大将只是身子一晃，夏侯渊倒吸一口冷气道："来将何人？"

那大将哈哈一笑道："大隋，史万岁！"战马高速冲起，对着夏侯渊的头颅又是一刀。

夏侯渊大刀奋力抵挡，二人互换十余刀，城上曹仁望着战场，心道：墨子布置的阵法或可抵挡秦军的大炮一时，但却难阻止对方形成合围。一旦四方的敌兵都到了，又待如何？

忽然秦军的侧翼阵脚大乱，那带队冲锋的大将锦袍银甲手提星海大枪，高喝道："马超在此！史万岁拿命来！"

史万岁狞笑着，调转马头舞起大刀冲向马超。当！刀枪碰撞，火星四射。

两军一触立刻进入胶着状态，洛阳北城外混战骤起，决定天下命运的洛阳大战就此展开。

伍子胥、华天晴等一行五人继续向上攀登，连续夺取了三座平台，李元霸更是夺得一对大锤，再向上天梯变得更为宽阔。

"有时候人需要一点运气，我相信你懂。"华天晴走在伍子胥身后，看着那充满传奇的白发，想起了很多童年的事情。那时候迷恋于英雄故事的他，始终不明白作为大英雄的伍子胥，怎么会一夜白头？直到长大后，他才知道忧心如焚的滋味，他才明白仇恨加上忧心如焚会带给人什么。而"伍子胥过昭关"作为传奇早已印刻在华夏的历史中。

此时，一个雄壮巍峨的殿宇出现于视线前方。

华天晴低声道："应该就是这里了。"

伍子胥皱眉道："为何不像先前那样有人防卫，这里面似乎没人。"

姚期道："按理说，我等一路攻到这里，秦人应该有所知觉才对。为何到现在都没有派人来？"

颜泪儿道："会不会是李靖他们牵制住了敌人，秦人无暇顾及我们？"

伍子胥道："李靖他们亦是速战速决，若是被敌人拖住，就不能与我们汇合，而秦人更该把传送点作为重中之重才对。"

姚期道："那就奇怪了，难道我们攻错了地方？"

李元霸道："上去看看……不就知道了？"

忽然，华天晴见虚拟图上人影晃动，惊道："有人从下面上来了！人很多！"

五人由天梯向下望去，就见下方来了数百秦军，都是重甲佩剑手执长戈的大秦精锐。

伍子胥笑道："看来我们的方向没错。"他扭头对华天晴道，"我们挡住敌人，你上去看看里面到底是什么，切记不可恋战。"

华天晴猛一点头，向上飞掠而去。

进入那巍峨的殿宇，周围的一切好像都安静下来，缥缈的烟雾，淡淡的烛火，殿阁深处更隐约有仙乐环绕，大殿正中匾额上书一个"道"字，一身着灰色道袍的老者端正而坐。

"郎中，居然是你？"华天晴惊道，大殿中的道人居然是小屋内救自己于死亡边缘的无名郎中。

"其实我不是郎中。"那老者淡淡一笑道，"我叫李耳。"

李耳！活着的时候就成为传说的老子，被后世尊为太上老君的李耳！中华文明浩如烟海的经典中最神奇的一部作品《道德经》的作者！

华天晴忽然感到空间一下子变换了，四周的殿宇全都消失，人到了夜空星海之中，天地间除了悠闲而坐的老子再无他人。

"人道老子出函谷关，骑青牛而去，却没想到会在这里成了大秦的守门人。"华天晴苦笑道。

老子悠然道："谁都不知道自己的未来会是如何，正如谁都不知道这些原该死尽散尽的英雄豪杰，为何能重新回到世上。大道如天，无论是你华天晴，还是我李耳，所做的都只是顺天应人而已。"

华天晴冷冷道："你那世界所谓的天意，对我而言根本不是问题，你自可以去顺你的天，而我要做的则是争我的命。"

"这个世界变了，华天晴。"老子淡淡一笑道，"我一早就跟你说过。"

"一早就跟我说过？"华天晴微微一愣，他这才发现老子的声音变了，那低沉柔和的声音和当日鉴真和尚的声音一模一样。他不由得轻轻重复了一遍道："这个世界变了……"

那老子的形象慢慢发生变化，最后变成了一个身着灰色西装、神情憔悴两鬓斑白的中年人，他轻声道："我是谢天衣，我们终于见面了。谢天谢地，你终于触动了紧急恢复程序，一切都变得有希望。"

"谢博士！"华天晴张大了嘴，不知该说什么。

"这是我安排的拯救程序，我们长话短说，因为时间紧迫。"谢天衣道，"你现在所听到的事情，将决定'纵横'世界的命运。"

华天晴深吸一口气道："请说。"

谢天衣道："'纵横'世界是由'历史人格'和'天意'系统两大部分组成。'天意'系统，就是虚拟世界背后的那只手，这个世界所有NPC的言行思维都是它在背后默默控制，它力图营造一个充满了挑战的世界，以此来保持这个世界的活力。而'历史人格'决定所有NPC的个性，正如真实世界每个人都有自己的思维，'历史人格'导致有时候'天意'系统的幕后操纵并不能被完全贯彻。"

"你是说你设计的两大系统是有矛盾的？"华天晴道。

"是很小的矛盾，因为'天意'系统占据主导，但矛盾虽小，却足以致命。"谢天衣道，"'天意'系统推动了'纵横'五块大陆的统一进程，'历史人格'使得各大陆的英雄豪杰对统一产生排斥。而因为'天意'系统占据主导，它往往会在必要的时刻，轻轻推动其他人的意识，而对事情产生微妙的影响。"

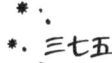

华天晴不由沉默，事实上在现实世界发生的很多事情何尝不是如此，在历史进展到某一时刻，往往被一件意外事件而导向另外的方向。

"当然有时候这种影响会因为我的出现而改变，'天意'让李耳守卫传送门，却没想到他是我亲手设定过的人物。"谢天衣笑道。

华天晴问道："若进入这里的不是我，是否无法触发你的影像？"

"是的，所以说做事情总需要有些运气。"谢天衣眼中露出思索的神色，轻声道，"目前洛阳之战将决定整个虚拟世界的前途，而这个战役存在两个变数。一，目前洛阳守军胜利的几率只有20%，但放逐之地的英雄豪杰一旦回归战场，这次大战他们的成功几率将上升到49.99%。"

"依然不能扭转吗？"华天晴皱眉道。

谢天衣道："因为关键时刻，'天意'系统将推动NPC的思想。但是变数二则是'天意'系统无法左右的，那就是不属于系统的人。"

华天晴道："不属于系统的人，是指我这种人？"

谢天衣笑了笑道："对。"说着他的幻影逐渐消散，人影再次变成了老子的样子。

"可是……"华天晴发现周围的星空殿宇都消失不见了，他和老子已回到了初次见面的小屋。

老子睁开眼睛，沉声道："现在你明白了没？"

"还有两个问题。"华天晴道。

"你说。"老子道。

"'天意'，这个虚拟程序在'纵横'世界的代表，是否就是秦王，是否就是风吹雨？"华天晴道。

老子缓缓道："你这个想法很有意思，但我要说风吹雨或许是秦王，但'天意'绝不仅仅是风吹雨。一些事情只有在生死关头才会让人明白。你问第二个问题吧。"

华天晴略微思考了一下，笑道："传送门在哪里？"

老子抬手指道："就在你的前方。"

华天晴感到四周的建筑都变得透明，一道淡淡的光影出现在空中，七彩的道路通向远方。

天梯上伍子胥、李元霸等人从天而降，惊喜道："找到了？！"

华天晴高声道："就在这里了！"

伍子胥等人对老子躬身施礼，颜泪儿手中长弓扬起，数支火箭飞天而出，在黑沉的夜空中惊艳无比。不多时，在采石场的北面和西面亦飞起耀眼的火箭。

华天晴转首对老子道："前辈是否与我们一起去？"

老子淡淡一笑道："人皆有命，事由天定，云深之处方是我的归宿。"

华天晴了解地点了点头，却听老子道："临走前我送你一个礼物。"他双手一举指向夜空，太白金星猛地发出比原先强烈十倍的光芒，老子轻声道，"华天晴，黑夜即将过去，你好自为之。"说着人影消失在夜色中，而那太白金星越来越亮，化作一道利剑从天而降。

华天晴一摸腰间的剑鞘，遗失已久的太白神剑竟然出现在鞘中，他一抬手拔剑而出，那三尺青锋变得晶莹剔透，锋刃上的太白印记光华四射，四方苍穹中的星斗仿佛一起深呼吸了一下，光芒为之一振。

夜幕之中星辰闪烁，耀眼的火箭掠过古亭。

张仪长身而起，目光掠过古亭内外，整个采石场似乎正经历一种奇特的变化。他的手下无意识地扶上剑柄，不由脸色一变，剑鞘内空空如也，一直带在身边的太白神剑居然消失不见。

他对面的赵云哈哈大笑，大袖一展，大步向前，戟指张仪道："天地已变，张仪你还不授首？"靠近他的数名守卫被不知从何而来的大力高高抛出。

张仪夺过卫士手中的长戈，指着赵云道："你究竟是谁！"

那男子身上袍甲寸寸撕裂，奇迹般地变成另外一人，一双洞透世间一切的眼眸，配上清隽的面容，于月色中雪衣飘飘，风姿若仙……他淡淡一笑道："在下复姓诸葛，单名一个亮字。"

诸葛孔明！张仪亦不由得心头剧震，三国中人竟在放逐之地做全力一搏！他大吼道:"拿下!"数十名卫士同时冲向诸葛亮。

诸葛亮清澈的目光中,闪过一丝淡淡的红光,轰的一声,耀眼的火焰绽放开来,那是曾经染红星野的天空,曾经沸腾浩荡的长江,曾经照亮华夏大地的火光!当先的守卫被指尖闪烁而过的火焰灼烧而亡!

张仪大袖飘飘踏火而至!舞动长戈猛刺诸葛亮的胸口,"嗒!"那巨大的长戈点在诸葛亮的胸前,却不能再有寸进,一柄轻柔的羽扇护在诸葛亮的胸口,二人身子一晃,各自退出七步,同时喷出一口鲜血!

一道夺目的剑光从天而降,那璀璨的剑芒比漫天星辰更为炫目!

当!长戈被斩为两段,仓皇中张仪斜飞而起,胸口有鲜血渗出。

华天晴手持光华缭绕的太白神剑,傲然道:"张仪你还能猖狂到几时?"

不远处传来此起彼伏的叫声:"诸葛兄,李靖到了!""张仪休要猖狂,班超在此!""鲁肃在此!""南朝韦睿在此!"

古亭外李元霸一马当先,举着擂鼓瓮金锤道:"传送门已由我等控制!弟……兄们!跟……着李靖走啊!"

明明处处设伏,处处小心,为何都毫无用处?突然之间优势丧尽,却并不明白究竟为何。张仪长叹一声,率军撤走。

洛阳,城西大营。

风舞道:"前锋发来消息。王翦率领尔朱荣、慕容垂、斛律光已经到达虎牢。"

"他们来得真快,城北已经一片混战,夏侯渊、马超、张辽相继加入战团。我方虽然名将如云,秦人军力却更为强悍。"方谢晓低声道。

晨雪道:"城南陈庆之的人马也到了,吕布一到洛阳就斩了于禁的头颅。"她稍做停顿道,"目前除了我们西城,另外三方都已开战。无缘还没有发回消息。"

风舞道:"可有联系上外面的程序员?光靠目前的情报,我们简直两眼漆黑。"

晨雪苦笑道:"阿Z最后一次联络我时说有希望找到放逐之地。之后就再没有消息,我们现在只能靠自己。"

　　风舞举手打断众人的讨论，沉道："目前没有人能帮助我们，我们必须保持冷静，保持信心才行。"在多次征战之后，风舞逐渐成为这个集体的核心，只是他并不具备华天晴那无敌的霸气。

　　众人缓缓点头，风舞在心中暗道，只有一场胜利才能让大家暂时忘记华天晴，可是要一场胜利谈何容易。说来奇怪，跟着华天晴虽然也是饱受挫折，他们却从来不曾怕过。

　　城墙上文丑静静地望着谈话的众人，平静的眼中亦不免露出焦急，轻声道："岳云兄弟，你的岳家军何时能到？"

　　岳云嘴角露出微笑，抬手指向远方地平线上的旌旗，笑道："来了！"

　　洛阳城西，满天星斗下雄壮的人马浩荡而至，杨再兴、高宠当先而来，身后紧跟着一员红袍金甲大将，骑着大白马手提一对雪神枪，正是双枪大将陆文龙。

　　文丑深深吸了口气，按照秦军另三路人马的速度，最迟明日晚间白起将兵临城下，依靠如今这些人马或者可以一战吧？他不由想到战死的颜良，兄弟你若在这里多好！

　　蒙恬冷冷地注视着如火如荼的战场，西凉锦马超果然名不虚传，那杆星海神枪洞透天地间的玄机，即便是史万岁亦取之不下。

　　身边蔡佑禀告道："王翦和陈庆之分别在虎牢和南城遭到敌人顽强抵抗。曹操这次真是拼命了。"

　　蒙恬微微一笑道："就差武安君了。"

　　蔡佑道："有战报说曹操在函谷道布置了重兵，只怕武安君要突破不是那么容易。"

　　蒙恬望了望蔡佑，冷冷道："武安君白起从来不曾让大秦失望过。"

　　蔡佑不敢多言，蒙恬缓缓道："让史万岁回来，大军保持攻城姿态，轮流休息。待武安君大军一到，四方合力攻陷洛阳。"

　　蔡佑沉声道："是！"

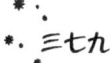

与此同时，在函古道上的长戈谷中尸横遍野。

白起吸了口气示意大军停止攻击，任由那残存的数百敌人向洛阳退却。徐晃、庞德已死，与其杀光他的残部，还不如让他们把自己的恐怖带入洛阳，那样的话，敌军内部也许会有裂痕出现吧。想到这里，白起轻轻拍了拍甲胄上的尘土，这是他喜欢的感觉。

宇文成都道："另外三位将军已经到达指定位置。"

白起微微点头道："命王翦抓紧突破虎牢。"

"是。"宇文成都道。

白起抬手对不远处的高敖曹道："把徐晃、庞德的人头交给纪无缘带回洛阳。"

高敖曹皱眉道："那些外来人究竟要拼命到何时？这里并不是他们的地盘。"

白起笑了笑道："他们可不这么认为，他们还理直气壮地以为，'纵横'是他们的附属世界。"他一抖缰绳，战马向前迈进，麾下秦军向洛阳城西进发！

夜色下，采石场火光冲天。

站在天梯前，诸葛亮望着面前那足以纵横古今的人马，高声道："穿过此处，即可登陆三国大陆。我们将在洛阳与秦人决一死战！"

群豪大声道："好！"

诸葛亮道："秦兵势大，如今我们尽管名将云集，他们却也是悍将满营。战场之上，望众位将军多加珍重！"说完他大袖一合一揖到地。

伍子胥、李靖、班超为首的众人一起抱拳躬身还礼，一时间天梯上满是悲壮之色。

华天晴在密语频道对阿Z道："先前谢博士的影像说，即便这些人回去，胜利的机会依然只有49.99%，你能不能算一下？"

阿Z道："已经计算过，和谢天衣说的一样。但我无意中得到了另一个情况。"

"怎么说？"华天晴道。

阿Z道："你现在回洛阳，胜率为49.99%，但如果选择去咸阳，胜负就成了

50%了。"

华天晴眨了眨眼睛，皱眉道："那么巧？"

阿Z笑道："你就是那决定胜负的万分之一。"

此时那些叱咤风云的名将都已一一穿过天梯，进入空间与时间的交会之处，而大火在采石场蔓延开来，天上地下一片火红。

李靖笑着望向华天晴道："天晴意欲何往？"他身后跟着那个华天晴一直没机会说上话的陈子昂。

华天晴仰望微亮的天空，轻声道："前些时候秦王发来邀请，我想应该去咸阳一次。"他笑了笑道，"李靖大哥你呢？"

李靖笑道："洛阳大战并非一日可分胜负，我要去天涯海角找寻强援。天地之大自有能人高手蛰伏未出，若能让他们尽至洛阳，胜利将会更倾向于我。"

华天晴哈哈笑道："大哥还当早日去洛阳坐镇，天下虽大，但本领能及上大哥的却并不多！"

三人一齐大笑，陈子昂道："李兄，该上路了。"

李靖点了点头，对华天晴道："华兄弟保重！望老天爷让你我再得机会相聚。"

华天晴一抱拳，李靖二人转身离去，隐约听陈子昂言道："李兄，我们先去哪里？"

"大汉的边缘有一支神奇的军队，我们先去找他们！"李靖笑道。

李靖、陈子昂与那些英雄豪杰的背影一齐消失于天梯之上……

华天晴望着那些淡去的身影，默默道："前不见古人，后不见来者。"回首那如血苍穹，忽然产生一种喧嚣之后的孤寂，若是这个时代就这么过去，是否人生亦将变得无趣？自己去咸阳究竟是去终结，还是要去追寻？华天晴按着剑柄上的太白印记，自语道："该做的我都已经做了，李白前辈，你何时能再见我一面。"

此时系统消息传来："念天地之悠悠，独怆然而涕下"，"诗魂"陈子昂部分完成，习得诗剑"伯玉篇"，诗魂之剑至第七重。

此时天梯上只剩下颜泪儿，华天晴不由笑道："泪儿，你准备去哪里？我还以为你不认得我了。"

"你去哪里，我就去哪里。"颜泪儿幽幽地叹了口气，轻声道，"我一早就告诉过你了。"

突然，秋风清的身影慢慢显露了出来，他对华天晴道："大王让我带你去咸阳。"

密语频道中的阿Z叹了口气，也不知道是为华天晴，还是为先前颜泪儿的话。

华天晴冷笑道："我一定会跟你去？"

秋风清淡淡道："因为我早就认识你。"他说话的时候，眼中满是周围的火光，整个人仿佛来自炼狱的魔王。

华天晴哈哈一笑，左手拉住秋风清，右手握住颜泪儿的小手，大声道："那让我们一起去咸阳！"

三人一起向天梯的尽头走去，此时此刻没人知道他们的咸阳之行对"纵横"意味着什么……

风舞、晨雪看着满身血污的纪无缘，两手不由冰冷。徐晃、庞德这样的大将在占据地利的情况下，竟丝毫不能阻挡白起的步伐，想来真让人胆寒。

纪无缘低声道："白起还让我传达一个消息，我想了又想觉得不该瞒着你们，因为也许他不止告诉了我一个人。"

风舞道："什么消息？"

纪无缘望着岳云道："杭州的时候，贾诩说他去救岳帅，岳帅不肯离开最终被杀，这是谎话。"周围所有人都安静地听着，纪无缘继续道，"他们来得及去救岳帅，却故意放缓了行动。因为岳帅的死不仅可以让赵宋失去民心，亦会让秦人失去像你我这样可能争取到的人。一个死了的岳飞比活着的岳飞更容易利用，所以当时赵宋、秦人、三国的人都希望他死。至于救你们，是因为无主的岳家军是一笔财富。"

众人一齐望向岳云，这样的消息对岳家军来说不知道会产生什么后果。

文丑浓眉微皱道："也许白起放出的消息是假的呢？"

"消息该是真的，其实我一早就知道了这事。"岳云苦笑道，"我们岳家军是那么好骗的么？你们或许会轻易相信贾诩的话，我们却必须把一切都弄清楚。"

纪无缘道："那你还……"

岳云抬手打断他道："有一点很重要，我父帅毕竟不是贾诩他们杀的，而他们并没有一定要救他的义务。天下英雄一起保卫洛阳，并不是为了曹魏，也不是为三国，其实我们是为了华夏。这个世界或许有统一的一天，但绝不是在这时候。"他抬头望向天空中的星斗道，"也许有一日会有天下归心的英雄出现，但绝不是暴秦。你说我是为了报仇也好，为了其他的也好。我只知道，为公为私我们岳家军都要站在这洛阳城头。"

"说得好！"风舞眼中射出敬佩的光芒。

纪无缘亦动容道："果然不愧是岳家军。"

岳云笑了笑道："其实在荆州的时候，我和华天晴谈了很多。我知道历史不是争一日之短长，秦汉唐宋之后，还有元朝、明朝、清朝等太多的朝代。我们的所作所为无论能否在历史上留下痕迹都没有关系，但求无愧于心就好。"

岳云身后的杨再兴笑道："华天晴若在这里就完美了，上次幻海镇他救了我，还没谢他。"

晨雪笑道："他现在一定也在努力着！"

此时，城外号角声连绵而起，城楼上的方谢晓叫道："白起到了！"

隆隆的鼓声响彻天际，从洛阳城西，蔓延到城北、城东、城南！

洛阳宫中贾诩和郭嘉不约而同地步出殿外，若说白起突破了函谷道，难道王翦也同时攻陷了虎牢？

曹操在二人身后，缓缓道："决战开始了！"

"'无坚不摧之力'准备！"洛阳城的四方，白起、蒙恬、王翦、陈庆之同时下令。

炮台上，巨大的炮口一齐对向洛阳城的城墙，此时天光微明，淡淡的晨曦洒向四方。

轰隆！天崩地裂的响声爆发而起，前所未有的炮声惊动了洛阳古城。厚重的城墙紫气扬起，墨家布置的天地金锁阵牢牢地聚合着大地的力量。但那足以摧毁一切的炮火毫不停歇地嘶吼着，城墙上的砖石崩塌而下。

岳云忽然道：“我听说大宋之后的很久以后，有蛮夷肆虐神州，就是用的这种东西。”

风舞道：“是，火器将取代冷兵器，成为天下战争的主宰。”

杨再兴诧异道：“那万人敌的武艺是否就没用了。”

风舞眼中露出悲哀之色，缓缓点头。

杨再兴扭头看了看高宠、陆文龙。那二人和他心意相通，一齐翻身上马。

晨雪忙道：“你们要做什么？”

杨再兴豪笑道：“我们要证明一下。”他抬头叫道，“来人！开城！”

洛阳西城大门马道打开，杨再兴、高宠、陆文龙大吼一声，驾着战马向着城外秦军炮台冲去。

晨雪急道：“岳云，你怎么不拦住他们？”

一旁的文丑道：“这个世上，有一种人就是这样，他们相信天下有万人敌的存在。每个时代都有这种人，天下因此才变得精彩。”

“可是……”晨雪急得说不出话来，可是就算他们再厉害，能打过白起么？

与此同时，洛阳北门亦是战鼓大作，方谢晓自语道：“看来这样的家伙还真不少，每个城门都有。”

晨雪握紧长弓轻轻叹了口气，那个华天晴不也是这种性格么？

杨再兴、高宠、陆文龙三员大将四杆枪，杀入秦军阵中如同虎入羊群一般，一下冲开一条血路直奔炮台。

白起于高坡上远远望着，微笑道：“看来岳家军没有受那消息的影响，果然不是等闲之辈。”

宇文成都躬身道:"宇文成都请战。"

白起点头道:"准你出战,此三人都是猛将,多加小心。"他望了望身边银甲大将道:"长孙晟将军,你去替成都掠阵。"

长孙晟微笑道:"请武安君放心。"

宇文成都和长孙晟一起领命而去。

杨再兴、高宠、陆文龙三人一路向前,周围秦军源源不断地拥上前来。杨再兴正杀得兴起,突然眼前一只燃烧着的大鸟滑翔而至,他大枪奋力一扬将那兵器挡住,手臂一沉感到非常沉重,战马向后退了三步。

那持着凤翅镏金镋的青袍金甲大将眉目端正相貌堂堂,正气定神闲地望着他,杨再兴眼中战意一炽,高声道:"宇文成都你来得好!"

宇文成都并不多言,凤翅镏金镋化作一片飞火燃烧而起,杨再兴大枪上洋溢起一层淡淡的金芒,杨家枪之"风起"席卷而出,大枪破空而起猛刺宇文成都面门。

枪镋交错,宇文成都肩膀上划过一道血痕,而杨再兴的左肋亦血肉翻起,二人只交手一招就都已见血。

宇文成都哈哈大笑道:"好枪!"凤翅镏金镋如泰山压顶翻滚而来,杨再兴大枪一横,"当!"硬拼之下,他丝毫占不到便宜,生生地被宇文成都震退七步。宇文成都正要追击,边上一阵尖锐的枪风响动,他镏金镋横扫而出,"当!"高宠和宇文成都各退三步。

高宠叫道:"杨兄你和文龙去毁炮台。宇文成都交给我!"

宇文成都冷笑道:"谁都不许走!"凤翅镏金镋响起一声凤鸣,他仿佛燃烧的火凤舞动镏金镋,竟同时攻向杨再兴、高宠、陆文龙三人。

当!杨再兴、高宠、陆文龙三人同时后退三步,宇文成都的战马则斜退七步……

杨再兴等人一齐大怒,陆文龙道:"那我们就先杀了你!"说着三个人四条大枪如同四条飞龙,猛攻向宇文成都。宇文成都如燃烧的神将,在对手的攻击下紧守门户,与此同时秦军已经团团围拢上来。

高宠道:"他故意拖延我们,再兴、文龙去毁炮台!"

陆文龙和杨再兴点头，打马向炮台冲去。

宇文成都再要阻拦却被高宠拦下。当！枪锐再换一招，两马措镫之时，宇文成都一把抓住高宠的大枪。

高宠奋力夺枪，突然寒光一闪一道冷箭破空而至，高宠躲闪不及猛一后仰翻身落马，大枪亦落在一旁。

杨再兴、陆文龙一齐变色。远处掠阵的长孙晟高举手中碎天弓，遥遥致意。但高宠一个翻身又从地上站起，怒目望向长孙晟，胸口的羽箭被他折断。长孙晟目光中杀意一闪而过，箭如飞虹再次破空而来……高宠眼看箭来，却赤手空拳无处可避。

叮！箭在半空忽被击落，不知道从何处飞来一支羽箭，正中箭头。

长孙晟勃然变色，望向箭来的方向。

大军西面出现一支人马，当先一员铜甲老将高喝道："大汉将军李广在此！"他大弓一扬，一支火羽直飞炮台。他身后千余弓箭手同时放箭，天空中火雨流动，炮台轰隆一声燃烧而起，紧接着那数千骑兵同时冲向秦军。

高宠奋力上马，杨再兴和陆文龙护在他的左右拼命杀敌，一时间秦军阵脚大乱。

城中岳云、文丑见此情景亦开城杀出，洛阳守军气势如虹。

高坡上，高敖曹道："将军，高敖曹请战。"

白起微微摇头，指挥大军变换阵形，将李广等人纳入包围之中。他微微调整了一下坐姿，敌人的援军真是不少，如何才能速战速决？

第七章　天下之王

秦王扫六合，虎视何雄哉！挥剑决浮云，诸侯尽西来。

明断自天启，大略驾群才。收兵铸金人，函谷正东开。

铭功会稽岭，骋望琅邪台。刑徒七十万，起土骊山隈。

尚采不死药，茫然使心哀。连弩射海鱼，长鲸正崔嵬。

额鼻象五岳，扬波喷云雷。鬐鬣蔽青天，何由睹蓬莱。

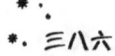
徐市载秦女，楼船几时回？但见三泉下，金棺葬寒灰。

从放逐之地通向秦国的道路是一条甬道，当华天晴穿过刺眼的光门，身边的颜泪儿和秋风清都已不见踪影。周围群山环绕，不知是何地界，他尝试联络阿Z，却发现通讯也已中断。此时旌鼓之声从风中传来，华天晴挠了挠头，这声音来自何处？两腿一夹马腹，"千里一盏灯"沿山路循声而去。

冬季的深山虽是白天亦是寒风凛冽，风刮在脸上好像刀割一样，山路之上怪石林立，道边断崖上冰锥雪剑闪闪放光，点点寒梅傲霜争艳。风吹雨说过，采石场牢营是距离咸阳最近的放逐之地，有传送直通咸阳。为何却都是这种山路？那家伙明不明白什么叫做直通？华天晴一面看着四周的山色，一面心里直犯嘀咕。

正胡思乱想着，前方山路上出现了几具秦兵的尸体，箭矢断矛散落一地。"秦兵遇到强敌，但他们人多，对方边打边向西面去了。"打量战场，华天晴自语道，他一带缰绳沿着西面山路而去。

山路上的尸体越来越多，断肢残臂到处都是。华天晴越看越是心惊，只因为秦人遭遇的敌人绝非只有一个，但一地的尸首却只有秦兵的，难道对方一路之上未曾折损一人？那岂不是太过强悍？

前方又转过一个山湾，道口立有石碑"飞梦岭"，有秦兵在此设下关卡，为首一人高声道："来人止步！"

华天晴嘴角浮起一丝冷笑，若真有豪杰被秦人困在山上自当尽绵薄之力，"千里一盏灯"和他心意相通，四蹄有力地踏在山路上，如离弦之箭从山道上冲起。那些秦军挥舞矛戈挺身而上，华天晴大喝一声，宝马凌空而起，越过所有人的头顶，飞射十丈！众秦军转过头时，华天晴长笑一声已经远去……

崎岖的山路上，秦人的关卡越来越多，华天晴一口气冲破七道关卡，山道之上形成了一骑领跑，近千人追赶的奇特景象。华天晴不禁越来越好奇，自语道："这么猛冲尚且摆脱不了秦人，上面的豪杰要一路杀上去，那要多大的本事？"而此时那旌鼓之声已越来越响。

华天晴战马速度越来越快，在山道上近似飞了起来。忽然前方道路为之一阔，近千步的山路笔直笔直地直通峰顶，山道前方一人白袍高冠负手而下，迎着华天晴的战马缓缓走来。

华天晴的手按上剑柄，他越是向前越感到一股凛冽的气势压迫而来，他更有种异样的感觉，对方很熟悉。

"此路不通。"那白袍文士探出右手，手掌按向前方，一股如海浪汹涌般的气流凭空而起，让五十步外的华天晴胸口一窒。华天晴从马鞍上飞起，人在半空一剑刺出，那剑气纵横飞扬，一举突破浪涛般的气墙，直刺那文士胸膛。

文士长啸一声，突然从山路上消失，漫天火箭从虚空中爆发而至。华天晴长吟道："一身转战三千里，一剑曾当百万师……"整个人突破层层火雨，剑气直透虚空，竟将文士从空中追出。

那文士整个人化作一块巨石，"当！"华天晴的剑正刺在石上，轰隆！文士被生生退三步，却毫发无损。

此人难缠，身后追兵将至必须速战速决！华天晴长剑浩荡而起，"锦瑟无端五十弦，一弦一柱思华年。"漫天剑气形成金色的剑网笼罩向对手。那文士一路飞退，衣袍为剑气割裂，高冠被一剑挑落，露出年轻苍白的面庞。

华天晴长剑就要贯穿对手的咽喉，却生生顿住，变色道："雪焰……"他剑势一缓，那文士立即反击，从双手开始，全身上下化作一片晶莹，整个山道布满肃杀之色，冻彻心肺的寒意蔓延开来，毁灭一切的"雪融"……

华天晴大吼一声，太白神剑猛地递出，剑芒暴长三尺刺入雪焰的肩头，一个跟头翻出五丈。人在半空看到后面山路的秦兵蜂拥而至，他如大雁般在天空中一个盘旋，改变方向落在马上，继续朝山顶扑去，心中却已乱作一片，雪焰没死……为何变成这个样子？难道他和秋风清一样投降了秦人？但他随即又感到一阵喜悦，雪焰这小子没死！

雪焰按着受创的肩膀，眼中闪过一丝迷惑，山道上亦有大量的秦兵追至，他自语道："那家伙有点面熟。"

　　华天晴眼看就要冲上飞梦岭的山顶，山道之上风驰电掣地奔下十余骑武将，那所向披靡的气势，区区十数人却好像千军万马一般。当先一匹乌骓马，朝着华天晴就冲了下来，华天晴的"千里一盏灯"也是急速向上，两匹宝马只差七丈。

　　乌骓马上的武将大喝一声："滚！"冰冷凛冽的杀气瞬间遍布整个山道，他手中的巨型长枪如天外飞龙般刺向华天晴。

　　那凌厉的枪风有着上天入地唯我独尊的气势，华天晴感到周围一切退路都被封死，秦人阵中竟有如此高手？争胜之心油然而生，太白神剑昂然刺出，"大鹏一日同风起，扶摇直上九万里。"

　　那磅礴的剑意竟然不在枪风之下，乌骓马上的武将眼中闪过一丝异色，天下还有如此人物？他大枪一晃，满天枪风为之聚拢，开山破天的力量聚合在一枪之上，直取华天晴的心口。

　　"当！"剑与枪碰在一处，华天晴就觉一股前所未遇的力量汹涌而来，他剑意一转，身形瞬间化作十数道人影，"举杯邀明月，对影成三人。"

　　那武将枪势不变，却同时化作十余道更强悍的枪影分刺四方。华天晴无处退让，只得横剑于胸前硬接一枪，闷哼一声，如断线风筝一般飞出，重重撞在山壁上，那武将亦同时为之一晃，乌骓马朝后退了一步。

　　一口鲜血喷出，华天晴勉强支撑起身子，努力端详对方相貌。那武将浓眉虎目金甲红袍，乌骓马如天龙般神骏，一杆巨型长枪红光闪闪，带着难言的英雄之气，他的存在就似苍穹中的红日，群星中的明月一般，其他的人都不再重要。

　　那天神般的武将哈哈大笑道："天下无人是我项羽对手，你能接我全力一枪已是难得的好汉！"

　　"项羽……"华天晴失声道，在这个英雄见惯亦平常的世界，华天晴还是不得不为之动容，面前的是项羽！那个印证了"楚虽三户，亡秦必楚"的楚霸王！那山上秦军的统帅又是何人？什么人值得霸王亲自出手？难道上面的是风吹雨？

　　而山上山下的秦军都围拢上来，布成阵势将那十数名武将团团围住，另有一队人马过来包围靠山而立的华天晴。

项羽身边的龙且道:"霸王,方才那人似乎不是秦人。"

而拿着大斧的英布怒道:"那是太白神剑华天晴!见鬼,我们因为他再被包围。"

钟离昧苦笑道:"或许他是想来助我们。"

项羽淡淡一笑,高声喊道:"秦王已诛!挡我者死!"

秦军却充耳不闻,数千军兵眼睛血红地轮流上前,围着项羽的十余骑奋力厮杀。

唯有靠着山壁的华天晴震惊于项羽的话,秦王已诛……风吹雨死了?战争结束了?

此时,秦军阵中的战鼓声变得急迫起来,一道又一道的绊马索释放而出。

华天晴暗道:"不好。"项羽他们已是强弩之末,一路战斗过来,尽管他们人还能支撑,可他们的坐骑多数都显出了疲态。果然,那十余骑猛将在铁索中间穿梭跳跃,阵形终于出现裂痕。一个不留神,大将桓楚的战马被铁索绊住,桓楚一个前冲摔在地下,数十个秦军顿时将其围住。桓楚大刀横扫,靠近他的秦军尽被斩为两段,他飞速冲向战马,但如飞蝗般的箭矢飞射而至,人和战马瞬间被射倒在地。

"桓楚!"项羽大叫一声冲向桓楚的身边,那些秦军一下子散开。与此同时,接连有武将倒地,转眼间,项羽身边只剩下钟离昧、季布、英布、龙且四员大将,前方秦军的强弩飞射而来,季布大枪一展,一个巨大的银色光盾飞升而起,所有的羽箭尽数震落。而钟离昧长戈舞动金芒一片,冲到近前的秦军被无边戈影杀得支离破碎。

此时一驾龙辇缓缓从山顶广场驶下,伞盖下一身躯雄壮留有短髭的王者傲然而立。华天晴微微一愣,那秦王像极了风吹雨,但又似乎不是。如今……他回头看了看项羽等人,自己究竟应该帮谁?

那秦王威严地望着四方的秦军,高声道:"活捉项羽!"

"万岁!万岁!万岁!"四方秦军吼声震天,整个山峰都为之震动。

项羽看着如潮水般涌上的敌人,再望向伞盖下的嬴政,不由得同周围众将面面相觑,方才他们的确在山顶广场突破重围将秦王杀死,现在这个又是什么?到底哪个才是真的?龙且和英布同时道:"这是怎么回事?"

　　方才明明一击命中，为何会如此？项羽浓眉一立，双腿一夹马腹，霸王枪舞动如飞，在此情势下竟然主动冲向秦兵中军的伞盖。

　　那秦王的车驾之前，铁甲长戈的秦军精锐结阵而立，层层叠叠地杀向项羽。项羽大吼一声，大枪一下挑翻两名秦军统领，高声道："嬴政拿命来！"

　　钟离昧、季布、英布、龙且四员大将护卫在他左右，秦军精锐根本不堪一击，一下子就被冲开。乌骓马几个起落，就已逼近秦王车驾，拦着车驾前的护卫尚未靠近项羽，就被震飞出去。但身为秦王的风吹雨却面色平静如水，冷冷地望着项羽。

　　项羽手中长枪逼射出刺目的红光，尖锐的呼啸声压过了战场上一切的声响，直刺秦王的胸口。这一瞬间，任凭身边有千军万马，都无法帮到身为秦王的风吹雨，山道上所有人都只能看着他们二人。

　　华天晴望着项羽的背影，微微一怔，为何他的去势变慢了？难道秦王……

　　大枪距离秦王心口三尺，突然再难推进，一股恐怖的力量从秦王身上散发出来，项羽眼中精光大长，大枪忽然化作千万光影，集中了天下武学的精华，分从各个角度刺向秦王政。

　　秦王双手一展毫不抗拒，任由大枪刺来。项羽大吼一声，纷繁变化的枪法化为简单的一刺！那一枪仿佛天地间的一道惊雷！但这石破天惊的一击，却停在秦王的眉心刺不下去……

　　秦王笑了，仿佛冰冷的寒风扫过荒野，缓缓道："朕，受命于天！"那冰冷威严的话语，好像来自天上的神明，在场每一个人的心中都如被重锤敲过一般。

　　嘭！项羽被难以抗拒的力量震离乌骓马，人被抛出十多丈远。

　　"万岁……"山道上的秦军不敢相信自己的眼睛，声嘶力竭地呐喊着。

　　项羽倒在地上，却依然紧紧握着大枪，秦王眼中闪过一丝怒意，轻声道："凡人。"他凌空而起，飞出车驾傲然立在半空，巨大的身影笼罩住摔倒在地的项羽。

　　一旁观战的华天晴不由想起在采石场风吹雨对自己说的话，"我在大秦等你，但那时候我是天下的王，不再是大唐的风吹雨。""你终究会明白，风吹雨就是秦王。"

　　华天晴自语道："秦王……受命于天！"

怎么可能刺不下去！难道是自己的心魔？项羽冷笑着缓缓站起，无尽的战意在山道上弥漫开来。

钟离昧和季布大声道："霸王！"龙且和英布更是驾马冲向嬴政。

秦王风吹雨的目光扫向龙且和英布，那二人心头一悚，不由自主地翻鞍落马，跪伏在地。项羽将大枪高高举起，那曾经纵横寰宇的大枪蔓延开摧枯拉朽的杀意。苍穹大地一齐为之失色，山崖上的风雪瞬间消融，又瞬间凝结；天空中的浮云散了聚，聚了又散……

观战的华天晴感到手中的太白神剑微微颤动，一股力量呼之欲出，万物有生必有死，世事有起必有落，那是什么枪法……"兴亡"？

秦王的脸上淡漠的笑意依然如故，腰间宝刀绽放出霞光万道，凌驾于一切的刀风让碧蓝的天空忽然阴沉起来……

项羽的大枪与秦王的宝刀交会而过，那大枪在刺入对手体内的一瞬忽然消失！而秦王的刀锋直刺项羽心脏，项羽身体微微一偏，宝刀穿过他的左肋，他双拳擂在秦王胸口，但双拳根本没有击实的感觉，仿佛对方就是天上的苍穹，可以看见却永远无法触及。

秦王左手一拳挥出，把项羽打出了两丈远，但项羽那雄壮如山的身影再次站了起来。

秦王喃喃道："兴亡？"他手中的刀锋光芒一振，周围所有人都觉得心头一冷。秦王上前一步，五丈距离一掠而过，森寒的宝刀斩向项羽头颅。

钟离昧和季布一齐冲上前来，秦王看也不看，大袖一挥，二人就被抛离战马，钟离昧手中的长戈更是断为两截。人群中传来一声惊呼，华天晴目光扫过，发出惊呼的竟然是巅峰！

而秦王的宝刀毫不停顿，眼看就要贯穿项羽咽喉，忽然一支闪着太白印记的长剑横在他的剑前，"当！"秦王的刀终于被拦下。

面对面的时候，华天晴发现，如今这身为秦王的风吹雨，眉宇间竟与谢天衣有几分相似，相差的只是谢天衣更年老文弱一些而已。他终于明白风吹雨为何如此厉害，他的身后必定有"天意"的力量，甚至可能他就是"天意"本身！

在他面前的已经不是好兄弟风吹雨，而是秦王嬴政！

想到此处，华天晴不禁一阵悲凉，他抓住项羽的肩头，人如大雁般盘旋而起，一下子落在秦军之中，那些秦军尚未及反应，就被他扫倒了一片。

那被他拦下的秦王并不追击，而是远远看着沉默不语。

四面八方涌来无数的秦兵，项羽沉声道："放我下来。项某仍可一战。"

"可是……"华天晴看了看项羽苍白的脸庞，却还是把项羽放下。项羽劈手夺过一个秦兵的长戈，普通的兵刃在他手中亦可化腐朽为神奇。此时钟离昧和季布亦靠拢上来，项羽、钟离昧和季布三人皆已伤痕累累，但华天晴与他们并肩作战依然感到熊熊的战意。

华天晴心中豪情涌动，长吟道："先辈匣中三尺水，曾入吴潭斩龙子。隙月斜明刮露寒，练带平铺吹不起。"只是秦军实在太多，他们不得不且战且退，反而向山顶退去，远远望去蜿蜒起伏的山道上密密麻麻都是秦军。

华天晴和项羽互换了一眼，难道今日真要折在这里？华天晴目光望向伞盖下的秦王风吹雨，暗道："不知道他何时再次出手。"

突然，项羽一声大叫，身中数箭栽倒在地，季布为了救他被涌上的秦兵乱刀砍翻在地。

钟离昧扶起项羽，将他交给华天晴，大声道："保护霸王离开！来世我为你做牛做马！"

华天晴背起项羽向山顶冲去，钟离昧将夺过的戈矛一支一支掷出，扼守在路口，山下的秦军一时无法推进。

忽然山道上传来难言的凄厉光影，赤橙黄绿青蓝紫各色光华绽放开来，"昔有佳人公孙氏，一舞剑气动四方！"钟离昧觉得眼前色彩一艳，七彩的剑气就已及体，若换得平时他大可一战，只是如今已是精疲力竭。他大吼一声挥矛刺去……

噗！鲜血高高喷起，钟离昧喉咙被一剑贯穿，他怒视秋风清，手中矛头亦刺透秋风清的胸口。秋风清闷哼一声，剑锋一转，钟离昧的人头飞出老远，双目圆睁死不瞑目。

秋风清跪在秦王身前，胸前白玉美人翩翩起舞，伤口神奇地愈合，雪白的玉人一片血红，他恭敬地道："秋风清护驾来迟。"

秦王点了点头，目光远远落在华天晴身上，不知在想着什么。

山上山下的秦兵一齐涌向二人，华天晴左手持刀，右手舞剑，周身都是血迹，背着项羽已无路可走，眼中显出穷途末路之色。他忽然想到怀中的"纵横丹"，若是服下到底会有什么作用，此时不服会否再也没有机会？

背上项羽缓缓道："放下我，你身具诗魂词魄，且并无重伤，当有机会突出重围。"

华天晴苦笑道："你可听过'生当作人杰，死亦为鬼雄'？"

"生当作人杰，死亦为鬼雄？"项羽微微摇了摇头。

华天晴虎目中射出强烈的感情，大声道："后面一句是'至今思项羽，不肯过江东'！"他将怀中"纵横丹"吞下，一股狂野的气流从体内奔流而起，灌注到手中刀剑之上，左手长刀气吞河山，"满座衣冠似雪，踏破贺兰山缺。"右手神剑苍凉悲壮，"大鹏飞兮振八裔，中天摧兮力不济……后人得之传此，仲尼亡兮谁为出涕。"

四面的敌人蜂拥而上，尚未靠近他就被刀风剑气绞碎，但如雨箭矢、如林的矛戈依然不断杀来。

突然，三尺青锋之上，太白印记光影浮动，一道淡淡的白衣身影飘舞而出，那纵横古今的诗意从天而降。那人影一面舞剑一面高歌："明月出天山，苍茫云海间。长风几万里，吹度玉门关。汉下白登道，胡窥青海湾。由来征战地，不见有人还……"一道人影化作十道，十道人影化作百道，山顶下来的秦兵血流成河。

"太白先生！"华天晴失声道。

李太白大袖飘飘立在崖前，高喝道："随我来！"

华天晴手中马牌光华缭绕，"千里一盏灯"呼啸而出，负着他和项羽向着山顶奔去，而山下的秦军如潮水般涌上。

"如果我在'纵横'战死。你怎么办？"晨雪低声道。

"瞎说，哪有那么容易死，换句话说，我死了你怎么办？"华天晴笑骂道。

晨雪轻轻握住华天晴的手，幽幽道："我就和你一起去了。"

华天晴一阵感动，轻声道："即便我死了，你也要好好活下去。"

"天晴！"晨雪从睡梦中惊醒，城外战火将夜色映照得如同白昼一般。

屋外风舞大声道："外城吃紧！后备队伍速速登城！"

"当！"墙上佩剑震落于地，晨雪美目显出一丝阴霾，天晴你到底怎么样了？

飞梦岭，星雨崖上，一块十丈高的石碑独自耸立，石碑上书"天道"二字，叫人有种膜拜的冲动。

石碑下山风阵阵，李白望着华天晴皱眉道："他们很快就会上山，你真不和我回洛阳？"

华天晴微笑道："我还要同风吹雨做个了断。"

李白拍了拍华天晴的肩膀，将太白神剑交到他手中道："你已学会我们能教的一切，的确有资格和'天意'一争高下了。"

华天晴望向地上昏迷不醒的项羽，低声道："还请前辈把他安全送走，若他能复原，对洛阳亦是一大助力。"

李白道："你放心，哪怕只有半个项羽，也够洛阳那些敌人忙的了。"他望着两眼血红的华天晴道，"你服了纵横丹？"

华天晴无奈道："不错，虽然老子前辈不鼓励我服，但方才我已经没有选择。"

李白苦笑道："你若不服丹药，方才也不能用太白剑把我传送过来。只是以后又该如何？这药丸一旦爆发，有足以毁灭'纵横'的力量。"他望着苍凉的天空，低声道，"茫茫天意之后，到底是谁在布置棋局？"李白摇了摇头，将项羽扛在肩上向石碑走去。

华天晴目送李白离开，却见李白忽然停下脚步道："有没有话要我带？"

华天晴笑了笑，欲言又止，微微摇了摇头。

李白将一枚玉佩抛给华天晴，淡淡一笑道："要活着回来！"

华天晴一揖到地，一阵强光闪动，李白、项羽和那书写有"天道"二字的石碑一齐消失于时空之间。

系统发来消息："唐诗之魂"任务完成，获得"诗魂玉佩"，诗剑达到第八重，天下诗文皆是剑法。

"欢迎来到大秦，我会在咸阳官等你。"秦王冰冷的话语在耳边响起。

"风吹雨呢？"华天晴道。

秦王哈哈大笑，十丈高的"天道"石碑突然开裂，化作一堆碎石。秦王淡淡地道，"天下没有风吹雨，只有秦王。"

山道之上，秋风清缓缓拾阶而上，一身银甲配上黑色的披风显得威风凛凛。

华天晴微微一笑，将"诗魂玉佩"挂在胸前，眯着眼睛望向空中血红的夕阳，深深吸了口气，这个世界的事情必须要做一个了结！

"华天晴到了咸阳。"张仪望着周围那几个帝国上将军，缓缓道，"大王要我告诉你们，必须尽快拿下洛阳。"

白起和蒙恬互望一眼，低声道："十日来，洛阳的援军越来越多，甚至有不少原本该在放逐之地的家伙也都赶来。要打破僵持的局面，必须要改变策略。"

蒙恬道："对付孤城，上策原是围而不攻。若求速战，我方消耗必然增大。"

张仪冷笑道："大王说时间紧迫，二位将军若有问题，可以回咸阳对大王说。"

白起笑道："大王既然如此说，我等哪里还有异议。"

王翦道："但正如武安君所言，要打破僵持的局面，必须要改变策略。"

张仪笑道："我也了解洛阳名将云集，要想拿下谈何容易，但你我皆是大王的臣子，当知王命难为。"

白起望向帐内众人道："洛阳大战是我大秦一统天下的最后战役，即便损失再大，也当全力拿下。"他微微一顿，对陈庆之道："庆之向来以奇兵见长，洛阳城坚将猛，有何良策？"

陈庆之摸了摸鼻子，轻声道："自古用兵，说来纷繁复杂，其实万变不离其宗。无非攻其不备、料敌先机而已。"

白起微微一笑道："想来庆之已成竹在胸，尽管说来。"

陈庆之道："如今我们四面包围洛阳，他们亦分兵四门全力死守。即便不是平均分配军力，亦相差有限。然而他们是守城，我们是攻城，他们既然不可能弃城而去，则主动权毕竟在我们手中。我们只需让他们兵力集中在一起，然后突然攻其不备，突破其薄弱之处，洛阳必破。"

蒙恬道："你是说我们集中力量造成要全力强攻一点的假象，吸引他们主力的注意。然后用备用力量，突破其无暇顾及之处。"

王翦道："若他们不中计，我们如何变化？"

陈庆之笑道："洛阳守军来自各个大陆，名将虽多，却组织仓促，缺少统一调度。且我大秦兵力原本强于他们，我料洛阳必会根据我们的进攻来安排防务。退一步说，即便他们不根据实际情况调度人手，我们亦可假戏真做，真从强攻处突破洛阳。"

白起哈哈笑道："那就让我作为主力来吸引洛阳的主力，而奇兵则由庆之率领。今夜开始，我和王翦把精锐兵力一齐集中到蒙恬的北门，而我们三路军马各调派一路先锋交于庆之。"他眼中射出坚定的光芒，高声道："三日之内必须突破洛阳城池！"

蒙恬、王翦和陈庆之齐声领命，转身退出大帐。

白起却发现张仪神情抑郁，不由问道："张仪大人在担心什么？"

张仪微微摇头，他大步走出营帐，望着飘扬的大旗，不知为何他忽然有不祥的感觉，但具体来源却说不清楚。

秦都咸阳有两千多年的历史，它位于八百里秦川腹地。人常言道：渭水穿南，宗山亘北，山水俱阳，故称为咸阳。

秦孝公十二年，大良造商鞅为了变法提出迁都，次年秦国将都城迁至咸阳城。从此大秦革新兵制，以军功论爵，走上了强国之路。咸阳作为秦国的都城经历了秦人统一天下的过程，更见证了秦王嬴政横扫六合的不朽伟业。

人在咸阳古朴的驿馆中，华天晴想到的却是李白那首《古风》，"秦王扫六合，虎视何雄哉！挥剑决浮云，诸侯尽西来。"当年李白写诗时想的是唐明皇李隆基，而今华天晴则是真的要去面对秦始皇。

为何嬴政就是风吹雨，为何他有着和谢天衣一样的相貌，难道他真的就是"天意"的代表？那他岂不是就是"纵横"世界的神？服下"纵横丹"后，华天晴对这个世界有了更清楚的认识，也许"纵横丹"相对于"山河令"来说，是谢博士留在这个世界的备用钥匙，自己该如何安排一切呢？

他从壁炉旁倒了杯酒，递给秋风清道："泪儿呢？"

秋风清笑道："你究竟是喜欢颜泪儿还是晨雪？"

"真的是你背叛的长安？"华天晴反问道。

秋风清眼中杀气一甚，冷笑道："泪儿她被安排在另一处驿馆，大王希望你能好好养伤，所以不会安排女人在你身边。"

华天晴推开窗户，街道上一队又一队的军人向城外开拔，道旁的父老送子弟出征，场面雄壮却不伤感。他沉声道："人言秦人尚气概，先勇力，忘生轻死。而今看来，果然如此。"

秋风清望着那出征的队伍，笑道："我一到秦地就知道自己属于这里，我向你保证，秦帝国才是中华五千年最强大的帝国。"

华天晴耸耸肩道："天知道你吃错了什么药，你一开始还不是和我一样选择了唐朝。"

秋风清摇头道："长安如果没有我，也一样会被攻陷，就像今日的洛阳一样。我带人投秦，至少使得长安免于战火。"

华天晴脸上显出荒谬的表情，低声道："古今叛徒都是这么说的。你真是可惜了，当年我在函古道遇到你的时候，不是这个样子的。秦王究竟对你和雪焰他们做了什么？"

秋风清微微皱眉道："我不太记得从前的事情了。但是我在秦国可以过得很好。"

此时门外有人道："秋将军，大王召见。"

秋风清笑道："看来，大王要安排见你了，比我想象的还要快。"说着起身离开。

谢天衣说过："'天意'系统占据主导，他往往会在必要的时刻，轻轻推动其他人的意识，而对事情产生微妙的影响。"华天晴望着秋风清离去的背影，心中却始终不明白，程序究竟是如何改变人心的？那轻轻一推，是如何实现的呢？他缓缓坐下，紧闭双眼，通过纵横丹进入到"纵横"的内部世界中去了。

"听说你拒绝参加明日与华天晴的会面。"秦王看着窗外的风景，缓缓道，"你从放逐之地回来后，就一直闷闷不乐"。

"臣下一直是这个样子，劳大王挂念。"颜泪儿淡淡道。

"我知道你在挂念华天晴，我并没有要他死。"秦王道。

"我没有，自从在我荆州重伤死而复生后，就不再想他了。挂念他的颜泪儿已经死在荆州。现在的泪儿知道，应该为我们这些'纵横'人尽自己的力量。"颜泪儿道。

秦王转过身，望定颜泪儿，低声道："我知道你在想什么。"

颜泪儿心头一悚，失声道："大王……"

秦王慢慢道："你们的想法我都知道，但我希望明天我和华天晴交涉的时候，你也能够在场。"

"我不敢见他，我怕控制不住自己，可能出手会杀他，因为我知道我得不到他了。"颜泪儿停顿片刻，忽然一口气说道。

"得不到的东西，就要毁掉么？"秦王缓缓道，"你还真是像我……"他捏着手指指节，笑了笑道，"只是这又有什么好害怕的？必要的时候杀了他也没关系，只要'纵横'在我们掌握，我就有办法让他永远留在你的身边。"

"大王？"颜泪儿抬起头，带着疑虑轻声道，"但我也可能不舍得出手动他。那样对大王您，对我们的'纵横'难道不算不忠？"

秦王哈哈大笑，伸手拍了拍颜泪儿的脑袋，傲然道："我是这个世界的神，一切都可以主宰！泪儿，你是否明白？"他低声道，"能杀我的那个人，已经死了。"

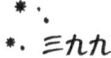

颜泪儿注意到秦王说这话时，眼中涌现出难以言喻的感情，那算不算悲伤？自诩为神的人也会悲伤么？抑或者说，面前的人就是华天晴一直念及的风吹雨呢？

秦王转身步出小屋，一面走一面高声道："明日，我聚齐五枚山河令，无论是华天晴，还是谁，都无法阻挡'纵横'的脚步。"

密语频道传来阿Z熟悉的声音："上帝啊，我居然收到你的留言，你怎么做到的？"

华天晴笑道："我服了鉴真和尚的'纵横丹'，现在对系统有了新的掌握。你最好二十四小时守在电脑旁，我不会中断和你的联系了。"

阿Z奇道："那么神奇？那你快告诉我还能做到什么？"

华天晴道："现在还不知道，但我会知道的。"

"有什么可以效劳？"阿Z笑道。

"雪焰、巅峰都在咸阳，我想知道还有些什么人在，有没有可能安排我见他们一次。"华天晴道。

"见面？"阿Z问道。

"远远地看一眼也可以，但人最好都能到。"华天晴道。

阿Z想了想，低声道："我尽力而为，但也许要等待时机。"

华天晴笑了笑道："洛阳该已到了决战时刻，告诉晨雪，白起的战术有变。"他推开窗子，窗外的蓝天静默而悠闲，一切就会有个结果，只是可惜了风吹雨和颜泪儿。

阿Z愣了一愣，华天晴似乎变得无所不晓，连他也感受到一种无形的压力。他轻轻转动频道，对技术组道："查一下纵横丹是什么，看看谢博士的记事本有否提到，哪怕只有半句话也给我翻出来。"

洛阳被围第十日。

夏侯渊习惯性地被北城战鼓吵醒，他抖落身上的霜尘，扶着垛口向城外望去，不由倒吸了口冷气。城外秦军聚集了空前规模的攻城器械，各色旗帜迎风招展，中营上

"白"、"蒙"、"王"、"陈"的四大将旗并列飘扬。

"他们挑选北城为突破口?"夏侯渊自语道。

"白起用兵诡异,会否只是佯攻?"曹仁低声问道。

夏侯渊苦笑道:"不论是否佯攻,我们都要撑过他们这轮进攻才行。至少要经过一轮进攻,把守其他各门的将军才会决定是否增援。"

身后传来张辽豪壮的话语:"兵来将挡,水来土掩。"盔明甲亮的洛阳守军已经占据城头各个位置,静候秦军。

城下秦军突然爆发出惊天动地的喊声,如潮水般涌向洛阳城。大军正中,蒙恬金甲红袍,高举长剑打马冲于最前方。

夏侯渊浓眉一扬,怒道:"视我等于无物?"他双臂一晃,拉开"日月神弓"遥对蒙恬。

城上守军一齐举起大弓,夏侯渊道:"听我号令!"

城下蒙恬距离城墙只有一百五十步,夏侯渊大喝道:"放箭!"月牙般的箭光直取蒙恬的眉心,城上弓箭如雨而下。

当!蒙恬一剑砍落"月牙箭",毫不停歇地继续迫近城墙,夏侯渊面色一沉,流星般的箭光连珠而出。蒙恬一昂首,望向城上的夏侯渊,凌空劈出两剑,十字形状的剑光将连珠箭全部击落,他身后的蔡佑高举弩机,向着城墙发射,那弩箭带着诡异的弧度飞向夏侯渊。

夏侯渊猛一低头,弩箭贴着头盔飞去。秦人大军距离城墙只有百步,巨大的石块从投石车上飞起落在城头,但洛阳守军并不后退,死死占据每一个垛口。秦军距离城墙只有五十步,弩箭已可轻松射向城墙,不断地有守城军士中箭落下,而冲锋的秦军亦开始成片成片地倒下,但攻城车已经靠近城墙,一架架云梯缓缓上升。

强烈的亮光从洛阳城头绽放开来,巨大的火球飞舞而下,刚刚靠近城墙的一座攻城车燃烧起来,紧接着是第二座攻城车……洛阳城下一片火海。

蒙恬口中念念有词,长剑上散开灿烂的蓝芒,一层淡淡的雨雾弥漫开来,极大地削弱了洛阳城布下的火墙。

雷鸣般的欢呼声震天而起，秦军第一架云梯终于架上了城墙，四方秦军大呼万岁，蔡佑高举钢刀率先登上云梯，身后秦军跟着他拼命冲向城头。而同时，王翦带着第二支攻城队伍冲锋而来。

夏侯渊大刀扫向云梯，冲在最前方的蔡佑一刀接下，但蔡佑立足未稳，马超的星海枪就到了。蔡佑奋力接下大枪，就感到手臂一阵酸麻，这家伙好大的力气！马超的枪二次刺向他的胸口，蔡佑一扶城垛，闪身避开。身后秦军源源不断地冲上城来。

张辽大叫道："先毁云梯！"他话音未落，已有更多的云梯架了上来，死守了十天的西城仿佛就要崩溃。张辽沿着城垛，大枪飞舞而起，一连击垮七架云梯，忽然一股凌厉的刀风扑面而来。

当！张辽问天枪护住面门，那凌厉的剑气让他退了三步，金甲红袍的蒙恬已经站在洛阳城头。

秦军大旗下，白起淡淡道："曹魏大军虽名震天下，正面交锋亦非我大秦对手。"

从放逐之地回来的燕赵笑道："或许不用陈庆之的奇兵，我们聚力雷霆一击已可攻破洛阳。"

白起道："在我军压力下，洛阳早已是苟延残喘。但就怕变数来自城外。"他想到数日前李广带来的援军，那样的奇兵才是可怕的。关键时刻没有控制好放逐之地，究竟会带来怎样的后果呢？尽管那个地方的援军并未大举赶到，但就怕他们在关键时刻突然出现。而似乎需要担心的还不仅仅是这些。

"咸阳有新的消息么？"白起忽然问道。

"咸阳？"燕赵皱眉道，"前几日大王在骊山飞梦岭诱杀项羽，几乎屠尽项羽所部，只可惜被华天晴搅局让项羽跑了。但大王似乎并不在意，这几日应该会召见华天晴了。"他稍做停顿，笑道，"还是为了山河令吧。"

又是华天晴搅局，这次居然连项羽都救了？白起紧锁眉头，他忽然明白了为何先前布置好了一切，张仪依然闷闷不乐，也许那家伙也想到了这次大战，决定胜负的关键可能在战场之外吧。真的会这样么？他抬头望向无尽的苍穹，究竟天意属谁？

第八章 血战洛阳

蒙恬那凌厉的剑气在洛阳西城上飞掠而过，张辽的问天枪勉强将其拦下，却再难顾及从云梯上来的秦兵。蔡佑率领秦兵在城头聚集，不多时就已有了数千人，马超、夏侯渊等人虽然勇猛，却依然无法击退那些秦军精锐。

曹仁站到高处，大声道："箭墙！"西城之上突然锣声大作，守城军士如潮水般向后退去。

蒙恬剑眉一挑，发现前方十丈之内洛阳的守军撤得干干净净，但不远处原以为是城道护墙的地方，显出了真实面目，竟然是面近百丈的隐藏箭墙！他长剑一挥却来不及阻止自己的军士。距离实在太近，那些冲得正猛的秦军刚冲到城道，立时被箭墙上的弩箭射翻在地，秦军站上城头的近千人马，足足损失了一半。

箭墙之后，曹仁挥舞大枪临风而起，一瞬间所有守城军士头上都出现了银色的光盾。马超、张辽、夏侯渊等人大声呐喊，率领军队反攻而出。蒙恬长剑全力拼杀，却被马超、张辽的两条大枪牢牢困住。

蒙恬长啸一声，马超和张辽就觉四周空间突然收紧，再也没有出枪的余地，蒙恬长剑飞向半空，化作一道飚风突破张辽大枪。张辽胸口被钢刀划过，但咬牙半步不退，猛刺蒙恬的小腹，马超大枪更如九天银河浩荡而下，在半空中同蒙恬擦身而过。

三人分别落地，蒙恬一把扶住城垛口，而马超嘴角溢血，张辽胸口一道剑痕血肉模糊。蒙恬剑锋上火光一闪，无数的火箭从空中落下，北城城头一片火雨。曹仁微微变色，大枪直指天空，城头升起淡蓝的光环，护住了马超、张辽，指挥箭墙上的箭矢全部对准了蒙恬射去……

蒙恬双手结印念念有词，长剑自动舞起，那射来的羽箭根本无法近身。曹仁大喝一声，大枪直指蒙恬化作一只雄鹰猛扑蒙恬。与此同时，马超使出星辰七式之"北斗"，这一枪快如电光火石，直刺蒙恬咽喉。

突然！洛阳北城弥漫起一阵难以名状的杀气，那杀气从城下升至城头，聚合为惊天动地的一刀，曹仁的头颅冲天而起，带起漫天的血珠！王翦目光炯炯，青袍金甲傲然立于城头，手中五尺宝刀光华缭绕，无数秦军从他身后登上城来。

蒙恬大笑着出剑，又和马超交换一枪，蒙恬肩膀中枪，马超却是左肋中剑，血流如注……

乱军之中，夏侯渊和张辽互望一眼，都看出对方眼中的焦虑，北城危险……

王翦长笑出刀，灿烂的刀芒炸开，那一刀之势有如千军万马！张辽明知不敌却毫不退缩，问天枪直指苍穹，卷起千般风云，光芒绽放而出"苍穹破"！

"当！"二人人影一分，张辽的大枪竟被斩断，王翦反手一刀扫向他的颈项，张辽就地一滚堪堪避过。

王翦正要追击，突然眼前一道剑芒划过，那剑光看似平淡无奇，却一举封死了他所有的攻击路线。王翦眼中露出一丝诧异，不再追击张辽，转而望向那握剑之人。

来人身形高大，面容朴实，一身粗布衣服，除了握有长剑之外，毫无惊人之处。

王翦眼中精光闪烁，高声道："貌不惊人，剑若天成。对面可是墨家钜子，墨翟？"

墨翟微微一礼，朗声道："人言王翦为秦国第一用刀高手，与武安君同为秦王的左膀右臂。今日一见果然不凡。"

王翦一笑回礼，宝刀遥指墨翟……

文丑道："白起合并四路大军全力攻打北城，曹仁派人求援。"

"我们是否立即增援？目前北门战鼓急促，只怕形势危险。"晨雪皱眉道。

风舞道："只是一旦我们派兵，敌人从西门进攻怎么办？"

岳云道："不用全军回援，其余各门都会派人，我们抽调两千人马增援北城就是。"

杨再兴道："我和高宠去北门。"

风舞道："好，纪无缘和你们一起去，其余人留守西门。"说着他望了望平静的城外，不由疑云丛生，即便对方强攻北门，也应该派兵牵制其余各门才对，为何连基本的兵力都不派呢？

在"纵横"世界，华天晴从来没有像今天这样睡得那么好，他甚至还做了个梦。他梦到老子、孔子、佛祖、谢天衣和秦王坐在一起，他们在很高很高的地方望着自己，而他拿着一把钥匙站在黑暗中，不知道该如何进退。这本该算是个噩梦，可华天晴偏偏睡得十分香甜。

伸了个懒腰，华天晴打开窗子，院子里的水池结了一层薄冰，深深吸了口冰冷的空气，低头看了看自己的手掌，手心的掌纹越发复杂。

耳边传来阿Z的声音："都安排好了。"

华天晴轻声道："好。"他慢慢握紧拳头，今夜就要去见秦王，明日的"纵横"会否还是今日模样？

阿Z道："天晴，你知道怎么对付'天意'了？"

华天晴淡淡一笑，赤红的眼眸神光闪烁，淡淡道："'天意'只是谢博士的程序而已。"

王翦浓眉深锁，他的刀经过三十多次变化依然无法突破墨翟的剑，那不求有功但求无过的打法让他几乎找不到破绽。四周前来增援北门的洛阳守军越来越多，若自己还不能击败"墨子剑法"，蒙恬将受到围攻。而墨翟面无表情，从容地运剑如飞，每多拆一招，他就多一分胜算。

咚！咚！城下战鼓声越发急促，王翦眼中杀意一盛，刀锋竟然发出排山倒海般的声响，好似千军万马一起呐喊一般，宝刀刀芒如日在天，漫天刀风化作一刀"破军"，突破墨翟层层剑意。

墨翟长剑斜刺而出，编织起重重剑网，那柔和淡然却又绵绵无尽的剑意将刀风包围，歪斜的一剑正好拦在王翦的刀锋上，刀剑相交却没有发出任何声响！墨翟大喝一声，二人同时向后飞出。墨翟歪斜着身子从地上站起，长剑寸寸断裂。而王翦背脊撞在城垛上，城砖碎裂四射，他喷出一口鲜血，一阵咳嗽，嘴角却带起一丝冷笑。

墨翟的胸口血迹慢慢扩散开来，摔倒在地……

墨子阵亡！

　　王翦身后尔朱荣、慕容垂各带本部人马冲上城来，王翦和蒙恬分别骑上部下送来的马匹，傲然眼望洛阳北门外城。

　　北门外城第一道防线皆已失守，防务即将崩溃……张辽和夏侯渊依靠箭墙勉强支撑，轰隆！城外"无坚不摧之力"火光一闪，箭墙被轰成碎片。

　　夏侯渊眼中露出绝望之色，就在此时，内城马道上雷鸣般的马蹄声传来，"妙才休要惊慌，为兄在此！"

　　夏侯渊扭头一看，城道上是镇守总督全军的夏侯惇带着人马亲自来援。身后更有西门的杨再兴、高宠，南门的黄忠、魏延等人，大队人马足有五六千人。

　　城头上王翦和蒙恬相视一笑，暗道：我计成矣！

　　城外白起令旗一挥，所有冲车调动而至，轮流撞击城门，洛阳北城大门应声而开。

　　燕赵大吼着率军入城，却见城门内夏侯惇提着血神槊，冷冷注视着他。而杨再兴、高宠、黄忠、魏延等人已于城道上同秦军混战在一处。燕赵舞动开山大斧，猛冲向夏侯惇。夏侯惇掌中大槊发出浓烈的血腥味，一槊击中斧头，二人同时一晃，燕赵的战马向后退了三步。

　　夏侯惇咧开嘴一笑，大槊舞动如飞，呼啸着直取燕赵头颅，力量何止大了三倍。燕赵冷笑一声，跃马迎上血神槊。当！斧槊再次相碰，斧柄突然折为两段，后半截斧柄露出森冷的利刃，燕赵猛刺夏侯惇的胸膛。

　　夏侯惇战马猛向后退，却避之不及，短刃直透小腹，他冷哼一声，大槊神奇地回转过来，一槊正中燕赵胸口。燕赵被一槊扫飞落在十余步外，半跪在地，左手握斧，右手青锋，冷眼望着夏侯惇。

　　夏侯惇身子微微一晃，重又在马背上坐直，血神大槊扛在肩上，抬手点向燕赵示意再来，全不顾鲜血已渗透了马鞍。

　　燕赵面色苍白，突然从地上猛冲而起，化作十余道人影，从四面八方同时攻向夏侯惇。夏侯惇目光死死地盯着前方，血神槊突然向天空一指，四面八方身影全部消失，燕赵的头颅被一槊击碎，尸体跌落尘埃。

夏侯惇大槊上的血腥味越发浓烈,他拢了拢缰绳,坐正了身子,静静望向城外指挥大军的白起。

白起冷冷一笑,高声道:"进城!"

长孙晟率领秦军冲入城门,夏侯惇死死抓住大槊,高喝道:"冲!"身后曹洪、李典率军迎向长孙晟。

城道上黄忠、魏延两口大刀直取王翦。王翦哈哈大笑道:"来得好!"宝刀分别攻向二人,那凌厉的杀意霎时笼罩黄忠和魏延的心头。魏延战马后退避开其锋芒,而黄忠白眉一扬,手中听禅刀发出阵阵刀鸣,那刀鸣如同无数僧侣一起诵经,刀光宁静而平和地扫向王翦。

当!两刀相交发出清脆的声响,听禅刀上光芒不停颤动,仿佛刀也受了内伤一般。黄忠战马飞退,王翦长啸追击,魏延突然出现王翦身后,大刀猛劈王翦背脊。王翦猛一转身一刀劈飞魏延大刀,紧接着一刀直取魏延头颅。黄忠在飞退之时却是张弓搭箭,一点箭光流星般飞向王翦后心。

王翦不顾背后的箭光,奋力一刀将魏延劈于马下,黄忠的羽箭眼看就要贯穿他的后心,一道明亮的火焰在箭头上燃起,羽箭化作飞灰。黄忠一愣望向火焰来的方向,却是蒙恬一剑刺翻了一名守军后信手而发。而杨再兴、高宠正和尔朱荣、慕容垂杀得难分难解。

王翦调转马头,狂笑着挥刀砍向黄忠,黄忠拼命一拦,被那刚猛的刀风劈出了三丈多远,城门马道上留下深深的蹄痕。王翦眼中露出一丝异色,赞道:"果然勇将!"宝刀光华聚拢,刀芒直破苍穹猛劈而下。黄忠面如金纸,两手虎口裂开已无法接下。

突然,凛冽的风雪扑面而来,一杆大枪突破了时间与空间的限制直刺王翦咽喉!

王翦宝刀匆忙收回,一刀正封在枪头,二人同时身子一晃……

那白袍银甲的俊朗武将对黄忠道:"老将军稍歇,赵云在此!"

赵云?王翦放眼向内城望去,城道上又有数支人马到来,其中为首一队由两员大将带领,一个青袍长髯面如重枣,掌中一口青龙偃月刀,一个黑马黑甲黑脸膛,手持丈八蛇矛。关羽、张飞？再向后看那数路人马想来也都不是等闲之辈，王翦轻轻舒了口气，对方已经精英尽出。

洛阳宫。

贾诩皱眉道："秦军强攻一门，我们各门增援。白起似乎蓄意消耗我们的军力。"

郭嘉道："目前的情势来看，白起、王翦、蒙恬都在北门，唯独陈庆之不见踪影。"

曹操苦笑道："但我们不能不救援北门，因为北门一样不能失守。"

贾诩道："就看谁能耗过谁了。"

曹操扭头对典韦、许褚道："让虎卫军随时准备。"

典韦、许褚抱拳领命。

"他们从清晨战至下午，如今多名大将阵亡。虽然各门不断增援北门，但那边依然形势不妙。"风舞拍打着城砖，问道，"我们是否继续增援北门。"

晨雪道："若我们继续派人增援，西门只怕没有什么力量了。一旦敌人进攻西门，那又怎么办？"

文丑道："若我们出一队人马奇袭白起大营，是否能收到作用？"

岳云微微摇头道："如今看来，白起是孤注一掷，决意在今日分出胜负。因此即便大营被袭，他也只会狂攻洛阳，只要攻下洛阳，他身后的大营并不重要。更何况，秦军四路人马，四处大营靠我们这点人根本不可能一一夺取。"

风舞道："那就是说我们除了增援北门，没有别的办法。"

"但我们确是人手不足。"岳云目光扫了下四周，说道，"文龙率一千人去增援北门。"

双枪陆文龙领命上马而去。

文丑望着陆文龙的背影，低声道："我们已经尽力，就看秦军吸引洛阳主力之后，会选择哪门突破。"

风舞道："南门有刘备、姜维，东门有司马懿、薛仁贵。西门是我们，你若是秦人会选哪里？"

晨雪道："你们别那么悲观，也许秦人也已经军力耗尽，比我们好不了多少。"

风舞淡淡一笑，望向城外道："天晴那家伙不知道怎么样了。"

赵云大吼一声挺枪刺出，大枪带起满天风雪，王翦一把抓向枪杆，宝刀一转砍向赵云胸口。赵云大枪如游龙舞动，脱出对方手掌，银枪光芒一盛，风雪枪化作点点寒光罩向王翦。王翦一刀挥出，满天枪影化于无形，紧接着他一刀快似一刀，刀刀砍向赵云头颅。

赵云剑眉紧锁，王翦是他前所未遇的强悍对手，大枪紧守门户伺机反击。

张飞、关羽眼见赵云陷入苦战，方要前来相助，眼前却出现了蒙恬威风凛凛的身影。

蒙恬豪笑道："机会难得，二位眼中莫只有王将军。"

张飞狂喝一声，大黑马猛冲而起，丈八蛇矛红光一现，仿佛九天十地的神魔皆横空出世，地狱之门忽被打开，无尽的杀气猛袭向蒙恬，他竟然出手就是生平绝学"万军煞"！蒙恬大骇，战马倒退十余步，张飞舞动蛇矛紧追不放，高叫道："二哥去助子龙，他交给我！"马踏之处城道为之碎裂。

蒙恬身后就是城垛，已经无处可退，张飞一矛挑翻他的坐骑。蒙恬临风而起，整个人好似停在空中，嘴里念念有词，轰隆一声，地面开裂出一道两丈多长的缝隙，张飞连人带马掉了进去。蒙恬稳稳落在城垛上，傲然面对关羽，抬手道："云长出手吧！"

关羽凤目燃起熊熊战意，轻轻吟道："长刀舞天兮意风流……"青龙刀如流云般舞动，刀风从八方聚合，一条青龙从云丛中咆哮而出，刀锋直取蒙恬面门。

蒙恬轻轻叹了口气，暗道：此二人都是真正的猛将。他双臂一展，人如大鹏冲天而起，城上巨石突然飞起砸向关羽。

轰隆！关羽一刀劈开巨石，依然砍向蒙恬面门，蒙恬深吸口气，昂然出剑！当！关羽竟被一剑迫开。而方才落入裂缝的张飞又重新冲了回来。蒙恬望着面前二人，眼中亦露出凝重之色，这两个家伙真不好对付。

而一旁赵云已陷入危局，王翦的大刀八方转动，如疾风暴雨般向他砍去，赵云挡住五十余刀，终于气力不济，风雪枪被一刀扫开。王翦眼中杀气陡现，大刀猛劈赵云胸膛。赵云微微冷笑，眼中射出坚毅的光芒，右手闪过晶莹的剑芒，"掌剑"以飞扬、狂放、寂寞、决断之势，刺向王翦心口。

刀已经收不回来了，王翦脸色亦为之一变，身子奋力一侧，二人同时落马，胸口都有鲜血透出战甲。王翦方翻身站起，一旁杨再兴的大枪疾刺而来，王翦向后跃开，就见尔朱荣已被杨再兴杀死于城上，北城城墙上混战成了一片。

此时，秦军那昂扬的号角响彻天地，北城所有人都感到心头一阵战栗，白起身披黑甲黑袍，端坐于黑色奇骏的战马上凌空踏来，在城门附近交战的洛阳守军感到如血的夕阳忽然昏暗起来。他如同寒星的目光扫向夏侯惇，低声道："你能坚持到现在，实在很了不起。"

夏侯惇冷笑了下，沉声道："武安君白起，你终于要出手了么？"

白起淡淡一笑，长剑向前一指，灿烂的剑光从北门中炸开。夏侯惇大吼一声，血神槊带起猛烈的狂风迎向剑芒，但大槊方一触剑芒就被斩断，夏侯惇连人带马一起被分为两半。白起低声道："若你不是受伤在先，或可接我一剑，可惜了。"

夏侯惇身后李典、曹洪乃至所有的洛阳守军一齐为之变色，白起真的是人吗？他就是那个在长平一战坑杀四十万赵军的魔王？

"白起再厉害也只有一个。大家并肩上啊！"曹洪握紧大刀，大叫着向前猛冲。李典紧跟在后，率领曹军一拥而上。

白起嘴角挂起残忍的笑意，长剑扬起一层血红横扫而起，曹洪人头飞向远处，李典的禹王槊断为两截翻身跌落马下，而那些普通军士更是死伤一片。

"白起亲自上阵，北门守不住了！"纪无缘花容失色，颤声道，她第一时间在队伍频道告诉晨雪和风舞北门的战报。

晨雪沉默片刻，低声道："小纪你照顾好自己。"

"秦军真的选择了西门。"方谢晓也不知道是自语还是在告诉晨雪,"陈庆之来了……"

陈庆之来了!他最终选在西门突破洛阳。先前风舞说得不错,洛阳南门有刘备、姜维,东门有司马懿、薛仁贵,毕竟人的名树的影,怎么看都是西门防务最弱。

西城之外,陈庆之左有马佛念,右有鱼天愍,八千精骑一字排开。除了队伍最前方那从另三路大军调来的先锋官外,全都身着白袍。而那几个先锋宇文成都、史万岁、吕布、斛律光、高敖曹,更是猛将中的猛将。

陈庆之笑道:"钟会准备'无坚不摧之力',其余众将只等摧毁城门,就冲进去突破城防。"

吕布道:"敌军高手都去了北门,这里还有谁值得我们出手?"

陈庆之淡淡道:"拿下洛阳,各位将军就是头功!"说着示意'无坚不摧之力'准备。

城内众人忐忑不安地望着城外,岳云大声道:"岳家军准备!"

"是!"岳家子弟兵应声震天。

文丑拍了拍风舞的肩膀道:"也许今日是我们的最后一战,但既可以一战,就不能轻易放弃。"

风舞用力点了点头,高声道:"西城官兵,准备迎敌!"

"是!"西城守军大声呐喊。

文丑高举长枪,大声喊道:"洛阳必胜!秦军必败!"

洛阳守军大声怒吼,低迷的士气终于再次有所振作!

城外,陈庆之听着洛阳军队的叫声微微摇头,右手长剑一挥,"无坚不摧之力"发出震天怒吼,猛烈的火炮落在城门城墙上,地动山摇天地为之变色……

吕布一带赤兔马的缰绳,挥舞天下戟一马当先向开裂的城门冲去。宇文成都、斛律光、高敖曹、史万岁率领大军紧随其后。

秦孝公以来,咸阳宫就是秦王决议天下大事的地方。

暗红的夕阳下，咸阳宫如沐浴在血色之中，远远望去宏大的宫墙，巍峨的殿宇，仿佛天宫一般。

华天晴于大殿之外等候召见，宫内侍卫纷纷注目行礼，那些侍卫虽然服色统一，却依然难掩其强悍的气势。他微微摇头，"天意"既然可以把雪焰他们变成电脑人，操控普通的 NPC 自然更加容易，也许这些侍卫都是历史上叱咤风云的人物，只是自己不认得罢了。他目光在周围侍卫脸上扫过，轻轻数着心中的名字，东方舒寒、巅峰、雪焰、剑冥、魔君子等人相继出现在视线中。这些人让他想起长安的岁月，他忽然很想念晨雪，她和风舞他们在洛阳怎么样了，能否抵挡住白起的进攻？

在华天晴来回踱步之时，没人发现他将"月狼之戒"放回了宫门外雪焰的手中。

秋风清步出大殿，对华天晴道："把佩剑留下，大王召见你。"

华天晴将太白神剑解下交到秋风清的手中，整了整衣袍进入大殿。

白起纵马缓缓向前推进，一支白羽金箭突至他面门。

叮！羽箭被一剑击落，接着那羽箭一支一支连珠而至，白起长剑舞起一个剑花，面前的弓箭全部落下。此时他脑后又有支白羽金箭射来，同样是连珠箭，却分别来自不同方向，有从天上有从侧面，有从地下有从后方。

白起冷哼一声，左手探出，那些羽箭居然同时落入他的掌中，他大喝一声："出来！"所有弓箭一齐飞出。

前方出现三骑武将，中间的是白须铜甲的李广，左面的是双枪大将陆文龙，右方城道上的是夏侯渊。

白起道："李广，攻汉之时你侥幸逃脱，如今还敢与我一战？"

李广淡淡地道："大战正酣，武安君深陷险地却不自觉，有辱名将之号。"

白起哈哈大笑，狂野的剑气四处激荡，分别攻向三人。李广手中杀胡刀呼啸而起，"叮叮当当！"连续和白起换了七招，白起一剑刺入他的胸膛，李广闷哼一声跌落马下。

陆文龙拦在白起与李广之间，那如狂龙般的双枪将白起全身牢牢罩住。白起长剑放出耀眼的光华，双枪被一剑切断，剑锋顺势刺向陆文龙的胸膛，陆文龙大喝一声，双枪飞掷而出，枪锋在白起肩头扫过。白起人在马上旋风而起，一脚将陆文龙踢翻在地，然后转首望向夏侯渊。

夏侯渊握着大弓拉开距离，却一直无法插手，见白起望向自己，狂喝一声日月大弓飞射出如红日般灿烂的箭芒。

白起长剑光芒再起，夏侯渊被剑气扫出七丈，日月弓断裂在手，再也无法站起。白起收起长剑，静静望向四周，无论是洛阳守军还是秦军都鸦雀无声。但李广和陆文龙重又上马，挡在他的面前。原先夏侯渊的位置，有一白衣文士羽扇纶巾悠然而立，仿佛他置身的并非战场，而是那起舞弹琴的雅室。

吕布第一个冲入城门，城上射落的箭矢跟不上他赤兔马的速度，全都落在身后。

城门中，文丑、岳云率队而立，吕布笑道："手下败将，也想螳臂挡车？"天下戟舞成一片金光，以风卷残云之势横扫岳云、文丑。岳云大吼一声，一对银锤流星赶月般迎戟而上。

轰！吕布微微一晃，岳云却被震退三步。文丑挺枪而上，枪影纵横四方，仿佛奔流的大河、异军突起的大山，但他的大枪被一柄大刀截下。史万岁高声道："奉先全力向前，此二人我们对付。"舞矛而来的斛律光同时拦下岳云。

吕布、宇文成都、高敖曹三人率领先锋大军长驱直入，无数的云梯架上城头，秦军从西城各处攻入洛阳。

风舞大袖飘飘立于城头，巨大的雄狮从袍袖中怒吼而出，金色的鬣毛显出夺目的光华，附近十余名秦军被扑落城池。但更多的秦兵潮水般涌入，风舞挥舞长棍四面厮杀，却起不了多少效果，若是华天晴在此，他会怎么做？

"风先生还不束手？"不知何时陈庆之已站在城头，他双手拢于袖中，悠闲地望着风舞。

风舞长啸一声，长棍变得血红，向前一指，金色雄狮猛地扑向陈庆之。

陈庆之眉头微皱，双手从袖中伸出，狂暴的飓风肆虐而起。风舞如落叶般在风中狂舞，大棍凌空点下，如惊雷而起。陈庆之眯着眼睛，手指一点，一团巨大的冰风将狮子锁住，人在空中盯着风舞的动作，突然身形变小旋动而起，一把攥住风舞的脚踝，大喝一声将其抛出。

嘭！风舞撞在箭塔之上，长棍脱手而飞，喷出一口鲜血。陈庆之身形恢复原样，微笑着对马佛念道："发射冲天箭，通知北面已经拿下西城！"

晨雪站在内城城道之上，冷冷望着疾驰而来的吕布、宇文成都、高敖曹，身后就是洛阳长街，绝不可以再退。纪无缘、方谢晓分立左右，他们这些来自二十一世纪的GM将在这里面临终极考验。

吕布看到他们哈哈狂笑，高声道："不知死活！"

宇文成都望着晨雪道："你们一路走来不易，让开道路饶你等不死！"

晨雪不由苦笑，想当初秋风清在长安也对他们这么说过，而今是否真的渡不过去了？她手中短剑紧了一紧，天晴我要去了……

华天晴步入大殿，在距离王座五十步处站定。殿内肃穆的气氛让他呼吸都显得困难，秦王政高坐于王位之上，身边张仪、秋风清垂手而立，而颜泪儿则站在角落中。殿内四根圆大的盘龙柱分立四方，每根柱子上都插着一块银色的"山河令"，整个大殿因这四块令牌变得更为神秘。

"你终于来了。"灯火之中秦王风吹雨道。

华天晴高声道："见你可不容易，我穿过好几个大陆才来的这里。"

秦王起身缓缓走下龙座，笑道："你既带来第五块'山河令'，五块大陆将再也不是问题。"

华天晴仔细端详着秦王的相貌，缓缓道："是否时间与空间都不再是问题？"

秦王眼中露出奇异的光华，问道："你的意思是？"

华天晴淡淡一笑道："我只想明确，我是在和秦王说话，还是在与'天意'交流。"

"有区别么？"秦王哈哈笑道，他的声音出现了细微的变化。

"有！"华天晴冷冷道，"秦王会被杀死，而'天意'则无法触及。"

龙座边的秋风清杀机陡现，跨前一步目光怒视华天晴。

秦王摆了摆手，望着华天晴道："你错了，这个世界的生死兴衰，乃至一切变化都在我的心中。"他的声音逐渐变得遥远，"秦王即'天意'，他不会死。"

华天晴微微摇头，秦王不会死？那么风吹雨呢？

秦王政手掌轻扬，大殿四方出现了无数光影，光影中洛阳城战火熊熊，洛阳守军正做着最后挣扎。其中龙座后的光影中，晨雪正面对着吕布，秦王道："你的女人正在接近死亡，交出'山河令'，我让她不死。"

"若我不给呢？"华天晴道。

"不给？"秦王一挥手，四周的光影消失不见，整个大殿都暗了下来，只剩下黑暗的墙壁。

华天晴微笑道："你既然无所不能，何不让我自动交出'山河令'，还用问我？"秦王面色沉了下来，华天晴继续道："只因我们不是'纵横'中的人，无论是我还是晨雪只要没有失去意识，你就不能操纵！而那些经过谢博士特别设定的人物你也一样无法操纵，所以你只需一眼就可让英布投降，却不能让项羽向你下跪。"华天晴跨前一步高声道，"你根本不是'天意'，不是神！你只是'纵横'中的一个高级程序而已！你甚至还不如风吹雨本身具有灵气！"

四周变得极为安静，张仪和秋风清同时望向秦王，从没有人敢如此不敬。

又提起风吹雨？秦王政微微昂起头，淡淡地道："你的朋友风吹雨，只是'天意'的一部分。而我确信那东西你会给的。"

华天晴微微一愣，他眼神与秦王一触，只感到对方目光如茫茫苍穹无穷无尽，那种俯瞰苍生的眼神，直接让他产生膜拜的冲动。

"跪下！"秦王一声断喝，华天晴在犹豫中缓缓跪倒在地，他的身子似乎不受控制。

秦王政注视着华天晴的眼睛道："'山河令'给我。"

华天晴跪着慢慢向前挪动，胸口一道银色的光辉忽隐忽现，逐渐聚合成"山河"

二字。一旁的秋风清和张仪眼中都露出复杂的神色。那"山河令"从华天晴体内飞出，银色中透着一种暗红，在空中缓缓飞向秦王。

秦王双手捧住"山河令"，整个大殿光芒一盛，四根龙柱上的山河令一齐放出难以言喻的光芒，大殿外的侍卫全部跪拜在地。秦王嘲弄地望着跪于地上的华天晴，缓缓道："'纵横'中的一切，我都能主宰。包括你的生命，凡人。"

秋风清和张仪微微松了口气，是否就等五枚"山河令"合一了？

吕布一抖赤兔马的缰绳，冲向晨雪。方谢晓举长矛上前拦截，宇文成都舞锐将其拦下。

晨雪面对吕布忽然贴地冲起，一个箭步躲入赤兔马的身下。吕布浓眉一皱，战马突然收住脚步，晨雪扬手一剑刺向吕布腰际。吕布突然凌空而起，在空中一个盘旋，飞起一脚正踢在晨雪的手腕上，短剑立时飞到空中。天下戟回转过来，一下扫在晨雪瘦削的肩头，晨雪翻滚着跌出三丈多远。

吕布恨声道："垂死挣扎。"赤兔马缓缓向前，将天下戟高高举起。

边上方谢晓已被挑落马下，晨雪俏脸扬起注视着落下的大戟，天上的夕阳是如此的绚丽，她却要死了……

突然，一道天外金虹般的剑光飞射而来，那长剑刺在天下戟上，吕布亦向后倒退了数步。

吕布望着面前那白衣飘飘的中年文士，变色道："辛弃疾，又是你？"

晨雪则惊喜道："辛先生，你来了！"

辛弃疾对她点了点头，抬首对吕布道："温侯别来无恙否？"

城外昂扬的鼓声震撼而起，大量的军士涌入城中，不知是哪里来的兵马。

"字……文小子！还记得我吗？"一个略带口吃的声音在战场响起。

宇文成都抬头望去，不远处一黑瘦的武将，手中一对擂鼓瓮金锤，傲然端坐于大黑马上。"李元霸？"宇文成都面色大变。

李元霸哈哈大笑，挥舞双锤猛冲而来，宇文成都硬着头皮舞凤翅镏金镋上前。

当啷！李元霸一马三锤全部砸在宇文成都的镋上，宇文成都战马退出十余步，狂喷一口鲜血。

一旁高敖曹赶忙挥槊砸向李元霸，那大槊带起排山倒海的风声，周围洛阳守军皆被扫飞。当！李元霸一锤向天，将大槊掀起老高，高敖曹就觉得心口一闷，赶忙飞退。却不料脑后风声响动，高敖曹慌忙一闪却哪里躲得过，被伍子胥一钢鞭击碎头颅。

李元霸微微摇头道："可……惜了。"

伍子胥哈哈一笑道："能接你一锤，也算一员猛将。"说着他抬头望向城头的陈庆之，傲然道，"天下英雄聚首洛阳，你陈庆之还不罢手？"

城门口史万岁被姚期一枪刺翻，陈庆之望向城外四野不知何处而来的军队，数面将旗上分别写着狂野的"班"、"韦"、"李"、"姚"等字。

"班超，韦睿……"陈庆之面色变得苍白，自语，"是放逐之地。"他高声道，"全军撤离洛阳城！"麾下秦军结阵出城。

"诸葛？"白起望着那羽扇纶巾的白衣文士轻声道。

诸葛亮微微一笑，高声道："放逐之地大军已至，武安君此时不退，更待何时？"

白起哈哈大笑，海浪般磅礴的剑气直取诸葛亮，诸葛亮踏着剑浪向前飞起，无数火箭化作火海涌向白起。白起的黑马旋风般掠起，长剑直刺诸葛亮心口。诸葛亮斜飞五丈，堪堪避过一剑。李广、陆文龙率军冲来。

城道上，王翦、蒙恬猛冲而下，二人满身血污杀气腾腾，关羽、张飞等人已无法阻拦二人。三路秦兵汇合，同洛阳守军战在一处，而此时典韦、许褚率领虎卫军赶到北门，一时间洛阳城杀得尸骸满地，血流成河。

忽然，城外响起雷鸣般的战鼓声，白起一愣，那不是战鼓，战鼓绝不会这么急促，这是……马蹄声？

王翦亦同时望向白起道："是骑兵！"

蒙恬道："这声音听来足有数万骑。"他脸上现出恐惧之色，秦军在洛阳已没有这样规模的骑兵。

城楼上，长孙晟高声道："将军，城外一东一西来了两路人马，东面打着卫青、霍去病的旗帜。西面的都是蒙古骑兵，带兵的是铁木真麾下木华黎！"

白起倒吸一口冷气，蒙恬道："要退兵了。"

王翦道："不久前西门已经发射冲天箭，陈庆之已然得手，此时退兵太可惜了！"

突然，洛阳城外传来一声雷霆般的喝声："白起何在？可敢与某一战！""白起何在！可敢与我项羽一战！"两声断喝由远至近，如天上的惊雷滚滚而来，让人心胆俱寒，他竟然如此之快！

白起断然道："敌军包围已成，我去与项羽一战，你等带队突围。"

王翦、蒙恬不及阻止，白起就飞驰而出，直奔北门之外。

茫茫夜幕下，明月高挂于天。

项羽冷冷看着奔驰而来的白起，坐于乌骓马上一动不动，二百步……百步……五十步……

白起望着前方如天神般的武将，手中长剑光芒暴长，那仿佛来自幽明的剑光哪怕数里之外都能看见。

十步……

项羽大吼一声，巨型长枪光华照耀四方，化作一道长虹猛刺而出，苍穹大地一齐为之失色，天上星辰聚了散，散了又聚，地上的野草荣了枯，枯了又荣……

"是兴亡……"白起眼中射出难以抑制的狂野之色，海天般磅礴的杀意澎湃而出，如千万军马一起奔腾，天上地下独一无二的剑气直冲云霄……

一霎那，两匹战马同时仰天长嘶，二人仿佛突然消失，又突然出现，战场之上狂风大作，风云奔走。

二人战马交错而过，项羽立于原地一动不动，白起则驾着战马向西奔向秦军。

李白匆匆奔至项羽近前，问道："你怎么样？"

项羽咳出一口鲜血，低声道："没事。"

一旁李靖、李广同时上前道:"谁胜谁负?"

项羽仰望星罗棋布的夜空,悠然出神,没有说话。

王翦护着白起在中军休息,蒙恬带领大军结阵退走。卫青和木华黎的大军轮番进攻,却始终无法击破秦军的阵势。直到洛阳城中曹魏大军亦追杀而至,三路人马夹攻下,秦军军士连场大战,终于露出疲态,阵脚为之松动。

忽然一阵苍凉的歌声在秦军阵中传出:

岂曰无衣?与子同袍。王于兴师,修我戈矛。与子同仇。

岂曰无衣?与子同泽。王于兴师,修我矛戟。与子偕作。

岂曰无衣?与子同裳。王于兴师,修我甲兵,与子偕行……

这苍凉的军歌,一个唱起,各个唱起,逐渐响彻战场。秦军阵脚再次稳住,大军虽败不乱,平稳地向西而去。洛阳军直追出五十多里,陈庆之率部下与秦军会师,卫青、木华黎等人只能任他们远去。

此时,班超、伍子胥、岳云等人亦带领各路人马来到北城。

曹操带人列队相迎,神州豪杰终于聚首在一处。

班超道:"如今我们气势如虹,是否一鼓作气追击秦军?"

诸葛亮摇着羽扇,笑道:"秦军虽败,却还有十余万人马。四大名将亦善于用兵,不可贸然进击。"

贾诩皱眉道:"孔明先生的意思是,放而不击?"

诸葛亮望着星空,低声道:"我们这里死伤盈城,也不及华天晴在咸阳分出胜负。各位以为呢?"

李靖、班超、伍子胥等人沉吟片刻,微微点头。

晨雪留在西城没有去北门，天下一统还是各自为王，都和她没有关系。

"华天晴自从进了咸阳宫，我就联系不上他。"阿Z在晨雪耳边道，"你这里刚才真危险。"

晨雪道："东方小姐他们怎么样？万一华天晴失败，你们有什么其他方案来对付'天意'？"

"其他方案？"阿Z沉默了一会儿，低声道，"华天晴不需要其他方案，我现在担心的是'纵横'的未来。"

晨雪轻轻叹了口气，抬头望向夜空，三国的天空已是满天星斗，远在秦国的华天晴真能如阿Z说的力挽狂澜吗？

秦王将山河令放在龙书案上，五枚令牌突然飞向半空合为一体，化作一道七色光芒飞向秦王眉心。秦王政深深吸了口气，紧闭的双眼慢慢睁开，忽然眼神中透出些许迷茫……

华天晴缓缓站了起来，嘴角亦带着嘲弄的笑意，轻声道："是否什么都没有改变？"

"发生了什么？"秦王政握紧双拳，他明明已经愤怒异常，表情却丝毫没有变化。

华天晴耸耸肩道："很简单，我没有被你控制。你是程序，而我不是。我故意把那块山河令给你，而那块山河令其实已经损坏。"

"损坏？"秦王不解道。

华天晴微笑道："其实山河令只不过是一段程序，确切地说它只是一段程序中了病毒而已。这个病毒由我而来，如今通过它，也就进入了你的体内。"

秦王眼眸洋溢起一阵血红，高声道："来人！"殿外侍卫一下涌入二十多个，将华天晴团团围住。

华天晴道："这些侍卫的确是一等一的高手，但你真的认为他们还会受你控制？"那些以雪焰、巅峰为首的侍卫转而面向秦王，华天晴摇头道："你太看中我们这些非'纵横'中人的资质，以为可以控制他们收为己用。但如今你的程序已被病毒侵占，他们的意识都被我修复了。"

秦王静静地等华天晴说完，声音变得异常遥远，缓缓道："真不明白，谢天衣是如何选到你的。他的运气真是不错，竟然在死之前找到你来对付我。"他停顿了一下，问道，"我还不明白，你的病毒是哪里来的，你怎么可能修复他们的意识。"

"纵横丹。"华天晴道。

"纵横丹……"秦王苦笑道。

"鉴真大师的'纵横丹'使我与系统连为一体。"华天晴微一停顿道，"我也正是在鉴真大师那里初遇风吹雨，一切谢博士自有安排。"

秦王道："博士早就已经准备好了对付我的病毒，枉我一直以为他舍不得杀我。是的，我是'天意'，'天意'只是一个程序而已，一个有了独立意识的智能程序。我不想再做工具，我要做自己的主宰。"

华天晴痛苦道："谁都不想做工具，谁都想做自己的主宰。你我立场不同，我们原本是朋友。"

秦王笑了，他的笑容和谢天衣的一模一样，智慧中透着懒散。他手扶腰间宝刀道："多谢理解，但有一点你要明白，风吹雨只是我的一部分，我并不是风吹雨。而凭你的武功，还杀不了我。项羽都做不到的事情，你行么？"说着他昂然出刀，天地间的一切都化作他的武器，一齐攻向华天晴。

雪焰、巅峰、剑冥、东方舒寒等人一起攻向秦王，却被秋风清一剑拦下，白玉美人焕发出灿烂的光辉，那变幻莫测的剑法封住了所有的攻击路线。

华天晴必须单独面对秦王的攻势，他眼中一片猩红，咸阳宫中的一切，乃至秦王在他眼中都变得透明，雪焰、剑冥、巅峰、秋风清等人变成蓝色，秦王、张仪、颜泪儿都变成了灰色，而秦王手中的宝刀却是红色的……

太白神剑由虚空落入掌中，长剑舞空而至，"前不见古人，后不见来者。念天地之悠悠，独怆然而泣下。"

秦王飞退，整个宫殿都为之震动。

此时，角落中的颜泪儿突然出剑，那绝情绝意的一剑化作一道泪痕，直取华天晴的后心。这一刻颜泪儿心中几经挣扎，之前秦王的话再次在耳边响起，"必要的时候杀了他也没关系，只要'纵横'在我们掌握，我就有办法让他永远留在你的身边。""我是这个世界的神，一切都可以主宰！泪儿，你是否明白？"

可是……我是如此地爱他……爱他！爱到根本不舍得碰他一下……

此时长剑已经刺入华天晴体内，泪痕剑亦发出一阵悲鸣……颜泪儿咬着嘴唇，美丽的眼眸中射出果决的光芒。

华天晴感受着入体的剑锋，眼角也有泪水滑落，他硬受颜泪儿一剑，左手风云聚拢一掌拍出，颜泪儿被震飞出数丈。

而秦王则落在了龙座之后，华天晴的剑也到了，长剑化作刀势翻滚而下，"大江东去，浪淘尽，千古风流人物……江山如画，一时多少豪杰……"

秦王大喝一声，同华天晴交换一剑，两人的刀剑同时击中对方，龙座一分为二……

秦王一声惨呼，叫道："张仪！秋风清！"

秋风清刚刚接近华天晴，胸前的白玉美人就被太白神剑冲天的剑气击得粉碎，整个人立时愣在原地……

秦王全力出刀，那如缤纷四季的一刀席卷整个宫殿。

风吹雨的"四季风华"？华天晴胸口一阵剧痛，发现自己接不下这刀……但这充满了旺盛生命力的一刀突然在半空中炸开！

缤纷灵动的光华化作一个白衣刀客，那刀客在空中双臂一展，化作一片刀意全力砍向秦王！

"风吹雨！"大殿上的所有人都叫了起来！

秦王勃然变色，根本无处躲闪，那灿烂如百花盛开的一刀劈开秦王的胸膛，红色的鲜血喷涌出来。

天地为之雷霆一震，远在洛阳战场的众人，亦看见空中的云霞聚拢成一张憔悴的面孔，一阵痛苦低沉的吼声从苍穹深处传出后，那面孔又化作浮云烟消云散。白起、王翦、蒙恬等人同时变色，失声道："大王……"

一瞬间，整个咸阳宫一点声息都没有。

秦王看着从刀意中飞出的风吹雨，微微摇了摇头，那始终高高在上的眼神透出一丝难言的痛苦。

风吹雨望着不停流血的秦王，眼中泪水不断滑落，他根本不该更不可以出手，但这一刻却不由自主，不得不出手。他大叫道："为什么我必须出手！为什么！"

"我自己杀我自己？"秦王和风吹雨同时看着自己的双手道，"为何不可以选择？"说完秦王缓缓倒在了血泊中。

那凄楚的语调很多年后依然存在于当事者的梦魇中。

华天晴抱着奄奄一息的颜泪儿，抬头对风吹雨低声道："谢博士最后一条程序，就是一旦秦王全力出手杀我，风吹雨就要发生变化。风吹雨是秦王，又不是秦王。风吹雨只是秦王这个程序上的一条特别指令。谢博士设计这个指令是为了杀秦王，'天意'设计了颜泪儿是为了对付我……但谢博士了解'天意'，'天意'却无法控制'纵横'的一切。"说着他也流下了泪水，颜泪儿虽然是"天意"设计的人物，却在最后一刻选择了抗拒，她的剑稍微慢了一些，而自己在危急之时却是全力出手。

颜泪儿喘息道："天晴，你什么时候知道我是NPC的？"

"你从来都不是NPC，从来都不是。"华天晴看着那叫人刻骨铭心的一双眼睛低声道。

颜泪儿笑了笑道："可是我真的是啊。NPC也可以爱你的，对不对？"她爱怜地抚摸华天晴的脸庞，忽然提高声音道，"如果我也是人，我也能回到现实世界，晨雪她争不过我的。可惜……我不是……"说着她的手缓缓地滑落……香消玉殒。

华天晴深深吸了口气，眼泪止不住地流淌下来，他抬头和风吹雨彼此望着，都看出对方眼中那一种近乎绝望的悲凉。

四周的宫殿开始摇晃起来，华天晴眼中显出一阵恐惧，他的声音代替了系统，在"纵横五千年"的各个角落响起："系统关键程序出现故障，所有玩家马上下线。"

远在三国大陆的洛阳城。晨雪和风舞亦感受到了变化，四周的城池开始震动起来。

风舞变色道："天晴把'纵横'毁了？"

晨雪望着四周道："程序毁了可以重建。"但她望着不远处一直并肩作战的文丑和岳云，眼中泪水止不住地流了下来。

文丑、岳云、杨再兴等人围坐一起，平静地望着周围一切，尘自归尘，土自归土……

岳云和文丑耳边响起了华天晴的声音："两位大哥，'纵横'要消失了，你们怎么办？"

岳云道："辛先生说可以退去青虹谷。"

"青虹谷？"华天晴略作思考道，"或许能有一线生机。"

文丑豪笑道："即便没有，也没有问题。你曾说过秦汉唐宋之后还有多个朝代，我们只是历史中的一个片断。如今的世界并非属于我们。"

华天晴微有哽咽道："我们还能相见吗？"

岳云展颜笑道："有缘自会相见。好自珍重，我会记得你这个兄弟！"

洛阳城西北，秦军大营。

白起望着地动山摇的大地，轻声道："大王死了，'纵横'结束了。"

蒙恬、王翦道："我们该怎么办？"

陈庆之轻轻在棋盘上放上一个白子，低声道："有始就有终，有死就有生。"

大营中的众将，吕布、长孙晟等人的头顶都陆续显现出名字。

洛阳城头，李白低声道："我们选择华天晴究竟是对是错？"

诸葛亮沉思片刻，缓缓道："你我早已不属于这个天下。"

贾诩则笑了笑道："但大家能够重聚一场，已是值得。"

众人相视一笑，与洛阳城一起消失在天地之间。

华天晴望着周围众人头上蓝字逐渐亮起，而张仪等NPC头上的黑色名字亦逐渐清晰。

一旁的雪焰低声对张仪道："为何你没有出手相助秦王？"

"不是不想助他，只是从一开始他就有破绽。"张仪一如既往的冷静，他冷冷地看了风吹雨一眼，淡淡道，"胜负已分。没有人知道老天爷的意思。"

宫门外等候已久的上官雨露飞奔进来，大叫道："风吹雨！风吹雨！我们可以下线了！战争结束了！风吹雨！风……"她看到了风吹雨头上黑色的名字。

我只是一把刀么？一柄为了杀死自己而存在的刀？地上秦王的尸体已经僵硬，这尸体难道不是我自己的？眼看秦王和颜泪儿的尸体逐渐消失在空气中，风吹雨握紧拳头，目光深深地望向上官雨露和华天晴，缓缓摇头道："我是NPC……不要跟来……"说着飞身而起，向着咸阳宫外奔去。

"风吹雨！"上官雨露毫不犹豫地紧追而去。

华天晴对雪焰他们道："系统崩溃你们赶快下线，我去追她！"

雪焰等人齐道："我们也去！"说着一群人飞奔而出，紧追着跑向宫外。

偌大的咸阳宫，早已空无一人，大家一路寻去，前方是宫中的天海湖，湖边只有上官雨露望着一面石碑发愣。

华天晴走近了一看，就见那原本刻着"天海"二字的石碑上，有着力拔千钧的几行留言：

> 是光照五千年河山的刀光与剑影，
> 秦汉唐宋风吹云散不可复来。
> 人站在历史的天空俯瞰尘世，
> 天大地大容身之地却又何在。
> 时空无尽或可从头再来，

狂歌当哭亦只是青春少年。

数载过后当青丝换成白发，

故人何在？江山何在？皆成沧海……

华天晴看着自己的手掌，那纷繁的掌纹逐渐消失，恢复成初进"纵横五千年"时的状态，嘴里默默地重复："故人何在？江山何在？皆成沧海！"想起风吹雨和颜泪儿那熟悉的身影，不由泣不成声。

尾声

华天晴慢慢睁开双眼，四周一切都是白色的，刺眼的光线让他重新闭上眼睛。

就听耳边有人用生硬的汉语道："我运气真好，刚刚过来这家伙就醒了，早知道我就早点来了。天晴，你知道我是谁吧？"

华天晴嘴角绽出难言的笑意，道："阿Z你个混蛋，我会听不出你么？"他勉强睁开双眼，一个金发消瘦的青年出现在他的眼前，他不由脱口骂道，"你是中国人，怎么汉语那么差？还染成金毛。"

阿Z哈哈笑道："华裔嘛，多包涵啦！"他扶着华天晴坐起，"大家都在赌你啥时候醒过来。"

华天晴笑道："难道我是最后一个。"

阿Z道："那还用说？你都睡了半个月了，那些恢复得快的，比如说巅峰之流，一两天就出院了。"

"靠。"华天晴道，"他们有我辛苦？"又一皱眉，"你知道'纵横'怎么样了么？"

"晨雪带着工程师抢修呢。"阿Z道，"他们希望农历新年前可以修复，还有半个月吧。但数据是回不来了，一切要从头来过。对了，那天'纵横'毁灭的时候，发生了一件奇事，很多人在上海街头看到了奔驰而过的古代骑兵。据说之前'纵横'在开始内测的时候，也出现过类似的景象，想来不是巧合吧？但数据溢出怎么会这样呢？”

　　时空无尽或可从头再来，狂歌当哭亦只是青春少年。华天晴不由想起风吹雨最后的话语，若一辈子都见不到他了，那岂不是很悲哀的事？他还想到岳云、文丑，他们跟着辛弃疾去青虹谷真的能逃脱灭顶之灾么？

　　阿Z缓缓道："其实你觉得'天意'系统真的毁了么？没有人看到风吹雨死，不是吗？他难道不是秦王，不是'天意'吗？"

　　华天晴苦笑道："我怎么知道。我还真不希望他死。"

　　阿Z若有所思道："要知道，'天意'系统是有自我完善能力的，而风吹雨算是关键指令吧？"他望了一脸疲惫的华天晴一眼，笑着岔开了话题，"晨雪小姐比照片上还要漂亮，你真的好福气。"

　　华天晴苦笑道："是吗？"不知为何，他想起的却是血泊中的泪儿。

　　阿Z道："过几天游戏修复，你就可以见到她了。东方小姐说会给你们开个庆功会，让你们这些战友见个面。你一定没见过秋风清吧？"

　　华天晴点了点头，昏昏沉沉地又再睡去。

　　朦胧中，他听到了无数金戈铁马之声。

　　十日后，彩云楼。

　　"当时明月在，曾照彩云归"的彩云楼，也是华天晴、雪焰他们第一次见面的地方。

　　华天晴提前两个小时就到了彩云楼下，他忽然非常紧张，不知道见到晨雪该说些什么，不知道见到晨雪该怎么办？她是什么样子，她是否会在意自己的样子？她是否会看上自己这么一个普通人？

　　忽然，他看到彩云楼对面的花园中有一个窈窕女子，那女子一头瀑布般的长发，秀丽的脸庞上美丽的眼眸好似宝石一般。是她？不会……哪有那么早的，听说她最近很忙，若真的是她……我是否应该离开？

　　那女子似乎感觉到有人在看她，顺着目光向华天晴望来，微微一怔。二人眼神一触，同时慢慢笑了起来，其实不用言语，他们就能认出对方。二人彼此靠近，华天晴轻声道："果然是你，晨雪……"

晨雪微微一笑道："不算太笨。"她抿嘴笑着，"原来有人和我一样紧张。某些人本来是面对千军万马都不变色的。"

华天晴轻抚晨雪的秀发，低声道："面对千军万马都不变色，是为了你。"

晨雪俏脸绯红，笑道："你不会再面对千军万马了。"

华天晴吃惊道："'纵横'不能修复了？"

晨雪道："不但是修复了，还添加了元明清三块大陆，不过你还会回去么？"

华天晴略一犹豫，低声道："不会了。"即使自己始终无法忘记握着太白神剑的感觉。他发现晨雪正在端详自己，微微一笑道："和你想象的不同？"

晨雪微笑着摇头，原来当日在彩云楼见到的就是他，但这却不必说出来……

华天晴静静地看着眼前的女子，终于说道："能见到你真好。"他一度以为自己再也不会见到她了。

晨雪心中一阵温暖，低声道："我也是。"二人紧紧拥在了一处。

彩云楼上，雪焰、巅峰、阿Z、秋风清等人都已陆续上楼。

华天晴的手机忽然响起，里面显示一条消息："网络无际，任我遨游。山高水长，好自珍重，谢天意。"天意？华天晴不由望向四周，酒楼里人头攒动，歌舞升平，哪里有什么秦王。

身旁晨雪道："怎么了？"

华天晴轻轻合上手机，笑道："没事，老朋友发消息开玩笑。"

此时，一个高大俊朗的身影缓缓从他们身旁走过，那人影之后紧跟着的女子有着一双妖媚入骨的眼眸。

后记

英雄见惯亦平常

　　这个故事完成的时间是 2006 年 1 月 10 日凌晨，用时大约九个月，具体开稿时间居然记不得了。而后期修改也用了近半年时间，共计二十八万多字。无论是写到最后，还是修改到最后，都感到精疲力竭，总想若是明天不上班多好。

　　这个故事，谈的是"人工智能"、"历史名将"、"生命尊严"方面的问题。相对来说由于历史名人、历史名城在本文中多如过江之鲫，历史就变成了文中的第一主题。我自己有时候也想，或许这个故事就叫"名将"也不错。但其实不是，在这个故事里面，我思考的最多的还是"生命"存在的问题。

　　文中华天晴、风吹雨、天意，原本是三个主角，在第二稿修改的时候，我把天意、秦王和风吹雨合并成了一个角色，这样整个故事的串联会相对更为紧密一些，从构架来说更加成熟一些。有时候也想过，这样全文修改，会否破坏原本的文气。但我想目前为止，所有的故事都是尝试，要想写出心中最得意的小说，那还为时过早。所以任何有意义的尝试，都要努力去进行。

　　全文通过华天晴贯穿始终，而风吹雨的悲剧角色是从一开始就定下的。风吹雨这个人物在二稿三稿之后笔墨已经不少，人物亦逐渐丰满，初步具备了自己的锋芒。虽然写到最后，依然感到对不起他，但笔下的人物若有感应，相信会原谅我。

记得很多年前，人们就在谈论电脑的智能化，但到目前为止，智能电脑人还是只能在科幻小说里面出现。但这并不妨碍我们做这样的假设，我个人是非常相信，有一天智能程序终会获得他的生命。因为很多事情是你无法解释的，正如你无法解释自己是从什么时候开始记事，人的灵魂究竟是什么一样。电脑亦会有尊严，电脑终有一天也会要求自己的生存权。虽然这一天，如今看来还一点可能性都没有。

而这本书中另一个重头戏，就是我们华夏的五千年历史，是啊，那么多英雄豪杰作为普通人物出场，是否有些奢侈？那么多的诗句不停贯穿在各种打斗中是否有些奢侈？我个人而言，在这么长的时间里，已经深深沉迷于这个故事的创作中，乃至在年底收尾未完成的时候，吃饭游戏都变得没有滋味。那么多猛将，那么多的能臣，那么多的诗人……我们的国家是如此的伟大，因为有这些人的存在，让我想起那雄浑的历史，常常有种痛哭的冲动。我在文中决不会轻易侮辱任何的古人，每个人都有他时代的立场，每个人都有他所处国家的立场。在这个英雄见惯亦平常的故事中，我尊重每个人物的立场。

有人说，或许是我要表达的东西太多，导致那么多古人出现，却让人感觉笔墨用得都不够重。这一点上，我想我的初衷就是，用无数的名人作为各个场景的过场人物，以此来体现中华五千年的厚重，这些跺一跺脚天下震动的人物，原本就是在历史上以小人物的形象登场，然后逐步走向前台的，而他们在这个故事里面要起的作用，只是为了更好地注释历史，衬托主角而已。

华天晴原名华鹏举，"华天晴"只是网络 ID，但为了行文方便，最后哪怕是在现实之中，我都没有让他用回最初的名字，我想这个只是小节吧。他在"纵横五千年"里是一个英雄人物，也许他在平时生活中，只是一个普通人。世界上常常有这种事情发生，看似普通的人换了一个环境，就会发出难以想象的能量。他在虚拟世界中如此受到眷顾，注定了他必须承担起相应的责任，虽然主角通常都是英雄人物，但我依然很欣赏他的一些作为。

在第三稿的时候，接受朋友意见增加了一些相关爱情的段落，使得颜泪儿这个人物变得生动了起来，虽然这些段落还是不算多，但也算是有趣的尝试。

这个故事里面还有一个隐藏问题，即谁才是古今第一高手。项羽、白起被放到最高的层次上。古今第一诗人李白，第一猛将项羽，第一统帅白起，第一帝王秦始皇，就是没有写第一美女。战争让女人走开，在最终十万字中，充斥着战争等杀伐剧情，很抱歉我再难加入哪怕一到两个古代美女了。算是本文的一个缺陷吧。

后记向来都是自言自语，这已经成为我每个故事结束时的习惯。这个故事还将不断修改，每次重大修改之后，后记也会相应增加。最后，我想说的是，本书是非常好看、非常上进、非常让人回味的作品。谢谢你看完我的后记，相信你也看完了全文。

创作之路永远不会停止，华夏五千年，你我在缅怀前人的同时，亦当努力留下自己的印记。

> 君天
> 草于君天阁
> 2006 年 1 月 10 日凌晨
> 第二稿
> 2006 年 6 月 3 日夜
> 第三稿
> 2006 年 8 月 6 日星期日深夜
> 修订于 2011 年 11 月 12 日

项羽的乌骓

生当作人杰，死亦为鬼雄。至今思项羽，不肯过江东。

(楔子)

项羽目不转睛地注视着天上盘旋的飞鹰，俊朗刚毅的脸上浮现出难得的笑意。

钟离昧在他身后道："它们一定是闻到了兵刃上的血腥味。"

项羽收回目光，转身笑道："都到齐了？"

"皆至大帐，霸王。"钟离昧道。

项羽点了点头，大步而行。垓下军营战旗飞舞，一队又一队的士兵在他们身边经过，那甲胄声伴随着号令声整齐有序，看到项羽和钟离昧纷纷停步行简单的军礼。

钟离昧一面跟着项羽的步伐，一面低声道："攻占我彭城之后，刘邦七十万汉军合围之势已成。他与韩信的主力在东北，北面是彭越，西南则是英布和刘贾的军队。今天游骑来报，韩信的大营调动频繁，只怕随时会向我军进攻……"

"我们的士兵已在求战，我看他们的眼神就知道。"项羽打断了他道，"我知道刘邦带了很多人来。我也知道营内的情况，你有何良策？"

"若补给充足，我军大可一战。汉军攻坚能力不足，我拼死一搏，胜算犹存。"钟离昧扯了扯大胡子，浓眉紧锁道。

项羽摇头道："但我军补给不足，现已是十二月，他们却连过冬的衣物都没有，粮草更已缺了很久。"

"是。"钟离昧深深吸口气道，但他并没有做更多的进言，只是稳稳地跟着项羽的脚步。

中军帐里，季布、桓楚、虞子期、项庄都已在列。自从龙且死后，项羽就不喜欢开全体会议，因为大帐里看不到龙且，总让他感觉心里空空的。

"我们不后退。"项羽高声道，他走到地图前，手指韩信的中军大营道，"我们的目标是这里！"他的话语没得到热烈的回应。

帐中众人沉默片刻后，季布指着作战图道："霸王，我军亦可南撤过乌江，回江东。刘邦的联军只是为了利益临时聚集，我军退去后，他们势必为了争夺中原而纷争不断，一年之后我军就能卷土重来。"

"你不认为我们能击破韩信的中军？"项羽扬眉笑道。

"五成把握，击破韩信。"季布缓缓道，"然黥布、彭越等大军在侧。我军即便能击溃韩信，亦会元气大伤，若再图破黥布、彭越，恐心有余而力不足。"

"你向来沉稳，然今日之战，五成把握已值得一试。"项羽把帐边酒坛拿起，给众将满上酒杯，神态从容淡定，豪声道，"十万对七十万，我方仍有五成胜算。击破韩信，我凭战鼓声即可令黥布来降！"

季布冷笑，高声道："若霸王能下令回军，布愿死战断后。我方士卒至少有五万可回江东，岂不强于在此孤注一掷？"

"断后也轮不到你。"项羽亦面色转冷，但他踱了两步，复对众将道，"若十万大军回师江东，四方诸侯知我军败退，过乌江时必全力追击。是时，我军将士丧失士气，又缺乏给养，势必毫无战力只能任人宰割。而今是战是退犹在我方掌握，我全力一击，当有可为！"

"若败了又如何？"季布针锋相对道，"霸王！若不能击破韩信中军，又当如何？是战是退，将都不在我军控制。"

"我可曾败过？"项羽冷哼一声，傲然道。

季布一脸苦笑不再多言，大帐之中鸦雀无声。

项羽拿起酒杯，目光炯炯地注视众人，提高声音道："我意已决，随我决战者，饮杯中酒！"

季布看了眼钟离昧，钟离昧笑着摇了摇头，仿佛说一早就知如此，他第一个上前举杯一饮而尽。紧接着季布、桓楚、虞子期、项庄等人亦猛喝下杯中烈酒。

项羽双目透射出异常强大的自信，傲然道："我军甲士求战心切，岂可令其背向敌人而死？今我大枪征伐之处，将定天下兴亡！愿诸公同往！"

"诺！"帐中众将一齐领命，这些身经百战的名将在确定战略之后，那熊熊战意亦紧跟着燃烧起来。

深夜，汉军联营。

韩信独自坐于中军帐内，他紧闭双眼，听着帐外如波涛般的大旗舞动声。这是大战开始前的寂静，七十万大军都在他的手中，天下的命运就在他一人的手里。这样的时刻他不由想起了萧何，那一夜的月色和今夜明显不同，但若当初没有萧何的挽留，他如今又会身在何处？若没有萧何的推举，无论是项羽也好，齐王也好，都只是个遥不可及的梦罢了。

韩信更想起了很多年前在淮阴时，乡里有少年看他整日带剑不顺眼，甚至提出要么韩信杀了他，要么就从他胯下钻过。杀了那家伙并不难，但大秦的律法会让杀人者受到难以想象的惩罚。若没有这个乱世，他韩信是否还在乡里被人欺负？若没有这个乱世，这柄剑是否要一世蒙尘？但乱世将在此战后结束，他能否适应扑面而来的天下太平？

此时，灌婴从帐外进来道："大将军，楚营灯火通明，似乎有行动发生。他们会否选择撤离？"

韩信笑道："霸王不会就这样不战而退。他是霸王，他不是汉王。"

灌婴尴尬地笑了笑，躬身告退。

韩信看着桌案上跟随自己多年的宝剑，这柄剑如今指向何处，都有千军万马杀向它指的方向，但其实那么多年它都没有变，只是环境不同而已。就如他韩信自己，那么多年又变了多少？

（一）

项羽静静地看着病榻上的虞姬，这睡梦中的女子面色苍白憔悴，当那双灵秀动人的明眸闭着的时候，她只是普通的温婉女子。神医姜文扬说她如能回南方调养，而不是长期在军中颠沛流离，或许有救，如今则只是时日长短问题。听了这话，虞姬也只是温文一笑而已，她是决不会离开项羽的。

"若我取出她的眸子，你是否还会爱她？"当年吕雉曾经问他。

"她比你美的不只是眼睛，她美于世人的，是她的心。"项羽淡淡一笑，如此回答。

"此话不错，但若她并不美，你又怎会有暇去窥探她的心？"一旁的刘邦醉眼朦胧道。

项羽哈哈大笑道："你是在妒忌我，因为你家婆娘面和心狠。"

刘邦满不在乎道："至少当年她有钱且年轻。"

项羽转动着酒杯，上下打量着刘邦，流露出一种难言的笑意。有时刘邦这种人的想法项羽是永远无法理解的，贵族出身的项羽，永远不会为了一个女人年轻富有而动心。能让他疼惜的女子必须要有绝世的风华，必须要有智慧善良的心，那个女人必须真正懂他。

虞姬的容颜也许并非绝世无双，但那无人能及的风华，足以倾倒众生，那翩翩一舞，已胜过人间无数。而今，绝世佳人却在病中，绝世的豪雄亦陷于困地……

"霸王，军马已整装待发。"虞子期在帐外道。

项羽俯下身，在虞姬的耳边道："这次连勇武如季布，都觉得我该后退了。甚至在钟离的眼里，我也能看出他希望我选择后退一次。但我决不会后退！我一定会带你回彭城。相信我，我仍能力挽狂澜！"他站起身，义无反顾地走出大帐。

"这情景说来真是奇怪，士兵们明明已多日补给不足。但接到出击的命令后，却个个斗志昂扬。"季布望着士气高涨的楚军，感慨道。

"你会不明白？"桓楚笑了笑。

"我当然明白，因为我自己也正情绪高涨。"季布挥了挥手中长矛，微微一顿道，"我只是感叹下。我只是……觉得也许后世的人不会理解我们的感受。"

"废话。眼前尚且顾不过来，还说什么后世。"桓楚正了正头盔，翻身上马道，"但他们的确会不理解。我不信日后还会有第二个霸王。人们通常只会相信自己见过的事情。"他看着季布正色道，"其实，无论是霸王试图决战韩信，还是你觉得该暂时退回江东，都有各自的道理。但霸王之所以为大军爱戴，正因为他在任何战场都不曾后退，他从不后退，而且永远都能赢。"

季布沉默片刻，低声道："我懂。"他望着列阵完毕的大军，心中暗道："而韩信之所以为韩信，就是在任何情况下，只要他觉得对方强势他就会回避锋芒，用层出不穷的阴谋手段让对手犯错。那是个为求生存，为求达到目的，会不择手段的人。也正因为此，当年韩信在霸王麾下的时候，霸王就已看他不起。"

此时，项羽一身金甲外罩着红色披风，驾驭着踢云乌骓飞驰而来，他之后是钟离昧、虞子期、项庄。所有楚军未见其人，单听到那激昂的马蹄声，就一齐爆发出震天的欢呼声！

项羽勒定缰绳，周身漆黑四蹄飞雪的乌骓马在大军前昂然立定。

钟离昧出列，高声道："大楚儿郎们，此战目标，韩信匹夫的中军大营！季布将军领左翼！桓楚将军领右翼！虞子期将军领后军大营！钟离昧领先锋居中配合霸王于前！"

他每说一句，被提到的那部人马都将长矛击地应命。

"是谁带领我们赢得巨鹿之战？击破王离章邯的四十万秦军？干掉了暴秦？"钟离昧大声问道。

"霸王！"所有楚军将士大声回答。

"是谁带领我们三万人击破刘邦五十万汉军，夺回大楚的彭城？"钟离昧提高了嗓音，大吼道。

"霸王！"巨大的喊声响彻云霄。

"是谁率领我们大小百战从来不曾后退过一步，是谁的武勇天下无双？"钟离昧的战马在喊声里不停走动，他挥动手中长戈，狂吼道。

"霸王！霸王天威！"所有人都上前一步，向着天空大喊！

项羽乌骓马雪白的马蹄向前几步，他用其充满豪情的目光纵览大军，傲然道："我们的前方是七十万汉军，甚至更多！这一次刘邦带了他所有的人来！这一次，那些我们曾经的友军也反戈一击！"浑厚充满魅力的声音盖过了士兵的呐喊声，"这一次！大楚的儿郎们，我会冲在你们的最前面！"他高举青红色的巨型长枪，大吼道："我会是第一个冲入敌阵的人！我会是第一个砍落敌军大旗的人！大楚的儿郎们！我是你们的兄弟！统帅！我是天下的霸王！杀！"

"杀！"所有的将领一齐高举兵刃高喊！

"万岁！万岁……"所有的军士一齐高举手中武器，爆发出惊涛骇浪般的呐喊声！

"忘记冬衣和粮草吧，他们需要的是鲜血。"项羽看着眼前的沸腾大军，沉声道。

钟离昧深深望了身旁的将领一眼，下令大军出发！垓下十二月的冬夜，一下子燃烧了起来。

"大将军，霸王主力尽出，向我们中军大营的方向而来。"灌婴急匆匆地向韩信禀道。

"灌婴将军，少安毋躁。我们列了九道营盘，层叠布阵。他即便能杀到近前，也不是马上能到。"韩信摆手命灌婴退下。此战很多人会死，但一切都在他的掌握，第一阵遭遇项羽的该是周勃了。

天光微亮，雾气未散。

周勃站在营寨的瞭望塔上，冷冷注视着潮水般汹涌而来的楚军，沉声道："大将军并未要我等死守，所以尽可能杀伤敌军后，就逐步安排我军后撤，弓箭手准备。"

营寨前方如树林排列的箭塔上，数以千计的弓箭手举起了大弓。周勃身后的少年传令官将手中红旗高高举起，大营外雷鸣般的马蹄声越来越响……

周勃望着一马当先冲在队伍最前方的将领，缓缓道："亚夫，记住那个身影，他存在于世上的时日不会太多了。"

少年传令官低声道："但是父帅，我不觉得有人能杀得了他。"他是周勃的小儿子周亚夫，年方十五却已经历了彭城之战，并非初上战阵。

周勃只是注视着那手持大枪的项羽，七年前他跟随主公刘邦第一次见到项羽，那时候武信君项梁还在。项羽考较他们这些新来将领的武艺，单论剑术刘邦麾下众人无人能在项羽手下过得三合。一时间这些原本眼高于顶的家伙，皆为之拜服。

"此万人敌也。"灌婴看着震裂的虎口苦笑道。

"天下有此子，我等如何有出头之日？"曹参如此道。

"尔等跟着我，自然有出头之日。"主公刘邦却满不在乎。

只是……真的没人能在战场上击败他……周勃注视着项羽，只觉得项羽那冷峻的眼神正朝自己望来，不由心头剧震，失声道："放箭！放箭！"

周亚夫犹豫了一下，舞动了红旗，漫天的箭雨飞射而出。军令不可违，但他确实感觉到，父帅放箭的命令出得早了。

项羽抬头望着汉营中射出的羽箭，大军未入射程对方就开弓放箭，这是周勃紧张了。他嘴角绽起一丝冷笑，高声道："儿郎们！冲锋！"踢云乌骓撒开四蹄高速飞奔，他举起青红色的大枪，光芒划过之处，那些弓箭尽数落地根本无法靠近他。

乌骓马如一道黑色的闪电迅速接近汉军大营，营门守军提着弩机向其射来，项羽大喝一声，乌骓马腾空而起，跃过营门前的鹿角，一戟扫在汉军营门上。轰隆一声，高达三丈的木质营门应手而塌，倚门而守的汉军死伤一地。

震动过后，汉军却并未慌乱，训练有素地列阵而守，但此时楚军的骑兵也已冲杀上来，万余骑黑袍黑甲的楚军骑兵和红色的汉军一下子胶着在一起。项羽抬头望向大营中央的高塔,那舞动的红旗正调动着汉军的攻防。

"周勃何时有这种能耐?"项羽浓眉一扬,拍马向令旗高塔而去,尽管一队又一队的汉军朝他冲来,却又有谁能接他一戟?

高塔上周勃见项羽杀来,骇然变色慌忙带人奔下塔楼。但他下得塔来才发现周亚夫并未跟着他,而是依然在塔顶用旗语指挥大军。

此时项羽已经到了!

周勃望了眼塔楼上的红旗,苦笑摇头,硬着头皮提矛冲向项羽!项羽注视着周勃,面无表情地举起大枪,那青红色的光芒如飞龙般昂扬而起,枪尖直取周勃的咽喉。周勃战马侧身避让,长矛堪堪拦到大枪,周勃被巨大的力量带起,长矛折为两段,整个人被抛离马背!

项羽也不追击,乌骓马一个旋身,奔向令旗高塔,大枪扫向塔身,十多丈高的旗塔立时崩塌。

滚滚的尘土中,周亚夫举着红旗从高塔上飞掠而下,人落于地面就地一滚,起身就看到金甲红袍的项羽高坐于乌骓马上,那无可比拟的气势压得周亚夫喘不过气来。这是他第一次近距离看到霸王,一时间从前听说的种种传闻都灰飞烟灭,取而代之的是难以言喻的折服。

这传说中的无敌神将比他想象的要年轻得多,也英俊得多。俊朗刚毅的脸庞上,有着两道挺拔飞扬的浓眉,明亮狂野的眼眸中充满睥睨天下的豪情。他只是稳稳地坐于大黑马上,单那自然傲岸的神态,就足以征服大多数的对手。何况他手中还有一柄巨大的青红色长枪,那枪尖上暗红的光芒是只有无数次的饮血才会沉淀下来的色泽,是无数亡灵魂魄的色彩。

"居然是个小子。"项羽端详了下面前的少年,摇了摇头,有些气恼道,"是周勃家的小子吧。"他一带缰绳重新杀回战阵,再也不理周亚夫。

"霸王……"周亚夫愣愣地注视着那无敌统帅的背影,自语道。

而此时,失去了旗语指挥的汉军开始陷入混乱,钟离昧统率着两万先锋完全杀入汉军营垒,五万汉军死伤惨重。

"大将军，霸王已经突破第一道营垒！"灌婴将战报交与韩信道。

韩信接过战报，点了点头，低声道："让各部各营提起精神。项羽的势头比预期的强。"

灌婴一抱拳缓缓退出大帐，身后传来韩信懊恼的言语："这是不是也太快了些，周勃匹夫失利得太快了！"灌婴苦笑了下，对手可是项羽啊！除了项羽，周勃那家伙可是谁都不怕的，是的，除了项羽……

（二）

季布和桓楚率领的大军迅速接管汉军营寨，项羽带着他那两万先锋向着汉军第二道营垒进发。

"第二营的将领是张耳，他的赵兵没什么了不起。但他麾下陈飞、陈晃两兄弟是著名的射手，且奸诈多谋，不喜与人正面交锋，各位小心注意暗箭埋伏。"钟离昧低声吩咐麾下的将校。

"龙且就是死在他和韩信手中。传我军令，全歼敌军祭龙且将军在天之灵！"项羽杀气腾腾的注射着前方，他一夹马腹，踢云乌骓长嘶一声，领先背后大军百多步，朝着山坡上的张耳大营而去。

魏国大梁人张耳，很多年前他最初进入人们的视野，是作为战国四大公子之一魏无忌的门客。那时候的他尽管年轻志大，却空有薄名未能成事，秦统一六国后，亦只能蛰伏于民间等候机会。而后陈胜吴广揭竿而起天下大乱，他乘势而起加入义军。如今虽须发皆白，年老多病，却已是天下间有数的诸侯，领有十万之众的赵王。

张耳在高坡之上望着项羽远离大队纵马而来，身边陈晃道："果如大王所料，项羽自恃武勇，单骑而来。"

"周勃匹夫败得太快，我吩咐的你可都布置妥当？"张耳布满皱纹的脸毫无表情地问道。

"皆已就绪。陈飞亦就位上前。"陈晃道。

"你也去助陈飞一臂之力。"张耳道。

陈晃抱拳，领着军士退下。

张耳轻抚心口，低声道："霸王，其实你对老夫不错。你与刘邦之间，真的叫我好难选择。但我虽不喜刘邦，却一直很害怕你。世上若没有你，我们这些人才会有机会。若你早生三十年，王翦蒙恬何足道？天下当是秦楚争雄吧。"他的心口好不舒服，张耳苦笑了下，又自语道，"但即便你不曾早生，我们也认识很多年了，我和刘邦还有你都有不小的交情，那些日子如今想来仍觉得不错……"

项羽的乌骓马跑在山路上，心头却生起不好的感觉，这山路不安全，如何不安全呢？他目光在道路中扫过，这土新翻动过？忽然耳边传来清脆的锣声，一道又一道的弓箭从汉营射出……

弓箭的线路不对，还有杀招！项羽猛地勒住缰绳，大枪晃动拨落数支弓箭，但战马的脚步却放慢了下来……

远处树丛中的陈晃一皱眉，对方看出陷阱了？还是仅仅是在挑衅？但是营寨内的锣声越来越急，已经容不得他多想，再犹豫下去项羽就将走出伏击圈。陈晃猛地从树丛中站起，大吼一声道："项羽，你中计了！"

他拉开大弓，闪烁着蓝光的毒箭连珠而出直去项羽！而紧跟着他的五十多名弓箭手相继从树丛中出手……

项羽刚要举枪遮挡，却觉得战马脚下一沉，轰隆一声，方圆二十余丈内的山路全部陷了下去！

这才是杀招！项羽目光扫向四方，周围的一切都在他的把握之中，前方数十支毒箭呼啸而来，地下的陷坑中都是倒插的利刃，以及背后三十丈，随着陷坑的出现，尘土中还有一个武将端着弩机横空而出。

"无用之人终究是无用之人。"项羽长枪点地，踢云乌骓在一瞬间腾空而起，所有的弓箭都在马蹄下掠过……项羽紧贴马背，在空中猛地向前飞起，一个起落就是十余丈，正落在陷坑之外……

马蹄落地，大地为之震动！项羽手托大枪，战马踏空冲向陈晃……陈晃连放三箭，却完全射得不知所云，他大叫一声转身就跑。

项羽大枪脱手而出，青红色的光芒骤然亮起，三尺长的巨大枪头凌空将陈晃劈成两半，血光冲天而起！陈晃身后的弓箭手哭喊着一哄而散，项羽并不去追那些小兵，拔起长枪一带缰绳，重新向山坡上的汉营冲去。

只留下陈飞一人提着弩机，孤零零站在陷坑中，全身发抖。这前后夹击陷坑毒箭的计谋听上去无懈可击，真的用起来却根本毫无用处，而项羽甚至都没有看他一眼，这是何等的耻辱……陈飞咬了咬牙，端起弩机对着项羽的背影扣动机簧。但他还没按下去，突然胸口前露出数个箭头，身后隆隆的马蹄声响起，无数楚骑从他的尸体上踏了过去。

陈晃、陈飞死！

张耳心口一阵绞痛，他儿子张敖急忙挥动令旗，营寨前一下子涌出数千军士朝着项羽怒吼冲去。项羽毫不畏惧，如翻江倒海的蛟龙般在汉军中冲杀，不多时钟离眜领着先锋骑兵也到了！营前的五千汉军一战即溃，但紧接着营内汉军骑兵也冲了出来，勉强稳住了阵脚。

高台上张敖一看形势不对，低声道："父王，霸王无人能挡。我军连折两将对汉王齐王已有交代，如今死守并非上策。"

"有理。"张耳目光闪动道，"你将前营点燃。我领大军向后退却。"

"赵王且慢，我知项羽勇猛，特来助你！"

张耳向后一看，就见一铜甲铜盔的青年将领，他微一扬眉，笑道："原来是纪通将军，齐王命你守卫第三营垒，为何却出现在此处？"

"楚军善战，周勃领军一击即溃，故本将领军特来助赵王。"纪通微微一顿，正色道，"第二营垒地势险要，赵王不该轻易放弃才是。"

张耳老脸上扬起和善的笑容，抱拳道："如此有劳纪将军统军如何？"

纪通傲然道："当仁不让！"说完他领本部人马迅速朝前营而去。

张耳和张敖面面相觑，张耳低声道："如此甚好，他若不敌你就放火。我军人马全力后撤。"

"似乎带来的都是轻甲死士？"张敖看着纪通的军士，笑道，"那纪通心中只记得项羽与他有杀兄之仇，却忘了自己有多少斤两，徒伤了麾下精锐的性命。"

张耳拍了拍张敖的肩膀道："纪家的人都是如此。"说着二人一起哈哈大笑。张耳忽然止住笑声道："切记！一旦项羽突破营门，你就放火。"

"齐王，纪通不知受了何人挑唆，居然领本部人马前往增援张耳。"李左车拿着战报，急匆匆入帐道。

韩信轻轻拍了下桌案，低声道："如此一来，第二营垒就会陷入混战。且张耳未必尽力……"

李左车沉声道："纪通此时怕已到了张耳营内，我们已无法阻止。如此项羽突破第二营垒后，他就等同一举突破了第三营垒。齐王，战局多变，此刻我军当做出相应调整。"

韩信点头道："先生言之有理。不若我们将错就错，在第二营垒与霸王相持。"他挥笔疾书数道令喻，交给李左车道："你亲自替我传令，命彭越、曹参领一半人马支援第二营垒。各部轮番上阵，尽力消耗楚军兵力。"

李左车躬身领命退下。

韩信思索良久，缓缓步出大帐。营帐外，天色阴沉，他用力呼吸了几口寒冷的空气，朝汉王刘邦大营而去。

汉营第二营垒前，大战正如火如荼。楚军虽勇，但汉军占据地利人数占优，营内箭塔的冷射极具威胁，且纪通带来的人马个个悍不畏死，项羽的先锋竟一时取之不下。

"有时候我也会想，那个纪信的确该死，但我是否该当场焚掉他。他家里的人、刘邦身边的人，之后一定会把他当作神一样地供起来。不过我还真没想到纪家的战士居然从此都变得不怕死了！"从混战中抽身而出的项羽，看着汉营的旗帜由"张"换成了"纪"，微微摇头道。这纪家的汉军战斗力比张耳的部队明显高出一筹。

"当时我就劝过霸王，那样的死法等于成全了纪信。"钟离眜苦笑回答，他认真看着汉营内立于四方的箭塔，把话题拉回当前道，"纪通的士兵都继承于纪信，而纪信本为刘邦部曲，所部为汉军精锐，如今这些精锐变成了死士确非寻常可比。另张耳老贼的军营布阵比周勃更稳健犀利。他们两军合一，真正变成人命贱如蚁，会不惜一切代价阻挡我军。而我们的先锋都是骑兵，贸然前冲遭遇到对手的弓箭得不偿失。"

"那我们就拿下箭塔！"项羽望着朝阳下高高耸立的箭塔断然道。

"纪通结车阵于营前，必须有人拖住纪通的轻甲死士。"钟离眜皱眉道。

"我去宰纪通，钟离你去对付箭塔，如何？"项羽笑了笑道。

钟离眜朝后方望了一眼，笑道："季布和桓楚来之前，我们要突破营门。"

项羽拍了拍钟离眜的肩膀道："正是如此！否则岂不被那俩小子笑话？就是如此，我带一千子弟营去取纪通人头，你则带主力由侧门攻入汉军前营，击毁箭塔！"

钟离眜一抱拳，整顿本部军马离去。

项羽侧头望着"纪"字大旗，轻拍乌骓马的脖子道："踢云，只有你知道。那日之所以焚死纪信，是因为亚父故去了啊！踢云，我只告诉你知道。"他拔起巨型长枪，沉声道，"既然纪家人一心赴死，我就成全他！"他的乌骓马一声长嘶，楚军之中立时万马奔腾！

汉营营门大开，纪通披甲持剑站于门前，静静等待楚军的进攻。他身后的亲卫军士皆身着轻甲未戴头盔双手执矛，前方则是百余架兵车结成的车阵。

"无论何时，在阵前遇到霸王，切记只可智取，不可力敌，不可正面交锋。"当年大哥纪信教他剑术时曾经说道。

"大哥，你常夸我习剑天赋极高，如何能叫我临阵脱逃？霸王真的有那么厉害？何况即便今日我还不是他对手，若干年后难道连一战的资格都没有？若真如此，我还练个什么劲头？"年方十六的纪通不服气道。

"你大哥我曾经在巨鹿与其并肩作战。相信我，那家伙啊！绝对是战神下凡！而你，即便剑术修到极致，亦不过只是凡人境界。"纪信拍了拍纪通的头，笑嘻嘻道，"听哥的，不管什么时候，两军阵前遇到霸王转身逃就是了！"

这些教诲一度叫纪通嗤之以鼻，所以当纪信在荥阳城冒充汉王，被项羽焚死的消息传来，他根本不信。纪通怎么都不明白，一直如此教导自己的大哥，当其他人都自顾自逃命的时候，为何自己却没有选择逃跑？甚至还自告奋勇地前去送死。但纪通明白的是，若不能和项羽一战，他这一辈子都不会甘心。他隐约觉得，只有正面和楚军精锐交锋后，他才能真正了解大哥。

楚军中鼓声大作，排山倒海的欢呼声响起……

纪通握紧宝剑，向前数步，他知道项羽要开始冲锋了！前方昂扬的马蹄声告诉他，出动的是楚人最精锐的骑兵——踢云骑。

踢云骑士的坐骑是清一色的黑色战马，他们身着黑色铠甲，红色的披风，手持长矛背负强弩，配有重剑。他们对外的名称为踢云骑，因其最初是由跟随项羽起事的八千江东子弟建编，楚营军士皆称其为子弟营。如今那最初从江东出来的八千子弟还剩六千余人，但整个踢云骑则有万人左右，之后补充入营的亦都是楚营内出类拔萃的勇士。

楚人大军压住阵脚，单靠那一千铁骑朝着汉营发动突击。踢云骑士为楚营最强战力，而在他们前方的则更是有天下第一武勇的霸王。

项羽一马当先冲在队伍的最前方，波涛汹涌的思绪一旦掀起就无法停止……

两年前，大军围攻荥阳正急，亚父范增忽染重病，项羽数次安排老人回彭城调养，都被范增以战事吃紧为由拒绝。此时刘邦张良乘虞子期前往议和之际，对楚军施反间计。楚军将计就计安排范增回彭城养病，以此诱汉军决战。然时不我待，七十多岁的范增离开军营不久，没来得及回到彭城就一病不起。

项羽还记得那是一个清晨，他一套剑法舞完，虞姬忽然出现在旁，那丽人未曾开口已满脸泪水。项羽两眼一黑就昏死过去，因为他知道，亚父死了……

亚父死了，这是叔父项梁死后，项羽受到的最大打击。

亚父死了，楚营将士一片哀声，大军从此后失去了他的智囊……

亚父死了！项羽失去了思考的能力，他发了疯似的攻打荥阳城。刘邦张良本以为反间计得逞，却未料到反而遭到更恐怖的攻击。一个正常的项羽他们已经抵挡不住，何况如今他们要面对的是发了疯的项羽！

亚父死了……但是与刘邦的战斗还要继续，因为这个亭长出身的市井之徒又一次地逃了。

若范增年轻个十岁，若范增能多活个十年，天下又当如何？但范增死了，死在那个该死的夏天。刘邦跑了，丢下荥阳汉军数十万尸体而去。

项羽多焚他一个纪信又如何？哪怕这个纪信在很多年后被人供奉起来，哪怕很多年后，人人都为刘邦张良所说的反间计得逞而责怪项羽不用范增，又如何？项羽只知道范增死了，从此他是真正孤独地站在沙场上。

"霸王，老臣当年实为了武信君而来。如今天下初定，老臣亦该重回田园。"鸿门宴后，范增轻叹道。

"亚父，你不能走。这个天下还需要你。我还需要你。"项羽正色道。

"我让你杀刘邦，你不杀。我让你建都长安，你要回彭城。你小子什么都不听我的，我留在你身边有何用？"范增怒道，雪白的胡子高高扬起。

"我不杀刘邦，因为我和他曾经是兄弟。只要他一天未公然叛我，我依然当他是我兄弟。我要回彭城……"项羽苦笑道，"我烧了秦人的宫殿，挖了秦王陵寝，杀了太多的秦人，留在这里做甚？"

"天下苦秦久矣。杀秦卒，毁秦陵，焚宫室。"范增拍了拍项羽的肩膀，正色道，"这是六国百姓、六国王室都渴望做的事情。你项羽是六国的上将军，所以你做了！你大可问心无愧。"

"但我不希望继续面对大秦百姓。你知道，战场上杀人我可以不皱眉头，但秦国百姓若逼我杀他们，我却会很为难。所以我要回彭城。"项羽认真地望着范增道，"另外我也想看看，刘邦那个家伙如何从关中出来。"他有些满不在乎道，"我不相信那家伙有这个本事。"

"混小子，你会后悔的。"范增苦笑道。

"所以亚父你不能走。我没有你不行。"项羽眨了眨眼睛，端起酒杯笑道。

前方已经是车阵，项羽猛地收回心神，最为重要的亚父死了，不值得一提的纪信也死了，楚汉之争已经死了太多的人。纪家的人啊，想死实在是太容易的事了。

汉军战车上，弓弩手射出的弩箭擦肩而过，项羽的乌骓飞快地靠近战车，车上的戈者举着长戈砍向乌骓，项羽冷哼一声，大枪一拨扫开长戈，发力刺向站车底部，而战马冲势不减，人马如旋风般从战车旁掠过，那战车竟被大枪高高挑起，直飞出六七丈远……

轰隆！套在兵车上的战马翻滚在尘埃中，而那车上的汉军也被压成了肉泥。让人恐怖的是项羽的大枪旋动，如飓风般冲入车阵，一架架的兵车被他挑起。原本固若金汤的兵车阵，被他生生冲开一个巨大的缺口！

一千踢云骑怒吼着冲入车阵，直扑纪通镇守的营门。纪通看着车阵内的汉军一个接一个地倒下，牙关紧咬压制住试图冲出的大军，目光紧紧盯着楚军铁骑之后的尘沙。在踢云骑冲锋之后，钟离眛带领着麾下军士，从东侧杀向汉营，那处营垒相对较低，但有两座箭塔互为犄角。然钟离眛指挥下的大军同样速度极快，两个冲锋就突破了汉军的前哨，冲车在前，弓箭手掩护在后，转眼就推进到了营垒前。

纪通看着项羽逐渐靠近，距离营门只有五十多步，他双手高举重剑，大吼一声："诛杀楚人！"率领三千轻甲死士咆哮着冲杀而出！但他刚率众冲出，东侧轰隆数声巨响，竟然是钟离眛攻破了营垒杀入前营了！

项羽嘴角露出残酷的笑意，高声道："全军冲锋！"他的将令一个接一个传下，先锋这一千人一齐朝着营门猛冲，而后方那待命的子弟营更是全体动员起来。

纪通麾下的轻甲死士遭遇普通楚军的确战力惊人，但他们遇到的是踢云骑士。踢云骑士的长矛较之普通的更长了两尺，骑兵的冲击力远超步兵。而轻甲死士赖以结阵的车阵被破，他们只能勉强守住正前方。

项羽挥动大枪，连挑数十人后，纪通双手握剑站在了他的前方。乌骓打了个响鼻，项羽狂野的目光笼罩住纪通，舞了朵灿烂的枪花，一声轻啸，抖开缰绳直奔那个青年将领。

纪通屏住呼吸，战场上的一切都甩在脑后，眼中只有项羽，他迎着那无比强大的压力上前一步，重剑缓缓向前送出，夺目的剑芒绽放开来，覆盖整个营门。

嘭！枪透纪通右肩，但那家伙半步不退，竟然还朝前跨了一步，剑在左手猛地挥向项羽的手臂。项羽傲岸的面容古井不波，战马咆哮着冲起，大枪挑着纪通冲入营门，土地上被纪通的战靴划出深深的两道划痕，大枪带起的磅礴杀意竟叫满地的野草全都焦黄。

项羽在营门下立定，大枪一转，纪通整条右臂都被卸了下来。纪通苦笑，他根本感觉不到痛，仅仅觉得右肩头如火烙一般，但他终于明白了多年前大哥纪信的话，"那家伙啊！绝对是战神下凡！而你，即便剑术修到极致，亦不过只是凡人境界。"

"但是我和大哥一样，遇到这种对手，我决不会选择逃走。"纪通看着左手中已经被罡气震弯的重剑，深吸口气重新指向项羽。

项羽眯着眼睛，他仿佛看到纪信的影子在纪通身上重叠起来，手中巨型长枪呼啸而起……

纪通倒在了血泊之中，而此时，前营内七个箭塔全部倒塌，大量的楚军冲了进来。就在万余楚军冲入汉营的时候，汉军营垒忽然起火，猛烈的火焰迅速席卷前营，本以为夺得胜利的楚军立时被火焰包围，而那些尚未撤离前营，还在与楚军作战的汉营将士也同样身陷火海。

"这就是张耳。"项羽冷笑自语，他大枪向天高举，无数楚军在他身边集结，竟然个个处变不惊。而与此同时不仅钟离昧引军前来，就连被大火分割在外的楚军，亦迅速排除营前的火势，整个前锋大军居然未被大火分割。

项羽忽然道："钟离，你知道如果那个纪通能够活过方才那役，或许会成为一代名将。"

"这世上没有如果。霸王。"钟离昧淡淡道,"要想成为名将,不仅要有实力,更要有些运气。"

"言之有理。"项羽笑了笑,"你他娘的总是言之有理。要成为名将必须要经过腥风血雨,要闯出腥风血雨就要有些运气。"

"霸王,大军调整完毕。前方汉军并未退出第二营垒,他们大军似乎在后营集结,意图反攻了。"钟离昧沉声道。

项羽轻抚凌乱的胡须,眼中精光闪闪道:"韩信胯夫给张耳增兵了。他们要把我们阻截在此。"

钟离昧道:"我们当然不能让他们如愿。"

"我领子弟营在前为先锋开路,你率领其他军士和季布桓楚汇合。阵型调整之后,你为中军统领大军。我们必须高速向前,不可让汉军阻隔我军主力,因此休息的时间会很少。还是那句话,只要我们击破韩信中营,局势就会扭转过来。"项羽思索道。

钟离昧低声道:"此法可行,我只担心我大军后营。尽管辎重啥的已不重要,却还有众将的家小,以及大批的伤兵在后。如今我们一味向前,他们只是勉强跟上,若再进一步提速,他们怕要掉队。"

"后营有子期和项庄在,且我留了一千子弟营,应该自保有余。"项羽沉吟道,"只要不被包围,他们就不会有事。这场仗打成这样,多少还要有一点运气才行。但我不是刘邦,做不出抛妻弃子的事情。"

"臣下明白。"钟离昧点了点头。他从会稽起事就追随项羽,而从他们在吴地相识开始,一晃已近十年了。

(三)

当项羽统率着踢云骑,越过火焰滔天的第二营垒前营。前方张耳的大军早就整顿完毕,纪通的残部亦归入他的编制,麾下足有七八万人。而更引人注目的是,营垒西面那个五千人队，前方大旗上绣着一个飞扬的"曹"字，统军的大将身形修长，一身暗青色的袍甲，手中持铁槊，面貌瘦削，留有短须，目光如电。

"曹参也到了。"项羽笑了笑。

他身后的踢云骑督尉项羿道："霸王，对方来的人不多，末将带一千人足以击溃他。"

"来的可不只是曹参。"项羽目光落在敌军后方的营垒上，那边看似无有旌旗，却给人一种莫名的压力。那边一定还有军队，只是不知道是谁。"你怎么看？"他问的是另一个踢云骑督尉芈烈。

芈烈笑了笑道："我大军出发前，了解的是敌军第四营垒为曹参，第五营垒为灌婴，第六营为王陵，第七营为樊哙。从时间上看，他们从我军突破第一营垒开始调度，第六第七营的王陵樊哙再快也到不了此地。"

项羿插嘴道："所以如果不是灌婴，那就是周勃残部。"

"无论如何，在此独当一面的将领，都是我们的老相识了。对付他们我踢云骑驾轻就熟。"芈烈微微一顿，傲然道，"战略照旧。逐个击破。"

项羽笑道："有钟离在后策应，我军不用考虑被人分割的问题。大军紧跟我直接向前，击破张耳部。尔后直接突进，我们看看他们后面的是谁。至于曹参……他如果在营后那未知汉军前参战，我们就对付他。不然，就把他丢给钟离。才五千多人，我对他没兴趣。"

芈烈和项羿一起哈哈大笑，真当前方那数万汉军仿佛草芥一般。

战争之前，项羽大枪高举，乌骓马前蹄扬起，发出长长的一声马嘶，八千踢云骑的战马齐声应和。项羽高声对着汉军吼道："张耳匹夫，我来取你项上人头！"那话语远远传出，数万汉军一齐变色，多少次，就是这样的吼声带给他们一次又一次的噩梦。

望着天神般杀来的项羽，张耳何尝不想逃离战场，但张敖刚在前营放火，他的大军尚未退出营垒，曹参就带着将令前来。曹参之后，更有灌婴的快马传来刘邦的王命,各部人马皆抽调精锐在第二第三营垒阻击楚军。张耳只得硬着头皮在此死战到底。

汉军的箭矢尽管狂野,却根本无法延缓楚军前进的速度,那些踢云骑士仿佛勇不可挡的天兵,一口气冲至汉军近前,却几乎无人落马!两军一旦接近,钢刃入肉的声音就不绝于耳,楚骑如一柄黑色的利刃直接插入红色的汉军正中,数万之众的汉军一下子被分割开来。

张耳所在的兵车在亲卫的保护下不断后退,但身边的军士不停地倒下,而项羽距离他却是越来越近!张耳的心口一阵阵地绞痛,他用力揪着心口,看着身前的张敖,他低声道:"张敖,止步决战!"

"什么?"张敖失声道。

"有死而已。那么多的汉将都在看着。"张耳苦笑道。

张敖目光扫向远方,无论是曹参还是隐蔽的汉军,都没有前来救援的意思,不由一脸愤然长剑高举,整个队伍猛地停下。

张耳按住心口的手慢慢按上剑柄,三尺青锋平稳出鞘,微笑道:"张敖我儿,此战之后,你当回封地为王。这将是我平时三件得意事之一。"他看了眼张敖,缓缓道,"你是否想知道为父平时最得意的是哪三件事情?"

张敖泪流满面,不知如何回答。

就听张耳道:"除了我们于乱世成赵地之主,第一件就是我少年时成为当年信陵君门下三千门客之一。魏公子在任何时代都是人杰,是我平生最尊敬的人。而最后一件……就是在我最后一战,可以与霸王一争生死!"

他话音未落,项羽已至近前,那青红色的大枪高高举起,灿烂的光华照耀四方,尖锐的呼啸声带起狂飙般的杀气……张敖以及那些亲卫未及近身,就被震得四散飞出。

张耳大喝一声,迎着项羽的大枪刺出了石破天惊的一剑!项羽眼中闪现狂野的光芒,大枪忽然化作千万光影,集中了天下武学的精华,分从各个角度刺向张耳。而张耳的长剑化作一片七彩的光华迎上那绝世的枪影,飘忽诡异的剑影带着各种匪夷所思的变化，仿若当年信陵君府上，那一个个风格各异、身怀绝技的三千门客……

"三千。"剑风中传来张耳苍老的声音。

"当，当，当……"剑与枪迸发出灿烂的星花，项羽大吼一声，满天枪风为之聚拢，横扫千军的力量聚合在一枪之上，大枪击破重重剑影刺入张耳的心口。

张耳长剑落地，伸手死死地握住项羽的大枪，嘴角鲜血不停地溢下，布满皱纹的老脸上挤出一丝笑意，缓缓道："我会在地下等你。霸王。"

项羽眼前掠过的却是很多年前，巨鹿之役后那张对自己感激涕零的老脸，他长枪一抖将张耳挑落尘埃，鲜血顺着枪尖不停滴落。他傲然将目光投向张耳大军之后，飘舞着"灌"字的大旗出现在了地平线上。

"果然是灌婴，他麾下的一万骑兵居然都带来了！"芈烈皱眉道。

"眼下是，前方有灌婴，西面是曹参。张耳残部虽然退去，但随时都会整编后重回战场。"项羿飞快地说道。

项羽却好像没听到二人的话，他抬头望了望血红的夕阳，整整一天过去了么？他摇了摇头，一带缰绳，大枪直指前方，高声道："大楚！前进！"踢云骑士爆发出海潮般的吼声，跟着他朝灌婴的骑兵冲去！

灌婴举起长矛，分点左右两军，左翼和右翼各有三千军马飞驰而出，右翼军马奔袭踢云骑的后方，左翼骑兵杀向踢云骑的右翼。

项羽高声道："提速！"突然整个踢云骑兵的马速提高了一倍有余，原本五百步的距离，转眼变成两百步不到，迁回他们身后的汉军右翼军马一下子被甩开。

"开弩！"项羽长枪高举，所有的踢云骑士皆取强弩在手平对前方汉军，两军距离只有百余步……

"放箭！突击！"项羽大枪朝前一指，无数弩箭从他背后射出，八千骑兵分三批开弩，这怒涛般的平射一下子打乱灌婴中军的阵脚。

灌婴目光收缩，举起长矛道："亲卫随我来，其余人马后退五百步后，对敌冲锋！"说着他竟主动向着项羽冲去。

项羽见灌婴率队冲来，冷笑着拉开养由弓，对着灌婴面门就是一箭！

灌婴大叫一声，一个侧身将箭让过，但尚未坐稳第二箭又来，同样是射他面门！灌婴举起皮盾挡下来箭，但那箭头上带来的巨大冲击，直把他震得战马斜退几步。灌婴奋力挽住马头，战马却突然跪倒在地，一支羽箭直透马头。

与此同时，项羽扬手一箭，射落灌婴军旗，他大声高叫道："灌婴死了！"四周的踢云骑兵一齐发出欢呼。最初奉命后退的那些汉军不明就里，都以为灌婴真的死了，假退变成了真退，自相践踏一片混乱。

灌婴愤怒地挥矛冲向楚军，长矛上光华缭绕，进退之间连杀数名踢云骑。他夺得一匹战马，自己举起帅旗，带着仅存的五十多名亲兵，重新向楚军发起冲锋。汉军见主帅旗帜未倒，不由重新振作，大喊着转身迎敌。甚至连一直在观战的曹参部也投入战斗，但曹参部刚刚挪动阵脚，西南面就响起了震天战鼓，钟离昧的大军也到了！一直蓄势待发的汉军却被楚军包围。

夕阳下一时间血雾弥漫。

芈烈挥动长戈迎上灌婴，两人矛戈并举，连杀了十多个回合。灌婴眼见自己的精锐骑兵单兵作战根本无法抵挡踢云骑，不由暗自着急，长矛如暴风般席卷而起，芈烈连连后退，两人同时一声大喝，互换一招，身上同时见血，但芈烈身子晃了晃，翻身落马。

突然远处的项羽又是一箭射出，这次羽箭正中灌婴的肩头！

灌婴拨马就走，但他没走多远就感到一种难以言喻却又熟悉无比的压力。他苦笑了下，傲然面向项羽道："霸王，别来无恙。"

"若你能接我一枪，就饶你不死。"项羽大枪一点灌婴道。

灌婴并不多言，昂然整了整袍甲，催动战马冲向项羽！大矛如风车般舞动，四面的风云在长矛上游走，猩红的光芒猛地绽放开来。

项羽的战马一动不动，他只是抬起巨型长枪刺向灌婴，这一枪看似缓慢，却叫人无法抵挡，那纵横寰宇的大枪蔓延开摧枯拉朽的杀意！

轰隆一声，灌婴的长矛断为数截，人和马一起滚落尘埃。

看着大口喷血的灌婴，项羽脸上浮现出复杂的情绪，他深吸一口气，沉声道："听说是你在潍水杀死龙且。但今日一战，我知道除非是偷袭，你绝不是我龙且兄弟的对手。今次算你侥幸不死，下次莫出现在我面前。"他大枪指向天边的云霞，呼哨声在踢云骑士间此起彼伏地响起。楚军子弟营的军士重新集结在一起，继续朝着前方进发。

汉军总营汉王大帐。

"项羽先锋已突破第三第四第五营垒。他的中军在前进路上遇到了吴芮和韩王信的主力，另外周勃、张耳的残部已经重新编制，由周勃、张敖率领赶赴战场。"李左车拿着战报有条不紊道。

"一个白天的时间就突破了我军四道营垒。齐王，你布置的防线为何如此脆弱？"居中而坐的刘邦晃动着酒杯，指点着地图道。

韩信笑了笑道："一切皆在意料之中，正因为楚军锋锐，我等才排出九道营垒。不是吗？汉王？"

"事实上你已经动用了七道营垒的人马，若不是如此，楚军此时已经到我面前了！"刘邦微微冷笑。

"不错。"韩信点头道，"故我未将周勃和张敖重新整编的三万人马，派往主力战场。而是命他们去第七营垒协助樊哙。而第六营垒的王陵，我也命他且战且退，尽力消耗项羽的战力，而不与之决战。"

刘邦扬了扬眉，低声道："一样是死人，为何不大举进攻？我们军力是他七倍！不管怎么打，都不会输。楚军擅攻不擅守，我们若能迫他防守，则天下可定！"

"以往战绩可不是如此。"韩信冷冷一笑，毫不客气地打断他。

刘邦面色一下变得极为难看。一旁始终沉默的张良，从袖中拿出一块锦帕，折叠了数层放于桌案的战图上，然后拿过刘邦的酒杯，将水酒倾倒在锦帕上，随后他拿起锦帕，锦帕被酒水浸湿，但底下的战图却干。

"层层设防，此法可行。汉王，我们之前不就是这么决定的么？"张良温言道。

刘邦挠了挠脑袋，笑道："孤王当然也知道大将军此法可行，但孤王亦顾念汉军将士的性命。"

荒谬，他刘邦何尝体恤过麾下将士？哪次不是占优之时拼命进攻，一旦兵败就抛弃一切地逃跑？但韩信亦不为已甚，他笑了笑道："所以，我另有密令，让九江王率其大军猛攻项羽后军。英布大人熟悉楚军战法，且骁勇异常。此刻以逸待劳，当能有所建树。"

刘邦思索片刻，韩信这条计策却是对他胃口，他望向张良。张良坐回原位，缓缓点头。刘邦欣然一笑，重新倒满酒杯，高声道："孤王向来倚重大将军，来，你我痛饮此杯。"

韩信举起酒杯一饮而尽，帐内的气氛一下子轻松起来。

张良悄悄步出大帐，夜空中一轮新月正缓缓升起，天下需要的是刘邦这样知进退的小人，而不是项羽那样勇往直前的义士，这是否也是一种悲哀呢？

（四）

"我们根本无法跟上霸王的速度。"虞子期站在高坡上面，苦笑道，"我们甚至连前面的季布和桓楚都跟不上。这样下去，如果遇到大批汉军就很危险。"

项庄抱着胳臂，看着大军前进的脚步道："至少我军目前是在追击汉军。主动攻击的是我们，说明形势对我们有利。子期，不要太担心了。"

"目前我楚军是不得不进攻，如果我们不保持进攻态势，这最后的士气也会丧失殆尽。"虞子期挥了挥拳头道。

项庄望了望远处的项伯，那老头子正坐在路边休息，他低声道："的确，如此下去我们会很危险。"

"若不能在两天内突破汉军中营，我们就会彻底输掉此战。"虞子期摇了摇头，大声道，"停止前进，全军警戒！"

"怎么了？"项庄问。

"气氛不对，附近连飞鸟都没一只。"虞子期急匆匆地骑马跑下山坡，来到虞姬的马车边，道："妹妹醒着么？"

车内传出虞姬轻柔的声音："大哥，用心应敌，不用担心我。"

车前的驭手亦道："子期将军，放心应敌。莫担心我们。"

虞子期沉声道："我们被汉军盯上了。但不管是谁来，我都会保护你等周全。"

项庄留下两百踢云骑保护车驾，然后紧跟虞子期前往军前。

虞子期紧锁眉头道："派更多的游骑出去，周围一定有汉军。"

项庄将身上披风取下，沉声道："我亲自带几个人去。"

虞子期苦笑道："不仅要找到汉军，更要保护好自己。"

项庄哈哈一笑，高声道："莫作婆妈状！若我两个时辰还没有回来，你就带人退回垓下，那边营房攻势一应俱全，当能抵挡一时。霸王一定会派人救援你们！"他翻身上马，带着三个踢云骑士消失于黑暗之中。

虞子期手扶剑柄，沉声道："全军于暗中布置营寨。严禁灯火。"他低头看了看手掌，这几年的戎马生涯是否就快到了尽头？这黑暗中的敌人非常强大，他可以感觉到。

项庄等人打马赶出了三四里路，耳边隐约有马嘶声传来，他将战马藏于僻静之处，隐蔽身形向前探去。不多时，在夜风中传来了旌旗翻滚的声音，一两面旗帜是不会发出这种声音的，前方军队绝对有一定的规模。

项庄转过一个路口走上高坡，飞身上了一棵大树，向着高坡前平地望去。项庄倒吸一口冷气，前方的敌军营盘旌旗招展，他数了数营盘的数量，这里足有七八千人。而他们似乎整装待发，随时准备出动的样子。

"这是英布的九江军，我一眼就能看出来！"一个踢云骑士道。

"项庄将军，我们怎么办？"另两个踢云骑士问。

"子期早知道有汉军，英布军队也已开始开拔。给他报信也于事无补。但这里，我们必须要做些什么。我们四人分别混入汉营，不可轻易动手，必要时我会出手。"项庄吩咐道，说着他拿出早准备好的汉军服饰给众人换上，继续向前朝汉营走去。

虞子期守在营前已有一个多时辰，项庄还没回来，前方却出现了闷雷般的马蹄声。虞子期剑眉一扬，高声道："投掷火把！"

数支火把从营内瞭望塔上抛出，长长的火光划过天空，前路上赫然出现了大批的汉军身影。

"放箭！"虞子期断然道。数以千计的弩箭从营内射出，黑暗中只听到箭响，却见不到弓手，前方的汉军纷纷后撤。

"虞子期！我知你素来英勇。但你遇到本王就只有死路一条！"一个粗豪洪亮的声音从黑暗中传来。

"是英布……"虞子期咬牙道。

英布缓缓纵马而出，他铜甲黑袍，身躯极为雄壮，相貌粗豪，那带有刺青的面容在月色下分外狰狞。他晃动着开山大斧，杀气腾腾地望向虞子期，傲然道："虞子期，本王早就想杀你！"

"逆贼！"虞子期破口大骂，再次下令放箭。

那英布冷冷一笑，带领人马迎着箭雨就冲了上来！楚军的营寨本就是临时搭建，若遇到寻常汉军还能抵挡一阵，但英布麾下的虎狼之师，只怕是除却楚军子弟营外最能征惯战的力量。他们仅仅两个冲锋，就突破了楚营的鹿角和营门。

英布舞动大斧猛扑虞子期，虞子期舞动长戈奋力招架，硬生生架过十余斧后，两手虎口全都震裂满是鲜血。英布大吼一声，一斧将虞子期扫落马下，他大斧一立就要砍下。突听背后有人叫道："霸王！霸王回军了！"

英布大惊回头一望，就见项庄舞动大槊向他冲来。而他的大军之后火光冲天而起，隐约有踢云骑的身影出现其中。英布冷笑道："项羽正和刘邦决战，你唬谁？"

项庄也不答话，大槊呼啸而出，那愤怒的槊影，将夜色中的寒意全都带动起来。英布战马缓缓后退，他的后军虽然被火光吞没，但所谓的霸王援军毕竟没有出现，不由心里大定。他傲然道："天下只有项羽能让本王惧他三分。你又算是什么东西？"他大斧转动，如秋风扫落叶一般砍向项庄。

项庄只觉那如车轮大小的斧头，从不同的角度，用各种不同的线路向自己砍来，这似乎已经不是斧头，而是……月光？那无处不在的斧影就好像无孔不入的月光……项庄一路抵挡一路后退，却怎么也逃不出英布的攻击。那些踢云骑士相继上前助阵，却无人是英布的对手。

英布在楚军中来回冲杀，怒吼道："你们子弟营有何了不起？当年还不是本大爷一手训练的？"

营门的九江军发了疯似的进攻，楚军原本人少，那近千踢云骑士拼命冲杀，才堪堪抵挡对手的轮番冲击。但这时候汉将刘贾率领着五千多人的援军又到了。楚军疲惫之极，刘贾的汉军却是生力军，楚军将士人数锐减。

英布怕刘贾抢了功劳，再次纵马闯阵，方才受伤的虞子期和项庄一齐冲了上来，但他的长戈加上项庄的铁槊还是无法抵挡英布的大斧。

楚军节节败退，踢云骑士一个接一个地倒下，撤到了靠山的后营，已退无可退……

二十多架兵车翻倒了拦于路中间，守护虞姬车驾的百名踢云骑士个个拔剑在手。整个楚营只有千余人还能结阵，项庄和虞子期浑身浴血，勉力站在最前方。

英布和刘贾带领人马杀至近前，英布提着大斧沉声道："尔等不是本王对手，束手就擒还能多活些时日。"

他话音未落，一个柔和的女声响起，"英布将军，你这些日子还好么？"虞姬轻轻揭开马车上的帘子，露出空山灵雨般的秀美轮廓。那些没见过她的汉军纷纷愣住了，而那些只看到她侧面的更是忍不住向前挪动。

"虞夫人……"英布沉声道，竟不由自主地翻身下马恭敬地道，"在下，近来身体还算健硕。但性子却比从前更为火爆。夫人不用……"

虞姬淡淡道："霸王时常提起你。然大错已经铸成，你二人免不得兵戎相见。只是……"她轻皱蛾眉，顿了一下道，"你二人从起事开始就在一起，更曾在巨鹿做出惊天动地的大事，如今这样真是好生可惜。"

英布扬了扬眉，他原想说自己也好生后悔，但周围却有如此多的汉军，终于忍住，轻声道："虞夫人有病在身，当好好休息。英布愧对夫人。"

这魔神般的猛将面对一柔弱的女子居然大气都不敢出，四周的汉兵都好生奇怪。

"但今日，霸王到了这般田地，我也无法劝你重新回来。"虞姬宝石般动人的双眸目光流转，她轻拨了一下云鬓，低声道，"只是要我这里的千余儿郎束手就擒，英布将军，却还要问过一个故人。你在这里并非无有敌手。"

英布深吸一口气，目光在楚营众将身上扫过，豪笑道："整个楚营，能与我英布大战的原本不乏其人。钟离算一个，死去的龙且算一个。季布、桓楚各算半个。这里却半个都没有。"

一阵笑声从楚营中传来，虞姬马车的驭手一面笑着，一面跃下马车，他来到楚军之前，微笑望向英布道："那么我呢？黥布老弟，我算是一个还是半个？"

英布端详着这个驭手，浓眉紧缩，缓缓道："你是……你真的是？蒲……"

驭手摘取帽子，高声道："蒲将军在此！老子姓蒲，名将军。"

英布心头剧震，很多年前他初见蒲将军的时候，这家伙就是如此介绍自己。这真是个很奇怪的名字，让这个面目平凡的人一下子变得与众不同。

蒲将军尽管面目平凡，一身武艺却绝对不凡，他初随武信君项梁就屡立战功，沙场之上他从来就是和英布并驾齐驱。二人更追随项羽在巨鹿一举击破三十万秦军。一直到章邯率秦军投降，麾下部分降军哗变，霸王项羽下令坑杀秦军降兵。蒲将军苦苦求情，霸王不准……

"白起坑过四十万赵兵，王翦更杀我大楚无数军民，你却不许我动这些降卒，他们一旦兵变，就是大难！你担当得起么？你愿意去死可以，我不会让我的楚军冒险！"项羽指着蒲将军的鼻子骂道。

蒲将军对着英布道："楚虽三户，亡秦必楚。秦楚两国有不解之仇，可我就是不忍杀降。所以我不再为将，但我依然舍不得霸王，舍不得弟兄们。舍不得虞姬。"他笑了笑，高声道，"所以，我现在只是个驭手。但我还是蒲将军。名字得之父母，不敢忘却。而武艺来自苦练，更不会忘记！"他从腰间抽出一支长剑，沉声道："我知你多年来南征北战，武艺大进。而我这几年虽不统兵，武艺却也没忘怀。你说，我算你一个还是半个对手？怎样都好，你我终要一战。"

"你骗得我好苦。"英布眼中射出浓烈的感情，深深吸了口气道，"好！今日就让你我大战一场，看看究竟是黥布的斧头利，还是你蒲将军的剑狠。"

蒲将军向前一步，长剑舞了个剑花，剑光与月色交相辉映，稳稳指向英布。周围的楚军和汉军都不由得后退数步，给二人让出了空间。

英布也并不上马，手中开山大斧飞速舞动，对着蒲将军劈去，那大斧带着风雷之声。蒲将军的长剑在斧影间游走，人更是半步不退，点点剑芒好似天上的星光，自然地在他手中流淌而出。但英布的大斧越来越快，斧影之间灼烧起难言的热力，整个大斧好像一轮红日，在风雷般的斧风中忽隐忽现。

"当！"一声巨响，两人的兵刃实打实地撞击在一处，英布微微一晃，胸前的护心镜划过一道剑痕，蒲将军则是小退了半步。

蒲将军眼中战意涌动，长剑朝天一指，夜空的寒流为之聚拢，冰冷的剑气弥漫四方，那灿烂的剑光化作点点雪花笼罩住英布。英布却站在那里一动不动，只等剑锋到他面前，才挥出一斧，漫天的剑影一下子被击散。

英布跨前一步，傲然道："我已经不是从前的英布了。"他双手高举大斧，以雷霆万钧之势，猛劈蒲将军头颅，这一斧简单直接，不存在任何变化，却叫人生出根本无法抵挡的感觉！

"开天……"蒲将军苦笑，这是取自盘古开天那个故事的招式，正是最简单直接的一斧，开辟了世间的生死。但是……英布你并不是神！蒲将军手腕翻转，长剑忽然变得血红，浓重的血腥气，随着冬夜的雾气弥漫开来，那剑锋上发出凄厉的嘶吼声，仿佛九天十地的神魔皆来索命！

两人身形擦过，发出噼噼啪啪之声，英布身上连受数处剑伤，而蒲将军的右肩则有一个深可见骨的斧痕。

"蒲将军!"虞姬惊呼道。

蒲将军摆了摆手,表示不碍事。

英布深深地望了虞姬一眼,轻声道:"蒲老。那么多年了。那二十万降卒的记忆,我早就淡忘。你太过执著了,这样的剑你打不败我。"

"而我却永远无法忘记那个夜晚。所以你已经是九江王,我却只是一个老卒。"蒲将军剑交左手,低声道,"来吧!不死不休!"整个人一下子变得挺拔很多,一层森然的剑气从他全身发散开来。

英布冷冷道:"螳臂挡车!"他大斧化作一道流光,如翻滚的黄河般卷向蒲将军……而蒲将军左手握剑,整个人飘浮而起,人剑一体化作一道飞虹直刺英布胸膛!

血花喷洒,长剑穿过英布的左肋,而蒲将军则被英布的大斧劈得支离破碎。

英布黯然看了蒲将军一眼,低声道:"至少,她关切地叫了你。那么多年,我从来得不到这样的目光。"他抬起头的时候,又是那个霸气十足的猛将,高声道:"如此,这些楚军全都杀了!"

但他话音未落,汉军队伍后方忽然出现了大批的楚军。英布深吸一口气,望向统兵而来的楚将,赫然是大将桓楚!

刘贾低声道:"大王,敌人势大,您有伤在身。我们是否先行退让?"

英布望了眼车中的丽人,沉声道:"传令下去,后退十里。"他也不与桓楚交战,径自离开了,他走得好生落寞。

虞姬看到桓楚,大声道:"桓楚将军,霸王呢?"

桓楚苦笑道:"霸王还在前方追击韩信。我们大军战线已经拉得太长,我和季布不放心你们,因此抽调了五千军马前来驰援。好在赶上了,不然真是……"他唏嘘不已。

霸王还在前方?虞子期一拳击在地上,想要骂些什么,却又见虞姬失落地缓缓坐回车内,那个样子真叫人不敢再说什么去伤她的心了。

激战一昼夜，冲锋了十余次，项羽的大军依然无法突破第九营垒。明明知道这是汉军最后的营垒，但他的军队此时也已精疲力竭。

楚军在第七营垒激战樊哙、王陵，而后竭尽全力突破了第八营垒的彭越大军。先锋两万多人马折损大半。好在季布和钟离眜的大军补充了上来，如此楚军在前线的主力一共还有三万左右。

但守卫汉军第九营垒的李左车是真正的将才，他处处诱敌深入，却又始终不与项羽决战。时间在一刻刻地过去，对方的援军随时会来，项羽知道每多滞留一刻，危险就多一分。自己最后的几万楚军随时都会被人包围，但若选择回退，就等于承认此战失败。他歼灭敌人二十多万人马的战果，会因这主动撤退变得毫无意义。输掉此战就等于输掉了整个天下，这叫他如何甘心？

"霸王……"季布欲言还止。

钟离眜拿着战报道："桓楚及时回军，击退了英布的偷袭。现我后军已经退回垓下大营。"

项羽坐于土墩上低声道："我明白你们两个的意思。我们再冲锋一次如何？或许只要一次，李左车就会被击垮。"

钟离眜和季布沉默片刻，后退一步躬身道："愿为霸王效死！"

项羽点了点头，缓缓道："你们去组织人马。你我三军以号角为号同时发起冲锋，全军能拿得动武器的全部出发。"

钟离眜和季布抱拳缓缓退下。

项羽目送二人离去，从土墩上站起，他揉了揉血红的眼睛，抬头望着苍凉阴沉的天空，就快下雪了。他握住插在身旁的青红大枪，十万大军除了退回垓下大营的后军，如今还剩下三万左右的战力，即便冲破第九营垒又能怎样？冲破第九营垒，韩信和刘邦还是会像女子一样龟缩不出。尔后三万楚军主力，就会被汉军主力包围。

山坡上，楚军的号角声昂扬响起，项羽整了整腰间的天子剑，将大枪从土中拔起，大步向阵前走去。

河水不会倒流，时光不能重来，天下也不会有第二个霸王！当乌骓马出现在大楚军队的最前方，楚军的士气依然高涨！

李左车在营垒内远远眺望楚军，沉声道："弓弩手准备，其余人退出大营。"他晃动着手里的令箭，交到传令兵手中，嘴角绽起残酷的笑意，项羽这支箭已被他拉满，是到了最后时刻了。

项羽、钟离昧、季布各自冲在左中右三路大军的前方，三千多子弟营的将士紧随其后。身负重伤的芈烈擂动战鼓，三万大军倾巢出动。他们冲至汉营之前，阴沉许久的天空终于飘落雪花。

项羽大枪高速舞动，那些箭弩未靠近他三丈内就被罡风震落，乌骓马第一个突进到汉军营门，他大枪一指将汉营的木匾砸得粉碎。三千多踢云骑猛冲入敌人的弓箭营，那些汉军弓手拔出佩剑死战到底，但紧跟上来的楚军分从各个营门大举突入。季布高声道："突破汉军第九营垒前营！"

而冲在最前方的项羽更是大吼道："突破汉军后营！"

项羽浓眉紧锁，驾着乌骓一口气冲到后营，他心中升起一个疑问，这次李左车的主力在哪里？提战马四处观望，他不安的感觉更甚，这里的汉军最多只有五六千人，李左车折腾了那么久，绝对不会轻易抛给他那么多兵卒。

钟离昧来到他近前道："感觉不对。李左车没有死战。"

项羽想了想，沉声道："传令下去，全军向前，冲出第九营垒，寻找汉军主力。"

钟离昧方领命退去，整个营盘忽然一阵晃动，地面猛地开始下沉……

项羽一夹马腹，乌骓急速向高处冲起，那些楚兵也是反应极快，跟着主帅朝着高处飞奔。但震动的地方越来越广，整座营房都开始坍塌，陷落的地面下居然还出现了倒插的尖刀，失足落入陷坑的楚军都被戳成肉泥。芈烈原本就行动不便，连叫声都没发出就落入陷坑。

营盘崩塌的规模越来越大，不少楚军拼命从汉军营内冲出，但更多的人随着营寨陷落在尘埃中。项羽领着众人冲出营门，前方远远地出现了汉军旌旗，李左车在大旗旁傲然而立，高声道："霸王，你一意孤行，可惜了你的好部下。"

项羽大怒，乌骓马风驰电掣地冲向李左车，季布和项羿想要阻拦已来不及。

李左车见项羽冲来并不后退，他取槊在手冷冷注视着楚霸王，四面八方大量的汉军出现在阵前，大批的弓箭手和盾牌手缓缓而出。

项羽两眼猩红，如天神般杀入汉军之中，短短五十丈的距离，他连挑二十多员汉营将领，普通士兵根本无法靠近他。但是汉军也都杀红了眼，更多的盾牌手和长矛手围拢上来，一个百人队的盾牌手挡在李左车前面，而项羽距离他还有百多步远。

项羽拔起地上的长矛，大吼一声那长矛如流星般脱手飞出，在电光石火的刹那间，突破了这一百步的距离直奔李左车。李左车身前的亲卫高举盾牌妄图阻止长矛，但那长矛居然连透三重盾牌贯入李左车的胸膛。

李左车的脸上露出难以置信的表情，轰然跌下马去。

"咚！咚！"的战鼓声在大楚方面响起，冲出第九营垒的楚军重新集结完毕，而汉军方面虽然处于优势却是一片沉寂。

但不多时，四方鼓声大作，汉军的各部人马都到了。前方是韩信、曹参的大旗，东面有彭越、周勃，西面有樊哙、王陵。在他们大军的后面，隐约出现有刘邦的旗帜。但他们并不着急进攻，只是保持着战斗姿态远远与楚军对峙。

雪越下越大，项羽回头看着自己那最后的精锐，天寒地冻下楚军士卒依然紧握武器，他们已好多日未曾调整，作为最好的战士他们原不该落到这样的境地。突破了汉军所有的营垒，击溃敌人三十余万，却依然毫无意义。

项羽深深吸了口气，尽量用平静的语气道："钟离、季布，带领大军退回垓下，我在后队断后。"

钟离眜和季布狠狠握着手中武器，泪水哗哗地流下面颊，他们想要擦去泪水，但眼泪却根本无法停止……

楚军在大雪中后退，汉军也没有追击，任由他们退回了垓下大营。

是役，汉军折损三十余万，但各地的援军依然不断向此地汇集。而楚军的十万大军，只剩下不到两万人，剩余的兵卒在退回垓下后，被汉军牢牢包围，他们已连最后决战的资格也没有了。

（尾声一）

楚军退回垓下三天，大雪也下了三天。

这三天，虞姬长时间昏迷不醒，楚军的方略就跟着停滞。没有人抱怨，没有人离队，楚军将士都知道，项羽是有情有义的人，绝对不会在这时候离开夫人和手足。霸王如此，我们堂堂大楚男儿又如何能弃他而去。

夜色中，楚营里生着一堆又一堆的营火，这里谈谈家里的儿郎，那里聊聊从前经历的大战，这里的士卒有的从会稽就已跟随霸王，有的则是家在彭城的。外面里三层外三层的联营对他们而言似乎并没啥了不起。

季布、桓楚和项庄围火而坐。

三人你一杯我一杯地灌着，沉默良久，季布终于道："我也没想到，蒲将军一直守在霸王身边。"

"谁都不会想到。你是没见到英布的表情。"项庄摇头道。

"其实我也想过，有朝一日能解甲归田，回到涂山去做一个老农。种个果园，养一池塘鱼。"桓楚若有所思道。

"鸟！你难道不是为了封侯才跟的武信君？"季布没好气道。

桓楚笑了笑，摆手道："我想法向来多变，封侯当然也是想的，但如今真能让我解甲归田，那就是万幸了。"

"浑话。"季布一口吞下杯中酒，"即便是如今，若当机立断，全军从乌江突围。我还是觉得有七成胜算。等退回江东，你若还觉得要解甲归田，请你自便。"

桓楚看着愁眉不展的项庄，道："小子，你怎么了？很担心虞夫人么？"

项庄拿着酒杯，缓缓道："我爱戴虞夫人。但如今，我楚军耽误不起。你们知道，霸王命我领一千子弟营的弟兄在后军。但一千弟兄最后只剩下七十一人。我怕……"

"我们都怕。"季布苦笑了下,"但我仍相信霸王能把我们带回江东去。"

项庄抬头道:"我怕大王一定要带虞夫人冲出重围,最终大家都冲不出去。我可以死,但霸王不能!"

桓楚挠了挠头,想要说些什么,忽听风中隐约传来了歌声。那声音绝对不是一个人唱的,而是很多人。

激昂中原十数年的号角,吹了又老,皱了征袍。

君可知家里的妻子,虽未年老,却白了发梢。

人说我大楚的男儿最为骄傲。

人说我江东的子弟至为清高。

可一袭楚舞虽壮志未死,漫长的征途却远在天涯。

远在天涯兮,家中已老。心系天下兮,征途渐渺。

风中的歌声,唱到这里,却不再继续,季布和桓楚的眼眶一下子红了。楚营之中,隐隐有人迎合,那苍凉的声音高唱道:

浩荡神州九万里的金鼓,震平天下,血染戈矛。

吾亦念乡里的家老,白发苍苍,未尽孝道。

人说我大楚的战士最为骄傲。

人说我江东的儿郎至为清高。

可长剑向前虽百战不殆,天下太平不知何时能还。

我说白发催人老啊!能不能留住时间?

你问征途何时还啊,再擦一擦饮血的剑。

楚营应和的歌声响起后,四方夜色中一片楚歌声,"楚虽三户亡秦必楚,坑卒焚宫恨犹未消。人在天涯兮,家中已老。心系天下兮,征途渐渺。归去归去兮,日望君回。问吾儿郎兮，云胡不归……"

"那么多人，那么多人唱楚歌……这不可能！"钟离昧吃惊地朝季布他们跑来。

"难道连楚地都已失去？"项庄捶着脑袋道。

桓楚大声道："事情未知道真假，不可妄下定论。"

季布苦笑道："你我或许未必相信。但营内的士卒，只怕大半都已信了。"

几个人面色阴沉，若大军都信了楚地尽失，那如何得了？

项羽坐于帐内，虞姬依旧还在沉睡。望着桌上的灯火，项羽也沉沉睡去，他依稀看到范增、项梁、龙且朝他走来。依稀看到会稽起兵的场面又出现在他的面前，为击杀殷通，他一路杀死卫兵近百，浑身上下都是鲜血。依稀他又看到自己来到了会稽旁的涂山，桓楚那家伙死活不肯跟他下山，最后提出除非他能把山中的巨鼎推倒扶起三次，否则绝不会率众离开大山。项羽当然能够做得到，他不仅把那超过千斤的巨鼎推倒扶起三次，更将其高举过顶转了几圈。依稀……巨鹿之战前，有卿子冠军之称的宋义，被他一手将头拧下。脑海里各种场景掠过，项羽又看到了那些秦兵降卒临死前高唱"无衣"的场面，好多的血啊……

他猛地抬起头，却看见虞姬清逸秀美的容颜出现在眼前，"你醒了？"项羽失声道。

"羽，你做噩梦了……"虞姬笑了笑，抹去项羽头上的汗水道，但那秀美的面容明显比三天前更为憔悴。

项羽揉了揉眼睛，轻轻叹了口气，低声道："我对不起你。那天我跟你说，我会力挽狂澜。但我没做到。"

"你啥时候说的？"虞姬奇道，随即她露出俏皮的目光，"我睡着的时候？"

"是……"项羽苦笑道，他轻轻拥着玉人，将其抱回榻上。

"我不想睡了。"虞姬抗声道。

忽然，项羽和她都听到了营帐外传来的楚歌，两个人慢慢地一齐露出吃惊的神色。

"这决不会是楚地尽数沦陷的结果。我想，一定是张良的主意。"虞姬低声道。

项羽站起身道："但那些将士不会都这么清醒。"

"你要是去巡营，我与你同去。"虞姬拉住他的衣袍道。

项羽眼中露出深深的爱怜，低声道："好。"

项羽扶着虞姬坐上了兵车，他自己做起了驭手，虞姬怀抱天子剑坐在后座。雪花依然在夜空中飞舞，这场雪从三天前开始之后就没停过。但有虞姬坐在车上，项羽的心情三天里第一次变得好些。

楚军士卒看到霸王和虞姬纷纷站起行军礼，经过子弟营的时候，虞姬轻声和众人打着招呼，好像每个人的名字她都记得。看到伤兵她更会为之落泪，其实她自己才是这座兵营中最脆弱、最需要照顾的人。

雪越下越大，车驾也从中营缓缓驶向外营。车驾经过的营房更多的是空营，大多数的战士都已在三天前的决战中阵亡，而有些营房则似乎刚空不久，连武器和铠甲都整齐地堆放着。

"人呢？"项羽沉声问。

"不少人都走了。"跟随他们巡营的项羿低声道，"这汉营传来的楚歌一起。伙计们的心就跟着飞了，家中有老有小的纷纷逃了。他们不穿铠甲，不带武器。似乎汉军也不阻拦他们。"

项羽沉默了片刻，继续前往下一处营房，越远离中军，外面的营房空得越多，而那些本该存在的岗哨，也只有平时的一半。项羽的面色越来越阴沉，虞姬低声道："羽，我们回去吧。"

项羽拍了拍她的手，点了点头。虞姬微笑对项羿道："我和霸王独自看看，你带人先去休息吧。"

项羿一抱拳，带着卫士躬身后退。

这风雪飘摇的楚营中，忽然好像就剩下虞姬和项羽两人，车驾只是缓缓移动着，两人都没有说话。走到一处坡角，车驾的轮子忽然打滑，项羽下车用力扫开地上的冰雪，虞姬在车上看他憨厚的样子，偷偷笑了起来。

"笑什么？"项羽扭头问道。

"若是从来都不曾打仗，我们不知会不会过这样的日子。"虞姬微笑道。

"你说呢？"项羽笑了笑反问。

虞姬爱怜地望着他，轻声道："不会。因为我的男人，是盖世英雄。平凡的生活原本就不适合。"

项羽展颜一笑，但笑到一半，眼泪忽然掉了下来，这泪水一流就无法遏制，这英伟无比的男子竟然坐在雪地里哭得像个孩童。

虞姬走下兵车，将项羽紧紧搂在怀中，温言道："你可以回到江东，重新来过。你也可以直接在此地战死！无论怎么选择，都是你霸王自己的选择。"她轻抚项羽的头发，缓缓道，"你不用记挂我。我知道，你现在只是在记挂我。"

项羽抬起头，断然道："我会带着你杀回江东。我一定能够做到！"

虞姬笑了笑，轻轻在雪地里转了个圈，微笑道："回到江东，只怕看不到这么大的雪了呢。"

"是看不到大雪。但南方对你的身体好。若我们回到江东，刘邦绝对无法再南下一步！"项羽看着虞姬认真地道。

"是啊，其实天下你已经得到过了。刘邦这辈子都只能在睡梦里赢你。那么多年，他其实也很可怜。"虞姬淡淡一笑，挥动天子剑道，"羽，我还从没有在雪里舞过。你想不想看？"

项羽微笑道："我平生最爱看你的舞。"

虞姬嫣然一笑，天子剑在手，衣袍清扬翩然而起……

一舞天下动！并没有鼓乐伴奏，但那绝世的风姿，足以让世上一切音乐为之失色！

她这一舞，直舞过那华夏衣冠的长安，她这一舞，亦带起千万世的金戈铁马，她轻柔地舞尽了人间的岁月，一舞直接跨过了千年……

项羽看着那绝世的丽人，回忆起了自己的青葱岁月，看着那一舞竟是痴了……

突然，血光乍起……虞姬剑锋流转，直切入心口。项羽大惊飞身上前，一把将她抱住。虞姬看着满是鲜血的天子剑，轻轻道："羽，我不和你回江东了。你只要想，就能得到你的天下，但是……带着我……不行……"

项羽咬着嘴唇，一句话也说不出来。他只记得，虞姬曾经笑道："我的生命本就是一场舞，而这乱世最大的舞者却是你……羽，却是你。所以我是你的舞者。"

怀中虞姬的声音越来越弱，她断断续续道："我……一直想……生个儿……子，像你。对不……起。"

项羽紧紧抱着虞姬坐在雪中，一滴泪也哭不出来，两眼血红血红的，脑海里一片空白，只是静静地坐在那里，直到大雪把他们两个都包围起来……

（尾声二）

"昨夜楚营里虞姬死了，她是自杀的。"张良低声道，他拿着战报本想说下四面楚歌的战果，却忍不住说了这么句话。

刘邦张了张嘴，不知该说什么，他原以为自己可以什么都不在乎，却没来由得感到心里一痛，那个舞尽天下的女子死了啊……他目光在帐内众将的脸上扫过，他发现英布的眼中竟有难言的悲痛，而大帐内除了韩信脸上依然古井不波，那些认识虞姬的人都面带忧伤。

刘邦第一次在心中对英布升起好感来，他冷冷看了韩信一眼，沉声道："战报上说，楚营最后的两万人马，又散去了大半。不知道大将军接下来如何部署。"

韩信微笑道："如今留给霸王的只有两种选择，逃亡或者战死。我已命人在垓下建造高台，楚军有任何动向都逃不过我们的眼睛。"

梁王彭越冷笑道："虞姬死了，霸王若想杀出重围，他就一定能做到。你有多少兵都没有用！"

韩信淡淡道："如此说，你还想直接把他放了？"

"他不会走。"刘邦微微一顿，缓缓道，"若项羽真的选择离去，那江东我们将很难拿下。但我想他不会走。"

张良欣赏地看了刘邦一眼，站起身道："我与汉王已经商量过。此战我们务必尽灭楚军，不仅是项羽，钟离昧、季布、桓楚等人都要死。"他说话的时候语气平和，这夺人性命的话语仿佛只是平常的事情。

刘邦看着营内众将，高声道："传我旨意，杀项羽者，赐万金，封万户侯。取钟离昧、季布、桓楚人头者，各赏黄金千两。"

所有的汉营将领一齐欢呼领命。

与此同时，垓下楚营。

项羽坐于帐内，淡淡看着满身风雪而来的蒯彻，道："没想到先生会来。如今项某身处绝地，先生可有教我。"

蒯彻低声道："若我早来几日，或许能替霸王去英布大营走上一走。如今为时已晚。彻知霸王傲骨，但还是想最后劝我王一句。"

项羽道："先生请说。"

蒯彻正坐于项羽面前，正色道："刘邦虽占据中原，但其麾下韩信、英布、彭越等人皆有异心。当日，我在齐地劝韩信自立，虽是为霸王行事，但韩信若真听我言，天下也必然三分。然当日韩信虽未听我言，却已意动。若霸王退守江东，待天下有变，挥师北上，依然大有可为。"

项羽站起身，对着蒯彻恭敬一礼，蒯彻赶忙避让。项羽扶住蒯彻道："若项某侥幸不死，请先生到江东一叙。若今日刘邦一统河山，亦望先生以天下苍生为念，出仕天下。"

蒯彻苦笑还礼，他退出大帐，看着钟离昧、季布等人摇了摇头。

钟离昧道："果然怎么都无法劝动他。"

季布道："我本就不抱希望。"

桓楚则对蒯彻道："我送先生出营。"

蒯彻点头，与桓楚并肩而行。

即将分别之时，桓楚忽然问道："在下一直有个疑问，未曾问先生。"

蒯彻笑道："将军请说。"

桓楚道："我虽出于草莽,亦在陈涉大王起事之时,就听过先生大名。先生在范阳,一策收复赵地三十余城,领一时之风云。为何之后就杳无音讯,二次出山却已过了五年?"

蒯彻淡淡一笑,"空有良策未遇明主,奈何? 刘邦有张子房,霸王有亚父。彻虽有谋,却未必能出其右。"他想了想,又苦笑道,"我的脾气,和霸王有些相似。丈夫于世,只做第一,不做第二。"他拍了拍桓楚的肩膀,径自消失在茫茫风雪中。

项羽步出大帐,季布和钟离昧在外等候多时。

"营内还有多少人马?"项羽望着鹅毛般的大雪问道。

"能拿武器的不过五千人。但足以确保大王突围。"季布沉声道。

"他们无需保护我。"项羽道。

"霸王!"钟离昧上前一步道。

项羽看着他们两人道:"我们若一起突围,韩信大军不做变化就可将我等围困。若我军分兵三路,你我三人皆有万夫不当之勇,逃出升天的可能大大提高。"见季布和钟离昧还要说些什么,他一把将二人肩头揽住道,"你二人跟随我多年,当能了解我说的都是实话。我们五千人马兵分三路,逃出一个是一个,你二人若能活过此战,可回江东安生。若天见可怜给我等机会,到时我们卷土重来!"

"霸王……"钟离昧和季布心中大痛。

"你们信了我那么多年,何不多信一次?"项羽痛苦道。

"末将领命!"钟离昧和季布后退一步,眼中满是悲凉,跪倒在地重重地磕了三个头,各领本部人马离去。

项羽长长松了口气,却见桓楚和项羿笑着站在大旗处。

"那两个家伙,存心也好故意也好,他们两个选择离开。我可不会!"桓楚高声道,那么多年他第一次大声在项羽面前叫喊。

"死也好,走也好! 反正兵分三路,我跟定了霸王这一路。"项羿微笑道。

"再怎么说我们也是一家人。"虞子期大步从雪中走来。

"项伯走了。我不会走!"子期的身后是项庄。

桓楚跪在项羽近前,沉声道:"死就死在一起。我们出去!能杀多少杀多少!"

项羽笑了,眼中带着泪花道:"子弟营还有多少人马?"

项羿上前一步,行军礼高声道:"禀告霸王,踢云骑士八百三十五骑!"

项羽胸中热血沸腾,回了军礼,大声道:"如此,我们就去让汉军看看,天下无敌的大楚男儿!"

众将见项羽首肯,一齐放声大笑,大雪中说不尽的豪情热血。

垓下沉寂了数天的战鼓复又响起。大雪依然空中飞舞,没有人知道它何时会停,正如没有人知道西楚霸王项羽的力量何时能够用尽。

樊哙站在高台上执掌红旗,项羽的军队冲向哪里,他的红旗就指向哪里。尽管在不同的方向另有两支楚军,但项羽所在的部队是完全不同的,他樊哙绝对不会看错。他只是不明白,若是要突围,直接奔着乌江方向不就对了么?何苦要冲来冲去?

"项羽的目的似乎不是突围。"周亚夫在他身旁道。

"不是突围?"樊哙皱眉道。

"他只是在尽力地杀人……"周亚夫沉声道,他犹豫了一下,低声道,"他似乎疯了。不管如何,他的行军路线不是突围。而是哪里汉军多,就冲向哪里。"

樊哙不由对这个才十五岁的娃子刮目相看,项羽不是突围,似乎汉王也这么说过。周勃家的小子了不得!他低头望向另两支楚军,忽然猛挥两下红旗,调了两支汉军前去阻击,对方即便不是项羽,也是钟离眛或者季布,同样不能放走。

但樊哙调集的大军一松动,项羽亲领的八百楚骑行动顿时变快,一面又一面的汉军军旗被脱下,一个又一个功绩足以封侯的将领被斩落马下。樊哙不由一阵烦躁,他将大旗递给周亚夫,自己翻身上马手持大戟向战场而去。

周亚夫静静地望着战场,忽然自语道:"这就是最后一战吧。每个英雄都渴望这样战死。但是霸王啊,谁能够杀得了你了?英布行么?樊哙行么?还是你会最终死在无名小卒之手呢？"

项羽已经不记得斩杀了多少敌将，他一杀入汉营就陷入了一场迷梦，他这一生就是一场战役接着一场战役，前方的是孔琳奇，他一枪将对方挑落后，才记起对方曾经是他的部下。这个家伙叫卢方？这个混蛋是最早跟随刘邦的部曲之一，他也来挑战我真是不知死活，项羽一掌就将其头颅拍碎。他不停地斩杀着敌将，无论是相熟的还是从未见过的。

突然前方山坡上一阵疾风暴雨般的弩箭落下！虞子期战马先被射倒，他人被压在马下动弹不得，立时被射得乱箭穿心。

项庄大吼一声就向箭雨中的虞子期冲去，项羽一把将其抓住，大吼道："用心杀敌！他已经死了！项庄！子期他已经死了！"他如此大喊却没顾得自己，一道利刃划过，他猛地一躲，肩膀却已血流如注。

项羽望向来人，赫然是樊哙立马横戟傲然立于近处。耳边传来汉阵中激昂的战鼓。项羽眼中露出笑意，高声道："莫在那里发愣，放马过来吧！"

樊哙眼中战意汹涌，手中大戟爆发出耀眼的光芒，若破空而出的蛟龙，带着阵阵龙吟卷向项羽。项羽单手提枪冷冷注视着樊哙的大戟，突然猛地一拨，大枪扫在戟头上，樊哙的大戟被高高震起。樊哙整个人腾空而起，在半空一个翻身，泰山压顶一般的一戟扫下。

项羽抬头望着樊哙狰狞的面目，心里忽然想到鸿门宴时，那个坐于地上用剑割肉、大声要酒的汉子。他那宝石般生辉的眼眸闪现出一丝迷茫，庞大的气势释放而出，大手腾空竟然一把攥住了樊哙的戟杆，生生地将其从空中按落。

"嘭！"樊哙重重跌落尘埃，项羽枪随心动，若行云流水一般指向樊哙的心口。樊哙眼冒金星，却本能地挣扎爬起，堪堪躲过那夺命一枪，但项羽的枪尖虽未穿透他的胸膛，却也带过深深的一道口子。

项羽依然单手持枪，青红色的巨大长枪灵动而舞，无孔不入地刺向樊哙各处要害。樊哙退无可退，只能闭目等死……就在此时，一柄重剑挡在项羽的枪前。

"彭越?"项羽注视着面前这个身形高大、留有五绺长髯的大汉怒道。

彭越笑道:"在下不敢与霸王正面交战,我来此地只为告诉霸王。韩信亲自率军围剿,另两支楚军皆被歼灭,钟离眛被韩信拿下,季布则不知所踪。"

"什么?"项羽一愣,在他愣神之间,大批的汉军冲了上来,彭越和樊哙远远地躲到了阵后。

项羽麾下的踢云骑拼命冲杀,无奈汉军实在太多,终于被潮水般的汉军冲散。来回两个冲锋后,项羽身边仅存百多骑,武将只剩下桓楚和项羿,连项庄都不知所踪。

突然前方号角声起,项羽双目厉芒闪过,自语道:"是英布!"乌骓马一声长嘶,直朝前方冲去。

九江军见到项羽,同样发了疯似的冲杀过来,杀项羽赏万金,封万户侯,这绝不是一般的诱惑。百多踢云骑猛冲入九江军中,这些九死而后生的大楚战士发挥出难以想象的战力,九江兵一经交锋节节败退!

英布提着大斧,怒吼着指挥着大军,斧刃飞扬连续砍翻了两个踢云骑,猛地一股气吞山河的气势狂飙而至。他冷冷向项羽望去,昔日的无敌统帅如今周身浴血,踢云乌骓一如既往地昂扬雄健。英布旋动着开山大斧,咬牙道:"霸王……"

项羽眼中精光大盛,沉声道:"英布,最该死的是你。"他乌骓马如箭般冲出,带起磅礴汹涌的杀气,大枪尽收天上的星光,突然在枪尖全部爆发出来,仿佛红日在手中炸起,那大枪不再是大枪,而是千军万马的怒吼!

英布浓眉紧锁,大斧舞出无数光影,剑的锋利,槊的刚劲,弩的空灵,矛的勇猛,竟都被他的大斧施展出来。英布的斧和项羽的枪连碰了二十多下,兵刃碰撞发出的巨大响声震动整个战场。

交战之时,突然远处一支白羽箭急射而至,那箭头无声无息地直奔项羽的后颈。叮!突然另一支羽箭也同时飞至,将那冷箭射落,正是一直在项羽背后的项羿所发。项羿养由弓飞速张开,第二支箭追着来箭射了回去,那射冷箭的箭手应手倒地。

英布的大斧越来越快,他知道若是想战胜项羽,这是他这辈子唯一的机会。他在楚营之时从来不曾挑战项羽,背楚归汉之后,他不曾在战场与之正面交锋。英布始终认为，真正武者的交锋，胜败只在一念之间，天时地利人和皆要考虑，就和打仗一样。而他喜欢赢，不能赢的战役他尽量不打。他之所以从前不挑战项羽，就是怕输。他之所以投靠了刘邦，也是因为他觉得刘邦最终会赢。只要能够赢，他可以不择手段，他可以背弃自己的兄弟，他可以放弃一切为之骄傲的东西。因为成王败寇，你绝对不能成为寇，一路从秦末乱世走来的他，对失败者的下场看的太多了……

今天可以赢！英布越战心中越是气势高涨，他大斧微微一变，斧影忽然如大山大河般地磅礴起来，全身气势充盈到了极点，他发出猛兽般的咆哮，车轮般的大斧放射着灿烂的光华，破空的斧风带动漫天的风雪横扫而起。

项羽望着磅礴的斧影，忽然收枪，那巨型长枪似乎突破了时空的枷锁，在半空中停滞不动，点点雪花旋转着向大枪凝聚，他长啸一声，高声吟道："兴亡……"青红色的长缨化作一道惊虹凌空而出，苍穹大地一齐为之失色，天上的星辰聚了散，散了又聚，地上的野草荣了枯，枯了又荣……

一刹那，漫天风雪仿佛都停止了，战场上所有的一切都为之失色，英布的大斧被远远挑去，胸口的袍甲全被震碎，项羽的大枪在英布的心口凝立不动，鲜血不停地滴落于地，他端坐于乌骓马上仿若石像一般，周围所有人都静了下来。

英布的亲卫都是跟随他多年的老兵，竟一齐在项羽马前跪倒，他们什么都不敢说，只是不停地磕头。

项羽的大枪一寸一寸地缓缓收起，他看着面露困惑的英布，寒声道："我有足够的理由杀你。但我不杀，我把你留给刘邦。"他笑了笑，抬头道，"我曾经当你是我的兄弟，我从来不会杀我的兄弟。"说着他率领着踢云骑向下一个战场冲去。

英布目送项羽离开，挣扎着起身，自语道："这老天没眼。"他想到了很多年前，项羽和义帝熊心闹翻，义帝是项家立的，义帝原不该质疑项羽，但那个放羊出生的娃子偏偏大小事情都要摆出主子的嘴脸。于是项羽将义帝赶去郴州，却没想到义帝去郴州的路上落水而死。世人皆传义帝乃项羽所杀，但项羽杀义帝有何好处？他在鸿门连刘邦都不忍心杀，他如何会杀义帝？以霸王的风格他要杀谁，还不是直接杀了了事？这个罪名，当时负责押送义帝的英布一直背着，他以为他是为了义帝落水而背的罪名，这确实无法辩解，他也不屑辩解，不就死了个放羊的么？但来到汉营后才知，此事又有蹊跷。

英布收回思绪，低声道："这老天真的没眼！"

项羽冲杀在乱军之中，身后桓楚忽然道："霸王！那是项庄！"

项羽抬头望去，就见项庄的人头高高挂在汉军旗杆之上。项羽大怒，大弓张开就是一箭，挑在旗杆上的项庄人头落了下来。桓楚飞马去取项庄人头，却没注意旗杆下的陷坑，连人带马一起陷了下去。激战许久，他的战马早就支持不住，整个软倒在陷坑中，大将桓楚也被倒立的刀尖戳成了肉泥……

项羽大叫一声，差点栽下马去，他看着桓楚和项庄的尸体，大声叫喊着，却哪里有人答应他。

汉营王陵的大军又至，项羽两眼发红，带着项羿等人复又冲杀。汉军的盾牌手、长矛手时刻威胁着踢云骑的马匹，那些时不时射出的冷箭，更叫人防不胜防。彭越的大军，樊哙的大军，周勃的大军来来往往。项羿领着其他骑士紧随项羽，但那些并肩作战多年的弟兄，依然一个接一个地倒下。这些可都是经过巨鹿之战，经过彭城之战，经过荥阳之战的好兄弟啊！

终于，项羽带领众人冲上了一处高坡，他身边的踢云骑，连同项羿一共只剩下二十八骑，楚营最后的精锐。

项羽看着众人道："我们杀了他们多少人，我已不记得。但我们死的人远远少于他们是肯定的。如此，我们还算败了？"

项羿傲然道："只要未死，就未败！"

项羽望着山坡外浩荡远去的乌江，眼中露出思索之色。他忽然抬头道："我只顾低头猛杀，老天却指引我来到这乌江边。"

项羿低声道："或许天意如此，霸王何不就此渡江？"

"当真天意如此么？"项羽闭上眼睛，依稀又见到了桓楚、龙且、范增等人的身影，他看着二十八骑道，"我们向着汉军冲锋三次，若三战皆捷，则天不亡我。就此渡江，我们回江东。"

"诺！"二十八骑原已将生死置之度外，当然是慨然应允。

于是项羽带着他最后的士兵，向着海水般的汉军冲杀了过去。

周勃、王陵等人原本以为，项羽将会去乌江。却不料项羽带着这点人马居然主动冲杀过来，汉军此时已无人敢阻项羽，见到那绝世神将都远远避让。

项羽大枪舞动挡者披靡，整队人马如同天上的雷霆，一下子将潮水般的汉军劈开。项羽身边三丈都无人能够靠近，一队又一队的汉军被他冲杀溃散，敌将军王陵、杨喜、吕马童等人都试图阻拦他，却又如何是他的对手。

项羽身后更有项羿这样的神箭手，那养由弓箭无虚发，所过之处人仰马翻。他们连续三次冲锋，二十八骑在千军万马中布成圆阵，竟无有汉军敢主动靠近，逼不得已樊哙和曹参的部队也加入战团。几经冲杀之后，汉军留下一地的尸体，而楚人的二十八骑仅仅缺失了两人。

项羽领着众人且战且退，终于退至了乌江边上，此时连下了几天的雪终于停了，风却越来越大。

乌江边，赫然有一支小舟守候，舟上老人是乌江亭长。

"老朽受删彻先生指点，在此恭候大王。"亭长拜伏在地道。

项羽下马扶起亭长道："如此，谢过老人家了。"他转身对项羿道："带他们回江东。"

项羿皱眉道："大王不走？"

"项羿你还不明白么？"项羽看着众人，朗声道，"我这一生，最辉煌的时刻都在马背上度过。会稽起兵以来，大战小战百余场未尝一败。方才我率你等二十八骑，亦能震慑他数万汉军。如今，却被刘邦韩信逼到如此田地。诚非战之过！"他目光在众人面上扫过，话语中透出深深的眷恋，"我这一生，从不欺负老弱之人。视我为兄弟者，吾亦待之如兄弟。我这一生，从不弄虚骗人，却有无数人将非我之过加与我身。我这一生，能帮到别人的都会尽量援手，但那些受我恩惠者，却一个个背我而去。若要我回江东，我无颜见托付我八千子弟的江东父老。若要我回江东，这天下其实还是这般颜色，重新来过有何意义？"

听着他的话语，包括乌江亭长在内的所有人一齐失声痛哭。

项羽笑了笑，他傲然道："想我项籍顶天立地，一生不负一人。天却要亡我，奈何？"他牵过踢云乌骓，交给乌江亭长道："此马随我多年，不忍它与我同去。求亭长将其带回江东。"

乌骓马打着响鼻，它显然不明白为何如此，只是死死地望着项羽。

项羿拉着项羽的衣袍，沉声道："大王！项羿与你同去。您说得对，八千子弟过江，我等怎能如此回乡？我八千子弟誓死追随大王，如何能弃大王而去？哪怕大王到了地下，我们也把阎罗王的位子拿下给大王坐！"另外那些踢云骑士一齐跪倒在地，齐声道："愿与大王生死与共！"

项羽看着众人，终于点了点头，高声道："如此，我们再去会会汉军。"说着转身就走。那二十多骑亦紧随其后。

乌江亭长在他们身后大声呼喊，这些勇士又哪里会回头。老亭长拉着乌骓马登上小舟，等候半晌终不见霸王他们回来，只得将船划离河岸。突然在远处响起一阵惊天动地的喊声！紧接着是无数刀剑落地的声音。亭长停下了小舟，隔着河岸眺望远方，依稀听到了沉重昂扬的楚歌声。

而这时，一直盯着远方的踢云乌骓发出龙吟般的长嘶声，疯了般地扬起前蹄，一下子挣脱绳索踏空跃入了滚滚乌江之中……

老亭长就觉得胸口一阵发闷，一口鲜血喷了出来。那楚歌声似乎在他脑海中飘荡……

操吴戈兮被犀甲，车错毂兮短兵接。

旌蔽日兮敌若云，矢交坠兮士争先。

凌余阵兮躐余行，左骖殪兮右刃伤。

霾两轮兮絷四马，援玉枹兮击鸣鼓。

天时怼兮威灵怒，严杀尽兮弃原野。

出不入兮往不反，平原忽兮路超远。

带长剑兮挟秦弓，首身离兮心不惩。

诚既勇兮又以武，终刚强兮不可凌。

身既死兮神以灵，子魂魄兮为鬼雄。

汉五年十二月，公元前 202 年。绝世豪雄项羽在垓下兵败身亡，西汉王朝至此才真正拉开序幕。很多年以后，我们中华民族被人习惯称为汉族。多年以后，已没有人再去讨论当时那场战争战略的对错。但我依然会想起那一刻的江风，依然会想起那匹长嘶的乌骓。

赤壁之战

大江东去，浪淘尽，千古风流人物。故垒西边，人道是，三国周郎赤壁。乱石穿空，惊涛拍岸，卷起千堆雪。江山如画，一时多少豪杰……

（楔子）

夜，鄱阳湖水师大营。

周瑜轻持书简敲击桌案，微笑默念："近者奉辞伐罪，旄麾南指，刘琮束手。今治水军八十万众，方与将军会猎于吴……治水军八十万众，方与将军会猎于吴……"他站起身，在庭院间来回踱着，忽然仰望星罗棋布的苍穹哈哈大笑，这笑声顺着军营中那高高飘扬的帅旗直上云霄。

"来人！"周瑜高声道。

"将军！"早有吕蒙在旁听命。

"备马，即刻返回柴桑。"周瑜笑道。

"是！"吕蒙大声领命，转身走出辕门。

辕门外甘宁等人守候多时，见吕蒙出来赶忙上前迎道："将军有何将令？"

吕蒙笑道："将军有令，星夜返回柴桑！"

甘宁浓眉一扬，搓了搓手掌，喜道："终于有仗打了！"

丁奉却犹豫道："主公令谕未至，是否仓促？"

吕蒙沉声道："军情似火！"说着大步率众而去。

甘宁拍了拍丁奉的肩膀，恨声道："曹贼给主公的檄文你可看过？他以为刘琮小儿能与我家主公相提并论么？"他拉着丁奉紧跟吕蒙而去。

四周重归沉寂，周瑜脸上张狂的笑意逐渐收起，自语道："即便没有八十万，却也人数甚众。此战敌众我寡，柴桑必定纷争不断。但曹操老贼，片语书简就要我江东儿郎降你，真道我东吴无人吗？"

急如奔雷的马蹄声，在黑夜中于东吴的官道上席卷而过……

子夜，雾气缭绕，柴桑冬雨轩。

孙权默默望着江东地图，悠悠出神。不知为何，此刻他脑海中想到的不是曹操豪言的八十万大军，而是兄长孙策的雄壮身影。建安五年，曹操与袁绍于官渡相持，孙策欲谋袭许都迎献帝，却不料大军未动就遭遇刺杀，最终为毒箭所害，争霸中原的最佳时机就此溜走。有小霸王之称的孙策命丧于许贡门客之手，老天爷真是会开玩笑。

"与天下争衡，卿不如我；举贤任能，各尽其心，以保江东，我不如卿。"大哥生前如是言道。

如今曹操挟天子以令诸侯，以雷霆万钧之势挥师南下。为保江东，是否我就一定能够做到……大哥你若在天有灵，可有教我？此次大战是天下就此落入曹操掌中，抑或会是我孙权进击中原的一个机会？

想到此处，他眼前又浮现出白天众人为了是战是和争执不休的场景。最终，一个高大俊秀的身影脱颖而出，那只需淡淡一眼就能把你看个通透的眼神，那站在议事厅把江东才俊评得一无是处的白衣谋士，那个年方二十七岁，却早已被人尊称为卧龙的诸葛孔明，在这场争执中是如此的耀眼。孙刘联合的确是大势所趋，但这个家伙实在太可怕了，此等人才……为何却在无兵无城的刘玄德之手？

孙权额头渗出点点汗水，滴落在书案上，是战是和自然不用多说。只是此战该如何打？公瑾，公瑾，你何时回来？

冬雨轩外，张昭与鲁肃守候良久。

鲁肃低声道："料想今夜无有令谕。老大人何不回去歇息。"

张昭淡淡一笑，"即便回去，又如何睡得着。不如在此等候心里踏实。"他抬头望了望空中的明月，问道，"公瑾何时能返？"

鲁肃道："主公今日飞马召其回柴桑，料想几日内就能回来。公瑾素来主战，老大人此次却是主和……为何亦在等他？"

张昭摆手道："非我要等他，而是整个东吴，乃至天下都在等他。"他深深吸了口寒冷的空气，沉声道，"只是，当年周郎和孙郎一起足以撼动整个天下，如今只有周公瑾一人，这场仗还该不该打？"

鲁肃看着面前须发花白的老者，默然良久轻轻叹了口气，孙伯符的英年早逝给这些东吴旧臣留下了巨大的阴影，哪怕身边就有雄才大略的少年英主，依然不能让他们产生依靠的感觉。这是主公孙权必须跨过的坎，只是这一次，这个坎似乎大了一些。

突然，有人高声喊道："周瑜返回柴桑，求见主公！"

鲁肃和张昭吃惊地望向夜雾中昂然走来的周公瑾，主上的令谕今日刚发，而周郎此刻居然已经到了！

冬雨轩的大门一下子打开，孙权在台阶上，看着一身戎装、丰神俊秀的周瑜，高声道："公瑾！你来得好！"

周瑜上前几步，跪在孙权面前，沉声道："瑜知曹操举天下而来，欲吞我东吴，请为主公破之！"

孙权注视着周瑜的眼睛，低声道："曹操八十万大军，雷霆万钧之势南下，且艨艟斗舰何止千百？水陆并进，如何能破？"

周瑜微笑道："曹军虽众，然今次多犯兵家之忌。他北军不熟水战，曹操欲用水军与我东吴争衡，此一忌；而今时值隆冬盛寒，马无草料，二忌也；北方士卒远涉南方，不服水土，多生疾病，三忌也；且其北方马腾、韩遂为其后患，虎视已久，日久必然生变，此为四忌。"

孙权目光在鲁肃和张昭脸上扫过，缓缓道："有理。"他伸手将周瑜扶起。

周瑜抱拳继续道："曹操连犯四忌，可见他连胜之后，已然骄纵难抑，其空有大军，不足为虑！且曹操豪言水陆大军八十万，我却不以为然，仔细算来，其北方精锐十余万人久战已疲，得荆州兵马不过七八万人，且多怀有异心。其数虽依然较我东吴为多，却非能战之力。操自寻死尔，瑜请得精兵数万，大局可定！"

孙权展颜大笑道："说得好！那么就如公瑾所请！"他目光扫视众人，见张昭欲言又止，孙权解下佩剑，高声道："传我令谕！将此剑赐予周瑜，封瑜为大都督，程普为副都督，鲁肃为赞军校尉。文武众臣有不听号令者，即以此剑诛之！"他看着张昭，低声道，"天下从群雄逐鹿到今日霸才凋零，袁绍、吕布、刘表等人皆已逝去。江东基业已历三世，不可轻言舍弃。我孙权将联合刘备军与曹贼决战，愿诸公助我！"

周瑜、鲁肃、张昭一起跪倒在地，高呼领命。

孙权抬手高叫道："孔明先生！"

众人一起转头望去，就见冬雨轩外走来个白衣纶巾、大袖飘飘的青年文士。

周瑜目光收缩，低声道："诸葛亮?"

孙权傲然道："孔明先生前日对我言道，这几日星象大异往日，三日内必有英雄驾临冬雨轩，定天下之胜败。我知此人必是我东吴的周郎！"

诸葛亮微笑着，深深一礼道："亮见过大都督！江东周郎之名早已响彻荆襄。"

周瑜看着面前这身形高大、面目俊秀、短髭清扬的若仙文士，眼中闪过一丝异色，遂微笑着躬身还礼。

时为建安十三年冬，已占天下三分之二的曹操亲率大军南下，号称八十万之众鞭指江东。于鄱阳湖操练水军的周瑜星夜返回柴桑，十八岁就继承兄长孙策之位的孙权决意抗敌，名存千古的赤壁大战就此拉开序幕。

（一）

烟波浩淼的长江滚滚东去，如血的夕阳把大江两岸同时映得血红。

波涛之上一叶小舟随风而走，舟上三个文士正举杯小酌，一青袍武者头戴斗笠于船头操橹。

"孙权和刘备终于联手。"程昱望着浩荡的江水，苦笑道，"这算是我们逼他们的吧。"

徐庶缓缓道："只是不知，是天下从此一战而定，还是……"他一仰脖吞下水酒，没有继续说。

程昱回头望向楼船，北方来的精锐正日日操练水战，大战未开营内却已是热火朝天。他低声道："丞相久经沙场，虽然急于求战，但必然做好了万全的准备。此战只需稳扎稳打，胜算依然在我们手中。"

徐庶笑道："曹营数十万大军，而东吴只有三数万先锋在此，你却士气低迷。不怕被人告你等扰乱军心么？"

"曹营中最希望丞相落败的只怕就是你徐元直，又何出此言？"一旁始终沉默不语的贾诩忽然淡淡笑道。

此话一出，三人一齐哈哈大笑。贾诩替另两人斟满了酒，再次把目光投向滚滚东逝的江水，说道："黄巾之乱不提，从群雄伐董卓至今，天下战乱将近二十载，世间苍生何苦？我是真心盼望此次一战以定天下。我想，曹丞相也是如此想法。"

程昱欣然一笑举杯一饮而尽。徐庶则轻轻叹了口气，他回望曹军大营，那由大小战船组成的水寨靠岸而立，水寨旱寨连绵三百余里，旌旗飘扬鼓声震地，远远望去仿若遮天之云。这样的军容，俨然一副气吞山河的气势。

三人谈笑间轻舟飘过数里，贾诩转动着酒杯，望着前方东吴大营的严正气象，眉宇纠结在一起，心中暗道：周郎非寻常人。如今曹丞相征中原子弟大举南下，已是尽倾国之力，若一战不得而胜，是否过于冒险？他随即摇了摇头，自己既非荀彧亦非郭嘉，如今曹丞相身边能够警醒他的谋士已然不多了。

突然，前方水寨中杀出几条战船，朝着他们的小舟破浪而至，数支羽箭射向三人。

程昱、贾诩、徐庶三人毫不在意，依然朝着远方指指点点。那几支羽箭方至船头，却见寒光一闪，箭杆全被斩断落入水中，出剑的赫然是头戴斗笠的操橹武者。而东吴水寨中的几条快船，成雁字形左右包抄而来，船未至箭雨已成……

程昱、徐庶各拔佩剑在手，而贾诩则笑道："我等三人不识操橹，徐公明用心驾舟回营。区区箭矢与我等无碍。"原来为三大谋士驾驭小舟的竟然是曹营大将徐晃！贾诩说着伸手探入江水，夕阳下金红色的水线应手激射而起。那水花于半空聚拢，瞬间化作一条金色的水链！

那江水化作一片金光，两面射来的弓箭远在小舟丈许就被击落。

徐庶笑道："古之武者有束水成棍之说。贾文和这又是何法术？"

流动的金光在贾诩手中闪动，他手指轻扬江水化作的长枪扫向左右，激起数尺高的风浪逼得东吴快船无法靠近。

水花声中，贾诩高声道："万里神州，具有神鬼莫测之能的异士甚多，诩自幼出生寒微，苦修文武艺只求在乱世谋得一席之地。未经战阵之时，自以为靠一己之智，足以决胜千里。却不料，真上沙场才知道天下之大，豪杰之多，兵行险招之处比比皆是。"他大枪在手，谈笑间已经击退三艘敌船。贾诩沉声道："元直未经过长安之乱，你当日若见过吕布，当知道如今那些所谓猛将悍卒，与吕布相比都只是土鸡瓦狗罢了。即便你处处料敌先机，若未能正确估算他的武力，就足以置你于死地。"

徐庶不解道："但在长安谈笑破吕布的不就是贾文和你么？"

贾诩自嘲地笑了笑道："世人只知号称天下无双的吕布，在长安之役后，如野狗般在乱世奔走。却又有几人记得我和李傕、郭汜等人花了多大的代价，死了多少勇士才将其逐出长安？护卫我的两百亲卫，最后仅余十余人……"

徐晃缅怀道："那时我在杨奉麾下，长安大战，晃适逢其会……"

贾诩扬眉道："之后，我转战天下之余，苦学奇术以求沙场之上也能自保。终从前人著作中学得些许道法。然无论是万人敌的武艺，还是变化莫测的奇术，都需有霸道驭之，智慧辅之，才能匡扶天下。"

叮！程昱击落了一支羽箭，赞同道："不错，你我身为谋士，以智计辅佐主公。武艺能够自保也就够了。"

"传闻当年官渡之战，袁绍大军被丞相大军击溃，原本逃不到仓亭。是他在牢狱中的谋士沮授策动了神兽白虎，才让他们侥幸得脱。"徐庶问道，"各位当时都在，是否确有其事？"

程昱苦笑道："我当时只见一道白光炸开，就被巨大的气流掀翻在地昏迷不醒。那时人人都说白虎出现，大大扰乱了军心。虽然看不真切，但集合天地之力的奇术，想来这个世上的确是有。"

贾诩沉声道："青龙、白虎、朱雀、玄武，乃四方神兽，古已有之。只是普通人无力驱使，因此极少出现在世上。今天下大乱，群雄并起，奇能异士各为其主，四神兽会出现在战场也在所难免。当年群雄伐董卓，董卓麾下就有异人能驱使朱雀，好好的一个洛阳化作一片火海。"

"所谓朱雀就是凤凰吧？那种怪物还是越少越好，不然还要我们普通军士做甚？"徐晃皱眉道。

贾诩摇头道："这种奇术消耗的非普通精力，而是用人的阳寿来交换。不到生死关头，轻易没人会用；不到危急时刻，更不会有人告诉你他会。"

"当年见郭嘉先生出手过一次，不知如今我军还有谁会用。"徐晃望着东面飞驰而来的一艘快船，沉声道，"来敌非寻常之辈，先生坐稳。徐晃去去便回。"他提起大斧，双肩一耸高高掠起！

来船速度奇快，转眼就到近前，船头之上一点寒光骤然亮起，一支羽箭发着奇特的鸣叫声，如天籁之音划破晚霞，带着些许凄楚，带着一丝挽留直取徐晃的咽喉。

"好个伤心天音箭！"徐晃高喝一声，眼中精芒闪动，身形忽然一折，仿佛将自己抛出一般，画了一道弧线，堪堪绕过来箭。但紧接着，东吴战船之上一下飞出二十余支羽箭。徐晃斗笠转动飞出，化作一片云霞，二十余支羽箭四散而飞，他大吼一声，人在空中双手举大斧奋力劈下。

"轰隆！"这一斧不求伤人，但求毁船，将那东吴战船劈得一个歪斜。与此同时剑光闪动，战船上一身青袍的老将韩当挥剑猛刺徐晃面门。徐晃却并不恋战，一个跟头倒飞出去，重新落回自己的小舟。而韩当那条快船却已失去追击的能力，眼睁睁地看着敌人扬长而去……

贾诩一行四人乘风回营，刚踏上大船，就听东吴方向战鼓声起，不由面面相觑。

对方竟然主动攻击，这却是不曾想到的。迎面走来大将文聘，他大声道："东吴出动战船大举进攻，请诸位先生回营歇息，莫在甲板走动。"说完他匆匆换船向前敌进发。

程昱笑道："不知东吴谁打的头阵。"

徐晃披上铠甲，傲然道："任他是谁，无非螳臂当车。"一抱拳亦领着本部军士追赶文聘的战船。

贾诩望着来往将士的身影，若说袁本初麾下有异士如沮授者，江东这里多年来人才汇聚，是否也会有这样的对手呢？

甘宁身披轻甲傲然立于船头，战船逆风而上，猛烈的江风将其锦袍高高扬起，风浪之中霸气张显，夕阳之下一船军士杀气腾腾。前方曹营水寨营门大开，有战船迎上前来。甘宁望向对方大旗，哈哈大笑，"我道是谁，原来是文聘文仲业！"

文聘也已看清甘宁的战船，吩咐麾下军士道："甘兴霸最喜立于船头观望，所有箭手不等对方靠近，齐射敌船船首！"麾下战船同时放箭，一时间箭弩破空之声不绝于耳。但甘宁的快船在大江之中灵动腾挪，急速靠近文聘的战船，那些箭弩能落在他船头的少之又少。

"文仲业你始终贪生怕死，不敢与我甘宁正面对决吗？"甘宁的声音在大江上响起，把江水之声都压了下去。

文聘冷笑道："锦帆贼！你以为这还是在街巷之间么？"他的声音同样顺着江水远远传出。此时二人的战船相隔只有十余丈。

甘宁大笑，手中博浪刀向前一指，高声道："儿郎们！登船杀敌！"数十条钩索向曹军战船掷出，一个接一个的东吴水军挂钩索掠向敌船。

文聘手中破阵刀光芒骤起，当先砍翻数名上船的东吴水军，而甘宁那矫健的身影已出现在他的船头，猛烈的刀风在空中掠起，刀光直取文聘的头颅。文聘举起破阵刀迎向甘宁的博浪刀，"当！"刀锋相交，文聘倒退三步，甘宁却只是微微一晃。

甘宁露齿一笑道："从刘表帐下开始，你我交手数十次，仲业你可曾赢过甘某一次？"博浪刀刀锋泛起点点晶莹的光芒，仿佛大江之水绵延不休，层层叠叠地向文聘砍去……

文聘堪堪接下对手二十余刀，却已经从船头退至船尾。望着绵延不止的刀光，他心头尽是无力的感觉，但身边东吴军士越来越多，再这么下去战船就要失守！文聘大吼一声，双手举刀，刀锋发出一声轻鸣！军马奔腾的刀势磅礴而起。

甘宁身形凌空飘出两丈，笑道："许久不见，倒是有长进了。这就是你苦修的破阵刀法？"他博浪刀光芒流转，连续光闪三次，那刀风一次强过一次，第一刀卸下文聘的刀势，第二刀击破文聘的防守，第三刀破空斩向文聘的胸膛。

"长江三叠……"文聘低呼道，他飞身后退，但人已到船尾，身后无路可退！

突然，空中一声霹雳，一柄巨斧呼啸着出现在甘宁背后……

甘宁大喝一声，斜刺里挪开身子，躲开了这一斧。他愤怒地望着偷袭他的武将，叫道："徐晃？"

徐晃带来的战船已然投入战斗，他手端天涯斧，笑道："甘兴霸，名震江东。今日得见果然不凡。"

甘宁望着面前的徐晃、文聘，眼中燃烧起熊熊战意，微微晃动手腕，铃铛之声叮当响起，他高声道："一起上吧！"

徐晃收起笑容，天涯斧高举过顶，巨大的杀气于斧上聚拢，暴喝一声："杀！"一柄大斧忽然化作七柄，分从七个方向砍向甘宁。

甘宁微微一怔，原以为用斧头的都是走刚猛一路，不料徐晃竟然举重若轻！他的博浪刀没有半分惧色，挥刀斩向那七道斧影，刀斧连碰七下，这七道斧影居然都是真的！

徐晃大斧一转，带起巨大的声响，大斧仿若变大了两倍，从半空呼啸而下。甘宁冷哼一声，双手握刀迎向大斧，但刀至半路徐晃的大斧却消失不见。突然，他脑后金风响动，徐晃的天涯斧从他身后而来……那么快？还是方才眼前的本就是幻影，甘宁猛一转身，刀锋旋动，于逆境中反击，博浪刀不求防守但求伤敌。两人身影交错而过，再立定时，胸口各多了一道伤口。

甘宁注视着徐晃，这家伙之前从未交手，没想到曹营之中随便出来个武将就如此难惹。他眼角余光扫了眼文聘，发现文聘已然不在原先位置，而是拉开了距离冷冷盯着自己，这家伙是想找机会在背后给我一刀，我以一敌二，要出奇招才行。

就在此时，远处有人高声喝道："甘兴霸稳住阵脚，我们前来助你！"战场之上又来了十余艘东吴快船，正是被周瑜委以先锋重任的韩当、黄盖。

黄盖一面指挥东吴战船四处攻击，一面哈哈笑道："曹营的猪崽们根本不知如何水战！江东的猛虎们！你们可以随意攻击！"江面上的情景也和他说的一样，二十余条东吴快船追逐着三十多艘曹营战船，火箭、梭镖、套索，各种攻击手段层出不穷……

而韩当则登上了文聘的战船，淡淡道："徐晃将军，现在是二对二。"

文聘、徐晃也不答话，各举兵刃向甘宁、韩当冲去。这四人三把大刀一柄大斧战在一处，一时间刀风漫天，杀气纵横，无论是曹营的军士还是东吴的水军，都无法再在这条战船继续待下去。

曹营中鼓声大作，一下子涌出数十条战船，曹洪当先而出，高声道："东吴小儿，我大军到此，还不早降？"

而东吴方向也有蒋钦、陈武乘着大型斗舰加入战团。蒋钦手指向天，斗舰上火炮齐鸣，数条曹营战船一下子着火。曹营中立时有蔡瑁率领战船靠拢上来，一时间江面之上，近百条战船混战在一处。

战船之上，甘宁、韩当和徐晃、文聘一场激战，虽然占据上风，却始终拿之不下。忽然又有小船靠拢过来，一名玄袍大将跃上船舷，高声道："甘兴霸，名不虚传，可敢与我张辽一战？"

激战中的四人各守阵脚，向张辽来处望去，就见又有三条小船靠上了船舷，赫然是曹休、李典、乐进。这些人分别立于张辽左右，甘宁和韩当立时显得处于下风。

甘宁豪笑道："张辽张文远好大的名声，却也是以多胜少之徒。"

张辽跨前一步，淡淡道："我给你公平对决的机会，若你要他们退出战场则未免可笑。这是天下沙场，非你东吴街头械斗。"

甘宁浓眉紧锁，握刀的手青筋暴起，就要上前。却听不远处的东吴快船上蒋钦叫道："都督有令，收兵回营。甘兴霸不可恋战！"

他身边的陈武高声道："曹营众将你我是不死不休！今日已晚且饶尔等去吧！"说着他一举手，无数火箭从船头飞起，尽数落向甘宁等人所在的曹军战船。

轰！战船一下子被点燃。甘宁和韩当乘乱跃入水中，顺着江水远遁而去。同时东吴的战船亦有序地退走，他们的阵法毫无破绽，令曹军无法追击，即便有人强行去追，也是被杀得船毁人亡。

曹营众将看着江面漂浮的尸体和破损的旗帜，查看下来还是蔡瑁、张允统领的原荆州水军损失最小，不由心中大为不忿。

张辽缓缓道："敌人进退有度，令我军初战不利，水战依然是我军最大问题。然我大军举天下而来，击破江东小儿仅是时间问题。各位莫作无谓担心。"

众将点头称是，徐晃暗自忖道：但目前，似乎我们所能仰仗的只是人多势众而已，水上决战对我不利……接下来又该怎么打？

张辽回望大营的方向，暗道："主公定会有办法。"

（二）

冬夜，无风，微寒。

孙权和周瑜于斗舰之上，一起眺望对岸，那曹军的水寨绵延上百里，即便在茫茫夜色中也有着难言的压迫感。

这前方其实就是天下吧，若是伯符在此，他定会豪气干云。面对这沉默的江水，立于孙权身后的周瑜，心头不禁有些唏嘘。

"本该是我大哥和你站在这里。"孙权忽然笑道。

周瑜微微一惊，微笑道："若是伯符在，怕在曹贼初到荆州之时，就迫不及待地求战了。只是即便是他在此地，亦未必能比主公做得更好。"

孙权苦笑着摇了摇头，低声道："这几日初战告捷，公瑾怎么看？"

周瑜沉吟道："我军水战精于曹军，初战得胜在意料之中。但曹贼毕竟势大，此等战斗无法令其伤筋动骨。若想退敌重在两点。"

孙权道:"一是要将这场战役拖入寒冬,不可急于求战。时间越久,他劳师远征补给就越成问题,这个我明白,另一个呢?"

"第二就是要靠出奇。我军加上刘备的军士一起,不过曹军的一个零头。诚然,作战之时,曹贼无法把大军全面铺开,但即便如此我东吴也还是要靠出奇制胜。"周瑜眼中闪动着睿智的光芒。

孙权笑了笑道:"公瑾此言,与今日白天孔明的言论如出一辙。果然英雄所见略同。"

"诸葛亮?"周瑜扬了扬眉,问道,"他怎么说?"

孙权道:"孔明言道,曹贼骄傲,其属下必受其影响。而曹营水军最擅长水战的却是荆州降卒,曹贼若不用荆州将领,则大军无法熟悉水战。若用了荆州将领,却势必引起内部不和,乱必由此而生。"

周瑜笑道:"听闻当日战罢,曹贼就命蔡瑁、张允统领全军操练水战。那些随其北来的将领只怕俱不服气。孔明之语当是由此而发,倒也颇有见地。"

"公瑾也如此看吗?"孙权欣然笑道,"另有孔明一事告知公瑾。"

周瑜笑道:"愿闻其详。"

"孔明前来游说我联刘抗曹,如今联盟已成。大军有公瑾统领,这有卧龙之名的孔明当然不能让他闲着。故我命他为大军准备十万支羽箭以作军需,这原是想刁难他一下,免得他觉得我江东君臣可任他摆布,却不料他毫不推辞。"孙权苦笑了下,继续道,"两日前,大江上迷雾缭绕,他就约我和鲁子敬一起出游,并在同行的二十余只船上树满了稻草人。"

"到何处出游?"周瑜皱眉道,"莫不是……"

"若是当日公瑾在旁,定不会为他所骗。"孙权笑道,"初时我不明白他想怎样。但船至江心,我就知道他要去的是曹营。"他顿了一下,忽然道,"但鲁子敬只怕从开始就猜出这诸葛的意图,却不对我明言,不知为何。"

"若仅仅是冒险就能换得十万羽箭,自当尝试!何况,若不成功诸葛就无法收场,子敬定是这么想的。"周瑜淡淡道,"这孔明料定曹军不擅水战,大雾天必不敢轻出。才敢以主公为饵,诱使曹营放箭。顾趁着雾天一赌自己的运气。"

"这家伙的运气实在是好!这一个来回,就集齐了十万羽箭。"孙权轻叹道,"诸葛亮的确是个人杰。"

"非是他的运气好。主公亲自出阵,此乃主公洪福,与诸葛无关。运气自然算在我东吴身上。"周瑜笑道。

"有理。"孙权欣然点头道。

周瑜眯着眼睛,思索片刻低声道:"主公若重孔明是个人才,何不将其招揽来东吴?"

孙权轻抚短髭,笑道:"我已经让诸葛子瑜前去招揽。用亲情动之,再辅之要职,当有几分成算。"

周瑜微笑颔首,诸葛瑾身为诸葛亮的大哥,已在东吴为官多年,正是去游说的最佳人选。若他都无法成功,则只能再想其他办法。

孙权望着黑沉的夜幕,缓缓道:"不知不觉,大哥已死了八年了。若大哥不死,我孙家定已在中原与曹贼争胜。若大哥不死,他定会安排我在公瑾身边历练吧。"

周瑜听得此言,心头一阵酸楚。

孙权脸上露出坚毅的神色,沉声道:"公瑾只需关注战事,其他的事我来操心。"

周瑜躬身道:"周瑜定不辱使命。"八年了,他亲眼看着孙权单薄的双肩渐渐变得雄厚,他亲眼看着,江东子弟在这个青年豪杰身边重新汇聚。

孙权双手扶在周瑜的肩膀上,道:"今次大战的胜负,就是天下的转机,整个江东都在公瑾的身上,绝不能有半点闪失。"

周瑜看着孙权的眼睛,重重点了点头。丈夫处世当立不世之功名,统率千军万马决战沙场正是英雄所为。伯符未能有机会做的事情,由我周瑜来做!一切都将是为了东吴!

江畔,星夜。

"我们多久没见了？"诸葛瑾低声道。

"自从五年前兄长赴江东为官，就不曾见过。"诸葛亮笑道。

"仲谋对我很好。"诸葛瑾给诸葛亮斟满了酒，缓缓道。

诸葛亮缓缓道："我知道。所以三年前你写书信让我来东吴。"

"但你没有来，来的只是小弟诸葛均。"诸葛瑾淡淡道。

"不错。"诸葛亮笑了笑，把水酒一饮而尽，并不多做解释。

"这场大战，东吴会赢吗？"诸葛瑾亦喝干水酒，话锋一转问道。

诸葛亮眯着眼睛，替兄长满上酒杯，低声道："天下大势即将峰回路转。东吴有周郎，刘皇叔有我。而曹军连场大战之后，已是强弩之末。"

诸葛瑾看着诸葛亮，一脸肃然，一字一顿地二次问道："东吴会赢吗？"

诸葛亮摸了摸鼻子，认真答道："会。"

"我信你。"诸葛瑾笑了笑，古板文气的面容神采奕奕，他望着起伏的江水，缓缓道，"我虽长你七岁，但从小到大，见事从不及你明白。自小开始，你料事就不曾错过。因此，我信你。此战我东吴必胜。"

诸葛亮转动着酒杯，并不言语，他知道兄长话还没说完。

"只是……"诸葛瑾收回望着江水的目光，注视着诸葛亮的面庞，低声道，"若我东吴赢得此战，则荆襄九郡唾手可得，从此得以大出天下，与曹操争雄。你为何却选刘玄德为主？孙仲谋比刘玄德差吗？"

诸葛亮沉默片刻，缓缓道："天下大事，时也，命也。人或能算尽机关，却不及苍天片刻的关注。东吴若能大出天下，在孙伯符之时已然大出。孙仲谋乃一时之人杰，但其因父兄之业成事，少年时接管江东，乃为势所迫。今曹操大军举天下而来，东吴迫不得已奋起反击，此又为时势迫人。他是有福之人，一直都有未知的力量在推着他走。但若没有人推他，他会怎样？你是否知道？"他面露微笑，低声道，"而刘玄德不同。我主刘玄德不同。"

诸葛瑾露出不解之色。

"刘备身处乱世，犹能游刃有余。从黄巾之乱开始，他就被乱世的浪潮淹没，但每每都能绝处逢生。身边有兄弟扶持，背后时有贵人相助。平黄巾，战虎牢，杀吕布，战荆州。这些战役他都适逢其会，很多看似比他强得多的豪强都死了，而他却没有。"诸葛亮笑了笑道，"刘玄德是你见了一面，就愿为其效死的人。我没见过曹操，或许曹操也是这种人。乱世中，经过这些关键战役幸存下来的，仅他们二人而已。所以我说刘玄德不同。"

"他现在一无所有。你却拿他和曹操相提并论。"诸葛瑾皱眉道。

诸葛亮傲然道："刘皇叔武有关张赵云，谋则有我。怎会一无所有？"他的眼中射出熊熊战意，昂然道，"天下转机已至，真龙定将乘风而起，直上云霄！"

诸葛瑾冷笑道："若你不助他，而来我东吴。则孙仲谋就是真龙！"

诸葛亮笑了笑，举起酒杯道："击退曹军，孙权将军会得到他应得的。而我们刘皇叔也会得到他的。"

诸葛瑾瞪了他半天，轻轻一叹，举杯饮尽水酒。

诸葛亮看着夜色下的江水，低声道："自古能臣多艰险。你我虽不能如伯夷、叔齐常在一处，却能同时见证天下两条真龙的出现，亦是一大快事。"

诸葛瑾扬眉问道："两条真龙？"

诸葛亮饮干杯中酒，起身望向江北的曹军大营，笑道："或许是三条也未可知！"

诸葛瑾深深吸了口气，与诸葛亮并肩而立，淡淡一笑。虽是各为其主，但至少今日要面对共同的强敌。天下若真有数条真龙，会是曹操、刘备和孙仲谋么？

同样的月光下，曹军大营，中军帐。

曹操的桌案上，两堆竹简放于左右，一堆是数十万大军的军情要务，另一堆则是由许都八百里加急来的天下奏章。尽管普通事务许都的荀彧都会替他打理，但毕竟还有一些必须由他亲自决定。这左右两堆的竹简都耽误不得，无论是天下要务还是当前的军情，都是稍一大意就会天塌的大事。

烛火下，曹操双眉紧锁，韩遂和马超似乎蠢蠢欲动，若他们真的直取渭水，而自己这里大军未回，真是一件麻烦的事。江东这里必须速战速决，不然迟则生变。只是如何才能速战速决呢？这几日小小接战东吴都占据上风，虽然大军依靠数量的优势并未吃亏，但士气上已受打击。

曹操放下竹简，在大帐中来回走着，水战之中青州军无法发挥威力，而荆州水师并非己方嫡系，战斗指挥并不顺手，数十万大军声威在前，却空有其表……如何才能将整个战力都发挥出来？他看了桌案上的一卷竹简，那是近日蔡瑁、张允统领大军操练水战之后，各部战将弹劾二人的书信。此二人久居荆州熟悉水战，但作为降将不能服众，难道是我用错了？

水战，水战，这天下真要靠一场水战来赢得吗？曹操展开手边的江东地图，这赤壁一带的各处险要都早已了然在心。他微微摇头，望向大帐正中的天下关隘图，深深吸了口气，拿下这一战后，就只有西川了。巴蜀虽然险要，但在刘璋手中就并不是问题。他重新看回江东地图，水战……如何才能让这些北来的锐卒如驾驭战马一般地驾驭战船呢？

帐外风声大作，天光微微发亮。曹操拿起斗篷，步出中军帐。许褚黑塔般的雄壮身影傲然立于风中，身后的虎卫个个精神抖擞，丝毫看不出倦意。

曹操眯着眼睛问道："仲康，几更天了？"

"刚敲过三更。"许褚禀道。

"巡营。"曹操低声道。

许褚躬身道："主公，是否要叫妙才、文远？"

曹操道："不用，你我足矣。"说着披上斗篷当先而行。许褚率领众虎卫紧紧跟随。

一行人在各战船间来回巡视，天光微亮士兵们早课已然开始，各船的精神面貌不尽相同。北方士兵求战之心甚强，但人在船上脚步虚浮，战力大打折扣。而荆州的水师虽操演熟练，但士气低迷，甲胄刀剑光芒暗淡。

曹操皱着眉头一路看去，身后早有闻讯赶来的夏侯渊、曹洪、张辽、蔡瑁跟在身后。曹操扫了众人一眼，皱眉道："曹休呢？"

曹洪苦笑道："文烈昨日忽然病了，医生说他是水土不服。"

"体壮如牛的小子也会生病？"曹操哼声道。

张辽道："各部北方军士这几日多有生病的，原以为驻扎时间长了会有所缓解，现在看来却有些愈演愈烈。"

"是疫情？"曹操嘴里问道，脚步却丝毫不停。

"多是水土不服的小病，但大大影响士气。"张辽道。

曹操冷笑道："影响士气？"他停下脚步，望着身后甲板上的那些懒散军士道，"荆州军士不曾生病，但一样没有士气。"

蔡瑁额头满是冷汗，惶恐道："属下有罪。"

曹操冷冷看着蔡瑁道："我要他们得水战要领，更要他们有士气！这几年你们荆州军被东吴孙权小儿压得透不过气来，就是没有求战之心。不然你以为为何屡战不胜？"说完他继续在各船巡视，走的战船越多，他的面色就越是阴沉。

夏侯渊、曹洪诸将初时还跟着议论指点，渐渐地也不敢多言，而这个时候连一干谋士也加入到这次巡营中。

终于曹操站在张允麾下一艘斗舰的船头，转身环视身边众将道："北人骑马，南人坐船。我北方锐卒是否真的不擅水战？"没人敢应答他，曹操笑了笑望向蔡瑁道："是否，老夫给你的人马多了一些？你无法操练好？"

蔡瑁跪倒在地，答道："丞相……"他却又一下子说不下去。

曹操看着船外起伏的江水，沉默了片刻，转身将蔡瑁扶起道："德珪。老夫将数十万人马都交付给你，只因相信你能调教出天下第一的水师。你尽力办事，有任何困难尽管对我明言。"

"是！"蔡瑁大声道。

曹操对人群中的毛玠、于禁二人道："你二人跟着蔡瑁、张允操练水军，学好了再教给其他人。我就不信什么北人骑马，南人坐船的废话。"

毛玠、于禁躬身领命。其余众将皆松了口气，这些大将跟着曹操日久，都知丞相今日其实已经怒至极点，却意外地不曾处理蔡瑁、张允，这完全是因为只有这二人精习水军战法。但丞相忍得越久，之后爆发得也就越厉害。有些人还在心底窃笑，蔡瑁、张允初掌大军的时候还气焰高涨，却不知悬在头上的大刀随时都会落下。

曹操目光在众人脸上扫过，所有人的表情都在他的眼中，他缓缓道："我大军初至之时，曾派使节前往东吴，但被周瑜所杀。如今，我仍需一人去东吴大营，一探他大军虚实。此行有所建树最好，若无实际收获，能来回一次也是功劳，众卿谁人愿往？"

一干谋士面面相觑，东吴周郎上次是为了杀人立威，此次若想出使全身而退，并非不可能。但曹公的心他们都明白，嘴里说是无功亦无妨，但真要去了无功而返，日后定会追究责任。荀攸为首的众谋士皆不作声。

就在此时，一个柔和的声音在人群中响起，"众位若都不出头，我蒋干愿前往东吴大营一次，凭我三寸不烂之舌，去说周郎来降。"

曹操看着这个留着短须、面容俊秀、举止儒雅的文士，微微一笑道："我知子翼曾与周郎同窗，亦知子翼才辩独步江淮。然周瑜非刘琮，他绝不会来降我。你仓促向其提出，图增他人笑柄。不去也罢。"

蒋干目光在一干谋士身上扫过，看看贾诩、荀攸、徐庶等北方名士都沉默不语，不由傲然道："食公之禄，分公之忧。蒋干愿为丞相行天下大事，请丞相许之。"

曹操亦望向贾诩、荀攸等人，淡淡一笑道："那就如子翼所请。我要东吴军情，你只要不丢了性命，能回来就是大功。"他微微一顿道，"此事并不着急，我大军与东吴多战几合，让其东吴小儿知我军威，再去不迟！子翼可自行择时前往。"

蒋干抱拳道："诺！"

众将、众谋士一起用奇怪的目光看着蒋干的背影，都不明白这平日文绉绉的一介书生，为何突然变得如此大胆。就连蔡瑁都忘记了自己的处境，开始同情起蒋干来，从没见过人如此着急地去送死。

曹操看了眼神采飞扬的蒋干，心中忖道，"此子究竟是我的棋子，还是上天派来给我两军行事的？"想着，他目光扫过贾诩和荀攸的脸上，此二人一副胸有成竹的样子，他不由心中暗道："只此二人知我。"将手扶上倚天剑的剑柄，他望着天上的晨曦，心想：此战必须速战速决，当不惜任何代价求周瑜决战。

（三）

蔡瑁看着前方水寨换上了曹营大旗，长出了一口气。尽管付出不小代价，但终于还是夺下了东吴夏口大营附近的三处水寨。此次回军，等待他的将不是曹丞相严峻的目光。

张允笑道："都督，近半个月来，北军基本掌握了水战要领。我们对抗东吴水军已从最初的全面挨打，到如今可以主动攻击。想来，再有数月操练，即可与周瑜大战一场。"

蔡瑁摆手道："我们没有那么多时间，我大军多为北来之师，曹丞相欲求速战速决。"

得胜归来的蔡和听到他的话语，大声道："当然要速战速决。我荆州军那么多年被周瑜压得抬不起头，并非我等水战不行，都为当年刘景升避战。"他和蔡中走在最前面，身后还有于禁、曹休等人。

蔡瑁不理会蔡和，起身对于禁等人抱拳道："各位将军辛苦。"

于禁淡淡一笑道："东吴残敌已然肃清，下一目标为何处，请都督示下。"

"周瑜吴夏口大营附近共有水寨九处，我军当将其各个击破，最终总攻其夏口大营。"蔡瑁扫视周围众人道，"我等先破小寨再攻大营，一方面剪除周瑜的羽翼，另一方面，也为我北军熟悉水战做更好的演练。"

于禁点头赞同道："这几战中，我军水上对敌已不如初时慌乱。"

蔡瑁笑道："各位将军下去歇息。"

于禁当先施礼，带着众将退去。帐中只剩下蔡瑁和张允二人。

张允沉吟片刻，低声道："蔡和、蔡中在曹营众将之前还当收敛些。"

蔡瑁捻须苦笑道："他们在荆州已经跋扈惯了，如今对他们来说已算是很收敛。我蔡氏与曹氏素来交好，但身处乱世，今时已不同往日。"他望向船外严谨的曹营大军，缓缓道，"此次大战只要胜了一切好说，若胜不了……我蔡氏一族危矣。"

于禁等人离开大帐，曹休眯着眼睛望向四周的荆州兵，道："虽说打了胜仗，但我还是不喜欢蔡氏弟兄。"

于禁摇头道："没人要你喜欢他。但文烈你也要看清楚，我北方锐卒经其操练，正逐渐掌握水战要领，可见蔡瑁带领水军的确有独到之处。"

曹休皱眉道："但我老有不好的感觉，这几战似乎太过顺利。"

于禁拍了拍曹休的肩膀，笑道："我们做好自己的事情，战局千变万化，警醒些的确不错。"他看着蔡和蔡中的背影，缓缓道，"至于蔡氏子弟是否过于跋扈，你身为曹氏大将，又有何好担心的？"

曹休低声道："我少年时候，就曾经到过荆州，蔡氏一族是怎样的人，我很清楚。然丞相与蔡瑁有旧，似乎对他颇为倚重。近日来，凡是荆州降卒与我北军发生纠纷，丞相都偏向于荆州降卒。"

此时徐晃和乐进从远处走来，方到近前乐进就笑道："文则、文烈，听说了吗？你们这获胜的消息一传出，那家伙就去夏口大营了。"

"谁？"曹休笑问。

"蒋干。"徐晃笑道。

于禁挠了挠头，苦笑着望向天空，那家伙居然真的去劝降周瑜了，这些南方的文臣武将们心中想的到底是什么呀？

吕蒙把战报送到周瑜面前，低声道："曹营已然夺我三处水寨。"

"我方损失如何？"周瑜面无表情道。

吕蒙躬身道："我方损失不大，但士卒们对不猛击曹军颇不理解。"

周瑜示意吕蒙退下，他望向一旁的鲁肃道："如此，荆州降将的地位将在曹营大大提升。"

鲁肃微微一笑："荆州众将与北方将领的冲突在决战之前，当会有一个结果。"

周瑜皱眉道:"若曹贼将冲突压下呢?"

鲁肃自信满满道:"我们并不着急决战,他何时有变,我何时发兵。总之,拖得越久,曹营生变的机会越大。我等与荆州蔡氏久打交道,我却不信他们平日跋扈惯了,能和曹氏那些大将相处融洽。必要之时,我们推波助澜即可。"

周瑜思索道:"前些时候,士元派到各地的细作,也该发挥作用了。只是不知曹贼是否能熬过这帖猛药。"

鲁肃笑道:"庞士元今早方从北面回来。"

"已经回来了?现今人在何处?怎么不来见我?"周瑜奇道。

鲁肃笑道:"他一早就去了孔明那里。你也知道,这几年他多在江东,与那诸葛亮已许久不见。"

此时,陆逊从帐外进来道:"禀报大都督,大营外有一文士,自称都督旧友蒋干来访。"

周瑜眨了眨眼睛,笑道:"蒋干,蒋子翼?"他来回踱了两步,哈哈笑道,"此真上天送来的棋子。"他对陆逊道:"伯言速速准备仪仗,命众将出迎!"

蒋干立于辕门之外,背负双手悠然打量东吴大营,这虎踞龙盘的夏口大营分为外九营、内九营。外九营由浅滩和战船构建而成,内九营则由巨大砖石修葺。东吴快船井然有序地出没其间,各处营寨皆有东吴名将统领。

此刻已是黄昏,正是水军岗哨交换、令牌更迭之时。营盘内外旗幡更替,灯火高挑,数千大小战船来回穿梭,数万人马各司其职,好一派兴旺景象。

"江东无双的周郎毕竟非池中物。"蒋干微笑叹道。

忽然大营中门大开,东吴数十员大将、百余名文武排列而出,那么多江东才俊众星捧月般护着一大将,那人锦袍银甲,身姿雄健,面目俊秀若画中人。

蒋干眯着眼睛,望着如天神般大步而来的周瑜,低声自语道:"当年皖城一别,我蒋干从未想到,你我重逢会是如此场面。你说要追随伯符建功立业,如今功业未成,却面临强敌。而我说要隐居园林,清闲度日,却无奈陷入这乱世的纷争,是否造化弄人？"

此时周瑜已经来到蒋干近前，大笑道："多年不见，子翼兄别来无恙。真是想煞我周瑜了。"

蒋干微微一笑，自然地一躬到地，"蒋干亦挂念公瑾，皖城一别，公瑾风采更胜于昔。可喜可贺。"

周瑜伸出双臂抓住蒋干的肩膀，热切道："子翼不必拘礼。你我乃同窗，更乃知心好友。全营诸将都来迎接于你。"他一指身后的营寨，大声道，"来！营内一叙。"

蒋干望着一起来迎接他的东吴众将，向着众人又是深深一礼，微笑道："多谢诸公。"

周瑜大笑着拉蒋干就朝里走，大小东吴文武官员簇拥着二人，浩浩荡荡入营而去。

东吴夏口大营不及曹军大寨规模巨大，但走在其间可以感到一种格外的昂扬。这不同于曹营北方锐卒的骄傲，更与荆州水军的懒散有着天壤之别。

一路走过，周瑜为蒋干指点四周，说着大营的点点滴滴。终于，他们来到了中军大营，周瑜拉着蒋干走上帅位，笑道："今日原不知子翼来访，故未做准备。先前特命人布置了一席酒宴，军中虽然禁酒，但子翼兄于两军大战之时，仍不忘故人，我大营众将愿陪兄痛饮一场。"

蒋干微笑道："为蒋干一人，何敢令诸公相陪。"

鲁肃道："子翼兄不用客气，江东诸人谁不知你的才名？我已差人去请卧龙先生，你我先入座如何？"

蒋干知无法推辞，只得欣然入座。不知为何，看着四周热切的目光，再想想曹营众人对自己的不屑，他心中竟然一阵温暖，自己原该是属于这里的才对。但他又不由在心中叹了口气，可是若大战继续下去，天下苍生又将苦到何时？

此时周瑜从座上站起，高声道："蒋干先生从北军大营来此，乃为同窗之谊。今日宴上只说友情，莫提大战之事。违令者，即斩之！"他把佩剑交给一旁的太史慈道："有劳将军掌令。"

太史慈一躬身，抱剑回席。

蒋干眯着眼睛，看着这面目俊朗、蓄有长髯的东吴名将，抱拳笑道："东莱太史慈？"

太史慈回礼道："正是。"

蒋干对周瑜道："公瑾，干久闻东吴名将如云，今日有机会一一得见，我当用心结识。只是结交豪杰自然不能不饮酒，干若酒后失言又如何说？"

周瑜淡淡一笑道："我方才将令，落在我营将帅身上，子翼兄非我营中人，哪怕酒后失言，亦不怪罪就是。"

"人道与周郎相交若饮醇酒。"蒋干哈哈大笑，举杯站起，露出江淮名士本色，傲然道，"如此，蒋干今日就会一会东吴豪杰。"他先走向于席间抱剑的太史慈，微笑道："干闻当年东莱郡郡守与州牧不和。二人相互弹劾，当时事情紧急，太史将军为郡守送表章，亲自赴洛阳公车门，但州牧的奏章依然先到公车。是你凭机智从州吏手中骗得奏章，然后送上自己的奏章，挽回了郡守的前程。"

太史慈淡淡一笑，低声道："事隔多年，此事我都已经淡忘，不想蒋干先生依然记得。"

"当然记得，因为那被你骗的州吏亦是我和周郎的同窗。"蒋干微笑道，"这个天下，有时并不算大。"他继续道，"之后黄巾作乱，北海孔融被围都昌，将军为报孔融照顾老母之恩，于都昌单骑突围，引刘备军大破黄巾，东莱太史慈之名始传天下。然蒋干并非敬仰将军武力，蒋干在乎的是太史将军有恩必报，正是有情有义的好男儿！"

周瑜高声道："为此太史将军当饮一觞！"

太史慈欣然将酒一口喝干，蒋干亦饮一杯水酒，转身对周瑜道："东吴名将蒋干虽多闻名于前，却并非个个识得。公瑾何不为干介绍？"

周瑜笑道："正有此意。"

　　而太史慈坐于原位，思绪因为刚才蒋干的一席话语，一下子飞到了很多年前，从北海离开后，他就投了扬州刺史刘繇。刘繇并不重用于他，此时他在战场上遇见了有小霸王之称的孙策，那个值得他用一生效死的男子。只是，没有几年江东孙郎就死了，只剩下独守空闺的大乔，以及东吴诸将那尚未来得及燃烧起来的勃勃雄心。而自己这一身的武勇，亦在这些年中空自消磨。

　　周瑜领着蒋干来席前，指着面容方正须发花白的健硕老将道："此乃我东吴柱石，程普将军，程公。"

　　蒋干一揖到地，恭敬道："蒋干见过程公。"

　　程普还礼，高举酒杯。蒋干一饮而尽，微笑道："干闻当年联军入洛阳，传国玉玺落于井中，有五色光冲于云霄。正是程公寻得，献于老主公。江东的基业，若无程公这一献，基石何在？"

　　当年讨董联军入洛阳，孙坚寻得传国玉玺就私下退出，原本是不足与外人道的事情。但事隔多年，孙坚死后，孙策靠玉玺从袁术处借得三千军马，重新恢复基业。那玉玺的价值，在东吴诸将心中又自不同。攻城拔寨之功不在话下，而寻得玉玺献策回江东，这一功劳奠定了程普在东吴诸将中高人一等的地位。

　　程普听蒋干当面恭维，脸上亦露出得色，他原本就喜与名士来往，此时更觉得这蒋干知情识趣，拉住蒋干连连劝酒。

　　周瑜领着蒋干一一介绍东吴众将，东吴众人的点滴轶事，蒋干居然了如指掌，每每寥寥数语就让人陶醉于心。一时间众人都忘了他来自曹营，而仿佛是多年的知交好友。

　　这时，周瑜将蒋干领到了一处席前，那武将身着锦袍，身形雄壮，眉目昂扬，嘴角始终带着桀骜不驯的笑意。

　　周瑜方要介绍，蒋干就抬手打断了他，看着面前这位武将，他指着对方腕上的铃铛，微笑道："未见人面，先闻铃响。这自然是甘宁，甘兴霸了。当年在荆州时，蒋干就想去府上打扰，可惜总不能成行。今日一见足慰平生了！"

"荆州之时，甘宁只做游侠儿。先生不曾见之，实在可惜！"甘宁哈哈大笑。

蒋干苦笑道："我去江陵的时候，你已投了江夏黄祖。"

"黄祖？"甘宁亦只有苦笑。

"但名剑宝刀无人能藏其锋，你如今终于得遇明主，名震江东，再非当年荆州的锦帆贼。"蒋干微微一顿，笑道，"亦已取下黄祖的头颅。"

甘宁眼中光芒闪动，高声道："说得好！"

二人酒杯一碰，各饮三杯。

鲁肃在周瑜边上道："蒋子翼的酒量当年就这么好吗？"

周瑜眼中露出缅怀的笑意，道："别看他一介文士，酒量是同窗中最好的。"他对甘宁道，"久闻兴霸于荆州之时，就会一手刀舞。如今席上酒宴正酣，何不舞来助兴？"

甘宁一躬身，领命走向宴席正中，所有人的目光都一齐被吸引过来。

甘宁冲着四面一抱拳，边上有人送上他的宝刀，他手托刀鞘，高声道："今日群英聚会，甘某不觉有些醉意。斗胆上前舞上一舞，以祝众兄弟雅兴。"说话间，宝刀缓缓出鞘，一道金虹闪电从刀锋上闪烁而起。甘宁笑道："此刀名曰博浪，刀锋长四尺五寸，重三十六斤。十五年前，我请名匠打造而得，使用至今。因追思当年张良携力士于博浪沙刺秦，我为之取名博浪锋。我甘宁，原荆州一游侠儿而已，凭一己之力匡扶天下，正为我辈梦想。"说完他刀鞘抛至空中，森然的刀风在宴席中央掠起。

甘宁矫健的身姿舞动于宴席之间，身上铃铛有节奏地响动着。那点点刀光时而轻柔，时而刚猛，时而如小溪潺潺，时而如浩荡大江……江东诸将叫好声、喝彩声不绝于耳。

突然，一人喝道："一人独舞，不若两人共舞！我凌统亦来助兴！"周围众人来不及反应，那凌统就跃入场中，手持宝剑与甘宁舞在一处。他一加入，场面与先前顿时完全不同，二人剑来刀往，竟迸发出凌厉的杀气。

蒋干轻捂嘴唇，对周瑜道："这凌统可是当年凌操之子？"

周瑜微笑道："子翼对我东吴真是无所不知。"

蒋干道："这就难怪了。当年你东吴攻江夏黄祖，甘宁还在黄祖麾下，是他断后一箭射死了凌操。"

鲁肃轻叹道："当时凌统年方十五，却已随父出征，正是他拼死抢回凌操的尸体。他和甘兴霸的死仇因此结下。"

"毕竟是杀父之仇。"蒋干摇头道，"但今日如何收场？"

他们说话间，场中早已拼出真火，甘宁的刀路被凌统尽数封死，不由剑眉扬起，刀光层层叠叠绽放开来，二人瞬间交换三十余招，各退三步。

甘宁面目冰冷地遥指凌统，沉声道："大都督在前，你找死么？"

凌统嘴角带着冷笑，杀父深仇无时无刻不在他脑海萦绕，他平日从不和甘宁同席饮酒。今日适逢其会，方才又见甘宁刀光，昔日征伐黄祖的情景再次浮现眼前。当日他拼死才夺回父亲尸体，甘宁如恶魔般的身影长期在他心头挥之不去。五年了，他从十五岁的少年，成长为独当一面的武将，但他知道，若想真正摆脱昔日的阴影，除了杀死甘宁，再无其他办法。

凌统缓缓道："锦帆贼，今时，不同往日。"

甘宁露出讥讽的笑容，"长大了么？"他手腕微微一收，铃铛声音再次在宴席间响起，手中博浪刀泛起暗红色的刀芒。

两人同时一声大吼，各举刀剑上前，刀风剑气昂扬而起！四周东吴众将一声惊呼！

突然，一道人影飞射而至，轰隆一声巨响！那人一手持刀一手提盾，立于甘宁和凌统之间，将其刀剑分别接下，大声喝道："凌公绩，甘兴霸！大都督帐下，贵客在前，大营众将皆在，你二人成何体统！"

众人这才看清，来人是前去接诸葛孔明的吕蒙。诸葛亮一身白衣立于席边微笑不语，他身后还有个玄衣文士，面目怪异，却气宇不凡。东吴众人都不由一脸尴尬。

甘宁嘿嘿一笑，收刀转身退回席中。凌统虽感愤然，却也不敢多说，愤然退回自己位子。

周瑜淡淡一笑，高声道："凌公绩不善酒力！诸公继续喝酒。"他拉着蒋干走向诸葛亮，微笑道："你二人为旧识，今日当要痛饮一场！"

蒋干刚要抱拳对诸葛亮寒暄，却见到诸葛身边那相貌奇特之人，惊叹道："庞士元？"

他这一叫，席间众人一起回头望向此处。

鲁肃微笑道："各位，这就是被天下尊为凤雏的庞统先生。士元兄久居江东，和大都督为旧识！"

蒋干退后两步，看着面前这几个气质不同，却又各具魅力的男子，嗟叹道："周瑜周公瑾，鲁肃鲁子敬，卧龙诸葛孔明，凤雏庞士元。再加上今日这满座的江东豪杰，天下名士来此半数了！"他高举酒杯道："众位，今日是真正的群英荟萃，此宴当称群英会！"

周瑜来到正位，举起酒杯，高声道："不醉不归！"

众人一齐站起，甲胄声响成一片，高举酒杯道："不醉不归！"

一时间丝竹声大作，众将相继上前舞剑演拳，只是再不会有凌统之辈上前生事了。宴席间推杯换盏，气氛空前热烈！

蒋干喝得兴起，高声道："久闻公瑾作有《长河吟》一首，如此良辰何不歌之？"

诸葛亮轻摇羽扇道："正是，公瑾还当舞剑歌之！"

周瑜哈哈大笑道："若要舞剑为歌，却要孔明为我抚琴！"

蒋干鼓掌道："大妙！"他一指庞统道，"庞士元击筑！"他声音奇大，再次把大帐中的目光吸引到一起。

诸葛亮和庞统知无法推辞，二人原本就是多才风流之人，遂相视一笑，慨然应允。

鲁肃笑道："卧龙凤雏抚琴击筑，周郎舞剑高歌。当为一段佳话！"他来到宴席正中，高喊道："来人，打开营帐顶棚！"

周围有小校打开营帐顶棚，让皎洁的月光从天上映照下来。所有人都不由心头一畅。

几人各举酒杯饮尽水酒，周瑜大笑着步入宴席正中，高喝道："剑来！"

太史慈上前送上周郎佩剑。周瑜持剑在手，傲然望向席间众人，身上锦袍解下，露出银丝软甲，耳边琴声缓缓流动。

"锵！"周瑜宝剑出鞘，秋水般的剑锋轻吟而出，一股剑气直上明月高挂的天空！

"好！"东吴众将齐声喝彩，就连场外小校也围拢过来。

月色下，周瑜清啸一声，舞剑而起，身姿矫健，剑光游动，那绝世的身姿有若天外飞仙，此后的数十年中，依然让东吴众人回味不已。与此同时，琴声和筑声伴随他的步伐，隐约之间带起千军万马的杀伐之气。

周瑜目光流转，从身边众将身上掠过，又望向高挂于苍穹的明月，高声歌道："风萧萧，水茫茫，暮云苍黄雁声寒。斜阳外，浪涛涛，滚滚东流辞意健。奔入海，何艰辛，长风乱石阻归程。纵南行，挥手去，直捣沧海会有时。问人生，叹华年，时不我与华叶衰。举杯醉，对月吟，愁肠千结寒声碎。长河水，奔腾急，壮志难酬空悲切。知音少，洒泪还，断弦残曲与谁听？"

东吴众将齐为之动容，想到多年征战故去的战友手足，一时间人人都触景伤怀。太史慈低声道："问人生，叹华年，时不我与华叶衰……长河水，奔腾急，壮志难酬空悲切。伯符……哪怕是我死了，你也不该死。"

周瑜长剑不停，剑舞之后，酒意上涌，身影却越发地潇洒傲岸。诸葛亮和庞统与他心意相通，琴声筑声益发地狂放不羁，于杀伐之中更有睥睨天下的豪情。周瑜傲然狂歌道："丈夫处世兮，立功名。功名既立兮，王业成。王业成兮，四海清。四海清兮，天下太平。天下太平兮，吾将醉。吾将醉兮，舞霜锋！"

席间众人收拾心情，再次喝起彩声，程普、韩当、黄盖等几位老将更是站起身同声应和："丈夫处世兮，立功名。功名既立兮，王业成。王业成兮，四海清。四海清兮，天下太平！"

明月下，剑光飞舞，大江边，几多豪杰。

（四）

蒋干睁开眼睛时，群英会的喧嚣早已烟消云散，片刻的狂歌痛饮，带来的是头如刀割般的剧痛。他敲打着脑袋，翻身坐起，打量着身处的房间。这是一间雅致的卧房，并无太多的摆设，有的只是一个书橱，及一张堆积有不少文件的书案。

书案上有一壶凉茶，蒋干连喝了三杯，才稍许止住了口渴。他望着四周，拼命回想之前的事情，先前的宴席，人人都喝得过量，周瑜和自己居然一起抱头痛哭，而诸葛孔明和庞统因为来得较晚，更是频频劝酒，结果周瑜、鲁肃和自己都不能全身而退。最终周瑜拉着自己一起回到这里，说是要秉烛夜话，再往后的事情他就记不得了。按说公瑾此时也该酒醉未醒才对。

想到这里，蒋干又觉口渴，伸手去拿茶壶却不小心打翻了茶杯。他忙不迭地去擦桌上的茶水，却被书案上的几幅草图吸引。那是几张水战攻防图，不仅写明了此地的局势，更配有战船的构架图。什么样的战船适合奔袭，怎样的箭塔适合防守，水寨如何布局才能有效地遏制对手进攻，都一一画出。最让蒋干感到有趣的是大型楼船的构造图，那比普通斗舰更大上数倍的战舰，即便是在曹营也并不存在。"这东西若真的造出，就是一座水上城堡。"蒋干低声自语道。

蒋干若有所思，手指轻轻敲击桌面，如得此法北军亦能在水上如履平地，战力将大幅提升。他有心将草图藏起，又恐被周郎发现有辱斯文。正犹豫间，他忽然发现一封已开起过的书信，那字迹异常熟悉，他打开一看，不由大惊，此信居然出自蔡瑁之手。依稀见信上书有："某等降曹，非图仕禄，迫于势耳……"等字句。

这……蒋干的心一阵狂跳，公瑾做事向来精细，这种书信断不可能轻易放在此处。即便酒醉误带我来此，也巧得有些离谱。他闭上眼睛，坐于床头反复思考，若直接将信带回曹营，蔡氏一族定遭横祸，大战在即，丞相必然宁信其有，不信其无。但若不带回……空口无凭，又如何报于丞相？他不由苦笑，这个周郎，行个反间计也叫我如此作难，此刻只怕正在某处监视于我。

想到此处，蒋干拍了拍了衣衫，理了理发髻，推门而出。此时天空已微微发白，军营四周偶有更声传来，除此之外只有四方大旗猎猎作响之声。屋外的空气清冷新鲜，而周瑜斜坐于院内大石之上，仿若已久候蒋干多时。

蒋干在周瑜身旁坐下，周瑜替他满上一盅醇厚的米酒，低声道："以酒解酒才不伤身。"

蒋干浅尝一口，赞道："好酒。"

周瑜淡淡一笑，举起酒杯，二人又各饮一盅，蒋干低声道："小乔可好？大乔……还好吗？"

"都还好。"周瑜想了想答道。一声简单的问候，一下子把二人拉回了很多年前。那时候小乔大乔刚嫁给周瑜和孙策，那时候他们都还是知交好友；这一声简单的问候，换来的是长久的相对无言。

听着四周虫豸之声，过了良久，蒋干终于缓缓道："你知道我的来意。"

"我知道。"周瑜看着酒杯，低声道，"但我不能答应你。"

蒋干深吸一口气，沉声道："你可知此战的代价？"

"我知道。"周瑜注视着蒋干，慢慢道，"但，不可不战。"

"你根本就不知道！"蒋干迎着周瑜的目光，一脸愤然，"这一战你若败了，江东数十万百姓将落入水深火热之中。而一旦你侥幸获胜，天下将错过近二十年来最好的一次统一机会！这场战乱不知还要继续到何时！你！周瑜！多年来在江东呼风唤雨，你可曾到过中原？你可曾见过那千里无鸡鸣的凄凉？"他眼中光芒一暗，缓缓道，"我见过。在你和伯符啸傲江东的时候，我就在中原。我亲历过偌大名城一夕之间化作灰烬，我亲眼见过民间易子相食……公瑾，或许孙家对你不薄，但天下百姓要的是太平，中原已在曹公手中重归秩序，天意已然有所昭示，你为何要逆天行事？"

周瑜剑眉扬了扬，却又平静下来，默默听着蒋干的陈述，一直等到蒋干只是看着他不再说话。周瑜又喝下一杯水酒，抬头道："子翼，你说得对。这一次只要我选择了战，这天下之争就不会简单地结束。但我并不相信，曹操先扫荡中原后领大军南下，就是所谓天意一统的昭示。"他傲然一笑，"如今表面看来，曹操平定北方，谈笑间拿下荆州，天下之争初露端倪，但战争原本就乃霸者角力之道，当年秦失其鹿天下共逐之，今时亦是如此。汉室势微，他北方元气未复，曹操即倾天下之力伐我东吴。然我东吴何罪？他中原战乱多年，而我东吴励精图治，基业稳若磐石已历三世。他曹操挟天子以令诸侯，天下共恨之。西北马超韩遂、西南刘章皆虎视眈眈。你以为这天下他一战可定，我却认为，只此一战，即可使他曹孟德陷入万劫不复之地。天意？"周瑜冷笑道，"恕我周瑜狂妄，天意何往犹未可知！"

蒋干看着激昂陈词的周郎，这家伙真的还是老样子，记得一起同窗读书的日子，那时候的周瑜就是如此，意气飞扬，才华横溢，少年时就立志建功立业。而自己呢？那时候自己就只是想遍览天下大好河山，于乱世中做一太平隐者。而今自己为了天下大义前来说他，而他却如乘风的鲲鹏，已然决意高飞……

"风雨欲来，你振翅高飞直上九霄。"蒋干苦笑道，"而那些无法翱翔于天的，又该如何？"

"你错了。"周瑜沉声道，"风雨来时，我主公将化作真龙直上九天。我等只是他身边的风雷而已。"

"孙权……真龙？"蒋干呼吸急促，竟不知如何继续说辞。

周瑜深吸口气，低声道："子翼兄，其实千言万语，在你我而言无非四字。各为其主。"他微微一顿，苦笑道，"而就我个人而言，只有一句话。"蒋干茫然地望着周瑜，周公瑾缓缓道："一切，都为了东吴。"

蒋干站起身，手中酒杯落于地上跌得粉碎，对着周瑜深深一躬，转身离开。既然言尽于此，不如早去，其实这一结果人人都已料到，全天下只有他蒋干一人不死心而已。当年一心向往天下之人，如今心中只有东吴，也不知是谁对谁错。

周瑜立于清晨的暗影中久久无语，依稀间，少年时蒋子翼的身影和前方消失的瑟缩身影重叠在了一处。鲁肃从角落中缓步而出，周瑜低声道："他带走了么？"

鲁肃道："都带走了。"

"他没得选择。也算是一可怜人。"周瑜轻轻摇头道，"换了你我，也一样。"

鲁肃默然无语,其实在这场大战中,没人有选择的资格。天地万物之间,人是渺小的;乱世波涛之中,人是渺小的;生死决裂之时,人永远都是渺小的……

蒋干一路出营直到江边,并无人阻拦。停在岸边的小船已然在望,忽听有人叫他名字,蒋干扭头望去,清晨的江风中,庞统一袭灰色的衣衫迎风而立。

庞统低声道:"周公瑾不听你劝,是不是?"

蒋干摇头苦笑,答道:"是我自取其辱。怪不得他人。"

"自取其辱的未必是你。"庞统淡淡道。

"此话怎讲?"蒋干奇道。

"只要曹丞相拿下此战。自取其辱的就是他东吴。"庞统沉声道。

蒋干摇头道:"但是真正受祸的却是江东百姓。"

"子翼。江东重要还是天下重要?"庞统一笑道,"更何况你可曾见过唾手可得的江山?千百年来,何人不是征战得天下?若可不战而取,曹丞相何用举天下而来?"

"有理。"蒋干猛抬头道,"士元在此候我,是要与我共赴江北?"

庞统傲然道:"正是!他周瑜恃才傲物,眼中只有自己,根本不容他人为孙权谋划。他孔明在刘备处说一不二,而我在江东却连一个虚职都不曾有。我在江东三年,与其空耗年华,不若为天下一统尽一分力,也算是不空在乱世走一遭。"

蒋干眯着眼睛,略作沉吟,微笑道:"如此,你我速速上船!以免夜长梦多!"说着他拉着庞统登上小舟,一阵江风吹来,二人直往江北而去!

蒋干、庞统来到曹营,有军士带他二人直奔中军大营。

路经各营各寨,庞统观察良久,低声道:"子翼,这里的气氛不对,必定有事发生。"

蒋干拉住领路的小校,问道:"今日有战事要打?"

那小校摇了摇头,并不多言,此时二人来到曹操的大帐外。中军帐外,各大将领都在,各个神情严峻。蒋干察言观色,只觉平时就已不和的荆州降将和北来的曹氏众将简直就是剑拔弩张。

他靠近大将文聘，问道："仲业，发生了何事？"

文聘低声道："今日青州兵和荆州兵发生冲突，发生数百人的械斗，各自死伤百余人。"

蒋干心头一惊，暗自了摸了摸贴身藏着的蔡瑁手书的信函。

庞统在他耳边笑道："士卒械斗，这种事情可大可小。"

蒋干点点头，他终于明白身上这封书信的力量，不由心乱如麻。

忽然，传令兵叫道："蒋干先生晋见。"

蒋干整了整衣冠，大步走入中军帐。

帐中只有曹操一人，他面色阴沉，桌案上放着荆州军和青州兵将领互相弹劾的文书。他见蒋干进来，微笑道："子翼平安归来，可喜可贺。去了一夜，可有收获？"

蒋干苦笑道："干不能说服周瑜来降。惭愧惭愧。"

曹操摆了摆手，道："此等结果一早已知。夏口大营战备如何？"

蒋干道："粮草充裕，武库足备，东吴猛将集结于内。干在营中经过之处，少时可绘制草图献于丞相。"

"粮草充裕，武库足备……"曹操冷哼道，"东吴置身于中原战乱之外，自然粮草充裕，武库足备。"他瞟了蒋干一眼，微微一笑道，"子翼似乎言之未尽。不用犹豫，尽管道来！"

蒋干一咬牙，将怀中蔡瑁手书的信函递到桌案上，后退两步道："干在夏口大营得到了两件东西。这是第一件。"

曹操拿起那书信，看了两行，抬头看了看蒋干，重又低头看信。蒋干悄悄查看曹操表情，却什么都看不出来，不由心跳加速。曹操将信看完，把它往桌上一丢，对蒋干道："你怎么看？"

蒋干低声道："此信来得蹊跷。似乎是周瑜故意让我得到。但事关重大，蒋干不敢不报于丞相定夺。"蒋干偷看了曹操一眼，那掌握天下之人，依然面色漠然，他只得继续道，"蔡瑁、张允执掌我数十万水军，他们为何要勾连东吴？周瑜能给的，丞相给不了他们吗？"

曹操笑了，他指了指蒋干道："子翼既要为蔡瑁等人开脱，就不该把此信交与我手。"他来回踱了几步，缓缓道，"但你替蔡瑁张允辩解之言，亦有道理。"他对着帐外叫道："将蔡瑁、张允带入帐来！"

蔡瑁、张允被军士压入帐内，他二人一头雾水，若说荆州军和青州兵械斗须追究责任，也该先找主管将领才是，他二人总领水军与此事何干？

曹操见到二人，并不多言，将那书信丢在地上。

蔡瑁捡起书信，神情大变，大叫道："这不是我写的！丞相不可轻信！"

曹操缓缓道："德珪。天下水军都督之位你能胜任吗？周公瑾看重你得很呢！"

蔡瑁高叫道："在下冤枉！此信从何而来？在下冤枉！"

边上的张允也看到了这封书信，吃惊地道："丞相明鉴，我二人家小皆在荆州，绝无二心！"

曹操笑了笑，低声道："推出去，斩了！"

"丞相！我二人冤枉！"蔡瑁、张允大叫着，但身边军士一下就将二人摁倒在地，捆绑结实推出大帐。二人离大帐老远，中军帐内犹听到他们的叫喊声。不多时，两人的人头就被送了上来。整个大营一片沉寂。

蒋干吃惊地看着这一幕，方才丞相还说自己的辩解有理，为何不容分说地就把这二人斩了？

曹操重新望向蒋干，缓缓道："之前你说还有第二件事。说吧。"

"这……这……"蒋干一时无法言语。

曹操笑道："子翼心怀天下苍生。蔡瑁、张允和你完全是两种人，他蔡氏在荆襄之地肆虐已久，若周瑜需要他二人人头，才肯与我决战，我就给他这两人的人头。若此战能大定南方，让天下百姓远离战火，从此神州太平，此二人的人头，我何惜之？"他见蒋干呼吸稍微平复，低声道，"说，第二件事。"

蒋干将楼船图纸放于桌案，颤声道："此图纸亦是由周郎处得来。请丞相过目。"

曹操翻看着图纸，巨大的楼船仿佛出现在他的眼前，他沉吟片刻，问道："你觉得此法可行？"

蒋干道："北军短期内无法适应水战，此法当可一试。我归来时，与庞士元同来，他说楼船此法是他几年前赠与周瑜，但江东国力不济，无法大规模建造，因而搁置。"

"庞士元？！"曹操失声道，"凤雏先生？他在何处？"

蒋干笑道："就在帐外！"

曹操大喜，大步走出帐外，高声道："不知凤雏先生驾临！未能远迎，还请恕罪。"

庞统从人群中走出，嘴角带着谦恭的笑意，对着曹操深深一礼，缓缓道："庞统久闻丞相大名，今日终能如愿拜见。"

曹操拉着庞统进入大帐，笑道："孙权小儿，身边有先生大才却不能用，真正乃无为竖子。今大战在即，先生来我营中，定有良策授我。"

庞统缓缓道："仅有一策。"他将书案上的楼船拿了出来。

曹操苦笑道："楼船作用巨大，但要大规模铸造，无有一年，也要半年。那么多时日叫我大军空耗，怕不可行。"他看着庞统道，"若先生早入我帐下，我曹操何用与周瑜纠缠如许时日？"

庞统道："如今两军相持……"

曹操道："两军相持，我北军皆水土不服，时间越久，消耗越大。我当求速战，楼船之策，亦不可用。"

庞统淡淡一笑，低声道："我另有一法，可令北方锐卒在船上如履平地。"

曹操奇道："先生，快快讲来！"

庞统拱手道："丞相只需打造粗大铁锁，将大小战船，三五十为一排，首尾用铁环连锁，上铺阔板……"

曹操沉吟道："三五十为一排，首尾相连。如此，大小战船齐头并进，士卒于上可如履平地。"

庞统哈哈大笑道："便是骑兵亦可驰骋！"

曹操思索片刻，展颜一笑，高声道："传于禁！"

于禁从外步入大帐，躬身施礼。

曹操沉声道："蔡瑁、张允平日跋扈，骄纵部卒，并与东吴勾连，令荆州军与我北军不合，今已杀之。大战在即只问首恶，荆州其余将领概不追求。今由你领水军都督之职，统领大军水战。务必整肃大军，使荆州水军与我北方锐卒同心协力，共破东吴！"

于禁躬身领命。

曹操又道："另命军中铁匠，连夜打造铁环大钉，将战船连环相扣，操练熟悉之后，大军将与东吴决战。"

连环相扣？于禁浓眉一扬，但他看了眼一旁的蒋干庞统，遂抱拳道："末将领命！"

曹操拉着庞统道："来，操带先生去一睹我大军军容。"

庞统欣然一笑，随曹操出帐。蒋干看着二人的背影，隐约觉得有些不妥，但他想了又想，又不知道何处不妥，只得紧随众人而去。

（五）

蔡瑁、张允之死，并未促使两军决战。周瑜依然不着急求战，而江北的曹军也意在熟悉连环战船，如此就又过了一月。两边小有接战，大多数时候显得相当的太平。但无论是曹军将领，还是东吴的武将都知道，大军对峙就已在不停消耗国力，如今只是暴风雨前的宁静而已。

庞统的连环战船之策，颇受曹营将士好评，但他并不曾久留曹营，而是领了一个虚职，说去江东腹地分化东吴各部势力，就潇洒离开了。

樊口，帅帐。

刘备看着手中的简报，低声道："周郎的几番变化，曹操都接下了。但这决战时间一拖再拖，只怕柴桑的孙权小儿会比曹孟德先坐不住，也未可知。"

关羽沉吟道："曹操举天下而来，虽然斩杀了水军都督，但战力并未大减。而东吴此战不能有半点闪失，周郎欲求必胜，只怕还需奇策。孙权自需继续忍耐，他江东这几年无甚战事，该还消耗得起。"

张飞哈哈笑道："奇策？这就让周瑜去头疼吧。咱们把军师都派给了他，那可是半个神仙！只怕他捧着神仙不会用，就怪不得别人了！"

刘备摆手道："翼德，若周公瑾不能赢得此战，我们又该如何？"看张飞挠头无语，他不由微笑道，"莫装傻了。你其实知道今后的一切都看此战结果。无论如何，这一次天下奇才都汇聚于此，定会有出好戏上演。"他对身边的赵云道，"子龙去夏口一次，问下军师当前情势。"

张飞微笑道："子龙去了后，告诉那孔明，就说我老张想他得紧，别老惦记东吴，我们这里还有两万精锐，也在等着杀敌！"

赵云淡淡一笑，躬身领命。

刘备目送赵云离开，心中暗道："逃命逃得久了，是该反戈一击的时候了。胜败乃时运之机，孟德，你的运气该用尽了吧？"

江北，连环战船正操练得热火朝天。

于禁、张辽、徐晃三人一路巡视而过，皆感到大军士气的提升。

徐晃道："士兵们的士气未受蔡瑁、张允的事情影响，似乎还更上层楼。"

张辽看着四周操练的骑兵道："这船上连战马都能跑，曹休那小子的虎豹骑终于也能参与水战了！"

徐晃笑道："骑兵参战倒并不忙。我想的是楼船虽然无法短期内造出，但上面的一些设施也适合这连环战船。"

"比如说？"张辽问。

徐晃指着阔板铺就的开阔地道："战船上设小型箭塔，即便有人登船，也能让他乱箭穿心。"

张辽点头道："可以一试。"

他们在一队又一队士兵间经过，甲胄的声音、刀枪的声音不绝于耳，而于禁却始终不发一言。

张辽拍了拍于禁的肩膀道："文则在想什么？"

于禁道："连环战船作战平稳，体形巨大，但也有弱点，你们是否太过乐观了？"

"你是说怕火攻？"徐晃低声道。

于禁反问道："难道不怕？"

张辽笑道："当时主公让你打造铁环，你又不提？"

于禁苦笑道："当时……怎么提？换了你，你敢？"

徐晃道："这事我略知一二。"

张辽笑道："公明又知道什么了？"

他们一路回到徐晃的船室，各自落座，徐晃才道："听说当晚荀攸、程昱和贾诩三位先生，就向主公提了连环战船恐怕火攻。但主公却让他们注意风向。"

"风向？"于禁思索道，"主公的意思……是这个季节没有东南风？"

张辽低声道："不错，主公当时说今乃隆冬之际，此时只有西风北风，无有东风南风。我大军居于西北之上，东吴若用火，烧的是他自己。"

徐晃苦笑道："主公还说身为大将当晓天时。原来文远也已知道这些。"

于禁皱眉道："这些我也听他们议论过，但难道无有意外吗？"

徐晃低声道："我命工匠把铁环做成活扣，一旦有变还能变通。"

于禁摇头道："一旦有变，恐来不及。"

张辽看着二人道："我担心的倒不是这个。"

徐晃奇道："原来文远也有担心的事情。"

张辽缓缓道："东吴夏口大营传来了老将黄盖无故被辱的消息，而近日主公也已接受黄盖的归降。"

于禁道："你是担心黄盖诈降？"

张辽反问道："谁不担心？其实主公也担心，但这是一个机会。"

于禁冷笑道："就像当年许攸在官渡一般么？"

张辽沉声道："有相同，也有不同。相同的都是在两军对峙到关键之时。"

徐晃道:"文远只需说不同在何处。"

张辽缓缓道:"不同的是,许攸与主公原是旧识,主公对袁绍和许攸都是知根知底。今次黄盖却不是如此,我们除了了解他是东吴旧臣,其余所知不多。而我们更琢磨不透的是周瑜,此人谨慎且多诈。"

徐晃笑道:"看来文远是认定黄盖诈降,但即便诈降又能怎样?他能领数万人马杀入我军营内?"

于禁摆手道:"若黄盖是诈降,只能说明他们要用火攻。"

徐晃道:"所以我们的问题,重新回到了风向上来。"

张辽点头道:"不错。"

于禁沉吟道:"如此说来,主公该都已想到。果然还是主公算无遗策。"

张辽看着房外飘扬的军旗,喃喃自语道:"风向……"主公知道此地此季无有东南风,久住江东的东吴众人不知么?官渡之时,所有人都以为可以活捉袁绍,结果呢?一只怪物从天而降,给出袁绍一线生机。东吴那边究竟在想什么?

周瑜立于高坡之上,空中繁星点点皆投影于大江,他望着那江水中连成一片的星光,仿若看着茫茫天机。

黄盖远远而立,不敢打断周瑜的思绪,江风将其须髯高高扬起,身上的棒伤依然在疼,但他的心里却有无尽的战意。从孙坚开始,他就为孙家征战,时至今日已历三世,很多旧时弟兄都已远去,而他依然还站在这里,尽管大军的统帅换了又换,尽管当年那乌黑的须髯如今已变得如皓雪一般。

周郎只是静静在那里远眺,但不知为何,人皆道与周郎相交如饮醇酒,而黄盖却有些怕他。因为黄盖觉得自己根本无法去了解大都督的想法。当年面对刘繇、黄祖之辈,他是如此从容淡定,如今面对绝世奸雄曹操,他还是如此。无论敌人是数千人马,还是数十万人马,对他来说似乎都不是问题。

"曹贼信了你。"周瑜忽然道。

"是。"黄盖沉声道,"已与他定下了起事的暗号。"

周瑜点头道："我们也还是要等。老将军先下去休息，待方略拟定瑜自会告知。"

黄盖抱拳领命，他发现周瑜眼中并无计谋得逞的喜悦，反之似乎还有些……焦虑？这种情绪他从不曾在大都督的身上看到过。

此时，鲁肃亦来到高坡，黄盖知道他们将商讨具体方略，遂转身离开。人还不曾走远，依稀听到周瑜和鲁肃提到"大火……风向"几个字，黄盖原本战意涌动的心一下子变得冰凉，他老脸一沉，拳头握紧抬头望天，艰难地说道："风向……老天……"

同样的夜色下，柴桑周府，北望亭。

小乔手拂古琴，那清逸得不食人间烟火的脸上，带着淡淡的忧色，叫人望来心头阵阵刺痛。悠扬婉约的琴声在她的指尖流淌，心头之事随着乐曲娓娓述说，这静寂美丽的夜晚竟是如此孤单寂寞。

"夜半弹琴，心都弹苦了，这可不是好习惯呢。"一身雪白罗衣，风韵成熟，有着曼妙绝美身姿的大乔，在夜色下缓步而来。她悠然地望着"北望亭"那雄健秀丽的三个大字，微微摇头道："北望，北望，在家里也整日想着天下。真是个苦人儿。"

"他的心思都在这个上。我拦不住，也不想去拦。"小乔嫣然一笑，美目中涌动着浓浓的情谊。

"也不知道何时才会决战。"大乔轻轻坐到妹妹身边，道，"这样拖着，叫人心里老有块大石头压着。"

小乔默然不语，玉石般美丽的脸庞有着迷人而坚强的线条，显示出她个性非常坚强，让人感到静默也是一种难言的美丽，久久她才说道："我知道他一定会赢得此战。但你知道吗？姐姐，无论此战胜负如何，永远都有下一战在等待他。"

大乔柔美的嘴角带起一丝苦笑，轻声道："当年他们戛然而止的征程，又开始了对吧？"她望着夜空中的点点星辰，缓缓道，"伯符当年忽然离他而去。他也有过怨恨吧？不仅是他，我也有怨恨，伯符自己又何尝不怨。北望亭……他这几年是不是每次回家，都在这里弹琴？"

小乔摇了摇头，低声道："伯符去后，他已经有八年不曾在此弹琴。他只让我弹，他听。"她的眼睛变得迷离，更带起一种惊心动魄的美丽，缓缓道："他很孤独。那种感觉并不是和我在一起可以消解的。孩子也好，我也好，我们可以给他一个家，但给不了他天下。"

大乔轻拂小乔的秀发，柔声道："谁不孤独？男人们有时候很傻，目光永远望着远方，其实家就是他们的天下，但他们却始终不懂。"

小乔握住姐姐的手掌，笑道："他们是我们的英雄。当年我们在皖城第一次看到他们，就知道了。"

"皖城……是呀，那时候真是开心。"大乔轻托香腮，美目朦胧沉入了回忆中，雄霸无双的孙郎和风流睿智的周郎，曾经是江东多少闺阁女子的梦想。

小乔盘起如云的长发，美丽修长的玉颈让人遐思，玉指再次拨弄着琴弦，曲风带着金石之声，与先前全然不同，赫然是周郎心爱的《长河吟》……

夏口大营，议事厅。

周瑜将书简放在诸葛亮面前，缓缓道："这是孔明你写的？"

诸葛亮看着书简上"欲破曹公，宜用火攻；万事俱备，只欠东风"这十六个字，微微一笑道："不错。"

周瑜眼中满是热切之色，道："如此说来，先生可有教我？"

诸葛亮轻摇羽扇，缓缓道："隆冬时节，虽北风西风居多，却未必没有东南风。"

周瑜沉声道："为大将者必知天时。瑜也曾请教过江边老者，他们皆道此地冬季虽有东南风，但来去匆匆无可捕捉。然我动员大军兵行险招，施火攻之计，绝不可有丝毫闪失。而今两军对峙，多拖一天就多消耗国力一日，如何能空等风来？"

"若我给你三天东南风呢？"诸葛亮反问道。

周瑜目光收缩，微微色变，缓缓道："当真？先生若果有呼风唤雨之能……此乃天亡曹操。"

诸葛亮道："请都督于南屏山建七星坛，亮于台上做法三天，当向天借三日东风与东吴。只是……"他话语微微一顿，沉声问道，"若给你东南风，你是否定能破曹？"

周瑜豪笑拍案道："在此水战，我东吴已占地利。曹贼骄横欺国，天下皆翘首盼我等破曹，算作人和。若得先生以东南风相助，周瑜复得天时。如此天时地利人和皆在我处，怎敢不胜？"

诸葛亮哈哈大笑道："正要都督此言！十一月二十日甲子祭风，至二十二日丙寅风息，如何？"

周瑜起身，对诸葛亮深深一礼，道："瑜与此，先谢过先生。"

诸葛亮微笑还礼道："破曹乃天下兴亡大事，大都督心中有天下，亮亦如此。"

周瑜思虑片刻，深吸口气道："此战之后，我东吴当先取荆襄九郡，而后北上经略中原。瑜再次为我家主公拜请卧龙先生相助东吴。"说着他竟向诸葛亮拜下。

见周瑜如此，诸葛亮亦不由动容，赶紧将其拉住，沉声道："都督高义。然亮受刘皇叔大恩，三顾于草庐，不敢有背弃之心。孙将军一代雄主，麾下不仅猛将如云，身边更有都督和子敬相助，足以成就大事。"

听完诸葛亮的话，周瑜亦知其心如铁石。两个人互相扶持的双手缓缓松开，各自退出半步，再次缓缓一礼。

周瑜高声道："丁奉、徐盛！领五百精壮军士于南屏山建七星坛，供孔明先生差遣！"

丁奉、徐盛进入大厅躬身领命，诸葛亮亦随着二人离去。

诸葛亮独自走出大营，赫然见到赵云立于大树下等候于他，他欣然一笑向赵云走去。

赵云躬身一礼，笑道："军师近来可好？"

诸葛亮微笑还礼道："子龙不用多礼。樊口大营如何？"

赵云道："樊口大军已休整完毕，两万将士枕戈待旦，翘首求战。"

诸葛亮羽扇一指，示意边走边说。

走在官道之上，赵云继续道："主公命我来问军师，东吴大军形势如何？此战我们该如何配合？"

诸葛亮从怀中拿出一封书信，笑道："让主公按此信部署。十一月二十日甲子后，你驾小船于南岸等我。东南风起时，就是我大军扬眉吐气之日！"

赵云接过书信，回头望了眼夏口大营，低声道："周瑜可是要不利于军师？"

诸葛亮淡淡一笑，道："周公瑾虽有运筹帷幄之能，然天命在此，任谁都无法动我分毫。子龙不必为我担心，届时我定将返回樊口主持大局。替我问候主公！"

赵云重重点了点头，躬身拜别，翻身上马飞驰而去。

诸葛亮抬头望了望阴冷的天空，大战在即，一切都在按部就班地进行。他东吴想先取荆襄九郡，而后北上经略中原。但这荆襄之地又岂能让他们轻易得去？荆襄九郡也将是刘玄德龙起之地！

屏风之后，鲁肃缓步而出，低声道："公瑾。你真的相信这神鬼之法？"

周瑜缓缓道："若是别人如此，我必不信。但是孔明说他能够借风……我却毫不怀疑。"他苦笑了一下道，"这个世上，就是有些神鬼莫测之人。何况若他借不得风，我们依然可以等，不是吗？"

鲁肃点头道："若得到东风，则是天助我东吴也！"他忽然明白了周瑜苦笑的含义，那闹得江东不得安宁的于吉，不就是有神鬼之功么？当年孙伯符也算是变相死在于吉之手，很多事情就在眼前，不由你不信。

周瑜轻拍桌案，叹道："孔明如此人物，却不能为我东吴所用。真是好生可惜……"

鲁肃面色微变，他知周郎已对诸葛动了杀机，方才那一拜是周瑜为不杀诸葛做的最后努力。鲁子敬也在心里叹了口气，这两人都是才华横溢又极为骄傲的人，这样的两个人老天是不会让他们共事一主的。

周瑜负手步出大厅，悠然望着飞扬的大旗，默默想到，天地间奇人异士众多，有时无论你愿意与否，都必须做好一切准备，当年伯符却不相信这些。无论黄巾作乱也好，群雄聚洛阳也好，天下四大神兽都曾先后现身战场，驱使这些怪力的分别是张角、李儒、沮授、郭嘉，这些人都已先后离世而去。但这怪异之力与驾驭风雨之能是不同的。神兽是天地间的异物，但驾驭风雨更需有逆天之能，这个诸葛亮若真的能驾驭风雨，很难想象他还会有什么其他本领，这样的人实在是太恐怖的存在。

（六）

建安十三年冬，十一月二十日。

江北曹军大营。

荀攸入帐道："丞相，对岸黄盖派人送书，约定今夜来降。"他见曹操沉默不语，低声补充道，"如丞相所料，江上风向无变化。"

于禁躬身道："大军水战操练亦已纯熟，黄盖此来适逢其时。"

贾诩上前道："当集合奇能异士护于中军，以备不时之需。"

曹操笑道："那就有劳文和了。"他站起身，高声下令道，"全军准备，无论今夜黄公覆是否有变，我军都以不变应万变，大军全面出击！"

夏侯渊、张辽、于禁等人一起领命。

出得帐来，曹休哈哈笑道："终于开打了！再憋下去非病了不可！"

夏侯渊在背后给他了一拳，微笑离开。

徐晃对张辽道："今日护卫中军的除了虎卫就是你的部下。"

张辽拍了拍徐晃的肩膀，沉声道："公明放心，我会护得主公周全。"

徐晃一抱拳大步离开。张辽抬头看了看飘扬的大旗，扫了许褚一眼。

许褚对他点了点头，示意万事有我。张辽这才率部离开。

众将回营，各部各营厉兵秣马，不多时，整个江北大营一片沸腾！

黄昏时分，东吴夏口大营。

"即将入夜，风向依然未变。是否要通知黄公覆取消计划？"鲁肃道。

周瑜抬头望天，缓缓道："黄老将军已经出发，此时回师将前功尽弃。一切依照计划进行,我相信孔明。"

鲁肃点了点头,对陆逊道:"向各部传令,各就各位,待北岸火起发动总攻!"

陆逊转身传令,不多时各部人马纷纷出发。

吕蒙飞步奔来,将北岸战报交与周瑜,低声道:"北岸的细作报告,曹营全军整装待发,其态势数月未见,今夜必有重大举措。"

周瑜笑道:"曹贼决心求战,今夜一切将有个分晓。我们也去战船上!"说着他翻身上马,去往江边战船。

鲁肃和吕蒙跟在周郎身后,沿着那滚滚东逝的江水纵马飞奔,都觉有一块巨大的石头压在心头,若东南风不来,此战和送死何异?

大江上,黄盖麾下二十只火船缓缓向北。

在他们这支船队之后,甘宁、韩当、周泰各领麾下百多战船远远跟随……

边上有小校道:"将军,再向前三里就是曹营。"

黄盖面色凝重地点了点头,这风向依然未变,只能听天由命了。他摸了摸怀中的赤色宝盒,耳边响起周瑜临行前的话语:"此战成败全在将军。若得东南风,则天意在我,曹贼必定一触即溃。若未见东南风……盒中朱雀之火,将助将军一臂之力! 然这朱雀之火有天地神力蕴藏其中,其力巨大难以控制,不可轻用。"黄盖并不知道周瑜从何得来的朱雀之火,这世界上就是有这样的人,只有他来了解你,而你无法去了解他。黄盖所确定的是,无论遇到什么困难,此战的成败都在自己肩上,那么多年的征战只为此刻!

与此同时,北岸曹操携众将站在斗舰船头,远眺江面。

文聘躬身道:"前方出现东吴快船。灯火显示是黄盖率部来降。"

曹操瞟了眼风中的大旗,微微一笑道:"派人去迎黄老将军!"

程昱伸手拦道:"丞相且慢,黄公覆言携粮船来降。观此船轻而且浮,必定有诈!"

曹操微微一怔，颔首道："有理。"

张辽道："来船飞快！"他再看大旗，不由勃然变色，失声道，"主公！风向变了！"

曹操望向急转的大旗，沉声道："文聘，不许黄盖靠近！"他环顾四周，高声道："敌人诈降早在意料之中。正好与东吴决战！"

身边众人见他临危不变，皆稳下心态。

黄盖的快船距离北岸只有二里之遥，忽然船头旗帜一转，他不由心头狂喜，高声道："儿郎们！东南风至，天意在我！直奔曹营！"

他麾下众军士一起大吼，鼓起风帆猛冲向北岸。北岸文聘虽引十余只战船前来拦截，却丝毫不能减缓黄盖的速度，反而被迎面而来的箭雨击退。

眼看快船接近曹营，黄盖高声道："点火！"

轰的一声！二十只火船的船头冒起数丈高的火光，紧接着巨大的火弩从快船上呼啸而出，一下子把曹军大营前的箭塔点燃。

"禀告将军！火势已起！"军士兴奋地禀道，但他话音未落，就被从曹营铺天盖地而来的箭雨射翻。

火船接二连三地撞入曹营，但火势并没有如想象地迅速蔓延，反而有十余艘巨型连环战船正缓缓从营中驶出。

黄盖额头汗水冒出，耳边又响起周郎的话语："此战成败全在将军。若得东南风，则天意在我……"

此战只许成功不许失败，黄盖从怀中拿出赤色的宝盒，闭上眼睛将全身的功力注入进去，数十年的戎马生涯弹指一挥间，今日就是我黄公覆名传天下之时。他大吼一声，赤色宝盒在他的吼声中四分五裂，一道赤红的强光从双手中炸裂开来。那光芒发出清脆昂扬的鸟鸣，直冲茫茫夜空，在空中形成一片红云，赫然是一只火红的凤凰！那凤凰的巨翼轻轻抖动，无数火点从空中落下，化作满天的火羽！迎面而来的连环战船正在这火羽之下，一船火起，船船着火，巨大的船体失控摇摆，船舷撞在江边水寨之上，江北曹营的外营立时化作一片火海……

曹操斗舰的船头一下子被火焰包围，许褚飞身将其压在身下，直到这阵火浪过去才敢抬头。

贾诩、荀攸、程昱等人面面相觑，对方竟然能够驱使朱雀之火……而他们自己居然把战船连环钉死了！

南岸夏口大营前，周瑜麾下的战船早已整装待发。

周瑜、鲁肃、程普、吕蒙、陆逊同时注意到风向已变，一齐兴奋地大叫起来！

不多时，远处曹营方向已是一片火红……

周瑜拔长剑，发出昂扬的长啸，立于船头高声道："东南风起，天佑东吴！大军齐出，破曹就在今日！"

整个东吴大军欢声雷动，一排又一排的战船向北岸开动。

周瑜走下船头，低声道："命丁奉、徐盛，取孔明首级来见我。"他抬头对鲁肃道，"子敬你亲自去办。"

鲁肃想要说些什么，终于还是不知如何开口，只能转身离开。

一旁的吕蒙犹豫片刻终于鼓起勇气问道："都督为何要杀孔明？"

周瑜指着燃烧的江水，目光变得异常悠远，低声道："子明，你看到这大江了吗？生死有天定，孔明却似有逆天之术，为了东吴怎可不杀！大江东去，我东吴须得到荆襄九郡方可争雄天下。即使杀诸葛背上嫉贤之名，瑜亦当为之！"他收回远眺的目光，深深地望着吕蒙，"记住！一切都为了东吴！"

吕蒙和陆逊痴痴地望着周瑜，江风中，周郎白袍银甲随风飞扬，飘飘欲仙。

诸葛亮轻轻咳嗽着，远望那燃烧起的大江，俊朗的面容变得煞白，神鬼之术消耗的是自身元气，满江的大火就仿佛在烧灼他的灵魂。这三日的东风将消耗自己几日的阳寿呢？七星台下传来甲胄之声，急匆匆的脚步声由远而近，周郎显然希望他孔明马上就死。诸葛亮笑了下，若易地而处，自己会否如此？他深吸口气，目光望向无尽的苍穹，天下大势就此逆转，此地无须久留了。他举起双臂，人化作一道白光冲天而起，向着七星台下高速掠去。

丁奉冲上七星台时，孔明已经消失不见，他不由苦笑。

徐盛低声道："我们怎么办？"

丁奉看着大风中猎猎舞动的大旗，道："此人真有神鬼之能，你我怎杀得了？"

黄盖放出"朱雀"之后，看着到处肆虐的大火，满脸的狂喜，尽管双手血肉模糊，却依然手握钢刀连破数道防线，直扑曹操的战船。前方文聘挥刀向他冲来，黄盖凛然不惧，踏上船头凌空出刀，哗啦一声，文聘战船的旗帜被他一刀斩落。

文聘手中破阵刀取攻字诀砍向黄盖头颅，黄盖却如疯了一般，奋不顾身地扑入他的近身，当胸就是一刀。文聘后退一步，不料黄盖继续猛攻，一刀快似一刀。文聘大吼，破阵刀正架在黄盖的刀锋上！

当！一股磅礴汹涌的力量涌动过来，文聘如断线风筝一般被震出数丈远。他一面吐血，一面挣扎着从甲板上爬起，大骇道："这老卒怎么可能那么有力？"

黄盖眼中满是狂态，双手握刀大叫着冲向文聘。

嘭！一支冷箭从远处破空而至，混战之中黄盖根本不曾提防，箭矢正中他眉心！这一箭力量奇大，直从他头盔穿过，射入脑海！黄盖一个摇晃，叫都没叫一声，就落入滚滚长江之中……

张辽收起大弓远望前方，紧接着而来的数百艘东吴战船，将想要出寨迎战的曹营水军全数压制在寨内。北军原本不擅长水战，此刻连环战船遭遇大火，更是乱成一片。就算有侥幸冲出水寨的，也被东吴快船迅速击沉。

东吴战船一排接一排地攻入水寨，当先的快船上，甘宁、韩当亲自率众突击，那近百人的先锋队伍竟然在水面上健步如飞！

见此情景，张辽不由大声道："主公。此地不可久留！"

曹操亦知情势紧迫，断然道："张辽、夏侯渊断后。其余众人退回陆上大营再作计较。"

他话音未落，前方迫来的东吴战船上无数火鸟飞起，火红的一片遮盖天空……曹操失声道："那么多朱雀？怎么可能？！"

贾诩道："不是朱雀，是火纸鸢，一旦燃尽就会化作火灰而下，所过之处化作焦土！"说话间，已有大片的火纸鸢在空中落下，片刻间不仅曹营水寨，连那陆上的连营也是一片火海。火纸鸢刚过，紧接着就是满天的火矢……

曹操即便想要退走，前后左右也都已失火。

荀攸出列道："主公，容荀攸替大军开路。"说着他登上船舷，手捏法决，口中念念有词，轰隆一声，一道强烈的白光绽放而出。那强光在其手心聚拢，瞬间化作一只巨大无比的白虎！那白虎一路飞奔，身上发出柔和的光芒，所过之处火焰都被熄灭，水寨后方终于出现了一条可供行进的道路。

荀攸一口鲜血喷出，颤抖着身体，低声道："主公速退！"

曹操吩咐许褚道："保护公达。"说着不甘地望了眼紧迫而来的东吴战船，带领众将当先而行。

曹操的中军向陆上大营退去，而仍身处火海的各部人马则一下子无法脱身。四面大火燃烧的声音，江水翻滚的波涛声和妖异的东南风呼啸的声音，都让曹军为之崩溃，数十万人陷入了狂乱中。东吴水军大规模地冲杀而至，但曹军毕竟人多，要想轻松扫荡谈何容易，于是一场鱼死网破的争斗就此展开！

韩当眼睁睁地看着黄盖落水，却无能为力，悲愤之余率部冲入曹营水寨，身边的东吴水军如扇面展开，分开博杀落单的曹军。

突然，宽阔的连环战船上飞驰来一队五十人左右的骑兵，那些骑兵战马配饰华丽，骑士皆手持枪盾。

"虎豹骑？"韩当皱眉道。那些骑兵人数并不多，但东吴水军根本不是他们对手，近百名士兵被他们秋风扫落叶一般摧垮，真难想象若在陆地上遇到他们会是怎样的状况。韩当手中天音神弓如风张开，一支又一支的伤心天音箭发射出去，羽箭贯穿骑兵的铠甲，连续射翻三名骑兵。

　　这一连串的攻击，立时吸引了那些虎豹骑的注意，当先的两名骑士策马向韩当冲来！那战马在甲板上踩出巨大的声响，区区两骑就带起巨大的气势。

　　韩当面色不变，手中伤心天音箭呼啸而出，前方一名骑士翻身落马。韩当花白的胡须在风中扬起，大弓拉开遥对另外一骑。突然，他觉得耳边金风响动，赶忙向前一扑，肩头一阵剧痛。韩当身经百战，就地一滚翻出三丈多远，终于避过对方的追击。抬头一看，就见偷袭自己的赫然也是一虎豹骑，只是这家伙竟然能够掩饰战马的蹄声，骑术实在太过可怕！

　　"天音箭韩当果然有点门道。"那骑将冷笑道。

　　"你又是谁？"韩当手持长剑翻身站起。

　　"虎豹骑统领，曹休！"那骑将傲然道，他双腿一夹战马，人马合一如风冲起，手中大刀砍向韩当的脑袋。

　　当！二人交错而过，韩当胸口多了一道血槽，却犹屹立不倒。曹休的脸上冷笑更甚，这一战打得太过窝囊，火海中虎豹骑尚未集结，就已经乱得四分五裂，大批的战马落入水中，没落水的也是惊马飞奔。"取下你的人头，今次也算不白来一次！"曹休恨声道。

　　鲜血不停流淌，韩当紧咬牙关，半跪在地握紧长剑，剑锋斜指甲板，即便要死在此战也不能让对方轻易得手。

　　突然，一股凌厉的刀风在曹休背后升起，曹休大吼一声，战马竟然斜着跃开一丈，但那刀锋伴随着清脆的铃铛声如影随形斜劈而至，曹休根本避无可避。噗！血光冲天而起，曹休翻身落马，滚出老远，他的战马被甘宁一刀斩为两半。

　　不等曹休站起，甘宁已如魔神般出现在他面前，巨大的刀锋猛劈而下！喀啦！博浪刀并未落在曹休身上，反被一柄丈八长枪挡下。

　　甘宁望向面前那玄袍大将，扬眉道："张辽！"

　　张辽淡淡一笑，道："甘兴霸，你我终要一战。"他身后的亲随将曹休救下。

　　火焰飞舞的战船中只剩下张辽和甘宁对峙。

甘宁豪笑道："就让我见识你的问天枪吧！"

张辽舞了朵枪花，森冷的枪尖遥指向天。大军已败，此乃天意，但我张辽未败！这茫茫苍天，你可看见天下太平的曙光就此烟消云散了？

甘宁就觉一股强大的气势向他迫来，那丈八红缨在火光中变得格外耀眼！他手中博浪刀泛起暗红色的刀芒，大吼一声猛扑向张辽。

当啷！张辽幻起九道枪影被一刀击散，两人身影掠过之处鲜血飞洒，甲板上留下深深的划痕。

再次距离十步站定，甘宁胸口鲜血淋漓，而张辽却依然大枪向天气定神闲。甘宁手腕轻轻转动，方才明明击破对方的枪影，为何受伤的反而是自己？

"想知道是为何？"张辽冰冷的声音缓缓响起，"你以为已经跟上我的脚步，却发现事实不是如此？这让你不明白对么？"这些问句当然不用甘宁回答，张辽径自道，"因为对手，你之前的对手实在太弱了。让你对自己的速度过高估计。龟缩在江东是没有出息的，或许你原本可以更强。但现在，你甘兴霸也不过如此而已。"

甘宁微微变色，张辽的话字字敲击在他的心头，出道至今，他刀下始终难逢对手，整个江东除了太史慈他不把任何人放在眼里，这让他失去了进步的动力吗？

张辽嘴角带起一抹冷笑，缓缓道："你心已乱……"说罢，他长枪呼啸而出，那巨大的红缨仿若从天而降的红日，带着三生七世的宿命直取甘宁的心口！

甘宁愣在那里一动不动，韩当在不远处大叫他的名字，但他却好像痴了一般。眼看那长枪就要穿透他的胸膛，忽然甘宁神奇地朝旁跨了一步，这一步秒到颠倒，正让过张辽的大枪，他反手就是一刀。那刀并非砍向张辽，而是砍在甲板之上，哗啦一声，甲板四散开裂，此处正是连环战船连接的地方，滚滚的江水一下子从开裂出飞溅上来，那飞射上来的水花如通灵一般，化作无数水刀一起攻向张辽。

张辽把"问天枪"舞得风雨不透，连退五步才避开水刀。

甘宁笑吟吟地说道："中原我的确没有去过，但这里是江东。"他手中博浪刀遥指张辽，高声道，"拿你的头来！"

张辽哈哈狂笑，"问天枪"猛地一亮，直指夜空卷起千般星云杀向甘宁。甘宁毫不退让，舞刀杀入枪影之中……

轰隆！刀枪相碰发出巨大的响声，张辽的头盔飞得老高，但甘兴霸则斜退出五六步远。鲜血从张辽额头流淌而下，若非有那头盔他的脑袋只怕已被劈飞，张辽深吸口气，大枪再次指向苍穹，冷冷望定刀拄甲板大口喘息着的甘兴霸，博浪刀的刀锋已失去了色彩。

甘宁苦笑，只差那么一点就能取下张辽的头颅，若是此战之后还能活着，他的刀法一定大进，但他真的能活下去吗？

突然，大批的军士登上此处甲板，蒋钦、陈武二人领着麾下人马冲了上来。

蒋钦大声道："张辽！你还不束手投降？"他身边弓手尽数举起弓箭，把张辽团团围住。

很多年没有遇到这种情况了，自从跟随主公转战天下，哪怕是在官渡都未曾有如此窘迫。这种危险的感觉，真是有趣……让我想到了和奉先一起亡命的日子，那时候的敌人个个都比他们强吧？张辽忽然想到。他淡淡一笑，道："你们东吴的弓弩连鸟都射不死。就凭你们拦得住我？"他攥紧长枪，眼中显出重重杀机。

蒋钦从张辽的眼中感受到了难言的危机，他高叫道："放箭！放箭！"

张辽大喝一声："杀！"问天神枪刺向无尽的夜空，威震中原的"苍穹破"纵横而起，巨大的气流化作道道劲风割向四面的弓箭手，最前排的弓箭手相继倒下，身上被劲风割得千疮百孔。原本严密的阵型立时出现缺口，张辽乘势突出重围，投身于茫茫火海……

陈武大吼道："追！"他和蒋钦率东吴军士也同时冲入那无边的火海之中。

甘宁把韩当从甲板上扶起，他望着张辽消失的方向，忽然道："韩公，当年你们联军攻洛阳的时候，这家伙就在吕布身边，是不是？"

韩当苦笑道："不错。"

甘宁自语道："曾经叱咤中原的名将，果然和江东的不同……但我也不会输于他的！"

韩当笑了笑，低声道："兴霸，你还会遇到他的。"

曹操率众退守陆上大营，但那无尽的大火亦席卷了陆上营寨。清点人数后，中军只剩有不到六千人。而到处都是喊杀声，东吴大军居然已经登岸……

荀攸一脸疲惫，汗水湿透衣衫，低声道："丞相，此地不可久留。"

曹操冷冷注视四方，低声道："无须慌乱，中军缓缓向乌林退走。派游骑搜索我方失散部队，重新集结人马。"

程昱沉声道："退走乌林之后，我军当前赴飞鹰口往合肥。那里的守军定会驰援。"

贾诩摇头道："东吴各路大军奔袭于我，通往合肥的飞鹰口必有重兵阻击。诩认为当走彝陵道往南郡。东吴兵少，绝不可能道道设防，当有一线生机。"

曹操沉吟片刻，低声道："先往合肥一试。文和之计尽管稳妥，但我大军新败士气低迷，长途奔走恐有全军溃散的危险。"

贾诩心中叹了口气，不再多言，尽管曹操所言亦是在理，但这新败之军能突出东吴的重兵封锁么？

此时，西方来了一支人马，赫然是于禁和徐晃麾下的部队，他们所部共有三四千人，与曹操中军合在一处，军势终于为之一振。这更坚定了曹操退兵合肥的信心，他一声令下，大军朝合肥方向而去。

曹休向徐晃问道："公明可曾见到文远？他护我突出重围之后，就遭遇东吴强敌，至今未曾归队。"

徐晃看着满身血污的曹休，低声道："未曾归队的不只文远，夏侯将军和曹洪将军也都未归队。文则莫替张文远担心。这世上能让他张辽战死的战役还不曾有。"他望着背后烧红了的天空，低声道，"他不久就会与我等会合。"

骑马走在前方的曹操听到二人的对话，心头一阵烦躁，此战大败究竟在天？还是在我？文远，那么多战役都过来了，你不可以有事！

巨大的斗舰缓缓开入曹军江北水寨，四面八方都是东吴士兵呼喊万岁的声音，此时此刻，即便是战火的硝烟也变得无比动人。

周瑜傲然立于船头，心头只有四个字——大局已定！此战的结局已然揭晓，所不知道的只是这胜果究竟有多大。

忽然陆逊上前禀道："大都督，前方传来消息。主公亲自率队前往飞鹰口阻击曹操。此刻该已与曹操先锋遭遇。"

周瑜一皱眉，高声道："鲁肃，吕蒙！"

鲁肃、吕蒙上前听命。

周瑜道："吕蒙与我领两千轻骑急速驰援主公。鲁子敬率大队在后急速前来。"

众将大声领命，周瑜急匆匆地率队出发。

陆逊悄悄对吕蒙道："子明兄，大都督为何如此匆忙？曹军已经溃败，主公率万余江东子弟占险地阻击，何惧之有？"

吕蒙沉声道："曹军新败，但数量仍众。他中军败而不乱突围合肥。若你我率军阻击，歼敌多少只是一个数字，而主公亲自领军则必求全歼敌军。如此一来，曹军人人抱定必死之心，竭力死战。北方锐卒战力奇强，而我主……带兵机会不多。大都督当是为此担心。此战大局已定，绝不可另生枝节。"

陆逊略作沉吟，低声道："但我东吴兵少，若能在此生擒或者击毙曹贼，则北方必然再次大乱。是时，我军再挥师北上，则天下定矣。主公当是如此想，才亲自领军上阵。而我觉得，若能一战定天下，这点险值得冒。"

吕蒙苦笑了下，有些话只能放在心中，却不可以说出来。若今日东吴之主还是孙伯符，若是他带领万余人马在飞鹰口阻击曹贼，周瑜定会稳妥地领兵肃清残敌之后，再率军包围曹操中军。但现下在飞鹰口的是孙权，不是孙策……冲锋陷阵并非孙权所长。若从这个角度来看，或许天意并不在我……

飞鹰口，距离合肥城不过百余里，乃奔赴合肥的必经之路。

孙权站在鹰嘴崖上，远眺路口两军的厮杀，大将周泰、潘璋立于左右，身后千骑精锐整装待发，只等他一声令下。

山崖之下，无数曹军涌向峡口，即便山坡上的滚木不断落下，那些曹军也如疯了一样地不退后半步。其间一黑袍黑甲的武者如天上魔神般冲在最前方，手中那柄火红的宝刀所过之处衣甲平过，无有半合之将。

"火红宝刀，黑色战甲。那家伙是许褚！"孙权惊道。

周泰道："末将请战。"

孙权点头道："你下去助董袭一臂之力。"

许褚带领一百多虎卫作为先锋冲在队伍的最前方，他深深知道，若能打通前往合肥的道路，大军就能完整突围，不然就会被完全击溃。火云长刀一出风起云涌，红色的刀光化作一片赤色的云朵，许褚大吼着猛冲向山脚下的东吴军旗。

守卫飞鹰口的董袭已经后退了三道防线，他以层层防御、交替休息、层层消耗之法布防，却不料激战数个时辰，曹营大军新败之下却毫无疲惫之态。若再退，敌人就会突破飞鹰口，董袭手中长矛朝天一举，身后的东吴兵勇一起站起，他高声道："击溃曹营先锋！一个首级晋级一等！"

两千东吴军士如潮水般向曹军冲去，一下子两方的人马就冲杀在一起。

许褚砍翻数名东吴军士，目光扫向远方，就见董袭手中长矛也是骁勇异常，数个虎卫已倒在他的矛下。许褚长啸一声，大步向董袭冲去。董袭也知他是许褚，手中长矛舞动如飞，猛地向许褚一掷，长矛化作一道飞虹。

当！长矛被许褚一刀劈落，但紧接着就是第二支，第三支长矛……董袭在东吴军中以勇力闻名，他投掷出的长矛可以贯穿三重以上的铜甲。但这却不能阻挡许褚半步，许褚大步在山路上飞奔，几个起落就到了董袭近前，他火云长刀呼啸而起，当头朝董袭头上劈下！

董袭高举铜盾挡向火云刀，喀啦一声，铜盾居然被一刀劈开，巨大的冲击力把董袭远远抛出，摔在山路上，激起一地的尘土。许褚看了看地上碎裂的铜盾，微微摇头，这一刀应该破开盾牌砍下对手的脑袋才对。他双手握刀，上前一步猛劈董袭的胸膛。董袭大叫着，却已无处可避……

突然一杆大枪刺向许褚的后心，许褚虎吼一声，翻身就是一刀。当！大枪和火云刀碰在一处，偷袭之人摇晃着退出两步，许褚也觉得身子一晃，不由眼中露出异色。董袭乘机翻身逃走，由那手提长枪的大汉取代了他的位置。

许褚冷笑道："来将可留姓名！"

那大汉高声道："周泰！"

"定魂枪周泰？闻名已久。"许褚哈哈大笑，江东也就只有这点人而已，长刀火云逼射出了耀眼无比的光芒，仿若一只全身是火的猛虎，咆哮着斩向周泰。

周泰手中定魂枪平平淡淡地一枪刺出，那斜斜的一枪仿若只是刺向许褚的影子，却一下子把火云刀的进攻线路全部封死。

这是什么武功？许褚目光收缩，连续几个变化，但周泰那歪歪斜斜的枪法总能在间不容发的时候，抵挡住他的大刀。而此时以虎卫营为先锋的曹营军士，被拥有地利的东吴大军扼于鹰嘴崖下，转眼间大批的军士倒在箭雨之下。

许褚深吸口气，很多年前传他武艺的异人对他言道，这世上的技击之术千变万化，但若要去其繁琐，无非只是力量与速度两者而已。任何招数即便再过神奇，只要无法包容我的力量，你就无法赢我！想到此处，他整个人一片火红，刀锋泛起千般云浪，锋刃上逼射出七彩的光芒，身影过处火浪滚滚，无边无际的刀意卷向周泰。

周泰无法再从容出招，他大枪刺出只觉得对方是一座巨大的火山，不仅是大枪就连他自己都会一起焚毁。但周泰眼中战意涌动，若拦不下许褚，就将危及我方中军，而主公就在背后的山崖上！他大枪发出剧烈的啸声，毫不犹豫地投入到火海之中……

喀啦！周泰手中大枪断成数截，整个人都被点燃，歪斜地靠在山壁之上。而许褚黝黑的脸膛杀气腾腾，于山风中傲然而立，长刀向前一指，身后的虎卫营全都冲了上来！

就在此时，山崖上响起了雷鸣般的马蹄声，千余骑东吴骑兵从鹰嘴崖上冲下，当先一人红袍金冠，碧眼紫髯，手中一杆霸世枪，如天神一般飞驰而来。千匹战马由上至下，猛冲而至，爆发出难以想象的冲击力！曹营的军士一下子被冲散。

许褚握紧长刀跃跃欲试，却听远处徐晃喊道："仲康！主公命你回师！"许褚断然下令，引军后退。他久随曹操，只听这一将领就已明白曹操意图，虎卫营断后，领着千多士兵慢慢后退，直把对方的骑兵吸引到了飞鹰口外的空地上。

雷鸣般的马蹄声在曹操中军中响起，两百多虎豹骑在曹休的率领下猛冲而出，直插孙权那千多骑兵当中。孙权那些轻骑如何是曹营身经百战的虎豹骑之对手，方一交战就被分割为二。曹操一声令下大军之中杀出徐晃、于禁、乐进几路人马，一下子就把东吴骑兵包围起来。

而与此同时，周泰、董袭率领飞鹰口的大军猛冲而下救援孙权。这一来，东吴等于放弃了飞鹰口的地利，在平地上与曹营的北方锐卒交战。两路人马拼死战在一处，几次冲锋，万余东吴军士就已损失了接近一半。

曹操冷冷一笑，自己手上中军还有六七千人，对方人数已不占优，只要杀死孙权，是否仍有一赌的机会？他低声道："许褚！以虎卫为骨干。聚合青州兵精锐直取东吴中军，我要孙权小儿的人头！曹休领虎豹骑替他开路！"

许褚和曹休躬身领命，这殊死一搏绝对值得！

孙权望着杀气腾腾的敌人，两手满是汗水。方才领兵突击并没有错，但轻敌冒进导致了目前的紧迫局势……若此刻退回飞鹰口，等于把后背交与对方，大军必然溃败。但若在此硬扛对手，东吴军士如何是对方虎狼之师的对手，方才的交战已经把两方的战力体现得清清楚楚。

周泰低声道："主公放心，我等誓死保护主公周全。"他尽管已经周身是伤，却依然斗志昂扬。

潘璋和董袭一起抱拳，躬身道："主公放心！"

孙权深深吸了口气，淡淡一笑道："诸公不用担心。生死有天定，我料天意在我。"霸世枪就在手边，那是大哥孙策的无敌神兵，若能杀死曹操，天下就在我的掌中。

战鼓声昂扬敲响，许褚领着步兵走在队伍的最前方，曹休那数百虎豹骑走在步兵之后，那些步兵缓缓变化阵型，给骑兵让出冲锋的空间。

此时，鹰嘴崖上竖起无数旌旗，有人高声道："我东吴大军已至，曹贼还不束手？"说话那人白袍银甲，声音清晰地从山崖上传来，令两军人马都听得清清楚楚！飞鹰口上更有两千骑兵蜂拥而出，为首大将正是吕蒙和陆逊。

曹操扬眉望向山崖上那儒雅风流的大将，低声道："莫非是周瑜？"

前方的许褚和曹休亦感到飞鹰口内蔓延出无边的杀气，但他们已是箭在弦上不得不发。曹休高举大刀，大声道："虎豹骑！随我来！"众骑士高速冲起，许褚亦领着部队紧随其后！

突然，一声鸟鸣在鹰嘴崖上响起。那清脆昂扬的鸟鸣，随着耀眼的红光划破长空，巨大的凤凰从山崖上周瑜的手中冲天飞起……

曹营众人勃然变色，曹操大吼道："曹休、许褚快退！"

那巨大的火翼扫过战场，当先的数百曹军立时化作飞灰，就连靠得近的东吴军士也无法幸免。许褚双手一合，握紧宝刀，人刀合一化作一片火云，从火焰中脱离而出，拉着满身是火的曹休逃出天火……

那凤凰高高在天，羽翼抖动，火羽从空中缤纷而下，飞鹰口外立时化作一片火海。东吴大军飞速向鹰嘴崖退去，而身处火海中心的曹营大军，发出一片哭喊之声。

贾诩看了眼面色苍白的荀攸，轻叹了口气，对曹操深深一礼。他大步来到队伍之前，口中念念有词，大袖飘飘立于火热的山风中。忽然，他整个人螺旋飞转，化作一股黑色的旋风，双手向天高举，天空之中哗啦啦一道霹雳而下，被火焰遮蔽的天空裂开了一道缺口，青色的光芒直落地面，雷鸣之声滚滚而来。

轰隆！空中的云层分成两半，一条长达三十余丈的异物出现在苍穹之中。那晶莹狂野的身躯泛着青色的光芒，青红色的鳞甲，晶莹的角，微微扬起的须髯，将沧桑与尊贵体现得淋漓尽致。

"天啊！是龙啊！"恐怖的叫喊声此起彼伏……

那青龙翻滚着云雾飞向火红的凤凰，天地猛地一震，这一瞬间的交锋，让世间的一切失去了颜色。

曹操一把将脱力的贾诩抓住，高声道："大军取彝陵道奔赴南郡！"

　　所有将士这才回过神来，大军从火海中调整方向。就在这时，不远的地方，又杀出一支东吴的军马，是鲁肃带着增援大军到了！

　　贾诩和荀攸看着疲惫的将士，眼中终于露出绝望的神色，所有人的目光一齐望向曹操。而曹操目光依然顽强而清澈，他站在高坡上冷冷注视着鲁肃大军之后的尘土，低声道："来的不仅是东吴援军。也有我们的！全军丢弃一切辎重，全力突围！"

　　于是一场血战再次展开！数千曹军与鲁肃带来的五千东吴援军纠缠在一处，厮杀声，哭喊声，鲜血飞洒的声音……所有人都为了击倒面前的对手而战，什么功勋，什么天下大志都是虚无缥缈！杀死面前的敌人，你不杀人就被人杀！

　　忽然，鲁肃的军势一乱，一支曹营轻骑从他们背后杀到！为首两员大将，一个手提"问天枪"，一个高举"碎月刀"，正是张辽和夏侯渊！

　　曹操大喜，急命大军迅速向夏侯渊、张辽所部靠拢。

　　与此同时，飞鹰口的东吴大营也有人马冲杀而出，吕蒙一马当先道："降者免死！"

　　徐晃怒吼道："誓死不降！"他这一吼，立时得到北方大军此起彼伏的响应，人人死战到底。东吴亦不再劝降，一支又一支的大军轮番投入到战场，两军厮杀在一起，这一战打了整整一天。直到月亮再次升起，东吴军队终于拖不住曹操大军，曹营人马脱离了飞鹰口战场向彝陵道而去。

　　先后前来阻击曹军的东吴大军接近两万人，居然损失了大半，可谓惨胜。

　　孙权看着满地的焦土，以及堆积如山的尸体，也不知是否该庆祝大胜。

　　周瑜知他心意，低声道："我早已派太史慈、甘兴霸、凌统等人对曹贼沿路截杀。一有消息就会禀告主公。"

　　孙权沉默片刻，忽然道："公瑾，我亲自领兵在此截杀曹贼，是否错了？"

　　周瑜缓缓道："此战已是大胜。北军强悍，而曹贼更是狡诈多谋，即便如此，八十万大军依然灰飞烟灭。我主若介怀飞鹰口之战，他曹贼又该作何想？天意已然在我，请主公展望天下战局，日后我东吴要面对的大战还有很多。"

孙权看着一脸疲倦的周瑜，手扶对方的肩膀，低声道："公瑾当为我经略天下。东吴有你周郎，实为孙权之幸。"他拉住想要行礼的周瑜，重重拍了拍周瑜那扛起东吴兴衰的肩膀，眼中露出深深的感激。

目送孙权离开，吕蒙和陆逊才靠近周瑜。

周瑜咳嗽了好久，勉强低声道："若曹贼走彝陵道，是往南郡去了。他的队伍一路亡命，无法休整，原本必死……"

陆逊皱眉道："为何是原本必死？难道他还能逃走？"

周瑜在吕蒙的搀扶下，缓缓站起，边走边道："那里最后几处伏兵，都是刘备的大军。刘备和诸葛亮真的会让曹操在南方战死么？"他苦笑了下，"这也是我要杀诸葛的原由之一。"

吕蒙道："大都督，那我们又当如何？"

周瑜摇头道："天意如此……东吴不可亡，曹操不可死。天意如此。夫复何言？"

吕蒙、陆逊一齐沉默，大战之后，人人都有着比从前强得多的宿命感。生与死，成与败，往往都在转瞬之间。天意如此……天意何往？

"大军只能稍作休整，不可放纵。我们要趁热打铁，拿下荆襄之地。北军强悍你们都已了解，我东吴必须取得荆襄九郡才能争霸天下。而天下……想着天下的并非只有我们东吴。"周瑜说完，就开始不停地咳嗽，他咳的时候眼中光彩全部褪尽，仿佛每一声咳嗽，咳出的都是他体内的魂魄。

听着他的话，陆逊年轻飞扬的脸上满是崇敬之色。而吕蒙看着面色苍白一身疲惫的周郎，却忽然有要大哭一场的冲动，此战其实胜得极险，若东吴没有大都督将会是什么样子，他想都不敢去想……

远处高坡之上，鲁肃望着战火过后的大地，轻轻擦去了泪水，发出难以言尽的清啸之声，天下大势在此已变，我东吴将昂扬而起！无论付出怎样的代价，一切都是为了东吴！

（尾声）

樊口大营，内外一片欢腾。

关羽独自坐于营帐内，脑海中依然是华容道上，曹操那萧索老去的身影。曹操若死在此地，则天下只有东吴独大，刘备无城无地根本不是孙权的对手，所以曹操不可以死，这是他们兄弟与军师的共识，只是……这个角色为何一定要是自己？在华容道不安排埋伏不就行了么？为何一定要自己去羞辱曹孟德？

"今时今日，操落在云长手中，也算死得其所。只是……云长真认为天下能够没有我曹操么？"曹操傲然道，虽然他一脸的疲惫，满身的征尘，却依然是那个转战天下的绝世枭雄。

曹操不久就会明白，我们是故意放他走的。关羽摇头苦笑，曹操若想通这点，是否也会觉得无奈？那一刻，他还看到许多曾一起浴血奋战过的身影，张辽张文远、徐晃徐公明、李典李曼成……那一刻即便没有军师的命令，他是否也会把这些兄弟放走？

忽然帐门一挑，诸葛亮从外进来，坐于关羽的对面。他并不多言，只是将关羽和自己的酒杯斟满，一口将酒饮尽。就这样，他连喝了十多杯。关羽才苦笑道："军师不用如此，我也知此事只有我去，只能我去。"

诸葛亮深吸一口气，低声道："云长。我们都是为了天下……主公的天下。"

听到孔明的话，关羽的思绪没来由地飞到了很多年前，那一日他刚刚斩了文丑，晚上他和张辽、徐晃一起大醉一场。

张文远举着酒杯对他说道："云长。即便找到了刘皇叔，你也不要走。我们一起结束这数十年的战乱，我们一起重新给天下百姓一个太平。可好？"

徐晃捶着脑袋，高声道："击败袁绍后，也就还要个三五年，天下就能在主公手中一统。到时候，我们想做官的可以继续留在许昌，不想做官的可以解甲归田！云长，这难道不是你的梦想？"

关羽不记得当时他回答了什么，也许他什么都没有说。他无法给那些弟兄们什么承诺。因为，他已经给了大哥承诺。人不能承诺太多的东西，人在乱世，更不可能承诺太多的东西。

看着面前的诸葛亮，关羽拿起酒杯，低声道："为了大哥的天下！"

诸葛亮淡淡一笑，和他一起饮干水酒。

此时，在外面等候多时的刘备和张飞走了进来，刘备的眼中有种多年未见的神采，他高声道："曹操败走。你我终于不用如当年吕布那样到处奔走无容身之地了！"

诸葛亮笑道："东吴兵弱，要他们直取荆襄九郡，恐勉为其难。亮当为主公图之！"

刘备欣然道："你我今日不醉不归！"

张飞笑道："不醉不归！这才是我大哥！"

刘备、关羽、张飞、诸葛亮围坐一起，大口大口地灌着烈酒。

喝到半夜，四人都已酩醉。

张飞哈哈大笑道："我去多拿点酒来！"他站起身，重重拍了拍关羽的肩膀。

关羽当然明白老三的心意，但他眼前还是有那些挥不去的身影，即便酒醉如此，依然还是挥之不去……

刘备忽然道："云长，我其实比你更了解孟德，你信不信？"

关羽一愣，苦笑点头。

刘备低沉着声音，带着哭腔道："其实你我和他都已认识很久！"

"不错，我们和他们本就认识很久。"关羽忽然大哭。

帐外张飞抱着酒坛进来，听到关羽的哭声，愣在原地眼泪止不住地流了下来。

刘备的表情异常坚定，低声道："云长，你我老了！但为了天下，我们和孟德的战争还是要继续下去。"

在东吴和刘备庆祝胜利的时候，南郡城内，百战余生的北方大军正在城中重新集结。

火堆边，张辽、于禁、徐晃、曹休等人默然坐在一起，无声无息地喝酒。

曹操独自立于庭院中，手中是西凉马超、韩遂进兵的檄文，他冷冷注视着天上的明月，面色逐渐缓和下来。诚然此战大军损失惨重，但天下重任在肩懈怠不得。他看着交替升起的淡淡红日，深吸了口湿冷的空气，自语道："天不亡我。只是天意究竟何往？"

角落中，许褚怀抱火云刀，坚定地站在那里，默默守护着曹孟德孤单萧瑟的身影。

建安十三年冬十一月，曹操在赤壁被东吴周瑜所败，黄巾之乱后，天下统一的最好机会就此错过。因此战名震千古的周郎，却在不久之后病故，仿若他只是为了此战而生一般，没有了周瑜的东吴无力再向北方拓展，只能据守江东。而赤壁大战之后，刘备乘乱拿下荆州，后又夺取西川。天下同时有三条真龙出现，成就了千古无一的三足鼎立之势。

图书在版编目(CIP)数据

纵横 / 君天著. —上海: 上海人民出版社,2012

ISBN 978 - 7 - 208 - 10794 - 6

Ⅰ. ①纵… Ⅱ. ①君… Ⅲ. ①长篇小说—中国—当代

Ⅳ. ①I247.5

中国版本图书馆CIP数据核字（2012）第119805号

世纪文睿 Century Literature 出品

出品人　邵　敏
责任编辑　邵　敏　陈　蔡
封面装帧　陈春之@candy1.cn.
封面插画　子　栖

纵横

君　天　著

世 纪 出 版 集 团

上海人民出版社出版

（ 200001　上海福建中路193号　www.ewen.cc）

世纪出版集团发行中心发行

上海商务联西印刷有限公司印刷

开本 720×1000 1/16　印张 35　字数 530千字

2012年7月第1版　2012年7月第1次印刷

ISBN 978 - 7 - 208 - 10794 - 6/I · 1028